东岸纪事

夏 商 著

图书在版编目（CIP）数据

东岸纪事／夏商著. -- 杭州：浙江文艺出版社，2025.6. -- ISBN 978-7-5339-7975-1
Ⅰ．I247.5
中国国家版本馆 CIP 数据核字第 2025BD8984 号

策划统筹　曹元勇
责任编辑　胡远行
文字编辑　张嘉露
营销编辑　耿德加　胡凤凡
责任印制　吴春娟
校　　对　李子涵
插画作者　谢雯
装帧设计　@Mlimt_Design
数字编辑　姜梦冉　诸婧琦

东岸纪事
夏　商　著

出版发行	浙江文艺出版社
地　　址	杭州市环城北路 177 号
邮　　编	310003
电　　话	0571-85176953（总编办）
	0571-85152727（市场部）
印　　刷	上海盛通时代印刷有限公司
开　　本	880 毫米×1230 毫米　1/32
字　　数	417 千字
印　　张	17.375
插　　页	13
版　　次	2025 年 6 月第 1 版
印　　次	2025 年 6 月第 1 次印刷
书　　号	ISBN 978-7-5339-7975-1
定　　价	79.00 元（精装）

版权所有　侵权必究

题　记

我以为写的是浦东的清明上河图，其实是一摞人生的流水账。

目 录

上卷

第一章 / 003
第二章 / 142
第三章 / 219

下卷

第四章 / 285
第五章 / 389
第六章 / 448

后　记 / 545

弯曲的白莲泾上有不少桥梁，六里桥是其中著名一跨。

上　卷

第一章

1

倚着六里桥破败的栏杆，看潮汐吞吐着阴霾暮色。火烧云挂上远处的丫杈，像一些浆过的棉絮。稍近一些，一只叼着月牙的白头翁绕梁而飞，扰乱了鸽群的秩序。挥散的线条从屋顶的烟囱内飘出，是蝙蝠们遁出原形的序幕。

岸上拥满了人，黄昏充满腥气，这是晚饭前流言对市井的额外馈赠——白莲泾上又漂来了死尸——由南而北，从中汾泾顺流而下，被水草和垃圾烘托着，浸泡产生的鼓胀使之看上去恍如水长生果草。

一艘闻讯赶来的小艇靠近，两个穿橡皮工装的男人把尸体打捞上甲板。从这里眺望，河水撕破了她的衣裳，两颗饱满得如同哺乳期的乳房表明是一具女尸。小艇掉头，发动机突突突响起，翻起的河水把一道谜题带走。

大伙三三两两离开，折回自家餐桌。虽谈不上司空见惯，可在危险的夏天，浮尸仍不时会从惊讶的呼喊声中冒出河面。它们大多是从黄浦江漂到这一条支流的。弯曲的白莲泾上有不少桥梁，六里桥是其中著名一跨。桥连接着乡镇和农村，桥堍两侧蔓延着民居,沿街掺杂着破墙而开的面摊和酱油店。赤膊的男人叼着飞马牌香烟在街灯下"杀关",穿着睡裤的主妇们拢在一起散布小道消息。小孩们被分配到一个好差事:挥舞打过肥皂泡的面盆粘蚊子。

拐过一条弄堂,窗棂投射下的格子光影里,趴着两三个少年,抓了一把盐,看一条鼻涕虫扭动,慢慢溶成一摊黄脓。

纳凉时分,联防队员小飞带着警察李浩来到老街,看他们的路径,就知道是去柳道海家。崴崴看见警察站在跟前,问道:"有事寻我?"小飞道:"是啊。"

崴崴屁都不吭一声就跟着走了。

街坊在背后指指戳戳,将警察的出现和黄昏的浮尸案联系在一起。崴崴成了杀人犯的消息很快传开了。不过让大家扫兴的是,两个钟头不到,崴崴回来了,还带回一个和自己酷肖的年轻人。那人一看就是来自穷乡僻壤,浑身冒着土气,途经之处留下难闻的汗味和霉味,不知多久没洗澡,都馊了。

除了瞎子,谁都能看出两人的血缘关系,长得太像了。虽然那人比崴崴皮肤粗黑,显老,但那是水土造成的,撇开这个,就是双胞胎,至少是亲兄弟。

大家很好奇,但崴崴把门一关,想凑上来套话的邻居只好知趣而返。

平日里唾沫横飞的小飞这回守口如瓶,那两个钟头里发生了什么,没溅半点唾沫星子。这让人疑窦丛生。于是轮到混汤师傅王龙出场,作为开裆裤兄弟,他无疑是刺探军情的最佳人选。果然,王龙用半瓶乙级大曲灌开了小飞的嘴巴。喝到得意忘形,小飞确认了一个事实:那人真是崴崴的双胞胎兄弟。

惊悚的是后面一句:"他们是刀美香被强奸后留下的孽种。"

小飞很快为酒后失言付出代价。刀美香,也就是崴崴的老娘,

白莲泾上又漂来了死尸——由南而北,从中汾泾顺流而下,被水草和垃圾烘托着,浸泡产生的鼓胀使之看上去恍如水长生果草。

这个泼辣的傣族女人冲到联防队里，反手就给了他一记响亮的耳光。据在场的人描绘，小飞的左脸当场浮出五个指印。待回过神来，刀美香已扬长而去。

被女人扇了耳光的小飞，揉着脸骂娘，并未追出去报仇。当然这也不奇怪，小飞怵的不是刀美香，而是崴崴。

崴崴名声很大，从南码头到艾镇，到更远些的三林塘，凡在道上混的，都知道有个南拳打得很好的崴崴。那一年，还是少年的崴崴加盟一场决战，两边摆开阵式，他"老卵"地向对方老大叫阵单挑。对方见他矮矬，嘴上汗毛还没变硬，不禁一片嘘笑。连下三遍战书，根本无人应战。

少年崴崴把香烟啐掉，站在一棵三人高的泡桐树前，把手心捻了捻，断喝一声，就成了鲁智深。但见脸色一紫，脚下的土松开了，泡桐被连根拔起。这恫吓等于战略核武器，让对手当场松了卵蛋。

崴崴的好身手被一地下赌场老板看中，将他招入麾下。不久，赌场间争抢客户，酿成一次火并。他的老板杀死了对方的老板，被判死刑。初二学生柳勋崴把一个倒霉蛋打得视网膜脱落，视力从一点五退到零点二。这一仗奠定了崴崴的江湖地位，但也因致人重伤，进了松江泗泾的上海市少年管教所，成了少年犯。

刑期一年，被勒令退学。刀美香作为监护人，被法院判赔受害人一千七百元。这笔巨款她当然拿不出，柳道海借遍了邻居和同事才凑齐。

被释放后，崴崴像变了一个人，相比那些杀气腾腾的小蟊贼，他不再轻易出手。那么多年来，他越来越少露面，网罗了不少喽啰，幕后垂帘听政，成了一方绿林首领。

崴崴白天在港口机械厂当司炉工，这是柳道海帮他找的临时工。骑一辆永久牌"老坦克"，慢条斯理地踩着脚踏板。上身是厂里发的卡其布工装,下面套一条蓝色警裤。日头很毒的话,头颈里搭一条汗味很重的毛巾,脚趾夹着塑料拖鞋,往返于浦三路和浦东南路上。

他长了张圆脸,属于卦书上说的男生女相,体态呈现出与年龄不符的发福。对自己过早出现的肚腩,他轻描淡写道:"练阿拉这趟拳的,就是要长点肉。再讲,阿拉乔乔也没嫌弃我。"

乔乔在六里电影院斜对面开熟食店。自己的地盘冒出个熟食西施,崴崴当然要见识一下。才瞥了一眼,他就对跟班黑皮说:"这个女人对我胃口的。"

黑皮明白崴崴的言下之意,去买了两张电影票,塞进熟食店窗口:"崴崴今朝夜里请你看电影。"

看电影当然是个幌子,崴崴看见乔乔在身边坐下,对她说的第一句话是:"你应该清爽,我约你出来就是想睏你。"

乔乔不吭声,崴崴开始说第二句话:"等一歇我先出去,电影院围墙后头等你,来不来随便你。"

二十分钟后,昏暗的角落里,崴崴如同翻一张报纸,掀开了乔乔的裙子。他的第三句话才道出了事情的实质:"你来不是因为欢喜我,是因为买我账。"

爱情就是在一瞬间发生的,崴崴解开女人的胸罩,从背后抄过去。前倾的乳房掉入他掌心。他粗暴地捏了一把,感动得几乎掉下泪来。这是他所不熟悉的和过去那些平胸女人不一样的乳房。围墙下的乱草紧贴着他的光裸下肢,挨了一闷棍似的,身体一激灵,脱口而出:"碰到赤佬了。"

赤佬就是鬼,激灵就是把爬到身上的鬼给抖掉。这是刀美香告诉他的知识。刀美香有很多精灵古怪的知识。相比之下,柳道海就光知道踩缝纫机,好像除了把布裁开缝好之外,这个世界再与他无关。

刀美香在沪生活了那么多年,还是土里吧唧的云南口音。崴崴刚来上海也是满口土话,现在早已一口地道的浦东话了。

崴崴学名柳勐崴,不太识字的人就猜着读猛威,勐的读音对了,崴却差远了。刀美香说自己是西双版纳的公主,刀这个姓是明朝皇帝赐的,她的一位堂哥就是末代傣王,她娘家本是大土司,要不是解放军收复了滇南,废了土司和头人,她今天还是个穿绫罗绸缎的贵妇人。

"怪都怪那个召存信,放着土司不做,硬把解放军带过澜沧江,结果傣王的八百年江山没了。"

少年柳勐崴对刀美香的身世将信将疑,去问柳道海:"姨娘讲的是真的哦?"柳道海一边给衣服开扣眼,一边不置可否:"讲是公主有点夸张,不过也不是一点不沾边。其实云南土司老多的,大土司就是军阀,有枪有武装,小土司就是养了几个打手的地主,有些更小的连地主都谈不上,农忙还要去地里做生活呢。"

柳勐崴打破砂锅问到底:"那个召存信为啥不当土司了?"

柳道海开始锁纽扣,他的手艺有口皆碑,特别是毛料裤子,可以提臀拔高,穿上的人没有不喜欢的。他更适合做裁缝,而不是毛手毛脚的司炉工。他那双铲煤的糙手冬天一到,冻疮就肿起来了,跟馒头似的,撑剪刀都困难,他就把两只手窝进袖口里,守在屋檐下孵太阳。

"召存信不是不想当土司,是怕被国民党杀了。投靠解放军后他当上了西双版纳最大的官,管的地盘比原来那片还大。"

有一天,刀美香把柳勐崴叫到跟前:"知道你为啥叫勐崴?我们傣人把土地叫勐,我外公,就是你的太外公叫刀崴罕,是很大很大的土司,你的崴就是从他那儿来的。"

崴崴道:"太外公是土司,所以你是公主?"

刀美香道:"小土司家的算不了公主,大土司家的可以算。你娘投了个公主的胎,却没公主的命,到你外公这一辈,已经没土司了。"

柳勐崴被少管所收容的前夜,刀美香把一枚银线圈套在他手腕上:"这是从曼春满寺求来的,逢凶化吉。"

这是母子俩关系转向亲密的时刻,可崴崴还是叫刀美香"姨娘",恐怕是再也改不了口了。崴崴一直戴着银线圈,颜色黯淡了,用抹布狠狠擦一下,又变亮了。

此刻,它从崴崴手腕往下滑,硌在女人白晃晃的屁股上。椭圆状的月亮照着他的光腿,同样白晃晃的。崴崴把敞开的裤门从女人身上撇开,可来不及了。乔乔骂道:"要死,腥醒死了。"

提着裙子,脚步走得匆忙。一个把柄就此攥在她手上,在他们厮混在一起之后,如果要让崴崴吃瘪,她只需这样提个醒:"是啥人让我裙子吃了鼻涕?"

崴崴道:"怪你的奶,我一捏,开关就松掉了,不过马上我就扳回来了。"

乔乔当然不会忘记那个晚上。电影院围墙旁并没将戏演完,下半场就要拉开帷幔。她提着裙摆,手碰到了黏液,鱼腥的气味腻心死了。

她特意穿了新裙子,刚流行的方格子大下摆,走路时提着一小股风,露一截小腿,皮鞋带一点坡跟。

对崴崴她早有耳闻,其实不仅仅是耳闻,她早年见过他。他们是浦东中学校友,她是学姐。读高一时,他入校不久,是卵毛还没长齐的初中生。算起来,她要大三届。扣除崴崴小学留过级,也比他大两岁。

崴崴那会儿乳臭未干,乔乔却已出落成大姑娘了。她算不上标准美人,五官还没长开,但发育良好的胸部已让她不自在,男生蹭她一下的现象开始出现,邀请她看电影、溜冰的人慢慢多起来。

女生给她起了个绰号叫"大馒头"。她事实上成了新校花之一,只是凹凸有致的身段对崴崴这样的低年级男生来说,尚构不成诱惑罢了。

有幸第一个吃到"大馒头"的是小开。他是浦东中学隔壁六里蔬菜市场的推销员。六里公社有一百多个生产队,隔壁还有个严桥公社,都在这里交易蔬菜。每个生产队都派驻一个推销员。推销员是肥缺,上午在庄稼地干农活,吃过午饭就回家了,工分却比全天下地的农民高,一般是队长的心腹或亲戚。

六里蔬菜市场是蔬菜集散地,白天生产队将装在铁筐里的新鲜蔬菜送来,铁筐上注明哪家生产队。下午四五点,各家菜场的采购员开始在市场转悠,看中哪家的菜就和哪家的推销员谈。其实黑板上有当天指导价,但按照品质会略有浮动。比方洋山芋指导价五分钱一斤,会砍价的推销员可以提到六分钱。同样,会砍价的采购员也可以压到四分钱。当然业务员和推销员有了交情,也就不那么计较。毕竟,蔬菜是看天吃饭,有丰收也有歉收,谁都有朝南坐的时候。

推销员因为下午不下田,可以睡会儿午觉,或者打理自家自留地,把晚饭做好。到了钟点,去市场和采购员讨价还价。

等确定好价格,采购员在铁筐上标注好所在菜场。然后拉菜工就把铁筐搬上拖车。拖车挂在自行车上,两人押一车,一人在前面骑,一人在后面推。也有一人押一车的,就算双份工分。黄昏出发,近的送到南市黄浦,远的送到普陀杨浦,回程已是披星戴月,有时到家都快天亮了。

推销员的活看似轻松,也要承担责任。如果不活络,或和采购员搞僵了,蔬菜推销不出去,就没法向大队交差了。多次发生这样的情况,也就干不下去了。

但小开没这个后顾之忧,因为他是公社领导侯德贵的外甥。

事实上,他也很争气,很少有滞货的情形发生。这是个滑头的小混混,小时候犯过哮喘,发育时带掉了,但怕再犯,所以不抽烟。但采购员多半是男的,所以口袋里常备着牡丹烟。碰到女采购员,他会变戏法,从口袋里摸出糖:"阿姐吃一粒大白兔。"不管是少妇还是大妈,他一律叫阿姐。"阿姐们"喜欢死他了。

他每次都能用最短的时间把货推销出去,然后摇摇摆摆和姑娘约会去了。

他常来浦东中学门房间聊天,聊累了就钻进校园里。他是这里的初中肄业生,贼忒嬉嬉的腔调,一看就不是好好念书的料。书读不下去,侯德贵给他安排了这个肥缺。他弄点萝卜青菜,就将贪小的门卫给摆平了——他们知道他动什么脑筋,睁一只眼闭一只眼,由着他去。

小开如入无人之境,一边晃悠一边吹口哨,独自练了一会儿高低杠。脖子上出了汗,脚痒了。操场上没几根草,像癞痢头。男生在追一只快踢烂的足球,小开跑起来,加入混战。他要打发掉日落前的短暂时光,等放课铃响起。作为一个校园猎手,他最近有了新目标,一番死乞白赖之后,她答应今晚赴约了。

这个女生就是乔乔,她知道小开是花花公子。之所以答应邀请,除了被纠缠得烦了,还带点好奇。小开名声不好,可学校的几个漂亮姑娘都做过他女朋友。他长得不难看,也算不上相貌出众,葫芦里卖的什么药,让女生迷迷糊糊上了钩?她有点探秘的心态。

他们走在秋日的乡间,因为空旷,月亮看上去比任何时候都要远。乔乔嘴里弥漫着河鳗的腥味——小开请她吃了顿丰盛的晚餐。当他变戏法般掏出一条浅蓝色丝巾,亲手扎在她头颈里时,她好像洞察了小开女人缘的秘密,朝他看了一眼,脸庞烫极了。

两人在六里老街上走,怕熟人看见,乔乔和小开保持谨慎的距离。待到大片农田出现,小开搂住了乔乔:"走这么快做啥?"

乔乔不吭声,小开唱起了独角戏。话题离不开他舅舅的权势,他甚至自作主张地替侯德贵许下了承诺:"六里卫生院哪能?毕业后弄个医生当当。"

乔乔讥讽道:"等你当上卫生院院长再讲好哦。"

她说这话时,嘴里河鳗的香气飘走了一些。她有些后悔,吹牛就由他吹好了。她偷瞥他一眼,他也正看着自己。她迅速把目光抽离,觉得那条腻滑的河鳗复活了,搅得她芳心大乱。旁边是一条死河浜,一棵柳树垂悬的枝条拖曳在河面上。她被他一带,靠在倾斜的树干上。嘴巴被堵住了,她抿着,几秒钟后不争气地被撬开了,长驱直入的腥味弥漫在她口腔里。

她不记得他怎么弄开了自己的衣服,只觉得胸口凉了,她惊恐地喘息一声。一团潮湿从她乳晕处化开,她将他脑袋匆忙推开,立刻反目为仇:"做啥?下作胚。"

小开拉住她小臂:"胸罩啥牌子?"

乔乔挣开他:"关你啥事体?"

小开说:"奶长得真漂亮,我开关都快松掉了。"

乔乔骂道:"要死了,你这只下作胚。"

小开说:"晓得胸罩啥牌子最好哦?古今牌,淮海路上老牌子,我来帮你买。"

乔乔跑起来,一边整理衣服一边骂:"下作胚,帮你老娘去买哦。"

浅蓝色丝巾从她脖子上飞起来,小开冲着她背影嚷道:"我开关快松掉啦。"

若干年后,乔乔躺在崴崴怀里,回想起小开当初的话,心里像打翻了五味瓶。因为那个流里流气的小混混,那个在自己乳房上留下蜻蜓点水般亲吻的情场高手,早已锒铛入狱——因流氓罪被判了刑。

乔乔叹了口气:"这个赤佬,终归还是在女人身上翻了船。"

2

乔乔气得要死,这个阀门坏掉的瘪三,居然还有面孔跟着自己,他怎么不买块豆腐撞死? 就凭他,号称是六里桥最大的流氓? 既然他浪得了名声,今天何必来自取其辱? 越想越懊恼,提着裙摆转过来:"垃圾模子,还跟来做啥?"

崴崴道:"刚才不算,重新来一炮。"

乔乔道:"做你娘的大头梦,你这只阳痿。"

崴崴道:"重新来过。"

乔乔道:"你阳痿你自己不晓得啊?"

崴崴道:"你当自己是啥,黑皮老早打听过了,一碗馄饨搞定的货色。"

穿堂风在老街那一头生成,有点歪斜的木杆上,挂着绿皮喇叭,电波里面"阿必大"正在回娘家。虚胖的街灯吊在木头电线杆顶部,有气无力地喘息。崴崴注意到对方眼里闪烁着泪光,他觉得话说过了头,用咳嗽清了清嗓子。

乔乔道:"好,重新来过,有个条件。"

崴崴不响,女人继续道:"帮我去杀个人。"

"杀人? 老大的口气,啥人啊?"

女人往前走:"六里老街的小螺蛳。"

崴崴说:"没听讲过,不过用脚趾头也猜得出来,用馄饨搞定你的那个赤佬?"

女人拐进黑咕隆咚的弄堂,没走几步便豁然开朗,是个院子。她来到自来水龙头前,两只龙头被方铁盒锁住。边上有一口井,井上有圆铁皮,却是虚掩着。她将圆铁皮挪开,用井边的小铅桶打了一桶水，洗起了裙摆。崴崴斜靠在光线照不着的墙壁上，摸出一根烟，点燃，乜斜着月光下的乔乔："嘎灵的女人，为啥没早点认得。"

乔乔把头抬起来，裙子濡湿了一大块，勾勒出大腿的形状。她将湿手朝屁股上擦擦："你要是答应，我就当你姘头。"

崴崴岔开话："听黑皮讲，你老早是浦东中学的，哪能我一点印象也没有。"

乔乔说："我倒是晓得你，鲁智深倒拔杨柳蛮出风头嘞。"

"不是杨柳是泡桐，"烟圈从崴崴嘴里喷出来，"馄饨是哪能回事体？"

乔乔道："馄饨里有迷魂汤。"

崴崴恍然大悟道："做这种事体该杀。"

乔乔收拢了脚步："这句算是答应了？跟我去熟食店吃杯啤酒。"

她说这句话时，把头转到侧面。像是勾引，又像是拒绝，有点回眸一笑百媚生的感觉。崴崴心里骂自己：眼睛瞎掉了，读书时哪能没发现这只妖精。

熟食店打烊后，正面用排门板封住，门上挂了把小锁，一扭就打开了。推门进去，女人将锁环钩在小指上，拧亮了灯泡："防君子不防小人的，反正也不放钞票。"

崴崴留意了一下店面，顶多十个平方，墙面贴着白瓷砖。柜台上摞着两叠搪瓷盆，说明熟食卖空了。他把肩膀靠在门框上："啤酒呢？"

乔乔拍拍冰箱："熟食卖光了，只有几瓶光明啤酒，留给老公帮我看店的辰光吃。"

崴崴道："你结婚啦？"

乔乔道："你跟班没告诉你？"

崴崴哦了一声："黑皮提过，看你不像是结过婚的人，忘记了。"

乔乔道："为啥这么讲？"

崴崴道:"一摸就是姑娘的奶,没喂过奶。我开关失灵,不是输给你,是输给你的奶。"

说着凑上来,乔乔的头在玻璃橱窗上磕了一下,衣服被撩开了,皮肤碰到了冰凉的瓷砖。她咝了一口冷气:"门还没关。"

崴崴用脚往后一抵。她伸出手臂准备拧灯,被制止了:"不要关。"

她由着崴崴把胸罩从腋下抽出来,她夺过来把胸部遮住,"猜猜啥牌子。"

崴崴道:"还用猜,乔乔牌。"

他轻易扳开她的上肢。女人裸露在两米见长、一米见宽的柜台上,被白色的瓷砖衬得更白。

"不对。"崴崴瞄了一眼胸罩商标,贴着女人耳朵道,"古今牌,淮海路上老牌子,下趟我帮你买。"

女人搂住他脖子:"叫你来吃啤酒的,不是来做坏事体嘛。"

崴崴的脑袋埋进女人胸口:"啤酒有啥吃头,你才有吃头。"

女人道:"不要忘记杀了小螺蛳。"

崴崴爬上柜台,女人道:"不牢的,当心坍掉。"

他把宽大的格子裙翻上去,将乔乔的上身盖满。她大腿粗壮,小腿窄细,折在一边,脚上的袜子没脱。

崴崴直起腰来:"晓得我在想啥?"

乔乔道:"想啥?"

崴崴道:"两条腿老碍事的。"

乔乔道:"哪能办呢?要不拿它们斩掉。"

崴崴道:"斩掉就没悬念了,还是留点悬念。"

说着,把窄细的小腿举起来,崴崴朝那个悬念看了一眼,女人头一偏,牙齿咬着嘴唇,崴崴消失了,变成一根泥鳅,没了踪影。

等他重新冒出头,乔乔拧灭了灯:"外头电影散场了,老公今朝中班,我要回去了。"

"啥辰光再碰头?"

"尝到鲜头了?看你表现。"

"古今牌?"

"不许装戆,你答应杀了那个瘪三的。"

崴崴当晚让黑皮去了六里桥老街。六里乡政府周边就屁眼大的地方,黑皮带着两个兄弟很快找到了小螺蛳。小螺蛳抱着脑袋,被推进角落,耳光被抽得刮拉松脆,扑通就跪那儿了。

黑皮拢胳膊作壁上观。崴崴一直告诫他,要有大将派头,不要手痒,动刀动枪这种低档活让手下去做。他听进去了,在边上看白戏。

小螺蛳在那儿讨饶,救兵刚巧经过,是六里派出所警察王庚林。王庚林和黑皮当然打过交道,黑皮这样的杀胚,没案底是不可能的,辖地警察自然了解他底细。说起来警察是流氓的天敌,但有时关系并非想象中那么糟糕。黑皮派了一根万宝路给王庚林,被挡开了:"整天瞎混,香烟倒比我吃得好。"

黑皮手下知趣地停止施暴,搭着小螺蛳肩胛,撸他的头,作出兄弟内讧的样子。

黑皮道:"一人吃饱,才能吃好,香烟吃得好是不像你要养家。"

王庚林朝那边瞅一眼:"咦,小螺蛳啊。"

小螺蛳嘴被堵住,双脚乱蹦,被呼隆着往远处走。

黑皮再次把烟递上,王庚林瞪他一眼:"拿来我看看,会不会'大卡'?"

黑皮把整盒丢过去,王庚林接住,也没看,插进裤兜里:"关照你,拳头不长眼睛,不要神知巫知。"

黑皮嬉皮笑脸道:"是自家弟兄搞'白相',放心,不会出啥事体。"

朝远处挥挥手："放人放人。"

王庚林走进团结饮食店，把缴获的万宝路放在桌上，叫一声："阳春面加素鸡，不要别的浇头。"一个中年女人揭开串珠帘子露出脸来。

串珠五色相杂，用竹子加工成桂圆形状，上了色，用蜡线穿起来，在外屋和里屋之间悬着，很多人家都装了。王庚林家也有一幅，是他在摊头上看中的，摊主是许巷二队的刘二裤子。刘家两个老的是捡破烂的，养了三个儿子只有一条裤子，轮流穿了好几年，刘大裤子刘二裤子刘三裤子就这么叫开了。

刘二裤子认识王庚林，开价一块二，说是成本价，王庚林扔下一块钱就走，刘二裤子脱口而出："姓王的，要不是看在你这身皮子，保管要你好看。"

王庚林折回来："现在通知你，无证设摊，全部没收。"

刘二裤子吃瘪，一下子不知怎么应对。王庚林朝地摊踢了一脚，骂一句"拎不清"，转身走了。

刘二裤子冲着他喊："前世不报今世报，活该女儿变戆大。"

他只当没听见，疮疤揭开了当然疼，过一段就结痂了。再揭开，会更疼。如此反复，最后剩下了疤痕，长在那里，却不疼了。

女儿王月颖是针织五厂技校毕业前夕出的事——她高考过一次，失败了，回过来再考了技校，这是最不划算的"回锅肉"。若开始就考技校，初中毕业就可以，白白浪费三年高中——她在浦西国货路一边上课一边实习，离开正式分配还有小半个学期。她属于死记硬背型，拿着书可以啃掉整个星期天，也不大出去玩，成绩却中不溜丢。

王月颖不是读书的料，王庚林并不担心。毕竟是寻常人家的女儿，又随她姆妈的农村户口，并不指望她鲤鱼跳龙门。女儿性格文静，长得不差，见了生人脸就红了，谁见了都怜爱三分。以后找个国有企业干部当乘龙快婿,再不济就找个技工,生个一男半女,小日子舒心就行了。

王庚林能这么想,说明是个明白人。不像那些不切实际的家长,对儿女充满幻想。王月颖虽天资一般,却是好主妇的材料。很早学会了下厨,有几道拿得出手的看家菜。女红更是特长,针线活做得比在乡办绒毛玩具厂当小组长的姆妈还好。薛秀芬只会结平针绒线衫,王月颖会花针,还会那种两面结的四平针,不知从哪儿学的。

绒毛玩具厂接受市外贸公司订单,委托加工洋娃娃。厂里拿到新产品订单,薛秀芬会拿个样品回来琢磨,王月颖看一眼就知道窍门在哪儿。指给姆妈看,果然是捷径。慢慢薛秀芬就有了依赖,新样品一到,直接放在她跟前:"快帮姆妈看看,哪能做可以又快又好?"

拿回家的样品就归了王月颖,日积月累,攒了一百多个,将卧室占满了,王月颖却一个不舍得丢。这也正常,女孩哪有不喜欢洋娃娃的。薛秀芬让女儿筛掉一些,因为房间已没地方落脚,王月颖不肯,王庚林找来几个瓦楞纸箱,把洋娃娃们压扁了装进去,摞在墙角。

到了初中,女同学开始拔个,王月颖也日长夜大,快赶上薛秀芬高了,睡觉却搂着洋娃娃。她最喜欢十一岁那年得到的一只,红色连衣裙,圆脸盘,鼻侧点着很多雀斑,嘴角耷着,有点不高兴的样子。王月颖说和自己像,把嘴角一耷,果然神似。

晚上熄灯前,薛秀芬道:"我觉得颖颖开化得比同龄人晚,好像长不大。"

王庚林道:"小囡讲大就大了,一夜睏醒就开窍了。"

薛秀芬道:"还抱洋娃娃睏觉,又不是小毛头。"

王庚林道:"胆子小,从小睏觉抱牢大人,现在一个人睏,只好抱洋娃娃。"

未曾想,这竟是夫妻俩的诀别对话。薛秀芬和女儿平时起得比王庚林早,绒毛玩具厂和学校都是七点考勤,派出所是八点。王庚林常夜里执勤,喜欢多赖会儿床,母女俩不惊扰他,就着酱瓜,扒几口泡饭,出了门。

下午一点多,王庚林正在开会,传来消息,绒毛玩具厂食物中毒,全厂撂倒七十多号人,六里卫生院病床不够用,天井走廊里呕吐和呻吟声不绝于耳,情况严重的被浦东中心医院救护车接走了。

如此大面积中毒,派出所第一反应就是投毒案。辖区里出了这么大的事,所长脸都绿了,全员出动,奔赴事发地点。

王庚林没去绒毛玩具厂,直接去了六里卫生院。在那里他没找到老婆。薛秀芬是第一个被救护车接走的。等他赶到浦东中心医院,薛秀芬已被白被单盖住了。

先后转院的共十二个重症病人,没抢救过来的除了薛秀芬,还有食堂的厨师六截头。其余经过灌肠洗胃,脱离了危险。许巷四队的老宁波落下了手抖的毛病,另外,一个年前从三林乡嫁来的新娘子流产了。

川沙县公安局刑侦大队出具了调查报告,定性为恶性投毒。疑犯正是厨师六截头,犯罪动机系赌债高筑而报复社会。六截头在番茄炒蛋里加了毒鼠强,喜欢这道菜的人也中毒最深,六截头畏罪自杀,故意吃了很多。

女主人没了,家里灶头突然冷了,没人想着做饭,好像也没胃口。开完追悼会回来,王月颖不吃不喝,关在房间里,哭会儿睡会儿,再哭会儿再睡会儿。到了夜间,刚躺下的王庚林听到吱扭一声,女儿把卧室门打开,走到跟前:"阿爸,我不敢一个人睏觉。"

十三岁的王月颖抱着洋娃娃,爬到爸爸床上,像一根冰棍冷飕飕的,王庚林吸了口寒气,女儿在抖,像是受了寒,也像是病了。

果然是病了,到了下半夜,小姑娘变成了燃着的煤球。王庚林翻箱倒柜,找出几粒退烧药让女儿吃。干脆不睡了,去灶披间生煤炉:把刨花点着,添上劈好的柴火,拿破扇子使劲扇,最后夹煤饼,让火苗慢慢舔燃。很多年没干这活了,折腾了半宿,待四个热水瓶灌满,已是晨曦初露,淡月和初阳相望的时分。

过几日,王月颖寒热退了,却不肯回自己卧室,搂着爸爸,把洋娃娃抛在一边,睡得特别死。王庚林把胳膊抽出来,过了片刻,她又像爬山虎一样附上来。

王月颖和他长得像,长手长脚,看上去显瘦,却是"藏肉",四肢搭在身上蛮沉的。王庚林用脚趾钳住对面的被角,想把一个空隙掖好。他的腿搭在女儿腿上,光溜溜的皮肤让他赶紧缩回来。女儿的呼吸吹进脖子,是晚上吃的葱花炒鸡蛋味。王庚林睁着眼睛,看户外笔直的树影,是水杉。睡不着了,把洋娃娃塞进女儿怀里,蹑手蹑脚起了床。

从周家弄老街走到六里老街,无近路可抄。这一段浦三路遍植柳树,东歪西倒在河沟之侧。河沟与大河的动脉早断了,杂生的水草里能摸到黄鳝、龙虾和蝤蟆。视野跳过河沟,是庄稼和村子,除了狗吠,便是青蛙的聒噪声。

过了六里桥,沿石阶下行,王庚林钻进了弄堂,闭着眼他都能识出每一个拐角。在一道竹篱笆护着的后窗,他叩响窗户玻璃,一声轻三声重,是个暗号。

里面橘黄色的灯亮了,是啪踏拖鞋的声响,王庚林转到后门,一个女声埋怨道:"这么晚,啥人啊?"

门开了,他一把将女人抱住:"邱娘,是我。"

邱娘道:"你这个屁骚精,老婆死了才几天,就屏不牢了?"

她刚从被窝里出来,穿着背心和肥大的平角裤,王庚林把她放在床上,她用赤条条的腿踹他:"当我是痰盂呀,吐口痰就走。"

王庚林习惯了邱娘的抱怨，他并不喜欢这个嘴角有颗大痣的寡妇。她爱捋痣上的那根毛，说是媒婆痣，王庚林嗤之以鼻："老鸨痣还差不多。"

每次从她身上下来，王庚林发誓再不来了。因为那颗痣，她面相看上去有点促狭。她男人很早就在中泾汾溺水死了。人家说颧骨高的女人克夫，可她颧骨并不高。王庚林心里犯嘀咕，多和这张脸睡，迟早触霉头。

但面对一条房檐上的活鱼，偷腥的猫难免心痒难耐。隔一段，忍不住去偷食，只是从不过夜，一完事便匆匆走了。

王庚林知道自己不是邱娘唯一的相好，他撞见过一个，隔得远，没看清背影是谁，但多半是熟人。在派出所干了那么多年，方圆三郭四寨没他不认识的，也很少有不认识他的，他庆幸没撞个满怀。

却抑制不住好奇心："是啥人？"

邱娘冲了他一鼻子灰："跟你一样，骚卵泡一只。"

王庚林将记忆中的背影搜罗了一遍，有几个人很值得怀疑。当然只是怀疑，猜谜有猜谜的乐趣，真有了答案，就没劲了。

邱娘是个实惠的女人，从不撒娇地问："你讨我做老婆哦啦？"

王庚林反倒有过一两次，跟戆大一样"鲜嘎嘎"地问："我讨你做老婆好哦啦？"

邱娘咬着下嘴唇，扭着她的大屁股，只当没听见。王庚林只好将注意力集中起来，邱娘如狼似虎，反扑咬住他肩胛。斜对面房里睡着小螺蛳，她不敢大叫，叫喊闷在腹腔里，像要哭出来了。

第二天吃过晚饭，王庚林找女儿谈话："你大了，应该和大人分开睏觉，你姆妈活着的辰光，你自己睏了三年多，不能越活越小了。"

王月颖不吭声，走到自己房间去。第二天上午，早饭都没吃，背着书包上学了。王庚林追出去老远，把一团裹着油条的粢饭塞进她手里。

晚上王庚林下班,女儿已经回家了,饭烧好了,把昨天剩下的菜热了一下,新做了一条红烧河鲫鱼摆在桌上,父女俩吃了个冷场饭。王庚林把收音机打开,瞎扭几下,在曲艺节目那儿停下来,是马三立的单口相声。这天津老头伶牙俐齿,就是收音机信号不怎么清楚,听起来吃力。王庚林朝女儿看一眼,她捧着饭碗,对马氏相声置若罔闻,王庚林也不觉得好笑,脸绷着,多刺的河鲫鱼差点卡了喉咙。

扒下最后一口,王月颖把饭碗放在桌上,推开自己的卧室,吱扭一声阖上了门。日子悄无声息地隐伏在父女间,小女孩再没爬到爸爸床上去。直到有个早晨,女儿吱扭一声打开卧室,一夜工夫,王庚林面前完全是个大姑娘了。

他愣了一下,女儿跟自己齐眉高了,目测不会低于一米六五。也学会打扮了,过去留着童花式,现在刘海两边梳开,头发也是一夜间蓄长的,从脸颊披下来,在肩头顺开,又黑又直,衬得一张巴掌小脸特别清秀,跟薛秀芬年轻时一个模子拓出来似的。

王月颖背一只绛紫色挎包,为了赶时间,站着将一碗泡饭喝完,攥了一夹酱菜丢进嘴里:"阿爸,我上班来不及了,碗帮我汏一汏。"

其实,王月颖还没有正式上班,只是在针织五厂实习,不过技校毕业后留厂是铁板钉钉,算是编制里的职工了。

王月颖考上技校后,王庚林和林家婉关系公开化。王庚林毕竟才四十出头,鳏居几年了,续弦对他来说,是早晚的事。林家婉是他同事,比他小一轮,是个耽误了的老姑娘。个子矮小,样貌普通,在户籍资料室当保管员。王庚林相比林家婉算得上一表人才,资历老业务熟,但毕竟带着拖油瓶,人家总归是未出阁的黄花闺女。

当然，谈婚论嫁不是买卖，账算得太清，就没法相处了。王庚林三天两头去资料室，每次都看见林家婉抱一本书，她这工作清闲，王庚林不用去看封面，就知道是腻歪歪的文艺小说。

两人处对象也说不清是谁挑的头，同事间知根知底，两个人都很实际，照王庚林的话就是："我是寻个伴，你是嫁掉省得爷娘啰唆，正好你当资料员，两本户口簿并成一本老便当的。"

婚事定下来后，王庚林跟女儿聊了一次。王月颖道："你结婚跟我有啥关系，不过最好等我毕业再办。"

王庚林道："为啥？"

"到辰光我搬出去，或者寻个人嫁掉，屋里厢留给你们过日脚。"

"你哪能这样想？"

"不打搅你们有啥不好？"

王庚林叹了口气，没再多言语。过了几天，带林家婉来家里，王月颖看到一个陌生女人进来，猜出是谁，冲她点点头，挤出一张夹生的笑脸，回自己卧室去了。

这以后林家婉常来王家，开始几次是客人，慢慢做起了家务，袖口一捞，洗碗抹桌子拖地，有点女主人的味道了。

王月颖看见林家婉照例笑一笑，也不和她争做家务，林家婉没话找话时，她也搭上几句。王庚林很久没进女儿卧室，这天吃过晚饭，林家婉在天井里封煤炉，王庚林推开门。台灯橘色的光芒很弱，王月颖斜在床上结毛衣。她没什么爱好，闲暇时光都给了女红。结的是件驼色毛衣，看款式是男式对襟衫。门忽然推开让王月颖一惊，把手里的活塞进被子里。王庚林在床头坐下，朝毛衣瞥一眼："帮阿爸结绒线衫啊？"

王月颖打了个格楞："不是，哦，帮你结的。你欢喜，结好了拿去穿。"

王庚林道："吞吞吐吐的，一听就不是帮我结的，看来外头的闲话不是瞎传。"

王月颖不吱声，眼帘垂下去，拨弄着毛线球，王庚林道："已经帮人家结起绒线衫来了，真不是瞎传。"

王月颖怯生生道："啥人在瞎话三千？"

王庚林道："瞎话三千？我辖区里在针织五厂上班的人那么多，世上有不透风的墙？关照你，趁早跟他掰掉。阿爸在六里桥也是有腔调的人，女儿跟四十多岁老男人在一道，我叫他阿爸还是兄弟？"

王月颖道："你年龄比林阿姨不是也大了老多。"

王庚林道："我比她大十几岁，那个赤佬养也养得出你。"

王月颖道："年龄不是最要紧的，要紧的是对我好。"

王庚林道："啥叫对你好，到天上去摘星星，还是为你堵枪眼？"

王月颖道："他讲为了我，做啥都可以。"

王庚林道："这闲话去骗鬼，做啥都可以？肯为你去死哦？"

王月颖下巴抬起来："他肯嘞。"

王庚林盯着女儿："你被灌了迷魂汤，关照你趁早断，师傅勾引学徒，我去告他。"

王庚林只是恫吓女儿，如果真去厂里闹，女儿名声就给毁了。他指望女儿能回心转意，未曾想，王月颖逃夜了。平时五六点到家，这天过了八点还不见踪影，等到晚上十点，王庚林待不下去了。骑自行车去浦西针织五厂技校，路不算太远，从南码头过江，拐两个弯就到了。从合拢的大铁门罅隙望进去，校区黑漆漆的。针织五厂就在隔壁，厂房里很多窗户都亮着，能听见挡车的轰鸣声。王庚林踌躇要不要进去，最后放弃了。

往回骑的路上，王庚林费劲地踩着，前后胎好像都漏了气，每一下都陷在泥坑里。

第二天一早，王庚林去单位打了考勤，又骑车过江。走进针织五厂技校，没找到女儿。同学说王月颖今天没来，王庚林发现同学们好像猜出他此行的目的。他知道女儿的事已不是秘密。

那个人叫吴云朝，是政治课老师。家住董家渡，老婆是烟杂店营业员，两人没小孩，关系不好，闹离婚多年，始终没离成。

这跟王庚林的情报小有出入，原来的版本是王月颖在车间实习，跟带她的师傅好上了。传言有纰漏是正常的，把师生恋说成师徒恋甚至算不上纰漏。他准备去会一下吴云朝，问下来才知道，今天他同样没来学校。

王庚林打听吴家地址，却没人知道。他想去董家渡挨家挨户找，可偌大区域，没详细门牌根本无从找起。只好作罢，让林家婉帮忙查，她管户籍，南市区公安系统找到熟人不是难事，应该很快能查到。

返回浦东的路上，王庚林肚子饿了，这才想起没吃东西就出了门。他骑回家准备扒两口剩饭，在天井里停自行车，王月颖已经回来了。隔着窗户四目相对，王月颖急忙跑进卧室，王庚林奔过去，把门擂得咚咚响。王月颖反锁着不开，王庚林没办法，找来榔头开始砸锁，王月颖吓得在里面大叫起来。

这一闹，邻里被惊动了，天井铁门没锁，拥进来不少人，扒着窗户张望，王庚林冲大家笑笑，摸出烟点上。他一停止砸锁，王月颖也安静下来。王庚林是要面子的人，等邻里散开了，他把天井铁门反插上，没再继续砸锁，父女俩隔墙对峙。临近晌午，王月颖把门打开了，王庚林看着她，火气好像消了，心平气和地问："接下去你准备哪能办？"

王月颖提着一只包，斜挎着另一只包，眼泪扑簌簌往下流："我晓得你不要我了，我走了，你跟林阿姨好好过日脚。"

一只伤心虫咬破了王庚林的心脏，血淋嗒滴地钻出来。他不知道怎么阻拦，眼睁睁看着女儿朝外走。他追出去，晌午的老街上一如往昔静寂,王庚林张着嘴,却发不出声来。女儿是一个大姑娘了,有主见了,女大不中留啊。王庚林眼泪没忍住,哭了。

床上放着那件驼色对襟衫,叠得方方正正,和店里买的比,就是领口缺个商标。这毛衣或许就是给他织的,穿在身上特别合体,可王庚林只是试了一下,嘴里骂道:"啥人稀奇。"脱下扔在了地上。

林家婉通过关系找到吴云朝住址,王庚林却放弃私了的打算,准备去厂里告。他这边刚准备付诸行动,吴云朝那边已后院起火。先他一步,吴云朝老婆把技校炸开了锅。校长刚把两名当事人叫到办公室,吴云朝老婆把攥在手里的保温瓶拧开,挥起就泼,吴云朝和王月颖退后已来不及,粪尿迷住了他们眼睛,办公室臭得不行。有人强行把吴云朝老婆架出去,这泼妇两脚乱蹬:"不要面孔,屋里厢一分铜钿不拿回来,外头倒有铜钿借房子搞屄搞卵。"

经厂部和校方磋商,处理决定很快公布,吴云朝开除公职,王月颖勒令退学。

公告的第二天,吴云朝死了。他和王月颖相约殉情,在针织车间很容易找到布条,自行车棚的一大块阴影里,他把头颈套进绳子里。

王庚林闻讯赶来,王月颖坐在医务室里,缩成一团,眼神混沌。看到父亲,把胳膊抱得更紧了,控制不住战栗,不是肌肉的失控,而是完全的失控。

她能活下来,是因为绳结是活口,人一挂上去就松开了。两根绳的结都是吴云朝打的,是他不想让王月颖死,还是一时疏忽没打好,成了人们茶余饭后的谜题。

这个惨烈的结果,让厂方陷入被动。吴云朝老婆矛头立刻转向,她一口咬定是厂方的开除把丈夫逼上了绝路,要求立刻恢复吴云朝厂籍和名誉,同时提出了一笔可观的抚恤金,后来得到了一定程度上的满足。

不久技校也恢复了王月颖学籍。

女儿重新回到了自己身边。让王庚林不舒服的是,有人赔上了性命,虽然心里讨厌死者,但死亡本身总让人不能释怀。吴云朝最后的行为,令他对这个男人产生一丝宽宥。他相信吴云朝是故意把绳子打成了活口,也相信了他真的愿意为女儿去死。

王月颖整天以泪洗面,自囚在卧室里,有时一天吃一顿,有时一顿也不吃。王庚林知道急不来,过了这段就好了,他这样想。

虽然恢复了学籍,王月颖却一直没去上课。这一天,王庚林和林家婉一起回家,煤球炉熄了,他去生炉子。林家婉挽袖准备做家务,突然呀了一声,王庚林拿了一把引火的刨花进来,"啥事体?"

林家婉朝王月颖卧室那边指指,门洞开着,王庚林只看了一眼,就愣在那儿了。墙上敲满了钉子,洋娃娃密密麻麻挂满四壁。每个洋娃娃都耷着舌头,是新缝上去的红布条。

林家婉捏着他的手:"这么多吊死鬼,屋里厢变阎王殿了。"

王月颖从墙根那儿走过来,舌头也像红布条一样耷着,看着面前两个人,世界好像从她无边无际的眼神中消失了。

3

转天黄昏,崴崴来找乔乔,站在熟食店马路对面,看乔乔套了件白大褂,跟医生似的。店里有个帮手,一个脸蛋红扑扑的外来妹。生意不错,排起了小队。

天开始暗下来,顾客散去,崴崴穿过马路,走到隔壁烟杂店,买了一包果丹皮。待转过身来,女人已站在身后,白大褂脱掉了,穿着米黄色葫芦领短风衣,同样颜色的腰带,用一个兰花结把身段扎了出来。

他把一根果丹皮往乔乔嘴里塞,乔乔头一偏:"啥人叫你拿小螺蛳押到店门口来嗰?"

崴崴缩回手:"我不晓得,哪能啦?"

"你跟班拿小螺蛳押到我店门口来了,算邀功啊。"

"他们大概想让你晓得,教训过小螺蛳了。"

"你答应杀小螺蛳的,请他脸上吃几只青皮蛋就算啦?"

崴崴脸上不活络了,果丹皮当作口香糖,光嚼不咽。乔乔凑上来,在他左腮唓了一口:"算了,还算讲信用,等一歇收工了我在店里等你。"

转身刚准备离开,崴崴道:"慢一歇。"变出一个纸袋,乔乔接住,朝里面瞅了一下:"下作胚,脑子坏掉了。"

崴崴道:"今朝我特意去了一趟淮海路。"

乔乔朝他瞪一眼,转身走了。

一辆拖拉机由北向南,浦三路扬起了很重的灰尘。地上的树叶脏脏的,道旁的阴沟留着新鲜的淘米水,鼻涕虫安静地贴着泥,又肥又大,没人看到它是怎么长成的。

望着女人收拢的腰肢和扩出去的胯部,崴崴觉得身体烘热起来。这些年,他经手的姑娘不少,涉世未深的女孩,或老吃老做的"垃山"。乔乔两者都不算,又都沾点边,忸怩有时泼辣有时,该瘦的地方瘦,该胖的地方胖,令崴崴十分着迷。熟食店不适合男欢女爱,崴崴把乔乔带回家来,上楼,钻进房间,把门一闩。

乔乔偶尔会在柳家过夜,前提是老公马为东上夜班。世上有些注定要戴绿帽子的男人,马为东就是这样一个可怜的家伙。乔乔红杏出墙的消息传得满城风雨,他却拿乔乔没辙。他在熟食店拿啤酒当水喝,在六里电影院门口发酒疯。跟花痴似的,冲着过往女人傻笑,脚步跟跄,大家躲得远远的,生怕嘴一张吐到自己身上。

马为东和乔乔是赤屁股一起长大的。两家是隔壁邻居,曾为了天井搭建,大人大打出手。后来矛盾解决了,关系却一直不冷不热。见面打个招呼,做生日也会端碗寿面过来,但总是硌了条缝。

马为东有个姐姐叫马为青。技校毕业在浦西大木桥的上海客车厂上班,嫁人很早,其实是奉子成婚,未到婚龄就和轮渡驾驶员小金办了酒席。

乔乔学名梅菊乔,父亲车建国是老中专,市商业一局干部。母亲梅亚苹年轻时是周家弄一枝花,追她的人排到六里桥。但梅家是独女,提出的条件是入赘,后生们就打了退堂鼓。车建国是一对远亲夫妇介绍来的,那对夫妇同时也是梅家远亲。车建国第一眼就喜欢上了梅亚苹,梅亚苹对他也很满意。她虽然年轻漂亮,毕竟是没什么文化的村姑。车建国是市区户口,全民单位干部,戴副眼镜像个知识分子。接触了几次,双方谈婚论嫁,梅家通过介绍人告知了底线,梅亚苹担心对方拒绝入赘。介绍人很快有了反馈,车建国答应当上门女婿,梅亚苹才把心放下,她父母乐得合不拢嘴,忙着翻皇历,把良辰吉日定了下来。

车建国知道入赘意味着什么,孩子随母姓不随父姓,寄人篱下夹着尾巴做人,背后还要被街坊指着脊梁数落。他之所以这么做,不是色迷心窍,也不是忤逆不孝,是没办法。当时他祖父母健在,加上父母和一弟三妹,一家九口蜗居在闸北苏州河边三十多平米的老宅里。作为长子长孙,他只能做这样的牺牲。

梅菊乔出生前,梅亚苹掉过一个男婴,原因是肚子六个月大时,在田埂上摔了一跤。梅亚苹的流产被说成了报应,在老人看来,入赘很不作兴,是夺人子嗣。梅家吃瘪,等梅亚苹又怀上,指望是个男婴好堵别人的嘴,呱呱落地的却是女孩,这下彻底吃瘪。梅亚苹嫌生小囡苦,没再要孩子,乔乔和她一样成了独生女。

马为东和乔乔是青梅竹马。这一圈紧挨还有四五户人家,能玩到一块的清一色是丫头,只马为东一个男的。这会出现两种情形,要么他是贾宝玉,丫头们围着他转。要么是戆噱噱的小草包,被丫头们戏弄——马为东是个没主见的蠢头,喜欢弯着腰给丫头们"跳山羊"。他体格宽厚,背上飞过一个劈开腿的女孩,他纹丝不动。乔乔和马为青身手矫健,一跃而过。胆子小的女孩不敢跳,欢叫着跑来,低头绕过去。

仇香芹看见了,跑过来拧儿子耳朵:"你有毛病呀,从女人裤裆下过,真触霉头。"

把马为青也骂一遍:"小戾,脑子被枪打过啦。弟弟哪能可以被人跨裤裆,去跪搓衣裳板。"

到了春心萌动的年纪,马为东暗恋乔乔,把心思告诉姐姐,马为青立刻打消他念头:"乔乔不会看上你,你是单相思。"

马为东道:"小辰光我还救过她命呢,要不是我,她就烧死了。"

马为青道:"没用的,过去这么多年,人家老早忘记了。"

马为青判断没错,乔乔是个骄傲的姑娘,看不上戆头戆脑的马为东。

"那后来哪能嫁给他了?"崴崴翻身下床,晃荡着大裤衩去拿烟。

乔乔答非所问道:"他是独苗,讨我做老婆也蛮委屈的,我养不出小囡,你看我跟你做从来不采取措施的。"

崴崴翻开朗生打火机,"铛"的一声,把烟点着,重新上了床。乔乔把脚搁在崴崴肚子上,脚趾夹住肥嘟嘟的素鸡肉,痛得崴崴一咧嘴,在女人光屁股上抽了一下。女人手臂支撑着坐在他身上,"你这只骗子,啥辰光拿小螺蛳杀掉?"

崴崴知道,让小螺蛳受些皮肉之苦并不能解乔乔心头之恨。崴崴自然不会昏了头去杀人,乔乔也清楚把小螺蛳杀掉的说法是形容词,可她抓住这个把柄不放,表明她确实存在着那样的欲望。

平心而论,崴崴对这件事是上心的,他让那可怜的家伙成了惊弓之鸟,不定期会遭到殴打。小螺蛳甚至去派出所报过案,被定性为互相斗殴,各打五十大板。结果没走出多远,就被拖进弄堂,差点把屎给揍了出来。

尽管如此,乔乔对小螺蛳的仇恨没丝毫减轻,她好像丧失了基本的恻隐之心,频吹枕边风,要求下一轮袭击。崴崴对她无休止的报复产生了厌倦,他感到样下去迟早要出大事:"已经吃了老多次生活,可以了结了。"

乔乔道:"还讲帮我杀了他呢,你这个骗子。"

让乔乔恨之入骨的小螺蛳是没混出道的小流氓,属于散兵游勇,没势力,也没自己的跟班,平时猫在团结饮食店里。这家店是县供销社饮食公司开的,店面却是向他家租赁的。饮食公司之所以看中此屋,是因为位置特别好,在六里老街中段偏南,人流密集,房型也正气。最初谈判的时候,邱娘提出房租可以优惠,由她来当店经理,儿子小螺蛳做原料采购。这两个最重要的岗位一旦旁落,等于失去了这家店,饮食公司当然没同意。双方妥协的结果是,邱娘当收银员,负责发筹,小螺蛳做原料采购。饮食店早上卖大饼油条豆腐浆,白天卖馄饨和各式浇头的面条。

六里蔬菜市场推销员小开是饮食店常客,一来二去和小螺蛳混熟了。小开因职务便利,在蔬菜上为小螺蛳省了不少钱。小螺蛳按市价跟店里实报实销,合法贪污。他的皮夹比同龄人要厚实不少。小开拿一些回扣当外快。有了钱,他们就去"撮妹妹",却是单独行动,有了战利品互相看一下,作些暧昧的评价。

虽都好色,格调却不同。小开吊儿郎当,很少陷进去,带出来的姑娘样子都不错。小螺蛳不时为情所困。同绰号一样,他生得又黑又小,形象猥琐。他对猎艳并不自信,选择了守株待兔,目标锁定在饮食店,在熟客中找机会。得手次数并不多,都是些见钱眼开的货色。也有姿色偏上的,宰起他来更心狠手辣。幸好他对"孔方兄"不吝啬,只要能力允许,都会满足女人的要求。

由于地理的局限,两人难免撞车,各自凭本事豁上,往往是小开得手,乔乔即是一个例子。

说起来,还是小螺蛳先发现了乔乔这个美人坯子。仿佛伯乐识马,他对初中生乔乔作出大胆推测,不出两年,这个常来吃开洋馄饨的小姑娘会出落成大美人。小开对此嗤之以鼻:"小鼻头小眼睛,也不会好看到啥地方去。"

小螺蛳道:"到辰光看。"

果然女大十八变,到了高中,乔乔这朵花绽放了,被小开诟病的眉眼长开了,又翘又鼓的乳房,使她走路不自在地埋首含胸。虽然"大馒头"绰号不好听,不过她已跻身浦东中学新校花行列了。

这当然没逃过两个采花贼的眼睛,他们再度做起了情敌。这是没悬念的竞争,小开先下一城,吃到了乔乔的"大馒头"。虽然点到为止,却是第一个接触到乔乔敏感部位的男性。可惜他和乔乔的交往未能深入,乔乔对他有了戒心,再不赴他的约了。

小开入狱不久,乔乔考入上海师范学院中文系。学校在浦西漕河泾,从乔乔家所在的周家弄老街走到南码头过摆渡,乘43路车抵达目的地。路面疙疙瘩瘩,单程要两个多小时。和其他大学生一样,乔乔开始了住校求学生涯。礼拜六上完自修课,赶回浦东,爸爸妈妈正等着她吃晚饭。次日上午陪家人聊一会儿天,午饭后出去转转。赶得及就回家吃晚饭,赶不及直接返校,学校要求十点半前宿舍熄灯。

乔乔对未来充满憧憬,她文章写得不错,初中参加川沙县作文比赛,拿过全县亚军。大学毕业后她想留校执教,或去重点中学当老师。洋泾乡的建平中学就不错,那是浦东最好的完全中学,也是浦江东岸唯一的市重点,是她中考填的志愿,可惜差录取线三分,与它擦肩而过。

这个灰塌塌的下午,乔乔走在六里老街的弹街路上,经过团结饮食店。这是一座典型的浦东老宅,青砖黑瓦。因为要营业,将门廊撑大了。乔乔看了眼熟悉的招牌,脚步停下来。她其实并不饿,可在那一瞬间,她的味蕾产生了怀旧,那碗鲜美的开洋馄饨,她过去是三天两头要吃的。她走进店堂,在临窗位置坐下。

时值午市和晚市之间,店里一个客人也没有,乔乔叫了一声:"有人哦?"

无人应声,她准备离开,小螺蛳却掀开了里屋的串珠帘子。

小螺蛳舌头没捋直:"大……"差点脱口而出,"……馒头。"倘若如此,乔乔必扭头就走。

小螺蛳对她谄媚一笑,"是……大……学生啊,听讲你考取华东师大了。怪不得不来了。"

乔乔虚荣心被撩拨了一下,浦东中学高考成功者不多,她有资格听听这种恭维话,纠正道:"不是华东师大,是上海师院。"

小螺蛳道:"一样的一样的,了不起。老花头开洋馄饨?"

乔乔对小螺蛳印象不好。守在收银桌旁独坐钓鱼台,目光飘来飘去,是那种色胆比色心小的家伙,她摆正坐姿道:"你那赤膊兄弟现在哪能啦?"

小螺蛳道:"你问小开?还在牢监里关着呢。你等一歇,我去下馄饨。"

乔乔将脑袋转向窗外,从这儿望出去,可见浦东中学教学楼,和在风中猎猎作响的国旗。旗杆孤零零地矗立在操场中央,旗子像一块丢向空中的红布。

乔乔有些怅然若失,又不知缘起。初高中加起来,在浦东中学待了六年,虽离开时间不长,突兀间倒有了生分,那些青涩岁月被一笔勾销了似的。

这学校,眼下已称得上破败。当初却是真正的名牌。它的诞生还是个传奇,晚清有一个叫杨斯盛的本地人,靠建筑发迹,赚了大钱。他的工程队参与了外滩早期的建设,最有名当数黄浦江和苏州河之间的外白渡桥。这人后来热昏了头,把家当兑成三十万两纹银,办了规模宏大的西式完全中学。据说此举惊动了慈禧太后,给他封了个什么爵位。可圣旨尚未接到,老太婆就一命呜呼了。

杨斯盛自己没念过书,却毁家办学,是个滑稽的人物,但也因此扬名立万。外滩曾有过十大铜人码头,他就是其中一座。浦东中学落成后,延聘的首任校长是后来当过政务院副总理的黄炎培。黄炎培当时的面子在江湖上已有人买账。教师中不乏赫赫有名的人物:陈独秀、郭沫若、沈雁冰、恽代英……学校鼎盛时有"南浦东,北南开"之说。学费贵得要死,来自各地显赫人家的子弟从浦西踏上小舢板,摆渡到穷乡僻壤的六里桥,皮箱里装满了沉甸甸的银洋钿,拎上岸要找伙夫帮忙。蒋介石的儿子经国、纬国,左联的胡也频、殷夫,拍电影的谢晋,写小说的马识途都在此求过学。

1949年以后学校慢慢衰败,不再有名师执教,面积受到蚕食——与之毗邻的六里蔬菜市场占的就是它的地皮,紧挨着白莲泾的大片民居也是校舍与园艺被推倒后形成的——沦为一家不起眼的乡村中学。农家子弟是学生主体,校园里叽里呱啦都是乡气的浦东话。偶有市区来借读的学生都"神兜兜"的,而土著同学往往成为他们的拥趸,跟在后面模仿着"高雅"的市区口音。

乔乔也是农村户口,家里有自留地。不过在现实生活中,她被认为是"上海人",这得益于她一口流利的"上海闲话"。她在周家弄土生土长,发音却没有浦东腔,是因为生活小环境,加上她是有心人。虽然她姆妈梅亚苹满口乡音,爸爸车建国却是地地道道的浦西人,周围邻居也有不少在浦西上班,平时串门"上海闲话"和浦东话轮番上阵。乔乔小时候乡音很重,从中学开始,她察觉到了语言中的尊卑,有意识学起了"上海闲话"。而所谓"上海闲话"和本地话的区别,仅仅是声调的平仄起伏。但说起来容易,要每个字咬准,却要有语韵的天赋,不然很容易穿帮。

因为改口早,乔乔的"上海闲话"说得相当不错。虽然中学时还有知根知底的同学不无妒意地诋毁她:"明明是乡下人,弄得像上海人一样,真触气。"可等到考入上海师院,这种优势让她更平等地融入了新环境。

她考入的这所高校,以培养未来中学教师为主,沪籍学生占多数,"上海闲话"是校园官方语言。浦东、南汇、崇明等沪郊方言,以及来自天南海北的代培生和进修生使用的外埠方言,都属于土话。听的人未必有心,说的人却有受歧视的感觉。这样的氛围中,用普通话交流当然是不错的选择。问题是,如果一群沪籍同学聊天,情况就会微妙得多。

语言也是生理现象,换个语境会水土不服。乔乔在学校习惯了用"上海闲话"和同学相处,周末回家反倒有些别扭,因为姆妈说的是浦东土话。语言还是特权,乔乔自己没意识到,却已和发小同窗渐渐疏远。是否她真看轻那些乡音很重的老同学,还是学业繁忙无暇联络,不得而知。不过,仍可从她交往的对象上看出蛛丝马迹。她和涓子比较热络。说起来,她们从高二才开始做同学。涓子是从五角场转来的插班生,父母离异后住到了六里桥外婆家。班里只有她俩说"上海闲话",因为这个原因,她们一见如故。去年涓子高考落榜,顶替她姆妈到针织五厂当了挡车工。她很不甘心,虽然她不漂亮,还是戴眼镜的"架梁",可心气很高,毕竟人家是正儿八经市区户口,标准上海人。

涓子准备考成人夜大。乔乔支持她的想法,今天来六里老街,就是为给她带些复习提纲过来。

4

"馄饨来了。"

听到吆喝,乔乔将目光抽回,一碗热气腾腾的开洋馄饨摆在面前,紫菜、虾皮和葱花漂在汤面上。小螺蛳贼忒嬉嬉道:"现在是休息辰光,下馄饨的师傅跑开了,我亲手帮你下的。"

乔乔用调羹舀起一只馄饨,吹一吹,放进嘴里。

小螺蛳坐到收银桌旁,看着乔乔,粗大的喉结咕嘟一下,是口水的囫囵吞枣。

乔乔道:"味道没老早好了。"

小螺蛳道:"不会吧,不够鲜?撒点胡椒粉试试。"

乔乔道:"讲不出,反正味道没老早好。"

小螺蛳道:"大学生就是不一样,档次上去了,嘴巴刁了。对了,你读初中的辰光,我为了你还跟小开打过赌。"

乔乔道:"赌啥?"

小螺蛳道:"我讲上了高中你会变漂亮,他不相信,后来承认看走眼了。"

乔乔在碗里洒些胡椒粉:"我初中不好看?"

小螺蛳道:"不是这意思,女大三,俏三俏,我跟小开讲你会越来越好看。"

乔乔道:"看你们平常动点啥脑筋,结果呢?他不是进去了。"

乔乔埋头吃馄饨,不再搭理小螺蛳。她没意识到危险正在体内弥漫,馄饨落肚,又喝了几口汤。药性是逐步加强的,她并未感到明显不适,将钱放在桌上,准备离开。

小螺蛳道:"付啥铜钿,看不起我?"

乔乔已跨出门槛："要付嘞。"

小螺蛳道："小开写信还提到你呢,你等一歇,我去拿给你看。"

好奇心让乔乔暂且留住。小螺蛳跑进后院,很快出来,手里拿着一页信纸："小开从牢监里寄出来的,你晓得这个赤佬最欢喜啥人？是你。"

乔乔朝小螺蛳走过来,想看看信里写了什么。

"我来读给你听吧,"小螺蛳开始念,"你没看错,梅菊乔真漂亮。可惜我没艳福,煮熟的鸭子飞了。要是因为她吃官司,心理也平衡一些。"

小螺蛳把信递给她："情种呀,情愿为你吃官司。"

凑到乔乔边上,将那几行字指给她看,鼻息喷在乔乔鬓角上,发梢浮起,弄得她耳垂发痒。

乔乔讨嫌地把信纸扔回："就晓得他不动啥好脑筋。"

转身朝门外走去,小螺蛳追上来,试图挡住去路。

乔乔侧过身："还有啥事体？"却没站稳,一个趔趄险些摔倒。小螺蛳眼明手快,擒住她胳膊带进怀中,他的拖延术奏效了。乔乔挣扎着试图摆脱,小螺蛳力气比她大,她叫喊,嘴被黏糊糊的手掌捂住了。

乔乔喉咙像充盈着饱嗝,呜呜地发不出声,被半拖半架,往后院掠去。窒息将她的眼皮往下拉,她犟着身子,乱舞的四肢如同没顶的溺水者。

一张脏兮兮的床上,乔乔的脑袋被硬床板磕着了。她还没完全被麻痹,好几次支起半个身子,却被小螺蛳压倒,衣服离开了她,肌肤裸露的面积越来越大。她看着凑近的小螺蛳："你敢？我杀掉你！"

小螺蛳把她脸扳正,固定在双掌间,他的五官在乔乔目光里漫漶："不要装腔作势,以为我不晓得,奶老早被小开吃过了。小开讲你奶头有一粒痣,让我看看,是哪一只?"

将胸罩一撸,挤压变形的乳房呈现出来:"怪不得叫大馒头,结棍。"

乔乔的声音轻下去:"你敢。"

小螺蛳的面孔幻成了叠影,手在她左乳上搓揉:"我要写信告诉小开,拿你睏掉了。"

乔乔将小螺蛳的手掰开。这是她身体沦陷前最后一搏,她犹如亡灵,魂魄飞远,留下躯体。

醒来时已是深夜,她其实一直是清醒的,也许其间真睡去过,但她始终在抗拒彻底睡去,像濒危之人抗拒死亡,咽不下最后一口气。

她甚至知道自己被褪去衣服,被口水涂遍皮肤,双腿被分开的瞬间,她惊恐地大叫:"不要!"耳鼓听到了那声叫喊,声音却被抵住,穿透不了喉舌。

头痛欲裂地睁开眼睛,第一个念头就是杀人。与此同时,一张卷发青年的脸浮现出来,他嘲讽地看着她,微黑的脸庞嵌着清高的眼神。

她是在"嚼蛆诗社"成立那天认识邵枫的,在他逼仄的宿舍里,容纳了十来个人。邵枫和另一个发起者坐在下铺,那人专程从成都赶来,邵枫给大家介绍:"这位四川的朋友,叫曹宽河,是不妥协诗社社长,今天带来了他主编的诗刊《不妥协》。"

拍拍身边一摞油印本子:"我们要办一本《嚼蛆》诗刊,为什么叫嚼蛆呢,是我家乡南京土话,顾名思义,就是吃苍蝇下的蛆,说你嚼蛆,就是说你一派胡言。"

乔乔靠窗坐下,扫一眼室内,上铺挂着脚的都是男生,下铺有男有女。有几个班上同学,还有几个面熟目生同系不同班的,剩下的是其他系的。她是临时被任碧云拉来作陪的,两人坐在一条长板凳上。

任碧云之所以拉上她,是因为乔乔是班里的才女,当然任碧云自己也是才女,她们都喜欢写写弄弄,也尝试投稿。两人都在《青年报》"红花副刊"发过散文,任碧云发过一次,乔乔发过两次。任碧云胆子大,给《文汇报》"笔会副刊"投稿,竟登出来了,很轰动,因为连中文系教授也不敢打保票在上面发文章,"笔会副刊"一直是文坛名家的园地。

任碧云和乔乔关系很微妙,私下接触不多,两个人也忌讳谈对方。倒是同学们常拿她们比较,男生都喜欢乔乔,因为乔乔是美才女,而任碧云仅仅是才女。哪怕在"笔会副刊"赢了一局,也只是个戴眼镜的矮胖姑娘。女生却两个都不喜欢,中文系女生都清高,才女挡住了她们的光芒。更不喜欢乔乔,她居然还长得那么好看。

乔乔对任碧云来宿舍约自己参加文学活动,有些愕然。她来例假,本想早点躺下睡了。任碧云央求道:"一道去吧,有个伴。"

乔乔不便推辞,两人下了楼,朝男生宿舍那边走。任碧云开始说邵枫这个人,作为一个孤傲的才女,她脸上露出崇拜之情,"我在学校舞厅认识他的,师院真是藏龙卧虎,他诗写得太好了,是真正的纯文学,和他一比,我们的东西太小儿科了。"

乔乔哦了一声,心想妄自菲薄何必扯上我,冲任碧云笑笑。任碧云知道口误,不自然地回她一笑。

邵枫一张嘴,乔乔就听出是南京人,口音和周家弄那个老南京一模一样。老南京口头禅是"一鳖叨枣",意思是一塌糊涂加去你妈的。邵枫下巴仰起,开场白激情澎湃,说着说着,乔乔忽然听到了那句南京粗话,会心地笑了一下。

"在座同学可能听说过华东师大的夏雨诗社,还有复旦诗社,千万别把嚼蛆诗社和它们混淆。夏雨诗社?娘娘腔的名字,一鳖叨枣!让人想起软塌塌的兰波。复旦诗社更可耻,名字就充满官方意味,而嚼蛆是民间的,是亚文化的精神家园。"

曹宽河接茬道:"我们追求真正的诗歌,是永不妥协的先锋派,是布勒东,是里尔克。挺住,意味着一切。"

乔乔对布勒东和里尔克闻所未闻,甚至连邵枫不屑一顾的兰波也没听说过。

邵枫道:"我写了首发刊诗,有请任碧云同学朗读。"

宿舍里响起稀稀拉拉的掌声,任碧云打开随身携带的笔记本,清了清嗓子:"一派胡言。"她扶了下眼镜,读道:

身着秋意的将军
一匹马守在阳间
脏叶子飘着树的敌意
编钟扣在泥里
宰相在里面写檄文
麦田在河边大步行走
玉玺碎了,碎成一片麦子
雨水看见王的睡袍
而宫女的哈欠貌美如花
将军提着自己的头
王后仅仅后退了一步
袒露的乳房昭告天下
天下是什么?
是万物的一派胡言

任碧云合上笔记本下来,用肘顶一下乔乔:"怎么样?"

现场沉默,须臾响起掌声,大家交头接耳。乔乔忘记了拍手,奇怪地看着任碧云,对她读出"乳房"一词不可置信,大庭广众之下,她清晰地读出了这个器官。乔乔下意识把胸收了收,好像袒露的是她的乳房。

邵枫听到了质疑。"写的什么呀?根本听不懂。"

他循声过去,说话的是任碧云带来的那位漂亮女生,他没生气,乐呵呵道:"那位同学,你叫什么?欢迎你说说看法。"

乔乔是私下回应给任碧云听的,没想到邵枫耳朵那么尖,她涨红了脸:"我叫梅菊乔,中文系一(3)班的。我,我没看法,真没什么看法。"

邵枫扫一下四周:"没关系,我相信在座大多数同学,包括刚才鼓掌叫好的,都不一定真正理解,梅同学就像皇帝新装里的小孩,我欣赏她的纯真。"

任碧云站起来:"我接触先锋诗不长,瞎说两句,我觉得妙处在于意象和隐喻,从字里行间找答案可能很难,传统诗用嘴品尝就可以,先锋诗还要加上鼻子,闻到语言的香味。"

曹宽河鼓掌道:"难得有你这样的红颜知己,跟我回成都哦。"

任碧云道:"跟你回成都做什么?"

邵枫笑道:"做压寨夫人啦。"

任碧云喊了一声:"想得美。"

底下都笑,邵枫摆了下手:"第一期稿子已编完,作者是各地诗人,曹宽河这次就拿出三首表示支持,任碧云同学也尝试写了一首,她接触先锋诗不久,但很有悟性。欢迎在座同学投稿,待会儿把《不妥协》发给大家,作者都是亚文化圈响当当的诗人。"

曹宽河捧着那摞油印本子,在宿舍里绕一圈,人手一册后返回原地,邵枫道:"任碧云同学留一下。"

乔乔准备和大家一起离开,刚直起腰,手被任碧云握住:"一起走吧。"

邵枫留下任碧云是让她帮个忙。中文系文印室那个负责人突然变卦了,邵枫当时撒谎说油印学习资料,也没空手去,捎上了一条大前门香烟,对方答应得很爽快。隔了两天,邵枫把稿件送去,对方一看是地下诗集,就反悔了,把烟从抽屉里取出来,已经拆封,赔礼道:"学校要是知道偷印非法出版物,我饭碗就没了,香烟我抽了三包,去买条整的还你。"

邵枫问任碧云有没有办法:"我在上海人生地不熟,实在不行只好让曹宽河带回成都印,太麻烦了就是。"

任碧云问:"夏雨和复旦诗社怎么印的?"

曹宽河道:"他们是登记制,学校拨款在学校印刷厂印,我们不接受官方施舍,哪怕夭折也不接受。"

乔乔问:"为什么我们不申请学校拨款?"

乔乔察觉到任碧云瞥了一眼自己,眼神中有稍纵即逝的反感,乔乔明白是"我们"两字引起了她猜忌,心里有些好笑。

邵枫下巴仰起,形成一个钝角。"因为这和诗歌的理想背道而驰,真正的诗歌像天籁般纯净,只能来自民间。"

乔乔道:"我知道有个地方,或许可以印。"

邵枫道:"纸我买好了,内芯道林纸,封皮卡纸,够印一百五十本,万事俱备只欠东风。"

乔乔道:"又买纸又印刷,毁家闹革命呀。"

邵枫道:"任碧云没跟你说吧,我是南京师专老师,每月有工资拿。"

任碧云脸像一层干透的面糊:"你真有地方印?"

乔乔道:"得去问了才知道,但愿能帮上你们忙。"

故意把"你们"加重音调,这个唇齿间的顿号,别人肯定忽略过去,任碧云却听出了弦外之音:"什么你们我们的,你现在也是诗社一分子了,说话那么见外。"

乔乔在浦东中学校办印刷厂有个熟人,她叫他小潘爷叔。小潘爷叔是周家弄土生土长的田径健将,代表上海市拿过全国长跑亚军,退役后在浦东中学当体育老师。他年轻时追过梅亚苹,梅家也比较满意,一来知根知底,二来端铁饭碗,教师身份也有面子。就是头发谢得早,额头往后退,有点显老。显然遗传自他父亲,老潘四十出头就成了"荷包蛋"。

梅家把入赘底牌摊开后,小潘爷叔打了退堂鼓。结婚本不是两人的事,尤其牵涉到上门女婿这么敏感的问题,小潘爷叔看着梅亚苹这枝花,知难而退。

梅亚苹告诉女儿:"你小毛头的辰光肉嘟嘟,都来咬一口,小潘爷叔最欢喜用胡子扎你,每趟都被我骂。"

乔乔在浦东中学时,小潘爷叔已不做体育老师了。他出过一次教学事故,一名男生从高低杠上倒栽下来,他没来得及抓住,那男孩成了瘫子,一辈子坐在了轮椅上。这事闹得很大,最厉害的一次,二十多个人拿着锄头铁搭冲学校,都是男孩族里的亲戚。派出所出动了十几名警察才把局面控制住,学校后来赔了款,小潘爷叔被发配到校办印刷厂。说是厂,也就是两间废弃的破房子,毋宁说是个作坊。外墙的爬山虎爬得老高,一到下雨天,过道没法走人,苔迹一步一滑,幸好手够得到两边的墙,左一撑右一撑,裤脚上淌满水,才进得室内。

乔乔带邵枫他们来的那个周日,正是雨天。曹宽河踩着黄鱼车,道林纸用雨披和塑料纸包成整体,垒在车上。邵枫站在曹宽河后面,扶着他肩膀,合用一把油布伞。雨时疏时密,两个人已是落汤鸡,伞只是摆设。进了校园,任碧云先跳下车,撑着带碎点的花伞,在黄鱼车旁蹚水而行,乔乔跑到前面带路:"当心滑。"把浅绿色的伞收拢。

积水形成洼地,隔半步就有红砖摆在地上,前脚踩稳,后脚才可以跟上来。黄鱼车进不了过道,邵枫和曹宽河将车推到旁边的雨棚里，任碧云道："纸不会弄湿吧，这天实在触气。"

曹宽河道："不会湿，裹了三四层呢，跟木乃伊一样密封。"顿了一下，他高声嚷道："时间的木乃伊啊。把我捆住，捆住欲望和沙漠，捆住怀疑和法老，层层捆绑，待千年后撕开，撕开一层层布，撕开河水，撕开月光，是黄金的高蹈，是亡灵的复活。"

抹了把面门的雨水："谁给记一下，谁有笔？"

任碧云道："我帮你默记吧，怕记不全。"

邵枫道："别理他，一首破诗还要找助理做笔录。就这破诗，我一分钟来三段。"

曹宽河擂他一拳："吹牛屄吧你就。"

邵枫道："别自恋了，赶紧搬。"

曹宽河抱着纸包，不忘提醒任碧云："帮忙记一下啊。"

小潘爷叔在门口指挥，两个印刷工跑出来帮忙，乔乔道："小潘爷叔，真不好意思，落雨天叫你特地跑来。"

小潘爷叔道："寻我帮忙说明看得起小潘爷叔，不要讲落雨，落洋钉我也来。"

任碧云进屋找到纸笔，把《木乃伊》默下来。曹宽河跟进来，纸包搁在地上，惦记着那首诗："没忘词吧？"

任碧云道："可能没记全，你就念了一遍，我又不是录音机。高蹈怎么写？"

曹宽河道："高低的高，舞蹈的蹈。"

任碧云道："写成祷告的祷了，什么意思呀？"

邵枫正好和两个印刷工抱着纸包进来，乐呵呵道："就是踩着高跷跳秧歌。"

乔乔问道："外面还有多少纸包？"

邵枫道："再搬两次就差不多了，就怕淋湿。"

乔乔道："都裹成木乃伊了，不会吧。"

纸包全部进屋后，小心翼翼剥开，只有一包边缘有些洇开，但没伤着肌理。邵枫站在排版桌前，打量铅字模："这儿是铅印呀。"

小潘爷叔道："是新华印刷厂淘汰的铅印机，太老了，老是挂墨。也有油印机，你们想用什么机器印？"

曹宽河手摁住凹凸的字模："挂墨也要铅印啊，道林纸配上老五号宋，能直接进新华书店卖了。"

乔乔初高中是语文课代表，逢测验，都去帮老师刻蜡纸，刻完送到小潘爷叔这边来油印，对油印流程比较熟悉。铅印高一接触过一次，校史办借调她去做校对。封皮专门去浦西福州路买的，考究的浅蓝色铅画纸，图案用的是黄炎培木刻头像，印了五百本，忘了是校庆还是纪念首任校长诞辰，赠送对象是领导和杰出校友。她因为是工作人员，也拿到一本，没捂热就被班主任借去了，也没还回来。

乔乔对铅印印象很深，效果比油印出色多了，小潘爷叔靠它接了不少活，六里乡的重要文件，周边企事业单位的材料，都从那台老掉牙的铅印机里吐出来。印刷业务都是小潘爷叔跑来的，他将印刷品摊给客户看："阿拉印出来的，比'毛选'不坍板吧。"

自豪的语气说明他已从教学事故的阴影里走出来了，爱上了目前的差使。唯一讨嫌的是，铅印机太容易坏了。零件磨损是导致它休克的主因，调节螺帽松紧度是重启的办法，也是最后的办法。更换零件已不现实，机器是1949年前从德国进口的，公私合营时大修过，后来原厂提供不了零件了，新华印刷厂舍不得淘汰，委托一家轴承厂复制配件，找了最好的车工，仿制品还是不能跟原件比。等新华厂进口了新设备，三钿不值两钿作价给浦东中学，黑压压一个铁家伙占了半间房子，整体进不了，大卸八块，把后窗也拆了，才勉强入室，装起来花了几天，调试又花了几天，把小潘爷叔累得够呛。

排字工开始工作,铅字在指间翻飞,一会儿就排好一版,手指像长眼睛,认识字库里密密麻麻的铅字,植入排版盘,一盘就是一页。偶尔慢下来,肯定是个冷僻字。

四个人看了一会儿离开了,乔乔和小潘爷叔约好下周日来校对。曹宽河舒了口气:"后天我就回成都了,本想带几本回去,现在只好等你们寄了。"

回去路上,雨比来时小了些,还是曹宽河踩黄鱼车,邵枫和两个女生坐车上,上坡邵枫下来推,下坡充当人工刹车,拼命往后拽,以防车速太快。

邵枫不会踩黄鱼车,他自行车车技还行,黄鱼车就是操纵不好,车龙头一直在飘。他说像他这样的不在少数,他最崇拜既会骑自行车又会踩黄鱼车的人,譬如前面那位。

邵枫算不上幽默,虽然偶尔蹦出几句冷笑话,更多的时候却不苟言笑。他和曹宽河在一起最放松,勾肩搭背,像两个浪子。对诗社里的同学则摆出前辈的架势,喜欢指点迷津。在印刷这事上,乔乔帮了大忙,他却连一个谢字都没有说过。等崭新的《嚼蛆》堆满宿舍的床铺,他朝乔乔看了一眼,慢悠悠避开对方的目光。

宿舍里坐满了人,还是上次那些同学,邵枫随手拿起一本《嚼蛆》,嗅了嗅:"都说油墨香,我闻着怎么那么臭啊。"

有同学附和:"我姐刚生完小囡,我去抱,姐说小囡有奶香,我闻了,一股酸臭。"

大家笑起来,开始派发《嚼蛆》。乔乔心怦怦直跳,这些天她一直懊悔,曹宽河离沪前一天,她塞给他一张纸,是一首小诗——

　　冬天躲在冰里

　　秋天隐入云层

　　夏天泪如雨下

春天在雾中升
再不是天空的模样

她之所以没向邵枫投稿,而是托曹宽河转交,说明了她的纠结。如果没掺和印刷这件事,她不会有障碍,现在倒有了嫌疑似的。

那天,曹宽河背着行囊去火车站,他们去送行。曹宽河私下对她说,你的诗排进第一期了。乔乔想问,邵枫觉得诗怎么样呀。话到嘴边,咽下去了。

邵枫和任碧云走在前面,任碧云比邵枫矮半个头,两人边走边说,怕别人听到似的。乔乔对任碧云的心思一清二楚,她倾慕邵枫的眼神再怎么也遮不住。乔乔相信,只要邵枫提出跟他走,任碧云会扔下学业,卷铺盖私奔南京。

邵枫是南京师专派出的培训生,为的是拿一张国家认可的教师资格证。像他这样的学生,每年都有,来自五湖四海,都是当地师专师院的年轻骨干,学历一般是大专。师院为他们设这个班,专业课可以根据兴趣去大教室旁听,结业后回原校任教,学制一年,邵枫来了四个多月。培训生究其本质,好听叫镀金,不好听叫回炉。每天晚睡晚起,学几首流行歌,谈一两场恋爱,一年很快从指缝间溜走。

任碧云现在几乎不再跟乔乔说话,乔乔也不奇怪,她们本算不上朋友。乔乔吃不准的是,任碧云怨气源于何处。有两个可能,一个是诗歌的竞争,另一个是把她当作了情敌,抑或兼而有之。

事实上,乔乔在校园内不乏追求者,如果她愿意,可以抓一把挑挑。当然邵枫也有吸引她的地方,譬如他的才气和骄傲。他在师专教了几年书,年长五六岁,女生都喜欢有阅历的兄长。他冷峻的气质也可以加分,微卷的头发贴着头皮,很配他脸型。

但乔乔是个现实的姑娘,第一眼看到邵枫,心念动过一下,等知道他情况,马上把他从心里擦掉了。进修生要打回原籍,上海女孩恨嫁外地,哪怕是六朝古都外加江苏省会的南京。没结果的事,她不想浪费时间。

任碧云也是上海女孩,乔乔判断她愿意跟邵枫私奔,有个重要的前提,她被爱情冲昏了头。中文系女生爱上才子天经地义,况且是不漂亮的女生爱上帅气的诗人,不要说南京,南极又何妨。

乔乔预先在浦东中学印刷厂看过《嚼蛆》,卡纸封皮,目录页印着:梅菊乔。也印着:任碧云。翻到任碧云那首诗,明显在向邵枫致敬:

> 和尚预言国君崩殂
> 万民高呼万岁万岁
> 云裳飘过
> 宦官的胯间什么都没有
> 一只惊慌的麻雀
> 飞越护城河的芦苇
> 村姑早已沐浴多时
> 挂着水珠的皮肤浮于河水
> 出逃的挑夫守在岸上
> 只饱了一个眼福
> 头颅就染红了青草

乔乔承认任碧云才气在自己之上,后悔自己把诗拿出来。任碧云刚接触诗,初次临摹就颇得邵枫真传。不过乔乔心里还是有点轻视,文笔好又怎么样,一个随便把乳房挂在嘴上却没人追的女文青而已。

她知道任碧云并不轻浮，十之八九，和自己一样还是处子之身，一个黄花闺女对乳房两个字淡然处之，内心必定是翻江倒海。这样，她和邵枫就在诗歌面前获得了平等。

《嚼蛆》刊发半个月，邵枫被学校保卫处叫去，管辖师院的徐汇区公安局文保处派了两名便衣警察找他谈话。两人均三十多岁，出示证件后，一个询问，一个笔录。邵枫把诗社来龙去脉说了一下。两名便衣警察态度尚好，倒是学校保卫处干部很不耐烦："不要有侥幸心理，我们什么都知道。"

邵枫道："知道还问我？"

保卫处干部道："问是给你机会，看你老不老实。"

邵枫道："写诗犯法？"

保卫处干部道："写诗不犯法，私立诗社犯法，知道什么是非法组织么？"

便衣警察打了圆场："先了解情况，没必要上纲上线。"

保卫处干部不依不饶："好不容易得来的进修机会，不抓紧学习，搞乱七八糟的诗社，看你怎么向原单位交代。"

警察道："杂志哪儿印的？"

邵枫撒了个谎："托朋友在成都印的。"

询问结束，警察把笔录推到他面前："你看一下，没什么出入就签字确认吧。"

邵枫看都没看，把名字签了，笔往桌上一扔："可以走了？"

十分钟之后，邵枫找到任碧云和梅菊乔，得知没人找过她们，松了口气，嘱咐两个女生："你们把责任都推我身上，成立诗社口说无凭。浦东中学印刷厂除了曹宽河，就我们仨知道，你们咬死说我托人在成都印的，他们不会跑那么远去核实。说到底我们不是反党反革命团伙，最坏就是把我遣返原籍，你们只是诗歌爱好者，不会有问题。"

两个女生看着邵枫，任碧云都快哭了："我刚交了入党申请书，算污点的话，入党就泡汤了。"

乔乔没交入党申请，心里也七上八下。不紧张是假的，但像任碧云这样也未免太没出息，毕竟警察还没来，到时还不屁滚尿流。

警察先找到任碧云，诚如乔乔所料，没等多问，任碧云就竹筒倒了豆子。事后她没去找邵枫，当然更没向乔乔通风报信。警察之所以没同时找乔乔谈话，是因为她一早接到传达室电话，是妈妈打来的，说爸爸胃病犯了，大便里还有血。她赶去医院，服侍了一个晚上。等警察第二天来找，她刚返回宿舍不久。

乔乔不想把小潘爷叔牵进来，她选择了撒谎，但她被当场戳穿了，保卫处干部嘲笑道："梅菊乔同学，我们查了学档，你是从浦东中学考进师院的吧。"

这个暗示太明显了，再隐瞒就是不识时务。做完口供出来，户外微风习习，是个晴朗的正午。不知是紧张还是虚脱，回到宿舍她倒头就睡，却怎么也睡不着，邵枫是不会说出浦东中学印刷厂的，只能是任碧云。

这是她第一次单独找邵枫，橡皮筋把头发扎了个马尾，裹一块披肩下了楼。

学校被桂林路分成两个校区，隔街相望。出了西大门，往东部校区走去。女生白天去男生宿舍，门卫一般不会过问。反过来，男生去女生宿舍需要登记。晚上一律不许进入，但实施并不严格，门卫基本是聋子的耳朵。

邵枫一个人在，推开门，乔乔被烟呛了一口，邵枫把窗打开，对乔乔的来访他并不意外，他脸上怒气未消，手指夹了很长一截烟蒂："任碧云一鳖叼枣，把浦东中学抖搂出来也就算了，还当着我的面把《嚼蛆》撕了。"

上午乔乔在保卫处接受询问的同时，邵枫和任碧云被教导处叫去。刚坐下,任碧云就泪流满面开始检讨,邵枫在对面看着她,她对邵枫熟视无睹,没因为他在场而忌讳对诗社的攻讦,她沉浸在追悔里,和那个朗读诗歌的女孩再也挂不起钩来。她以一个无知受害者的身份,撇清了和诗社的关系,把《嚼蛆》从包里拿出来,开始撕:"不写了,再也不写了。"

乔乔想象当时的场景,任碧云居然当着邵枫的面撕《嚼蛆》。在乔乔心中,任碧云是敢于为爱情赴汤蹈火的傻姑娘。乔乔不得不承认,自己的认识出了偏差。这个插曲把任碧云打出了原形,她爱自己远甚于爱邵枫,对诗歌也是叶公好龙。

烟味慢慢散去,两人一时无语,乔乔用双手夹了夹披肩,起身要走。邵枫叹了口气:"如果我没猜错,以后我们不会再见面了。"

乔乔不知为什么鼻子一酸:"因为这件事,对女生很失望吧。"

邵枫苦笑道:"还是因人而异吧。"

乔乔走到门边,听到一声"乔乔"。

她回过头来,邵枫脸憋得通红。

这个昵称从他嘴里读出来是那么不自然,过去他叫她梅菊乔同学。在学校里,只有要好的女同学才叫她乔乔。她走也不是,站也不是。邵枫走到她跟前,可以闻到他呼吸里的烟味,卷发里的烟味,她垂着头,他垂着头,两人的前额顶成一个锐角。

5

邵枫的卷发耷在头皮上。微黑的脸庞慢慢浮现,慢慢隐没,再次浮现。乔乔全身肌肉僵住了,只有指尖可以活动,她捻一捻身上的脏被子,浓重的霉味将她裹住。和血脉不畅的酥麻不同,肌肉硬得像被捆住,下体灼热的撕痛感说明药性正在退去。

小螺蛳睡在另一头，臭气熏天的光脚探出被子，在乔乔的胳膊和肩胛处蹭来蹭去。他翘着光屁股爬过来，阳具松松垮垮，如同被踩过的鼻涕虫。脸色土灰，像碰到了晦气："醒啦？没想到你还是元宝，我的卵算彻底报销啦。"

乔乔睁开眼，天花板在她的鼻尖上，想翻个身都翻不过去。小螺蛳揣摩她心思："想去告我？这种事体又讲不清爽。干脆嫁给我算了，保你过得惬意。"

乔乔动动手脚，天花板渐渐回到原来的位置。她把被子掀开一角，发现身上什么都没穿。小螺蛳下了床，坐在对面的樟木箱上，裸身跷着二郎腿。

乔乔撑起来，从床角找出皱巴巴的衣物，尽量把它们弄平整。她开始穿衣服，微颤的乳房和半圆的臀部被衣物遮蔽，床上死寂沉沉的躯体和活动的女人不同，前者是熄灭的灯，而后者瞬间点亮整个房间。小螺蛳从樟木箱上挪开，从身后抱住她，乔乔转过来，抬起膝盖，小螺蛳没防备，被击个正着，噢的一声矮下去了。

乔乔拉开门上的木抽，是一个封闭的院子，和前面的饮食店相隔十米之遥。院子里有几棵榆树，一口井。围墙上是爬山虎。小螺蛳捂着下体，一边呻吟一边威胁："出去不要瞎讲，否则对你不客气。"

乔乔穿过院子，来到饮食店大堂。时值晚饭光景，吃客很多，他们不知道在眼皮底下，刚发生了一桩迷奸案。

邱娘在厨房里张罗，看见乔乔从后屋出来，亲热道："起来啦？想吃点啥？"

乔乔错愕，显然她知道儿子的行径，她是帮凶。他们肯定不是头一回这么干了，不然怎么会有现成的迷药。疑云飞快掠过，却不想深究，瞪一眼这个满脸堆笑的女人，走出了店门。

走得很慢，往左走一小段，是浦东中学大门。进了校园，从小操场穿过,那儿新铺了混凝土,篮球架重新漆成绿色。打篮球的男生看见学姐,停下投球,吹起了口哨。

学校墙报斜对面,是一排饮用水过滤器。龙头向上,摁住铜制揿钮,一根细直的水线就射进嘴里。乔乔把嘴对准,水线在她牙齿和上颚间溅开,她嘴张得很大,大拇指摁酸了,水已不在她嘴里,弄湿了下巴和脖子。她抹了一把脸,想起给涓子的复习提纲忘了拿。它们装在一只牛皮纸袋里,吃馄饨时放在窗台上,肯定被人顺手牵羊,发现没用又丢进了垃圾堆。

她上了南杨线,此乃杨思乡连接南码头的一条公交线。在浦三路与浦东南路交界处她下了车,换82路去塘桥浴室。这个浦东沿黄浦江最有名的公共浴室,坐落在一条河沟旁。河沟通向黄浦江,主要功能是让过往小船停泊。因为是上佳的避风港,一些船主就长期泊下来,吃喝拉撒在船上,大量生活垃圾随意往水里扔,慢慢将河沟堵塞了。其他季节还好,一到夏天,苍蝇蚊子漫天飞舞,叫人发怵。船上的人却照样过着悠然自得的日子。

河沟穿浦东南路而过,有座无名石桥,就是塘桥名称的渊数。浴室经常客满。乔乔从裤子口袋掏出一块手帕,把它展开,里面有一张十元和一些角子。买好筹子,被告知稍等。从高中开始,家里每个月给她三元零花钱,考上大学后增加到十元,相当于乡办毛巾厂上班的梅亚苹小半个月收入。加上大学生有十三元副食品补贴,不拮据,也没积余。

站在莲蓬头下,眼泪汇入布满面门的水流。她蹲下来,浑浊的尿液在白色地砖上流淌,少量暗红的血污缓慢旋转。手触到阴阜,更下一点,是她的伤口,既是天然的,又是外力的。她探入一点,用手指捻了一下。头仰起来,很快水把胃顶到了喉咙,艰难地吞下最后一口,感到膀胱鼓胀开来。

她排出了新鲜的小便,头依然仰着,嘴巴如同张开的陶罐口,咕咚咚,更多的水从嘴角漏出去。

小腹难受极了,不得不把腰挺起来,让胃回到原来位置。她打了个饱嗝,酸水反冒,体内积攒的水成为膀胱的负担,令小便变得困难。滴滴答答,尿液接近了清澈。

脚上的皮肤泡得起皱,她还在那儿喝个不停。淋浴的女人换了一拨,用异样的眼光看她。

小便再次排出体外,与喝进去的水一样透明,与流在地砖上的水也分不出来。她虚脱了,她从未在短时间内喝下那么多水。她离开喷淋间,来到休息区。擦拭身体的时候,皮肤都快被毛巾擦破了,在莲蓬头下的时间太长了。

用大毛巾裹住自己,迷迷糊糊睡去。吆喝打烊的叫声将她唤醒。又有了尿意,奔进澡堂。低头打量自己,乳尖上有一粒雀斑,在右边,笔尖那么大。小腹的蠕动时快时慢,变成轻微的痉挛。她捂住肚子,想象肠胃或许被漂白了。

穿衣出门,暮色正浓。两个巡逻的警察迎面走来。路灯下,忽然被人拍了下肩,愕然回头,是周家弄老街的王龙。他是塘桥浴室的混堂师傅,一张肥头大耳的八戒脸,更像个厨师。他算得上六里乡的著名人物,搓背扦脚的行家,特别是挖鸡眼,称得上"一只鼎"。农村长鸡眼的人多,每天有人慕名去塘桥浴室找他,逢他休息,也有直奔他家的,一个劲念叨:"鸡眼不是病,走起路来真要命,王大夫,马上拿刀马上拿刀。"

王龙对大夫这个称谓很受用,事实上,能做到刀到痛除,和医生的本质也殊途同归。除了王大夫,还有个称谓,他没弄明白,到底是"王扦脚"还是"王千脚",他觉得"王千脚"不错,说明了自己受欢迎的程度。

他遗憾道:"可惜我不看痔疮,否则叫王千臀多好,你们的屁股都逃不出我手掌心。"

他对女人的脚逐个点评："老男人老女人的脚就不讲了,又臭又粗,小姑娘小阿姨的脚就有讲头了,汏好了过来,考究的还用香皂,是香嚓。"

有时还当面道："你这三寸金莲,雪白粉嫩,哪能也长鸡眼?"

被说的女孩羞得把脚抽回来："不要下里下作,不扦了。"

这个女孩就是乔乔,她当真就生气了,忍着尖锐的刺痛,颠着脚跟走了。王龙追出来,哄了半天,才让她重新坐下："小姑娘年纪不大,火气不小,今朝你要是走了,我保证被梅亚苹骂死,你姆妈那张嘴巴,我最吃老酸。"

王龙刚下班,骑自行车回家。他单脚落地,乔乔埋怨道："我当是啥人,原来是王千脚呀,吓我一跳。"

王龙道："看你头发湿答答,肯定是刚刚汏好浴,我带你一段?"

乔乔道："不要了,我要赶回学校。"

王龙道："这么晚还回学校?那我先走了,你当心点啊。"

乔乔忽然改变了主意："要么你送我到六里老街,我物什忘在同学屋里厢了。"

王龙载着乔乔穿行在夤夜里,浦东南路灰尘扬起,这条浦东的主干道年久失修,颠得书包架上的乔乔屁股生疼。她没东西忘在同学家里,只是随便编个理由。

一路上王龙嘴没闲着,他这样的话痨就是人们常说的一张嘴一台戏,天南海北,声东击西,活的说死,死的说活。纯粹都是废话,听时好笑,过后什么都记不起来。

乔乔有一搭没一搭表示在听,其实什么都没听见。

上坡对王龙这样的胖子来说,是件苦差。王龙气喘吁吁道："小姑娘看起来不胖,分量哪能这么重?"

乔乔反应过来,忙跳下自行车："过桥就到了,送到这儿吧。"

王龙道："到也到了,好事体做到底,送你下桥吧。"

乔乔跟着跑,等自行车驶到桥中央,重新跳上书包架,刚坐稳,轮胎的惯性开始了,下坡速度很快,乔乔抓住王龙外衣。刚才骑过来的时候,她试图搂住王龙借平衡,发现他的肥腰就是一只救生圈,根本没抓手。她只好握住坐垫底部,颠得厉害了就抓住王龙的外衣。

王龙在六里老街把乔乔放下来:"要么我抽根香烟,你快点去拿。"

乔乔道:"不用了,我要跟同学讲一歇闲话,谢谢你当车夫。"

王龙道:"那我先走了,生了鸡眼不要忘记来寻我。"

乔乔道:"算了吧,情愿生斗鸡眼也不要生鸡眼。"

离六里老街不远,有条五六米宽的河,走过一座窄桥,是大片农田,和堆满了稻草的打谷场。乔乔找了个石礅坐下,露水将她裤子粘在屁股上。风一吹,半湿的头发披开,远看像个女鬼。浦东一年种两季稻,打完谷,稻草一扎扎堆放成垛,丰收的大年,空旷的打谷场就不够用了。

不远处,水泥长筒们还横卧在河畔,它们本该作为污水管被埋在地下。在乔乔印象里,她刚读小学,污水管工程就开始了,到处在开挖深沟,载重平板车装着水泥长筒次第驶过,压得浦三路和周遭的土路嘎嘎直响。工程持续了很多年,污水管沉于深沟,被开膛的泥土回填。

多余的水泥长筒没被运走,分散在工地各个节点。缠满了藤状植株,下半圆深陷,成了风景的一部分。

河沟附近多树,垂柳一株挨着一株。春天抽芽不久,折下一根柳枝,掀起一点皮,捏在衣角上,一撸到底,叶子就跟着皱起的树皮聚在梢上,形成一个绿缨头,可以当鞭子抽人。还有一个玩法是柳叶帽,摘几根细软的幼枝,围成圆编几圈,戴在头上,孩子们聚过来,剪刀石头布,输了的小孩用脏兮兮的手捂眼,嘴里喊"一、二、三",开始捉迷藏,厚实的水泥长筒适于藏匿,增加了寻找难度。

到了夏天柳树成了瘟神,孩子们避之不及,毛茸茸的洋辣子躲在柳叶间,掉上身立刻鼓起火烧火燎的红包。

最可怕的记忆不是洋辣子,而是那个火光冲天的下午。二年级小学生乔乔和马为青姐弟,加入了捕蝉的队伍。为首的是五年级的大飞和小飞,漫长的暑假,这对双胞胎兄弟喜欢领着低年级同学乱转。他们自称正副司令,这是男孩对自己的最高封赏。

捕蝉分为套捕和粘捕。套捕是在细竹竿一头固定铁丝圈,套上塑料袋,看到目标伸过去,在猎物察觉之前罩住,塑料袋虽是敞口,蝉却笨得只会在里面乱撞,很少能飞离。粘捕更简单,细竹竿顶部弄一点胶汁,粘住蝉的透明薄翅,只要点中,肯定飞不了。

上海人把蝉统称"野无知"。蝉有好几个品种,有一种体形很小的绿蝉,喜欢停在水杉树干上,剔透如玉,很受女孩青睐。男孩则喜欢一种黑得发亮的大蝉,雄的叫声嘹亮,人称响板;雌的先天失声,谓之哑板。

顺带也捉金龟子和斑点天牛。金龟子是飞行王,喜欢吃毛豆荚,拴在细线上可以连续飞一个钟头。斑点天牛有两根气派的节状触须,黑衣白点,尖嘴獠牙,咬一口就是血印。所以常被人剪掉牙齿,没牙吃不了东西,玩两天就报销了。

有时发现了目标,细竹竿不够长,就要爬树。不一定是男孩,男孩有不敢登高的,女孩也有身手不凡的。乔乔就是一个爱爬树的假小子,双手攀住树干,小腿一夹一夹,就上去了。到了一定高度,腾出一只手,接过树下递来的细竹竿,瞄准猎物。

马为青比乔乔更胜一筹,她直接爬到猎物的高度,手起掌落,像拍苍蝇一样,可怜的虫子就成了俘虏。

马为东却对爬树完全没天赋。他和乔乔一届,同级不同班。个子在班里最高,大他三岁的大飞小飞,也被他反超了。马为东走路趴手趴脚,爬树这样的巧活不适合他。他的特长是搬东西,别的小孩搬不动的重物,他没使什么劲,提起来就跑。小孩在边上唱:"大吊车真厉害,成吨的钢铁,它轻轻一抓就起来。"

大飞和小飞带领大家捕蝉,不单是打发无聊,还为了一顿牙祭。那种大蝉有长扁豆那么宽,产量丰盛,属于反应迟钝的傻虫。双胞胎兄弟准备了套捕用的细竹竿,他们不喜欢粘捕,胶汁会弄坏蝉翼,使蝉飞不起来。粘捕对金龟子和斑点天牛的硬壳也不起作用。这两只虫不能吃,用线缚住,任由它们飞,像小型风筝,带着天然马达。

他们把书包清空,背着瘪书包,目标是把它装满。

沿途收编散兵游勇,队伍变得浩浩荡荡。狩猎的收成不错,到下午三点多钟,书包已鼓鼓囊囊。走到河边的打谷场,队伍停了下来,那儿有稻草和柴火,还有水泥长筒——它们还在源源不断运来,壮观地往远处延伸,放眼眺去,犹如被肢解的巨大昆虫,七零八落在乡村的平原上。

现场没有工人的踪影,埋管是挖一段埋一段,污水管之所以前期抵达,相当于粮草先行,如此浩大的工程,建材当未雨绸缪。

在水泥长筒间,压服的杂草死而复生,袒露出一块空地,垛起来的稻草挡住了南面的庄稼地,大飞宣布在此安营扎寨。小飞是烧烤里手,带着马为东去找砖头,先垒一个土灶,可以是圆形也可以是六角形,留出缺口添加稻草和柴火。稻草引火用,火势太大外面焦了,里面还是生的。要把旺火降成小火,添柴的缓急是关键。

小飞从书包里捏出一只大蝉,不能直接往火堆上扔。要削一支长木签,一头是尖的。插进活虫尾部,火像红舌头,一舔,双翅就没了,木签慢慢捻动,柴火里的水分噼啪作响,炸出小鞭炮般的脆响,香味开始出来了。

剥开盔甲般的硬壳,最好吃的肉在脑勺,是一块浸满油脂的白仁,带着奶味的花生香,用舌头一抿就化了。嗷嗷待哺的嘴巴围着烧烤,大飞点了一下,连自己,少男少女共十一个。他后悔道:"下趟不可以搞这么多人。"

大飞招呼弟弟再垒一个土灶,小飞把烤着的长木签递给乔乔。

正副司令勾肩搭背,马为东紧随其后,搬砖头这样的重活,非他莫属。小飞嚷道:"我要撒泡湿。"旁开一步,将裤子扯下,飙出一根热线。大飞道:"我也撒一泡。"也掏出家伙,一边走一边作扫射状,尿液东倒西歪,洒到小飞腿上,副司令转向还击,无奈子弹所剩无几,提着裤子躲到稻草垛后面。马上又折回来,因为司令子弹也用完了。兄弟俩扭在一起,大飞笑着落荒而逃,小飞拿起一捆稻草,抛出一个弧度,大飞背脊中招,返回来报仇。小飞撒腿就跑,大飞死追不放。马为东跟着双胞胎兄弟,从这个水泥长筒钻进另一个水泥长筒,傻呵呵乐个不行。小飞忽然兴奋地大喊:"快来看快来看,有人在舍屄。"

大飞和马为东赶到:"啥人,啥人啊?"

被撞破的男女往污水管另一头钻出去,筒内传出沉闷的脚步声,小飞沿着外围绕过去,刚好截住两张野合的面孔,他大声叫道:"是刘大裤子,女的跑了,没看清爽。"

刘大裤子束着皮带,朝小飞飞起一脚,小飞躲开,见刘大裤子来势汹汹,掉头就跑:"刘大裤子打人啦,快逃。"却跟马为东撞个满怀,差点绊了一跤,刘大裤子拎起小飞,抡起一个耳光:"瞎叫啥,没看到过你爷娘舍屄啊。"

其他小孩听到打斗声,顾不上烧烤,跑过来看。小飞鼻血流进嘴里,大飞扑过去,抱住刘大裤子在手臂上狠咬。

双胞胎兄弟和刘大裤子搅在一起。刘大裤子三十出头,和两个弟弟一样,一米七不到的瘦猴,长期营养不良的菜色面容。双胞胎兄弟宛若幼豹,敢打敢拼,架不住对方是成年人。刘大裤子虽瘦小,力气和体能还是占了上风。兄弟俩抱住刘大裤子试图将他摔倒,大喊:"马为东,你戆看做啥,快点帮忙。"

马为东赶紧过来,刘大裤子拳头乱舞,不让他靠近。马为青捋起袖子:"用稻草掼他。"话音刚落,她扔出一捆,从刘大裤子头顶掠过。其他小孩也如法炮制,无奈臂力小,很多稻草在半途凋零,却也有几捆砸中目标。

刘大裤子回头呼救:"喂喂,死到啥地方去了,来搭把手啊。喂喂。"

他再"喂喂"也无济于事,女人早在第一时间离开了现场,脚步踉跄,留下一个肥胖的背影。没一个孩子看到她的脸,唯一可以确认是个中年村妇,年龄比刘大裤子大,屁股也比刘大裤子大。

稻草来袭影响了刘大裤子注意力,他被摔倒在地。但双胞胎兄弟加上马为东也没压住他的蛮劲。他像掀被单一样,把三个男孩掀翻。大飞斜挎在肩的书包抖开了,重获自由的"野无知"天女散花,逸向远处茂密的树冠。

一团飞火朝刘大裤子呼啸而来,马为青抓着稻草,放在土灶上,触及木炭,瞬间产生烈焰,马为青扔出第二个燃烧弹。刘大裤子脖子一缩,避开了袭击,他急红了眼:"小屄想寻死啊,敢拿火烧我。"

大飞喊道:"烧死你这骚卵泡。"

司令一声令下,稻草一捆捆被点燃,刘大裤子抱头鼠窜,燃烧弹在他身后纷纷坠落,将他逼进一个水泥长筒。这场战斗对孩子们来说,已演变成纵火游戏,他们乘胜追击,高呼杀敌口号,一窝蜂拥进洞里。弯着腰跑了一段,却不见出口,原来水泥长筒交错成了一个横截面。

刘大裤子折回来,冲在最前面的马为东脚下紧急刹车,后面背贴背挤成了一排,马为东幸好没跌倒,避免了一副多米诺骨牌。

刘大裤子喘着粗气："不要追了,是死路。"

尽头横亘着一堵筒壁,与置身其中的水泥长筒形成一个T字。刘大裤子道："我讨饶,我讨饶,快点退出去,烟熏进来了。"

已有人捂住嘴巴,咳嗽很快传染到每个人。退到洞口时,外面已烧得不成样子。这是稻草的露天仓库,火随风走,百草尽枯。热浪东倒西歪,大火从诞生到蔚为壮观,以秒计算。

风旋起来,把稻草撒成无边无际的灰烬。转瞬之间,眼里已是完全不同的空间。一秒钟前还笑逐颜开的表情,立刻转化成绝望和恐惧,几个小孩抱作一团,眼睛被辛辣的烟雾弄得很难睁开,剧烈的咳嗽掺杂着哭声,哇哇咧开的嘴吞进焦炙的烟,脸像痰盂一样,咳得全是泪水鼻涕和口水。

火势燎原如此迅猛,从洞口这儿,返回打谷场或者农田的通道都被堵死,刘大裤子瞅准一处火势稍小的地方,用吃奶的力气助跑,凭借一个跨栏飞了过去。火饶了他一命,还是留下了买路钱,裤腿被舔去一角,他在泥地上乱滚,龇牙直叫："你们这帮小赤佬,快点跳出来啊。"

反应快的小孩依葫芦画瓢,个子矮,步子跨度小,裤腿烧成了褴褛,头发和眉毛焦了,皮肤不同程度被灼伤。

逃离的只有三个小学生,马为青跟在刘大裤子后面脱险,也是自救成功者中唯一的女孩,第三个小孩是被马为东扔出去的。他准备再扔一个,已经把乔乔抱起来,却没机会了,火焰的高度迫使他放弃。

剩下的孩子被火势三面夹击,现在,唯一的求生机会就是旁边的河。河堤几乎呈直角,没有下行的缓坡。河里突然冒出一个头来,是刘大裤子,他扯着喉咙："会游泳的举手。"

被困的三个女孩五个男孩,只有马为东和双胞胎兄弟举起了手。刘大裤子喊道："还等啥,快跳啊。"

大飞一个猛子下了水,小飞和马为东也跟着往下跳。留下不谙水性的在岸上鬼哭狼嚎,刘大裤子急叫:"快跳呀,想直接火化啊。"

河对岸是大片自留地,几个老农赶过来,铁搭顺着河坡下探,充当救人工具。

河里又冒出一个头来,是马为青泗水而来:"快点跳,乔乔你先带头。"

乔乔闭上眼,跳进河里。离她最近的马为东靠过去,刘大裤子大声提醒:"要勒牢她头颈,不要被她抱牢,抱牢就一道沉了。"

马为东按刘大裤子提示,用手肘去勾乔乔头颈,乔乔一触水就下沉,喝下几口水,手脚乱蹬,忽然脖子被拢住,浮在水间被带着走。

热浪逼近,剩下四个孩子纷纷跳河,在河里救人的正好也四个,刘大裤子游得最快,率先钩住一个男孩脖子。大飞帮着马为东,托住乔乔屁股把她推上坡。乔乔握住了铁搭,只要攥紧了,老农就可以把她扯上去。可她一点劲使不出来,人像烂泥一样。

大飞把乔乔交给马为东,游过去救落水者。小飞和马为青也分别得手,各自拖一个,朝对岸游。马为青刚才险些被乱扑的小手抱住,刘大裤子提醒:"快绕到她后头。"马为青一错身,在女孩头上重重一按,女孩沉下去,再冒出来时,马为青扣住她头颈,女孩仰天扑腾四肢,对马为青不再构成威胁。

刘大裤子救完一个男孩,又折回来,发现河面光剩下荡开的涟漪,大飞和另一个溺水的男孩没了踪迹,岸上老农急得双脚跳:"前头一个沉下去了。"

刘大裤子深吸口气,脑袋朝下,双腿在水面一翻,宛如一条黑鱼潜入河底。半分钟后,把落水的男孩托出水面,那边,小飞成功地把营救对象送上了岸,游过来接应:"我阿哥呢?"

刘大裤子道:"跟在后头啊。"

小飞搂过男孩,往岸边游。

马为东好不容易把乔乔弄上了岸,看见姐姐气喘吁吁靠着河坡,怀里搂着的那个女孩,脸色发紫,昏过去了。姐弟俩合力将女孩顶上坡,两个老农把女孩倒提起来,在后背不停拍,直到她呛出水来。

姐弟俩上了岸,小飞也游到了。最早脱险的两个小孩绕着窄桥跑来,和老农一起把最后一个不会水的男孩拖上岸,倒提拍背好一会儿,呕出一摊酸水,活过来了。

小飞准备上岸,回头去看,刘大裤子和大飞消失了。小飞大叫:"阿哥快点出来,不要白相屏气啦。"

所有人看着河面,等两个脑袋把水戳出洞来,水破出的洞很快就会愈合,它是天然的无缝布匹。小飞叫道:"阿哥快出来。"扎进水深处去找大飞,很快冒出头来,大哭道:"快,快点下来帮忙。"

马为青姐弟和一个老农下水,四个人在河底摸索了很久,才把大飞脚上的水草解开,大飞抱紧了刘大裤子,两人不能分开,同时被拖上了岸。

这场火灾追根溯源,祸起小飞的破嘴,刘大裤子的耳光激化了事态。大飞之所以溺水,据事后分析,抽筋下沉被水草缠住的可能性最大,刘大裤子去救他的时候,大飞神智已失控,犯了水中营救大忌,抱紧了刘大裤子,导致两人同归于尽。这个收尾不免令人唏嘘。

刘大裤子和大飞被川沙县民政局批准为革命烈士,家属每月可领取抚恤金。刘大裤子父母住在周家弄的一个旱桥洞里,大儿子的死给他们带来一份固定收入。刘大裤子生前没留下一张相片,挂在追悼厅的那幅,是新陆殡仪馆给他化完妆后补拍的,双目紧闭,灵魂出壳,是真正的遗像。

大飞同一天出殡,告别仪式紧随刘大裤子之后,在同一间追悼厅。把刘大裤子送往火化的同时,少年英雄葛大飞围着黑纱的相片被挂了出来。在送行的小伙伴眼里,相片上眉清目秀的男孩,和他们印象里那个邋遢的大飞并不匹配。这是乔乔第一次参加追悼会,躺在花丛间的大飞那么陌生,面颊涂了粉色,嘴巴抹了红唇膏,皮肤像蜡一样虚假,表情是塑料做的。乔乔只瞄了一眼,就跑到边上去了。哭天抢地的周遭,她一滴眼泪也没流,她完全被战栗控制住了。

很多年以后的这个晚上,打谷场的河边,潮湿的空气夹杂着苇草的气息。那场火灾的灼热早已湮灭,飘去的是时间的烟云。河岸那边刘大裤子和大飞的坟包,被吞没在夜色和杂草里,原先竖立的石碑已不复存在。河和农田间有挖开的小沟,用来导入灌溉用的河水,墓碑或许就被用来连接那个缺口,把刻着死者名字的一面朝下,架在断开的沟壑上,挑着铁搭或扁担的农民就一路无阻,省却了跳跃的动作。

乔乔从石礅上直起腰来,把粘上露水的裤子从屁股上拽开,屁股被揭开皮似的一阵酥麻。她来到打谷场,搂了几扎稻草,往六里老街走回来。过路人和她交错而过,误以为又是哪个爱占小便宜的村姑。附近农户多用灶头做饭,爱用稻草引火。于是,小山样的稻草垛就在各家灶头里化作了灰烬。后来生产队联系了纸厂,稻草作为造纸原料被集中收购,成了村里一块创收,这是后话。

6

从南码头摆渡过江,转两辆夜班车。零点三时,大学宿舍早已关门。不叫醒门卫的话,乔乔只剩下一个选择,攀窗而入。迟归的同学总这么干,她也曾爬过几次,眼下却不想。

在一处回廊,她靠着冰凉的廊柱,全无困意。守夜的纠察提着手电筒转悠,离她不远,用光柱晃她:"那位同学,这么晚怎么不回宿舍?"

乔乔不理睬,索性往树影里走。纠察讨个没趣,熄灯走了。

天边的鱼肚白生成。半透明的晨曦里,潮湿的风卷走了植物的苦涩,也将月光的甜味一并卷走。琥珀色的亮光如同长着彗星尾巴的虫子,在树叶罅隙间钻来钻去。乔乔揉揉眼睛,视野惺忪。

天更亮一些,她回到宿舍。四肢摊开趴在床上。和其他懒惰的女生一样,她有一张四季撑着的蚊帐。

带着满眼血丝去上大课,半道碰到邵枫,是特地来候她的:"脸色很难看,病了?"

她朝他看一眼,不响。到了上课的地方,脚搁在台阶上说:"以后不要来找我了。"

邵枫尾随而入,坐在最后一排。挨到下课,乔乔抱着一摞书出了教室,邵枫跟在后面。两人在林荫道上,不说话,乔乔差点撞到一辆驶来的自行车。虽是很小的意外,她却像受了严重的惊吓,书啪地全掉在了地上。骑车男生一边道歉一边捡书。她揽书入怀,回过头,邵枫往东部校区走过去了。

自从他们前额顶成那个锐角,时间过去了小半年。诗社调查的事没了结,但橡皮筋绷得不再那么紧了。公安局去过浦东中学,随后去了浦东中心医院,小潘爷叔在病床上接待了两名便衣警察。他膀胱癌复发了,已转移到肺部。上一次做手术是三年前,保密工作做得很好,除了家人,周家弄没人知道。隐瞒"坏毛病"是约定俗成的世故,不到万不得已病家不会露底。

生癌容易和天谴挂钩,整个家庭会被看轻,邻居背后这样奚落:"前世作孽今世报,生这种毛病就是促狭事体做多了,离这家人远一点。"

所以直到生癌去世,亲友不知真相的事例很普遍。逝者家庭统一口径，把死因换作脑溢血或心肌梗死之类，免得被人背后戳脊梁。

小潘爷叔病情在周家弄曝光，不是说不想隐瞒，而是说明不是每个病家都能成功地瞒天过海。小潘爷叔瞒了三年，如果不是复发，连家人也快忘记他是一个癌症患者。前段时间，他连续干咳带血，以为是天气干燥诱发支气管扩张，去六里卫生院，医生给配了消炎片，吃了几天，咳得更厉害了。

再去卫生院，医生填了张转诊单，到浦东中心医院拍片，结果是肺癌晚期。卫生院和大医院是协作关系，这边小潘爷叔刚办完住院手续，那边六里卫生院就得到了消息。这样的病历对六里卫生院来说，是值得炫耀的。以乡镇卫生院的医疗条件，确诊癌症病人是困难的，但怀疑患者并由大医院得到证实，却可以反映出卫生院的业务水平。卫生院上下奔走相告，沉浸在鼓噪的气氛里："晓得哦，阿拉医院转出去的老潘，浦东中学印刷厂的老潘，查出来是肺癌。"

周家弄不止一个人在六里卫生院上班，吃晚饭时，每户都知道了潘家的秘密，很快有人诠释了小潘爷叔得病的原因："还记得那个瘫痪的男小囡哦？老祖宗从棺材里爬出来报复了。"

浦东中学一名副校长陪同两名便衣警察推开病房，小潘爷叔很配合地把笔录做完，承担下全部责任："照我看欢喜文学，印几本诗集不算啥，不过既然你们讲是印非法出版物，我来吃进好了。"

警察道："不好意思，生毛病还来打扰你，事体搞清爽了好结案。"

小潘爷叔道："我完全理解，你们也是饭碗。摊开来讲，我现在这种情况，拿事体兜下来最好，你们回去也好交差。我上了手术台，不晓得还能不能下来。"

副校长道："老潘你不要瞎想，现在科学发达，要乐观。"

转天,小潘爷叔被推进手术室,身体刚被打开就缝上了。家属开始准备后事,伤口愈合需要一个阶段,结痂的新肉还没有长好,小潘爷叔就走了。

小潘爷叔是出院后第四天在家里去世的,再过一个礼拜就是清明节。应了那句老话:清明冬至,前七后七收人。

小潘爷叔没遗下一个字,又瘦又黄地躺着,一声哭天抢地的哀号响起,周家弄的邻居们拥过来了。

小潘爷叔出殡那天,乔乔在学校,等她周末回家,人已化作灰,锁在小小的木盒里,准备择日安葬。

潘家在周家弄是望族,小潘爷叔父母尚健在,他排行老三,上下各有两个兄弟,另外有个大姐,很早就嫁到了松江。老幺是个妹妹,前几年刚嫁人,是军婚,丈夫在成都军区服役,她没随军,和父母合住一个单元。

小潘爷叔和他四兄弟都住在老宅里,连同父母和幺妹,院子里容了六户人家。随着第三代慢慢长大,空间越来越不宽敞,本来长着梨树、海棠和夹竹桃的大天井陆续搭起了小屋子,父母兄弟妯娌姑嫂,为了砍树和搭建没少拌嘴,手足间动手也有过几次。小潘爷叔的死让他们暂时捐弃前嫌,把丧事办得风光体面。

只是为了一个细节,小辈和年迈的父母闹起了别扭。白发人送黑发人,两个老的伤心自不必说。等三子落葬,便把遗像放在正厅的八仙桌上。等做过了六七,老四媳妇嘟囔道:"三阿哥死得早,又是生癌,总归不吉利,照片供在厅堂不妥当。"

老二家附议:"阿拉岁数大了无所谓,每家都有小囡,对子孙不利。"

两个老的不爱听:"他是小囡的爷叔,爷叔哪能就对阿侄不利了。"

幺妹道:"三阿哥活着的辰光,对几个阿侄不要太好,我看是你们心里有鬼。"

老三家的哭起来,说给亡夫听:"七还没断,就要赶你出门了。这么大的房子,连一张照片也摆不起,你翘辫子啥事体也不管了,活人还要过日脚呀。"

两个老的气得嘴唇直哆嗦。老四朝媳妇瞪一眼,怪她多事,他媳妇不买账:"看啥?我还不是为了潘家子孙好。"

老大媳妇圆场:"算了,大家少说两句,百日后再讲。"

这事照例在周家弄传开了,梅亚苹在饭桌上给乔乔提起,乔乔一脸的愤愤不平。回到学校和邵枫说,邵枫说起老家的一个故事——

有个姓金的朋友,也写点东西,出版过诗集。他祖父喜欢垂钓,是当地垂钓协会副会长。曾以一己之力,钓起过四十多斤重的鲢鱼王。就是这样一个老钓客,在和一条大鱼回旋时,被诱下水,溺死了。事件就被渲染上宿命色彩。资深钓客死于垂钓,和游泳教练死于河流一样具有讽刺意味。家里人觉得蹊跷,金诗人也觉得蹊跷,请了和尚放焰口,完事后,家里讨论遗像的安置,都认为死于非命不吉利,结果家里就没供遗像,不供就不供,也就过去了。

金诗人不久去京城会友,顺便去景点游历,沿途拍了不少风光。尤其喜欢其中的一张,放大裱在镜框里,搁在显眼处。邵枫去他家玩,觉得照片扎眼,金诗人乐呵呵站着的背景,是一处石雕,塑的是一位名作家,旁边是那作家的墓碑。邵枫想起他祖父遗像的事,拿金诗人开涮。金诗人没等邵枫把话说完,一拍脑袋道:"他妈的还真是没想到这一层。"

邵枫道:"也不奇怪,你看那些去了外国的人,站在莎士比亚墓和巴尔扎克墓前合影,回国写个游记,把死人墓照片登在报纸上,觉得特有面子呢。"

金诗人马上检讨:"对对对,我去不了欧洲,只好拍个中国作家的墓回来了。"

乔乔喜欢邵枫分析世事,比如得知小潘爷叔死讯那天,乔乔情绪低落:"小潘爷叔这么好的人,怎么就得了绝症呢?"

邵枫道:"什么是绝症?人都是得了绝症来的,最大的不治之症是死亡本身。"

这样的说法让人对生命产生虚无,却又理解了死亡真谛。

清明节,乔乔去桂林路老街买了青团。在学校图书馆,两人面对面坐着,乔乔道:"今天吃青团,正好纪念小潘爷叔。"

邵枫道:"清明吃青团,端午吃粽子,中秋吃月饼,元宵吃汤圆,所有中国节日末了都是一个吃字。"

乔乔道:"被你这么一说,还真是的,我平时怎么就没想到呢。"

邵枫道:"不是没想到,而是不思考,普罗大众都是人云亦云。"

乔乔道:"不必弯子绕到普罗大众,直接说我戆就可以了。"

由此可见,邵枫看人看事角度刁钻,带有炫智色彩,乔乔只有听的份,她也喜欢听。但他们私下相处并不多,邵枫请她看过一次电影,阿尔巴尼亚的《海岸风雷》,是一部重播的老片。在黑暗里他试图拉她手,她一下抽了出来。虽然四周很暗,她仍能感知到对方的失望。电影散场,两个人走出来,邵枫道:"小时候有首儿歌,中国电影新闻简报,越南电影飞机大炮,朝鲜电影哭哭闹闹,阿尔巴尼亚电影搂搂抱抱,你听说过么?"

乔乔径直往前走:"我会唱的,我爸还抽过阿尔巴尼亚香烟,说很臭的。"

他们的关系就这样原地踏步,介于诗友和恋人之间,有时倾向于诗友多一些,有时倾向于恋人多一些。这取决于乔乔的心情,爱情初期的主动权往往在女性这边。

邵枫被青团糯住,用力咽下去:"听说因为在《嚼蛆》上发表了诗,任碧云预备党员没弄成?"

他们很久没提这话题了,那两个便衣警察也很久没来了。事情貌似过去了,但没明确说结案。邵枫的宿舍也冷清下来了。事实上,诗社从来就没有真实存在过。

乔乔道:"也不一定是因为这个吧。"

邵枫道:"听说对她评价是政治上不成熟。"

乔乔道:"政治上不成熟不一定是指诗社的事吧。"

邵枫道:"她一个丫头,没听敌台,没贴大字报,还能有什么政治问题。"

乔乔道:"当初数她最起劲,最后撇得最清的也是她,我看她最大的政治问题就是立场问题,要是我们班出汉奸,第一个就是她。"

邵枫道:"好在我这教唆犯就要打道回府,提着包裹滚蛋了。"

乔乔哦了一声:"师院是你伤心之地吧。"

邵枫道:"要说伤心,那是舍不得一个人。"

邵枫的表白既婉转又直接,乔乔避开他的眼锋:"出去走走吧。"

学校图书馆一侧的幽静小道过于逼仄。两人只能紧挨着走,邵枫抓她的手,抓了个空,是因为她预先注意到他手势,故意脚步慢下来。邵枫转过身,将她拽进一个拐角:"别出声。"

乔乔身子侧入一些,只见任碧云捧着一册《许国璋英语》,一边背一边走过来。乔乔紧张得要死,此刻她和邵枫紧靠在一起,要是任碧云瞄过来一眼,跳进黄浦江也洗不清了。

任碧云端着英文书,像端着圣经的修女一样目不斜视地走过,却又停下脚步,把头转了回来,只瞥了一眼,顷刻把脸侧了回去。乔乔被邵枫挡着,脑袋竭力低着。

待任碧云离开,才意识到被邵枫拥在了怀里。她欲抽身,嘴唇被堵住了。乔乔试图推开他,手却捧住了对方的面孔。她牙齿隙开一点缝,闭上眼帘,使自己不再羞愧,使世界暂时被隔离在眼帘之外,很深的一个吻,然后将他推开:"我们没结果的。"

邵枫再次吻她,这次他没得逞,乔乔嘴唇紧闭,牙齿被牙齿拒绝,她把他推开,疾步往宿舍的方向走去。

乔乔心思重重地度过了一个多星期,却没听到她和邵枫的绯闻。她明明看见任碧云转过头来,难道没认出自己?可她不能亲口去问任碧云,后来她分析出一个理由,任碧云认出了自己,但当时旁观者只有她一个,如果小喇叭,等于自己就暴露了。她已经出卖过他们一次,关系已很僵,没必要彻底撕破脸。

乔乔好几天没看见邵枫了。他急匆匆赶回老家去了,说是单位有事找他,她才想起他是南京师专老师。他讲课会是什么样子呢?

这天一早,邵枫回来了,在女生宿舍等她,本就卷曲的头发乱糟糟的,眼里全是血丝。靠着门框,肩上挎一只包,脚边放另一只包,一看就是刚下火车。房间的门半开半掩。几个室友窝在床上,有的伪装看书,有的假装睡觉。

乔乔脸色阴沉下来,宿舍里的小妖精们最喜欢搬弄口舌,回头不知要怎样耻笑她呢。

把书往床铺上一扔,赶紧出来。邵枫跟在她后面,两个人来到栏杆旁。看得出邵枫有很多话想说,却被一句话封死:"以后别来找我。"

邵枫道:"总得给个理由吧。"

乔乔道:"我从没答应过你什么。"

邵枫道:"知道我这次为什么回去,为什么一下火车就来找你?"

乔乔道:"我没兴趣听。"

邵枫朝她看看,抓起地上的包走了——直到今天上午,他憋不住了,在半道截住了她:"脸色很难看,病了?"

她正要去上大课:"以后不要再来找我了。"

邵枫坐在大教室最后一排等她。挨到下课,两人一前一后走在林荫道上,一辆驶来的自行车差点撞到乔乔。乔乔的书掉在地上,她回过头,邵枫又走了。

把捡起的书抱在怀里,靠在墙上,深吸一口气,冰冷的墙体侵入她后背。她眼泪落下来了。她朝男生宿舍所在的东部校区走去,好像桂林路不翼而飞了。她敲响宿舍门,开门的正是邵枫。房间里两个男生心照不宣,借故离开了。

这不是她想象中的仪式,甚至也不是她心甘情愿的奉献。她的确有些刻意,有些像演给自己看的戏。怀着那么点儿内疚,似乎是偿还,又没欠对方什么。她身体里有两个梅菊乔,既是彼此的主人,又是彼此的证人。以至于当她看见自己裸体的刹那,做了小小的反抗。她洞穴中的那个人,她并不认识,尚未愈合的伤口像火苗将她重新点着。她哦哟一声,身体猛地收紧。

床单上洇开一小簇火红,绷紧的那个人松软下来。盯着那朵暗火,他不知女人的身体向他撒了个弥天大谎,他被面前的景象镇住了。

窗户外探入的光照在乔乔脸上,照在鼓翘的乳房与结实的大腿上,是涅白色的一片。她用衣裳裹住肢体,看了一眼男人:"我把第一次给了你,你心理平衡了。"

她起身朝门外走去,离开的速度很快,她觉得同邵枫已无话可说,有点像鄙视自己一样鄙视他。身后追来了脚步声,邵枫气喘吁吁地站在跟前。她从他身边绕开,干脆跑起来。

像浪涛般涌来的疲乏把她捆住,进了宿舍,连鞋子都没脱,倒头便睡。

不知过了多久,她起床出门,太阳在树梢之下,月亮的轮廓呈现。

此刻,乔乔的背影是傍晚光线下的剪纸。她忽然成了没去处的人,宿舍里叽叽喳喳的丫头很讨嫌,空旷的校园也不属于她。她被自己带着走,天色暗下来,晃动的树叶在地上杯弓蛇影,她朝桂林公园方向走去。

这座与师院毗邻的公园,早年是海上闻人黄金荣的置业,人称"黄家花园"。后来被政府没收后,种上满园的金桂、银桂和丹桂,开花时节香气袭人。大学旁有座公园,方便了恋爱中的学生,让他们多了谈情说爱的去处。这种孪生情况在上海并非独有。西区的华东师范大学旁有长风公园,两家贴得更紧密,如果没围墙隔开,简直就是一户人家。相形之下,桂林公园多少还有些距离。从校门口步行,单程十多分钟。

校门口不远是43路终点站,没有夜行任务的末班车停在马路两侧,一辆连一辆排出去很远。街上的人慢慢多起来,专门做学校生意的小商贩出动了,最多的是扁担馄饨摊。也有卖走私手表的"打桩模子",神不知鬼不觉凑过来:"电子手表要哦?正宗香港货,来一块哦?"

桂林路未分上下行道,迎面而来的43路一个急刹车,如果不是司机反应快,她就被卷进车轮里了,司机气得急叫:"要寻死去跳黄浦江,黄浦江没盖头。"

乔乔赶紧跑到边上去,惊魂未定地看着司机。司机朝地上啐了口唾沫,如同要把晦气吐掉似的。乘客嚷着要下车,售票员把头探出车窗,冲着司机喊:"你拿车门总阀关掉啦。"

司机一边倒车一边骂。乔乔绕过几辆公共汽车,走在马路最靠里的位置,被人堵住了去路,她眼睛一下子瞪圆了。

"你以为我被烧死了?我不是鬼。"说话的不是别人,正是小螺蛳。

乔乔第一反应就是抽耳光,手举起来,风声抵达小螺蛳面庞,他敏捷地握住了她的手腕。反向一扣,她整个人被折了两道,膝盖立刻跪到了地上。

小螺蛳将面孔凑近："不要动,否则拗断你手。"

乔乔身体失了平衡,一只手撑在了地上。

小螺蛳道："想烧死我,纵火犯要枪毙的,你晓得哦。"

乔乔喝道："放开我。"

小螺蛳将手松开："看在你是我女人面子上,放你一马。"

乔乔从地上爬起来,没等自己站稳,手臂抡圆了。这一回小螺蛳没能躲过,吃了一个结结实实的耳光。乔乔骂道："啥人是你女人,天火烧烧死你这个杀千刀。"

小螺蛳捂着脸,看上去故意要挨这一巴掌似的："是不是我女人,你心里最清爽,不要忘记,你元宝是啥人开嚯。"

乔乔觉得空气里都是硫磺,再过一秒,就会葬身于轰然爆炸的现场。她离开的速度快得让小螺蛳赶不上,他小跑了几步,放弃了追逐,站在那儿大声嚷嚷："我不会放过你嚯,你是我的女人。"

小螺蛳三天两头来师院,像一张狗皮膏药,乔乔走到哪儿贴到哪儿。没过多久,两个情敌就撞上了。邵枫先动了手,他推了小螺蛳一把,几乎同时,拳头跟了上去。小螺蛳往旁边一避,肩膀没躲过。他不敢恋战,捂着中招的部位扭头就跑。

之后小螺蛳学乖了,看见乔乔,先前后瞧瞧,确定那卷发青年不在,才鬼鬼祟祟包抄到乔乔旁边,重复那些可笑的表白。他说话的方式有两种,一是威逼利诱,一是摇尾乞怜。乔乔对他视而不见,紧赶几步,一路跑回宿舍里。

有一天傍晚,小螺蛳正缠着乔乔。邵枫突然出现,等小螺蛳接招,脖项已被勒住,邵枫用脚将他绊倒,骑在他身上。眼前突然踹过来一条腿,看力量和速度,邵枫兀自一惊,心里说不好,身下那家伙已经中招。脚是直接从面门左侧踢过来的,踢中后没有收势,借力踩下去,把嘴踩到了耳朵边,小螺蛳噢噢噢直叫唤。邵枫看见两颗断牙,像钻出土的玉米粒在地上发芽。他赶紧起来,把乔乔拖开,用南京腔的普通话道:"嫌他烦少搭理就行了,至于把他踢死么?"

乔乔道:"不踢死他,下次还来。"

邵枫道:"踢中太阳穴可能真踢死了。"

乔乔道:"害怕了吧,害怕离我远点。"

邵枫道:"我看你是怕我吧,老躲着我。"

乔乔道:"说什么呢,我把第一次都给你了,你还有什么不满足的?"

邵枫道:"你不情愿的话,那天为什么来找我?"

乔乔道:"男人不就惦记这事么,你不是很乐意就笑纳了?"

邵枫道:"你知道我上次为什么回家?"

乔乔道:"我不想知道,我觉得你这人很烦,凭什么把我拖开呀。"

邵枫道:"你把人家牙都踢飞啦。"

乔乔道:"你自己不也动手了。"

邵枫道:"我就是扇他几个耳光,羞辱羞辱,下手不会这么不计后果。"

乔乔道:"假惺惺。"

邵枫道:"你要是想继续,回去再踢呀,他还躺那儿挺尸呢。"

乔乔转过脸,看见小螺蛳爬起来,捂着左腮,迈步的幅度如同一个老人,慢慢腾腾的背影,带着一点微跛。

邵枫道:"看他这架势,没十天半月缓不过来。"

乔乔道:"你什么时候走啊?"

邵枫道:"你是说回原籍?快了吧。"

乔乔道:"那你现在说吧,上次为什么回家?"

邵枫道:"我把家拆了。"

乔乔道:"拆老屋造新宅?"

邵枫道:"不是,是离婚。唉,真是一鳖叨枣,我儿子四岁,判给了女方。我心里难过死了,可我没办法,只有这样才有资格和你在一起。"

说着,把乔乔牵扯入怀,像雌雄同体的树,相拥的姿势有点僵硬。

乔乔脱出身,左手被邵枫擒住,他的手瘦削温暖,扣住她冰凉的掌心。

乔乔道:"我早料到的,你们外地人结婚都早。快回原籍了,什么都别说了。"

邵枫道:"看你失魂落魄的,别有什么事吧?"

乔乔道:"你闯祸了,超过三四天了,老朋友还没来。"

怀孕对乔乔来说,没有一丁点心理准备。身体的钟突然停了,荒唐的是,她并不能确定是谁导致了珠胎暗结。她例假一直很准,延迟这么久,明摆着有生命暗度陈仓。想到肚子将慢慢大起来,这种恐惧怎么样来形容都不为过。这种恐惧甚至比小螺蛳的强暴还要强大。失身是打落门牙往肚里咽,怀孕却是家丑一夕天下知。她是周家弄罕见的女大学生,是邻居嫉妒的对象。知道她被搞大了肚子,最开心的肯定是那些饶舌妇。

乔乔只能让邵枫来承担,他至少有百分之五十的机会,她有理由赖在他身上。她不可能去找另外百分之五十,倘若小螺蛳知道留了他的种,非但不会帮忙堕胎,反而求之不得让她生下来。虽然踢掉了他两颗牙,可她知道他不会死心。他这样一个瞎混混的小流氓,如能将漂亮的女大学生娶回家,该多有面子。

乔乔的判断是对的,装上假牙后的小螺蛳竟提着"机关枪手榴弹"(火腿和瓶装酒)上门求亲了。

从小螺蛳选择的星期天上午来看,他希望乔乔在家。他捏着她软档,她敢下逐客令,那么他也不客气,当场摊牌。最好的情形是，乔乔模棱两可。那样的话，就造成某种意义上的既成事实，以后他就能以毛脚女婿身份自由出入了。

乔乔却不在家，小螺蛳刚放下礼物，便遭到了怒斥。梅亚苹根本没打算让他把话说完，举起"机关枪手榴弹"朝他扔过去，觉得还不解气，操起扫帚往外撑："打死侬这小瘪三，想动阿拉乔乔脑筋。"

而此刻的乔乔，已来到了沪郊南翔镇。陪她前往的是邵枫——他花了九牛二虎之力才联系到一家私人诊所。他在上海人头不熟，没什么资源可用，能找到这个偏僻角落真是煞费苦心——这段日子两人也不知怎么过来的，乔乔的身孕确认了，这是她去斜桥的红房子医院检查后的结论。她已预感到会是这样，因为"老朋友"已延迟了将近一个月。之所以没及时去医院检查，还是心存侥幸。确诊那天，邵枫在电线杆下一只麻雀般蹲着。乔乔出来了，手术需要五六十块钱。乔乔告诉他，她不能在红房子那样的国营医院动手术，国营医院做人流要户口簿。她不能将真名实姓留在医院档案里。白纸黑字，像一匹阴影里的野兽，不知什么时候跳出来咬你一口。

于是她选择了这张不干不净的床躺了上去，她叉开双腿，身体突然装上了马达，抖得快散了架。冰凉的钳子探入她柔软的私处，那一刹，她眼里漫漶出樱红血光，尖锐的呼喊像玻璃一样划破她的耳膜。

声音那么逼真，在六里桥东，离她表舅家不远，有座废弃的立雪庵，声音就是从那里传出来的。立雪庵是尼姑修炼的地方，想当年是非常漂亮的一座庵。民国初年，尚有一条优美长廊沿着河通往隔岸的浦东中学，凭借一座桥将两者相连。据说站在桥头引颈眺望，可见碧绿的杨柳岸沿着白莲泾逶迤而去。踏上船码头上的小火轮，拐出中泾汾，进入黄浦江，在十六铺上岸，就到了租界。现如今，那幅乡村的美景不再，六里老桥也另起炉灶，新六里桥建成后,这里就被废弃了。传说庵里发生过一件事,具体什么事,没有人说得清楚了。反正出事后庵里就没尼姑了,庵名未改,主角却变成了和尚。直到"文革",香火尽失。巍峨的大雄宝殿被挪来作了棉花收购站,此庵最后竟成了一家生猪屠宰场,成了"立血庵"。

屠宰生猪时,她躲在小伙伴身后。进入生命倒计时的猪意识到了死亡,它被赶进窄长的甬道,爪子扒着水门汀,地上湿滑,根本站不住。但它赖一时是一时,尖锐的呼喊犹如救护车。驱赶它的人用鞭子抽它,再走一步,最后一步,它到了地狱门口,腿一软,松开的肛门里掉下一坨屎。手执电击器的屠夫,将电话听筒一样的装置搭在它脖子上。

电流让屠夫一震,闪出哔哔的火星,猪应声倒下,还未殒命,屠夫用铁钩将它提上斩杀台。犀利的惨叫再度响起,喉咙被一割到底,切断嘶叫声。疼痛将猪的身体撑满,乔乔看见它瞬间胀成了皮球,一秒钟之内漏光了气。

一张完整的猪皮被揭了下来,猪的叫声仍在她耳朵里回响。她从没这么痛过,惨叫一声,昏死过去。

金属器具在她体内游弋,没有丝毫怜悯。她忘了江湖医生是男是女,抑或两者兼而有之。他们不是一个人,至少两个,也许三个。留下印象的只是一些支离破碎的目光,有一双在眼镜片后面,眼眶还糊着眼屎。

手术过去很多年,乔乔还常在梦中重现那一幕,她惊叫而起,一身冷汗。她在给崴崴讲述的时候,却像是在讲一件别人的事情。

斜靠在床上的崴崴道:"杀猪猡的立雪庵,我也去过。拿打胎比作杀猪猡,有点夸张吧。"

乔乔在崴崴多毛的大腿上拧了一把,疼得他面孔一歪:"你们男人只晓得惬意,吃苦头还不是阿拉女人,该死的庸医麻药也没给我打,绝对是活杀猪猡。"

崴崴的手在床上慢条斯理捋着,将两人的阴毛收集起来,他捻起了一根问道:"这根是啥人嘞?"

乔乔不理他,他把她扳过来,压上去。这并不意味着要她,他只是喜欢压着她的感觉。如果身体有了反应,他便调整一个角度,进入她体内。但更多的时候,他的阳具只是躲在那儿,如同一个发呆的小吏。

7

乔乔旋即意识到,手术做坏了,腹腔被灼出了大洞,疼得揪心。当夜开始发寒热,室友有吃剩的退热片,也不知过没过期,吞下去挨到天明,她让人叫来邵枫。

见她眼眶枯槁的模样,邵枫脱口而出:"上医院上医院。"

话一出口,尴尬的红色从脖根升起。乔乔目光微开,洞晓邵枫手头已非常拮据。离婚时他净身出户,积蓄都给了前妻。返回师院那天,身上只有七十多块钱,这是他全部现金,南翔那家私人诊所开价两百元,几乎是官方四倍,挑明了是讹诈,但吃准你是学生私自堕胎,不敢去公立医院,迫使你就范。

做手术让邵枫背了债,目前他靠同学接济到食堂吃饭。再让他筹措医药费,确实强人所难。

乔乔看着邵枫,腹腔那个洞越来越大,快把自己烧穿了。她将眼梢漏出去的余光收拢,声音轻得不能再轻:"帮帮我。"

这让邵枫断了退路:"你忍一会儿,等我回来。"说罢扭头就跑。

乔乔嘴唇上下哆嗦,撕心裂肺干嚎一声,宿舍里的人都吓了一跳。

鬼灵精怪的丫头们早洞若观火,乔乔的反常不是一天两天,她们在背后议论也不是一天两天了。

乔乔看到丫头们拥上来,每张脸都那么纯真。但乔乔知道,她们全是虚情假意的小妖精,她们肯定在想,你梅菊乔平时那么清高,终究还是假正经。

看似嘘寒问暖,其实是设法套话。乔乔清楚,无论说什么,她们都会添油加醋传得风雨满城。嚼舌头是她们的一贯作风。她因创痛几近崩溃,脑子却不糊涂,保持缄默,嘴巴闭得和眼睛一样紧。

到中午邵枫还未回来,室友发现乔乔快被高烧烤熟了。她们要送乔乔去医院。乔乔一万个不愿意,她知道那样就穿帮了。然而这时,她已做不了自己的主。头耷拉着,几个女生扶住她,架着她走。

足不着地,着地的只是鞋底。上了公交车,一路颠簸,中间换了车。她干呕了几次,到达目的地时,将双目眯缝开来,眼前的招牌吓得她魂飞魄散:

上海市第一妇婴保健院

这才觉得自己多么可笑,自以为深藏不露,其实早被人家拆穿。她把心一横,不知哪儿来了精神,挣脱了室友的搀扶,径自往医院大门走过去了。

等邵枫闻讯赶到,手术已临近尾声。他看见手术室外的一对中年夫妇,表情像遭遇了灭顶之灾。他躲进犄角,知道自己一现身,不消动手,只需用目光,他们便可将自己撕个稀巴烂。

他插在裤兜里的手捏着潮乎乎的一把纸钞,一百元加一个零头。是他到南京西路红十字血站,顶了人家名额拿血换来的,这是他唯一能弄到钱的方式。

他最终没胆量走到乔乔父母跟前,拖着刚献完血的身体离开。他知道这一走,以后很难向乔乔表白了。在乔乔最需要他的时候,他成了逃兵,她不会宽宥他。

他将十张十元大钞给了乔乔一位室友,坦白了钱的来历。那女生表示一定为他求情,说明当时他无法现身的原因。

邵枫觉得自己像个小丑,卖血有什么值得炫耀,任何有尊严的男人都会绝口不提。可他像卖弄一样不打自招了,还让女生充当说客,向乔乔邀功请赏。恶心的是还恳求保守秘密,既然要保密,何必和盘托出。他叹了口气,不知如何收场,又冒出一句:"相比她吃的苦,献血又算什么。"

他说完,心里抽了自己一记耳光,居然说出这么恶心的话,再没脸和乔乔相见了。

他后来果然没再和乔乔相见,他们的下场可以预见,双双被学校除名。他回原籍,乔乔被勒令退学。邵枫走时灰溜溜的,比一只留下蛛网的蜘蛛消失得还要干净,连一只破袜子也没留下,就从这个故事里抽身而去了。

乔乔却无法从故事里逃脱,她像其他绝望者一样,有强烈的死的念头,却没实施。这样说也不确切,她试过一次,而且准备得很充分,连遗书也拟好了。敌敌畏就在触手可及的地方,只需把它拿过来,咕咚咕咚,烦恼和耻辱就烟消云散了。

泪珠流了一地,心里起了毒誓,到阴间去阎王那儿告状,让无常用勾魂短矛将小螺蛳钩下来烹油锅。有了这诅咒,她有胆量喝致命的农药了,便拧开了盖子。然而那借尸还魂的一瞥,把她从鬼门关拖了回来。她后来回忆,是害怕死后的样貌——蜡黄的尸体烂出骨头,和瓶贴上的骷髅一样恐怖。不单纯是骨头,里面还沾血带筋,模糊中藏着表情。一惊吓,勇气化作乌有,瓶子掉在了地上。

乔乔已称不上真正的女人了,南翔庸医的器具污染了胎盘,如果再迟一点送医院,大出血不可避免。

梅亚苹得知乔乔摘掉子宫后,昏倒在手术室门口。车建国在长椅上瘫坐,脸色像黄疸病人一样灰黄,天塌了。

乔乔出院后在家休养了一段日子,时间很短,不到十天。她太虚弱了,否则她出走得会更快些。父母再没和她说过一句话。从他们的冷漠里,乔乔得出结论,他们不再当她是亲人了。之所以收留自己,只是出于常人的同情,和捡回一只癞猫或盲狗没有区别。

她不记恨他们,是自己让他们颜面尽失。她甚至连前因后果都没和他们说。她觉得解释多余,他们不能接受的是结果,又何必去提原委。所以当梅亚苹骂她"不要面孔的小垃山"时,她既不回嘴,也不脸红,好像骂的是人家。梅亚苹恼羞成怒,忘了她是卧床病人,上来撕头发,将脑袋往床架上撞。她任凭被拎来颠去。她知道最宝贝自己的爸爸就在里屋。从小到大,没舍得对宝贝女儿下过一记重手,眼下对她被毒打却无动于衷,她终于哭出声来。

香烟连绵不断从门缝飘出来,里屋静极了。一只蛾子被灯烫死也能听见,却连划火柴哧的一声都没有。说明是用烟头点燃了下一支烟。空气中弥漫着呛人的白色线条,无中生有,盘根错节,就像一家人的郁结,永远也化不开了。

乔乔没留下片言只语,收拾好衣服和一些日常用品就走了。不太磊落的是,她从家里拿了三百元钱。面对不可知的明天,在找到谋生手段前,她得保证自己不被饿死。

无人知道她的下落,她也没给家里来过一封信,或是一个传呼电话。她从《新民晚报》中缝看到过找她的寻人启事。她眼泪夺眶而出,但没回来。她明白时间并不能排除父母心中的雷管,与其大家在阴影中谨小慎微地生活,不如让他们在思念中逐步忘掉自己。遗忘虽然是痛苦的过程,但比天长地久的屈辱要好。

除了父母,有个人对乔乔的失踪表现出异乎寻常的关切,那就是后来成为她丈夫的马为东。这人看上去戆头戆脑,比别人反应慢半拍,最后才反应过来。这种类型的人特别执拗,认准了就一条道走到黑。

马为东骑着自行车在全城搜寻乔乔。他翻三班,本来爱在业余时间搓搓小麻将,喝点小老酒,现在全放弃了,得空就翻身上车,一溜烟不见了踪迹。好像自己的灵魂出了窍,要把它找回来似的。

这时,他一条道走到黑的固执成了一种品格。找到乔乔不啻大海捞针,他甚至不知道乔乔是否还在上海。现实中确实存在堂吉诃德式的人物,他踩着自行车在城市穿梭,像翻箱底一样翻个底朝天。

日子一天天过去,马为东依然在马路和弄堂间转悠,他并不着急,也知道急不来。他骑车不徐不疾,东张西望。他有本硬面小抄,用常见的"正"字记录法。横竖横竖横,写完一个"正",就是五天。写完两个,就是十天。开始还有兴趣数一数,后来写得密密麻麻就懒得去数了。

不过最后他还是知道了确切数字,他奇迹般地将绣花针从海底捞了出来。很快,他就和乔乔结了婚。洞房前夕,他将硬面小抄给乔乔看,乔乔仔细地数了一遍,总共四百七十八天,她出走一年零九个月。

当乔乔看见马为东在窗外时,心咯噔一下,想把垂在耳朵上的口罩戴上,却来不及了。她正在唐记饭店熟食窗口,将一包叉烧递出去——她现在待的周浦属南汇县,地理上属浦东范畴。马为东从周家弄一刻不停地骑过来,大概要两个小时,沿途东张西望的话,时间就说不准了——浦东是相对浦西而言,指黄浦江东岸延伸到东海的那片广袤土地。周浦享有"小上海"美誉,历来商贾云集,"浦东十八镇,周浦第一镇"。翻译家傅雷就出生在这里。还有一个被视为镇宝的人物苏局仙,自称是苏东坡后裔,这当然难以考证。但他活满百岁倒是不假,是晚清最后一个秀才也可以钩沉。这位遗老除了高寿,字写得也不错,外界把他当书法家看待,他也以此自诩。只是作为一个封建书生,又有哪个不会涂几行毛笔字呢。真正懂行的人未必把他这身份当真,但也不会跳出来搅局,毕竟那是对人瑞不敬——周浦名声虽不小,但一切俱往。如今连遐迩驰名的南京东路也是个破落户,这种乡下集镇能有什么世面呢?

乔乔打工的唐记饭店不在周浦闹市,蜗居在一条巷间。小巷直接通农田,轰隆隆的手扶拖拉机时不时经过,客源是镇上居民、企事业职工,以及周边农户。虽位置偏僻,生意还不错,店主姓唐,是个瘸子,当面人家叫他唐管教,背后叫他唐跷脚。

乔乔离家后,原想去找邵枫,在北站排队买南京火车票。守了一个通宵等开窗售票,却搂着包睡着了。她出门时带了两只包,大包里是四季换洗衣服,小包放钞票证件和木梳,再放进大包里。

一个小偷用刀割破了大包,她睡得不熟,贼见她将眼睛睁开,马上跑了。是个小瘦猴,眼睛是蓝色的,头发曲里带黄,不像汉族人。边上人言:"又是新疆人。"

乔乔再无睡意,看着包上的伤口,打消了赴宁的念头。本就不该去找邵枫,找他干什么呢。

坐在大包上醒神,才发觉自己无地可去。提着包走到车站前,外面晨光初露,淡灰色天空下,同样淡灰色的民居杂乱无章,趿着拖鞋的主妇到街头厕所倒马桶痰盂。一辆公交车停在乔乔跟前,她看也没看就跳上了车,等到了终点站,也不看目的地,跳上了另一辆公交车。心想,就这样开到天黑,随便到了何处,找个小旅馆落脚,活下去就活,活不下去就死。

记不清换了几辆车,最后跳上的是第五辆,或是第六辆。上车她依然闭目养神,车子突然刹车,她睁开眼,车子滑进了一个隧道,就像进了山洞一样。乔乔想,上海哪有山洞呀,不会是去外地的长途车吧。等出了隧道,扒着车窗回眸,才知是连接打浦路和耀华路的隧道,原来又回到了浦东。问售票员,终点站是啥地方呀?

售票员答:"周浦,你哪能连自己要去啥地方都不晓得。"

下车,环顾四周,炊烟四起。是个安静小镇,和六里有相似之处,但规模要大一些。红烧肉的香味从某个灶披间飘出来,她咽了下口水。走了一段路,从一个弄口看到了农田,远远瞅见一个招牌,好像是个饭店,走过去凑近,上书:唐记饭店。一天没吃东西,已然饿得不行,赶紧进了店堂,点了红烧肉,一碗白米饭,吃得狼吞虎咽,就噎住了。

坐在斜对面的是个年轻警察,二十七八岁,大盖帽搁在桌上,满了碗黄酒,自斟自饮。胡子刚刮过,泛青的下巴和咬肌,表明是个大胡子。

大胡子抬起眼皮,朝她看一眼,唤道:"鱼妹,盛碗汤给她。"

鱼妹是负责端菜打杂的,跑去盛了碗紫菜蛋花汤,乔乔噎着说不出话,鱼妹道:"不收你铜钿,喝吧。"

乔乔赶紧捧起来喝,把饭团咽下去。

大胡子道:"饿了一天了吧,亲戚没寻着,还是钱包丢了?"

乔乔道:"你是老板吧。"

大胡子道:"你看我穿着警服,哪能可能是老板。"

乔乔道:"看你口气能做主。"

大胡子道:"是我阿妹的店。"

乔乔道:"我讲的嘛。"

结账时,乔乔问:"你们店需要小工哦?汏碗拣菜,管吃管住有点零花铜钿就可以。"

大胡子吃惊地看她:"不会是讲你自己哦?"

乔乔道:"是我呀,我动手能力还可以嘞。"

大胡子道:"前店后工场,本就赚点人工铜钿。"

乔乔道:"那算了,我随便问问嘞。"

大胡子叫道:"农芳你出来一趟。"

农芳扎着围裙跑出来："啥事体？我正忙着呢。"

农芳是个骨架很小的姑娘，巴掌小脸，走路像赶着一阵风。乔乔注意到她裤管和鞋帮之间是红袜子，心想今年应该是她的本命年。看她的面貌，和二十四岁也合拍。

大胡子道："这小姑娘想在店里打工。"

农芳朝乔乔瞥一眼："这么漂亮的小姑娘到阿拉小店打工？你啥地方人呀？"

乔乔道："我川沙人。"

农芳道："吹牛，一听口音就是浦西来的，上海闲话讲得这么标准。"

乔乔愣了一下，马上改口用浦东土话："没有啊，我讲的是川沙闲话呀。"

川沙话比六里那一边的浦东话乡音更重，虽然都是浦东土话，但六里特别是周家弄这一片，毕竟和市区只一江之隔，与对岸交流多，有点改良了。川沙在浦东腹地，是原汁原味的乡音。而周浦隶属于南汇县，是另一种浦东土话。

乔乔临时改说川沙话，说的是最土的那种，所谓区别，在于后鼻音加重。毕竟上海话和浦东话是一枝丫杈两朵花，花型一致。她一改口，农芳吃不准是否之前听错了，就换了个说法："你这么漂亮的小姑娘，阿拉哪能请得起？"

说着跑进厨房去了。乔乔准备出门，大胡子道："慢点，你住川沙，为啥有屋里厢不回，跑到周浦来打工？"

乔乔信口道："我来寻亲生爷娘，听讲我是在周浦的垃圾堆里拾来嗰。"

大胡子站起来，他走路的时候，肩膀有点高低："那你可以抽空慢慢寻啊。"

乔乔道："我现在的爷娘不同意我寻，跟他们吵翻了。"

大胡子道:"我是周浦监狱管教,熟悉这一带,可以帮你寻。"

听到周浦监狱,乔乔想到了小开,他就在这家监狱服刑:"你讲的周浦监狱就是平板玻璃厂,对哦?"

大胡子道:"你还晓得这个?也对也不对。"

乔乔道:"劳改工厂呀,浦东啥人不晓得。"

大胡子道:"看样子你真是浦东人,劳改工厂这种闲话可不能在外头瞎讲。"

乔乔朝大胡子的腿瞄了一眼。大胡子笑道:"我姓唐,背后有人叫我唐跷脚。你在想跷脚哪能可以当警察,对哦?我本来不跷,打靶被战友误伤了。不算太严重,就是走路难看,不过对付一两个犯人,还是绰绰有余的。我哪能称呼你?"

乔乔随口编了个假名:"我姓董,单名芳,芳草的芳,叫我董芳小董都可以。"

唐管教道:"董是你现在的姓,还是原来的姓?"

乔乔道:"当然是现在爷娘的姓,听讲我本来姓章,樟木箱的樟去掉木字旁。"

唐管教道:"看你暂时没地方去,今朝夜里跟鱼妹睏东厢房吧。"

等到饭店打烊,乔乔就去了东厢房。和鱼妹睡一张床,各裹一条被子,各睡一头。

第二天一早,鱼妹带乔乔到天井里转了一圈,才发现这是一组围起来的连屋,一间衔着一间。她站的位置,旁边有口老井,虽然青苔丛生,但旁边有只打水用的铅桶,桶底有一摊湿,说明井还是活的。头抬起来,天是一块方形。正面是主屋,两侧是各种功能的偏屋。院子里有几棵大树。榆树和杨树她认识,另外的就不认识了。

鱼妹说,唐管教住在对面西厢房。他是四代单传的男丁,母亲生他妹妹农芳那年死了。"文革"抄家时他父亲被红卫兵殴打,关在生产队废弃的仓库里,连夜逃跑,后来从水库里浮出来了。农芳是他唯一的妹妹,还没出嫁,住西厢房侧的一间独立屋子。

乔乔就朝那屋子看了一眼,门前种着一大片小白莲,不是水生的莲花,是旱生的。学名不详,民间叫它小白莲。花瓣造型和莲花一致,要小很多,像微缩版。眼下没到开花时节,细长的绿叶招展,像大蒜苗一样。

这饭店新开不久,个体户政策刚开始执行,唐家算是最早吃螃蟹的人家。用来开饭店的是几间沿马路的房子,估计原来是仆人屋和杂物间。不用说,唐家祖上是典型的江南大户。

乔乔在唐记饭店做起了小工兼服务员,农芳对她爱理不理,只有使唤她做事时才叫她,态度也差,显然是不喜欢她,但因为是哥哥的意思,又不好赶她走。乔乔当然知道这是让自己知难而退,趁早滚蛋。

晚上上床前洗脚,鱼妹问乔乔:"阿拉啥人大呀?"

乔乔道:"我属老虎嘞。"

鱼妹道:"我属兔子,比你小一岁,我叫你芳姐吧。"

乔乔道:"随便哪能叫都可以。"

鱼妹对乔乔很好奇,这么漂亮的姑娘缘何来小饭店打工。乔乔不愿多谈,把湿漉漉的脚从洗脚盆里提起来,用抹脚布擦干:"不早了,睏觉。"

唐管教下班就来店里,他像个员外一样,每天都有找他喝酒蹭饭的食客。有同学有街坊,还有单位里的同事。有时这拨刚吃完,下一拨又来了。唐管教继续陪着喝,谓之流水席。他酒量好,不容易醉,醉起来就是大醉。

来的最多的是单位里的哥们,这些多半是付钱的,开个收据,可以报销。他们的话题主要是犯人和女人,有时也谈些单位里的事情。

这天唐管教下班，带了两名同事回店里，坐下就抱怨："你讲那美国记者脑子有毛病哦，阿拉用不用犯人做生活跟他有啥关系啊。"

同事甲道："就是，狗拿耗子，中国又不受美国领导，凭啥跑来指手画脚。"

同事乙道："不过不要讲，那美国人的中国闲话讲得真不错。"

唐管教道："在中国辰光长了，你去美国十年，英语肯定也滚瓜烂熟。"

同事甲道："你店里新来的那个小姑娘漂亮嚯。"

同事乙道："我也听讲唐兄金屋藏娇，就是她吧。"

唐管教转过头："董芳，拿瓶酒过来。"

乔乔拿了酒，站在旁边，朝两位客人笑笑。她的漂亮令唐记饭店蓬荜生辉，唐管教乐呵呵道："你来了以后，生意好了不少啊。"

乔乔道："那你给我加工钱呀。"

同事甲乙起哄："加点加点。"

唐管教乐呵呵道："那就每月加十块。"

旁边正抹桌子的鱼妹跑过来："那我也要。"

唐管教道："也加你十块。"

乔乔道谢走开，从唐管教留用她那一刻起，她就知道，饭店名义上是农芳开的，唐管教才是幕后老板。

这天晚上，乔乔正在洗脚，鱼妹道："我看唐大哥蛮欢喜你嚯，看你的辰光，眼里藏着朵花。"

乔乔道："藏啥花呀，就是色眯眯。"

鱼妹道："你好看呀，男人总是欢喜好看的女人。"

乔乔睡熟了，觉得有人在下床，迷迷糊糊问道："啥人啊？"

鱼妹道："我，小便。"

果然听到尿液敲打在痰盂里的声音，乔乔翻了个身，似乎鱼妹没上床,蹑手蹑脚出了房间。

这不是第一次了,乔乔老感觉鱼妹半夜出门,天亮前又睡回来。但半梦半醒,吃不准是不是幻觉。自己也有了尿意,挣扎着爬起来,鱼妹留在痰盂里的尿液还没有冷。等她重新爬上床,发现鱼妹真的不在。她也不开灯,心怦怦跳,踮着脚尖到了门口,掩窗偷窥,看见西厢房的橘色灯亮了一下,忽又暗了。

乔乔回到床上,眼睛看着天花板,睡意全消。窗外微微亮,鱼妹回来了。乔乔装睡,鱼妹打开窗户:"芳姐,起来做生活了。"

乔乔揉揉眼睛,把被子掀开:"你每天这么早醒来,我看你不属兔子,属公鸡。"

鱼妹道:"我也奇怪,每天这辰光就醒了,闹钟也不用。"

乔乔道:"那是生物钟,也老准嘞。"

乔乔再看鱼妹,觉得她挺有女人味的。眼睛不大,但很亮,扎了根辫子,乌黑油亮。个子不高,胸脯满满的,不笑时有点苦瓜脸,笑起来却很甜。

唐管教除了腿有点跛,其实还挺帅的。胡子刮得泛青,下班回到饭店,解开制服最上面两粒扣,袖口挽起来,大盖帽放在桌上,手指插进头发往后一捋:"鱼妹,先来一碟油汆花生,特加饭加满。"

这天他把乔乔叫到跟前:"打烊了来一趟西厢房,有闲话跟你讲。"

他眼神里真像有朵花,乔乔把眼锋偏开,"晓得了,打烊了去寻你。"

这是乔乔第一次进西厢房,这里和布置简单的东厢房完全不同,摆着全套红木家具,顶天立地的床拉低了层高,四角旗杆状的木柱悬着蚊帐。蚊帐一看就是经年未洗,顶部垂下来,透着隐约的脏黑。因为这大床,空间变得压抑。家具摆放的位置很讲究,好像它们就该放在那儿。无论是橱柜还是桌椅,都雕梁画栋,刻着神话人物。红木家具的气势让乔乔愣了一下,唐管教已坐在那儿等她了。

唐管教平时对她直呼其名,今天却严肃道:"小芳,问你一桩事体。"

乔乔被他叫得脸红:"啥事体?"

唐管教道:"你来了快一个月了,哪能没提起过寻亲生爷娘,也没看你出去寻过。"

乔乔道:"店里这么忙,啥地方有辰光去寻。再讲也没头绪,不晓得从啥地方下手。"

唐管教道:"我以为你忘记这桩事体了。"

乔乔道:"哪能会,我就是为这个离家出走嚹。"

唐管教道:"我倒是帮你打听了,离这里不远有个横沔乡,有户人家姓章,遗弃过一个姑娘,记得你属虎,就是1962年生的,那姑娘也属虎,哪天我带你去认一下?"

乔乔心想假戏成真了,还没作答,唐管教道:"不过章家有顾虑,怕你记恨,还在犹豫见不见你。"

乔乔赶紧道:"不见不见,当初凭啥不要我了。"

唐管教道:"我猜就是这样,真寻到了,肯定就是他们不敢见,你也不想见。"

乔乔道:"也不一定就是这个章家啊。"

唐管教道:"不见一下,哪能晓得是真是假。见还是不见,你还是好好想想。"

乔乔道:"太突然了,是要想想。"

唐管教道:"你立着做啥?屁股下头就是椅子,坐啊。"

乔乔道:"还有别的事体哦?没别的我先回去了。"

唐管教道:"你先坐下,我跟你讲桩事体。"

乔乔在椅子上坐下。唐管教道:"我准备在饭店沿街开个窗口,卖熟食,想让你去负责这一块。"

乔乔道:"饭店做得好好的,哪能想起做熟食?"

唐管教道:"是我一个同事,弄了个熟食作坊,非要我帮他代销,驳不过面子。"

乔乔道:"是代销呀,我以为店里自己烧呢,现在都忙不过来,啥地方有辰光烧。"

唐管教道:"有辰光阿拉那两个厨师也烧不出,熟食比炒几个家常菜难多了,比如那个熏鱼,还有那个盐水鸭,不专门去学,根本做不出来。"

乔乔道:"你是老板,你安排我去,我就去。"

唐管教道:"过几天拿饭店隔一下,占不了多少地方。阿拉店烧来烧去就几个菜,客人快吃厌了,熟食可以外卖,也可以堂吃,对饭店生意也有帮助。"

乔乔道:"你蛮会做生意嘞,你屋里厢房子这么大,还有空关,哪能不租出去?也是一笔收入呀。"

唐管教道:"房子租出去就不是自己的了,弄得一塌糊涂。而且人一多,隐私也没了,情愿不要这个房租。"

乔乔听到"隐私也没了",心里咯噔一记,脸上装作没事:"没别的事体,我先走了。"

唐管教点点头:"横汓章家见还是不见,你自己再考虑考虑。"

乔乔道:"晓得了。"

8

农芳从不拿正眼看乔乔,也不拿正眼看鱼妹。她一直气鼓鼓的样子,好像这世界对她欠多还少。

这天晚饭时分,章家人来了,是两个年轻庄稼汉。坐在店堂一角,点了几个小菜,叫了特加饭。两个人闷头吃,有时喝一口酒。乔乔开始并不知道他们是被遗弃的"章小小"的哥哥。他们走后,唐管教把她叫到一边:"晓得刚才那两个是啥人哦?"

乔乔冰雪聪明:"章家人?"

唐管教道:"脑子活络,一猜就中。"

乔乔心想,怪不得那两个人一直打量自己,从上看到下,从左看到右,还以为是不怀好意的色狼,但眼神并无浊气,回想起来,似乎还眼眶微红。当时觉得是酒喝多了,原来是认亲的伤感。

过了几天,那两个庄稼汉又来了,还多了个扎头巾的半老农妇。他们和唐管教打招呼,想请唐管教坐一桌。唐管教摆手谢绝:"我这里马上来朋友吃酒,你们自己寻位置坐吧。"

章家三人就另外坐下来,点了几个小菜。那农妇开始还镇静,慢慢就控制不住,泪汪汪的眼神追随着乔乔。乔乔走到哪儿,目光跟到哪儿。乔乔低着头,不知怎么应对。朝唐管教看一眼,他正咪酒搛菜,和几个朋友聊得起劲。注意到乔乔在看自己,朝她点点头,示意她过去,低声道:"还是认了吧,人家也老诚心嚯。"

乔乔摇摇头走开。章家三口正朝唐管教这边看,见乔乔走开了,流露出失望的神情。乔乔不知怎么收场,很快,她跌破了一只碗。哐,把客人们都吓了一跳。

唐管教站起来,坐到章家那桌,乔乔隐约听到他在劝导:"今朝就不要认了,等我再劝劝她。"

那农妇道:"听你嚯,我觉得她老像嚯,自己身上落的肉,哪能都认得。"

章家要结账,唐管教摆摆手,示意算了。章家人再三道谢,悻悻然离去。

乡村吃饭都早,一过晚上七点,进饭店的人就很少了。乔乔和鱼妹收拾碗筷,等最后一桌客人离开,就打烊了。

唐管教一直待在店堂里喝酒,他今天这桌,连他在内共六人,喝了十一瓶特加饭。他喜欢吮螺蛳,厨房后面的天井里,专门有几只养螺蛳的水缸。

炒螺蛳是唐记饭店看家菜,食客很少有不点的。摸螺蛳是渔夫的副业,把淤泥从河底挖出来,摊在岸边。等钓完鱼,河泥有点干了,螺蛳密密麻麻钉在表面,把它们捡进铅桶就可以了。

每天有渔夫送螺蛳来,唐管教只要青壳螺蛳,黄壳和褐壳不收。青壳螺蛳个大肉肥,更鲜美。刚送来的螺蛳不能马上烹饪。要在水缸养一夜,在水面滴豆油少许,螺蛳闻到豆腥就把脏东西吐出来了。

因为量大,剪螺蛳屁股很花时间。用一把细钳子,慢慢剪,可以用去鱼妹一个上午,后来乔乔加入了,时间也没减少,因为饭店生意更好了,吃炒螺蛳的客人更多了。

很多客人是冲着乔乔来的,漂亮姑娘永远是小镇上最好的传说。过了几天,熟食窗口搭建完成,乔乔站在五六平方的空间里,开始卖熟食。很快,周浦镇上都知道了有个"熟食西施"。

"章小小"的两个哥哥隔三岔五会过来,买一包蜜汁烤麸一包盐水花生,都是最便宜的熟食,偶然也买一包红肠,让乔乔切成片,把头探进窗户:"阿妹,不要生气了,认了吧。"

乔乔笑吟吟把切好的红肠递出来:"我不是你们阿妹,没你们讲的那个胎记。"

两个庄稼汉不死心,还是常来。乔乔对他们很客气,对认亲却笑着摇头。那个半老农妇倒是再也没来过。

唐管教平时还是叫她董芳,私下叫她小芳,她都答应。她也知道了唐管教的名字叫唐龙根。这天晚上,她再次踏进西厢房,是不请自来。门关着,她笃笃敲了两记,没有应答。正转身要走,门吱扭一声开了。农芳叉着腰,还是那副训斥的嘴脸:"你来做啥?"

乔乔道:"我寻唐老板。"

乔乔一直跟着鱼妹叫唐老板,偶尔也叫唐管教。

唐龙根的声音从屋里传出来:"是董芳吧?进来吧。"

唐龙根靠在床边抽烟,单身汉都比较邋遢。被褥凌乱,一看就是平时不叠被子。借着橘色灯光,乔乔注意到床上有翻卷的《青年一代》和一些山楂片。枕头毛巾卷成了条状,未经遮盖的枕头芯子油腻腻的,像唐龙根头上的发蜡,用手往后一捋,就粘在那儿了。

唐龙根把头转向农芳:"董芳寻我有事体,你先回自己屋里去吧。"

农芳朝乔乔白了一眼,出去了。

乔乔还是坐在上次那把椅子上,屁股落定,直接说:"我被章家缠死了,我真不是他们家小囡。你上趟讲,章家讲我背上有块胎记,叫啥猪毛痣,我身上真没有,我给鱼妹看过。"

唐龙根道:"我相信我相信。"

乔乔道:"那你去跟章家解释一下,让他们不要来了,他们老是来,我又不是他们家小囡,他们难过,我也老内疚。"

唐龙根弹弹烟灰:"我去给你讲,就讲你身上没猪毛痣,他们认错了。"

乔乔道:"他们会相信哦?"

唐龙根道:"不晓得,应该会吧。要么你给我看看,到底有没有。"

他虽然是玩笑的语气,乔乔还是闹了个大脸红。唐龙根见她待在那儿,试探道:"你过来啊。"

乔乔朝他走近两步,又不动了,站在离床不远的地方:"真要看呀。"

唐龙根道:"你过来,我又吃不了你。"

乔乔便又走一步,停下来,她知道再走,唐龙根伸手就可以够到自己了。唐龙根上身倾了一下,把她的手握住了。

他手劲很大,她脚尖跌了跌,就被拽到了床沿。

她被放在床上,只说了一句:"枕头老龌龊嘞。"

唐龙根就把枕头反了个面,道:"我晓得,你不是川沙人。"

乔乔不响,用疑惑的眼神看着他。

唐龙根道:"阿拉店里虽然周浦吃客多,从市区来办事体的人也不少,你跟他们讲的是标准上海闲话,自己可能没注意,我亲耳听过好几趟。"

唐龙根的嘴凑过来,乔乔脖子被根须扎得直痒:"你的胡子。"她把脸别过去。

唐龙根道:"每天早上都刮,吃过午饭就钻出来了,没办法。"

乔乔翻了个身,把背脊冲上:"快点看,有没有猪毛痣。"

唐龙根把她外衣掀开,一件蓝格子衬衫束在直筒裤里,把它抽出来,腰和半个背就袒露出来,再往上撩,胸罩带子映入眼帘。乔乔的手臂折回来,捏住胸罩后襟:"没猪毛痣吧。"

唐龙根道:"没有,你皮肤跟缎子一样。"

乔乔翻身起来:"好了,你看过了,去跟章家讲,没胎记。"

唐龙根动作比她更快,她刚坐起来,就发现胸前一沉,她忙用手去挡,已经来不及了。

女性身体的沦陷多半是从乳房开始的,唐龙根未急于褪她的裤子,而是从她的肚脐,顺着裤沿下探,触及她的私处。手拢住那蓬野草,停在那儿。这是短暂的静默。乔乔看着唐龙根:"老板欺负打工的,算啥本事?"

冷不丁,背后有人清喉咙:"早料到会有这一出。"

唐龙根急转头:"你哪能进来?"

农芳道:"门本来就没关。"

乔乔整理衣服下床,唐龙根冲着农芳怒斥:"你给我出去。"

农芳冷笑道:"这是我屋里厢,凭啥?"

指着乔乔鼻子大骂:"早看出来是个小骚屄,勾引老板想当老板娘呀,今朝夜里就卷铺盖滚蛋,睏马路去。"

唐龙根道:"不要吵了,董芳你先回东厢房,农芳你也回去。"

农芳道:"我不回去,你这个小骚屄。"

重重推了乔乔一把,乔乔没提防她会动手,被木门槛一绊,脑袋磕在了门框上。不禁火起,转身也推了农芳一把。两人扭在一起,拽对方领口和头发,用指甲抓脸,唐龙根赶紧把她们扯开。乔乔朝东厢房走,农芳试图去追,被唐龙根拖住,农芳跺着脚骂:"马上滚,给我马上滚。"

鱼妹听到吵闹,出现在东厢房门口,见乔乔落荒跑来,农芳的骂声跟在后面。等乔乔进了门,鱼妹赶紧把插销反插上:"芳姐,发生啥事体了?"

乔乔不说话,开始整理自己的衣物,鱼妹在边上劝:"这么晚了你去啥地方呀?这里是乡下,一个人走夜路多危险。"

乔乔手没停,动作却慢了下来。

门外却有人拍窗子,是唐龙根的声音:"开门。"

鱼妹朝乔乔看了一眼,乔乔道:"去开吧。"

鱼妹便去把门打开,唐龙根走进来,见乔乔在收拾包裹,一把抢过来,撒腿就往院子里跑。乔乔急忙跟过去,唐龙根虽有点瘸,却走得大步流星,乔乔都追不上。眼见着唐龙根进了西厢房,乔乔也跨进门槛,唐龙根把包裹往八仙桌上一扔,反手把两扇木门一拢,木插销一闩:"你啥地方也不要去,继续当你的熟食西施,熟食店我给你分红。"

乔乔道:"我还是走吧,我怕你阿妹。"

唐龙根道:"有我在,你怕啥?"

乔乔道:"我留在这里算啥呢?"

唐龙根道:"做我女朋友吧。"

乔乔道:"你有老多这样的女朋友吧?!"

农芳的哭声从她屋子里传出来,哭得吞吞吐吐:"放我出去呀,我要出去呀。"

乔乔道:"你把你阿妹反锁了?"

唐龙根道:"不要睬她,她哭一歇就好了。"

乔乔道:"她还能管你?我以为都是你讲了算呢。"

唐龙根道:"她从小就是我跟屁虫,我跟随便哪个女人好,她都吵,吵一下就好了。"

乔乔道:"还有这样的阿妹,被你这阿哥宠坏了。"

唐龙根道:"不讲她了,她哭一歇就去睏了。"

乔乔道:"那我也去睏了,哪能分红呀?"

唐龙根道:"熟食赚的钞票我七你三。"

乔乔道:"不做你女朋友就没了,对哦?"

唐龙根不响。

乔乔道:"我先回去睏了,想好答复你。"

去把木插销拔开,提着包裹准备回东厢房。唐龙根从后面搂住她,她也不挣扎,包裹啪嗒掉在地上。唐龙根重新把木插销闩上,一只手托着她脑袋,另一只手托着她下肢,把她抱到床上。

乔乔头一偏,看见那只脏枕头:"你好拿被头枕头汰汰了,都馊了。"

唐龙根道:"还好啊,不算龌龊,掸一下就可以了。"

乔乔其实闻不到馊,她小时候就有鼻炎,春秋两季比较严重,说话后鼻音很重,也有人说好听有磁性。唐龙根用手托住她的脸,她把头朝另一边偏开,她能感觉唐龙根手心出汗了。

唐龙根这个人,有点吊儿郎当,让乔乔联想起小开。和小开又不同,骨子里要加点霸气。

乔乔知道小开就在唐龙根所在的周浦监狱服刑,但她不会提。

从横沔章家这件事,乔乔了解了唐龙根的能耐。也知道了另一点,他肯定也在调查她身世。如果一提小开,他一提审,把自己的外貌年龄和小开的口供一匹配,立马就知道了自己的底细。

她觉得现在的匿名状态很好,不想让唐龙根把自己的老底刨出来。

唐龙根的手触到了她的裤襻,褪她裤子时,乔乔抬了下屁股,这个动作是明确的暗示。唐龙根飞快脱掉衣裤,因为慌乱,短裤外裤和袜子同时从脚后跟飞了出去。

乔乔觉得身体一紧,牙齿咬住了下唇,这是她的身体第三次被占领,却分属三个男人。每一次都不是她心甘情愿的,包括这一次。乔乔恨自己的身体,觉得并不属于自己,而是属于垂涎它的男人,她只是代为保管,却要管饱管暖,带它走东走西,又不能扔掉。

乔乔终于闻到了枕头的馊味:"不要忘记跟章家讲,我没他们讲的胎记。"

唐龙根道:"我晓得。"

那馊味倏地消失了。

乔乔在西厢房留了一宿,一早听到农芳叫:"放我出去,送菜的要来啦。"

唐龙根下了床,去把农芳放出来。乔乔走到院子里,农芳正端着搪瓷缸到自来水龙头前刷牙。她朝乔乔看了一眼,像得了失忆症,好像昨晚什么都没发生过。

鱼妹已经在厨房里烧水了,这是每天的第一件事。把十多只热水瓶都灌满,两位厨师也差不多来上班了。

乔乔始终想不通,哥哥的私生活,和妹妹有什么相干,农芳为什么要大哭大闹寻死觅活。农芳这么一闹,鱼妹也知道乔乔和唐龙根的关系了。但鱼妹不知道,她自己的底细被发现得更早。乔乔和鱼妹不同的是,她乔乔常住在西厢房了,俨然像个老板娘了。

只是有农芳在,她这个老板娘当得并不响亮。乔乔心里想,这三个女人究竟算什么关系呢。最后她弄明白了,自己是老板娘,农芳是女主人,鱼妹是妾。

但乔乔有时还是回东厢房睡,她不想和唐龙根过于亲近。像唐龙根这样的单传独苗,和她这样一个不能生育的女人是不会有结果的。和唐龙根好上后,章家人果真再没来过。说明唐龙根把章家给回了。通过这个插曲,乔乔对唐龙根增加了好感,他是热心人,办事麻利,人也大气,还给自己分红。但她知道在这里待不久,她委身于他,其实算投怀送抱,至少也是章回小说里所说的"半推半就"吧。为什么这样做,她没多去想,可能有点报恩的意图。眼下,她只想把熟食店做得好一点,多赚点钱,手上有点积蓄总会有新的出路,虽然没具体想好,但迟早要走的念头一直没断过,走一步看一步吧。

"熟食西施"的名头越来越大,周浦镇很多人家都来唐记小窗口买过熟食。刚下班的最多,顺道过来买一两包。也有闻讯而来的好色之徒,打着买熟食的名义吃吃她豆腐。周浦除了平板玻璃厂隶属上海监狱局,还有好几家市属单位,部分职工来自市区或浦东其他乡镇,每天坐班车往返,有时也会过来买点熟食回家。这其中也有住六里的,乔乔就看见过一两张面熟目生的面孔,幸好人家对她没印象,她却留了个心眼,开始戴口罩了。

鱼妹问她:"芳姐你哪能戴起口罩来了?"

她道:"熟食是吃的,唾沫星子喷上去,不卫生。"

鱼妹道:"乡下人没那么多讲究,不清不爽吃了没毛病。"

这天下班,唐龙根没像往常一样来店里吃饭,这种情况并不多见,一般是单位临时出了事,或者去朋友家喝酒了。后一种,唐龙根事先会打招呼,而今天出门时他什么都没说,拎着咖啡色公文包就出了门。

饭店快打烊的时候,唐龙根回来了,还没吃东西。厨师给他下了碗面,他饿了,呼噜呼噜吃完。鱼妹开始抹桌子,他跟鱼妹咬耳朵,鱼妹点点头,去擦另一张桌子。

乔乔正低头扫地,唐龙根到她身边,轻声道:"今朝你来西厢房吧。"

西厢房的被头枕头早洗干净了。天晴的日子,乔乔会把窗户打开,朝南房间,阳光可以从早上晒到午后,直接照到床上——蚊帐被卸下来了,太重太脏,抽空和鱼妹一起把它洗了。先用井水,把天井的那口老井都快打空了,最后用自来水过清,晾在两根竹竿间,竹竿一下子弯了,她和鱼妹的腰也累弯了——晒过的床铺没了馊味,变得香喷喷的。

晚上,乔乔趿着拖鞋过来了,哪怕在西厢房过夜,她也习惯在东厢房洗完脚,而不是到这边来洗。唐龙根在床上抽烟,乔乔坐在床边,把脚趾张开,一边晾脚一边问:"哪能没回来吃饭?"

唐龙根道:"下午那场雨蹊跷哦?"

乔乔道:"这边没落雨呀,一天都太阳好好嗰。"

唐龙根道:"那就更蹊跷了,离开这么近,我那边老大一场暴雨。"

乔乔道:"这不奇怪,雨跟云走,隔一条马路还这边晴那边涝呢,你们监狱离店里好几条马路呢。"

唐龙根道:"上半天天气特别好,就让犯人去楼上晾被头。快下班了去收被头,收到一半,大雨劈头盖脸就下来了。被头白晒就算了,那个娘娘腔从楼顶跳下来,掼死了。"

乔乔道:"啥人?"

唐龙根道:"跟你提起过,那个爱唱贾宝玉,绰号叫娘娘腔嗰。"

乔乔哦了一声:"他为啥要跳楼呀?"

唐龙根道:"下山综合征。"

乔乔蹙了下眉,她听唐龙根提过这个说法。快刑满释放的囚犯,有时会采取自残等过激行为。这些犯人担心融入不了社会,离出狱越近越害怕,但因此自杀还是很罕见。娘娘腔是唐龙根所在组的犯人,他虽不是直接管教,但犯人死了,肯定要留下协助处理。这事要连夜上报市监狱局。对唐龙根这样的普通干警来说,最大的影响是季度奖泡汤,年终奖肯定也要打折扣。接下来监狱会开展"举一反三",加强犯人监管,用狱警的话,就是要"收犯人的骨头"了。

唐龙根摁灭烟头,把乔乔拢过来:"我觉得你不是老欢喜。"

乔乔道:"啥人?你?欢喜呀,否则哪能会跟你。"

唐龙根道:"我是讲你不欢喜那个。"

乔乔道:"一般吧,也没有特别不欢喜,你欢喜就好了。"

唐龙根道:"你晓得我最近在想一桩啥事体?"

乔乔道:"我又不是你肚皮里的蛔虫,快讲吧。"

唐龙根道:"我在想,能不能那个到一半的辰光,我突然就死了。"

乔乔道:"有这样的死法,叫马上风,你想得倒美,做鬼也风流对哦。"

唐龙根伸手把灯线一拉,把乔乔压住,像一辆小拖拉机,轻车熟路地开进庄稼地里。他已经很了解乔乔的身体了,但他应该猜到,她既不是"章小小"也不是"董芳",他叫她"小芳小芳",叫的只是一个符号。

乔乔头枕在唐龙根手臂上,怀里抱着枕头,像婴儿一样蜷缩着,背对着身边的男人。她身体里留着他的汁液,几张草纸垫在腿间,裆处慢慢濡湿,她把草纸扔在地上,睡着了。

恍惚中,身边有了动静。她又困又乏,如置梦中。又觉得真有人在低声呻吟,是鱼妹的声音。她终于翻过了身,把眼睛睁开。虽是半夜,也没开灯,但夜色中的剪影同样清晰,她想叫,却叫不出来,唐龙根和鱼妹压抑的呼喊像从千里之外穿越而来,那种紧张的控制把他们捆住了。

她的翻身让身边的人定格,空气里没有一滴水分。她晕眩了一下,看见两副眼神像猫一样专注于自己。她果断地把唐龙根的手抓住,放在左乳上,目光迎合着他,仿佛并不吃惊。

唐龙根的剪影活动起来,鱼妹终于叫出了声,克制的呻吟,从喉咙里冒出来。乔乔看不清他们的脸,却看得非常认真。她的左乳被揉捏着,因为粗暴而有点疼。她咬住嘴唇忍着,小拖拉机在另一片庄稼地里横冲直撞。她的左乳突然被松开了,唐龙根一头栽倒,她知道他还活着,没有马上风,他笨拙的喘息声表明他还活着。

9

独处时,鱼妹不敢用眼睛看她,乔乔咬她耳朵道:"你叫起来真好听,我欢喜听。"

鱼妹慌忙把头低下,更不敢看她了。

乔乔仍有机会听到鱼妹叫床,相应地,鱼妹也有了听她叫床的机会。这种事有一次就会有第二次,但她们叫得依然收敛,做不到酣畅淋漓。因为不远处,是农芳的闺房。乔乔不相信这骇人听闻的游戏,自己不但是见证者,而且是参与者。她当然不敢相信。

鱼妹慢慢从羞耻中摆脱出来,不再怕看乔乔的眼睛。她们更像姐妹了,表面上看,确实更亲密了。

乔乔梦里见过几次父母,场景光怪陆离,情节醒来后就忘了。有一次还被魇住,好像是爸爸死了,她撑在小鬼后面追魂,怎么也追不上,整个人被大石头压住,明知是做梦,却醒不过来。

曾有一天,她看到晚报中缝找她的启事,很小一块信息,却被她留意到了。唐家唯一就订这份报纸,唐龙根喝酒时会瞎翻翻,农芳也会瞎翻翻。临睡前,乔乔把沾着油渍的晚报带到东厢房。先看"夜光杯副刊",看完看新闻,最后把中缝一并看了。过去邵枫说过,念中文系的人,拉屎也会找东西看,实在没东西,哪怕寻人启事也不放过,是至理名言。

寻人启事没刊登照片,内容是父亲病重,思女心切。乔乔眼眶一热,赶紧把床头灯关了,头靠在床架上,眼泪默默地流。鱼妹在另一头。已经睡着了,乔乔不敢哭出声,心想,出来才一年多,父亲怎么就突然不行了。多半是哄人的,寻人启事惯用这伎俩。转念一想,人吃五谷杂粮,身体最不好说,万一是真的呢。这样一想,再难入眠。

等天一亮,不去想这事。到了晚上,又开始瞎想。打算从侧面探个虚实,思来想去只有找涓子。店里有台电话,她不用,特地跑去传呼电话站。查到针织五厂总机,拨过去,却不知转哪个分机。说了涓子原名,总机接线员说针织五厂那么大,没具体分机或部门没法转。乔乔叹口气,心里说,只有去周家弄私访一次了。

虽有了这打算,却一直抽不出身,熟食窗口平时连轴转,只有她一个人顶着,鱼妹那边也很忙。空下来,反而要她去当帮手。唐龙根每月给她和鱼妹各一天假,两人错开休息。虽没说是什么假,其实就是例假。乔乔现在三四个月会来一次,量很少,往往当天就干净了。当初摘除子宫,医生保留了卵巢和子宫颈。除了不能着床怀孕,她和别的女人没什么两样,当然在男女之事上,她欲望不是很强,但也不是没想法。

难得的休息天,乔乔会睡个懒觉,中午在店里找张空桌,点两三道喜欢的菜,她喜欢吃猪肺豆腐汤,加点胡椒粉,撒上大蒜末,能吃一大碗。番茄炒蛋也是每次必点。吃完了,去街上转转,下午去看一场电影。她现在有分红,也算给自己干,所以对这样的作息没什么好抱怨的。她已存了一千六百元钱。刚来时,唐记给她每月三十五元工钱,加包吃包住,那天唐龙根同事起哄,增加到了四十五元。她知道涓子刚进厂时基本工资三十八元,加上奖金五十出头,所以唐龙根没亏待她。自从有了分红,月收入突飞猛进,淡季一两百,旺季两三百,最多一次拿到了五百多,相当于国营单位职工一年收入。当然分红的事,唐龙根是瞒着农芳和鱼妹的,她则守口如瓶,闷声发财。

就在乔乔准备去周家弄私访之际,马为东找来了。

马为东是为了找解手的僻静处才拐进这巷口的,他骑车经过唐记饭店,到前面的农田旁撒了泡尿。返回时经过唐记,熟食的香味让他别过了头。熟食窗口里面,正是踏破铁鞋无觅处的乔乔。

因为之前出现过面熟目生的周家弄面孔,乔乔一直戴口罩防患于未然。渐渐神经放松了,口罩挂在耳朵上做摆设居多——当她猝不及防和马为东撞了个照面,准备用它遮脸,为时已晚——马为东眼珠瞪圆了,他看上去比乔乔还要吃惊。虽然,他没中断过搜寻,但很大程度上是一种惯性。当乔乔真的出现,他如同被电流击中,脚步没收稳,哐啷啷,自行车把从手里掉了出去。

马为东将自行车扶起,双腿夹住前轮,手握摔歪的车龙头,借着腕力把其矫正。再去看乔乔,她已戴好口罩,把半张脸遮住——深不见底的黑眸,犹如游鱼,眼波已不如往日清澈,鱼尾一甩,涟漪泛出海藻色的暗晕。

马为东坐在书包架上抽烟,直到午市打烊。乔乔从饭店里出来,走到马为东跟前,口罩已塞进口袋,沾着油迹的白外套也脱了,揉成一团。露出来一件明绿色的短袖衬衣,下身是碎花褶皱裙,也是绿色。她长发顺着肩头披下来,胸脯宛如不驯服的野果子,让坐在书包架上的男人低下了头。

乔乔道:"你哪能会在这里?"

马为东道:"寻你啊。"

乔乔道:"你寻我?为啥,我是你啥人呀?"

马为东不响,他在乔乔面前就是一帖药。

乔乔道:"问你一桩事体,听讲我阿爸生毛病了?"

马为东道:"你哪能晓得嘞?"

乔乔道:"你管我哪能晓得嘞,到底生毛病了没有?"

马为东道:"听讲是胃癌,动过手术了,经常看他晒太阳,人老瘦嘞。"

乔乔眼眶红了,用手捂着口鼻,不让自己哭出声来。整理了一下情绪,告诉马为东,她会尽快回去一次。在这之前,先别跟任何人提,包括她父母,更别提她现在所在的位置。

马为东道:"为啥啊?"

乔乔道:"我不是讲走就好走嘞,没人顶班,我要向老板请假才能回去。"

马为东道:"下趟还要回来?"

乔乔道:"不回来,吃西北风呀。"

马为东道:"你一个大学生卖熟食总不像闲话。"

乔乔道:"不要提啥大学生了,你先回去,不要跟任何人讲看到我了。"

马为东哦了一声:"那我先走了,你早点回来。"

说着骑上车走了。乔乔看着越骑越远的马为东,心里酸溜溜的。他居然一直在找她,居然还找到了。她很恍惚,觉得那个缩小的背影很不真实。

转身朝饭店走回来,农芳靠在门框上,手里拢着一握瓜子,吐得门前都是。乔乔走近了,听见她道:"娘家人寻来了?"

乔乔不响,在熟食窗口那边收拾整理,为晚市做准备。农芳跟过来,边嗑瓜子边道:"你走了我阿哥肯定舍不得。"

农芳语气难得的轻柔,乔乔朝她看一眼,觉得她在挽留自己,不希望自己走似的。

乔乔道:"不是我娘家人,是个碰巧路过的同学。"

农芳道:"这个同学很吃你呀,紧张得车都掼掉了。"

乔乔道:"可能没想到在这里碰到,一下子走神了。"

农芳笑了笑,笑容很奇怪,脸上肌肉没动,但分明在笑。乔乔心里一凛,这神情特别眼熟,却想不起在哪儿见过。

整理完,离晚市还早,乔乔去天井休息,那儿有几把烂藤椅,不知多少年了,风吹日晒,纤维老化了,坐上去吱扭一声,却不垮。

整个下午,乔乔都在想那个神情。她终于想起来了,那不是农芳的神情,是一只狐狸的蔑视回眸,时常出现在梦境里。

这梦怪异。乔乔在唐家天井里晾蚊帐,一阵大风吹过来,又重又沉的蚊帐飞了起来。乔乔去追,永远追不上。那蚊帐也不飞出院子,就在天井里回旋,慢慢展开,把天遮住。唐家就现出了原形,是个空旷的坟地。两只狐狸出现了,其实一开始不是狐狸,是从远处走来的两个人形,一男一女。她试图看清他们,却每次都不能得逞。她手里提着一把月牙形的镰刀,锋利的刃口上滴着血。她不知在这个画面里自己的身份是什么,为什么手里会有镰刀。

两个人形走近一些,乔乔几乎可以看见他们的脸,但永远只差关键的一秒,他们转瞬变成狐狸躲到了墓碑后面。乔乔壮着胆子去看,两只狐狸在交欢,就像春天里她在周家弄看见猫狗发情一样。母狐狸回头看她,和农芳的那个神情一模一样。虽然是狐狸的神情,安放在人的面孔上,却无二致。

乔乔继续沉浸在冥想里,她总算把那神情和现实中的农芳拼贴了起来。如果农芳是那只母狐狸,公狐狸又是谁?

每次做完这梦,乔乔都对唐家老宅心生恐惧,觉得它就是被隐

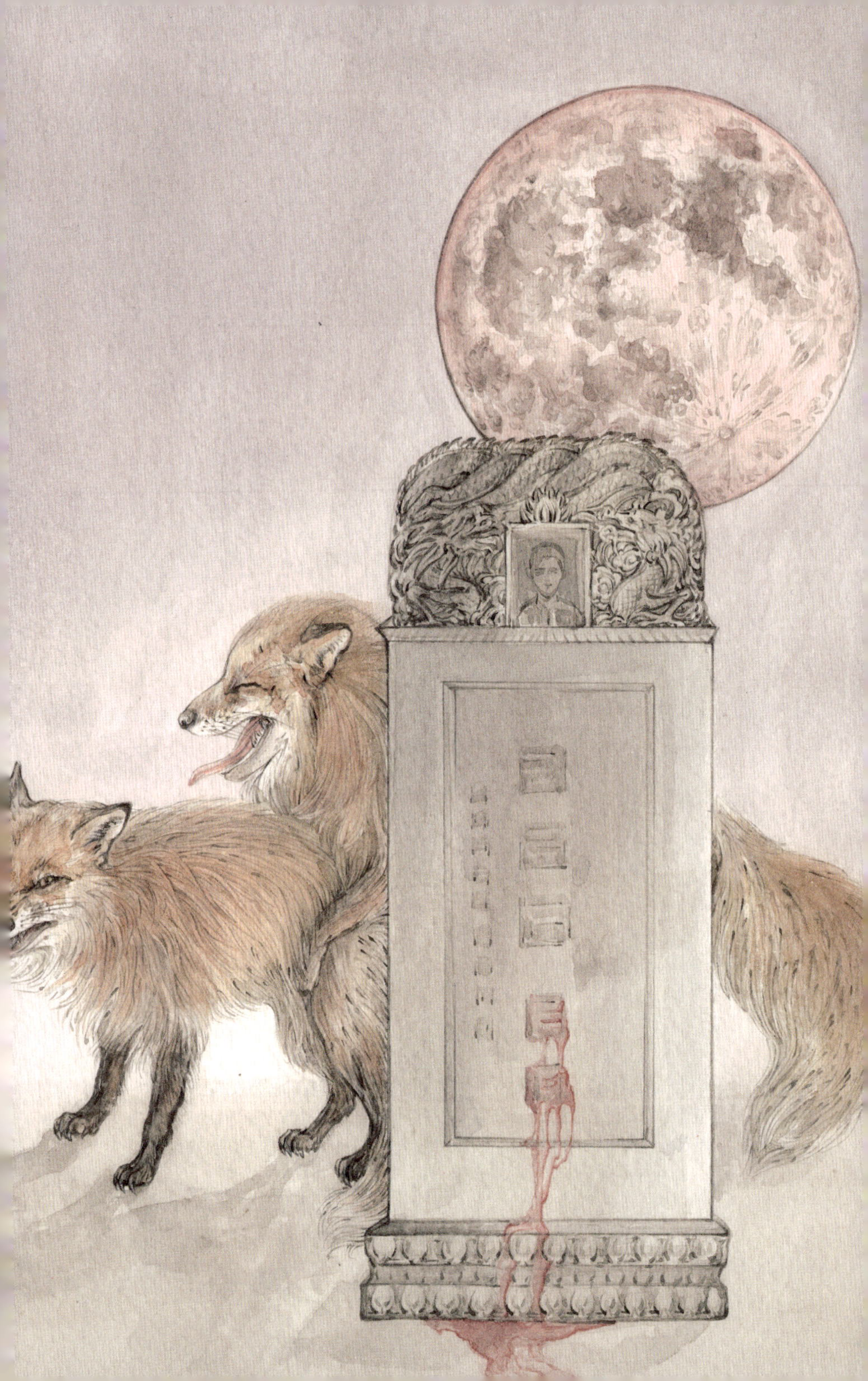

两个人形走近一些,乔乔几乎可以看见他们的脸,但永远只差关键的一秒,他们转瞬变成狐狸躲到了墓碑后面。乔乔壮着胆子去看,两只狐狸在交欢,就像春天里她在周家弄看见猫狗发情一样。

遁的坟地,以老宅的面目示人。一个人不敢进天井,更不敢接近那口老井。等几天后淡忘了,才会在天井里晒一会儿太阳,像此刻一样。

可恐惧刚淡去,那梦境复又重来。情节如出一辙,唯一区别在于,镰刀有时滴血,有时却不滴血,只沾着青草和泥。乔乔奇怪此梦缘何像电影一遍遍放映,想起在大学里最喜欢看蒲松龄的《聊斋志异》,许是狐仙故事看多了。

晚上,乔乔洗完脚去西厢房,刚在床沿坐下来,唐龙根道:"屋里厢来人寻了?"

乔乔道:"没有,是个路过的同学。"

唐龙根道:"来店里有一年半了哦?"

乔乔道:"不止,快一年九个月了。"

唐龙根道:"要是当初不给你分红,你该早走了。"

乔乔道:"没有呀,我觉得这里蛮好嘞。"

唐龙根道:"今朝回东厢房睏吧,我有点伤风,不要传给你。"

唐龙根鼻头红红的,鼻腔里堵着一个木塞,说话嗡嗡的。乔乔就起身回东厢房,走到天井里,发现东厢房不见了。骇然回头,西厢房也不见了,置身梦境里的那片坟地,两只狐狸又跑来了,躲到墓碑后面。她手里果然有一把镰刀,没有血,沾着青草和泥。

朝那块墓碑走过去,两只狐狸正在交欢。母狐狸朝她看一眼,露出蔑视的神情。乔乔咬了下舌头,舌尖被咬得生疼。哪里有什么坟地,东厢房的灯分明亮着,她呀了一声,匆忙跑过去,差点被门槛绊了一跤。

乔乔心怦怦乱跳,跌坐在椅子上,感到四处野草乱岗,耳朵里哀鸿一片。鱼妹靠在床上在织毛衣:"芳姐你哪能了,脸色这么难看?"

乔乔道:"没事体,刚才在门口被野猫吓了一跳。"

鱼妹道:"被野猫吓成这样,胆子也太小了。"

这一晚,乔乔没有睡着,她一直竖着耳朵,倾听窗外的风吹草动。鱼妹起了鼾声,月光砸在房顶上,晃动了瓦片间的一棵短叶茅草。乔乔听到天井里蹑手蹑脚的脚步声,哪怕再轻微,她也能分辨出是谁的脚步。她再度咬了下舌头,疼得几乎叫出声来。

下了床,趴着窗朝外看,正是空旷的坟地,两个人形朝她迎面走来,她终于看清他们的面目。他们变成了狐狸,躲到墓碑后面,传出苟且的摇动之声。乔乔手里的镰刀又出现了,刀刃上沾满了血。

乔乔一屁股跌坐在地,恨不得立刻离开这鬼地方。她安下神来,怕发出响声,把黑暗弄破一只角。鱼妹鼾声如故,她掐指一算,还有四天就可以拿工钱和分红,可她觉得恶心得要死,一刻也待不下去了。

她决定天亮就走,弃薪也不愿挨过这四天。幸好收拾的东西不多,可要可不要的零碎就不要了,拿起一只大包就走。

最好的时机是午市之后,农芳和鱼妹都在休息,去卧室把东西塞进大包,从后门出去。只要登上任何一辆开往江边的公交车,她就离开此地了。

下午两点多,乔乔挎着大包,按计划踏上了归程。一辆单厢公交车,在颠簸了两个钟头后,把她送到了终点站塘桥。

不远处就是82路和86路站头,开两站路,在浦三路口下车,步行十分钟,就到周家弄了。

乔乔没立刻转车,她朝塘桥老街走过去。在一个油墩子摊前,吃了两只热腾腾的油墩子。拌着葱香的萝卜丝裹着面糊,被炸得金黄焦脆。咬一口,烫到心里。乔乔知道老街深处有家国营理发店,一边吃油墩子,一边在犹豫。等吃完了,也下定了决心,朝理发店那边走过去了。

大白兔奶糖

乔乔没立刻转车,她朝塘桥老街走过去。在一个油墩子摊前,吃了两只热腾腾的油墩子。拌着葱香的萝卜丝裹着面糊,被炸得金黄焦脆。

傍晚时分,在天井里洗菜的梅亚苹,一扭头,看见了围墙外的乔乔。这个遭受了命运接连打击,显得异常憔悴的女人一下子怔住了。

她万万没想到,乔乔会突然出现。更没想到,以这样一个形象出现。就像刚出狱的刑满释放分子,头发全剃了,裸露出来的头皮光可鉴人。

打断骨头连着筋,毕竟是身上掉下来的一块肉。梅亚苹两只湿手在围兜上擦擦,上前抱住乔乔,号啕大哭。

车建国听到老婆边哭边叫着女儿小名,在里屋也喊起来:"是乔乔回来了?"

乔乔走到父亲床边,已是泪人。骨瘦如柴的车建国难过得说不出话来。乔乔蹲下来。车建国用手摸着女儿的光头,潸然泪下道:"你为啥拿头发剃了,这是何苦呢?"

隔壁,马为东正在吃饭,耳畔隐约传来女人的哭声。他丢下碗筷,拔腿就往外跑。相邻的一户人家正在修下水道,他反向绕了围墙一圈。哭声渐渐明亮起来,他跑进梅家,乔乔果然回来了。他表情凝住了,乔乔的披肩长发不见了,脑袋变成了一只大灯泡。他嘴巴半咧,傻了眼。

10

乔乔回来的消息传遍周家弄,相比刚出事时,大家对乔乔宽容了很多。一方面由于时间流逝,兴奋点有所转移。更重要的是梅家的陨落博得了邻里们的同情——女儿丧失了锦绣前程,男主人将不久于人世。

乔乔觉得是自己害了父亲,皮肤下的真相最为叵测,每个脏器都和心情有关。表面看是胃癌,其实是心癌。任何癌都是心癌,哀莫大于心死。心一死,器官就受到株连。

乔乔觉得是父亲用命把她唤了回来,马为东在这个时刻找到自己,简直是种宿命。如果再晚一些,父亲或许就走了。

马为东是通过姐姐马为青来提亲的。此事受到了仇香芹的百般阻挠,他一动这个心思,仇香芹就掴了他一记耳光:"世界上女人死光啦,她红木家什拿掉了,不会养小囡了。你准备马家绝后呀,好看又不当饭吃,你瞝扁头了。"

马为东捂腮道:"养不出就不养,养小囡有啥意思。我这么大了还被你吃耳光,买块豆腐撞死算了。"

马为青打圆场:"老娘你不要生气,东东是单相思。乔乔跟阿拉一道长大,心气高,未必看得上东东。"

马为东脖子抬高道:"啥人讲嘞,乔乔答应嫁给我了。我对她讲,你嫁给我吧。她讲,只要你待我好,我就嫁给你。"

仇香芹朝梅家吊高了嗓门骂:"不要面孔的垃山,晓得自己嫁不出去,想处理给阿拉马家啊!阿拉屋里厢不是废品回收站,想叫马家断子绝孙,不要面孔。"

声音箭镞般射穿水泥,尾翎轻盈地在房梁间盘旋,和羽毛仿佛,却又字字千钧,冲进梅家窗户,将里面的人耳膜刺穿。

却无人出来对阵,这不符合梅亚苹秉性。"骂山门"这门手艺活,仇香芹和她根本不在一个段位。可她今天却来了个母大虫收山。她这样做,是因为丈夫示意她不要出场。若放在过去,车建国的劝阻根本不起作用——上门女婿十个有九个半是窝囊废,居住权是他们的命门,入赘的男人无不惧内,上无片瓦下无立锥之地,何谈男子气概?一辈子"气管炎"的车建国来日无多,医生称恶灶已扩散转移,无力回天了。梅亚苹开始对他言听计从,算是临终关怀。

梅亚苹虽然心里做了最坏的准备,行动上却没放弃,通过各种渠道去搞偏方——寡妇的称号行将给她封赏,她才意识到老公有多重要。她对丈夫委屈的一生和自己的嚣张开始反省,像救命稻草一样抓住每个药方,塞进车建国嘴里。

乔乔同样也乱了方寸,父亲的对手是死神,是无中生有的黑暗。她收集并轻信每一个偏方,终于走火入魔,准备将婚姻作为祭品,用冲喜的方式来挽救父亲。

这急病乱投医的决定,来自马为东一句试探。这个蠢头,憋了很久才把话说出来:"你嫁给我吧。"

乔乔对马为东的表白感到意外,不知是哪根筋搭错,她想到了古老的冲喜。马为东的手指绞在一起,她瞄了他一眼:"好呀,只要你待我好,我就嫁给你。"

马为东看着乔乔,好像没听清楚。他其实听清了每个字,所以才觉得万分可疑。见乔乔不像开玩笑,他才回过神来。

乔乔这个愿许得仓促,她意识到马家不会接纳她,却必定是会来提亲的,她甚至连人选都猜到了。事实上,过程和结局后来都应验了她的预测。

此刻,围墙外的骂声从她才长出薄薄一层的头发上掠过,她轻蔑地笑了笑。她确信可以牵着马为东鼻子走,一物降一物,她一点都不担心成不了马家媳妇。她未必一定要嫁给马为东,未必一定要嫁人。她现在要和死神赌一把。如果错过了,就谁都不嫁了。

马为东跑来找乔乔,由于仇香芹刚骂过山门,他站在梅家门前有点迟疑。他敲门,笃的一记,手就定格了。梅亚苹把门打开,见是他,黑了脸。乔乔走上前来,擒住他的手,拉着他往外跑。

一条河露出它黄昏的身姿,河底泛起晚霞的斑斓,河水哗啦啦如同败军的溃退,两岸的农田沉没在暮色中了。

马为东不知乔乔要往哪儿去,她早放开了他的手,他傻乎乎跟着,一步都不敢怠慢。他体力比乔乔好,跑的速度也比乔乔快,但他跟在后面跑。就像小时候,一个永远的跟屁虫。

乔乔一猫腰,跳下窄长的岸线。没能收拢脚,下坡踩翻了一个废弃的瓜棚。穿过几畦菜地,来到垄上。又行了一程,她的身影被一片长势很好的甜芦粟遮住了。马为东忽然看不见她,叫了几声,她也不答应。马为东只能循着方位摸索过来,却被突兀伸过来的一只手抓住了。

乔乔就在甜芦粟地旁站着,马为东没站稳,几乎跪在了她的跟前。她去扶他,反被压了半边。马为东抓住一株甜芦粟借力,被锋利的叶片割破了手指,还来不及喊疼,耳畔只听乔乔道:"戆大,来亲我呀。"

声音娇滴滴恍若江南紫竹调,马为东骨头一下子酥了,跑出的微汗被毛孔收干。长这么大,他还没和女人亲过嘴。他嘴巴怎么也张不开,乔乔用唾液濡湿它,将他闭紧的嘴唇撬开,是一股浓重的烟臭味。马为东呼吸变得粗重起来,但他不敢轻举妄动,只是用双手搂着她。乔乔能明显感受到他热烘烘的手汗,她握住马为东的手,放在右胸的隆起上。虽然隔着衣服,她还是体会到马为东掌心的灼热。她清楚他还是个童男子,他的手像生锈的铁,五个手指全锈住了,弯曲一下那么难。它终于挣开了锈迹,用力过猛,疼得她一咧嘴:"轻一点,戆大。"

由于受到衣物的挤压,乳房有点变形,但轮廓仍是清晰的,如同倒扣的碗,因为饱满而略有些沉,是地心引力的作用。乳尖却又俏皮地往上翘,是年轻的缘故。不知从哪一处边缘开始它不再是乳房,也不知它产生于哪一处边缘,却和其他血肉有了区别,好像是活的,是独立的器官,不服从身体的管辖。

马为东将乔乔搂住,未用什么力气就使她双足离地,慢慢下蹲,将女人放在膝盖上。

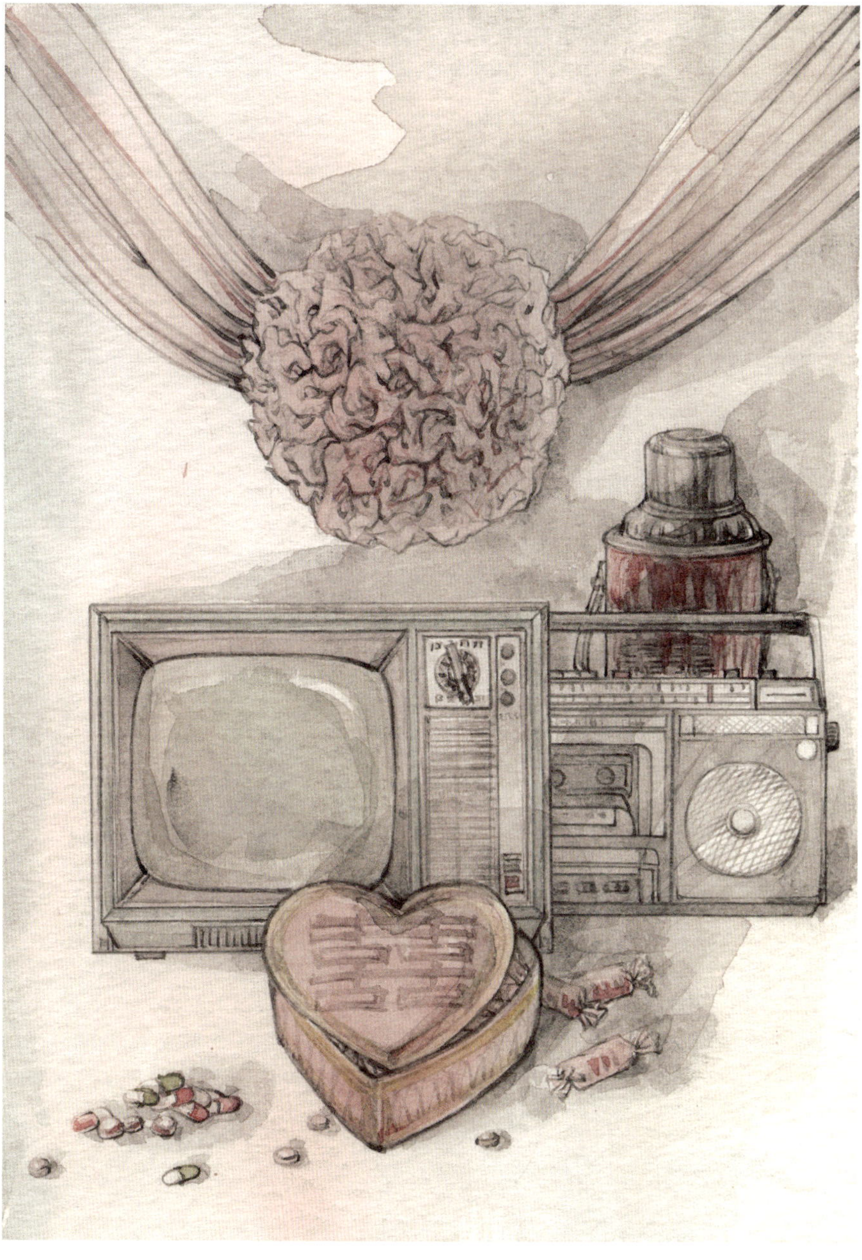

乔乔同样也乱了方寸,父亲的对手是死神,是无中生有的黑暗。她收集并轻信每一个偏方,终于走火入魔,准备将婚姻作为祭品,用冲喜的方式来挽救父亲。

假如乔乔不是剃了头,倒仰的姿势早就长发曳地。马为东笨拙的舌头含住了女人的乳房,当他试图亲另外一边时,女人阻止了他。马为东停在那儿,喘着粗气。僵持了须臾,女人在他后背上不轻不重拍了拍,柔韧的腰肢一个打挺,反手系好胸罩,往河岸走去。等他赶上来,她已上了坡:"想亲我就快点娶我,名正言顺呀。"

马为东撵上来:"我当然是真心的,保证让你体体面面嫁过来。"

乔乔的身影倒映在河面,眼泪扑簌簌滚下来。她不知自己为何而哭,不知自己这一生的下场是什么。她有一肚子委屈,晃荡晃荡,胃就开始疼起来。她不知这是不是遗传,如果是的话,或许有一天,她会像父亲一样得胃癌,瘦得不成人样。她情愿替父亲去死,暴毙在荒郊野外,无人收殓,自己为自己守灵,看躯壳烂成春泥,雨水一化,被树干吸收为一部分。

马为东没超到前面去,从背影看出乔乔在抹眼泪,他不知乔乔为什么哭了,他也跟着难过起来。

两人前后脚踏入自家院子,乔乔拧开天井里的自来水抹了把脸。听到隔壁又吵起来,她绕到围墙外,马家院门洞开着,透过窗户,她瞅见了马为东的后脑勺:"我的事体不要你管,我一定要讨她做老婆。"

仇香芹气得嘴唇直打战:"小赤佬你不要昏头,狐狸精给你喝了迷魂汤。"

马为东头颈像绑了铅丝,梗在那儿:"我就是要娶她,我已经香过她了。"

乔乔耳朵噌地一竖,仇香芹舌头也一骨碌:"香,香过啥地方?"

马为东语速湍急,牙齿间有一只被激流抛弃的竹排,撞在门牙上,随着唾沫星子,弹出了口腔:"香过嘴巴,香过奶,就算是狐狸精,我也要娶她。你手举那么高做啥?又想请我吃耳光?阿姐你不要拉,让她打,打死我就不用讨老婆了。"

吵闹声引来围观的邻里，乔乔脸上红一块青一块，恨不得有个地缝钻进去。她哪里料到马为东如此口没遮拦，像被扒光了衣服，赤身暴露在光天化日之下。一只手拉着她离开了是非之地，是涓子。乔乔回来的第二天，涓子就闻讯赶来了，一有闲暇就过来找她。涓子是个平庸的姑娘，也是个不错的小姐妹。

　　两个人走在铺满煤渣的土路上，路边是一家石膏厂，加工下来的边角料堆在厂房后边，污染了一些农田。空气里飘着白蒙蒙的粉尘，是石膏细末的翻跶。乔乔脸上的红云还未消去，涓子道："不要睬他，戆大，戆得出蛆。"

　　她的"上海闲话"比乔乔说得更字正腔圆，这是她和乔乔友谊的渊源。黄浦江东岸行将开发的消息传了多年，说是要变成特区，比美国曼哈顿还要繁华，进出需要特别通行证，五湖四海的人来淘金，届时"上海闲话"比香港人说的广东话还要吃香。广东话有什么好听，叽里呱啦的。想当初，又矮又丑的广东人在上海讨活干，广东话就像苏北话一样受到歧视——其实苏北话比广东话耐听，刮拉松脆，吐字清楚。但因产自穷乡僻壤，只能跟着掉价——粤语却随着腰缠万贯的港商和广东新贵鸡犬升天了。街头小巷的电线杆上到处贴着"广东话培训"的广告，还真有人报名去学，不知搭错了哪根筋。

　　相形之下，"上海闲话"要好听得多，同样是吴侬软语，它比尾音很重的浦东土话要空灵一些，质地也更硬一些。虽不乏市民气，也透出雅致的腔调。作为一种方言，它显然更匹配未来那个洋气的特区。所以学它的浦东人渐渐多起来，年龄大的乡音难改只好作罢，却希望小辈趁舌头没变硬前换一张嘴。事实上，眼下能说一口流利"上海闲话"的浦东孩子已不再是少数了。

　　乔乔闷闷不乐地踢着土路上的干泥巴，涓子道："不要不开心了，要么去看电影？"

乔乔道:"不想看,走走好了。"

涓子问过乔乔,离家出走去了哪儿?乔乔不想说,冲她苦笑了一下,涓子就不问了。涓子这种性格,上海人叫"拎得清",就是比较明事理的意思。

乔乔道:"要么阿拉去偷甜芦粟吃。"

涓子道:"好呀,会被抓牢哦?"

乔乔道:"抓牢也不过吃根甜芦粟,不会哪能。"

种甜芦粟的人家很多,和玉米混种,也有随意种在其他农作物之间的。甜芦粟是高粱的一种,也叫芦穄,手指那么细,绿皮白芯,中间有节,掰成一节一节,用牙齿把皮撕开,嚼出蜜一样甜的汁,把残渣吐掉。也有不甜的,一是时间未到,或被虫蛀过了。

两人折了几株甜芦粟,在田埂上坐下来,涓子朝乔乔看过去:"你剃光头还蛮好看的,像个小尼姑。"

乔乔道:"现在长出来一点了,已经不像了,刚刚剃的辰光,不敢照镜子。"

涓子去摸乔乔的脑袋:"这么圆,连个疤都没有。"

乔乔道:"你头上有疤呀?"

涓子道:"啥人小辰光没磕过碰过,有疤也老正常。"

乔乔道:"你又不当尼姑,没机会剃光头,有疤也遮住了看不见。"

涓子道:"你接下去有啥打算?"

乔乔道:"结婚呀。"

涓子道:"我是讲结婚以后,总要有个饭碗哦。"她用牙齿撕开甜芦粟的皮,撕成很多缕,依次往中间插入,最上端做成一个提手,成为一个灯笼的形状。

乔乔道:"还没想那么远,要么就让马为东养我。"

边说边拍拍屁股站起来,手上黏黏的,碎草粘在掌心,越拍越脏:"算了,回屋里厢再汏,你留下来一道吃饭哦。"

涓子道:"我讲好回去吃嘞,屋里厢都烧好了。"

乔乔道:"那我就不留你了。"

两人出了庄稼地,循原路往回走,在浦三路分手,一个往东一个往西。

乔乔到家门口时,看热闹的人早就散了。八仙桌上放了几个菜,正等她吃饭。这次回来,父母对她态度完全拐了个弯。对往事一概不提,说话也不大声,生怕得罪她似的。乔乔心里装着明镜,无非是怕她又跑了。

车建国不能久坐,前一段,他吃饭很少起床,梅亚苹端给他吃。食谱里流质类居多,各种滋补的汤,有时不当心,从嘴角漏下来,被子上都是汤汤水水。乔乔回来后,他精神好了许多。吃饭时间一到,就坐到八仙桌边上,陪母女俩吃饭。虽然在一张桌上,却是分食制,他的食物和母女俩是不同的。他很少用筷子,用调羹一口一口舀汤喝,而梅亚苹和乔乔是米饭和炒菜。车建国虽有劳保,但营养的花销很费钱。梅亚苹吃得很节约,就是常说的萝卜青菜加豆腐。乔乔回来后,偶尔买一小块猪肉,半精半肥的,切成丁,特别油腻的地方披下来,熬成猪油渣。猪肉丁炒个青菜,猪油渣和豆腐干、茭白丁炒个辣酱,早上过泡饭。

车建国吃完就靠在椅子上,看一会儿《新民晚报》。阅读这张报纸,几乎是上海每个家庭晚饭后的作业。这座城市,其实只有四张报纸。《解放日报》是中共上海市委机关报,主要读者是机关和企事业单位领导;《文汇报》是文艺色彩较重的党报,偏向于知识阶层;上海市总工会主办的《劳动报》则订阅到每个班组,是工人的新闻来源。剩下就是《新民晚报》,走进千家万户,是市民的报纸。和前面三报的最大区别在于,前者基本是公款订阅,唯独晚报是家庭和个人订阅。

车建国不看副刊，只看头版要闻和第二版的本地新闻。没什么重要新闻，就把报纸放一边，慢慢起身回里屋去。有感兴趣的新闻，就随口说几句，说完也是把报纸放一边，起身回里屋去。

乔乔攮了一筷拌黄瓜，朝嘴里放，听到父亲道："周浦发生杀人案了，三条人命一道报销。"

听到周浦两字，乔乔心里一咯噔。车建国继续道："乖乖，这小姑娘结棍的，先拿亲阿哥杀了，又杀了店里的小姑娘，自己一瓶敌敌畏。汏了胃还是没救过来。"

梅亚苹道："杀亲阿哥？不会是神经病吧，疯了呀？"

乔乔心里又一咯噔，探头去看那则新闻，车建国却又翻到另一版去了。乔乔已心知肚明，只想用白纸黑字确认一下。等父亲把报纸放在桌面上，她便取过来，赫然一幅配图，正是唐家天井。老井边一块白布遮住一个人，西厢房门口，一块白布遮着另一个人。乔乔定一定神，用目光把文字细筛一遍，每个字都不放过。

她想连夜赶去周浦，可这个时间，即便赶上去周浦的末班车，返程车肯定没了。况且，趁着天黑出门，父母以为她又要离家出走，定生误会。只好抑制自己的冲动，一宿没睡好。

屋檐有水滴声掉下，开始下雨了。越织越密的雨丝像她的心思，一直挨到天色微亮，雨却大了起来。起床洗脸漱口，穿了双中帮套鞋，朝父母卧室唤一声："我有事体出去一趟。"

梅亚苹道："这么早去啥地方呀？"

她道："有事体。"拿着一把油布伞出了门。

油布伞笨拙，遮雨的面积却比尼龙伞大，也禁得起风。先坐车到塘桥，在一处雨篷下的早点摊，买了一副大饼油条裹着吃。去周浦的郊区车来了，空位很多，她在最靠后的位置坐下，才发现两只裤管都湿了，套鞋里也进了水。

车速不快，积水在车身两侧溅开。靠站时，会有人骂娘，那是被溅到污水了。乔乔想到第一次闯入周浦的那个傍晚,好像就是昨天的事。心里一难过,眼睛红了。她朝车窗外看出去,一片雾茫茫处于混沌之中。她如同被抛弃的婴儿,蜷缩在世界一角。

终于,下了车,蹚过浅河一样的马路,来到那个巷口。"唐记饭店"招牌还在,她走过去。店关着,门口拉着警戒线,她便退回来,躲在对面的一处屋檐下,收拢了油布伞。

雨好像停不下来,天色和建筑物混淆在一起,犹如一支笔在画着水粉。他来了,从后面抱住她,在那只红木大床上,他的头靠着她,一只手从颈后绕过来,掩住她的左乳,另一只手,遮住她私处。他保持这个姿势,没有继续的动作。他掌心很热,她出汗了。忽然头颈濡湿了,啜泣声传进她耳朵里。他哭得很伤心,什么话也不说,只是一味地哭,把枕头和她的头发都哭湿了。

11

比乔乔预计得还快,仅仅隔了一周,马家就来提亲了。和她猜的一样,说客正是马为青。这个结婚很早的女人待在娘家的时间远比在婆家多。她婆家在郭家沙,和周家弄同属许巷大队。许巷大队共有四个小队,郭家沙是一队,周家弄是四队,二三队就叫许巷。问起住的地方,便答道:"我住在巷上。"大队是官方的说法,究其质,其实是自然村。郭家沙离周家弄两三里,按说不远,马为青却不愿回去,一下班就到娘家来。不知道的以为她尚未出阁,其实女儿都上托儿所了。

她一来,老公金六六也跟了来,仇香芹专门腾出大房间给他们住,顺带领外孙女,又不算招女婿。明眼人去逗憨头憨脑的马为东:"周家弄要动迁,当心你阿姐,我保证她户口也没迁走,不相信去问问你老娘。"

马为东却道："户口不迁走,可以多分一套房子,好事体。"

马为东能这样说,说明和姐姐感情不错。他可能也意识到马为青的私心,但认定姐姐不会让自己吃亏。乔乔不像他那么单纯,前来提亲的马为青刚说明来意,她立刻反唇相讥:"我晓得你为啥这么起劲,晓得我养不出小囡,下趟家产全部姓金。照理讲,嫁出去的女儿泼出去的水,你赖在娘家,无非看中马家这点物什。"

马为青刚想发作,想到自己是媒人,只好把火气压住。乔乔反倒笑起来,恰如川剧的变脸:"没冤枉你哦。"

马为青委屈道:"你讲闲话还是那么促狭,为了你跟东东的事体,我一直做老娘工作。好心没好报,反被倒打一耙。"

乔乔道:"我一直是促狭的,你又不是不晓得。"

马为青道:"阿拉一道长大,乔乔你是哪能的人,我不要太拎得清。马为东能讨你做老婆,算他额骨头碰到天花板。"

乔乔道:"结婚就是缘分,缘分来了,逃也逃不掉。你当初嫁给小金不也是缘分?"

乔乔旧事重提,马为青腮处飞起红云。乔乔手上满是肥皂泡,正在洗父亲换下来的衣服。

马为青认识金六六那天乔乔在场,目睹了小金怎么把她拿下。马为青和乔乔是那种关系有点微妙的小姐妹。马为青知道乔乔心气高,奔着高考读大学去的,骨子里瞧不上她这个技校生。虽然是一起"跳山羊"长大的,不过乔乔爱搭架子,她也没必要自轻自贱,两人距离就慢慢拉开了。

不过无聊时,临时也会凑成搭子。往往还是乔乔来找马为青,这就是微妙的地方。乔乔来找马为青,马为青没空她就拍拍屁股走了,不会有什么失落,因为她知道马为青是真脱不开身。可反过来马为青吃了"弹皮弓",就会以为乔乔轻慢自己,心里窝塞得要死。

陆家嘴溜冰场有一条波浪形滑道,时髦青年就是冲着这条滑道去的。来此"别苗头"的除了浦东小青年,摆渡从对岸赶来的浦西年轻人也不少。当时整个上海波浪溜冰场不多,这家离陆家嘴码头不远,交通方便,可容纳两三百人同时开溜。地面是打了蜡的磨光石子——就是在水泥里搀入小彩石和玻璃,用铜条编出花纹,打出浆水,浆水撇尽后,人工打磨得如明镜一般,夸张的说法是比大理石还要坚固,缺点是不吸潮——已上场的马为青顺时针绕了一圈,乔乔还在换鞋的矮凳上系着溜冰鞋带。

马为青溜得比乔乔好很多,这也是乔乔每次溜冰都来约她的原因。如果没人带一把,她肯定被小铁轮摔得屁股开花。马为青也愿意陪乔乔来,这是她为数不多的能"扎"乔乔"台型"的游戏。她在场内如鱼得水,速度不比男生差,倒溜、急刹和空翻样样在行。乔乔穿好溜冰鞋,倚在铁栏杆旁看她。马为青伸出一只手,让乔乔牵住,将她引入场内。

溜冰鞋上的小铁轮像是跟乔乔有仇的耗子,她越害怕,它越来劲,咬痛她的膝盖和屁股,啃伤她的手腕,弄脏她的掌心。反正马为青一脱手,危险就尾随而至,铁耗子们在磨光石子上吱吱乱叫。

这叫声也在别人脚底下起伏,好似鼠群的狂欢。有时听起来又像是惨叫,仿佛耗子被踩扁肚皮前的最后一鸣。只是对乔乔来说,更像是老鼠的讥笑。

她尝试自己溜,每次都摔。她从地上爬起来,搓搓脏兮兮的手,恨自己又出了丑。隔段日子,好了伤疤忘记疼,又想尝试一下。心里想,兴许这回能悟出门道,就像那次溺水事故之后,她到小水库去学游泳,每次将小肚皮喝饱,就是浮不起来,可有一回小腿一蹬突然就成功了。她期待着在溜冰场上同样灵光一闪,滑翔出去像哪吒踩在风火轮上。

有了马为青的牵引,她总算拖泥带水地滑起来。先是在外围,尔后渐入险境。忽然马为青把手抽离了,当然是故意的,假如始终携她而行,她永远也学不会。

乔乔借着惯性滑出去一段,老毛病又犯了,她总是控制不好平衡,嘴巴里啊啊啊啊,肩膀就朝一个方向倾斜下去了。说时迟那时快,背后被一双手托住。乔乔埋怨道:"吓死我了,麻烦你不要放手。"

后面那人没吱声,护着她的腰往前送。她不敢回头,嘴里求饶般念叨:"慢点慢点,不要放手,一放手我就死蟹一只了。"

脚下的速度却快了起来,使她两耳生风,这劲道显然不是马为青所能有的。乔乔心知有异,果然听到马为青的笑声从另一个方向传来。她急道:"啥人?快点放开我,放开我。"

她的话并未奏效,风本来是贴着两腮吹,这时却朝她耳朵里硬生生灌进去。她被当作了一张招贴画满场子转,她脚都酥了,好像离地三尺,又不能自行停止。不可控制地尖叫着,分不清是恐惧还是兴奋。

纵是艺高胆大,溜冰毕竟不能有一丝疏漏,那家伙太得意了,终于有了闪失。还算有风度的是,跌倒前,将平衡力借给了乔乔,这使他摔得更重,人斜着跌出去就像一把竹梯。乔乔也跌倒了,幸亏预先被化解了冲力,只磕破了手上的皮。而那把"竹梯"摔得声音很响,几乎将磨光地面砸开裂缝。人们哄上来,那个年轻人爬了起来,装得跟没事似的,强撑了两步。面子实在比不过伤痛,人慢慢矮下去了。

那一边,马为青慌忙滑了过来,乔乔脸色铁青,开始解溜冰鞋带。其实溜冰场里这种事常发生,可以说是吃女孩豆腐,也可以说是寻开心。作为女方,不能不当真也不能太当真。不当真可能被得寸进尺,太当真则会被人取笑:"小姑娘一点也老不出。"

乔乔将铁鞋往地上一扔,转身来到马为青未来的老公跟前,不管三七二十一,抬腿就是一脚,正好被她踢中脚踝处的骨突,还不甘休,又要再踢:"你有毛病呀,啥人认得你啦。"

就有人一边劝一边把她拉开,是那青年的几个小兄弟。马为青站在旁边,踩着溜冰鞋小幅磨蹭。那个年轻人真被摔闷了,眼神都没了光彩。

马为青陪着乔乔坐了会儿,去买了两根光明牌雪糕,和乔乔一人一根,马为青问还溜不溜。乔乔道:"不溜了,真触气。"

马为青不知是骂那人触气,还是埋怨自己触气。起身去退溜冰鞋,在换鞋窗口,又和那几个青年遇上了,他们也是来退鞋拿押金的。

跌倒的那位也在,被一个同伴搀扶着,朝她苦笑道:"你那个小姐妹哪能这么凶。"

马为青道:"啥人叫你吃人家小姑娘豆腐,活该。"

那人道:"今朝触霉头,这一跤掼得半死。"

马为青道:"我看到了,你掼得还是蛮负责任的,不过也是自讨苦吃,总归是你先吃人家豆腐。"

那人道:"你这闲话我要听,我们认得一下吧。"

马为青道:"你看你,贼心不死,又来吃我豆腐,你们家开豆腐店的呀。"

那人道:"我姓金,黄金的金,叫金六六,六月六号生嘞。"

马为青忍住笑:"这种名字亏你爷娘想得出。"

乔乔这边,久等马为青不回,也溜达到退鞋处来,却见马为青和那几个青年聊得投机。她既不招呼也不躲闪,冷冷作壁上观。

马为青眼梢不经意扫到她,问道:"乔乔,他们想叫阿拉一道去吃饭,你讲要去哦?"

放在平常,乔乔必然拉起马为青衣袖就走,今天她想看看马为青怎么把这一出唱完,竟答应下来:"好呀,我肚皮正好饿了。"

对方共有四人,均二十岁上下。金六六在轮渡上当差,其余都是立新船厂的电焊工。他们本是技校同学,金六六还是电焊烧得最好的一个,在市技能比赛中拿过名次。但他不喜欢这手艺,因为视力衰退得太厉害。临毕业前他父亲提前退休,将轮渡公司的岗位让给他——顶替是分配外最常见的工作机会,几乎每个家庭都有类似的情况。

金六六上班的陆家嘴轮渡站和立新船厂毗邻,从对岸摆渡过来,靠码头时,可以看见近在咫尺的船坞和囤积在水泥围堤下的漂浮物。他和技校同学碰头很容易,常约好了一起玩,就和今天一样。

四男二女从溜冰场出来,乘一站81路,在浦东文化馆下了车,往右走是东昌电影院。进了家小饭店坐定。桌子是方的,乔乔和马为青占了一面,余下四人连边带角也坐下。金六六靠着马为青坐,个头最高的谢红兵开始点菜:"一碗炒螺蛳,一碗盐水毛豆,一盆炒素,半斤花生米,番茄炒蛋,再来两斤三黄鸡,光明牌啤酒先来半格,再加两瓶正广和橘子水。"

俄顷,小炒摆满了桌子。大家举起玻璃杯,杯里的液体尚在冒气泡,装腔作势碰过。许是真有些饿了,筷子都当仁不让。

酒足饭饱之后,金六六状态好了些。他有了新的倡议,去看电影。东昌电影院外墙的手绘海报上,"流浪者"三个大字特别惹眼,金六六道:"印度片,蛮好看嘞,一道去看?"

乔乔道:"就是那个拉兹呀,阿巴拉古阿巴拉古,我看过了。"

马为青接翎子道:"印度片有啥好看,唱唱歌跳跳舞,最没看头。"

金六六又想了个去处:"听讲浦东公园有只节目叫花瓶装美女,女人长在花瓶里,蛮好白相。"

马为青看了眼身边的女友,乔乔点点头。但申明必须在晚饭前回家,她嘲讽道:"你们真会寻开心,吃饱蛮空的。"

于是乘81路车往陆家嘴码头折回去,浦东公园在摆渡口右侧,和立新船厂只隔一条马路。这公园原是清末基督教海员布道会建造的墓地,过去叫陆家嘴坟山,主要安葬客死他乡的外籍海员。用来作墓地的地方,风水是首要条件,关系到亡灵的安息,中西宗教对此都不敢怠慢。这处所在,放在整个上海的版图上,亦十分难得。它是黄浦江侧一个三面濒水的半岛状腹地,拐弯的江水露出酒窝般的嘴角。而它正对岸,即是被称为万国建筑博览会的外滩,其中一栋门前,挂着"上海市人民政府"的牌子。

观看"花瓶装美女"这一项,公园门票并不作数,需额外购观摩券。谢红兵排了会儿队,才买到票子。四男二女从一个大棚鱼贯而入,里面已有不少观众。他们往前挤,看见那个长在花瓶里的女子。实在不是什么美女,披头散发的,连眉清目秀也谈不上。也不能说是表演,只是展出罢了。但那画面的确蹊跷:花瓶仅热水壶大小,常人一条手臂也未必塞得进,反倒容纳了一副成人的躯壳。似乎不是幻象,那女子的脑袋正端端正正放在瓶口,神态自若,全无逼仄的痛苦。场内啧啧称奇,有人试图突破隔离的粗绳子,以便接近瓶中人,却被两个彪形大汉阻拦。

大家嗅出其中猫腻,又不能洞悉奥妙的出处,真伪莫辨吊起大家的好奇心,七嘴八舌猜了很多可能,具有说服力的答案始终未出现。

金六六道:"肯定是假的,就是老难看出穿帮,真要看出来了,他们喝西北风啊。"

乔乔若有所思道:"我讲肯定跟镜子有关系,不会错。"

说着一行人便往外走,乔乔看到一块广告牌,道:"那边有飞车走壁,要么阿拉再去看看?"

金六六道:"我去买票,你们等一歇。"

买来了票,临到入口,金六六道:"我去买棒冰,等一歇进来寻你们。"

说完要走,脚步一顿:"小马,要么你跟我一道去?"

马为青问乔乔:"你去哦?"

乔乔说:"我在里厢等,你快点买好了过来。"

但两人离开后再没回来。乔乔和那三个素昧平生的小青年趴在栏杆上。摩托车手在巨大的铁桶里上下驰骋,盘旋环绕俯冲。人群一阵阵惊呼。时间萎缩得很厉害,转眼一刻钟过去了。棒冰没来,人也没来。乔乔往外挤,三个男青年也跟出来。站在蒙古包形状的演出场地前,乔乔脸色很难看,小姐妹就这样被拐走了,实在是没面子。她懒得搭理三个年轻人,飞快地朝公园出口走过去了。

乔乔回到家,端了小板凳坐在天井外面,抓一把瓜子,嗑一粒,嚼了仁,将壳啐出很远。

估摸一个半小时后,消失的男女同时出现。一前一后,恍如两个直立的黄鼠狼。由于天色昏暗,乔乔不能确认他们是否刚才搀着手。她能够确认的是,他们是匆遽分开的,凌乱的表情里飞出了麻雀。

乔乔站起身道:"金六六你这跤跄得太合算了,啥辰光请我吃喜糖?"

金六六道:"我买好棒冰来寻你们,人太多了实在寻不着。"

乔乔恼怒道:"小姑娘骨头太轻,要被男人看不起。"

马为青一张红脸腾地从黄昏里显出来:"你不要讲了,不是你想的那样。"

多年以后,乔乔在自家天井里旧事重提,马为青腮处好像没涂匀的胭脂,又红了。

乔乔搓着衣服,手里满是肥皂泡:"你哪能说服你老娘的?"

马为青道:"我姆妈只有一个宝贝儿子,又不能真的断绝关系,我在边上打打圆场,她只能张一只眼闭一只眼算了呀。"

乔乔道:"去跟你老娘讲,我是明媒正娶,该有的排场一样不好少。要办就在一个月里办掉,过了辰光我就不嫁了。"

马为青道:"一个月太仓促了,新房子要粉刷,家什要买起来,还要办几身行头,哪能来得及?"

乔乔道:"辰光是紧一点,相信你有办法。"

马为青道:"你头发哪能办?总不能板寸做新娘子吧。"

乔乔说:"我去城隍庙长青假发店买一只最时髦的大波浪,保证打扮得漂漂亮亮。不坍你们马家的台,也不坍我自己的台。"

纵是快马加鞭,婚礼还是比乔乔要求的晚了一个礼拜。大喜这天,乔乔果然成了大波浪新娘。假发是她和马为东专程到城隍庙去买的,只在店里瞄了一眼,她就相中了那只深栗色发套,戴在头上,对着镜子一转,真有些巧笑倩兮的妩媚。

马为东在一旁看呆了,营业员也一片喝彩。乔乔从拎包里拿出喜糖,给叽叽喳喳的营业员分了去,在一片道喜声中,马为东去账台把钱给付了,两个人出了门。

乔乔就势挽住马为东手臂,这是她第一次用小鸟依人的方式对这个男人抒情。就在当天上午,他们去民政局领了结婚证,已是法律意义上的夫妻了。马为东显然还不习惯这个动作,表情是僵硬的。一直走到九曲桥边,才好像缓过来:"阿拉去吃南翔小笼吧,顺便去豫园看看,到湖心亭拍几张照片。"

两人在这处江南名胜度过一个休闲的下午,在湖心亭前留了影,在大雄宝殿前留了影,在小刀会旧址前留了影,在福佑路老饭店门前留了影。当然他们自己没有照相机,是旅游景点上的摄影摊给代劳的。

隔了一天,照片按他们书写的地址寄达。而此刻,婚礼的前奏也正进行得如火如荼。

遮阳避雨的大棚在梅马两家的天井里分别被架了起来。这场婚礼由于亲家是邻居而方便许多——至少从迎亲的角度说,可省掉中间的路程——两家室内面积原本就比较大,加上户外大棚,十八张圆台面摆得并不是特别逼仄。这样的宴请规模算不得大,周家弄的婚宴纪录有超过五十桌的。

新房在马家二楼,铺了仿地板图案的塑料地面。新刷过的墙还有石灰水的呛味,家具的三十六条腿齐全。飞跃电视机、蝴蝶缝纫机、红灯收音机、凤凰自行车,还有新娘子腕上的宝石花手表可不是每户都配得齐的,看样子关于马家家境殷实的传言并非空穴来风。按常理,女方也要拿出几件像样的陪嫁。可梅家情况比较特殊,一个癌症病人不消多久就能将家底掏空。所以除了梅亚苹压箱底的两件老首饰外,基本没什么钱嫁女儿。

成亲最重要的仪式就是晚上的大餐,吃完婚事也就算完成了。剩下的闹洞房,就是年轻人的节目了。

面盆、铅桶和大木盆内全是鸡鸭鱼肉,四名从国营饭店请来的厨师正忙着刀功。当下手的七姑八姨,拣菜心,刮蹄髈,洗海蜇头里的沙子,把活物弄死,现场尸横遍野,腥气弥漫。

喜气洋洋的幕后却有个关键人物抽身而去,正是新郎的老娘。她将一张存折交到马为青手里,嘱咐她代为操办婚事之后就回娘家了。她的缺席使她这条线的亲戚全体缺席,使酒席数量起码少了五六桌。

仇香芹在一星期后才回来,这时婚礼的狂欢早已烟消云散,转而代之的是车建国的丧礼。她同样没参加亲家的追悼会。乔乔和她的新婚丈夫在西宝兴路火葬场为父亲送行的时候,这个一肚子怨气的女人在门口孵太阳。

父亲的死使乔乔冲喜的想法变得十分荒唐,不过她并不后悔。父亲最后的眼神充满了欣慰,弥留的目光似乎在说,你出嫁了,就是重新投胎了,又是一个正正派派的良家妇女了。

车建国正襟危坐在椅子上,和梅亚苹一起接受新人的叩拜。感谢父母养育之恩是传统的三拜之一。之前的一拜是天地祖宗,接下去则是夫妻对拜。

乔乔一身朱色织锦缎短袄,马为东是毛料中山装。两个人站在一起,女的刚好到男的耳尖,看上去还很般配。然而这只是从个头上说,假如看眉宇,情况就不同了。乔乔一看就十分乖巧,马为东怎么瞧都透着几分戆。

男傧相是马为东师弟,叫王小易,个头和马为东差不多高,人很活络,酒量也是练过的。女傧相是戴眼镜的涓子,相比搭档她拘束得多,还没喝酒就脸上生了火,两腮染着村姑红,虽然"上海闲话"说得很溜,倒像个乡下丫头。

马为青是婚礼上最操劳的人物,受命于仇香芹的嘱托,担负着运转婚事的使命。娘家亲虽然全体缺席,但父亲这条线,除了在海外赶不来的,被她悉数请来了。他们家的海外关系是让人羡慕的资源,也是家境比别人好的原因。

而所谓海外关系就是老马的亲二舅——也就是马氏姐弟的二舅公——是印尼华侨,马家每年会收到几百美金馈赠,可兑换几千元人民币。和月薪几十块钱的工薪阶层比起来,是一笔巨款。

老马性格和老车差不多,是三棍子打不出闷屁的"气管炎"。他是个痨病鬼,很年轻就病退在家。除了喘别的没事,整天忙他的几只画眉鸟。寻求养生之道也是他的功课,凡对健康有利的道听途说,都会加以尝试。譬如最近他迷恋上红茶菌,弄了个玻璃缸,培养铁锈红色的菌群。不但自己喝,还强迫全家人喝。大人还好说,可怜的是芳芳——就是马为青的小囡——根本不喜欢那股味。

他将她提溜过来,捏住鼻子往嘴里灌,弄得小姑娘鬼哭狼嚎。仇香芹骂他,他强词夺理:"别的你做主……身体的事体就……就听我的,你想想我会害……害你们哦?"

他不是口吃,是气喘。心平气和时还好些,激动起来更喘得厉害。按妇唱夫随的逻辑,他应该和老婆站在一个战壕里,拒绝参加儿子的婚礼,却留了下来。之所以能留下来,无疑得到了仇香芹首肯,至少是默许。这也是能解释得通的。因为仇香芹想给儿子多少留点面子,留张嘴来祝福。常言道,得不到父母祝福的婚姻是不幸福的。虽然她心底对乔乔一万个不乐意,却也不希望儿子不幸福。

老马在婚礼上的作用像是道具似的,大相公那样坐在主桌,和宾客们打哈哈。虽然他喜欢用红茶菌水灌芳芳,但小姑娘和他的关系还不错,没坐在爸爸金六六边上,却和外公粘在了一起。芳芳是马为青十九岁那年生的,机灵得跟个鬼似的。马为青当新娘时,她已在肚皮里待得不耐烦了。由于男女方(金六六那年实足二十一岁)都没到法定结婚年龄,双方商量把仪式先办了,于是马为青就挺着大肚子当起了新娘。

虽然办了喜事算是补救措施,但在相当长一段时间里,马家女儿的未婚先孕始终是周家弄的饭余闲话。一直到小夫妻补办了结婚证,给芳芳报上了户口,大家才慢慢说得少了。

12

婚后,婆婆仇香芹对乔乔自然是横挑鼻子竖挑眼,一万个看不惯。乔乔没必要整天看一张冷脸,很快住到娘家去了。婆媳角力,受伤害的是马为东,图了个新婚燕尔的虚名,讨了个漂亮老婆,抱了没几天,被窝又空了。他赖在梅家央求乔乔回家,乔乔根本不拿正眼看他,一到睡觉时间果断将他轰走。马为东回家闹,仇香芹不吃他这一套:"自己连老婆都搞不定,她不回来你可以去住呀,陪老公睏觉天经地义。"

马为东蹩劲就发作了,夜里赖在梅家不走。他老婆和丈母娘也不管他,到了睡觉时关灯上床,把他丢在外间,当他是防贼的保安。马为东朝床边摸过去,没想到母女俩挤在一张床上,梅亚苹啪地拧亮灯,骂道:"小棺材,死出去。"

马为东委屈道:"我抱我老婆有啥不可以。"

梅亚苹道:"看看清爽,我是你丈母娘,哪能? 想乱伦啊。"

马为东道:"我老婆也在床上,我当和尚算啥名堂呢?"

梅亚苹道:"回去跟你老娘讲,自己上门来接。乔乔嫁给你不是去做童养媳的,凭啥看她脸色?"

马为东道:"叫我老娘来接? 这是西天出日头。"

梅亚苹道:"教你一个办法,回去跟仇香芹讲,要是不愿意来接,你就倒插门做上门女婿,她听了保证服帖。"

马为东真的把这个威胁说给仇香芹听,他老娘思路比他清爽,一句话把他顶回去:"她本就养不出小囡,你做不做上门女婿不会让马家有啥损失。"

婆媳俩守着楚河汉界,马为东在仇香芹手上是卒子,到了乔乔掌心又成了兵。执子的人躲在帐后,只有他一个人冲锋陷阵,受伤的也只是他一个人。

这样耗了两个多月,由马为青出面安排了一次谈判。在这次双方无人缺席的会议中,婆媳均觉得无法在同一个屋檐下生活,乔乔提出她和马为东搬出去住。有鉴于她目前失业的现状和娘家实际情况,她准备开一个熟食店谋生,而马家有义务帮助小夫妻完成自食其力。婆婆还没吱声,马为青跳起来:"你结婚用的都是马家铜钿,陪嫁连一只马桶也没有。今朝又得寸进尺,进门没几天就要分家产了,马家不欠你的,你这个脑筋想都不要想。"

乔乔冷笑道:"要你出头做啥,马家的事体轮不到你姓金的来掺和,嫁出去的女儿泼出去的水懂哦?金马氏。"

噎得马为青干瞪眼,将脑袋转向仇香芹:"姆妈,我不同意分家。两个老的都在,小辈就要分家,传出去被人家笑掉大牙。再讲,她对马家作出啥贡献了,凭啥不劳而获?"

乔乔冷笑道:"不就是没给马家留个种,你不要心理不平衡,就算今朝我跟马为东离婚,法院照样会拿属于我的财产判给我,法律,法律你懂哦?"

婆婆的脸色忽青忽白,老实巴交的公公开始喘气。梅亚苹一直不响,她知道女儿对付马家绰绰有余。金六六角色比较微妙,干脆哄起了女儿。最可怜的还是马为东,两边不讨好,干脆就装起了戆。其实也不用装,戆就是他的原形。

最后拍板的还是仇香芹,可以察觉到她心里的咬牙切齿,想摆大将风度,又掩饰得不好,被梅家母女心知肚明地看在眼里。

她当然咽不下这口气,有点急火攻心,脸色灰不拉叽的,看上去连牙齿也是灰的,就像小辈们的四环素牙。眼睛同样是灰的,像老人患的青光眼。

乔乔不跟某个具体的人说话,又在说给每个人听:"我今朝来,是看在东东面子上,他最作孽,标准三夹板。有些人就是摆不正位置,倒是太监比皇帝急。阿拉同意搬出去住,等于就是逼皇帝退位,不过退位,总要先安顿好吧。"

仇香芹掸掸膝盖:"天要落雨娘要嫁人,何况人家是皇帝。我没意见,就当我这个太监前世欠他们的。"

婆婆自有婆婆的权威,就这样一锤定音了。马为青欲和老娘评理,却知道已回天乏术。仇香芹抬腿把脚下的小板凳踢翻,训斥还在唠叨的女儿:"你这个人哪能拎不清,人家是马梅氏,你是金马氏,哪能转不过弯来。"

这次会议不久,乔乔和马为东破镜重圆。但不再住马家,当然更不会住在梅家,而是穿过穿心街搬到了西面的六北三队(六北大队紧邻许巷大队,共有十二个小队)的一栋平房里。这房子有三个房间,最大的是卧室,估摸有二十平方米,另外两间只有十平方米出头,不过朝向都是正南。外面搭了灶披间,安了铁门加了铁锁,为的是防止压缩煤气罐被窃。唯一缺点是地势低,旁边是拐弯的小河浜,一到黄梅天地坪返潮厉害。好在价钱也算公道。将它卖掉的是一位新寡妇。她要嫁人落户到川沙县城去。别的都能带,房子不能掘起来扛着走,只能把前夫留给她的物业变现。她运气不错,很快有了接手的下家。

几乎同时,涓子向乔乔推荐了一个在六里电影院斜对面的市口。应该说,这个正在招租的位置对经营熟食来说相当不错。距离不远就是南杨线车站,紧邻着一条小马路,里面是一个很大的村落。车站上的散客加上一个村子,食客的基数有了保证,但乔乔却连去看一眼的兴趣也没有。

涓子还和外婆住在六里老街,她已两次成人高考落榜。在乔乔失踪的那段时间里,她谈了一次恋爱。对象是本厂一个质检员。这是她第一次正儿八经谈恋爱,把洞房之事也提前做了,只差领证完婚,结果却不成功。对此,涓子自然怀恨在心,和闺中密友说起这段秘史,仍是咬牙切齿。乔乔便宽慰道:"不管哪能,你是给了当初欢喜的人,总比我好。"

涓子道:"就因为当初欢喜,所以更加恨呀。归根结底,男人不是好东西。"

乔乔想问涓子失恋的原因,话到嘴边又咽了。不就是那几种答案,用脚趾也能猜出大概。

她还是按捺不住问了个傻问题:"假如他跟你结婚了,你还会恨他哦?"

涓子头摇得跟拨浪鼓似的,乔乔露出讽刺的嘴脸:"那你就不是恨,是因爱生恨,其实还是爱。"

在唏嘘中转移话题,浦东中学的时光是她们的老生常谈,只说别人的芝麻绿豆,唯独自己置身事外,像是两个女说书先生。有一天,乔乔给涓子说了小螺蛳欺负她的事,说完就有点后悔,补充了一句:"我只跟你一个人讲了,我没其他人可以讲。"

涓子道:"晓得,我不会跟别人讲,我也没别人可以讲。"

双方点到为止,从此对这个话题都讳莫如深,不敢轻易提起。

缅怀完过去也会展望将来,乔乔目前最憧憬的就是熟食店早日开张,而涓子则希望找个老实人嫁掉。

对涓子推荐的店址,乔乔之所以不接茬,是因为她不想把熟食店开在六里桥。她心目中理想的店址是在南码头那一片。虽然只隔了一条浦东南路,但那是南市区在浦东的辖地,住户全是城市户口,不像隶属于川沙县的马路这一边,是郊县户口。这样的情况不独南市区一家,黄浦杨浦两区在浦东沿江也各有一片狭长飞地。区和县就是不同,马路两侧面貌迥异。城市这边以工厂和火柴盒式的工房为主,看上去比较逼仄。另一边则尽是自留地,种满了乱七八糟的庄稼,因为田间乱飞的麻雀和蝴蝶而显得空旷。

当然,在郊县地皮上也有市区管辖的工厂,比方说浦三路上的新力机器厂,就是上海航天局属下的企业,除了众所周知的对外厂名,它还有个小名好像叫810所。用编号的工厂一般都是保密单位,还有浦东大道靠近庆宁寺的4805工厂,对外称申佳船厂,其实是修兵舰的海军军工厂。但它们又非严格的保密单位,老浦东一般都知道它们的底细。就像小开服刑的周浦监狱,对外挂着上海平板玻璃厂招牌,谁都知道是一家监狱。

按惯例,市区投资在郊县的工厂可享受郊县津贴。假如某个工人住在南码头,单位恰巧是新力机器厂的话,那就非常合算。他穿过浦东南路骑上七八分钟就能到目的地,单位仍要付郊县津贴给他。

城乡间消费水平也不一样。南码头居民工薪阶层居多,六里桥住户虽也有拿工资的,更多还是在拿工分。工资和工分就是工人与农民的区别,前者收入比后者稳定,手头也阔绰一些,这是乔乔准备将熟食店开在南码头的原因。

另外她对涓子的推荐置若罔闻,还因为她希望离六里老街愈远愈好。无论是心理上还是地理上,团结饮食店对她来说触目惊心。虽然在六里电影院对面开店,六里老街并非必经之路,但相隔不是很远。抬头不见低头见,用不了多久难免会撞上小螺蛳。届时她不知能否克制住举起案板上的刀,像剁三黄鸡一样把他剁了。

见涓子有点失落,乔乔道:"对不起,六里这边我真没啥兴趣,你晓得,六里桥是我的伤心地。"

涓子道:"你不用再讲了,我明白你意思,是我不周全,只晓得市口灵。"

乔乔道:"谢谢你为我操心。"

涓子道:"我开始是有想过的,一闪就过去了,以为你现在有了马为东,应该没障碍了,我蛮戆的。"

乔乔默不作声,眼泪忽然流了下来。涓子把眼镜摘下来,口袋里摸出一块手帕,按在鼻子上,眼眶跟着红了。

乔乔说道:"你看你,哪能哭啦?真是戆。"

涓子道:"我就是天生戆呀。"

乔乔抹了抹眼角:"不要哭了,陪我去南码头寻寻门面吧。"

乔乔骑自行车,涓子不会骑,跳到书包架上。弹街路坑坑洼洼的,颠得屁股疼。有一条捷径是从港机新村穿到浦东南路,再斜穿过去就是南码头路。南码头路和南码头是两个概念。后者既是指广义的街区,也特指江边的摆渡,而前者仅指那条刚用泡桐换下法国梧桐的双车道马路。

乔乔已来搜过几次街,不局限于这条直通摆渡的主道,边上的几条支路也扫荡了好几遍,称心的门面并未出现。

要找到称心门面的确不易,想做万元户的人很多,好市口都给他们占先了。有不谙经营难以为继的,也很快被想淘金的下家所取代。街道办事处专门造过一批街面商铺,没等竣工就给路子粗的人开了后门。次一些的店面倒是有,窝在不起眼的角落里,开一家烟杂店还凑合,做熟食生意没戏。

乔乔和涓子转了一大圈,没看见什么像样的商铺要转让,只好铩羽而返。涓子第二天上早班,到交叉路口就回家了。

吃过晚饭,乔乔在家看日本电视连续剧《排球女将》,梅亚苹也在——平时她没事就往这跑,反正也不是很远,步行十来分钟就到。吸引她的是那只十四寸飞跃牌黑白电视机,这使她不必厚着脸皮蹭到邻居家去看了。乔乔有个新发现:"姆妈,我看小鹿纯子有点像年轻辰光的你,你那张站在火车站的黑白照片。"

梅亚苹道:"还有人讲我年轻辰光像王晓棠,阿兰小姐,来个伦巴。"说着模仿阿兰小姐打了个响指,但是打哑了。

涓子突然风风火火推门进来,在乔乔旁边坐下,轻声道:"你出来一趟。"

乔乔道:"你明朝早班,哪能又跑过来了?"

涓子贴着乔乔耳朵道:"你晓得我是急性子呀,肚皮里有闲话藏不到明朝的,你出来我跟你讲。"

乔乔趿着拖鞋来到门前的小河浜旁,涓子道:"我刚才回去路上,肚皮饿了,到团结饮食店吃了碗面。"

乔乔道:"去他家吃面,你发神经呀。"

涓子道:"你不要急呀,吃面的辰光,那个赤佬的姆妈跟我讲闲话。我就随便搭讪了几句,才晓得那个赤佬到日本去打工有一年多了,这是他姆妈亲口讲嘞。"

乔乔道:"你跑来讲这桩事体,就是想叫我到六里电影院去开店对哦。"

涓子道:"我是给你一个信息,算盘还是你自己打。南码头门面不是马上就有嘞,六里桥那个市口也不会等你。赚钞票讲究天时地利,过了这一村就没这一店了。"

乔乔轻声叹了口气:"我觉得你这个人真是蛮戆嘞。"

涓子道:"我是戆呀,先走了,明朝还要上早班呢。"

说着,已走出去几步,乔乔目送渐行渐远的女友:"慢一点,当心脚下的瘪塘。"

隔了一会儿,用更高的声调叫道:"明朝下班陪我去那个市口看看哦?"

眼中已没了涓子的踪影,但乔乔相信,晚风已把口信送给她了。

一个多月后,"乔记熟食店"在六里电影院对面营业。三百响小鞭炮炸了十串,高升炮飞上天的不算,哑掉的就有三枚。湿漉漉的空气中弥漫着硫磺的味道,马路上站满了看热闹的人。过往汽车开始减速。地上染了一片红,是炮仗的遗骸。

乔乔对马为东道:"今朝鞭炮放得比阿拉结婚那天还要多。"

浦东人把开张叫作"新开豆腐店",第一天是最重要的,叫"起蓬头","蓬头"起好了,"烊头"跟着就来了,所以没人会吝啬铜钿买鞭炮。鞭炮放得越多,财神来得越快,好像财神是个聋子,不怕吵似的。

涓子没看走眼,这果然是个难得的好市口。生意好的时候,中午就卖得差不多了。

乔乔雇了两个帮手。那个脸蛋像苹果的叫咏梅,来自黄梅戏发源地,也是安徽的老省会安庆;在熟食店协助乔乔发货收银。另一个是熟人介绍来的毛阿姨,退休前在白莲泾桥下助剂厂当食堂师傅。乔乔将熟食加工放在了娘家,在天井里装上了雨棚,添置了大炉子。乔乔老娘不再去半死不活的乡办毛巾厂上班,留在家里配合毛阿姨拣拣洗洗,乔乔也照样付给她工资,美其名曰生活费。负责原料进货的马为东则是免费工,但他要翻三班,指望不上他的时候,乔乔会带上咏梅亲自去农贸集市。后来量大了,专门找了菜农送过来。

自己加工熟食虽然利润高一些,但撑不起整个门面,更多品种还是要进货。平时货都由艾镇的熟食作坊直接送到店里来,假如碰到中午熟食卖完的情况,就得午市结束后自己去补——也可以打电话到作坊让他们送来。但这样更麻烦,传呼电话间走过去要七八分钟,还得排队。好不容易轮到了,对方接电话的是看门的宁波老头,说了半天也弄不清楚发什么货,有一次居然把午餐肉听成了糟毛豆。乔乔店里也自制糟毛豆,碧绿生青,色面要好看得多,却不好意思退,只好苦笑:"天晓得是啥耳朵。"

艾镇离六里电影院骑车十来分钟,打电话的时间差不多就赶到了——咏梅踩着黄鱼车,和乔乔一起往南面的艾镇去。

艾镇分艾东艾西,亦属六里乡的自然村。熟食作坊就在此,附近的熟食店大多来这儿进货,所以市面上的熟食品种是差不多的,要翻花样就得像乔乔这样自己烧一些。往往也是自己烧的最好销,慢慢也会形成数款招牌菜,比方"焖酱蛋"和"蜜汁烤麸",后来就成了乔记的特色。

涓子得空会过来帮忙,针织五厂正准备从浦西国货路迁至浦东白莲泾,据说新厂房竣工后要裁员,她担心被筛选掉。她近视越来越厉害了,已不太胜任挡车工的工作,所以她的担心也是有道理的。过了一段时间,她带来了最新消息,裁员暂时取消,改成签劳动合同,就是说铁饭碗要变成瓷饭碗了。改革是免不了的,无非是用循序渐进的方式。涓子半真半假道:"等到我饭碗敲掉的那天,要到你这里来讨饭的。"

乔乔道:"改革还不是作死,啥地方有好下场嘞。从商鞅变法到戊戌变法,结果还不是竹篮打水一场空,你放心好了,最后保证不了了之。"

涓子道:"不愧是大学生,一套一套嘞。我只想混口饭吃,改革不到我头上就好。"

乔乔道:"一开始都是热火朝天,结果都不了了之。"

涓子道:"先不讲我的烦心事体,我问你,那些流氓三天两头来骚扰,你哪能不去派出所报案?"

乔乔道:"强龙不压地头蛇,派出所又不是自家开。你看旁边卖葱油饼的老夫妻,得罪了这帮流氓,东西被砸光,派出所解决了哦?"

涓子道:"辛辛苦苦赚来的铜钿要进贡,被这帮赤佬剥掉一层,替你肉痛。"

乔乔道:"斗得过就斗,斗不过只好吃进,就当花铜钿消灾,进贡跟交税是同样性质。"

涓子道:"拿了铜钿,还要吃你豆腐,下作得要命。"

乔乔道:"马为东没用呀,人家当面吃他老婆豆腐,他缩在边上不响。等人家跑了,反倒讲我为啥不跟他们翻面孔,一点男人腔调也没有。"

涓子道:"马为东太老实。"

乔乔道:"啥老实,就是没腔调,醋倒是会吃,发发戆劲,块头蛮大,是只小屌模子。"

涓子道:"亏得是你,假使换了我,店是开不下去嘞。"

乔乔道:"有啥办法,老公靠不牢,委屈只好打掉门牙往肚里落。社会上没靠山,自己就是自己靠山,关键辰光也要豁得出去。"

涓子不明白乔乔所说的"豁得出去"是什么意思。更讨嫌的人物即将粉墨登场,当他幽灵般现身的刹那,乔乔吃惊的程度不亚于当初马为东找到自己。两幅画面非常相近:熟食店窗口外一张意外的脸。

小螺蛳从马路对面走来,这是乔记熟食店开张三个多月后出现的一幕。他在店前站定,像一个平常的顾客一样,指着熟食点了几样。他注意到乔乔正在切白切羊肉,咏梅把熟食递出,他没敢把手臂探进,几乎是将钞票扔进了窗口。

熟食最终没能到他手中,在钱货两讫的关节,乔乔拍掉了咏梅手里的熟食。咏梅还没回过神,乔乔已提刀出门,小螺蛳拔腿就跑。乔乔立刻返回店内,像什么事都没发生,招呼起下一个顾客。

小螺蛳在六里电影院门前止步,不甘心地望着马路斜对面的熟食店,既没骂阵也没落荒而去。只是身边慢慢有人聚集起来。他在现身说法,每当有新的听众加入,他还像日本人一样礼貌地欠一欠身,这个动作更衬出他的猥琐。

那些围观的人朝熟食店指指戳戳,自从开了店,乔乔就经常看见有人在玻璃外打量自己,眼神里嘀咕着什么。

而关于她的流言早已钻入耳朵生了老茧,流氓来收租时,最喜欢这样暗示:"熟食西施,陪阿拉吃碗馄饨好哦?"

还有狂蜂浪蝶赤裸裸挑明:"听讲你一碗馄饨搞定,我给你两碗哪能?"

碰到纠缠得过分的家伙,她的新仇旧恨一锅儿端出来,好像煮得沸腾的朝天辣椒汤,劈头盖脸往对方浇过去。

小螺蛳唱了一个多钟头独角戏才离开。涓子来熟食店串门,得知小螺蛳回国的消息,急忙往六里老街方向赶。她很快了解到,作为出国淘金大军中的一员,小螺蛳并不像别人那样,做好吃萝卜干饭的准备。去的时候就是心血来潮。挨了一年多,没挣到一分钱不说,办签证的一万两千块老本也没捞回来。知情者背后议论,这不怪小螺蛳,别人不了解,邱娘还不知道儿子是废物?让五体不勤的小螺蛳去凑这份热闹,活该血本无归。

涓子心里很窝塞,是她怂恿乔乔将熟食店落户在此,眼下刚走上正轨,丧门星却从天而降。她知道乔乔比自己更窝塞,心情恶劣时难免说过头话,她不想去碰一鼻子灰。第二天明明是休息,她却待在家没按惯例去熟食店报到。她想避风头,人家却找上门来了,吊着嗓子骂道:"死人,平常脚头那么勤,今朝挺尸啦。"

涓子赔着笑脸:"现在是最忙的辰光,你不做生意跑来做啥?"

乔乔道:"我叫老娘帮我顶一歇,你今朝哪能不来看我了,心虚了?"

涓子搪塞道:"老朋友要来了,腰酸背痛,想休息。"

乔乔道:"还想骗人,你老朋友还有半个月呢,明明是心虚。"

涓子只好讨饶:"我是怕你骂我。"

乔乔道:"拍板的是我,你用不着心虚。"

涓子道:"要不是我撬边,你也不会在六里桥开店。"

乔乔道:"你这人蛮戆嗰,非要拿责任往自己身上揽。"

涓子道:"我心里窝塞。"

乔乔道:"这个瘪三除非在日本死掉了,否则总要回来嗰,六里桥市口虽然是你撬边,但我为啥要拍板呢?因为我想通了,浦东就这么大,我躲在周浦这么落乡的地方马为东都能寻到。所以熟食店就算开在南码头,或者再远一点,开在塘桥或者三林塘。迟早也是会碰到这个赤佬嗰,就是没想到这么快。"

涓子道:"这个瘪三有得烦你呢,叫你屋里厢大块头请他吃生活。"

乔乔道:"马为东脾气你又不是不晓得,块头大有啥用。"

涓子道:"老婆被人欺负他肯定会报仇嘞,否则真变成小屌模子了。"

乔乔道:"我不指望马为东,我自己想办法弄这个赤佬,叫他死给我看。"

看着乔乔咬牙切齿的模样,涓子忙劝道:"你不要瞎来,一命抵一命嘞。"

乔乔却笑了起来:"我会用命去换这个瘪三的命?你当我是戆大呀。"

第二章

13

乔乔对小螺蛳的诅咒以灵验圈上句号。这事发生在乔乔向崴崴讲述情史后不久,从时间和情节看,好像是崴崴幕后操纵了它。乔乔盘问时,崴崴却矢口否认了。

小螺蛳之死看似意外,细思量仍不乏离奇,从运菜车上栽下当即一命呜呼。四肢健全的活人毕竟不是一只鸡蛋,从运菜的人力车上掉下来,摔断一条腿都算碰到了赤佬。而小螺蛳居然脑袋先着了地,脑浆淌成了蛋黄蛋清。

警方立案作了调查,那个倒霉的运菜工吓得话都说不出来了,他不知哪个环节出了纰漏,瞬间竟犯下命案。浦三路上的运菜车是从六里蔬菜市场(就是流氓犯小开的老单位)出发的,目的地遍布上海市区,蹬着牵引用的自行车,将拖车里的蔬菜送抵市区菜场。由于是纯体力活,行驶速度很慢,一路披星戴月。

时值盛夏,沿途散落着纳凉的人。这正是运菜工最怕的季节,蔬菜品种最丰富,强盗也最多。强盗们喜欢番茄和黄瓜,用手抹一下就可充当消暑水果。这两样东西被隐藏在箩筐的下一层,上面用洋山芋和豇豆作伪装,扒手苦于手臂不够长,想要得手须快于运菜工下车的身手。这出戏就像老鼠戏猫,每天都在上演,小螺蛳显然是个蹩脚的强盗,玩这么小儿科的游戏竟送了卿卿性命。

儿子一死,邱娘没心思上班了。有时坐在天井里,有时坐在店门外,好像在看越过房梁的鸽群,也好像什么也没看。

这个嘴角有颗大痣的寡妇自幼给一顾姓人家当童养媳。她和丈夫拜堂成亲时,公婆还在,不过是一对活死人。婆婆当了一辈子家庭主妇,风湿病越来越重,慢慢就瘫在床上了。公公生下来是睁眼瞎,养了一条导盲犬取名"作孽"。虽然"作孽"可以带路,但他很少出门。公公最大的爱好是用热水泡脚,水凉了,婆婆就给他换一盆,动作慢了就开始骂人。"作孽"会用前爪先试试水温,他一天泡四五次脚,脚上没一处老皮,也从不长鸡眼。老婆瘫下来后,轮到儿子媳妇给他烧水换盆,动作慢了,照样骂,声音嘹亮满口喷粪,大家忍气吞声,加快了手上的动作。

瞎子的底气来自祖上的老本,他是老宅继承人。顾家不是一般的乡绅,颇有来头。明嘉靖年间,道州太守顾名儒卸任,与胞弟顾名世购得城北黑山桥四十余亩土地,就是如今浦西人民路一带。修整荒地时,挖出一块大石,刻着"露香池"三字,落款竟是元代四大家之一赵孟頫手迹。便凿池修园,以露香池为轴心,历十余载,耗资数万两,筑起露香阁、碧漪堂、阜春山馆、积翠冈、分鸥亭、大士庵等庭院楼榭,世称露香园,与豫园、日涉园共享"明代海上三大名园"美誉。

露香园虽有名,但江南诸地如苏杭扬锡,私家园林云集,无论是规模还是精美程度,露香园忝陪中流,真正让它暴得大名的却是顾绣,也叫露香园顾绣。

虽叫顾绣,创始人却是顾名世的孙媳韩希孟。所以最初也叫"韩媛绣",只是妻随夫姓,最终还是以顾氏命名。

元明时期的上海,归松江府管辖,曾是全国织造业重镇,有"衣被天下"之称。最有名的当然是乌泥泾镇的黄道婆,韩希孟作为顾绣始祖,是和黄道婆齐名的人物。

露香园顾绣以线代笔。韩希孟本是书香门第出身,善于绘画,又喜欢动脑筋,将丝线劈成单股,分别染色,有时直接在绣品上用彩笔晕染,民间也叫画绣。

因为产量少,起初只是家用或馈赠,后来韩希孟开始收徒,手艺流入市井,婆姨姑嫂争相传习,从闺阁女红变成了商品。到了晚清,苏浙皖赣挂着"露香园顾绣"的铺子无数,其实和顾家并无关系。

后来顾氏家道中落,露香园也凋敝衰败。鸦片战争期间,清廷设火药局以增强海防力量,火药仓库建在露香园内。不久仓库爆炸,将一代名园夷为平地。

光绪七年,顾氏有一支血脉过浦江落户浦东,领队的叫顾仰佩。在六里镇上挂了"顾记露香园顾绣"招牌,以示正宗。过了几年,在北蔡、周浦开了两家分号,在六里盖起了大宅。虽然和当年的露香园无法比拟,但在浦东乡间,也算弹眼落睛的民居了。

顾仰佩有个独子叫顾乡,自号空笛先生,清高孤傲,素不与人交往,只喜欢去乡里采风,晚上回来,记录下白天所见所闻,配上简单的素描自娱。顾仰佩把周浦的铺子交给儿子管理,想把他的玩心收住,顾乡却当了甩手掌柜,天一亮就往外跑,心思根本不在生意上。顾仰佩痛斥儿子,你这样游手好闲也不是回事,我给你捐了个修县志的测绘吏,你上任去吧。

知子莫若父,这差事还真对了顾乡胃口,测绘吏其实就是地理官。顾乡在浦东各处游历,记录风土人情,著有已亡佚的《空笛川沙游记》。可惜干了不到三年,被毒蛇咬死。留下新婚不久的妻子庞氏和一个遗腹子。

顾仰佩闻讯去给儿子收尸时,顾乡已在野地里曝尸数日,身上爬满了蛆。白发人送黑发人，顾仰佩大病一场，思儿郁积，没几年就去世了。

传说顾仰佩生前曾在六里某处埋下一只铁盒子。作为顾氏后人，瞎子用一把老式铜质钥匙印证了这个说法。蹊跷的是，他没将钥匙严加看管，随手放在五斗橱的第一只抽屉里，却绝口不提铁盒子下落。没有具体位置，钥匙也就是瞎子的眼睛——摆设而已。家里人容忍他恶行恶状，是怕他把秘密带进棺材。瞎子常威胁他们："我当了一辈子废人，凭啥拿铁盒子留给你们享福，让它烂去让它烂去。"

瞎子真的把秘密烂在了心里，有一回惬意地泡着脚，脑袋突然一耷。"作孽"狂吠起来，通报主人死了。

第二年，婆婆也死了。又过了四个春秋，小螺蛳刚上小学那年，邱娘丈夫在中泾汾溺水而亡。每年夏天，白莲泾及其支流都会淹死不少人，邱娘丈夫在中泾汾下的河，却在三林塘那边浮了上来。

等到小螺蛳三年级，邱娘把前门的房子租给饮食公司开饮食店。因为是民居改店面，门廊重新做了一遍，装上了一对喜庆的红门，挂上"团结饮食店"招牌。最受欢迎的是开洋馄饨，吃过的人都说"鲜得来眉毛也会落下来"。

邱娘和小螺蛳住在后院，她留男人过夜，或小螺蛳带姑娘回家，都是从后门进屋。邱娘喜欢男人在背后，自己像狗一样趴着。老屋隔音不好，急促的声音由此及彼。呜呜呜呜，让枕头把喘息声吃掉。不过也是自欺欺人，小螺蛳在斜对门还是能听到。

小螺蛳和姑娘睡觉时放开许多，呼哧呼哧像猪猡在拱另一只猪猡。邱娘喜欢听这个声音，对儿子说，不要有措施，有了小囡就养下来，我帮你带。

有一次，小螺蛳约了个姑娘在家里"劈情操"。等前门打烊关门,小螺蛳开始动手动脚。对方起身要走,小螺蛳把她抱紧。这是个身材瘦小的姑娘,脚蹬起来却很有劲,小螺蛳想要将她摆平,无奈自己也是小个子。纠缠了一会儿,女孩看脱不了身,把房门撕开条缝大声呼喊,小螺蛳慌了神,邱娘撩着袖从厨房赶来,用脚抵住了门,伸手就把她的嘴堵上了。

这是邱娘第一次用武力帮儿子搞姑娘,也是唯一一次:"下趟我不会帮你了,白相女人还要老娘帮忙,你就不会动动脑筋?"

过了几天丢一小包药粉给小螺蛳:"听讲效果老灵嘞,你泡一杯吃吃看。"

小螺蛳泡了一杯麦乳精,把药粉搅拌搅拌,一饮而尽,很快就打起了呼噜,睡得又香又死。

他如法炮制,把这样一杯麦乳精递给姑娘们喝,她们一饮而尽,睡得又香又死。

小螺蛳把她们像香蕉一样逐个剥开,吃白白糯糯的香蕉肉。吃完了抹抹嘴,把香蕉皮裹上去。被糟蹋的姑娘哑巴吃亏只能打落牙齿往肚子里咽,把小螺蛳告发了,就再也找不到婆家了,没人愿冒这个险。

也有例外,一个满嘴四环素牙的姑娘药性一过,马上从床上挣扎起来,去派出所报了案。接待警察正巧是王庚林,王庚林一听是邱娘家的事,压低了声音。他声音一低,四环素牙姑娘也识趣地压低了声音。做完笔录,王庚林让四环素牙姑娘先行回家,然后就去六里桥老街找邱娘。

邱娘婆家是薛秀芬出了五服的表亲,绕起来王庚林还是邱娘的姑爷爷。当然两家关系太远了,年纪也相差不大,见面都直呼其名,不用辈分相称。偶然王庚林也会吃吃邱娘豆腐:"见到长辈哪能不叫?"

邱娘道:"姑爹爹,红包拿来。"

其实邱娘没成为寡妇前,他们就好上了,是邱娘主动勾引王庚林。那是一桌夏天的麻将。邱娘坐在王庚林上家,用脚尖蹭王庚林腿毛很浓的小腿。王庚林朝她瞄一眼,邱娘没看他。他以为是不当心碰到,继续摸牌。那脚尖又来了,轻轻用脚趾夹他的腿毛。他又朝她瞄一眼,她还是没正眼看他,他知道对方是故意的了。

起初做姘头,一有机会就鬼混。苦于找不到合适的地方,对方家里当然去不了,只能找个乡村的犄角解决。后来发现许巷三队那辆废弃的重型拖拉机一直停在河边,驾驶室虽然窄小,破败的正副驾驶椅好歹可以让人半躺下来,比起潦草的户外流程,还能加一点前戏。

后来邱娘老公归天,王庚林开始偷偷摸摸去邱娘家。再后来薛秀芬死于食物中毒,少了幽会的羁绊,偷情频率反倒大不如前,断断续续,直至偶尔为之。

王庚林每次来找邱娘都是便衣,今天全套制服走进店里。邱娘正在厨房里洗碗,冷不丁一个大盖帽警察进来,愣了愣:"唷,我以为是啥人呢,姑爹爹来了。"

王庚林没跟她开玩笑,示意找个私密处说话,邱娘在围兜上擦擦手:"啥事体,神秘兮兮?"

邱娘将王庚林带进后院,在床头坐下,王庚林坐在竹椅上。开门见山说明来意。邱娘问道:"她报案有啥证据?"

王庚林道:"当然有,她短裤还在我抽屉里,精液是不是小螺蛳,一化验就清爽。"

邱娘若有所思道:"在啥地方?"

王庚林道:"昨天夜里,就在你屋里厢。"

邱娘道:"昨天夜里?我可以保证,我儿子没带女人进来。"

王庚林道:"我是相信你还是相信短裤?"

邱娘看着王庚林,虽然儿子涉嫌强奸,但她不是特别紧张。她知道王庚林来这儿,意图是为了平息此事。要不然他不会一个人来,随行若有别的警察性质就不一样了。但她还是有点心虚:"现在所里有几个人晓得?"

王庚林道:"目前就我一个,不过要是小姑娘再来所里,估计就瞒不牢了。"

邱娘道:"不绕圈子,多少铜钿可以摆平?"

王庚林道:"这要看她胃口多少大了,也有可能她不吃这一套,小螺蛳就只好吃官司了。"

王庚林从邱娘这儿讹了一千块钱,然后私下去找那四环素牙姑娘,先规劝一番:"案子我调查过了,短裤可以作为证据,不过理由不充分,毕竟你自己进了人家房间。要是对方咬定是恋爱关系,法官也老难判的。就算判下来了,也是两败俱伤,你毕竟是小姑娘,传出去不好听。"

他是从三百元开始跟四环素牙姑娘谈的,谈到五百元的时候对方就同意了,剩下的银子落入了他的腰包。

王庚林专门去警告了一次小螺蛳:"请小姑娘吃迷魂汤,亏你想得出来,强奸犯要枪毙的晓得哦?没看到马路上法院贴的大字报?枪毙了多少像你这样的小赤佬。再讲睡一条死白鱼有啥意思,有本事让女人自己脱裤子。下趟再有这种事体,直接捉你去吃花生米。"

过几天,碰到邱娘,厉声道:"儿子管管好,否则早晚出大事体。"

这话说了没过半年,果然一语成谶。邱娘母子差点被一把火烧死,火是半夜突然从后窗燃起来的。"祝融"身手矫捷,很快攀上了房檐。邱娘被呛醒,烟雾弥漫,捂着嘴爬起来,身体已经软了。幸亏没有风,隔壁人家及早发现了火光,一声惊叫,四处的邻居炸开了锅,东一桶水,西一盆水,乱泼一气。

小螺蛳的房间离火源稍远,杂沓的人声没有将他吵醒。纵欲令他虚脱,他睡觉和他老娘一样喜欢趴着,像死狗一样,打呼噜弄得枕头边都是口水。

小螺蛳被人从被窝里掏出来,木兮兮坐在户外的地上,半晌才反应过来。

之前有人去找电话拨打119,等救火车赶到,火已被扑灭了。救火队长在现场发现了残余的稻草,扭过头问:"房子是啥人家嘞?"

筛糠般抖个不停的邱娘道:"我屋里厢的房,房子。"

救火队长道:"稻草堆在墙上,一只香烟头就会烧起来,不是作死呀。"

邱娘话都说不出来,干瞪两只眼睛,出气比进气多。

救火队长做了个打道回府的手势:"走了走了。"

因为发现及时,火势在外墙表面舔了一遍,肌理深入得不多,但还是要进行修葺。邱娘想,自家后门平时用于出入,两侧虽搁置些杂物,但从不堆砌稻草。稻草是烧灶头的人家用的,饮食店若烧灶头的话,得备一屋子稻草和柴火,所以用的是大煤球炉和一只煤气灶。饮食店开张前是通过消防验收的,厨房里还象征性地放着两只灭火器。当时觉得是摆设,结果真是摆设,真起火了也没想到派用场,惊吓中早就将它们忘了。

邱娘猜到有人纵火,甚至猜到了是谁。她晃过报案的念头,马上否决了。儿子的那点破事根本摆不上台面,深究起来,说不定把自己也搭进去。可想到差点死于非命,后屋被水泼得不成样子,气不打一处来,给小螺蛳撩起一记耳光。

小螺蛳捂着脸:"做啥打我?"

邱娘道:"你这只骚卵泡,早晚死在女人身上。"

邱娘当然不是真咒小螺蛳死,她就这么个宝贝儿子,虽是个不成器的东西,却是要为她送终的。儿子没别的本事,就是喜欢女人。可追女人也没本事,冤枉钱花了不少,骗上床的却没几个。不像那个花花公子小开,三天两头换女朋友,糟蹋姑娘也不需要用蒙汗药。虽然小开后来吃了官司,也只是运气不好中了"头彩"。

邱娘叹了口气:"我看你这样下去也不是办法,我也不可能养你一辈子。"

小螺蛳道:"我讲要去日本你不肯呀。"

邱娘道:"你以为日本是外滩想去就去?再讲你懒鬼一个,去日本做啥?"

小螺蛳道:"去日本端端盘子汰汰碗,一个月就是万元户。"

邱娘道:"就凭你吃得起这种苦?"

小螺蛳道:"老古闲话讲,有钱可以鬼推磨。你就是舍不得两万块铜钿,等我去了日本,两个月就还你。"

邱娘道:"两万块铜钿?你讲得轻巧,你当人民币是橘子皮呀。"

小螺蛳道:"不肯就不肯,啰唆得要死。"

后屋暂时没法睡了,临时在店堂里把桌子拼成长条,从大橱里取了备用的被子盖上,凑合了一宿。

次日停业,邱娘请了泥水匠和木匠整修外墙,自己收拾两间里屋。床上的被褥和枕头被水喷湿,沾满了泥灰,别处也是一片狼藉。

邱娘又擦又洗又拖地,小螺蛳跟死狗一样,一直睡到中午,醒来后准备出门,邱娘叫住他:"不一道打扫,死到啥地方去?"

小螺蛳头也没回:"关你啥事体。"

一直到很晚才回来,也不知道去了哪里。

过了几天,邱娘主动提起日本打工的事:"我打听过了,去日本最低报价是一万二,你这个脱底棺材,不拿屋里厢这点老本蚀掉,不会死心。"

小螺蛳一龇牙乐了:"放心,等我去了日本,保证连本带利还给你。"

办理赴日手续前后花了将近一年。其间报了个日语速成班，整天拿着教材跟录音机读，疙疙瘩瘩也能说几句日常用语。签证下来不久，小螺蛳飞去了名古屋。才一年出头，又灰溜溜回来了。

这个结果完全在邱娘意料之中，一万多块钱打了水漂。小螺蛳看到老娘彻底瘪掉，成了一只偎灶猫。

小螺蛳又开始"度死日"，还多了个臭毛病，一起床要洗热水澡。邱娘听说过日本人爱干净，没想到邋遢儿子也传染上了。过去小螺蛳上床连脚也懒得洗，袜子能熏死蚊子。

小螺蛳把大木盆放在卧室中间，先倒一桶冷水，去厨房拎两只热水瓶，洗完地上也湿了一大摊。过了一段日子，临睡前也要洗热水澡。邱娘有点讨嫌："你有毛病啊，一天汏两把浴，身上有老白虱呀？"

小螺蛳道："老早不汏你烦，现在汏了又要烦，你啰唆死了。"

邱娘道："你看看整个六里桥，有啥人一天汏两把浴。"

小螺蛳道："六里桥有几个人去过日本啊。"

邱娘道："日本人吃饱没事体就汏浴呀？"

小螺蛳道："我觉得龌龊，不汏不惬意。"

邱娘道："我看你脑子搭错了。"

对儿子的异常，邱娘留了个心眼，去问当初的牵线人，打听小螺蛳在日本的打工生活。牵线人隔了一个多月，把打听到的情况说给邱娘听。

小螺蛳初到名古屋在寿司店洗盘子，带他的师傅也是上海人，一个住在普陀区的前丝织六厂女工。清洗、冲净、抹干，这三个步骤，手把手教了他半天。小螺蛳还是不得要领，手势硬邦邦的。第一天就摔破了三只盘子，洗过的盘子上油迹残存，需要返工。第二天又试用了一个上午，师傅实在看不下去，只好跟日本老板说这个徒弟没法带，老板就把小螺蛳炒了。

小螺蛳又找了家餐厅,端了一段时间盘子,结果把汤泼在客人身上了,下场可想而知。

小螺蛳所在的那片社区以工厂居多,餐饮业并不发达。小螺蛳只好觍着脸去央求当初那个师傅。看在同是上海老乡分上,那女的请求老板再给他一次机会。这次小螺蛳手势比之前流畅了一些,凑合着给留用了。

很快小螺蛳发现师傅原来是老板的姘头,老板六十多岁了,师傅才三十出头,比老板的大女儿还要小。小螺蛳心里有点不平衡,动起了师傅的脑筋。师傅姿色一般,因为近视的关系,老爱眯着眼,不过皮肤很好,胸脯也高高的,身板看上去很厚,小螺蛳试探了几次,竟然得逞了。

小螺蛳和师傅的奸情瞒不过老板,他再次被辞工,连累师傅也被炒了鱿鱼。之后小螺蛳和师傅同居了一段时间,后来师傅搬到另一个社区去了。小螺蛳经人介绍去敬老院做护工,这份工作小螺蛳干了半年多,也是在日本的最后一份工作。这当中师傅又回来了,还带来了一个戴眼镜的江苏男,他们住进小螺蛳蜗居的地下室。地下室在敬老院隔壁的弄堂里,有一扇斜坡式的天窗,抬头可以看见自行车滚动的轮胎。

三人吃住在一起,江苏男暂时没找到工作,师傅一女伺二夫,同时开始接客。

师傅让小螺蛳介绍江苏男进敬老院。敬老院由几栋三或四层的楼房组成,二十四小时供应热水,没电梯。小螺蛳和江苏男分别在两栋楼当护工,平时碰不到。住客都是风烛残年,坐在轮椅上。敬老院没空地,就是说没有集中活动的空间,导致楼和楼之间的老人不相往来。

江苏男在国内是省第一人民医院的眼科医生,在敬老院干了四天就辞职了。原因是敬老院除了日常护理,老人死了,要护工从楼上往下背。那天他伺候的一个老太咽气,殡仪馆的车子等在楼下,养老院让他把死人背下楼,他当场就撂挑子不干了。当然之前三天的薪水也就泡了汤。

小螺蛳运气比他好,他负责的老人一直到半年后才出现死亡病例,但倒霉的是,他不得不把死人背下来,因为这是月末,如果撂挑子不干,一个月的薪水就泡汤了。小螺蛳要背的死人在二楼,是个九十多岁的老头,因为干瘪,像大枯叶一样落在小螺蛳背上。

死人因为僵硬,比实际重量要沉得多。小螺蛳往下跨一步,脚就软一下。待挨到楼底,膝盖已碰到水门汀,人像蒸了桑拿一样湿透了。

小螺蛳也辞职了。在日本这段时间,三分之一他处于失业状态,剩下三分之二赚的钱,除了房租吃用,以及后期补贴师傅,所剩无几。他写信向邱娘求援,无奈远水解不了近渴,担保人看他可怜,帮他凑足了机票钱。随着返航飞机的轰鸣,小螺蛳的日本梦做到了尽头。

牵线人和邱娘闲聊时,小螺蛳不在店里。邱娘听到儿子背死人这一段,当场脸就挂不住了:"不要到外头瞎讲,小螺蛳哪能会去背死人呢。"

牵线人道:"我也是听来的,你就听过算数,不必当真。"

邱娘嘴里说不信儿子背死人,心里却明镜似的。联想当时的场景,恶心得晚饭也没吃,对小螺蛳染上洗澡癖也有点想明白了。小螺蛳晚上回家,灯还没来得及开,她从对门冲过来,朝昏暗中的儿子劈头盖脸臭骂:"你哪能可以去背死人,老祖宗要气得从地下爬出来了。"

小螺蛳被揭了疮疤,恼羞成怒道:"爬出来做啥,让我背啊。"

邱娘踢他一脚,没踢中。跑过去把灯线一拉,室内亮堂起来。小螺蛳把头一低,用袖子挡住了脸,邱娘觉得异样,上前把他的脸扳过来,看见东一块青西一块淤,补上去的两颗假牙又没了,鼻唇间还有没擦净的血迹。

邱娘大呼小叫起来:"哪能了,啥人落手这么重?"

小螺蛳嘴巴漏风:"关你啥事体。"

邱娘道:"有本事就在外头凶,对老娘凶算啥本事!打成这样要报案嚹,我带你去找王庚林。"

小螺蛳道:"派出所是你屋里厢开的呀,你以为王庚林是你姘头就肯帮你出头?我的事体不要你管。"

邱娘对着小螺蛳就是一记耳光:"从今以后你死也好活也好,不关我事体。"

果然,以后小螺蛳每次挂了彩回来,邱娘都冷眼旁观,她确实被"姘头"两个字伤着了,这跟直接骂自己破鞋没什么区别。

小螺蛳回国后的生活越来越没规律,脾气也越来越坏。过去他坐得住,而今每天早出晚归,不知魂被什么勾去了。隔三岔五被揍得鼻青脸肿回来,也不知得罪了何方神圣。

邱娘私下去找过王庚林,让他调查谁跟小螺蛳有仇。王庚林轻描淡写道:"肯定是得罪了一帮小流氓,还能有啥别的花头。"

邱娘道:"你当警察要管。"

王庚林道:"哪能管,又没有出人命,最多关两个钟头,又放掉了。"

邱娘道:"我看你们警察跟小流氓穿一条裤子。"

王庚林道:"穿一条裤子谈不上,不过你这讲法蛮辩证,世上要是没小流氓,警察还有啥用场,所以小流氓是警察的饭碗呀。"

邱娘朝王庚林翻了个白眼,知道说不过他。心想,小螺蛳肯定是背过死人,所以"触霉头"。人总有"触霉头"的时候,坏运气过去了,好运气就来了。

邱娘没等来好运气,却等来了小螺蛳死于非命的消息。

14

小螺蛳从车上掉下来时,身边还有别的窃菜贼。不同版本有不同的数目,有说七人,也有说九人。集体作案是惯常伎俩,目标一多,运菜工就慌了,跳下车也不知逮谁好,只能破口大骂几声作罢。

但在不同清单中,有个窃菜贼始终在场。此人乔乔认识,绰号叫弹皮弓——黑皮是崴崴手下,他则是黑皮手下,平时看到她叫阿嫂。

警方调查了一段时间后不了了之。小螺蛳人生的落幕去除了乔乔的心头大患,她可以理直气壮地撇清与小螺蛳的关系了。对她而言,小螺蛳从未存在过,任何传言都是死无对证的虚构。她甚至自己也慢慢相信,世上从未有过小螺蛳,即便有过也已变成尘埃,自己怎么可能被尘埃强暴呢。

乔乔怀疑崴崴策划了行动,心甘情愿当起了崴崴姘头。起初她掌握着分寸,不留宿在外。掩饰出轨是因为马为东,但这并不妨碍她和崴崴幽会。她从未比较过生活中的这两个男人,她只是倾向于更多地和崴崴在一起。

日子一长,怎么可能不穿帮。即便迟钝如马为东者,风言风语也传到了他耳里。乔乔的顾忌一直在递减,和马为东吵了几次以后,她明目张胆地在崴崴那儿过夜了。

乔乔的风流事传到婆家,仇香芹把周末回家吃饭的儿子臭骂一顿。马为东无话可说,在家人眼里他是咎由自取。马为青不再像过去那样帮弟弟说话,加入数落他的阵营中。马为东这顿饭吃得憋屈,可一句反驳都没有,临走道:"下个礼拜我不来吃饭了。"

仇香芹道:"随便你,屁话不多讲,快点跟这个垃山离婚。"

马为东走在周家弄老街上,夜色像一把伞撑开,把天穹阻挡在视线之外。前面是破破烂烂的六北小学,这是马为东的母校,是乔乔的母校,是周家弄很多家庭共同的母校。马为东来到校门口,关不拢的铁皮大门轻轻一推就敞开了。校园黑咕隆咚,校舍的轮廓和童年时没什么差别,一如既往的衰败,鸟雀同样躲在树冠内啁啾,小得可怜的操场上一个人也没有,好像故意要把夜晚留给这个丧魂落魄的校友。马为东在沙坑前走几步,靠着单杠坐了下来。

月光下的马为东空空荡荡,是一张没有阴影的皮。

马为东听说过崴崴,知道那是招惹不起的江湖老大。他不明白老婆怎么突然就成了别人的压寨夫人,他到现在才发现自己对这个从小一起长大的女人一无所知。别人骂他"戆大"一点没错,千辛万苦讨回来的是个破鞋,实在是戆得出蛆。

他向乔乔提出离婚,乔乔一点也不意外:"要离也是我先提出来,哪能轮得上你?你就当脚踏车被人家借去,兜了一圈还是要回来噢。"

乔乔说完这番大言不惭的话,自己不禁吸一口冷气。良心抽了她一记耳光,将她钉在门框上不能动弹。马为东已经一句话说不出来,红着眼珠,把她喉咙卡住了。

这是马为东第一次对乔乔动粗,差点没把乔乔掐死。乔乔没抵抗甚至连挣扎也没有,人慢慢往下沉,软得如同盛满了水。

马为东掐她的人中,使她吐出气来。他害怕得要死,差一点要了她的命。乔乔艰难地往外面走,他没阻拦。他奈何不了她。她竟然把自己比作自行车,被人骑去了,兜一圈还会回来。这个比喻亏她想得出来。

熟食店里的啤酒等着马为东一醉方休。他当然也可以在家里喝,但他喜欢去熟食店喝,把灯拧亮,坐在光滑的柜台上,炫耀似的,让过路人看着橱窗里的酒鬼。咕咚咕咚,摇身一变,他成了飘飘欲仙的花痴。打着饱嗝,晃到六里电影院门前,冲散场的女人们傻笑,打出的嗝臭得要死,女人们避之不及,唯恐被吐一身。

乔乔一连好几天没回家,甚至连熟食店也没去。梅亚苹敲开柳家那栋弹眼落睛的四层楼,等柳道海把门打开,她便冲上二楼,看见女儿正懒在躺椅上,翻着一本盗版《书剑恩仇录》。

梅亚苹劈头盖脸骂道:"不要面孔,拿自己当脚踏车,马家找上门吵翻天啦。"

乔乔不耐烦道:"晓得了,今朝夜里就回去。"

梅亚苹道:"马为东再没用,毕竟是结发夫妻,你明目张胆给他戴绿帽子,总是你没道理。跟野男人鬼混,连熟食店生意也不上心了,亏得咏梅能干,否则只好打烊了。"

柳道海夫妇就在楼下,直到梅亚苹离开,他们很识相地没介入。他们从不干涉崴崴的私事。崴崴看上去不像喜欢惹事的样子,上下班很准时,也不太爱出门,空下来练几趟拳。即便出去了,再晚也会回家睡觉。虽然他们也听到关于崴崴的流言蜚语,却一直将信将疑,他们知道崴崴结交了几个小兄弟,但不至于是传说中的黑社会老大。那样的话,岂不早被抓进去了。

只是细节露出马脚,崴崴每天都抽良友烟。"良友"是普通人家逢年过节装门面的,他这种抽法,和薪水完全不相吻合。刀美香有一次忍不住问:"抽这么好的香烟,钞票啥地方来噢?"

崴崴撇了下嘴:"虾有虾路,蟹有蟹路。"

刀美香后来给了自己一个答案,香烟是小兄弟孝敬的。她觉得这个猜测比较合理,但小兄弟的钱又从何来,为什么要孝敬崴崴?她觉得崴崴的确有异于常人的地方。她有一个神秘的儿子,对这个儿子她充满了无奈,虽然他还算孝顺,可从不叫她妈妈,而是叫她姨娘。很多年一直这么叫,恐怕改不了口了。

梅亚苹走后不久,崴崴下班回来了,上楼,端了一把躺椅,和乔乔并排坐下。过了一会儿,刀美香在楼上喊他:"崴崴,你下来一趟。"

崴崴下楼,很快又回到二楼,乔乔问道:"叫我回去对哦?"

崴崴点点头:"马为东太小儿科,救兵搬到丈母娘那里去了。"

乔乔道:"我关照过你,你没资格讲他。他是我老公,你算啥?"

崴崴伸手在她脸上拧一下:"我是你二房呀。"

乔乔赴崴崴的初次约会是在熟食店开张五个月后,这比小螺蛳回国晚了将近两个月。假如不是黑皮脸炸伤的话,她无须这么长时间才和崴崴扯上关系——六里电影院对面新开一家熟食店,对小镇来说,是很醒目的事——这印证了一个事实,崴崴确实是个深居简出的人,平常懒得上街。

而另一个事实是,除了黑皮之外,崴崴和其他小兄弟保持着距离。他们对大哥敬畏有加,没亲密到向他推荐女朋友的程度。再说,对乔乔这样一个美人,垂涎者不在少数,很多道上的人物都想把她弄上床。

黑皮也动过此念,第一次看见乔乔就萌生了泡她的念头。那会儿他被啤酒瓶炸伤的脸刚长好了皮肉,伤疤却永远褪不干净了。他来到六里电影院,有点像故地重游。他很长时间没出来转悠了,那只啤酒瓶盖几乎让他见了阎王——当他像往常一样用牙齿试图将它撬开时,立刻栽倒在血泊之中。

一起吃排档的兄弟都以为黑皮被炸死了,他们虽然是拉过"场子"的家伙,还是被血肉模糊的脸吓着了,抬起黑皮就往六里卫生院奔。卫生院的水平比赤脚医生高明不了多少,一帮流里流气的小青年抬着一个血人闯进了急救室,当班医生吓了一跳。一边帮黑皮清创止血,一边将救护车招来。

黑皮被转院至浦南医院,这家新落成的医院在南码头路和浦东南路拐角处。黑皮的半边牙齿报销,嘴角缝了十三针,右腮破了个洞。咽喉处拣出了玻璃碴子,昏迷了两夜一昼,把命捡回来了。

休养了很长一段日子,由于患处要换药,只能用麦管勉强吸一些流质。用兄弟们的话形容,就跟吮女人奶子似的。

黑皮和"黑里俏"章小月住在许巷二队,章小月原是黑皮一个手下的女人,黑皮有一次趁着酒兴把她给霸占了。这事传出去成了江湖上的笑柄,崴崴为此差点和黑皮割袍断义。黑皮学古人做派,绑了稻草树枝在身上,向那兄弟负荆请罪。那兄弟把刀暗藏在袖口,等他走近了,往他肚子捅了一下。崴崴也在旁边,想阻止来不及了。那兄弟见已得手,顺势把自己小指切了下来,往嘴里一扔,嚼得咯吱直响,一仰脖咽了。

黑皮肚皮上留了块疤,被截去了一段肠子。疗伤期间,那兄弟去看他,相逢一笑泯恩仇,黑皮叹息道:"混了这么多年,皮肉没吃过啥大亏,没想到却伤在自家兄弟手里。"

黑皮住的是独门独院的房子。门前是一片湖水,青蛙叫得烦人。房子被水面掩映着,四处的农舍像棋子一样被随意摆放。这栋房子有点形单影只的落寞,窗户常年垂挂着帷幔,没拉拢的罅隙到了晚上便漏出光来。院里豢养着两条狼狗,一条叫大黑皮,一条叫小黑皮。它们的主人把自己叫作老黑皮,加上"黑里俏"章小月,就是一锅黑了。

从远处看这房子,和别家没什么不同。三上三下,是比较流行的外观。屋顶是玄色瓦楞,潮湿里钻出了菌蕈和幼草。外墙是水泥,涂了米色漆,下端颜色用的是大路货的暗红。两条狼狗膘肥肉厚,整天龇牙咧嘴,也不知是喜是怒。院子里不断有男女进出,摩托车颠簸在田埂上,直接驶入门洞。摘下头盔,男的撸撸爆炸式卷发,女的把长发一甩,扭扭被喇叭裤吸紧的翘屁股。狼狗狂吠数声,大门就訇地砰上了。

章小月虽是抢来的女人,但日久生情,黑皮两次受伤均命悬一线,全赖她好生服侍。黑皮疗伤期间,崴崴常去看他,有时还捎上让刀美香炖的鸽汤。院子里总有几个小兄弟在场,毕恭毕敬道个安,孝敬一根烟,就踱到边上去了。

崴崴也不久留,和黑皮攀谈一会儿,看着他将鸽汤喝完,就提着空锅子走了。

纱布拆掉后,黑皮安上了半边假牙,上街了。他穿了一套崭新的蓝皮,脚上蹬着胶底布鞋。所谓蓝皮是相对于黄皮而言,就是去了衔的警服或军装,每个在社会上混混的小青年都有这身行头。其实大多是个体户仿制的赝品,也有少量由复员军人或警察带到社会上来的正宗货,懂行的人很容易识别真伪。一身正宗的蓝皮黄皮是值得炫耀的行头,是衡量有没有"立升"的标准。

黑皮身上的蓝皮当然货真价实,他虽是崴崴的副手,在这片地盘上,也算是比较"神抖抖"的人物。假如来一件大兴货,岂不贻笑大方。

毕竟刚遭了一场大罪,黑皮看上去有点蔫。屋里关了太久,好像迈出深牢大狱。云朵里滤出一束阳光,尚未照上他的脸,便赶紧眯起眼,对旁边的弹皮弓说:"死人的太阳,弄得我眼睛也睁不开。问你呀,最近有啥好白相的事体?"

弹皮弓说:"我上趟跟你讲的熟食西施,要么你去勾搭勾搭。反正我吃过弹皮弓了,你去碰碰运道哦。"

黑皮说:"你绰号没起好,弹皮弓当然要吃弹皮弓了。"

等见识了传说中的熟食西施,黑皮就知道自己没戏。对他的"上腔",她和颜悦色地应和。看来已熟稔这一套,很老得出,几个回合,黑皮便虚晃一枪离开了。

黑皮不是知难而退的性格。如果放在过去,肯定对乔乔这样的美人死缠烂打,而今,被啤酒盖炸烂的脸让他有点自卑。

他吹了个口哨,故作潇洒地走了。弹皮弓尾随在后,不失时机加以嘲笑。他朝小兄弟挤了挤眼,没往心里去,反而勾住弹皮弓的肩膀,乐呵呵地哼起了小调。

临近黄昏时,他去见崴崴,把碰了一鼻子灰的事当笑话说给老大听。说完还当起了红娘:"有兴趣哦?我帮你撬边。"

崴崴看着黑皮:"真像你讲得那么灵?"

跟着黑皮去现场打了打样,对黑皮说:"果然不错,蛮对我胃口。"

黑皮道:"我现在就去买电影票,她来不来我不打保票。"

崴崴道:"你拿票子给她,就讲我请她看电影,来不来是她的事体。"

晚饭后,崴崴拿着电影票入场。坐下不久,她出现了。换掉了熟食店的白大褂,穿上了裙装。崴崴朝她看了一眼,银幕一亮,四处照明暗了下来。

二十分钟后,在六里电影院围墙的角落,作为一个姗姗来迟的情人,崴崴如同翻报纸一样掀开了乔乔的方格宽摆裙。所谓猎艳,这一幕绝对是上等教材。崴崴对野合是老吃老做,丝毫不拖泥带水。

而作为当事的另一方,乔乔也没流露出怯场。她的确是第一次碰到这样的对手,熟食店开到现在,什么样的地痞流氓没领教过,说句"老卵"的话,也算是阅人无数。唯独这一个,吊起她胃口来。自从开了店,也成了半个道上的人。崴崴的名声如雷贯耳,却神龙见首不见尾。各路罗汉都来照过她"熟食西施"的面,只有他一次没来过。

江湖上很少有他这种混法,别人整天打打杀杀,像动物园的猴王夺冕,争那块屁大的地盘。占了便宜的一方交椅还没坐热,吃亏的一方又卷土重来。假如出了人命,还要被送到提篮桥去吃一粒"花生米"。其实再小的地盘也是政府的天下,哪有你们这帮小赤佬什么事。当然占了地盘也有芝麻绿豆的好处,一来挣了面子,二来借机搜刮小商小贩的保护费。乔乔最瞧不上这种草寇。

崴崴的架势要大得多,社会上流传他开地下赌场。这种生意听起来就叫人心惊肉跳,明明是要杀头的勾当,可他至今毫发未损。乔乔不知传闻是否确凿,若非虚构,说明崴崴的法道很深。乔乔觉得这样的男人才叫有腔调,可惜生错了时辰,放在以前,就是黄金荣杜月笙虞洽卿。不像那些小流氓,向她这种小本生意要铜钿,说是收保护费,其实就是瘪三讨饭。

乔乔没将黑皮的电影票扔出窗口,她想会一会崴崴。她已看见了他,没猜错的话,马路对面那个和黑皮一起站着的家伙就是。说实在话,她对崴崴有点失望,又矮又胖,腆着肚子,发际线开始往后退。

她想起大学宿舍里,室友议论什么样的男人最讨嫌,结论是:大肚秃顶短腿男。好像就是崴崴这样的品种。

乔乔权衡了一下,决定给崴崴一个面子。她不怕他把自己吃了。然而她没想到,崴崴会用那样的开场白。她这才领教了什么叫真正的流氓。相比崴崴,那些吃她豆腐的小流氓简直太小儿科了。那一瞬间,她相信了所有关于崴崴的传言。

崴崴把话撂下就抽身而去。乔乔捏在手里的票根有些发黏,她掌心出了汗。这电影是个摆设,窗户纸已经捅破。她奇怪的是,自己似乎并不怕吃这个亏。自从那天晚上加入了唐龙根和鱼妹的游戏,她对身体再也没有羞耻之心,对男女之事好像也丧失了神秘。但有时还是会纠结一下,就像此刻,她一下子看轻了自己,却又有些不甘。

从裙子口袋里摸出一颗大白兔奶糖,剥开丢进嘴里。糖纸放在掌心捋平了,手指灵活地折叠着。眼睛也没往手上看,注视着银幕画面。放的是老电影《傲蕾·一兰》,她过去其实看过——每次看电影她都会消耗大量瓜子话梅,吃得牙缝脏兮兮的——糖纸变成了短裆的造型,乔乔一点点把它复原,手上重新是那枚糖纸。她站起来,撕掉一只角。糖纸上过蜡并不好撕,她慢慢撕慢慢撕,撕了也不扔,在掌心里拢着,等到走出电影院,把手臂往天上一挥,纸屑像一窝蛾子乱飞起来。

嘴里的奶糖甜得有点粘牙,她用舌头去舔,看见月亮几乎融化了,是非常非常含糊的涅白,围墙内侧却有一块水银泻地。那个短腿的男人站在暗处,面容并不真切。她把最后一点奶糖咽下,走了过去。

15

相处时间久了,乔乔看清楚崴崴是个温吞水。答应过的话会兑现,但总会拖一拖,也不轻易许诺。小螺蛳活着的时候,乔乔最起劲的就是让崴崴去揍他。这事是崴崴承诺过的,仍得像敲木鱼一样督促。乔乔还要求崴崴办件事,想把小流氓搜刮去的钞票讨回来。崴崴没答应,息事宁人道:"算了,给都给了。人家现在不是不来讨了,说明还是拎得清嘛。"

照理说,小螺蛳死了,乔乔该将自行车还给马为东了。可刹车已失了灵,说停也一下子停不下来。

她缠着崴崴要去见识赌场,崴崴矢口否认,咬死那是以讹传讹:"过去盼星星盼月亮盼小螺蛳死掉,小螺蛳被你盼到西宝兴路去了。清净没几天,又出新花样。不要听别人瞎话三千,黑皮屋里厢哪能可能是赌场。"

乔乔道:"那我想去黑皮家白相,你为啥不带我去,不是赌场有啥见不得人?"

崴崴道:"开赌场?我还想开妓院呢,真是热昏头。"

乔乔抑制不住好奇心，骑车去私访，老远看到那栋房子。沿着田间小径试图接近，狗吠惊飞了庄稼地里的麻雀。她心里骂道："畜生鼻头倒蛮灵嚯，这么远就闻到生人味道。"

乔乔怕狗，吃不准有没有拴住，怕冷不丁冲出来，只好悻悻离去。

白跑了一趟，黑着脸去见崴崴。崴崴故意吓唬她："黑皮养的不是一般的狼狗，老早皇帝打猎，两三只就可以铆牢一只老虎。为了保持兽性，平常也不喂饱，你去刚好是一顿点心。"

乔乔气得一跺脚，回家了。马为东在床上看电视，见老婆回来，爬起来把电视机摁掉，跳回床上，面壁打起呼噜。

乔乔先在外间"用水"，然后洗脚。她往木盆内续了几次热水，两只脚掌完全被泡酥了，身体也变得酥软。她把木盆端起来，将洗脚水往门外一泼，反锁了门，进屋把电视机重新打开，上了床。

这样的晚上已过去一年有余，自从乔乔第一次彻夜未归，马为东就在硬面小抄上重新写起"正"字。有一天，他对乔乔说："脚踏车骑出去三百七十八天了，你还认得这数字哦？"

乔乔兀自一愣，她当然认识这数字。心里在想，开年要过第二个本命年了，活着活着却成了一个"垃山"。一身熟食的隔宿气，将老公停在"杠头"上。

第二天一早，乔乔去昌里路的浦东商场，晚报上说，古今胸罩商店在那边开了专柜。她想去看看，知道这个牌子她还是从小开嘴里，这个第一个"吃"到她"大馒头"的男人，口口声声要给她买古今牌胸罩，可乔乔没给他这个机会。

上大学的时候，乔乔专门去了淮海路上的古今胸罩店。营业员推荐她一款海绵带花边蕾丝的。乔乔第一次见到这么漂亮的文胸，看了看标价一吐舌头，不过在撺掇下还是进了试衣室。海绵的张力赶不上棉布，感觉整个胸部没被托起来，心想还是绣花枕头，老老实实买了棉布质地的传统款式。到底是名牌,比随便买来的杂牌要贴身很多,价格只是海绵的一个零头。

后来她还是穿上了古今牌海绵胸罩。这是多年以后,崴崴特地去淮海路为她买的。想到一个男人在店里选购胸罩,她感到有些十三点。

穿上后,感受大不相同,不仅可以把胸部托起来,丝织面料接触皮肤也更细腻。她不知是当初感觉错了,还是工艺经过了改良。

慢慢就不穿棉布改穿海绵。崴崴后来没再给她买过,她爱拿这事数落他:"哪能不帮我买胸罩了,你这个骗子。"

崴崴装作没听见。她其实也觉得男人干这事很戆,也不为难他,跑去自己买,知道"古今"在浦东有了专柜,就抽空过来了。

从上钢三村抄近路,刚拐了个弯,迎面撞上一张面熟目生的脸,马上认出是任碧云。这是她被退学后第一次见到大学同学,想躲却来不及了:"哎呀,梅菊乔,是你呀。"

她只好停下来:"哪能这么巧,你家不是在徐家汇么,哪能在浦东碰到你。"

任碧云道:"我去年嫁到浦东来当乡下人了呀。"

话一出口知道失言,赶紧弥补道:"不过住惯了,浦东也蛮好嘞。"

任碧云大学毕业后,分配在浦西蓬莱公园对面的大同中学当老师。同事给她介绍了个对象,谈了半年就结婚了。此刻,新婚丈夫就在边上,眼睛在玳瑁眼镜后面谦虚地眯着。他从复旦大学哲学系毕业,在中福会少年宫当行政干部,娃娃脸,一看就是个老实人。

任碧云好像变了,不再是过去那个表情阴霾的中文系女生。她拉住乔乔的手,似乎完全忘记了诗社时期的芥蒂:"这是我老公王维,就是唐朝的那个王维。这是我大学同学梅菊乔。"

乔乔道:"哦,久仰久仰,读过你的《送别》。下马饮君酒,问君何所之。君言不得意,归卧南山陲。但去莫复问,白云无尽时。"

王维道:"老早就听任碧云讲起过你,果然是才女,张口就来。这诗我都没听过,真是惭愧,枉叫了王维这名字。"

乔乔道:"那是因为你写得太多,又隔了一千多年,忘记也是正常嘞。"

王维道:"呵呵,我光记得我写过《九月九日忆山东兄弟》了。你们聊。"

乔乔问起同学们的近况,这个留校了,那个出国了。任碧云对分配在中学当老师备感失落,忽然问道:"你还写诗哦?"

乔乔道:"我没啥才气,老早就不写了,你现在还发表文章吧?"

任碧云道:"写是想写的,就是没辰光,当老师劳心劳神,算是一个爱好吧。有辰光就涂几笔,没辰光就算了。"

乔乔道:"你比我有才气,不写可惜。"

任碧云道:"你在啥地方发财呀,班里同学聚会常问起你。"

乔乔道:"你们常聚会呀。"

任碧云道:"也没有,有人召集就聚一次,下趟你也一道参加吧。"

乔乔道:"到辰光再看吧,有空我就来。"

任碧云道:"听你这闲话就老忙,肯定混得老好,在啥地方赚大钞票呀?"

乔乔本不想提熟食店,"赚大钞票"四个字让她改变了主意,她决定配合任碧云一下:"混得好啥呀,社会最底层,开熟食店的个体户。"

任碧云道:"开熟食店老赚钞票的,阿拉楼下就有一家,一天到晚排队。"

乔乔轻描淡写道:"一年四五万吧,政策讲变就变,混一天是一天。不像你们,国家单位,又有面子又旱涝保收。"

任碧云夫妇面面相觑:"怪不得讲个体户钞票好赚,阿拉两个加起来,连你零头也不到,还不如到你店里去当小工。"

乔乔道:"那我跟你换,你肯定不肯。"

任碧云道:"不是不肯,是没魄力。"

乔乔道:"不是没魄力,就是不肯。"

又打了几个哈哈,双方告辞。乔乔走出去一段路,回头,刚好任碧云也回头。两个人急忙把头又转回来。乔乔钻进一条弄堂,仿佛听见任碧云鄙夷地向王维介绍,刚才那姓梅的,就是阿拉班打胎拿掉子宫的骚货呀。然后又唏嘘道,一年四五万,阿拉做到退休才多少铜钿呀。

乔乔嘴角露出一丝笑意,任碧云感到了失落,她自己的失落更大。

还是舍不得作践自己,把过往像算盘珠细数一遍,数一颗扔一颗,眼角挂了一串长泪,用袖口慌忙拭去。回到家,凑到镜子前,已经肿了眼泡。

镜上结了新鲜的蛛网,她找到那只蜘蛛,它知道末日来临,绝望地蜷成一团。她用小指甲将它挑起,看它在指肚上爬得飞快,皮肤噌地起了颗粒。蜘蛛顺着掌心爬上手腕,她把袖口挽起来,它来到手臂上。她又折了几道袖子,试图赶上它的速度。它还是快了一拍,跟烟似的刺溜不见了。虽然看不见它,可更能清晰地感受到它,一只手举了起来,啪地落在肩头,她觉得掌心里有了小小的爆炸。

她把小小的尸骸摘下来,搁在镜面上。蛛网还是那么新鲜,主人却已成了时间的标本。吹一吹它,血肉粘在玻璃上,手脚却在飘动。

她在等马为东摊牌,但马为东什么都没说,他把那本硬面小抄撕了。"自行车"骑出去三百七十八天了,他提醒过她这个数字。

她收敛了一段时间,不是因为怕马为东,甚至不是为了修好,是想给自己留一点自尊。

八频道正在播马莉莉的沪剧,乔乔不喜欢看。假如老娘在的话,肯定喜欢得不得了,保准不让换台,可她很长时间不来了。

乔乔趿着拖鞋,将电视拧到十四频道,新闻主持人晨光正在播报:"连通浦西延安东路和浦东陆家嘴的隧道自1984年开工以来进展顺利,创造了多项国内第一。上海首条江底隧道是由部队转业军人和高中毕业生组成的建设大军建造的打浦桥隧道,1965年开始建造,1971年6月竣工。打浦桥隧道的开通,使浦江两岸第一次连在一起,但因建造年代久远,工艺以及建设资金的局限,设施老化,通风不畅,拥挤堵塞,已远远不能满足浦东腾飞的需要。而延安东路隧道的建设运用了先进工艺,特别是土壤沉降和筒内通风这样一些技术瓶颈,已得到科学的论证解决,将是一条现代化的新型越江隧道……"

乔乔喜欢晨光,觉得他很像姿三四郎。虽然小了一号,眉宇还真是酷肖。眼睛凹鼻子挺,五官和脸廓英气逼人。说起来邵枫的长相也属于这个类型,他算是自己真正爱过的男人吧,也不知他是怎样的结果。想必也不会好到哪里去,一个小地方出来的人,不珍惜进修机会,办地下杂志,抛妻弃子,闹起绯闻,最后被学校扫地出门,当地有得小鞋给他穿了。

新闻过后是一台独角戏晚会,姚慕双周柏春黄永生龚伯康。接下来是重播的科幻连续剧《大西洋底来的人》,主角麦克·哈里斯是长脚蹼的两栖人。这部戏乔乔初中时看过,没看全。那时候,周家弄大概只有马家有一台九英寸的黑白电视机。乔乔做完功课就去蹭两眼,但也不是每天去。长脚蹼的两栖人麦克·哈里斯往返于大船与海底,乔乔老是担心他脱水太久会死。

等到转播完中央电视台新闻和天气预报,屏幕出现了"再见"两字,乔乔去马桶上蹲小便。等她尿完,连"再见"也没了,沙沙沙全是雪花。摁掉了电视,上床准备睡觉。

眼睛刚闭上,马为东瓮声瓮气道:"我有闲话跟你讲。"

乔乔吓了一跳:"夜里学鬼叫,到现在不挺尸,想吓死我呀。"

马为东道:"电视开到现在,我哪能睏得着。从明朝开始,我搬回去住了,房子家具全留给你,你肯离婚最好,不离婚也无所谓,反正我不回来了。"

第二天早上,马为东把换洗衣服裹在两条被单里,压紧打实,扎了个死结,提溜着出了门。乔乔靠在饭橱上一边嗑瓜子,一边看马为东收拾。马为东把脚跨出门槛,她慢条斯理道:"是你老娘出的主意吧,姜是老的辣。不过我关照你,今朝踏出这个门容易,再想回来就难了。"

马为东不响,把两只包裹放在自行车上,推着走了。乔乔把吃剩的瓜子扔掉,拍拍掌上的盐粒,碰上门往熟食店去。

她把日常运转交给咏梅,新招了一个外来妹小红。生意做到后来就是这样,大致知道了每天的进账,人就疲掉了。她现在去熟食店更多是为了打发寂寥。两个丫头在那儿忙进忙出,她装腔作势套上白大褂,撑开一张折叠椅,躺在店外孵太阳。口袋里永远有一把瓜子,熟练的齿嗑伴随着舌尖的轻触,瓜子仁的香气弥漫在口腔里,是一粒粒香喷喷的无聊。瓜子嗑多了,牙齿咬合的地方产生了缺口,令一口好牙破了相。嗑到咬肌酸涩,往嘴里倒一口水,咕噜咕噜,吐出满口渣子。

涓子来得少了,她新轧了男朋友。说起来乔乔还是半个红娘。那个瘦高个子是眷顾"乔记"的常客,爱吃猪头肉,乔乔叫他羊脚骨:"这么欢喜吃猪头肉,哪能吃死不胖?"

羊脚骨比较腼腆:"爷娘生得不好,发育不良,害我热天西装短裤也不敢穿。"

后来知道羊脚骨在浦东中学附属感光厂上班,乔乔知道那其实是个作坊,就在初中部老楼旁边,几间逼仄阴暗的平房。据说是和上海电影制片厂联营的,专门生产滤色片。读书时,乔乔和涓子伙同别的同学,去偷那种可以折光的塑料片,用它做太阳眼镜,做完了还蛮像样,却不敢在校园里戴,一戴就穿帮了。

羊脚骨和涓子怎么勾搭上的,乔乔没察觉。但熟食店肯定是眉目传情的舞台,所以她算间接介绍人。她对羊脚骨的印象不好不坏,没帮涓子拿什么主意。她对爱情这东西也说不出个所以然,既然它来历不明,只能任其自生自灭。

还有一个原因也导致乔乔对此事不太热心,对于和羊脚骨的交往,涓子始终吞吞吐吐,不想多谈。

下午继续嗑瓜子,晚上本来准备找涓子,考虑到她可能和羊脚骨在一起,想想何必当电灯泡,就算了。也没心思去见崴崴,去了也是拌嘴,就回了家。门虚掩着,梅亚苹备有钥匙,自己开了门,已等候多时。她现在是无事不登三宝殿,肯定是为了马为东而来。

果然就是一通劈头盖脸:"我算服帖你这小屄,过去只有女人回娘家,你倒好,反过来让男人回娘家了,你也算是读过大学的人,好意思拿自己当脚踏车,哪能不去当公共汽车呢。"

乔乔死鸭撑嘴硬:"马为东自己要回去,我有啥办法。"

梅亚苹道:"马为东没亏待你,你这样待他不作兴。我今朝来,是叫你把炉子搬掉。我不给你当小工了,钞票我自己去毛巾厂赚。本来照顾你外人住不方便,让咏梅小红睡在我那里,现在你一个人过,叫她们住你这里来。你晓得今朝马为东讲啥?他讲他后悔死了,当初拿你寻回来。我对他讲,你是前世欠她的。"

乔乔不响,梅亚苹道:"你哪能不讲闲话?"

乔乔道:"我晓得你意思了。"

梅亚苹道:"我也晓得你意思了,你是死不悔改。"

说完扭头就走,乔乔咬住下嘴唇,牙齿慢慢卡进肉里,松开了牙齿,唇上有一道白痕,突然化成了血印子,只是没红色渗出来。

懒得梳洗就爬上了床,被单上是湖绿色的龙凤呈祥。料子是织锦缎的,摸上去滑极了。这是追悼父亲的纪念品,沪上风俗,来吃豆腐饭的人都会向死者家属馈赠一条,挂在灵堂的绳子上,和花圈互相衬托。家里只要死个人,被单就够全家用一辈子。

车建国生前最疼爱乔乔,这个晚上,他来了。推门而入,动作很轻,在床的另一头坐下。乔乔看着父亲,身体本能地往后缩,试图抗拒这次邂逅。可她发现自己根本动不了,想叫也发不出声音。

车建国唉声叹气道:"你姆妈有相好了。"

她原以为父亲是为埋怨自己而来,不想却带来这个讯息。"你姆妈有相好了,你姆妈有相好了。"他重复道。

她胸口被石头压着,想蹬被子,车建国挪过来:"你姆妈有相好了,我哪能办?"

乔乔想让他快点走,几乎在哀求他:"你别在这儿吓人了,你快去投胎吧。"话在喉咙口,却一个字吐不出来。

车建国站起身,动作依然很轻,循原路出去了。乔乔似乎被什么东西击了一下,啊的一声,热腾腾的身上冒着白汽,一会儿却又凉了。

乔乔起了床,梅亚苹把话说到那份上了,她得加紧把东西搬了。她不喜欢拖泥带水,拖延不会改变结果,只会被人看轻。想当初搭建时,老娘和马为东鞍前马后,现在指望不上他们了。

虽然是很累的体力活,加上咏梅、小红和毛阿姨,还是能够拿下来的。只是夜里吓了一场,身体有点拖不动,好像久违的"老朋友"来了似的。

匆忙擦了把脸,刚要出门,涓子来了,眼泡是肿的,哭了一宿的模样。乔乔看她这副腔调,猜到和羊脚骨闹过了,问道:"吵相骂了?"

涓子眼泪掉了下来:"他跟我拜拜了。"

乔乔没想到那么严重:"为啥?他脑子热昏了,进来讲进来讲。"

涓子嘴一咧:"他讲他有新的女朋友了,比我漂亮,讲我是平胸,摸起来一点不惬意。"

乔乔骂道:"看不出这瘪三还蛮花心,自己是羊脚骨,还觉得自己灵死了。这种男人趁早断掉好,没必要为他难过。"

涓子用手绢擤鼻子:"我已经被他睏过了,啥人还要我呀?"

乔乔劝慰道:"不会嘞,世上男人缺少宝呀,不许作践自己。"

涓子道:"我已经被掼过两趟了,觉得自己像个白痴。"

乔乔哄孩子一样哄了她一个多钟头,眼看午市快结束了。乔乔侧脸对涓子说:"我要去老娘屋里厢搬物什,要不你自己坐一歇。"

涓子道:"我跟你一道去吧。"

乔乔道:"你眼泪鼻涕一大把,算了哦。"

涓子道:"你也嫌弃我,搬啥物什?"

乔乔将马为东卷铺盖回娘家的事说了,涓子道:"你真不准备跟他过了?马为东虽然有点戆,人还是蛮好的呀。"

乔乔叹了口气道:"我就是不欢喜他,也是没办法的事体。"

涓子道:"你跟阿姨搞得这么僵,总归不大好,到底是自己姆妈呀。"

乔乔道:"走到这一步,是我不好。但我就是不欢喜马为东,别的不讲,就讲跟他做那种事体,每趟都是硬撅撅塞进去,嘴巴臭烘烘的,跟猪猡差不多。"

涓子道:"你跟他讲呀。"

乔乔道:"懒得跟他讲,凭啥要亏待自己,后来我就不跟他做了。"

涓子道:"你意思是崴崴这方面老灵嘞?"

乔乔道:"人家是老流氓,当然灵了,晓得怜香惜玉,武功一流。"

涓子狐疑道:"你叫他老流氓呀,他好像比我们小两届。"

乔乔反驳道:"流氓大小不讲岁数嚹,他做流氓蛮有腔调。"

涓子道:"那你干脆和马为东离婚,嫁给他算了。"

乔乔道:"阿拉没结果嚹,他是流氓,我也是坏名声,彼此看不上,白相相算了。"说着关上门:"你真准备来当苦力?老龌龊嚹。我让咏梅下半天打烊,拿床铺搬来,再拆雨棚,还有大炉子,肯定一身臭汗。"

涓子道:"我在厂里也是卖苦力,又不是娇小姐。"

乔乔道:"出身臭汗也好,一道去汏把浴,睏一觉,明朝就都忘记了。"

梅亚苹见乔乔回来搬东西,耷下脸出去了。乔乔、涓子和毛阿姨,加上两个外来妹,黄鱼车往返了三次。最后一次是搬大炉子,女人们使出吃奶的力气,才让那铁壳的黑家伙上了车。咏梅把着龙头,四个人在后面推,轮胎都压扁了,五张黑乎乎的包公脸,步伐歪歪扭扭。半小时后,装卸完毕,小红骑车去把中午卖剩的熟食拿回来。大家也不管脏手脏脸,胡乱塞进嘴里充饥了事,随即结伴去塘桥浴室洗澡。

女人洗澡是桩麻烦事,每次都要洗脱一层皮似的,时间特别长。一般老百姓家里没洗浴设备,像涓子这种在国营厂上班的,在单位淋浴。没正式单位如乔乔这样的,只能在家里烧水盆浴。碰到节假日或特殊情况(像今天这种)则去公共浴室,公共浴室女部没有混堂,但可以买盆浴票,是单人浴缸。使用这项服务的女客并不多,一是贵,二怕不卫生。女部大通间的淋浴龙头比男部多,但往往不够用,一只龙头下站两三个人是常事,由此引起的吵架也是家常便饭。

相比而言,男人比较容易打发这件事,夏天自不必说,拎桶井水往头上一浇,固本肥皂身上滑一遍,打出泡沫,再拎桶水浇一遍,大功即算告成。冬天也是大同小异,只是将凉水换成热水,五分钟算是慢手了。

女人不会这么简单,再马虎的妇女都会有一只专用的盆子,男人知道它的作用,绝不会拿它来洗脚。上海女人管清洁下体叫"用水",听起来有些不好领会,却是每天睡觉前的功课。老街上那些泼辣的中年女人喜欢说荤话,说到男女构造时,承认男人比女人"清爽",男人一个礼拜不洗卵,和女人一个礼拜不"用水",后果完全不一样。奇怪的是,她们当着男人的面海淫海盗,男人却不敢老三老四接口令,因为有小伙子被她们扒掉裤子的先例。

女人洗澡的时间和耗水量是男人好几倍。一个女人在家洗澡,预先要灌好三四只热水瓶,炉火还得继续烧,得专门给她配个人。烧起来总比用起来慢,里面的人遭罪,外面的人遭罪,炉子和热水壶也遭罪。等天冷下来,还得弄个塑料浴罩,虽然里面布满水蒸气,碰到背脊还是冷得要死。哆哆嗦嗦出来,免不了打几个喷嚏。

乔乔不喜欢在家里洗澡,情愿去塘桥浴室。有时候,也到涓子所在的针织五厂或马为东上班的上钢三厂去洗。认识崴崴后,也去港机厂洗。但工厂浴室只在周末对家属开放,平时要像做贼似的溜进去,门房间睁只眼闭只眼,就能蒙混过关,碰到顶真的,就只能折回。

女人们在更衣室里,免不了互相看一眼。撇除已呈老态的毛阿姨不提,四个年轻女人里数乔乔体形最好,她解下胸罩时,两只"大馒头"几乎是跳出来的。小红的也不小,造型是碗状的,虽然健硕,却没有灵气,不像乔乔是慢慢往上翘的。羊脚骨没冤枉涓子,胸确实很小,跟没发育过一样。但臀型和腿型很好:屁股来个饱满的提升,大腿是浑圆的柱状,膝盖往下渐渐削下来,收紧在纤细的脚踝处。咏梅是典型的村姑,身材和长相一样普通,看上去没什么缺点,也说不上好,天生下垂的肥臀是农家最喜欢的:屁股大,好生囝。

洗毕,已是夤夜,毛阿姨和涓子分别回家,两个外来妹随乔乔回到六北三队的住处。咏梅和小红合睡在乔乔卧室的隔壁,十多平方米的房间,本来用来放杂物的,加了一张床就没什么余地了。两个乡下丫头第一次在雇主家过夜,都有些拘谨,闷声不响把房门关上。

乔乔连惯常打开电视的动作也省了,将卧室门一关,直接躺到床上去。

眼睛刚阖拢,车建国把门轻轻推开了。和昨天一样蹑手蹑脚,在床的另一头坐下来:"你姆妈有相好了,我哪能办?"

乔乔嘴巴张大,喉咙被空气活塞堵住了。床摇晃起来,有点像掉进了水里,心里明白是一身大汗把自己弄湿了。

隔壁突然发出一声很重的闷响,乔乔像被什么东西击了一下,直直地坐了起来,问道:"哪能了?"

咏梅怯生生道:"小红从床上掉下来了。"

乔乔看看床那边,父亲走了。她心里别别跳,说道:"咏梅你睏过来,让她一个人睏。"

她开灯下床,把马为东原来盖的被子扔到床上,咏梅就过来和她一起睡。刚把灯重新关上,车建国又来了,还是在老位置坐好:"你晓得哦?你姆妈有相好了。"

乔乔用手肘碰碰咏梅:"嗳,听到有人讲闲话哦?"

咏梅一激灵:"啥人呀,你不要吓我。"

乔乔说道:"我好像看见阿爸了,就在床头坐着呢。"

咏梅大叫一声把乔乔抱住:"我不要看不要看,乡下人最怕鬼了。"

乔乔说道:"他好像又走了,你到底看没看见啦?"

咏梅说道:"我不晓得,你不要问我,我不要看。"

小红从黑暗中叫着跑进来,脚被床架撞了一下,一头卷进了咏梅的被窝。她肯定听到了刚才的对话。

天亮以后,乔乔去港机厂找崴崴。门房间拨通总机,把电话接进车间,过了一会儿,崴崴穿着卡其布工作服出来了。乔乔把他拉到旁边,说了晚上遇见父亲的事。崴崴当然是一只耳朵进一只耳朵出,乔乔看他温吞水的样子,在他手臂上扭了一记:"最恨你这副腔调,你老早提到工段里有个王大师,叫他帮忙想想办法,我请他吃老酒。"

崴崴道:"人家王大师是你随便请得动的?"

乔乔道:"你流氓大面子大,王大师看到你还不是一帖药。"

崴崴道:"不要流氓长流氓短,我是中华人民共和国合法公民,不是流氓。"

傍晚时分,崴崴带着王大师来到熟食店。乔乔赶紧把手里的瓜子一扔,脱下白大褂给小红,嘱咐她把折叠椅收好。

三个人在六里中心小学旁的一家饭馆坐下,乔乔叫了五菜一汤。乔乔喝橘子水,男人喝东海啤酒。乔乔把情况一五一十说了,越说越觉得毛骨悚然,两个男人却哈哈哈干杯。吃饱喝足,王大师抹抹嘴,对乔乔说:"走,去看看。"

在门前屋后转了一圈,王大师走进屋子,推开乔乔卧室,只看了一眼,便开出了药方。

"拿床的方向掉一下头,保证你一觉睡到大天亮。"

乔乔将信将疑,崴崴和王大师将床转了个向。她没料到,王大师还真有一点法道。从这一晚开始,父亲果然不来了。

16

马为东搬回娘家后,当真没再回来。明摆着,马家眼里已没乔乔这个人,他们现在是坐观其变,将名存实亡的婚姻放在"棺材"外面,看谁最后扛不住去"收尸"。

乔乔当然识破了马家,她觉得马家的策略很对,以退为进。当然这主意马为东是想不出来的,一定是受他老娘指使。而马为青肯定是不希望弟弟搬回去的,所以不可能出这种搬石头砸自己脚的点子。乔乔明白闹到这一步已是覆水难收,做好了了结的准备。只是从心底来说,情知一生一世就这么一场姻缘,哪怕是个假壳,舍弃了还是有点感伤。

涓子总在放工后到熟食店来,事先也不打招呼。假如乔乔不在,转身就走了。乔乔在的话,就一起吃晚饭,乔乔还会让她带点熟食回去。

周末如果得闲的话,看电影是她们的固定节目。起先在六里电影院看,后来去刚竣工的银河电影院——它坐落在南码头路和浦东南路交接处,对面是浦南医院。自从银河电影院营业以后,六里电影院生意一落千丈。两家电影院相隔不过两站路,设施却不是一个档次。

涓子也经常去看梅亚苹,有时还带些苹果生梨。梅亚苹不理乔乔后,她去得更勤快一些。这不是乔乔授意的,是她自己要充当这个中间人。她告诉乔乔,梅亚苹重新回乡办毛巾厂上班了,咬咬牙买了一只电视机,晚上抱着它过日子。

也带来马家的消息,最近马家发生了变故,老马的华侨舅舅去世了。这对马家来说,意味着断了那笔大额补贴。

涓子告诉乔乔,马为青彻底不回婆家住了,金六六也是下了班就往丈母娘家跑:"马为青花起爷娘来一只鼎,马为东根本不是她对手,哪一天被她卖了,还要帮她数钞票。"

乔乔一笑置之,她现在关心的不是这个。

涓子去梅亚苹那边,不是每次都事先告知乔乔,梅家是她上下班的必经之路,脚一拐就进去了。也有专程去的,就是受乔乔所托了。乔乔会包几份熟食让涓子捎去,偶尔也包点真金白银。梅亚苹来之不拒,也没让涓子带个道谢的口信。

涓子平时不注重打扮,换季都是乔乔怂恿她去换行头。位于上钢新村的长青服饰市场,专门驳香港服装款式,生意好得不得了。租柜台的个体户很多是"山上"下来的"打桩模子",个个赚得盆满钵满,身上是正宗蓝皮黄皮。

这天,两人逛完长青商场,顺便去隔壁国营的浦东商场,乔乔买了一瓶霞飞牌面霜,溜达到"古今"柜台,贴着涓子耳朵道:"这牌子我常用嗰,你也试试?"

涓子红着脸道:"我没啥胸,戴了也白戴。"

乔乔道:"买一只加厚海绵?气死那个羊脚骨。"

涓子道:"分都分手了,再讲他又不是不晓得,我胸就是小呀。"

乔乔道:"不买就不买,走,去吃锅贴。"

去浦东商场拐角的清真点心店排队,这家店从天蒙蒙亮开到墨墨黑,营业期间一直排队。当家点心是牛肉锅贴,排了二十多分钟,才拿到牌子坐了下来。吃着牛肉锅贴,喝一碗咖喱牛肉粉丝汤,扯一些瞎七搭八的话。虽然从未约定过,但涓子恪守了一个禁忌,绝口不提崴崴。

乔乔觉得涓子的刻意回避是对的。崴崴算什么呢?不过是自己的姘头,在世俗眼里,他们就是一对奸夫淫妇。可涓子肯定不忍心这样定位乔乔,只能迁怒于崴崴。而乔乔自己也常常陷于迷茫之中。为什么要和崴崴好?别人肯定以为她在图什么,但她和崴崴之间没什么利益往来。崴崴偶尔送她个小礼物,诸如耳环皮鞋之类,她也不稀罕,自己也消费得起。

不过也不能完全抹杀崴崴的价值,至少因为他,小流氓不再来收租了,省了不少麻烦,也省下不少银子。乔乔内心深处,从未将崴崴视作正儿八经的伴侣。碰到搬大炉这样的事,不会叫他帮忙。

虽然知道他不会拒绝，但她不会开这个口。

同样，崴崴对她也是隔了一层，不肯带她去黑皮家就是明证。只有睡在一起的时候，他们才有点像老夫老妻。崴崴最喜欢说一句："阿拉两个是扫帚配畚箕。"乔乔不喜欢这个比喻，纠正道："明明是鲜花插牛粪。"

她不喜欢关灯，也不喜欢闭眼。崴崴在上面，她端详他。油腻腻的五官，天生一张猪头。人们常说，一样东西看久了，就无所谓美丑。乔乔已非常熟悉这张面孔，可还是觉得难看。尤其是他左鼻孔下边的一颗痣，更是破坏面相。在乔乔印象中，它原来颜色并没这么深，也没这么大。某一天突然就变得扎眼了，像一粒擦不掉的鼻屎，牢牢粘在那儿。

脱光的崴崴是只赤膊猪猡，身胚硬邦邦的，腆出来的肚子却不松垮。毕竟他才二十出头，又是习武之人，胯下也沾了侠气，四两拨得了千斤。乔乔嫌贬道："贼头贼脑，像伸出来的乌龟头，不动好脑筋。"

四月七日是乔乔生日，她没按习俗系红裤带，命运对她来说是一只破罐子，不再有什么忌讳。刚过去的除夕夜是和崴崴一起过的，他们一起看了虎年春节联欢晚会。新年钟声敲响，她冲着放鞭炮的崴崴喊："我想起来了，今年是我本命年。"崴崴冲她喊："我晓得，你比我大两岁，是我阿姐。"

过完春节，乔乔就把本命年的事给忘了，要不是国家宣布从四月的第一个星期开始实施夏时制，而她按照要求拨快了一小时，她肯定就忽略了四月七日这个日子。她戴的宝石花表是带日历的，调时针的过程中，表面的小格子跳出了她生日。似曾相识的数字提醒了她，她很久没过生日了。她忽然心血来潮，办一次酒席吧。可这念头一闪即逝，请谁吃这碗寿面呢。她排来排去，没办法把一张圆台面凑齐。

生日宴还是办了,放在了南码头的良记饭店。涓子从马甲袋取出两卷富强面,这是梅亚苹让她带来的,其中一包还抽掉了一些。涓子道:"阿姨讲她不来了,自己在家下一碗菜汤面。叫我带了面条来,叫饭店帮忙下一下,讲你想到她,她心领了。"

乔乔听了,眼睛一红,转身进了包房,换了笑脸道:"自家人,不要客气,快点坐快点坐。"

毛阿姨、咏梅和小红,涓子以及她带来的两个女同事,加上寿星自己,一桌七个女人。涓子开玩笑道:"红色娘子军,独缺洪常青。"

乔乔朝她看看,她慌忙夹了片红肠把嘴堵住了。

涓子说的洪常青当然不是马为东,更不会是崴崴。她只是觉得清一色女人有点怪,随口这么一说。毛阿姨把话岔开:"今朝少睏一个钟头,腰酸背疼,到底是年龄大了。"

女同事甲道:"国家花样经最透,搞啥夏时制,天没亮就要起来。"

女同事乙道:"电台里讲是要利用日照,节省能源,工厂里搞搞还有点意思,不晓得关学生啥事体,弄得我女儿也少睏一个钟头。"

毛阿姨道:"就是讲呀,中国这么大,有些地方半夜就要起来,想想真作孽。"

涓子嘴里嚼着红肠,口齿不清地对乔乔道:"我学会搓麻将了,就是切口还没有完全弄清爽,杠头开花,清碰混碰,清一色混一色,蛮复杂嘞。"

乔乔道:"你跟啥人搓?"

涓子道:"门口的老头老太,小来来,葱姜铜钿。"

乔乔道:"哪天也带我去,我吃饱饭没啥事体,搓搓麻将度死日。"

涓子故作神秘道:"联防队要来捉嘞,麻将没收还要罚款,弄不好再关你两天。"

乔乔道:"葱姜铜钿也要捉?又不是一本正经赌博。"

涓子道:"葱姜铜钿也算赌博嚜,联防队最欢喜抓这种小麻将了。其实他们自己也搓嚜,说不定用的就是没收来的麻将牌。"

乔乔道:"那帮赤佬我晓得,碰到真流氓,就没声音了。老早小流氓到店里来收租,我去报案,他们闷屁不放,讲,你不要给他们好了,好像我自愿拿钞票送出去嚜。"

说到这儿,乔乔不禁想起崴崴的赌场。暗忖,之所以瞒瞒藏藏,无非是希望知道的人越少越好,可早就是江湖上公开的秘密了。况且我和你睡一张床,人家说龙卷风比不过枕头风。枕头风不起作用,说明对自己还是有忌讳。可这种事怎么可能瞒得了,真当派出所是吃素的,他们不来找你麻烦,无非是被你搞定了。

既然跟"老派"形成了默契,还有什么好担心的,偏不肯带我去瞄一眼呢。便觉得无名火升起,准备等酒席结束了,去和崴崴"作"。

正走神,服务员捧着一只圆盒子探头问:"啥人是梅菊乔?"

乔乔站起来道:"是我,啥事体?"

服务员道:"有人送来一只蛋糕。"

乔乔接过圆盒子,放在一边,举杯道:"干杯。"

大家有些尴尬,这是第三只生日蛋糕。咏梅小红合送了一只,毛阿姨提了一只来。幸好另两样礼物还算动了脑筋,涓子送了条碎花真丝围巾,她的两位同事凑份子,买了一套厂里生产的薄绒衫。针织五厂是薄绒衫出口基地,转内销的很少,偶尔有供应,立刻被本厂职工消化了。

乔乔决定吃最后送到的那只蛋糕,这是生日的重场戏——插烛点火关灯,唱生日快乐歌。在歌声和击掌中吹灭蜡烛,瞬间拧亮灯——蛋糕圆盒被打开了,涓子道:"喔唷,是鲜奶蛋糕,写着你名字呢,灵嚜灵嚜。"

毛阿姨不好意思道:"我买的是奶油蛋糕。"言下之意是没鲜奶蛋糕档次高。两个外来妹也接口道:"阿拉也是奶油蛋糕。"

乔乔开始切蛋糕:"我倒是欢喜奶油蛋糕,吃起来浓。"

蛋糕吃到一半,长寿面端了上来。用的是梅亚苹的卷子面,照理这违反饭店行规,大概老板看乔乔菜点得不少,又是生日,就网开一面了。

结完账走出店家,乔乔嘱咐咏梅、小红把蛋糕和礼物带回家。毛阿姨最先告辞,涓子的两个同事分别住艾镇和郭家沙,却只有一辆自行车,一个要送另一个。剩下乔乔和涓子,走在八十年代下半叶的浦三路上。

身旁接连驶过五六辆敞开式军车,车上载满了战士,都是入伍不久的新兵。尾随的用帆布帐篷密封的军车内,估摸是武器装备,还有两辆后挂带轮盘的钢炮。军车威风凛凛往艾镇方向迅驰而去,乔乔和涓子下意识让开一些。浦三路上有两处军事机构,一处是北面的南京军区某办事处,一处是南面的某炮兵部队。不必说,军车属于后者。

军车卷起浓烈的尘土,两人屏住呼吸,涓子还是呛了一口。她咳嗽的时候,听到乔乔对她说:"帮我吹一吹,眼睛被沙子夹牢了。"

涓子帮她掀开眼皮,凑近了吹,乔乔眨眨眼:"还是夹来夹去。"

涓子好像有话要说,乔乔看出了她的欲说还休:"有心事呀?"

涓子道:"我本来不想多嘴巴,不过也不想瞒你,你姆妈好像有男朋友了。"

乔乔侧头看涓子,似乎介入了一种难以形容的漩流之间。梦魇的兑现将世界分成了两半,一半惨白,另一半比黑暗还要黑。

乔乔脱口而出:"怪不得。"

涓子问道:"你讲啥?"

乔乔掩饰道:"哦,没啥,是啥人呀?"

涓子道:"我不认得,今朝去请阿姨,碰到那男的,年龄看上去跟阿姨差不多,油头滑脑嘞。我跟阿姨讲你今朝过生日,他插嘴,乔乔过生日呀,我包只红包跟你一道去。阿姨就讲,人家又没叫你,啥事体都要你大光明插一脚。"

乔乔当然知道大光明,就在前不久,还听人提到过他,说他辞职干起了长毛兔养殖。他本是乡办毛巾厂销售科长。早在民国初年,川沙就是"毛巾之乡"。全县大大小小毛巾厂有数百家之多。川沙之所以兴起毛巾工业,源于此地的纺纱织布传统。妇女白天下田种地,晚上纺纱贴补家用。光绪年间,机制纺织进入中国,一时洋纱盛行,土布无人问津。川沙城厢一家经记毛巾织造厂开了风气之先。因为进入门槛不高,模仿者日众,诞生了雄鸡、帆船、三角等名牌。与风靡市场的日产铁锚牌毛巾形成竞争。由于物美价廉,抢了日本人风头,开始出口新加坡和菲律宾等华人聚集的国家。

1949年以后,县政府对原有毛巾厂进行改造。1956年公私合营拉开序幕,将整合后的县属毛巾厂划归上海市纺织复制工业公司,还有少量农村作坊,则以毛巾合作社的形式存续下来。

大光明所在的乡办毛巾厂性质是大集体,无行政级别。他这个科长和正规国营单位的编制不一样,是厂里授予的,有点自封的意思。他却拿着鸡毛当令箭——平时爱喝几口酒,喝完在周家弄老街晃荡,走累了找户人家坐下来瞎吹。因为业务的缘故,他去的地方确实比别人多,见识也广,可抢足了吹还是会穿帮,他不怕圆不了谎:"不要看阿拉是种田出身,好歹也是个科长,下头还管三个股长。"

周家弄的人都知道大光明年轻时追过梅亚苹。结果虽不成功,当年也闹得满城风雨。大光明姓戴,叫戴宽宏,之所以得了这个绰号,是借着醉意冒犯梅亚苹后的结果。

那次撒野虽是酒后所为,戴宽宏还是玩出了格。当着很多人的面,他脱了裤衩,不是脱给别人看的,而是脱给梅亚苹看。

究竟是谁的话激得他冲昏了头脑,令他留下这伴随一生的笑柄,目击者都忘了。他们只是看见戴宽宏转过了身,叫道:"亚苹,你来看。"大家还没反应过来,他已飞快地褪下了裤衩。他的举动吓坏了大姑娘梅亚苹,因为她离他最近,也看得最清楚。更重要的是,只有她看见了正面,别人只是看见了傍晚光线下亮堂堂的屁股。很多年后,已为人妇的梅亚苹毫不羞涩地告诉唠嗑的女人们:"实际上啥也没看到,黑黢黢,只有卵毛。"

人们相信她的话,因为戴宽宏身手极快,只是褪了褪,就把裤衩提了起来。梅亚苹吓得把眼睛蒙住了。然而亮堂堂的屁股却光芒四射,照亮了那个盛夏的黄昏。从此以后,戴宽宏不见了,取而代之的就是:大光明。

大光明讨过两次娘子,婚姻的断送缘于他嗜酒如命。他对酒的迷恋众人皆知,假如不是因为有了大光明这个绰号,肯定会有酒糊涂之类的桂冠为他加冕。

第一任老婆叫彭小妹,为大光明养了个男孩。这男孩是乔乔同届不同班的中学同窗,大名叫戴小多,小名则借了老子的光:小光明。新力机器厂技校毕业后留厂当了工人,蛮求上进,在车间里混了个党员兼团支部书记。最近为了赶动迁,正在忙着结婚办户口。对象是厂技术科的技术员马朵,据看到过马朵的人说,小光明艳福不浅,未婚妻是位清秀的美女。

第二任老婆柏秀珍给大光明留下一对双胞胎千金,先出娘胎的取名戴小琳,后出来的妹妹叫戴小琅,目前还在读初中。柏秀珍没把孩子托付给大光明,只要求他承担抚养费。大光明知道她担心酒鬼教育不好女儿,也不强求,落得个省心。嘴上却不服气,拿儿子现身说法:"戴小多不是我从小带大嘞?党票拿到了,老婆也娶着了。还不是我品种好,龙生龙,凤生凤,蛐蟮生蛐蟮。"却闭口不谈儿子懒得理他,偶尔也露馅:"小赤佬,养大儿子不认爷,不送老酒孝敬我。老话讲女儿是阿爸小棉袄,希望双胞胎下趟对我好一点。"

酒能乱性,好这口的男人多半好色。大光明也不例外,年轻时对梅亚苹的荒唐举动就是明证。他还自诩道:"男人要风流不下流,我是风流唐伯虎。"

了解他的女人对此嗤之以鼻,当面开销他:"撒泡尿照照面孔。"

不过大家也承认,大光明还是有点噱头的,两任老婆都长得标致,丝毫不比梅亚苹逊色——他当年追梅未遂,曾发誓赌咒,要讨更漂亮的老婆——特别是第二次结婚,带着戴小多这个拖油瓶,照样把黄花闺女柏秀珍骗进了洞房,把公社(那时还没改成乡)里的光棍小伙嫉妒得不行,柏秀珍可是他们的梦中情人。

大光明之所以能抱得美人归,也不是一点道理没有。他膀大腰圆,不喝酒的时候,人模狗样往那一站,有点像《孔雀公主》里的唐国强。对心仪的姑娘,出手不吝啬,说话也不吝啬,什么肉麻的奉承话都说得出口,哄得姑娘花枝乱颤,便顺势搂进怀里了。

娶彭小妹时他还是农民,等到梅开二度,已是毛巾厂采购员,后来又当上了销售科长。这个肥缺给他加了不少分,使他泡妞的速度明显加快。关于他的绯闻在那个阶段是最多的,有个夸张的说法是,毛巾厂但凡有些姿色的女人全被他睡过了。这对大光明而言当然是溢美之词,却弄得女工的丈夫们人心惶惶。好在没确凿的证据,使他们可以自欺欺人。

自从和柏秀珍结婚后,大光明有点收心了。酒量却日长夜大,经常喝得站不住,往各家乱撞。人家并不欢迎他(尤其是男人),只是碍于他的职务,不好当场发作。六里就这么大,七姑八姨总会和毛巾厂牵上关系。他手里捏着客户,在厂里说得上话,得罪了他,可以不安排你踩缝纫机。

虽然风流事少了,也不会完全绝迹。他两次婚姻解体的导火索是贪酒,可花心也起了催化剂的作用。这个臭名昭著的家伙时隔多年,居然重新动起了老娘的心思,乔乔气不打一处来。他为什么不去找年轻女人,却来追求人老珠黄的老娘呢。

17

和涓子别过,乔乔往西而行。迈了没几步,她又迟疑起来。她本想去找崴崴,忽然不想去了。

转回身往穿心街走,心里忽然害怕起来,好像父亲跟在后面。背后果然有人叫她,她啊了一声,反将招呼者吓了一跳,是崴崴的声音:"哪能了? 叫得人寒毛凛凛。"

乔乔骂道:"吓死我了,贼骨头一样跟在后头做啥?"

崴崴道:"我一直在后头,看到涓子跟你在一道,就没讲闲话。"

乔乔道:"你哪能还怕涓子呀。"

崴崴道:"你们小姐妹讲闲话,我凑啥闹猛。"

乔乔道:"蛋糕是你送嚹?"

崴崴道:"还有啥人晓得你在良记饭店吃饭。"

乔乔道:"一点也没新意,跟人家外来妹送一样的物什。"

崴崴道:"我还有物什送给你,保证你欢喜。"

乔乔道:"不会又是古今胸罩?"

崴崴道:"带你去黑皮屋里厢白相。"

乔乔心想,西天出白日了,本来正准备为这事和他"作",他居然先提出来,真有点活见鬼。

虽然旁边站着个活人,父亲的阴影却未祛除。乔乔往崴崴身上靠了靠,崴崴吃不准这是否算撒娇,摊开手掌搂她,乔乔立刻挣脱开来,捶了他一记:"要死呀,捏得我手臂都断了。"

崴崴道:"我一点力道也没用。"

乔乔道:"你练武功,手脚不晓得轻重。你讲,世界上有鬼哦?"

崴崴道:"有的呀,你阿爸呀。"

乔乔脸色陡变:"不要瞎七搭八,魂也被你吓掉了。"

崴崴道:"看你面孔都发灰了,不会又碰到你阿爸了?"

乔乔道:"碰是没碰到,不过比碰到还要吓人。以为是场梦,搬到现实当中来了。"

崴崴顾自往前走,没往下打听。他历来是一副事不关己的样子。乔乔欣赏这一点,男人总不能跟婆娘似的,什么事都打破砂锅问到底。

她跟在崴崴后面:"你送好蛋糕就一直在外头逛?"

崴崴道:"饭店对过的市百五店,卖化妆品的是我邻居,我在跟她瞎吹牛皮。"

乔乔道:"是你相好吧?"

崴崴没搭理她,不紧不慢地往前走。

崴崴说的市百五店,其实是这家著名百货商店的浦东分店,母店在浦西十六铺。分店在良记酒家对面的浦三路拐角。是一座贴着马赛克的六角形建筑,被周围矮旧的民居烘托得很有气势。造型设计有点超前,喜欢的人竖起拇指:"卖相一只鼎。"不喜欢的人斜白一眼:"洋不洋腔不腔,难看死了。"

近几年南码头周边面貌有了改观,银河电影院、浦南医院和市百五店分店的竣工可谓三大标志工程。南码头路及其支道换上了泡桐树,不少商店的门面被装修一新。浦三路也刚刚用柏油重新压过,很多不知名的小河浜被推土机填了。城市化在逼近,南码头地区要造南浦大桥的新闻使动迁不再是传说,许巷已有动迁小组驻扎了。

农民动迁意味着户口农转非,身份不再是农民,代价是自留地被政府收缴。从理论上说,自留地是农民赖以生存的根本。但实际情况是,除了老头老太,绝大多数人对此并不稀罕。眼下真靠土地吃饭的农家越来越少,愿意种田的年轻人几乎绝迹。事实上,大家都盼望着早日被动迁掉,住上新工房,分配进周边的大企业,民间顺口溜描述得最生动:"掼掉泥饭碗,端起铁饭碗。"

铁饭碗固然重要,动迁房的诱惑也不小。动迁小组的推进遇到了很大阻力。为谋得更大更多的房子,村民们算盘拨得飞快。临时赶造房子最常见,因为这和分房面积直接挂钩。细化户口也很普遍,派出所有门路的,把一张户口簿分成了三四户。突击结婚的很多,突击添丁加口也不少,甚至还出现过为赶户口而剖腹产的事例。实在没招的家庭则采取耍赖的方式,甚至"武装反抗"。

动迁小组不断推出新政策,瓦解村民,采取诱骗手段迫使动迁户就范。钻入他们圈套的人家不少,反悔的则更多。只是天下没有后悔药吃,白纸黑字的合同已落子无悔。但这等于给陷阱边上的人提了醒,明白搬得越早越吃亏,愿意签约的人家越来越少。

动迁户不想立刻签约,并非说明他们不愿搬进宽敞明亮的新工房。这不是悖论,只是说明他们想谋求利益最大化。动迁是百年难得的机遇,政策又是一根橡皮筋,钻钻空子,借机敲敲竹杠,也是人之常情。

乔乔回头朝市百五店浦东分店望去,虽然相距一大段路,低矮的民居和平坦的农田却阻隔不了视野。它还没打烊,闪亮的灯光从底部烘托上来,像要把整个建筑抬起来。

乔乔道:"那个柜台小姐好看哦?"

崴崴道:"好看,你吃醋了?"

乔乔道:"我吃啥短命的醋。"

往许巷二队行了一程,看到了那栋夜色中的房子,落寞地守着那块湖水。想到两只狼狗,乔乔裹足不前。

崴崴催促道:"你不是一直想来,哪能慢吞吞嘞?"

乔乔道:"两只疯狗真要咬人的呀?"

崴崴道:"不咬人还叫狗? 狗是狼的兄弟,急起来还要吃人呢。"

乔乔道:"算了,我还是不进去了。"眼睛却不甘心地往里边张望。

崴崴道:"你讲不进去嘞,错过就没机会了。"

乔乔道:"啥叫没机会了?"

崴崴道:"你自己放弃,下趟不要怪我。"

乔乔道:"以为我真的胆子小呀,走,进去。"

还没到门口,狗吠就响起来。乔乔夸口在先,硬着头皮往里闯。两条拉长的黑影朝她爬过来,是狼狗身形的延伸。崴崴站在院门旁看好戏,乔乔尖叫一声,退出界外,求救道:"还不过来牵牢它们。"

院子里有人走出来,正是黑皮和黑里俏。两人勾肩搭背,不知为什么事高兴。见是崴崴和乔乔,带着兴奋劲道:"阿哥阿嫂呀,快点进来。"

崴崴道:"啥事体这么开心?"

乔乔道:"快点拿两只狗弄开,吓死我了。"

章小月笑道:"你仔细看看,不是拴得牢牢的嘞?"

乔乔定神去看,果然狗项上缚着皮质的带子。她绕了开去,胳臂却被挽住了。

章小月道:"阿姐,最近熟食店生意好哦?"

乔乔道:"马马虎虎,混口饭吃。"

她和章小月见过不会超过五次,每次邂逅都是在饭局。这个浅黑肤色的漂亮女孩嘴巴像光明雪糕一样甜,阿姐长阿姐短。但乔乔对她喜欢不起来。当然也说不上讨厌,就是不投契。面子上很客气,就是那种对谁都差不多的带有表演性的客气。用上海闲话讲就是:侬好我好大家好。

乔乔不和崴崴的哥们来往,遇上了只是点一下头。心情好给个笑脸,心情不好,冷冰冰就过去了。这帮喽啰知道她是老大的女人,有叫阿姐的,也有叫阿嫂的,叫一声就走开了。流氓的江湖禁忌是朋友妻不可欺。想当初黑皮霸占了黑里俏,崴崴几乎和他拗断。那个兄弟用刀捅了黑皮,是犯上的表现,崴崴也没深究,就因为黑皮有错在先。当然那兄弟也明白弑兄属大逆不道,才会当场切指谢罪,用的也是同样的规条。

隔上一段时间,崴崴会请兄弟们吃顿饭。黑皮会把章小月捎上。乔乔和她就是这么认识的。章小月每次都挨着她坐。聚会规模不大,四五个兄弟,加上他们的女友,也有落单做相公的。女孩长相一般都拿得出手,穿着也入时,出门应酬必定会精心打扮。乔乔也一样,把眉毛描齐,口红涂匀。

姑娘们叽叽喳喳,亲热得跟姐妹似的,眼里则泻出挑剔的余光。当然是谁都不服谁,觉得自己才是最撩人的小妖精。乔乔虽也涂脂抹粉,却没兴趣像她们那样学孔雀,把屁股撅起来,抖尾羽上的缤纷。也不装正经,照样和她们一起痴,心里却骂道:小屄,烦死了。

吃完饭告辞,黑里俏总会假惺惺道:"阿姐,下趟来白相。"

乔乔便怨毒地剜一眼崴崴:"死人就是不肯带我去你屋里厢白相。"

崴崴装作没听见,踱到前面去了。

乔乔贴近章小月,低声问道:"听讲你屋里厢可以白相梭哈?"

章小月不置可否道:"阿姐要白相?"

乔乔道:"我麻将还没有学会,白相啥梭哈,不过想见识见识。"

章小月笑道:"你来白相呀,来了就晓得了。"

好像也算是默认了,毕竟还差一个确定。乔乔觉得这个黑里俏好惹气,嘴巴里阿姐长阿姐短,却连这点口风也不肯漏,假意邀请,实际上是摆噱头。

眼下,乔乔避开两只讨嫌的恶犬,头转向章小月:"啥事体这么开心?"

章小月笑道:"黑皮刚刚被蚊子咬了一口,是只长脚花蚊子,偏偏在卵蛋上叮了一记,你讲这蚊子十三点哦?"

乔乔扭头看了黑皮一眼:"黑皮恭喜你,肯定是雌蚊子。"

黑皮哭笑不得:"肯定是从裤脚管飞进来嘞。"

乔乔揶揄道:"裤脚管太大呀。"

说着就进了屋,墙脚摞着十多只鼓鼓囊囊的蛇皮袋,楼梯拐弯的台阶上又是五六只。棉絮状的灰尘在天花板边缘悬荡,橘黄色的灯泡下,是两只小板凳,中间放着一只方凳子,摊着一副走到一半的飞行棋。一看就是黑皮和章小月在打发无聊。

乔乔对章小月说:"看腔调好像要搬家了。"

章小月道:"阿姐聪明,后天阿拉就滚蛋了。房东儿子赶结婚,催得急死了。"

乔乔道:"怪不得今朝带我来,原来再不来,是真没机会了。"

章小月道:"现在动迁搞得大家脑子都搭错了,这家儿子在兰州当兵,非要叫他回来结婚,好拿户口分出去。"

乔乔转身对崴崴道:"我认得你,算你狠。"

崴崴道:"不带你来作,带你来又作,真难弄。"

乔乔道:"晓得这样我就不来了,你不必假惺惺。我现在对赌场没兴趣了,防我像防贼,好像我是暗钓。"

崴崴道:"难弄难弄。"

乔乔道:"无所谓,我已经没兴趣了。小月,走,阿拉到楼上去。"

绕开台阶上的蛇皮袋,上楼,乔乔道:"这房子蛮好,啥人家嘞?"

章小月道:"具体我不清爽,听讲那家人有点来头,在许巷造了好几幢房子,好像姓姜。"

乔乔道:"肯定县里有人,自留地变宅基地了。"

章小月道:"路道粗的人家闷声不响房子就造起来了。阿拉爷娘也想拿自留地变成宅基地,十几年了,还是没批准,害得我两个阿哥只好挤在客堂间结婚。"

乔乔道:"动这脑筋的人家太多,不是都有路道嘞。"

两个女人愤愤不平,乔乔则完全是瞎起哄——把自留地挪作宅基地,变更手续烦琐。小队报大队,大队报乡政府,乡里通过了,还得再到县里去备案——除非朝中有人,否则像她这种情况,八辈子都轮不到造第二幢房子的机会。

乔乔道:"准备搬到啥地方去呢?看你们这样子,肯定寻好地方了。"

章小月道:"现在许巷动迁风声这么紧,只好往落乡的地方搬,准备搬到六里桥煤球店旁边。你不要生崴崴的气,他就是这个脾气。阿拉又不好多讲,他毕竟是阿哥。"

乔乔道:"外头啥人不晓得他开赌场。"

章小月道:"外头让他们猜好了,又不能用橡皮胶封他们的嘴。"

乔乔道:"不过当心点也是对嘞,老派讲翻面孔就翻面孔。"

崴崴在楼下喊:"辰光不早了,走哦?"

乔乔道:"马上下来。"

说着走下台阶来,和崴崴一起出了门。黑皮和章小月送到田埂外的小路上,就折回去了。

乔乔踢一脚路边的土块:"我算认得你。"

崴崴过来扳她肩胛,她用力一扭:"死开,不要碰我。"

崴崴把她搂住:"讲老实闲话,赌场是有嘞,不带你来是为你好。"

乔乔道:"总算承认了。"

崴崴道:"这种地方小吵天天有,大吵三六九,输急了还动刀动枪,你一个女人来做啥,连我自己也不欢喜来,除非黑皮也搞不定。"

乔乔道:"我没兴趣听,下趟少来寻我。"

崴崴道:"真生气了?我是你二房,不要休掉我啊。"

18

夏日将至,梅亚苹跟着大光明养起了长毛兔。在家里搭起兔舍。兔舍是半开放式的隔开,材料以竹片为主,凿墙而过,引出下水道。而窗子常开,维系通风。竣工第二天,梅亚苹引进了第一批兔子。共四只,是大光明免费提供的种兔。梅亚苹起早摸黑,把青草涤净风干,清理盐金枣似的兔粪。长毛兔肠胃娇嫩,湿草吃了容易拉肚子,一腹泻就有性命之虞。收割来的青草必须滴水不沾,才能喂食。假如因马虎而导致腹泻,要用木麸皮补救。除了大热天驻暑长得慢,长毛兔每隔三四十天可剪一次毛,品质好的可以剪二两左右,普通的剪一两多。收购站在六里桥桥塑下,每斤收购价十五六块钱。这家伙繁殖能力很强,一年产三四次崽,一窝五六只,养得好的话,很快就会爆棚。大光明近期目标一千只,远期规划两万只,野心勃勃准备当浦东兔王。

长毛兔是食草动物。青草对乡村来说,是采之不竭的资源。当然,要使兔子们的粮草不断,是要用劳动去换的。梅亚苹冲着来串门的涓子打招呼:"不好意思,屋里厢现在太臭了。"

涓子道:"还好还好,比猪猡的味道好一些。"

梅亚苹道:"涓子你不晓得,现在草也挑不到了,不晓得哪根筋搭错了,老多人家开始养长毛兔,光阿拉门口就有三家。本来到河浜边兜一圈,篮头就满了,现在兜半天也挑不满,越走越落乡。"

涓子把梅亚苹的抱怨说给乔乔听,乔乔道:"她清闲日子不过,去养长毛兔做啥?"

涓子道:"想赚铜钿呀。"

乔乔道:"长毛兔好养哦?"

涓子道:"我听阿姨讲已经吃过两次兔子肉了。"

乔乔道:"长毛兔变肉兔,老娘肯定急死了。"

涓子道:"大光明又送来几只新品种,讲是最好的品种,叫白勒克。"

乔乔道:"肯定不叫白勒克,白勒克是鸡的品种。"

涓子道:"昨天我正跟阿姨讲闲话,金六六端了碗排骨面跑进来,讲是他生日,来送一碗寿面。"

乔乔道:"他生日就是他名字,六月六号。"

涓子道:"原来他名字是这样来的。"

乔乔道:"阿拉两家不来往的,他跑来送面做啥,假惺惺。不过金六六一直就是表面虚嗒嗒的那种人。"

涓子道:"他跑过来老开心的,笑得痴头怪脑,一看就是酒吃多了。人家跑来送生日面,阿姨不好不接待,金六六东岔西岔,还问起你。阿姨没多响,反问起马为东最近哪能,金六六就回去了。"

过了大半个月,涓子急匆匆跑来:"晓得今朝啥人送我回来的?马为东。他被单位除名了,在浦三路开摩托车兜生意。我从82路下来,他戴了一只头盔,手里还拿一只头盔,提出要送我,我就不客气了。"

乔乔道:"哪能被除名了?"

涓子道:"马为东有个同事,跟盲流勾结,偷厂里的废铁。马为东戆喙喙去望风,被当场捉牢。同事吃了官司,马为东官司没吃,工作没了。"

乔乔道:"没吃官司,还算万幸。"

涓子道:"听口气你还是有点牵挂。"

乔乔道:"我跟他目前还是夫妻。"

涓子道:"你准备一直拖下去呀?"

乔乔道:"我看是拖不长了,听讲周家弄快动迁了,关系到房子,马家肯定屏不牢,估计最近要来摊牌了。"

涓子道:"我看你那么笃定,要是我急也急死了。"

乔乔道:"有啥好急嗰。"

涓子道:"我跟你不能比,你修炼成精了。笃定泰山,好像是别人的事体,浑身不搭界的样子。"

乔乔道:"我现在去艾镇结账,拖了他们十天了,加工厂那个姓仇嗰,烧出来的熟食跟猪食差不多。我今朝去警告他,要再拿猪食来,就拗断。"

涓子道:"我没啥事体,跟你一道去,要是吵起相骂来,也好帮你。"

乔乔道:"算了吧,吵相骂哪能好指望你。"

涓子不会骑车,所以永远是乔乔当车夫。涓子跳到书包架上,跳得身轻如燕,乔乔的龙头都不会歪一歪。涓子搂着乔乔的腰,嘴里哼越剧《何文秀》:"路遇大姐得音讯,九里桑园访兰英……"

过去她要防备乔乔使坏,乔乔故意往瘪塘里骑,请她吃弹簧屁股。今天她不担心,浦三路新铺了沥青,自行车轮盘在平坦的路面上滚得飞快,要请她吃弹簧屁股没那么容易了。已经是真正的夏天,赤膊男人在傍晚的光线下端着饭碗串门,或围在街灯下打牌。穿着睡裤的主妇们故作神秘地凑在一块,不知又在搬弄什么是非。小孩最开心,挥舞着打过肥皂泡的面盆,嗷嗷乱叫,向半空中的蚊子发起进攻。

临近六里桥,上坡前涓子跳离书包架,跟在后面小跑。桥一侧挤了很多人,都朝西,往白莲泾河面上张望。乔乔下了车,人群里有人在叫:"漂过来了,像只白猪猡。"

"面孔朝上,肯定是个女人,奶子还蛮大,不晓得是天生,还是被水泡大嘞。"

"为啥面孔朝上就是女人?"有人问。

"回去问你老娘。"边上有人回道。

"你嘴巴放清爽点,当心吃耳光。"

"不买账?出来呀,捆你这个瘪三。"

周围的人边拉边劝。上海人吵架主要靠嘴,很少有真打起来的。两边慢慢噤了声。大家的注意力投向水面上的尸体,一艘小艇开了过来,两个穿橡皮工装的男人靠近死者,用钩子将尸体牵引过来,弄上了船。

由于在外围,乔乔和涓子没看见女尸,等到围观者散去,小艇也不见了踪影。涓子道:"还好没看到,我不想看死人。"

乔乔重新骑上车,涓子把屁股放到书包架上:"我听人家讲,淹死的人,男的面孔朝下,女的面孔朝上,蛮奇怪嘞。"

乔乔把着龙头,下坡车速很快,她的声音被风吹乱了:"都是男人造谣,意思是睡觉的辰光,女人被男人压在下头。放他们的狗臭屁,我就欢喜在男人上头。"

涓子道:"乔乔你现在啥都敢讲。"

艾镇那家熟食作坊,离炮兵部队不远,原是一家木器厂食堂,被私人承包了。老板很会经营,慢慢做大了。木器厂反倒一蹶不振,苦苦维持了几年,终于土崩瓦解。念及原来的厂长有知遇之恩,熟食作坊老板留他当了副手,主管熟食加工,就是乔乔要去评理的那个姓仇的。自从这家伙管事,产品质量就一落千丈,损害了乔记声誉。老主顾们埋怨熟食越来越差劲了。乔乔赖着不和他结账,姓仇的跑来打招呼,顺便想取回货款。乔乔板着脸道,店开在这儿还怕跑了和尚。姓仇的只得赔着笑脸先回去,下次送来的熟食仍不见起色。今天乔乔来下最后通牒,再不改善质量,就改换门庭。

姓仇的正在门房间抽烟。乔乔见大门未关,直接骑进了院子,姓仇的在后面叫她,她只当没听见,反而蹬得更加卖力。在作坊下了车,小工们正在洗洗拣拣,她看一眼摊在地上的原料,扭头往外走。姓仇的喘着跑过来,还未开口,乔乔道:"明朝开始不要送货了,合作到此结束。"

姓仇的问道:"啥地方出问题了?"

乔乔道:"我现在晓得为啥木器厂给你败了,怪不得熟食味道不对,全部用死鸡死鸭,这个作坊落到你手里,倒闭也快了。"

姓仇的拦住去路:"不合作可以,账要结清。"

乔乔道:"你用猪食败坏乔记名声,我不找你算账算便宜你了。要结账可以,一道去卫生防疫站,当面结清。"

姓仇的被乔乔噎住,眼睁睁看着她离开,又不甘心,跟到大门口。乔乔回过头道:"敢暗地里做小动作,当心你脚骨。"

姓仇的道:"你这只垃山,准备哪能?"

乔乔道:"哪怕我店里厢碎掉一块玻璃,你就倒霉了。"

姓仇的道:"欠钞票不还,没这么容易。"

乔乔道:"那么阿拉试试看。"

说着,把自行车龙头拎起来,重重地使前胎落地,飞身上车,带着涓子走了。

骑了片刻,她奚落道:"你不是要帮我吵相骂么,哪能屁也不放一个。"

涓子道:"我啥地方插得上闲话,你真结棍,彻底咄闷他了,你讲他会来报复哦?"

乔乔道:"谅他没这胆子。"

靠近炮兵部队的时候,亮出一块巨大光斑,如同被月亮照透的一张纸。下方是出没的人头,高低起伏。这是露天电影开场前的攒动。每年夏天,炮兵部队都会支撑起宽大的幕布。虽然六里电影院近在咫尺,虽然两公里外有了崭新的银河电影院,炮兵部队的免费露天电影还是相当吸引人。贪小是一方面,端着自家小板凳,摇着蒲扇看电影的野趣,也是人们趋之若鹜的原因。

涓子道:"老多辰光没看露天电影了,一道去看?"

乔乔道:"你看吧,我明朝的熟食还没落实,哪有心思。"

涓子道:"没寻到下家就回绝上家?太冲动了。"

乔乔道:"下家当然寻好了,否则不是自己寻棺材睡。现在要去打电话落实,确定明朝送货的辰光。"

涓子道:"这么快就寻到了?"

乔乔道:"本来就认得的,我在周浦卖熟食的辰光,就给我东家供货。只不过加工的地方离开六里太远,当初没考虑。他家熟食烧得蛮好。前两天我特意去联系了,他家不嫌送货远,就敲定了。"

涓子道:"那你今朝存心去艾镇拆伙嗷?"

乔乔道:"我想给他们一次机会,距离近,补货到底便当。"

乔乔准备去六里老街打公用电话,打完了顺便去崴崴那儿坐坐。前一段,他们算是和好了。崴崴带她去看了黑皮的新家,让她见识了传说中的赌场。

从赌场来说,这儿不及原来那房子隐秘。隔壁是生意兴隆的煤球店,走几步,是废品收购站和兔毛收购站,斜对面是混凝土厂后门。紧挨着七高八低的私房。没有围墙。

乔乔狐疑地看了崴崴一眼,意思说,这儿做赌场,也太惹眼了。

崴崴道:"这叫灯下黑,战斗在敌人心脏里。"

话虽这么说,崴崴还是做了规则修订。摩托车不许开到门口,集中到二百米之外的一座废弃仓库里,为此专门雇了个农家老头看守。窗帘改成吸音的厚丝绒,用图钉固定在窗框上。

用黑皮的话说:"派出所面子还是要给嘛,人家睁一只眼闭一只眼,你不要不识抬举。"

地址换了,看场子的还是黑皮。他熟悉整个流程,牌友们知道他是杀胚,轻易不敢拆台。这小子面相很凶,笑起来眼光也恶狠狠的,手下兄弟看到他,个个一帖药。可这样一个杀坏,对崴崴却忠心耿耿。

在赌台边站了会儿,乔乔知道了梭哈的花样经。用的是普通扑克,发牌的是黑皮手下。打完一轮,牌就没用了。拆开一副新的,目的是杜绝作弊。台面上没有现钞,全用塑料筹子代替。每副输赢都很大,一场下来不会低于四位数,一万元叫"一粒米",倒霉的时候,输掉两三粒米很正常。同时开了六桌,都在独立房间里。赌家在对面坐好,一般不让女人摸牌,除非女人本身是赌家。这关系到牌的"烊头"。赌博的人没不迷信,因为牌里确实有"鬼",即所谓的牌运。

拿掉大小怪,开始发牌,赌家各自一张暗牌,四张明牌。梭哈之所以玩得大,是因为利令智昏。相比麻将和杀关,它具有以虚博实的特征,讲究心理的帷幄,精于察言观色才是真正的牌运。

章小月拎了热水瓶过来:"阿姐,你也来玩两副吧。"

乔乔道:"我是小本生意,要是拿棺材本输掉,跳黄浦江也来不及。"

章小月低声道:"我看到梭哈也怕,钞票连草纸也不如,想想他们不过卖卖服装,贩贩水产,哪能这么有铜钿?"

乔乔道:"去看看长青市场就晓得了,卖衣裳像发牌,确实是摇米机。"

章小月道:"梭哈我是不敢碰,麻将还可以白相相,小来来,不伤元气。"

乔乔道:"麻将我正想学,等我学好了,找你白相。"

章小月道:"我来教你,老便当嘞。"

乔乔道:"好,等我有空,你来教我。"

乔乔就是随口一说,没真想跟章小月学麻将。她后来倒是和涓子搓过,两个搭子是涓子约来的老太婆,乡气的口语里全是:"我伲我伲。"嘴巴里喷出腐败的气息,摸牌颤巍巍的,脑筋却一点儿不糊涂。该碰就碰,该和就和。乔乔虽是临阵磨枪,两三圈下来,大致也摸到了门道。开场免不了交点学费,到了最后,非但没输,反倒赢了几个铜板。她没好意思收,还从兜里拿出两张五元犒赏老太婆,乐呵呵道:"人家讲第一趟搓麻将,要出点血嘞,有这种讲法?"

老太婆忙道:"有嘞有嘞,这叫头冲。"

另一个老太婆纠正道:"不叫头冲叫头炮,等于洞房第一夜,要出点血。"

说完,她们颤巍巍走了,涓子道:"真有这讲法?我哪能没听到过。"

乔乔道:"编个故事寻她们开心,接口令倒蛮快嘞。"

涓子道:"这些老太婆平常都促狭得要死。"

乔乔道:"下趟还是寻年轻搭子,老太婆太啰唆。"

涓子道:"平常只有老头老太最空,年轻的要上班,不是随叫随到。"

乔乔道:"无所谓,反正也不急,你约好了再叫我。"

涓子说好的,却好久没有下文。大前天倒是约好一场,来通知乔乔。她不在家,熟食店里也不见其踪影。涓子只得临时找人加盟。刚才听乔乔一说,才知道她是找供应熟食的上家去了。

涓子决定还是留下看露天电影,乔乔朝六里桥桥堍的西头骑过去。

离开柳家百把米,是六里老街上唯一的传呼电话间。乔乔将自行车往墙上一靠,拎起隔板上的电话,拨通周浦的熟食老板电话。和对方说好从明天开始送货,放下话筒,朝柳家瞅了瞅。

柳家的四层楼特别扎眼。这一片早已沦落为棚户区,年月积淀久了的房群往往就是如此,尤其是向外扩张的可能性被堵死后,只能局限在逼仄的区域里。原本有天井的人家会在翻房时取消它,以使实际居住面积增大。在这个过程中,和邻居交恶的情况相当普遍。寸土必争,栋距之间变得拥挤不堪。有些纠纷相当好笑,一块芝麻绿豆的地皮,比起国界的瓜葛来毫不逊色。当然,他们认为捍卫的也是主权。

那儿散落着好几堆人,鸡零狗碎地说着闲话。乔乔经过,听到他们说崴崴被警察带走了。她第一反应是崴崴栽在了赌场上,那些人看见是她,忽然鸦雀无声。乔乔蹬了一下自行车,朝弄堂外骑过去了。

燠热的风,把乔乔的短发掀起来。快到目的地时,她下车推行,悄悄靠近那栋房子。没有警车,也没有被押解出来的赌徒。乔乔不能确认这是真正的平静,还是被掩盖的平静。她握紧了刹车,刚巧大门洞开,弹皮弓走了出来,招呼道:"阿姐,哪能不进去?"

乔乔问道:"崴崴在哦?"

弹皮弓道:"不在,你寻他呀?"

乔乔道:"黑里俏在哦?"

弹皮弓道:"和秋妹一道烫头发去了。"

秋妹是弹皮弓的女朋友,铮亮的黑眼珠,匀称的身架子,长得洋娃娃似的。也是在崴崴的饭局上,乔乔见过她几次。小姑娘家住高桥,和弹皮弓谈朋友往返要转三辆车,南杨线换82路或86路,到浦东大道乘81路到底,单程两个多钟头。弹皮弓是懒鬼,刚开始追,还装模作样接送,睡了人家以后,只有秋妹来看他的份了。

不过弹皮弓这次还算认真,一本正经提了"机关枪手榴弹"上门,算是正式敲定了。

乔乔道:"烫头发？秋妹的直发式不是蛮好。"

弹皮弓道:"她不烫,是陪黑里俏烫。"

乔乔道:"啥辰光去海滨浴场,她阿爸票子弄到了哦？"

弹皮弓道:"刚定下来,后天,礼拜五。"

乔乔之所以这么问,缘于秋妹爸爸是高桥海滨浴场的救生员。该浴场位于长江和东海交界,是浦东的天涯海角。对岸是目力所不及的长兴岛和横沙岛,它们和更大的崇明岛共同掐住了长江的咽喉。上溯是著名的吴淞口,上海的水上命脉,南北航线的渊薮,远洋航线由此起始。下溯是川沙林场,茂密的植株扎根在人造滩涂上,海岸线的扩展由此及彼。

这个时节的高桥海滨人满为患,因为在单调的夏天,去高桥看日出,泡在海水里消暑,是上海人最大的节目了。

乔乔朝赌场那边努努嘴:"今朝里厢还有人白相哦？"

弹皮弓点头道:"黑皮叫我出来买两条香烟,房间里的烟比火葬场还要结棍,我刚好出来透口气。"

乔乔将自行车转了个方向,弹皮弓问道:"不进去坐坐？"

乔乔道:"我看到两只狼狗怕噱,先走了。"

很快,她重新回到了柳家门前。只半个钟头,围观的人已散尽。柳家的门关着。她把自行车停好,上去敲门,开门的正是崴崴。

乔乔道:"你死回来啦？"

崴崴道:"我不回来去啥地方,真奇怪。"

乔乔进了屋:"不是讲你跟老派走了？"

崴崴道:"你消息倒蛮灵通。"

乔乔道:"出啥事体了？"

崴崴还没说话,乔乔看见屋里站着一个土里土气的年轻人,也不知道多久没洗澡了,身上是难闻的汗味和霉味,都馊了。

这人虽然比崴崴皮肤粗黑,显老,但那应该是水土造成的。撇开这个,就是双胞胎,至少是亲兄弟,除了瞎子,谁都能看出来。

乔乔低声问:"这是啥人呀,哪能跟你一个模子刻出来嘞?"

崴崴道:"我兄弟。"

乔乔道:"没听你讲过有个兄弟呀。"

崴崴朝她瞥一眼:"你哪能成包打听了。"

乔乔知道他不愿再说,再问就是自讨无趣,把话题转移开:"刚才碰到弹皮弓,讲好礼拜五去高桥白相。"

崴崴用一种奇怪的口音冲那年轻人喊话:"腊沙,我们走吧。"

腊沙应了一声,崴崴去里屋拿了几件干净衣服出来:"你先穿我的吧,把行李带上,去浴室一起洗了,你这一路上那么久,那些衣服脏得不能穿了。"

腊沙的几件行李放在墙角,他取了一只提在手上,也不是包,就是用粗布扎成结的包裹:"换洗衣服都在这儿,走吧。"

他说的是土得掉渣的普通话,带着浓重的乡音,勉强还能听懂。

崴崴扭头问乔乔:"你刚才讲礼拜五去高桥?"

乔乔道:"你耳朵打八折啦,闲话要讲两遍?"

崴崴道:"那不是后天么。"

乔乔道:"就是后天,你不想去了?"

崴崴道:"我没变化,不过要去厂里请个假。阿拉去港机厂汏浴,你去哦?"

乔乔道:"十三点,你们兄弟汏浴,我去做啥?还煞有介事去请假,真是输给你,你以为这样就是良民了?我看你像钻进沙堆的鸵鸟,骷郎头藏起来了,屁股露在外头,屁眼老早被人家看到了。"

19

去高桥海滨浴场这天,下起了太阳雨,但骑自行车出发的计划没因此改变。弹皮弓和秋妹先行去了高桥,安排一些琐碎。从六里桥出发的总共六对,崴崴和乔乔、黑皮和黑里俏、马蜂和小鹿纯子、小江北和裴雅、加里森和李卫青、小麻雀和琴琴。不必说,参加郊游的是一份核心名单,从核心扩散出去,是一支逾百人的队伍。作为一股隐形的力量,他们平时并不呈现。但在关键时刻,他们构成了崴崴的势力。

高桥海滨浴场距离市区四十多公里,虽地理偏僻,又有黄浦江相隔,前往的市民却历来浦西比浦东多。一到天热,浴场生意好得飞起来,以至于一票难求。幸好秋妹爸爸是浴场工作人员,内部预定了入场券。

这个海滨浴场早在民国二十一年,就在国民政府手中建成开张。工艺做得很仔细,海滩上的石子都用筛子遴选过,岸上造了留宿的小凉房,设置了帆布帐篷。当时的市政府在此组织过名噪一时的渡海比赛,还专门从高桥镇开辟了一条直达码头的公交线。

来海滨浴场的人都会住一夜,只等一早观赏日出。待太阳从海里完全跳起来,狂欢就开始了。穿着泳衣的人们在浑浊的海水里扑腾,用不了一个上午,女人们嫩藕似的手臂就泛红了,赶忙躲到遮阳大伞下避日头,男人和小孩则无所谓,大老远跑来,要把本钱玩出来。天气晴朗的时候,可以看见远洋轮的依稀轮廓。每个夏天都有人游出隔离网,被浪头卷走,也不知道是想不开还是逞能。

说好傍晚六点在六里电影院门口集合,六点半了,人还没到齐。马蜂载着小鹿纯子姗姗来迟,落了个倒数第二,被黑皮掀了个头挞。最后到的是加里森,推着自行车老远就嚷嚷:"倒霉啊倒霉,轮胎爆掉两趟。"

李卫青骑在后头,抿嘴偷着乐。黑皮不问青红皂白,上去给加里森也来了一记头挞:"老迟到,我辣一记。"

加里森委屈道:"今朝是真触霉头,刚出门就轮胎爆掉,补好十分钟又爆掉,只好推过来。不相信,你问李卫青。"

李卫青屏不住笑出了牙齿,她是个瘦削的姑娘,身段挺拔,脸有棱角,属于女生男相。一双闪亮的眸子别有风情,只是有一颗门牙没长好,平时笑不露齿。

黑皮踢了踢轮胎,果然气息全无,又掀一记加里森头挞:"你是额骨头碰到天花板。"

百米处有个修车铺,修车老头把外轮撬开:"炸得粉粉碎,没办法补了,换胎。"

加里森道:"碰到大头鬼了。"

旁边哄笑,加里森撸了撸面孔:"我这老坦克晓得今朝要走远路,让我换副好胎。你们不要笑,不要骑到半路爆掉,想修也寻不到地方。"

黑里俏道:"乌鸦嘴,要是我轮胎爆掉就拿你的车骑。"

加里森道:"你轮胎爆掉应该骑黑皮的车。"

黑里俏道:"偏要骑你嚫,啥人叫你触大家霉头。"

正式上路。六个世俗眼中的流氓,加上六个花花绿绿的小垃山,是小小的浩浩荡荡。不清楚他们是否知道自己是一群乌合之众,年轻时总是要混一混的,等变成"老克勒",对着小辈也好吹吹牛屄,自己曾经是混过江湖的。当然,做流氓是不能当真的,总有收道那一天。收了道就过老婆孩子热炕头的日子了。在单位里混日子,回到家咪小老酒,兜着老婆的奶子睡觉。等到前列腺出了毛病,头发越来越稀。时辰一到,两脚一蹬"翘辫子"。儿女孙辈跪在那儿哭丧。不过,那跟自己就浑身不搭界了,就是俗话讲的"死人不管"了。

队伍拐进浦东大道,这是和浦东南路齐名的浦东另一条主干道。浦东大道又在开膛破肚,上次整修是去年初春,没过多久,柏油路面被太阳一烤,就化开了——新铺的浦三路也同样软塌塌的,脚底会粘上黑污,听说准备返工,将黑色沥青路面改成白色水泥路面——马路一返工就挖得一塌糊涂,好天扬灰,下雨则烂泥浆水。行人怨声载道,骂公路处那些发包吃回扣的小官僚。

太阳下山了,所谓太阳雨是被风吹来的客雨,飘一阵就过去了。阳光褪尽,被烧烤的地皮哈出灼热。男人们把上衣脱了,露出排骨或肥肉,裤管挽到膝盖。而丫头们忍受着粘在皮肤上的衬衣,嚷嚷着热死了。其实也不完全是热,真正要命的是闷。太阳雨非但没驱赶掉暑气,反倒增加了空气中的湿度,地热一吸一吐,人就成了蒸格上的南翔小笼。

零点敲过,一行人抵达了目的地。之所以这么晚到,是因为他们在十八间吃了两个多钟头排档,这个排档由小江北哥嫂掌勺,他们家就在马路背后密密麻麻的民房里。

十八间这个地名属于约定俗成,在地图上是不标的。位置大致在浦东大道其昌栈附近,离著名道观"金四娘殿"不远。浦东人将爱唱歌的蝗虫叫作"金四娘",这座农业保护神祇为驱蝗而设。一说是东吴孙权为老母所建的家观,一说是唐太宗李世民所敕。"金四娘殿"民间叫得较多,而官方认同乾隆帝御笔亲封的"钦赐仰殿"。在本地读音上,两者几乎没有区别。

十八间是江北人集中的地方,江北人也称苏北人,主要指原籍长江以北的江苏人,以盐城高邮泰州泰兴人氏居多。落户申城的江北人与外界比较隔膜,内部通婚的情况普遍。同样是移民上海的群体，地位没法和苏南人浙江人相提并论。江北口音比浦东口音还让人瞧不起。独角戏拿方言说事，第一个奚落的必定是江北话。

江北人之所以不讨人喜欢，讲起来是一大堆理由：爱翻脸，猪猡脾气，七小姑八大姨特别多，人脏胃口又大，还特别小气。其实说白了，讨嫌的是江北的穷。江北人不像宁波人那么有生意头脑，只会"削刀磨剪刀"和爆炒米花，在单位里干的也是纯体力活，生活状态的确比较卑微。

江北人为自己辩解的时候，肯定会提到周恩来和"二乔"。前者是淮安人，后者容易和三国美人混淆起来，却是生于建湖县的外交部部长乔冠华，和生于盐都县的"中共中央一支笔"胡乔木。搬出几位大人物无非要证明英雄莫问出处。可惜这些人物虽具有说服力，但在根深蒂固的偏见面前却显得虚幻，市民根本不吃这一套，相反，还会奚落那些扯虎皮做大旗的人："去年上台的市长江泽民，正宗江北扬州人，和你们有啥关系？又不是你娘舅。"

小江北哥嫂知道弟弟要带吃客来，准备得充分。虽是弟弟的朋友，却不是免费的，只是酒菜量足一些，结账优惠一些。付钱的时候，银子是从黑皮裤兜里掏出来的，但大家知道真正请客的是崴崴。崴崴是老大，包括本次郊游在内的犒劳都是他做东。笼络人心就是统战，崴崴的老大当得有模有样。

再度上路天已透黑。浦东大道两侧，路灯稀稀拉拉，越往高桥方向残缺得越厉害。星光也依稀，是围着说鬼故事的好时光。同伴看上去影影绰绰的，地上未见一片影子。或者说，整个夜幕就是一张卷起来的影子，使一切事物失去反光。

骑车的速度是缓慢的，和马路的长度比着耐心。但这无所谓，这是一个注定被浪费掉的夜晚，他们已准备好扑克牌，一俟抵达海滨，用"斗地主"迎接旭日东升的黎明。

实际上，真正的伏暑尚未来临，上海的夏天最可怕的是那种连续不断的炎热，一连四五天三十六度以上，坐着不动都直冒汗。今天的热是预热，是警告式的热，是短暂春天的明确告别——上海号称四季分明，可春秋加在一起，勉强三个月，剩下就是湿冷的冬季和总也过不完的夏天——在海滨守候的弹皮弓和秋妹望眼欲穿，等此起彼伏的呼喊找到他们时，已经背靠背睡着了。

秋妹爸爸定了七顶帐篷。这是一个铺张的安排，要知道帐篷属紧俏资源。放眼过去，白得刺眼的太阳灯下，不会超过一百顶。浴场对游客采用先到先租的原则，像崴崴他们这种半夜光临的角色，照理一顶也拿不到。但里应外合，就另当别论了。

一对对各自钻入帐篷，重新出来时，男的穿弹力平脚裤，女的用大毛巾裹住身体，里面则是样式统一的连体泡泡泳衣（市面上只有这么一款）。找了一处灯光席地而坐，十四个人分三摊，斗三个"地主"。按照讲究的打法，四人为一组，即三个"农民"斗一个"地主"，这样的话，势必有两个人要落空，所以就有两摊是五个人玩，就是四个农民斗一个地主，地主就有些应接不暇。当然是来钱的，是不伤元气的小赌。玩到忘乎所以，女人的大毛巾从肩上滑下来，露出了腋窝，太阳灯下毛剌剌的，衬得皮肤惨白。

乔乔好几次将大毛巾归位，胸前弹眼落睛的"大馒头"是她心腹大患。身边的女伴没一个赶上她的尺寸，不大不小的居多，有的还是平胸。她最发怵领口间的乳沟，当双乳赤裸，它并不存在，却在弹力泳衣的勾勒下无中生有。要是不遮住，那道深不可测的沟，连自己都觉得不成体统。

边上备着乱七八糟的零食，顺手捡一片蜜饯或云片糕丢进嘴里。时间耗子似的，哧溜就没了。假如不是小鹿纯子提醒，连日出也错过了。晨曦悄无声息降临，小鹿纯子打个哈欠，把僵硬的脖子一甩，注意到泛红的海平面，一个弧形正在孕育出来，她叫道："快点来看,日出。"

没人放下扑克,大家转过脑袋瞥了一眼海天间,继续当"农民"和"地主"。旭日东升的状态由慢而快,玩牌的间隙,不时瞅一下,可以把日出的过程窥个大概。

太阳的最后一跳把海水都提了起来,湿淋淋的,有点拖泥带水,好像鲜艳的胎盘被分娩出来。暂时还没有金光,因为羊水还没有褪尽。红色渐渐变淡,内部的光辉喷薄而出,果然是君临天下。所有的目光快速抽离,唯恐被烫焦了睫毛。

丢了扑克,去蹚海水——浦东河汊交错,土著自幼便在河浜里泡,水性差不多是天生的,浮在水面上如同水长生果草一般自在——丫头们围在浅滩上胡闹,逮住一个往水里扔,自己也是下一个被扔的对象。慢慢就开始游起来,一个黄浪头翻过,头发就湿了,抹一下面孔,咩一口咸味,一个猛子扎下去,再冒出脑袋时,已在另一幅水面了。

乔乔却不谙水性,基本是狗爬的水准。这得怪周家弄那个神神叨叨的老太婆,生小孩的人家都请她测生辰八字,襁褓里的乔乔也被抱去,当场被看穿是一条土命。五行相克,土最怕被水淹。所以大人就留了心,见她屁颠屁颠跟着一帮小孩在河边玩,就飞过去将她一把抱走:"河浜里有草怪,专门绑小囡,包成粽子吃掉。"小乔乔打个格楞,被吓住了,从此不敢往河边跑。再后来,就是那场打谷场边上的火灾,她慌不择路跳进河里,差点被淹死。等年龄再大些,识破了大人的谎言,去六北水库学游泳。

小水库来回六七米宽,除却涨潮和退潮时的浑浊,静止时还算清澈。闸门一关,等于将一个室内游泳池搬到了户外。去那儿玩的人很多,基本是在煮饺子。虽然她表情满不在乎,心里还是犯憷。学游泳的过程是"浮生六记":第一节课喝饱肚子,第二节课肚子喝饱,第三节课屏气漏气,第四节课漏气屏气,第五节课沉下水面,第六节课才浮起水面。这说明她小脑不发达,在运动方面并无天赋,就像她后来学溜冰,末了还是三脚猫的水平。

在海水里泡了片刻,乔乔回到岸上。崴崴正摊开脚晒太阳,乔乔在边上蹲下,将束在他游泳裤里的万宝路拿出来,取了一支,叼在嘴里:"你哪能不拿你兄弟带出来白相?"

崴崴道:"他啥人都不认得,来了也生疏。"

乔乔把他左手掰开,是一只簇新的"朗生",用指肚推开它顶盖,"铛",金属质地的火苗应声而出,在白昼的衬托下,是幽蓝的跳动。阖上顶盖,"铛",又来一下,比刚才更清脆。乔乔把脸凑过去,吸了一口,吐在崴崴面孔上。她看见男人的鼻孔张开了,赶忙补喷了一口,终于将崴崴弄呛了。

刚想开溜,手腕被擒,崴崴鲤鱼打挺,一边咳嗽一边把她揽住,撩开帐篷的瞬间两人同时滚入。竹竿支撑的帐篷歪了半边,从里面被扶正了。遮蔽掉的一幕,也是郊游的重要组成。到了下午,七对情人都躲进帐篷里去了。斗了一通宵"地主",补一个午后的追魂觉,做一番苟且之事,是危机四伏的快乐。

日落时分,一对蓬头垢面的男女钻出帐篷,去把别的伙伴吵醒。大家三三两两集合在海滩旁,准备去餐厅用晚餐。有意思的是,女人身上遮羞的大毛巾都不见了。

肚子里囤积着未消化的零食,胡乱扒了几口,大家就放下了筷子。按原计划,还要在高桥海滨再逗留一个晚上。他们返回安营扎寨的地方,继续"斗地主"。

这时的海滩,游客数量陡增,是下班后赶来度周末的大军。爱凑热闹是上海人的本性,一面埋怨着拥挤,一面忽视了自己是其中一员。当然,人来疯没什么不好,说明在潮流面前,自己没落伍。

也不是清一色黄肤黑眸,那边走来四个年轻的外国男女,一黑三白,是两对情侣。洋妞就是开放,穿着三点毕现的比基尼,把整个海滩都照亮了。小麻雀一边赞叹一边骂:"拆那,大屁股大奶,就是不一样。"

马上被琴琴拎住耳朵:"动啥脑筋,也不看看自己一身排骨,搞得动哦?"

小麻雀讨饶道:"外国女人有洋骚臭,搞得动我也不搞。"

李卫青笑骂:"嗲不死你,凭你这副身板搞个屁。"

裴雅目送洋妞远去,感叹道:"到底人种不一样,也只有乔乔能跟她们比一比。"

乔乔脸哗地红了,觉得衣裳被扒光,奶子被每个人啄了一口。

小鹿纯子道:"你们讲外国人身上有洋骚臭,外国人还讲中国人有猪猡味道呢。要是大热天三天不汰浴,保证变成猪猡。"

乔乔把扑克放下,朝岸上走过去。

"阿姐阿姐,"裴雅跟上来,"不要生气,我是讲你身材好,不是寻你开心。"

乔乔道:"我没生气,我去上厕所。"

裴雅跑到前面,转头看乔乔:"真没不开心?"

乔乔道:"你讲我身材好,我开心还来不及。"

裴雅道:"你一讲厕所,我也有感觉了,一道去。"

厕所门口停着一些人,裴雅道:"真闹猛,小便也要排队。我小肚皮有点胀,老朋友大概要来了。"

乔乔道:"那不要再游泳了,当心龌龊水进去,生毛病。"

裴雅左右瞅瞅:"不过我还是蛮开心的,已经超过三天了,我以为有小囡了,魂也快吓掉了。"

乔乔道:"你们不用措施么,有了小囡哪能办?"

裴雅道:"万一有了,只好去跳黄浦江。"

乔乔道:"黄浦江虽然没盖头,不是啥人都有勇气跳的。去关照小江北,不要光晓得惬意,弄出小囡来哭鼻耷脸。"

裴雅道:"男人惬意起来,还管三七廿一。套子准备好,他从来不用的。我只好在马桶上多蹲一歇,求老天爷不要让我中奖。"

一个小女孩从厕所里奔出来:"龌龊死了龌龊死了。"乔乔觉得好生面熟,只见马为青尾随而出:"芳芳不要瞎奔,当心掼……"末尾的"跤"字未出口,也看见了夜色中的乔乔。

彼此一愣神,乔乔道:"裴雅,里厢好像有位置了。"跨前两步,错开马为青,闪进厕所里去了。

乔乔小心翼翼将脚在蹲坑旁摆好,水阀大概是坏了,未经冲刷的陈旧和新鲜的大便、沾着经血的草纸,以及白色蠕动的蛆群,堆积在狭窄的粪道内,苍蝇军团嚣张地叮在如厕者的屁股和手背上,根本来不及驱赶。乔乔一秒也不敢多待,刚直起身子,却听裴雅求援道:"阿姐,老朋友真的来了,包里有卫生巾,帮我拿一下好哦?"

乔乔落荒而逃:"你等一歇,我帮你去拿。"

马为青等在厕所外面:"乔乔,这么巧,也来高桥白相呀。芳芳快过来,叫舅妈。"

芳芳抱住马为青的腿,怯生生道:"舅妈。"声音比蚊子响不了多少。

乔乔道:"芳芳乖,学会游泳了哦?"

芳芳摇摇头:"不会,只会拍水。"

乔乔脚下没耽误,喊道:"小江北,快死过来。"

马为青跟在后面:"过几天本来要去寻你的,想不到在这里碰头了。"

乔乔道:"寻我做啥?"

马为青道:"马为东的事体你晓得了哦?"

乔乔道:"不会也在外头轧姘头吧。"

马为青兀自一愣,这是典型的乔乔语气,刮拉松脆,这句"轧姘头"明明是她的污点,由她自己说出来,反倒将马为青噎住了。

小江北奔到近处:"阿姐,啥事体?"

乔乔道:"给裴雅去送卫生巾。"

小江北哦了一声,往帐篷那边跑过去。

马为青道:"马为东被单位开除了。"

乔乔故作诧异:"为啥开除?啥辰光的事体?"

马为青道:"就前一段辰光。"

小江北气喘吁吁返回来:"阿姐,帮忙送送进去。"

乔乔道:"没看到我在忙,自己去送。"

小江北道:"我倒是想进去,怕被打出来。"

乔乔道:"啥人叫你自己进去,门口托个人送进去不就可以了。"

小江北哦了一声,朝厕所奔过去。

马为青朝小江北的背影白了一眼:"反正也是自己人,我也不绕圈子,你跟马为东准备无休止拖下去呀?"

乔乔道:"你哪能那么欢喜管闲事?马为东又不是小囡,用不着你横插一杠。"

马为青道:"反正马为东今朝也在,等一歇叫他过来,你们自己的事体自己解决,阿拉做太监的求之不得。"

小江北牵着女友呼啸而过,裴雅跟得跟跄:"腻心死了腻心死了。"朝西头那栋有冲淋的房子奔过去了。

乔乔看见芳芳正凝视着自己,小姑娘眼睛圆咕溜丢,犹如会转的桂圆核,头藏在马为青腰后。

乔乔回去继续打牌,因为走神,被催促了两次出牌,她干脆从"地主"的位置上退下来,躲进帐篷里休息去了。

帐篷尚有些透光,罅隙间的亮色是太阳灯的余晖,乔乔将漏光的底部披了披,仰面躺倒,篷顶上的纤维颗粒漫漶成无数颗灰星星,像天垮掉了一角。

星期天早上,马为东来了。一张委屈的酒糟脸,似乎喝了一夜的酒。他站在孵太阳的老婆面前:"我想离婚,越快越好。"

乔乔道:"离婚吓啥人,不过轮不到你来提。我还是先恭喜你,学会当小偷了。"

马为东被戳到痛处:"关你啥事体。"

乔乔道:"屋里厢有铜钿到底好,刚开除,摩托车就买回来了,真肯下血本。"

马为东还是那句:"关你啥事体。"

说着朝躺在一旁的崴崴看一眼,目光里像装满了燃烧弹。崴崴慢条斯理屈滚了一个半径,翻身起来,脚踩在海滩上,留下几斑歪斜的脚印。他再度回到地上是十秒之后,风挟带着一股蛮力将他掀翻,面目瞬间被泥成了包公,只剩两只瞳仁。

崴崴被马为东魁梧的身躯压住,他闷吼一声,扎实的基本功显露出来。左肘一撑,背一拱,开阖之间,身上的人压不服帖了。

马为东块头比崴崴大两号,常年炼钢干体力活,身体有用不完的蛮力。无奈对手是真正的武林高手,虽被摁住,身手却不拖泥带水。四两拨千斤,轻巧地将背上的重负磕了出去。

围观者快速形成,在边上大声喝彩,崴崴飞起一脚把马为东撂翻:"偷袭算啥本事,有种当面豁上。"

这是乔乔第一次见崴崴出手,她甚至没看清动作,只觉和电视武打片中繁复的花拳绣腿完全不同。

马为青从人群里挤出来,后面是抱着芳芳的金六六。马为青把弟弟扶起来,指着崴崴大骂:"枪毙鬼不要脸孔,偷人家女人,还动手打人,救命呀,流氓杀人啦。"

崴崴把咒骂当作了耳边风,走出人群,蹚到海水里了。

马为青不罢休,跟在后面继续骂。纠察出场了,发现只是一个女人在嚷嚷,没人接招,劝了几句便退场了。

金六六将女儿从怀里放下,芳芳跑去帮马为东撸肚皮:"舅舅,痛哦?"

金六六问道:"哪能眼睛一眨就打起来了,听讲这赤佬是练拳的,没被打伤吧?"

马为东看了眼姐夫:"他有种一脚拿我踢死。"

然后昂起头骂:"你这个瘪三,没好死。"

崴崴用海水捋了把脸,用手划了划水面,慢慢游起来。

马为东继续骂道:"你这个瘪三没好死。"

崴崴已经游出去一幅水面了。

马为东继续骂道:"你没好死,你爷娘没好死,一家门都没好死。"

崴崴回头朝岸上看看,开始往回游,脚踩在泥泞上,走到马为东跟前,说道:"你再骂一遍。"

马为东道:"你爷娘没好死,一家门没好死。"

崴崴盯着马为东,出手如电。马为东用胳膊挡开了袭击,他虽没武功,毕竟也是条壮实的汉子,抵挡了三四下,试图跳出圈外,但脚步已相当凌乱。马为青冲上去想把弟弟拖开,无奈近不了崴崴,眼睁睁看着马为东遭重重一击,当场压垮了一顶帐篷。

马为青趁这空隙,一口咬住崴崴左腕,崴崴喔唷一声,膝盖折叠起来,对着她肚子一磕,马为青顿时矮了下来,面孔煞白如纸,把五官都抹去了。

崴崴走到马为东跟前:"嘴巴不清爽,再骂呀。"

马为东似乎知道了崴崴不喜欢听什么:"你爷娘没好……"

崴崴的光脚板踩住了句子的尾音,马为东鼻血和牙血流了出来。金六六上去试图将崴崴拉开,崴崴的小兄弟们蜂拥而至,把他推搡到一边,黑皮斥道:"你懂不懂规矩,让他们一对一,你要是再动手动脚,当心不客气。"

金六六还想争辩,被小江北撩起一记耳光,弹皮弓将他挟持到一边："再不识相,当心吃辣糊酱。"

芳芳嘹亮的哭声响起,金六六摸着火辣辣的左颊去抱女儿。纠察闻讯再度赶来,却根本控制不了局面。马氏姐弟挣扎着爬起来,马为东向崴崴扑过去,马为青跟疯了似的,突然扭住乔乔,正冷眼旁观的乔乔慢了半拍,被马为青抓住一绺头发。在军事上,这等于被夺取了制空权,马为青拖着她疾走,嘴里骂道："早就想捆你了,马家的面孔都被你丢光了,既然你欢喜轧姘头,今朝就让大家看看……"

话音未落,乔乔惊叫一声,忙护住乳房,已来不及了。

乔乔的女伴们惊叫起来,将红了眼的马为青擒住。马为青双脚离地,胳臂像翅膀一样扑扇。起哄声如同旗幡,哗地覆盖了整个海滩。

乔乔从马为青眼中看见了恐惧,因为她谅马为青料不到,自己会赤着奶子跑过来。

乔乔手臂几乎延伸了一倍,指甲比鹰爪更加锋利,撕开马为青的领口,掏出她的乳房如探囊取物。尼龙织物撕起来不像棉布或丝帛那样顺溜,马为青试图用手去遮挡,被乔乔奋力拍开,抓紧了领口,一下子将它扩大至肩膀。

和乔乔相比,马为青的两坨肉显得俗气。乔乔虽堕胎拿掉了子宫,胸形却没走样,乳头还是娇艳的玫瑰色,看上去粉嘟嘟的,宛如处女的蓓蕾。而马为青是喂过奶的旧奶子,保养得也不精心,乳晕色素沉积,像两枚考勤用的图章,突兀的乳头颗粒饱满,含在嘴里是实用的泡泡糖,吐进吐出不会粘牙。

看好戏的人舍不得眨眼皮,马为青泳衣基本报销,茂密的阴毛露了出来。等金六六拿来大毛巾将她裹住,她已接近于无限透明。

两个女人的裸体在光天化日下暴露了三分钟,这三分钟和三十年没有区别,就像很早以前"大光明"的那次出丑,永远不会被目击者遗忘。

金六六用大毛巾围住老婆的身体,后面跟着号啕大哭的芳芳,一家人狼狈地朝帐篷挪过去。

那边,两名纠察在制止崴崴:"停下来停下来。"崴崴把他们当空气,踢着已成泥人的马为东:"有种再骂,看你是不想活了。"

马为东嘴巴被烂泥糊住,口齿不清地嚅动舌头,却骂不出来。纠察把崴崴扯开,小兄弟们怕出人命,也上来规劝,崴崴才不甘心地走开了。

崴崴这样一个低调的人,违背了韬光养晦的准则,在众目睽睽之下大打出手,必定是被戳到了痛处。答案其实明摆在那儿,他是被马为东骂到父母后开始动手的。当时大家并没有注意到这一点,直到回到了六里桥,听到一夜间传得满城风雨的柳家往事,才咂摸出一点滋味来。

崴崴的双胞胎哥哥腊沙,隔了那么多年,终于找来了。他先去了派出所,小飞正好在那儿打牌,他看了一眼那个自称是崴崴兄弟的人,对身边的警察刘四胖道:"我相信,两个人是一只模子刻出来嘞。"

刘四胖道:"笔录还是要做嘞,宋晓屏你来记一下。"

正说着,警察李浩也进来了,点了烟和小飞坐在同一条长板凳上,一起听腊沙讲故事。所以市井里后来流传的版本就像一件毛衣,越织越完整。

问完话,小飞带着警察李浩来到了柳家,把崴崴叫去认亲。纳凉的邻居看见崴崴被警察带走了,将这个片段和傍晚白莲泾漂来的女尸挂起钩来。可惜,谣言刚开始传,崴崴带着一个和他酷肖的年轻人回来了。

崴崴在高桥海滨浴场揍马为东的时候,刀美香冲到联防队,给了泄露隐私的小飞一记响亮耳光,这个贪杯话多的联防队员左脸当场肿了起来。小飞的巴掌吃得活该,半瓶乙级大曲下肚就忘乎所以,他难道不知王龙是个奸细,正要嚎出他的话去到处吹嘘。

崴崴还没踏进家门,就听说了刀美香大闹联防队的事。那个把消息告诉他的邻居描述道:"听讲下手特别狠,小飞面孔肯定要拔火罐了。"

崴崴道:"自己墙篱笆不扎紧,活该。"

那邻居道:"亲不亲生是假的,对你好不好才是真的,你讲呢?"

崴崴瞥了他一眼:"你墙篱笆也扎扎紧。"

那人吃瘪,尴尬道:"我没啥其他意思,你就当我放了个屁。"

第三章

20

为尽快解除婚约，马家把乔乔告上了法庭。法官最挠头的就是这种民事案子，开始没完没了的调解。磨了三个多月嘴皮子，夏天行将结束，乔乔终于在离婚协议上画押。马家觉得道理全在自己一边，无奈口才远逊乔乔，动迁的锣鼓越敲越密，仇香芹无心恋战，打落门牙肚里咽，了结了儿子的这段婚姻。

乔乔保住了河边的那栋房子和熟食店。按照马家原计划，熟食店归她，房子则各拿一半，这样处置已是让步，须知当初结婚时，乔乔等于是赤屁股嫁过来的。

乔乔不同意这个方案，高桥海滨一役让她对马家残留的亏欠化为乌有。马家的如意算盘她当然明白，想在动迁前把后遗症解决掉，免得分房时节外生枝。然而不出血就想解套，哪有这么便宜的事。

法官正襟危坐，马为东和仇香芹坐在对面，隔着一张陈旧的长桌。马为东左手绑着石膏，脸上有几处青淤。乔乔脑门及头颈有抓痕，蓄起来的齐耳短发，被马为青揪下了一绺。但她给予了毫不留情的还击，将马为青泳衣扯到膝下，虽然马为青夹住了大腿，难保那丛黑毛没让人瞧去。

出场的始终是马家母子,一直充当弟弟代言人的马为青没露过面。因为后院起火正令她焦头烂额,婚姻忽如倾覆的鸟巢,夫妻交恶的祸端,正是海滨的斗殴。老婆的光身子在大庭广众下曝光,金六六心里不免失衡。说到底,奶子和私处虽长在老婆身上,所有权还属老公。一向唯老婆马首是瞻的金六六,胃酸泛起,对着马为青大发雷霆。

马为青气不打一处来:"我又没偷野男人,你发啥火,脑子搭错了?"

金六六道:"你赤膊赤屁股给人家看,还有面孔凶?"

马为青道:"看到又哪能了,啥人不长奶子?"

金六六道:"下头也被人家看到了。"

马为青道:"看到又哪能,啥人不长屄长卵?"

金六六道:"人家长屄长卵,不给别人看。只有畜生才露在外头。啥人叫你去惹她,再气也摆在肚皮里,惹她做啥?"

马为青道:"我没吃亏,她也露了。"

金六六道:"她是垃山,你是良家妇女,你跟她比?"

马为青道:"老娘露也露了,你准备哪能?"

金六六道:"离婚。"

马为青道:"这两个字不是随便讲的,你想想好,不要昏头。"

金六六道:"你晓得人家背后哪能讲我?你老婆变成大光明了,真扎台型。"

马为青道:"既然嫌弃我,离就离。"

这天吃晚饭,金六六把筷子一放,当着全家宣布:"阿爸姆妈,我准备离婚。"

说着把芳芳抱起来,贴着她的小脸蛋:"芳芳,阿爸对不起你。"

马为东追出去,听见马为青道:"让他走,他要作死让他去。"

芳芳的哭声越来越远:"姆妈,我要姆妈。"

仇香芹把筷子一放:"案子下个礼拜判,今朝你们又来添乱,我老太婆前世作孽,生了一对讨债鬼。"

过了一个星期,仇香芹走到马为青跟前:"今朝夜里你回婆家去,我不想再打第二趟离婚官司,要是再输一趟,我棺材本也贴进去了。"

马为青道:"回婆家?我要是放软档,今后日脚还哪能过?"

马为东道:"阿姐,你不看姐夫面子,也要看芳芳面子,小囡最作孽。"

马为青道:"小囡总归是自己嘞,还怕她不认我。拿芳芳抱去当人质?我偏不吃他这一套,倒要看看啥人屏功好。"

仇香芹道:"啥人屏功好我没兴趣,今朝不要赖在这里,自己想办法寻地方睏觉。"

马为青道:"我要是肯放软档,不用你激将法,老早就拍屁股滚蛋了。"

仇香芹道:"放你狗屁,你们麻将对死,拿我停在杠头上。"

马为青道:"不跟你吵,我到厂里厢去了。"

说着把门一砰,赌气走了。

仇香芹头一扭,冲着马为东骂道:"前世作孽,都是赔钱货。"

第二天傍晚,仇香芹拉下老脸去郭家沙劝女婿:"浦东人讲,女婿是丈母娘面前的娇客,我这个姆妈待你哪能?"

金六六道:"姆妈待我哪能,我心里有数。我最恨马为青欢喜充老大,以为自己是慈禧太后,结果衣裳被人家剥光了,嘴巴还犟。"

丈母娘模仿越剧老旦周宝奎的台词:"马为青是我手心肉,小金你是我手背肉,手心手背都是肉,老太婆今朝厚了面皮来,是舍不得倷两块肉。"

芳芳听到仇香芹的声音,从楼上蹦下来:"外婆外婆。"

仇香芹将外孙女搂住:"乖囡,跟外婆回去。"

芳芳脖子仰起来:"姆妈呢?"

仇香芹道:"回去就看到了,这几天去托儿所了哦?"

芳芳道:"我咳嗽刚刚好,阿爸讲明朝去托儿所。"

丈母娘马上接口令,埋怨金六六道:"你看,刚回来就咳嗽,男人就是毛手毛脚,睏觉不帮小囡被头盖好,过日脚没个女人哪能可以?"

金六六道:"芳芳体质本来就差,姆妈你又不是不晓得。"

仇香芹道:"夫妻没有隔夜仇,小日脚过得蛮好,离啥婚?离了再去寻,总归不贴心贴肺了。后爹后娘不是亲生的,还不是小囡最作孽。"

金六六道:"姆妈你不晓得,外头的闲话实在太难听,我心里憋屈。"

仇香芹道:"嘴巴长在人家身上,日脚是汤焐子,放在被头筒里,暖热不暖热只有自己晓得。为了几句风凉闲话,就拿汤焐子掼掉,是戆大。"

金六六道:"道理我晓得,心里不惬意。"

仇香芹道:"我今朝讲的闲话你消化消化,我拿芳芳带回去了。"

金六六道:"今朝算了,我答应芳芳去银河电影院看电影。"

仇香芹道:"那么明朝你拿小囡送过来,我先走了。"

到了次日,芳芳果然回来了,却不是金六六送来的,而是养长毛兔的大光明。他是在田里割草的时候捡到小姑娘的。小姑娘身上沾满了粪便,趴在一辆手扶拖拉机上面,下不来了。

芳芳趁托儿所吃午饭时的混乱,从破开的竹篱笆钻到了庄稼地里。两个阿姨被一屋子小孩吵大了头,用长勺往伸过来的搪瓷碗里盛冬瓜番茄汤,没留神出现了逃兵。芳芳在庄稼和杂草中乱走,到处都是岔口,托儿所的矮房子被掩映在修长摇曳的甜芦粟中,和不远处的猪圈一样破败。

田间有施肥用的粪坑,是埋成与农田等齐的陶缸,大粪早已结了痂。芳芳冷不丁踩进去,是只补肥用的小缸,刚没到她肚脐。小姑娘鬼哭狼嚎爬上来,裤子上的脏物把她的鼻子熏丢了。

看见一条河,像一竖影子被太阳烤焦了。她走到岸边,找不着下坡的台阶,鼻子又回来了。她看见几块暗色的大石头,浮在水面上,涂着褐色苔痕,她下了坡,把脚浸在水里,用手撩着河水。

大光明发现芳芳时,她已爬到一辆手扶拖拉机上,眼泪快哭干了。大光明觉得面熟目生,想起是马家的外孙女,一吸鼻子,隔夜饭差点呕出来。

抓了把篮子里的草,胡乱帮小姑娘擦了擦,扭头朝远处喊:"小马,我有事体先走,你多割一点。"

雇工小马直起腰来:"晓得了。"

大光明把竹筐一放:"不要忘了拿这只也挑满。"

小马道:"晓得了,你有事体就走吧。"

大光明领着芳芳,路上问道:"哪能一个人跑出来了?"

芳芳道:"我要姆妈。"

走了小半个钟头,大光明开始喊:"香芹,你外孙女真能干,自说自话已经跑到严桥了。"

马家已经闹翻了天,两个托儿所阿姨被堵在天井里。没领到女儿的金六六急着找去了,马为东出去一个多钟头还没回来,坐在板凳上的老马光剩下了喘。邻居也帮着去找,分了四五组,都没回来。忽然看见芳芳从天而降,马为青抢了一步把她抱住,还没向大光明道谢,就是一串结实的屁股,一边打一边骂:"死到啥地方去了,打断你脚骨。"

约好了似的,马为东的摩托车突突突回来了。过了一个多钟头,其他搜寻小组陆续返回,唯独不见金六六身影。马家向大光明一再道谢,仇香芹烧水给外孙女洗澡,马为东洗外甥女换下来的脏衣裳。

"芳芳抱着枕头睡着了,做梦还在哭,小姑娘一定又滑进粪坑里去了。"臭死啦。"小藕腿把被子蹬掉了。

半夜两点多,金六六回来了。光着膀子,头发上挂着湿草,裤管粘着烂泥,嘴里嚼着一根蟋蟀草,眼睛鼓出来,是红色的肿胀。听到芳芳回来了,屁股往门槛边一塌。

金六六就这么重新住到丈母娘家来了。夫妻俩当什么都没发生,家里人也诸事不提,让时间来圆场。

这边,大光明踱到了隔壁梅家,梅亚苹见他进来,奚落道:"活雷锋,马家没给你戴大红花?"

大光明道:"你耳朵倒蛮尖的。"

梅亚苹道:"那么多人寻小姑娘,声子也听到了。不跟你讲了,身上贼臭,快回去汏浴。"

大光明道:"干脆在你这里汏吧。"

梅亚苹道:"神经病,要汏也应该隔壁请你汏。"

大光明道:"你跟隔壁毕竟还是亲家,何必呢。"

梅亚苹道:"亲家个屁,已经断清爽了。"

大光明道:"判下来了,真离掉了?"

梅亚苹道:"上个礼拜的事体,亏你还是包打听。你现在大概除了长毛兔,啥也不晓得了吧?"

大光明道:"倒真是不晓得,毛估估有十天没来你这里了,瘟掉了一批兔子,气死了。"

梅亚苹道:"哪能会嚩?"

大光明道:"叫兽医来看过了,先讲脑膜炎,又讲肠胃炎,没看出啥名堂来,泡汤了四十一只。"

梅亚苹道:"怪不得这些日脚没看到你,以为被兔子精缠牢了。"

大光明道:"兔子就算变成精,也不会缠男人的,又不是狐狸精。"

梅亚苹道:"你快去兔棚帮我看看,有几只好像没精神。"

大光明道:"我身上贼臭,先让我汏一把。"

梅亚苹道:"哪能汏?更换衣裳也没有,你准备赤屁股啊?"

大光明道:"赤屁股也不要紧,你又不是没看到过。"

梅亚苹道:"你识相一点,已经有人讲闲话了。"

大光明道:"讲啥闲话,阿拉孤男寡女,碍到啥人了?"

梅亚苹道:"快帮我去兔棚瞄一眼。你到底是自己落进粪缸,还是小姑娘落进去?太臭了。"

大光明道:"我看有啥用,我又不是兽医。"

梅亚苹道:"你总归比我懂。"

大光明道:"算了,我还是先回去汏一把,免得拿你宝贝兔子熏死。过一个钟头,老地方一道吃晚饭。"

梅亚苹道:"南码头东三饭店?"

大光明道:"对嘞,我先走了,等一歇碰头。"

大光明眼下住在河边,是租的房子,房前是用长竹片围起来的空地,篱笆的高度要使劲跳才够得着。这房子比老宅宽敞多了。第二次离婚后,他名下就剩下那间很小的瓦房了。瓦房里有个半瘫的老娘,还有个头比他还高的戴小多,三个人住得很是紧凑。

彭小妹住同村一个带院子的房子,是离婚时大光明留给她的。大光明把两位前妻都安置得很好,导致财产大幅缩水,照他的话说:"离一趟婚,剥一层皮。"

不过他没有过多抱怨:"男人要有腔调,女人为你养儿养女,拿房子票子给人家是应该的。身外之物,还会赚回来。"

彭小妹没再婚,一个人守着大屋,本来就给儿子留了张床,戴小多起先两头住,渐渐回来的次数少了。大光明第二次离婚后,把后来用宅基地造的房子给了柏秀珍,他带着老娘和儿子住到出生时的老宅去了。那老宅很多年不住人,一股霉味,住惯了宽敞房子的大光明不免嗟叹:"混了半辈子,打回原形。"

到了人前,打肿脸充胖子:"大丈夫能屈能伸,过两年造更大的房子。"

自己也知道这是妄语。他两次造房子,娶彭小妹用的是自家宅基地,娶柏秀珍向生产大队重新申请了宅基地。像他这种情况,按正常程序,根本拿不到指标。他去找同学侯德贵,侯德贵虽是副乡长,也不能一手遮天,想了变通的办法,才让生产大队出了文件,到县里备了案。大光明不是"拎不清"的角色,没少孝敬他这位发小。不过俗话说事不过三,不能老让侯德贵陪自己走钢丝。大光明嘴上夸海口,心里知道,没地皮,房子只能是空中楼阁。不过他可以把老宅推倒重来,但一来手上没钱,二来老宅地皮太小。请造房子的老法师来看过,往上造的话,楼梯落脚的位置都没有,总不能在屋里插根竹竿,每天猴子一样爬上爬下——幸好老宅旁没邻居,大光明想好了,等手头一宽裕,来个先斩后奏,把老宅推倒赶紧盖个三上三下,木已成舟了,生产队也不敢硬拆。真闹起来,这种拆烂污的事还能找侯德贵帮忙擦屁股。

戴小多搬到彭小妹家里去了之后,偶然也回来一次,主要是看奶奶,要是碰到大光明,点个头,就算打过招呼。大光明有一次对儿子说:"你三年没叫我阿爸了。"

戴小多朝他看一眼:"那你应该习惯了。"

儿子为什么这样对待自己,大光明当然比谁都清楚。戴小多不是调皮小孩,儿时跑到周家弄老街去爆爆米花,排了三个小时,先爆好的人吃进肚都变成屎了,他还在那儿排队。彭小妹久等儿子不回,摘下围兜去找,看到队伍老长,戴小多还是排在最末。原来人家不断插档,他却卑卑懦懦不敢吱声。彭小妹气得拧住儿子耳朵:"你哪能这么没用?不爆了,跟我回去。"

戴小多嘴一咧,哇地哭了。

老话说七岁看到老,爆米花的故事就发生在戴小多七岁那年。彭小妹晚上在枕边叹气:"你讲儿子哪能办?这么没用。"

大光明道:"就是,一点也不像我。"

彭小妹道:"人家讲阿爸太结棍,小囡容易老实。"

大光明道:"你也不要担心,啥人也不是戆大,一个人太滑头,人家就防他了,老实一点不树敌,未必吃亏。"

彭小妹道:"你懂这个道理,哪能还这么招摇?"

大光明道:"等我悟到,牌子已经做坍掉了。"

彭小妹道:"一个太滑头,一个太木笃,中和一下就好了。"

大光明翻了个身:"儿孙自有儿孙福,早点瞓吧。"

那会儿,戴小多喜欢跟屁虫似的跟在大光明身后。父亲是儿子最初的偶像,尤其是像大光明这样见过世面的父亲。对懦弱的儿子来说,经常出差的仪表堂堂的父亲,相比同学家那些耕地挑粪的父亲,闪耀着巨大光环。

大光明不出差的时候,喜欢让儿子坐在对面,陪他咪小老酒。一碟花生、一碟猫鱼咸菜、一碟素鸡,加上儿子崇拜的眼神,是大光明最喜欢的下酒菜。

美中不足的是,喝着喝着他就醉了。醉了就成了另外一个人,六亲不认,骂隔壁张木匠,骂前村李寡妇,骂彭小妹,也骂戴小多。骂了一会儿,吐出一摊酸臭的稀泥,倒头睡着了。

大光明和彭小妹离婚后,戴小多跟大光明生活,虽然大光明喝醉酒让戴小多讨嫌,但他还没到顶嘴的年纪。大光明把柏秀珍娶进门,让戴小多叫"秀珍姆妈"。戴小多叫得比蚊子还轻,柏秀珍想摸他脑袋,他一缩脖子,让后妈的手空悬在那儿。

柏秀珍不计较,吃饭时给戴小多搛一只荷包蛋,冬天给他结一套毛衣裤。后来有了同父异母的双胞胎妹妹,戴小多倒是挺像个哥哥,用零花钱买糖给琳琅姐妹吃,带她们去六里电影院看电影。对柏秀珍还是若即若离,叫"秀珍姆妈"的时候,还是像蚊子那样轻。

后妈和继子能相处成这样已属不易,大家都说大光明前世修来的福气,老婆年轻漂亮不说,还那么通情达理,儿子也乖巧,又添了千金双胞胎,好事他妈的全让他一个人占了。

这是大光明人生最得意的时光,却有风凉话传到他耳里:"凡事不能太美满,盈则亏,不长久。"

大光明不信邪:"讲这种闲话就是见不得我大光明过得好。"

这话说完没多久,戴小多被人塞进麻袋里,后腰捅进了一刀,这个十七岁少年差点死在巷子里。医生说,刀子离开脾脏一张纸的距离,这孩子命太大了。

这次事件直接导致了戴小多高考失利,他本就是个口拙的孩子,抢救过来后,话变得更少了。没有心思读书,先前功课在年级里排得上号,老师对他期望很高,他一下子掉队,等于学校少了一个种子选手,老师也很着急,家访过两次。大光明也纳闷,老实巴交的儿子招惹了谁,要遭如此毒手。

大光明问戴小多,戴小多守口如瓶。大光明从儿子眼神中看出来,戴小多不是莫名其妙挨这一刀,他知道答案。不说,是有难言之隐。

过了一段时间,邻村一个女孩被害,也是被套进麻袋里,身上被捅了好几刀。凶手很快查出来了,是女孩的男朋友,一个因为群殴劳教过的鱼贩子。警察去抓他的时候,他一路沿着河堤跑,跑得很快,追赶的警察气喘吁吁。后来在一块河滩上,警察分成了三组,从不同角度围剿,那家伙看逃不掉了,朝自己胸口扎了一刀,仰下去,抽搐着咽了气。

虽然破了案,但在相当长时间里,整个六里公社弥漫着惶恐的气息,女生的家长开始接送女儿上下课,敢独自走夜路的女性也少了。

遇害女孩生前是戴小多同级不同班的校友,死去时怀有身孕。联想到同样的麻袋作案手法,警方来找戴小多,戴小多否认和女孩有染。警察从侧面调查,也没证人见过戴小多和女孩在一起。

大光明认为戴小多隐瞒了真相,只用了一句话就识破了儿子:"警察准备做尸检了,准备寻出啥人播的种。"

戴小多惊恐地看了一眼父亲,大光明从他瞳孔里找出了蛛丝马迹,他马上打消了戴小多的顾虑:"我瞎讲的,人都烧掉了,还做啥尸检。"

此事成了父子间的秘密。大光明打量了一下儿子,嘴上的汗毛也没长齐,已经学会这手。年轻人总有偷吃禁果的一天,他有点为儿子惋惜,自己风流了一辈子也没被人抓住把柄,儿子怎么一偷腥就这么倒霉。

戴小多伤愈后,除了腰上的一道深疤,没落下什么后遗症。养伤期间,他基本住在彭小妹那边,有亲妈照顾,今天黑鱼汤,明天鸽子汤,刀口收得很快。看儿子受罪,彭小妹暗地里抹泪,乳臭未干的儿子能有什么仇家,凶手肯定是拿冯京当马凉,认错了人。

戴小多能下床了,书看不进,在河边看人家钓鱼。冬天的河面波澜不惊,气温很低,他把羊毛衫的领口竖起来。正午时分,他打了个哈欠,准备回家一次。

从彭小妹住的地方步行回去,也就一刻钟。许巷大队就是这么一块地方,摊成一块葱油饼的话,最多能敲上两只鸡蛋。

门窗紧闭,这个时候家里没人。幼儿园放寒假,双胞胎妹妹被寄存在她们外婆家,柏秀珍不是在自留地里忙,就是在麻将桌上忙。而在毛巾厂上班的父亲,肯定在车间里和女工们吹牛。

用钥匙开门进屋,右边一间门敞开着,左边那间却被反锁了。他一愣:"啥人在屋里厢?"

没人理他,他凑近旁边的内窗:"阿爸阿爸。"

内窗没关紧,手探进去,把插销扳开。推门进去,一股煤烟味令他窒息,捂住鼻子,看见父亲抱着一个女人。两具赤条条的身体趴在床上,床脚放着用来取暖的煤饼炉子,虽看不见女人的面目,但一看就不是柏秀珍,体形明显小了一号。

戴小多把门窗打开,他不知道那女人是谁,只需把她翻过来,就可以认出她。她一定是许巷的女人,多半还是认识的,至少是面熟目生的。可把她翻过来,就把她的奶子也翻过来了,他不敢这么做。

父亲红光满面,戴小多不懂这是一氧化碳中毒的症状。用手碰碰父亲鼻息,发现是空的。摇摇他,也没动静。想到父亲就这么死了,心里五味杂陈。关于父亲的风流韵事耳闻不少,亲眼撞上却是第一次,一撞上就是这样的场景,令他觉得晦气——记得小时候,在自家夹墙里发现两只流浪猫,用竹棒去招惹它们,发现分不开。他很好奇,说给母亲听,彭小妹脸板得像鞋底:"肯定是一公一母,下趟看到,马上闭眼跳三跳,否则触霉头。"——撞上两只交媾的猫跳三跳,撞上人岂不是要跳六跳?父亲就这样摊在床上死了,他却又难过起来,想起父亲的各种好来,嘴一咧哭了。

戴小多眼泪鼻涕一把抓,突然想起了电视剧里的人工呼吸,好像是捏住鼻子,往嘴里吹气。他把父亲嘴巴撬开,觉得特别恶心。他吹了一口,只是吹,没碰到嘴,继续吹,嘴巴里有酒气,距离很近,一边吹一边把头偏开,竟然成功了,大光明喉咙一骨碌,活过来了。

戴小多看着大光明,眼睛还没有睁开,像是睡着了。

这给了他信心,有了把女人翻过来的勇气。他果然认得她,是毛巾厂的质检员,他平时叫她巧静阿姨。她奶子好小,像没发育过似的,奶头像肥嘟嘟的黑桑葚,突兀地安在胸脯上。脸也不好看,嘴巴里的牙齿黄黄的。戴小多捏住她鼻子,觉得自己快吐了。

巧静却轻轻吁了口气,头歪过去,戴小多被吓了一跳,探探她的鼻息,微弱但均匀。

把煤饼炉子提到灶披间,戴小多出了门。他离开后不久,柏秀珍从麻将桌上回来了。她平时搓麻将至少要玩到黄昏,今天例外是因为摸到了平生第一副天和,牌友们全体"立正"了。

天和是指牌一上手就"听张",摸第一张牌就和了。"立正"是指碰到这样的情况,牌友们得交出台面上所有的赌资,牌局到此结束。

碰到天和的概率很小,表面看这是天赐好牌,迷信的牌友却很忌讳,摸到也会偷偷拆碎了重打。其中的玄机是,大运里面有大衰,所以干脆不要。

碰到不信邪的牌友则欢喜雀跃,毕竟不费吹灰之力,成了最大赢家。

柏秀珍高兴得嘴都合不拢,上家道:"胆子真大,天和也敢和。"

柏秀珍道:"有本事你也天和一个给我看看。"

很快,她就知道这把牌和错了。她走进家门,床上的一公一母睡得正香。他们已经完全意识不到在偷情,也不知悉差点因煤气中毒死去,他们像一对真正的夫妻一样搂在一起。窗户洞开着,户外的空气长驱直入,搂在一起似乎是为了抵御冷意,却任被子滑在一边。

柏秀珍没有像寻死觅活的泼妇那样,用撕心裂肺的哭喊把邻里们招来。她被那副天和唬住了,想不到麻将牌那么灵验。她坐在床头,一直等这对偷情男女醒来。巧静先醒,扑通给柏秀珍跪下了。

柏秀珍放了巧静一条生路。巧静是有家室的女人,老公是立雪庵里杀猪的屠夫,知道她和人通奸,肯定把她开膛破肚了。

柏秀珍对外宣称离婚是因为大光明不肯戒酒,这理由当然比较牵强,大光明是酒鬼整个六里乡妇孺皆知,更何况有彭小妹的前车之鉴。须知,你柏秀珍的前任也是因为大光明嗜酒而离的婚。

柏秀珍不甘心的是,大光明怎么和一个长得跟苦瓜似的干瘪女人上了床。办完离婚手续,还是怄不下这口气:"眼睛塌嘴巴奁,要屁股没屁股,要奶没奶,你大光明是看到茅坑就撒污啊。"

不单是柏秀珍不肯宽宥,搬到老宅那天,戴小多终于也按捺不住:"为了那么难看的一个女人,你弄得娘子没了,房子没了,连累我住这么小的地方,睏觉连脚也伸不直。"

大光明也住不惯老宅。理论上说,无房户可以申请住宅用地。可他已享受过这项福利,有老宅遮风避雨,也不算纯粹无房户。一直等养起了长毛兔,才从老宅搬了出来。这时,戴小多早已搬出去和彭小妹一起生活了,再也没来看过他。

大光明眼下住的用长竹片篱笆围起来的房子,原是生产队的小仓库,有天窗,有铁制阁楼,还接了自来水。刷几遍石灰水,添几样简单的家具,大光明做起了兔王梦。

门外空地铺了水门汀,用来渥草。兔舍是三排长屋,躲在西面约三十米处的阴头里,是生产队废弃了好几年的猪棚,大光明加以了改建。虽然目前长毛兔仅占了其中的两个大间,但大光明已经把话放在那儿,用不了多久,三排总计廿四间房,就会被兔子塞满。了解他的人嗤之以鼻:"没撒污先唤狗。"

大光明刚准备洗澡,小马拖着平板车回来了。车上摆着满满两大筐新鲜草叶,意外的收获是一根拇指粗的小青蛇,软塌塌地耷拉在小马的腰带间,头已经被镰刀割了去。小马将它解下来,是一个随意的活结,"老板,拿去泡酒。"

大光明道:"好事体做一半,买瓶大曲浸好呀,马屁都拍不来,戆小鬼。"

走到天井的犄角里,那儿有一根从猪圈接过来的水管,拧开水龙头。这儿的自来水管道应该通杨思水厂,也可能是南市水厂。大光明用水拍了拍胸脯,把头压进水柱里,一激灵:"喔唷姆妈,惬意。"

小马捧了一堆晾干的草,走进兔舍里去了。大光明一边抹肥皂,一边把脏衣服脱下来,高声道:"情况哪能,有死掉的?"

小马从暗处探出头来:"死了一只,就是不肯吃草的那只。"

大光明道:"晓得它熬不过今朝,夜里吃红烧兔子肉。"

小马道:"太瘦了,没啥肉。"

大光明道:"那就扔远一点,免得苍蝇坏掉一锅汤。"

小马道:"兔子老是死哪能办啊?"

大光明道:"死的都是抵抗力差嘞,剩下的是优良品种,不要担心,兔子是老鼠的叔伯兄弟,生起来一窟一窟嘞,损失马上会补回来。"

说罢从犄角里出来,光着屁股进了屋子。再出来时换上了的确良白衬衫,半透明的胸袋里透出一包良友烟,插一支英雄钢笔。腰板挺得很直,下面是一条直筒长裤,一双黑色包口凉皮鞋。走到马路上,把烟掏出来,是一包没拆封的。把膜上的金线抽掉,抽出一根,叼在嘴里,用打火机点上。鼻腔里哼着小调,烟雾同时涌了出来。

21

东三饭店在南码头摆渡边上,经理姓戴。店是旧的,用时下流行的泡沫贴纸新糊了招牌,好像穿马褂的戴了西式礼帽。房顶差不多和路面一样高,有一排往下走的石阶,说明是天生造在地势低的地方,并非随地面一起下沉。

大光明一猫腰进了店堂,五六张小号的八仙桌已客满。大光明拍拍戴经理稀疏的脑袋道:"兄弟,我是专门帮你打工嘞,你比我女人还要亲,一半生活费要交给你。"

戴经理道:"我是为街道打工,你是为老酒厂打工,我这里不过是你灶披间。"

大光明掀一记戴经理头挞:"当心点,头顶要变成荷包蛋了。"

这才注意到梅亚苹已靠窗而坐,穿的还是刚才那身小碎花的有点像睡衣的浅色衬衫,底下被桌子挡着,露出深色的裤子,和咖啡色塑料凉鞋。

梅亚苹道:"你倒好意思,叫女人等。"

大光明看看墙上的挂钟:"嘿嘿。"

把良友烟从衬衫胸袋掏出来,放在餐桌上。不看菜单:"油面筋塞肉,盐水籽虾,双菇菜心,加一瓶乙级大曲。"

梅亚苹对戴经理道:"乙级大曲换成光明啤酒,吃啥白酒,有啤酒吃吃蛮好了。"

大光明道:"不吃白酒,等于白吃。"

戴经理道:"先来二两白酒解解馋,再来点光明啤酒漱漱口?"

梅亚苹道:"混酒后劲更足,算了,加他一两,三两白酒,啤酒取消。"

大光明道:"才三两?还没有尝出鲜头来,忘了我是酒仙了?"

梅亚苹道:"酒鬼还差不多。"

戴经理过来斟酒:"阿哥碰到克星了。"

大光明道:"我最怕她了,她老早是阿拉村里一枝花。"

戴经理道:"看得出来看得出来。"

梅亚苹道:"一搭一档唱双簧,拿我老太婆寻开心。大光明你老是到这里来吃饭,跟戴经理是亲眷?"

大光明道:"阿拉是远方堂兄弟,否则哪能都姓戴。"

梅亚苹道:"我看不像,戴经理你讲老实闲话。"

戴经理道:"老戴讲是就是,你还不相信他?"

梅亚苹道:"我最不相信的就是他,浑身是嘴巴,屁眼也会放鞭炮。"

戴经理强忍住笑:"讲老实闲话,是亲眷,不过关系蛮远嘞。"

梅亚苹道:"怪不得他老是来捧场。"

戴经理道:"阿嫂你们慢点吃,我去厨房看看。"

大光明举起酒盅呷一口:"有桩事体告诉你,小赤佬十月一号结婚,你来吃喜酒。"

梅亚苹道:"你是讲戴小多?"

大光明道:"眼睛一眨,小赤佬要结婚了,等他有了小囡,我就当大大了,想想真吓人。"

梅亚苹道:"戴小多蛮有出息,有这样一个儿子,算你前世修来的福气。"

大光明道:"我坍板啦?"

梅亚苹道:"你算了吧,你就一副门腔不坍板。"

大光明正在搛糖醋小排,把伸到一半的筷子放下,人升起来越过餐桌,丢下一句耳语。梅亚苹脸腾地红了,低声骂道:"你要死了。"

大光明把糖醋小排放进嘴里:"酒水放在东风饭店。"

梅亚苹喝了口橘子水:"外滩的东风饭店?辣手嘞,听讲要两百多块一桌。"

大光明道:"到辰光你来吃喜酒。"

梅亚苹道:"我去做啥,我不去。"

大光明道:"都要来,周家弄的请帖全部发到。"

梅亚苹道:"我关照你,马家不要请。"

大光明道:"请帖是小赤佬发嘞,我去关照他一声。"

梅亚苹道:"准备摆几桌?"

大光明道:"至少五十桌,媳妇的娘舅是东风饭店副经理,宴会厅全包下来了。"

梅亚苹道:"你只晓得扎台型。"

大光明道:"儿子结婚总归要像点样子。"

梅亚苹道:"算了吧,戴小多跟你不啰唆,路上看到你也不叫,不要当我不晓得。"

大光明咪了一口:"不叫就不是我儿子了?我还不是坐在主桌。三拜的辰光,要朝我拜一拜。"

梅亚苹道:"办完喜事照样跟你不啰唆嘞,酒水铜钿你这次要大出血了。"

大光明道:"有媳妇的娘舅在,酒水铜钿不要预付,红包收来再付。"

梅亚苹道:"算盘打得蛮好,还可以赚点呢。"

大光明道:"摆酒水家家都赚,老早给的红包,连本带息收回来。"

梅亚苹道:"我来可以,不送红包,我没拿过你本金。"

大光明道:"哪能没拿过,乔乔结婚我送过红包。"

梅亚苹道:"红包是给马家嘞,我一个铜钿没看到。"

大光明道:"送给马家也是因为你梅家嫁女儿。"

梅亚苹道:"结了又离了,等于没结。"

大光明道:"你带嘴巴来就可以了,我本就没打算收你红包。"

梅亚苹道:"一只红包我可以过一个月日脚呢。"

大光明道:"你又哭穷。"

梅亚苹道:"我要是有铜钿,还养啥长毛兔。"

大光明道:"你不要哭穷,乔乔开熟食店,老早就是万元户了。"

梅亚苹道:"她万元户跟我有啥关系,我又不靠她。"

大光明道:"我叫小赤佬发请帖给乔乔,他们是初中同学。到辰光我帮你们打圆场,毕竟是肚皮里厢一块肉,你总归要她送终嘞。"

梅亚苹道:"我想起来了,她跟戴小多是同届,好像不是一个班。"

大光明呷一口道:"不是一个班又不是不认得,我回去就叫小赤佬发请帖。"

说着仰起头道:"本家兄弟,帮我再斟点酒。"

梅亚苹道:"要死,三两白酒已经落肚了,不要再斟了,再喝就醉了。"

大光明道:"我酒量自己清爽,有分寸嘞。"

戴经理提着酒瓶过来:"阿嫂你看着办,我不插手。"

大光明抢过来,在酒盅里斟满,梅亚苹起身要走,胳膊被大光明牵住:"放心,不会喝醉。"

头一歪唤道:"兄弟,帮我切一盆白斩鸡。"

戴经理还没答话,一个瓮声瓮气的男声骂道:"老棺材,烦到现在,声音轻点。"

马上有女声附和:"一进来就唾沫乱飞,好像都是他的市面,老头老太轧姘头,也不识相一点。"

说话的那桌坐着四个年轻人,两男两女。大光明进来就注意到他们,还觉得面熟目生,从穿衣举止看,是社会上瞎混的小流氓和小垃山。这些人在各处转悠,肯定在某个拐角或车站遇见过,只是一时想不起来。

梅亚苹不想生事,把脸朝着窗外。大光明脸一挂,盯着那桌人看,戴经理见势不妙,赶紧打圆场:"大家是来吃饭嘞,不是来吵相骂嘞,看我面子,少讲几句。"

瓮声瓮气的男声逼视大光明:"老棺材,看啥看,不买账啊?"

大光明将酒盅一饮而尽:"小偷碰到贼爷爷,我买你账?"

那桌人都笑了起来,另一个男的说话了,口音里带着苏北腔:"马蜂,你碰到贼爷爷了。"

马蜂站起来,剩下的一男两女坐在那儿,看好戏怎么开场。

大光明坐着没动,也没看对方,给自己又斟了一杯,点上烟,吐出一圈白袅袅的烟雾。戴经理挡住了马蜂:"朋友,我一看你就是模子,给我个面子,这顿饭算我请客。"

马蜂转过身,朝同伴们挤挤眼:"小江北,裴雅,你们讲这面子要给哦?"

裴雅道:"不要问阿拉,问小鹿纯子。"

小鹿纯子道:"我不管,你就欢喜惹事体。"

马蜂冲着戴经理一笑:"面子我给你,不过我不要你请,要这只老棺材请。"

戴经理道:"啥人请不都是一样。"

马蜂道:"不一样,就要这只老棺材来请。"

说着,把大光明面前的良友烟拿起来,抽了一根点上,把烟扔给了小江北。小江北刚接住,大光明就一拳击中了马蜂的脸,马蜂没防备,也没料到大光明出手那么敏捷,准备反扑过来,大光明已砸碎了乙级大曲,握着酒瓶的把手,砸破的部分是锋利的快口:"敢上来,捅破你肚皮。"

店堂里瞬间僵硬了。吃客们纷纷起身,站到门外或躲进厨房,戴经理推了一个手下出去:"快去叫警察,快去。"

梅亚苹的位置出不了门,去厨房的通道也被马蜂挡住了,她往死角里缩,看见小江北学着大光明,把两瓶啤酒砸碎,递给马蜂一只,和马蜂并肩作战,向大光明逼近。

梅亚苹惊叫:"要出人命啦。"

双方相持着,没轻举妄动。小江北道:"我看这只老棺材没搞清爽,当阿拉吃素嚰,不晓得阿拉是跟崴崴混嚰。"

马蜂道:"还自称贼爷爷,碰到阿拉算他晦气。"

其实是没话找话,有点像壮胆,有点像找台阶下。他们没料到大光明这把年纪的人,也可以跟他们玩命。眼下谁都不敢出手,这场斗殴其实就是为了憋一口气,除了"扎台型",没有任何价值。真被捅一下,医院里躺半个月,乃至失手丧了命,实在是划不来。

解开僵局的最好环节是警察出现,警察没来,缩在犄角里的梅亚苹却道:"你们讲的是六里桥那个崴崴?"

小江北道:"废话,浦东只有一个崴崴。"

梅亚苹道:"那么你们也应该认得乔乔了。"

小江北道:"当然认得,乔乔是崴崴姘头,不过阿拉当面叫她阿嫂的。"

梅亚苹脸红到了脖子根:"我是乔乔姆妈,看在乔乔面子上,不要打了好哦。"

小江北道:"原来是阿嫂的姆妈,大水冲了龙王庙了。"

把砸碎的啤酒瓶丢了,大光明见警报解除,也松了口气,丢了乙级大曲的破瓶子。戴经理原以为店要被砸烂了,忽然双方干戈化玉帛,他一屁股坐下来,脸色惨白,真被吓着了。

吃到一半的顾客回到餐桌上,混乱中有一桌滑脚逃单了。警察来的时候,马蜂和小江北正在向大光明敬酒,他们像碰到江湖中的前辈一样毕恭毕敬:"老阿哥来一杯,老阿哥是模子。"

大光明乐不可支,一边喝酒一边在两个女孩身上瞄来瞄去:"今天老阿哥请客,本家,再加一瓶熊猫,加几只热炒。"

警察在门口质问:"啥人打相打?"

马蜂瓮声瓮气道:"打相打的人老早跑了,你们动作太慢了。"

警察问那个报警的伙计:"人呢?"

伙计看着大光明和小江北他们,不知道怎么回答。小鹿纯子和裴雅捂着嘴偷笑,正在清扫玻璃废墟的戴经理转过身来,朝伙计使脸色,他更不知道怎么说话了。警察见他支支吾吾,骂道:"下趟没事体不要乱报警,吃警察豆腐。"说完掉头走了。

小江北道:"乔乔姆妈呢,哪能不在了?"

小鹿纯子道:"你刚才讲乔乔是崴崴姘头,她肯定听进去了。"

裴雅道:"当面叫她阿嫂是看崴崴面子,难道背后也叫她阿嫂?"

马蜂举起酒盅:"跟老阿哥不打不相识,讲到底,阿拉是给老阿哥面子,不是给乔乔,老阿哥你是模子。"

大光明打了个饱嗝:"面子就是夹里,你给我面子,我还你夹里,有了面子和夹里,你就是模子。"

说着,走到店门口,看见梅亚苹在马路对面,扯着喉咙喊:"亚苹你哪能不打招呼就走了?"

梅亚苹显然听见了,反倒加快了脚步,她不想让大光明看见,眼泪正扑簌簌落下来。

22

国庆节那天,梅亚苹从陆家嘴摆渡,去外滩的东风饭店参加戴小多婚礼。进门就看见大光明坐在入口,面前端放一张锈红色宽桌,摊了本硬皮的红折子,美其名曰签到簿,其实是红包收缴处。照理来吃酒的客人,红包直接交给新郎新娘即可。现在多了道工序,向门口的新人道过喜之后,到这个摊位来缴费。

摆摊的除了大光明,还有彭小妹。这对旧鸳鸯拆开那么多年后,为了儿子的婚事坐在了一起,一边接过红包,一边让客人用小楷签名。

梅亚苹嘴上说要空手来吃喜酒,到底做不出,还是备了一只红包,里面是五十大洋。这红包的行情是,夫妻俩同来一般是五十元,加一两个未成家小孩的话是一百元。关系好的,也有给两百的。梅亚苹一个人来,给五十也算随行就市。

红包也不给大光明,递到了彭小妹手里。

刚准备入场,大光明道:"快拿好笔,写自己的名字。"

她看摊开的页面,都是瞎涂一气的签名,只好入乡随俗:"毛笔在我手上像蛐蟮,你这是从啥地方学来的屁骚精?"

大光明道:"我过去出差开会,进场都要签名。"

梅亚苹斜白他一眼,"你倒蛮会活学活用,装腔作势一只鼎。"

步入贵宾大厅,很多面孔都认得。她从人流中钻过去,碰巧就来到了自己的那桌,同桌的老南京招呼道:"亚苹,不要寻了,就在这儿。"

老南京指着台席卡,她一看,红卡片上赫然写着:

梅亚苹　梅菊乔

她问老南京:"厕所在啥地方?"

老南京道:"我刚刚去过,出门左拐。"

她直奔厕所,正看见乔乔从旋转门转进来。乔乔穿一身淡咖啡色西装套裙,夹着暗褐色的小皮包,扎一条粉红丝巾。头发朝两边梳开,看上去清秀干练。不像熟食店的老板,倒像电视台播音员。

梅亚苹装没看见,往左边一闪,一条贴满马赛克的甬道,终点正是厕所。

如厕出来,去找大光明,却发现宽桌后面没人。脚步挪到门口,戴小多和新娘马朵还在迎客。两人神态拘泥,像一对穿戴光鲜的木偶。马朵捧塑料花的手变成了塑料,戴小多的笑容挂在眉毛上,也是塑料,背脊仿佛被晾衣丫杈支着。梅亚苹戳一戳新郎官:"你阿爸呢?"

戴小多道:"刚刚还看见他坐在那里。"

梅亚苹道:"今朝台席卡是啥人排的?"

戴小多还没回答,大光明从门缝里探出头来,彭小妹也跟了出来,重新坐回宽桌前。梅亚苹丢下新郎官,跑过去撑着桌面,兴师问罪道:"你拿我排在乔乔边上,这顿饭叫我哪能吃?"

大光明道:"她是你女儿,不排你边上,排啥人边上?"

梅亚苹道:"你不晓得我跟她不来往嚩?"

大光明道:"你还当真呀,哪能不去法院断绝母女关系?"

梅亚苹道:"你就是促狭,收红包哪能收到门后头去了。"

大光明道:"你猜猜看。"

梅亚苹道:"你还有啥屁骚精,肯定去数红包了。"

大光明道:"到底是财迷,一猜就中,我收到一只大红包,一百张大团结。"

梅亚苹道:"啊,一千块?"

大光明道:"我捏在手里就觉得不对,躲到门后去数,拖出来一厚沓。"

梅亚苹道:"啥人发神经病?人民币又不是橘子皮。"

大光明道:"你猜猜看。"

大光明一脸诡异的笑,梅亚苹五官一暗:"我猜到啥人了,小屄在作死。"

大光明乜斜道:"人家不像你,一分铜钿夹在屁眼里,可以从外滩走到人民广场。"

梅亚苹道:"你也好意思收。"

大光明道:"人家心甘情愿给的红包,我有啥不好意思?"

梅亚苹道:"喜酒我不吃了,气也气饱了。"

彭小妹忙在旁边解释:"这么大的礼肯定不能收嘞,等酒水结束,阿拉留一百,剩下来的让小多还给她。"

大光明坏笑道:"为啥要还,我看没必要。"

却见金六六抱着芳芳在那边向新郎官道喜,后面跟着马家四口。梅亚苹把脚一跺:"哪能马家也来了?大光明你讲闲话哪能跟放屁一样,我走了。"

大光明道:"你现在走,马家以为你怕他们呢。"

梅亚苹道:"你这个是激将法,那我偏不走了。"

彭小妹道:"就是,来都来了。再讲,你们又不是一桌。"

大光明这才解释道:"这段辰光实在太忙,忘记关照小赤佬了。"

梅亚苹道:"就算你打过招呼,戴小多就听你嘞?你不要自我感觉太好。"

瞪了大光明一眼,提脚入场,只听仇香芹叫道:"彭小妹大光明,恭喜讨媳妇,红包拿去。"

芳芳也递过来一只:"这是阿拉的红包。"

大光明逗趣道:"是你压岁钿?"

芳芳道:"是阿爸姆妈的钞票,压岁钿是我的小金库。"

大光明道:"门槛跟你姆妈一样精,晓得压岁钿是自己嘞。"

马为东手指间夹着一只红包递过来,大光明朝他看看:"骑摩托车过来嘞?你是王老五,混在爷娘后头算了。"

马为东另一只手搂着摩托车头盔:"哪能可以,我结过婚,要算一家人家嘞。"

大光明道:"你这样讲,我只好收下来了,免得不拿村长当干部。"

梅亚苹坐在沙发椅上,仰视天花板的纹饰,那是用米色的印花墙布包起来的屋顶,碎玻璃似的晶体拼成了一盏灯,命悬一线地吊在空旷里,好像一颗心吊在喉咙口。当然灯是不会掉下来的,掉下来的只是斑驳的光影。

乔乔就坐在梅亚苹边上,中间空了一个位置,梅亚苹听到乔乔叫她:"姆妈。"当没听见,头别过去了。同桌的都是熟人,也只好当作没听见,各聊各的天。

乔乔朝大门那边望着,心想涓子怎么还没来。涓子不是戴家请的,她不认得戴小多,和大光明也是面熟目生。其实戴小多来请乔乔,乔乔觉得特别突兀。他们虽是同届校友,在学校里几乎没说过话,毕业后也没任何联系。但戴小多找到熟食店来,乔乔还是一眼就认出了他,因为他除了长高了一些,基本没变化。戴小多在窗外踌躇了一会儿,才扬手叫她出来,发喜帖给她。她脑筋转了八遍也没转过弯来,有点犯傻地看着戴小多。戴小多也很尴尬,只好实话实说:"我阿爸请了你姆妈来吃喜酒,特意关照我来请你,我自己也觉得唐突。"

乔乔接过喜帖:"阿拉是同学,你来请我,是看得起我,我要来嗰。"

戴小多道:"我听大家叫你乔乔,还不晓得你大名哪能写。"

乔乔道:"我姓梅,菊花的菊,乔老爷的乔,梅菊乔。"

戴小多道:"乔老爷上轿的那个乔?"

乔乔道:"对的,我再叫一个小姐妹可以哦?"

戴小多道:"没问题,人多闹猛。"

戴小多走后,乔乔看着手里的喜帖,暗忖大光明真是十三点,戴小多也是小十三点,浑身不搭界的关系,硬要送请帖来,不知哪根筋搭错了。

心里虽嘀咕,决定还是去。但她平时和周家弄的人没什么交往,和梅亚苹也在冷战,就约了涓子,冷场时也好有个解闷的人。

涓子今天上早班,下班直接从单位过来。乔乔看见她正在入口处朝里张望,就举起手挥一挥,涓子没朝她这个方向看,乔乔只好把手放下来。等了一会儿,涓子转过了头,她再挥手,四目交错,会师了。

涓子坐在梅亚苹母女中间,她一声"阿姨"让梅亚苹紧绷的脸松弛下来,"涓子也来了?"

涓子道:"来陪陪你们呀。"

梅亚苹又去看那盏水晶灯,她老是担心那灯会掉下来。隔了三四桌,是马家,梅亚苹用眼梢瞅了一下仇香芹,仇香芹正好没看见。

宾客喧哗起来:"新郎官新娘子进来了。"

马朵挽着戴小多步入宴席,男女傧相和大光明彭小妹等亲属鱼贯而入。大光明还没喝酒,脸色已酡红一片,一边走一边扬起毛式大招手。反倒是戴小多拘谨,脸也是红的,眼睛半低着,不知道往哪里看。马朵要大方一点,不和具体的目光交流,笑盈盈的,又好像和每个人都在打招呼。

经过梅亚苹这桌,大光明停下来,对梅亚苹道:"冷菜上来了,肚皮饿就先吃。"

梅亚苹道:"又不是饿死鬼投胎,急吼吼。"

大光明又对乔乔道:"今朝是全鸡全鸭加蹄髈,保证你们吃得不消化。"

对面的老南京笑道:"大光明讲话就是一鳖叼枣,吃了不消化,谁还敢吃?"

大光明道:"老南京,等一歇我来敬酒,今朝让你横下来。"

老南京也嗜酒,对这个恐吓嗤之以鼻:"好,一言为定,看啥人先横下来。"

边上有人起哄:"比一比,看啥人先横下来。"

大光明道:"我先去做证婚人,等一歇过来敬酒。"

梅亚苹讥讽道:"儿子结婚,你一歇当账房先生,一歇当说书先生,真出风头。"

大光明回过头道:"老南京阿拉讲好了,今朝一醉方休。"

老南京道:"我等你,不醉不是好汉。"

大光明朝四周喊:"饿了就先吃起来,自己人不要客气。"

大家就把筷子拿起来,乔乔朝梅亚苹看一眼:"姆妈,开始吃吧。"

梅亚苹转过脸来:"你叫我呀?担当不起,碰到大户了。"

涓子搛了一筷白斩鸡给梅亚苹:"阿姨,来。"

对桌的人道:"乔乔生意越做越好了,我经过你熟食店,每趟都在排队。"

乔乔道:"那是你碰巧了。"

对桌的人道:"一趟两趟叫碰巧,每趟排队就不是碰巧了,亚苹你讲对哦?"

梅亚苹道:"吃饭吃饭,肚皮是老大,别的不要多讲。"

大家各自搛菜放进嘴里,听到大光明在麦克风里讲话:"今朝是我儿子戴小多和媳妇马朵结婚的大喜日脚,作为阿爸,我感到非常开心,非常激动。"

然后说了一串漂亮的废话,打了个嗝,道:"我看大家肚皮饿了,我就不多啰唆了,接下来是三拜。一拜天地,一鞠躬。二拜阿爸姆妈——"

酒席上的笑声哗地铺开,大光明指着彭小妹道:"上来上来,儿子媳妇要拜了,快点上来。"

彭小妹忙摆手:"我不讲究嘞,要拜你拜。"

大光明道:"不上来就是不给儿子媳妇面子,快点,亲家等着呢。"

站在他旁边的亲家也向彭小妹招手。彭小妹只好颠着屁股上来,她发福的身体足有一百五十斤重,压在她矮小的骨架上,一点也看不出曾是个漂亮姑娘。她看了眼儿子,不知道他今天的耐心怎么这么好。"二鞠躬。"大光明中气十足,跟另三位家长站在一起,受领了新人一拜。彭小妹逃也似的回了主桌,亲家也前后脚返回酒桌去了。

大光明还在那儿吆喝:"夫妻对拜。"

戴小多的额头差点和马朵碰上,大光明大声道:"好,仪式结束,上热菜。"

大光明回到主桌,台面上有一瓶五粮液,拿过来,给亲家满了一盅,给儿子的舅姥爷满了一盅,也给戴小多满了一盅,最后给自己满上:"来,干掉。"

仰脖一口闷,抹了下嘴巴:"五粮液就是好,比茅台好,茅台太香,戆香,好比凤凰牌香烟,冲鼻头。"

扭头道:"一桌只有一瓶五粮液,哪一桌喝剩下的给我,我今朝总归横下来了。"

仇香芹站起来,举着五粮液道:"阿拉这桌没人吃白酒,拿去。"

大光明道:"香芹,你家男人都不吃酒?"

仇香芹道:"小金来点啤酒就可以了,马为东要开摩托,不碰酒。"

大光明道:"那我就不客气了,拿来拿来。"

芳芳抱着那瓶五粮液,小屁股一撅一撅跑过来了。

大光明搛了筷午餐肉放进芳芳嘴里,对儿子道:"快点填饱肚皮,要一桌一桌敬酒,新娘子点香烟要有样头。"

又对男女傧相道:"吃酒要靠你们帮忙了,酒量可以哦?"

男傧相道:"阿拉酒量不及爷叔你一只角。"

四个年轻人胡乱往嘴里塞了些冷菜,起身行动。新郎官先敬酒,新娘子后点烟。火柴总要被客人吹灭几次,碰到喜欢搞的人,那支烟比煤球炉还要难点燃,一桌轮下来,一刻钟算快的。其间,新娘子要去换几套行头,新郎官和男傧相就在那儿和客人磨,少喝一口是一口,和赖账差不多。也有客人真板脸的,只好闭着眼灌下去,那位也就多云转晴,拍拍新郎官肩胛:"新娘子这么漂亮,多喝两口应该嘞。"

梅亚苹终于忍不住,低声对乔乔道:"你脑子搭错了,红包送这么多。"

乔乔道:"你消息倒蛮灵通嘞。"

梅亚苹道:"我看你脑子搭错了。"

涓子夹在母女俩之间:"阿姨,吃菜吃菜,少讲一句。"

对面的老南京道:"你们在讲啥,声音响点,大家听听。"

乔乔道:"我问兔子一窟生几只。"

老南京道:"兔子就是老鼠,生起来就是一打。讲到老鼠,那年我在广东当兵,有道菜叫三叫。刚刚出窝的小老鼠,夹起来叫一声,蘸酱叫一声,放进嘴里叫一声,三叫,鲜得眉毛落下来。"

涓子道:"恶心,隔夜饭也要呕出来。"

老南京道:"广东人最野蛮,啥东西都敢吃,一鳖叼枣。"

梅亚苹朝乔乔看一眼:"我看这个大光明有毛病嘞,浑身不搭界的人叫了不少,偏偏没叫柏秀珍。"

老南京道:"柏秀珍一来,不就乱套了,多尴尬。"

梅亚苹道:"想当初戴小多的毛衣裤都是柏秀珍结的呢。"

旁边有人插话:"我也没看到柏秀珍,双胞胎好像也没来。"

老南京道:"柏秀珍不来就算了,双胞胎应该来的,大人不来往,小辈以后总要来往嘞,总归是一个阿爸。"

旁边的人又道:"哪能侯乡长没来?要是他当证婚人,大光明多扎台型。"

老南京道:"刚才听大光明讲,本来答应来的,临时被县领导叫去出差了。"

梅亚苹道："侯德贵不来,大光明肯定瘟塞死了,没大领导来帮他撑市面了。"

正说着,新人们到了跟前,戴小多斟酒,新娘子点烟。这一桌女眷居多,过关还算顺利,就是在老南京那儿耽搁了一下。其实每桌都会有一两个爱闹的角色,少了他们就少了乐趣。

乔乔见涓子没怎么动筷子："你哪能不吃?"

涓子轻声道："我老朋友来了,没啥胃口,今朝主要是来陪你。"

乔乔道："那你多少吃一点。"

涓子道："马为东一直在朝阿拉这里看。"

乔乔道："让他看好了。"

涓子道："远远看马为东,还蛮有男人腔调嘛,大块头。"

乔乔道："他除了块头大,就没别的腔调了。"

涓子道："对了,刚才我进大门,大光明听我讲是你朋友,红包也没收,我本来还准备了一只。"

乔乔道："我叫你不要准备,戴小多跟你又没关系,你就是陪陪我。"

涓子道："反正这顿喜酒吃得莫名其妙,我为了陪你,你又是为了啥?"

乔乔道："我也不晓得。"

乔乔送出去的那只大红包,在酒过三巡之后,开始在宴席上流传。一些陌生面孔站起来张望,另一些陌生面孔借道上厕所,也来看一眼大红包的主人。老南京从厕所出来,凑到乔乔耳边道："你这记真扎台型,风头抢过新娘子了。"

乔乔道："我扎啥台型?"

老南京道："有老板派头,阿拉这种拿赤膊工资的人吓也吓死了。"

乔乔道:"你是讲红包？好像是多了一点哦。"

老南京道:"岂止一点,多了不晓得多少点,弄得阿拉穷人一点面子也没了。"

梅亚苹道:"十三点呀,做给啥人看？"

乔乔不响,挖一调羹白果虾仁,细细地嚼。边上有人插话:"出手大说明赚得多,你做姆妈也有面子。"

梅亚苹道:"是呀,老古闲话讲笑贫不笑娼,有钞票总比没钞票好。"

老南京道:"少讲两句,今朝吃喜酒,不要弄得不开心。"

乔乔放下筷子,拿起包飞快地越过大厅。涓子跟着起身,追过去了。

老南京道:"亚苹你这张嘴巴太臭,笑贫不笑娼这种闲话好讲嘞？乔乔是你女儿呀。"

梅亚苹道:"早不拿她当女儿看了。"

23

过了数日,梅亚苹正做晚饭,红烧带鱼烧到一半,酱油没了。周家弄老街有家破败的百货店,店面十米开外,既卖油盐酱醋,也卖套鞋镰刀,隶属于供销社。天色将黑,梅亚苹急匆匆往那儿赶,远远瞅见两个店员正将排门板举起来,镶进柜面的凹槽里。

梅亚苹嚷起来:"慢点打烊,拷酱油拷酱油。"

也不知那两个店员听没听到,动作没停。

跟前是一条小河浜的末梢,河边一锅爆米花正准备出锅,爆米花老头把充满压力的卵形黑锅按进大皮囊里,脖子暴着青筋喊:"响啦！"

随着一股闷雷,玉米和着糖精片的甜气蔓延开来。梅亚苹肩胛上被人拍了一下,猛回头,是贼忒嬉嬉的大光明。

梅亚苹道:"吓我一跳。"

大光明道:"我正好想去寻你。"

梅亚苹脚没停下:"来还九百块铜钿?"

大光明撇撇嘴:"你就钻在铜钿眼里。"

梅亚苹道:"好像你不欢喜铜钿一样。"

说着,已到了烟杂店,店员正在搁最后几块排门板,梅亚苹道:"慢点慢点,做笔生意再打烊。"

把酱油瓶递出去,回头道:"一斤酱油两角七分,九百块你可以开一爿酱油店了。"

大光明趴在木柜台上,看店员把漏斗插入酱油瓶口,一根竹勺探入乌黑的陶缸,提上来,胳膊肘一拐,竹勺里的酱油灌进了瓶里,道:"开酱油店还是算了,还是养我的长毛兔吧。"

梅亚苹道:"当心兔子全部瘟掉,哭也来不及。"

大光明往地上啐唾沫:"呸呸呸,触霉头。"

梅亚苹接过斟满的酱油瓶,紧了紧用废报纸折成的瓶塞:"我搞不懂,你不去寻年轻女人,粘我一个老太婆有啥意思?"

大光明没接茬,换了个话题:"其实当天就准备拿九百块还给乔乔,酒水吃到一半不见她人了,等我哪天经过熟食店,去还给她。"

梅亚苹道:"随便你。"

脚下加速,把大光明甩在脑后,抄一条近道,一会儿就进了自家天井。脚刚跨过门槛,就听背后有人招呼:"是梅阿姨?"

梅亚苹转过头,说话的是一个穿警察制服的陌生小伙子,派出所的王庚林也在边上,朝她点点头:"晚饭吃过了?"

梅亚苹道:"还没呢,饭还在炉子上烘。"

小伙子道:"我叫王小立,新分配来的民警,今朝跟我师傅出来认认人家。"

王庚林道:"是我新带的徒弟,警校刚毕业。今朝一来是带他认认乡亲,二来有点情况想了解一下。"

梅亚苹道:"我讲呢,没事体警察哪能会上门。王庚林,你也学会绕圈子了,进来坐吧。"

王庚林道:"你就是这张嘴巴结棍,小王,我们进屋坐一歇吧。"

梅亚苹跟在后面,看王庚林师徒进了屋。这几年,王庚林明显老了。和林家婉结婚后,他得了个儿子,中年带小囡,体力不比当年,街坊看见他,老是偎灶猫似的,打不起精神来。

那男婴原来取名叫王颖子,刚满月,忽又把名字改成了王大建。林家婉是派出所户籍资料保管员,给小囡改名字是举手之劳。不过这事没么简单,市井一直有个传言,说林家婉的大肚子是假的,王月颖才是男婴的生母。

有人信誓旦旦,声称亲眼看见了王月颖的大肚子。其实王月颖被王庚林囚禁在房间里,多年没抛头露面了。

王月颖脑子受刺激后,王庚林带她走访了浦西很多大医院,但最后带回家的还是那个目光涣散、舌头像新缝上去的红布条一样耷着的疯姑娘。

长期的治疗并未使王月颖病情有所好转,倒让王庚林快破产了。起初王月颖是自由的,她只是东转转西转转,认得回家的路,所以王庚林并不限制她出门。人们在老街的某个门槛上,在某个小河浜的树荫底下,经常能看见长手长脚的王月颖,知道底细的大人叹息一声就过去了,憞知憞懂的小孩会拿小石子扔她,她也不反抗,做一个掸屁股的手势就走了。

后来发生的一件事,导致王月颖被关了起来,人们就再没在户外见到她了。因为王月颖在庄稼地里踏坏了很多瓜秧和蔬菜,脱了衣服,到处乱跑。

好心人撞见王月颖的时候,她和刘二裤子刘三裤子在一起。那个人像轰苍蝇一样把刘家兄弟轰走了。女儿衣不蔽体被送了回来,王庚林不敢去想她和刘家兄弟之间发生了什么,那个好心人看穿了他的心思,宽慰道:"你不要多想了,我看到他们在掼烂污泥白相。"

王庚林口头道谢一番,心里却嘀咕:你看到的辰光在掼烂污泥,没看到的辰光呢?

俗话说,久病无孝子。这句话也可以转化为,久病无慈父。王庚林这个当爹的,虽然嘴上没说,心里已做好了放弃女儿的打算。他和林家婉领证多年,因为忙于给王月颖治病,始终没办仪式。在浦东乡里,人们更看重成亲仪式,结婚证反倒像一个次要手续。没办仪式,林家婉嫁进王家总有点名不正言不顺。人是住了进来,却是一万个不甘心。王庚林也不是故意要亏待林家婉,林家婉一提这事,他只有抱歉抱歉再抱歉,逼急了,梗脾气就上来了:"有完没完?"找地方抽烟去了。

见丈夫发火,林家婉也不忍心再"作"。过了几个寒暑,原来关心此事的亲友邻居也不再提及,新娘子早成了旧娘子,林家婉也就死了心。

林家婉目睹了王月颖从乖女孩变成疯丫头的过程,从同情到讨嫌,心路走得也是弯弯曲曲。除了给王月颖送吃的,她很少进入那间挂满洋娃娃的房间。

她害怕密密麻麻占据四壁的洋娃娃,每个洋娃娃嘴上缝着红布条,像奔着舌头的吊死鬼一样。

林家婉向王庚林抱怨道:"快点拿洋娃娃拿下来吧,老不吉利嗰,看了心慌。"

王庚林感同身受,他付诸实施,试图靠近挂满洋娃娃的墙壁。

盘腿坐在床上的王月颖看着他,他刚从墙上摘下一个,王月颖就扑了上来,洋娃娃被她夺在怀里,凶巴巴地盯着王庚林,谵妄的眼神里隐藏煞气。

过几日,王庚林趁王月颖出门,把洋娃娃收好,放进了纸箱。差不多收拾妥当,王月颖回来了,见墙上空空如也,突然就变成了武疯子,在王庚林胳膊上猛咬:"还给我呀,我的呀。"

王庚林只好躲开,她手脚并用,王庚林被踢中了膝盖,领口也被扯破了。她的大叫招来了邻居,这一片住户算不上多,平时安安静静的,可一旦有风吹草动,蛰伏的"蛇虫百脚"就会爬出来,好像额头有触角似的。

王庚林最怕被围观,也是职业习惯。他年轻时当过交警,马路上事故一出,立马会形成人群。杂沓的脚步踩碎了现场,七嘴八舌紊乱了真相,肇事者不是乘机开溜,就是睁着眼睛说瞎话,影响办案。

王庚林手忙脚乱将洋娃娃从纸箱里拿出来,立竿见影,王月颖安静下来。林家婉知道对付疯子等于秀才遇到兵,换一个角度吹枕边风:"拿走洋娃娃她跟你拼命,不拿走又看得心惊肉跳,我看还是拿门封了,另开一扇,眼不见为净。"

王庚林没当场表态,他明白林家婉的意思,把里屋的门封了,在屋后开一扇门,那样的话,女儿的卧室就不再是内室,那些洋娃娃也隔离在视野之外了。

他之所以没表态,是怕人说闲话。虽然只是转移了一扇门的朝向,生活空间基本如故,但在外界看来,开在外面的门意味着他抛弃了女儿,当然事实上也差不多。

他还是依了林家婉,他亏欠她太多。结婚没仪式,没把房子整饬一新,甚至连床也是当年薛秀芬睡的那张,仅仅换了新床单和被褥,带着一个脑子坏掉的拖油瓶,耗尽了多年积蓄。

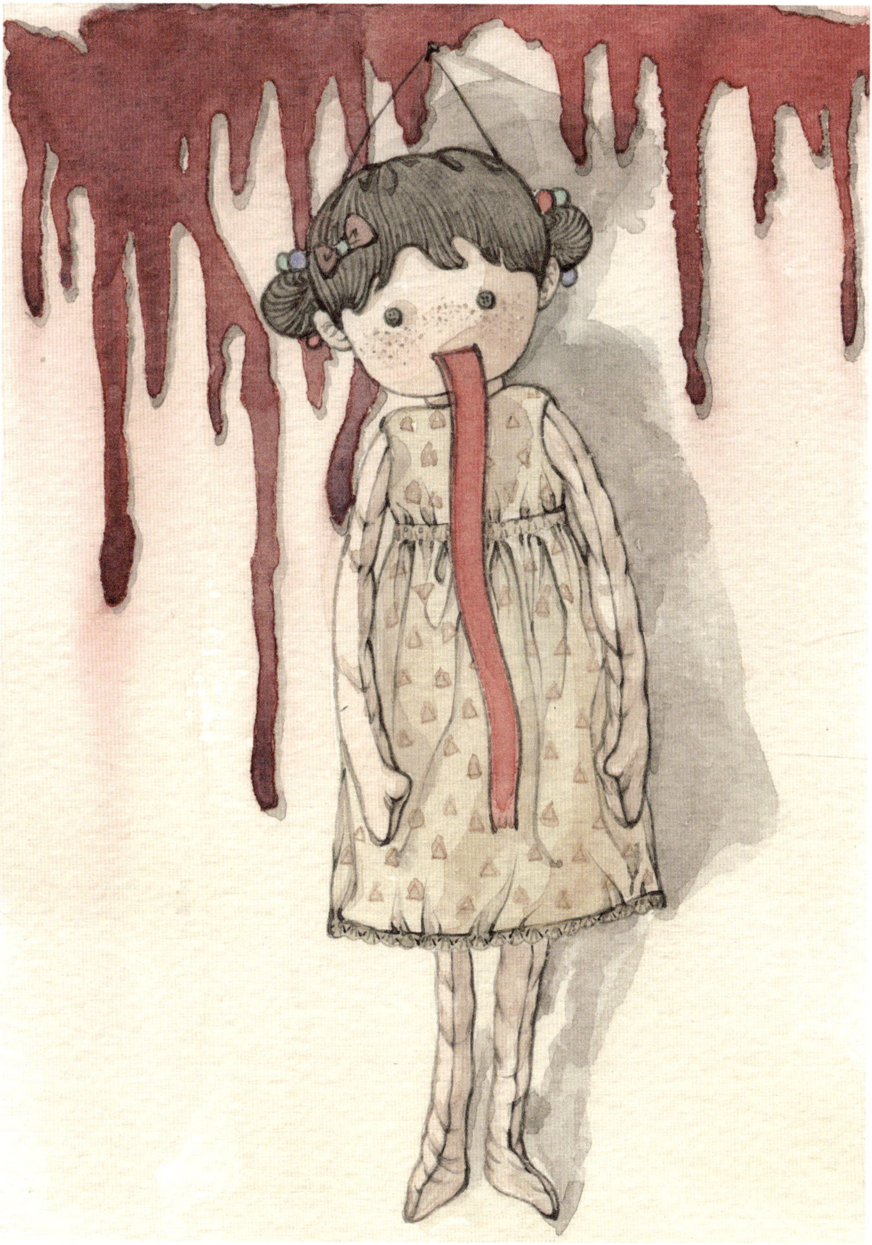

她害怕密密麻麻占据墙壁的洋娃娃，每个洋娃娃嘴上缝着红布条，像夺着舌头的吊死鬼一样。

而且他也受够了,他对女儿做到了仁至义尽,心里认命了。

王庚林在房后开了门,屋内卸下的门正好装过去。原来的门洞被砌起来,糊上了水泥,像一张狗皮膏药。新门外加了一把插销,铁搭襻上挂一把铁锁。其实是多此一举,插销插上了,里面的人就被反锁了,所以那把锁更像个道具,常年不用,可能锁芯都锈了。

后门之侧是流经周家弄的无名河,对面是一家养鸭专业户。河在百米外拐弯,有一块特别适合种茭白的湿地,对面是一排矮房子,躲闪在稀疏的芦苇里。

住在那边的都是很老的土著,有些房子还是民国时期造的。那一片没通自来水,算是周家弄的"下只角"。捡了一辈子破烂的刘乞丐夫妇就住在那儿的一个旱桥洞里。当年他们的大儿子刘大裤子下水救人,成了烈士。政府给他造了一间黑瓦青砖的屋子,门上的"光荣之家"像春联一样贴了很多年,直到被烈日风雨侵蚀得字迹斑驳。刘乞丐夫妇一天都没去住那新屋子,老二老三抢着搬进去住了。他们说,房子是哥哥命换的,刘大裤子、刘二裤子、刘三裤子是一串,所以他们最有资格去住。刘乞丐夫妇根本没稀罕,由着哥俩去了。他们好像更喜欢窝在旱桥洞里,那儿永远堆着数米高的垃圾,对他们来说,垃圾就是宝贝,臭气就是香气。

那些洋娃娃重新回到了墙壁上,王月颖的床靠着窗户,窗上特地装了铁栅栏,从对岸看过来,就是一个小小的禁闭室,当然也可以说是牢笼。

至此,王月颖开始了囚禁岁月。不发病的时候,她基本可以自理,而王庚林仍是个尽责的父亲,早晚送两次饭,隔天帮她刷一次马桶。每周末,派出所浴室对家属开放,就让林家婉带她去洗澡。所以王月颖谈不上被虐待,她不过是被负责任地遗弃了。

这一年,王月颖二十一岁,王庚林四十四岁,林家婉三十二岁。

林家婉一直没怀孕,王庚林被女儿的遭遇伤透了心,他倾向于不要,他的原话是:"养儿养女有啥意思。"

　　他有点驼背了,当初那么挺拔的一个人,现在脸色灰不溜丢,跟吃了耗子药被抢救过来似的。女儿的事还影响到他仕途,派出所原来的副所长退休,一度风传他是后备人选,这是他梦寐以求的职位,当然觊觎者也不在少数。

　　有人打小报告:"王庚林拿女儿关起来了,作为警察,他是知法犯法,哪能可以剥夺公民自由的权利?"

　　就这样,王庚林和副所长擦肩而过,对此他一笑了之:"为一个芝麻绿豆官,真会上纲上线,我彻底服帖。"

　　也有人为他抱不平:"要不是王月颖脑子受刺激,啥人舍得拿女儿关起来?"

　　王庚林满脸不在乎,"无所谓,我不稀奇,真不稀奇。"

　　这事又翻过一页,那年夏天,林家婉怀孕了,次年四月一过,王庚林抱上了一个男婴。

　　世上没不透风的墙,先是流言,然后是铺天盖地的议论。更多的细节接踵而来,派出所同事的质疑是:林家婉直到生产前一个月才开始休假待产,在这期间,她没一次在单位浴室洗澡;林家婉没理由在家里洗盆浴,也没必要舍近求远去公共浴室花钱洗。大肚子里如果不是枕头,为什么见不得人?

　　这且不说,林家婉本可在六里卫生院分娩,考虑到她是高龄产妇,换一家好点的医院也说得过去。浦东有好几家医院,可她拿到财务科报销的凭证,居然是浦西红房子医院。虽然产妇名字是林家婉,但高考都能冒名顶替,生小孩又有什么不可以?

　　市井的长舌妇把主角放在了王月颖身上,演绎出的故事更扣人心弦。去年夏天,有人看见刘家兄弟从河里游来,湿漉漉爬上岸,来到了疯姑娘王月颖的房门前。过了几个月,对岸的人从铁栅栏的窗户里,看见了王月颖的大肚子。

王庚林夫妇当然听到了闲言碎语,他们采取了缄默,抑或觉得无话可说,抑或觉得不屑一驳。

不回应是个好策略,好事者慢慢就偃旗息鼓了。也有不依不饶的,抓住了新把柄——"你们看,小囡名字露出破绽了哦,王颖子像小姑娘的名字,啥人会给男小囡取名叫颖子?王颖子,意思就是王月颖的儿子,你们讲呢?"

也有人帮王庚林辩解:"王颖子这个名字,说明王庚林拿对女儿的寄托放在了儿子身上,很合乎情理。"

等王颖子变成了王大建,抓把柄的人道:"你看王庚林心虚了,名字改了。王大建这个名字问题更加大,大建就是大贱,说明小囡是刘家兄弟搞出来的,天生命贱。"

当然周家弄的左邻右舍,多半还是替王庚林高兴,不管怎么说,中年得子,管他造谣中伤,还是流言蜚语,能抱上大胖小子才是最实在的。有个老太太说得好:"有假子无假孙,过了三十年,都是真嘞。"

男婴的诞生预示着希望的开始,悲伤的王庚林有了寄托,有了振作起来的理由。不过状态还是偎灶猫的样子,头发花白,微驼着背,有些老态了。

王庚林在八仙桌旁坐下,王小立也坐下来。梅亚苹进了灶披间,少顷,端来两只搪瓷杯子,还冒着热气。刚搁到桌上,一拍脑袋道:"一直在想有啥事体忘记掉了,你们先吃口茶,我喂兔子吃点草。"

梅亚苹从天井的水门汀上拣了把肥草,往兔棚那边走过去。很快又回来,端了一只方凳子在门边坐下:"你们是贵客,无事不登三宝殿,有啥事体尽管问。"

王小立道:"梅阿姨,是这样的,你女儿来报案,讲屋里厢失窃,钞票被人偷了。"

梅亚苹噢了一声:"你们怀疑我?"

王小立道:"哪能会怀疑阿姨你呢?你是她姆妈呀!"

王庚林道:"亚苹,今朝阿拉来,是想了解一下,跟乔乔来往的人当中,你觉得啥人有作案的可能。"

梅亚苹道:"我屋里厢情况你也晓得,我跟她不来往,她平常跟啥人来往,我也不晓得。偷掉多少铜钿呀?"

王小立道:"具体她也没记清爽,大概五六千块。"

梅亚苹道:"偷掉多少铜钿也记不清爽,还报啥案。"

王小立道:"虽然不是最确切,大头还是记得嚮。这案子有点蹊跷,门窗没撬,放钞票的五斗橱也没撬,现金拿掉了,存折还在,熟人作案可能较大。"

梅亚苹道:"五六千块对她来讲是毛毛雨,她一个浑身不搭界的同学结婚,一出手就是一千块。"

王庚林道:"一千块红包的事体我也听讲了,不过这跟失窃是两个概念。"

梅亚苹道:"哪能两个概念?就因为她太招摇,才招了小偷进门,小偷哪能不来偷我?"

王庚林道:"你这讲法蛮有逻辑。对了,乔乔屋里厢的钥匙你有哦?"

梅亚苹道:"讲到底还是怀疑我,她刚结婚的辰光多配了一套,放在我这儿备用,免得她忘记带钥匙进不了门,不过五斗橱钥匙我没有。我想起来了,当初她离家出走,还偷了屋里厢三百块,我当时蛮好去报案嚮。"

王庚林道:"清官难断家务事,阿拉是调查案子,不是调解家庭矛盾。不过亚苹我劝你,跟女儿怄气没啥意思,一家人有啥不好摊开来讲。"

梅亚苹道:"我不跟她讲,只当养下来的辰光倒马桶倒掉了。"

王庚林道:"你又讲气话,辰光不早了,要么今朝就到这里,阿拉先走了。"

梅亚苹道:"茶也没吃一口。"

王庚林道:"下趟再来,乡里乡亲不必客气。"

梅亚苹道:"下趟最好穿便装来。"

王小立嗅了嗅:"啥味道?"

梅亚苹跳起来:"好像饭焦了。"

急步踩进灶披间,烘在煤球炉上的铝锅,锅盖已滑离,像是一张歪嘴。梅亚苹自言自语道:"又要吃焦饭了。"

把铝锅端到水槽边上,用饭勺将自来水均匀地浇上去,破面盆里种了些备用的葱,掐了两根,插在米饭中间,端到炉子上继续烘。冷水和葱能够祛除一些焦煳味,是民间的补救偏方。

王小立道:"梅阿姨,你先忙,阿拉走了。"

王庚林道:"亚苹,走了。"

梅亚苹道:"走好走好,记得下趟穿便衣来。"

王庚林师徒刚走,摩托车的突突声从天井外传过来,梅亚苹朝甬道看过去。南北向的甬道不足两米宽,贯穿着四户民宅,是个死胡同,犹如一个筒形鱼兜。梅家在最外面,靠着浦三路,别人家出入必须经过一个Z形拐口。

马为东戴着摩托头盔,车后坐着一个红衣女人,也戴着头盔,一晃就过去了。

梅亚苹觉得那女的眼熟,伸长了头,红衣女人已跳下车,闪进马家天井里去了。梅亚苹想起来了,那身红色行头,是涓子前段时间刚穿上的。当时梅亚苹还夸她这身漂亮,涓子说是乔乔陪她到长青商场买的。

心想涓子怎么会和马为东混在一起。又朝马家那儿看,人家已经把门关上了。

梅亚苹想起来了,有一次涓子下班到她这儿来,就是坐着马为东的摩托车。涓子解释说,正好在南码头轮渡站碰到兜生意的马为东,硬要送她,她想有座不坐猪头三,就上了车。当时梅亚苹听过也就听过了,现在暗忖,免费摩托车肯定不只坐了一次,涓子上下班往返浦江两岸,常能在南码头摆渡口碰到马为东。摩托车乘多了,慢慢就勾搭上了。

心说马为东毕竟是乔乔前夫,涓子你怎么可以抢小姐妹老公。没想到马为东倒是一只长毛兔,会吃窝边草。转念一想,明明涓子才是长毛兔,马为东才是那拨草。

梅亚苹咽不下这口气,又想,或许不是涓子,世上穿红衣裳的又不是她一个,也许老眼昏花看错了人。

用葱处置过的米饭还是有焦煳味,只是程度轻一点。梅亚苹夹了几筷梅干菜烧肉,端了一只小板凳,在自家门口一个人闷吃。

其实是在等红衣女人出来。饭菜落肚,百无聊赖地用筷子敲打碗沿。才敲了两下,意识到这个动作做不得。老话说筷子打碗,响雷打头。她轻吁一声,回灶披间洗碗刷锅。忽然想,管她是不是涓子,何必操那份心。

拧开半导体收音机,胡乱转动圆钮,听到戚雅仙在唱《玉堂春》,戚派的苏三缠绵温婉。越剧名角里梅亚苹最喜欢袁雪芬,接下来就是戚雅仙。车建国活着的时候,还陪她去九江路的大舞台看过戚雅仙现场演出,不过那是很多年前的事了。

正听得入戏,涓子敲门进来了,果然是一身红,梅亚苹不露声色,跟往常一样和她闲扯。涓子一般坐不长,半个钟头左右就告辞了。她和梅亚苹其实东拉西扯就那么几句话——"工作忙哦?""身体好哦?""长毛兔赚钞票了哦?""寻到男朋友了哦?"她们之间的纽带其实还是乔乔。深究起来,她只是一个类似信使的角色,使陷入僵局的母女有一个传递信息的通道。

梅亚苹今天却不问涓子"寻到男朋友了哦",她把刚才警察家访的事告诉涓子,说给涓子听,等于就是说给乔乔听。虽然确认了涓子就是摩托车上的红衣女人,但她不想戳穿,一戳穿就等于翻脸了,一翻脸,她和乔乔之间就没传声筒了。

如她所料,涓子直接就去了乔乔那边。

乔乔懒在躺椅上,地上全是瓜子壳,几张糖纸头被风捡来捡去。看见她,扔了一颗糖过来,涓子海底捞月接住,剥开往嘴里一塞:"大白兔,奶油味道老浓嘞。"

涓子道:"屋里厢五斗橱被撬了?"

乔乔道:"消息真灵通,去看过我姆妈了?"

涓子道:"你哪能晓得?"

乔乔道:"是我报的案,当然晓得他们破案的进度。"

涓子道:"有眉目了?"

乔乔道:"现场已经采过指纹了,不过我要求派出所撤案了,不查了。你再去看我姆妈,关照她一声,这桩事体结束了,叫她放心。"

过了几天,涓子把话转述给梅亚苹,梅亚苹骂道:"叫我放心?难道是我偷了她铜钿,神经病。"

24

乔乔很少在柳家吃饭,加起来不过三五次。毕竟是偷情,柳道海夫妇看似对她很客气,心里肯定是看轻的。招呼她吃饭不过是嘴上客套,与其说是给她面子,不如说是给崴崴面子。

晚饭有一盆大蒜烩腊肉,乔乔历来不碰大蒜。刀美香说是云南人,吃口倒接近川湘,对花椒茴香情有独钟,辣椒亦是一往情深。柳道海和崴崴的口味被驯化得很重。

柳道海夫妇称呼她小梅,这是保持距离的称呼,而不是亲热地叫她小乔或乔乔。"小梅,大家一起吃,就闻不出大蒜味了。"乔乔攮了一筷放进嘴里,再不肯攮第二筷。心里想着港机厂浴室里那个卷发女子,被饭团噎了一下,连忙舀了一勺汤补救。崴崴闷着头,扒拉扒拉碗就空了,舀了半碗蚌肉豆腐汤,汤面上浮着大蒜末,咕嘟嘟咽下去,把碗一搁道:"我上楼了,你们慢点吃。"

柳道海头颈上永远挂着一根软尺,吃饭的时候也不舍得摘下。手指肚和指甲里满是划粉的灰白末,认识的知道他是个裁缝,不认识的还会以为是个小学教员。

刀美香忙着收拾残羹剩饭,麻将搭子已在门口探头了。乔乔起身道:"我也吃好了。"

柳道海道:"吃饱没?"

乔乔道:"吃饱了。"

刀美香把麻花辫拿到胸前,道:"去灶披间擦把嘴?"

乔乔用舌头舔一圈嘴唇:"算了,不擦了。"

柳道海朝抹桌子的刀美香斜白一眼:"一有麻将就等不及,总要等我吃完吧。"

乔乔上二楼,进了崴崴房间,把门关上。俄顷,听到楼下客堂间的麻将声响起来。

房间隔音不好,浦东的老私房用青砖的居多,新砌的私房则用红砖,差劲的用煤灰砖的也有——空心的煤灰砖隔音最不好,邻间声音一大,貌似就在耳边——柳家的房子不知用的是红砖还是煤灰砖,肯定不是青砖。青砖多半是1949年前遗留下来的,最晚也是"三反""五反"时期的建筑。柳家外墙虽已开始有苔痕和菌疤,却是崴崴去年新翻造的,四上四下,很威武地矗立在老街旁。

崴崴见乔乔进来,问道:"真要去跳舞?"

乔乔道:"去伸伸筋骨活活血。"

崴崴道:"你是要动动,一身懒肉,要变猪猡了。"

乔乔头一低,肚腩果然鼓着,如同塞满了棉絮。中段一肥,整个人松垮垮的,没了"条杆"。乔乔很久没打量自己的身材,家里的梳妆台镶着车边镜,经过时会转眸一瞥。而光顾自己的裸体,是在公用浴室,在别的女人眼里。那些女人的眼睛是最明亮的镜子,照出她挺括的奶子和平滑的小腹。

此刻站在大橱镜前,把衣服下摆撩起来,看着落地镜中的肚皮,深吸了口气:"还好,不算最严重,肚皮还吸得起来。"

一松气,肚脐像多余的纽扣,锁不紧肥嘟嘟的小腹。用手撸一把,里面充斥着的不是脂肪,而是永远消化不完的瓜子——唾沫和瓜子壳被吐掉,瓜子仁积在肠胃里,堆成了土丘。

上面两个高出的土丘,有点像坟墩头,埋葬了崴崴不少欲望。他喜欢一把攥住,将每个指缝塞满,多余的肉挤压出来,他短裤就支成了小伞,情欲勾起他一个回忆:"晓得读初中的辰光我最欢喜哪部电影?苏联片子《列宁在一九一八》。"

乔乔没搭腔,在浦东中学读高中的时候,班上的男生私下议论过那部影片,有人看了不下三四次。不是冲着坏分子布哈林和伟大导师列宁的光头去的,是为了看一场芭蕾舞,短短十几秒,被束身的天鹅裙勾勒出的奶子和腰,以及那惊心动魄的瞬间:女演员集体打开了大腿。被紧紧包裹着的阴阜轮廓,让男生们惊呼:"我看到了凹塘。"

男生们唾沫横飞,女生们脸庞滚烫,好像说的是自己的凹塘。想去老师那边告状,班主任是男的,校长和教导主任也是男的,这个状怎么开口。

崴崴凑近床沿上的乔乔:"俄罗斯女人大腿举起来的辰光,我翘得邦邦硬。"

乔乔道："那些女演员活到今朝,都老得烧不酥了,你还会再硬哦？离我远一点,嘴巴臭死了。"

崴崴道："想想也是,再漂亮的女人也有皱皮疙瘩的一天。"

把半个人搁在她腿间,"腰上都是膘。"

乔乔道："你肚皮也小不到啥地方去。"

崴崴道："我本来就是癞蛤蟆,跟我有啥好比？"

乔乔道："从今朝开始不吃瓜子。"

说罢往旁边一伏,听到楼下嚷起来,刀美香为了一张牌在和牌友怄气。

乔乔道："你姨娘麻将搓得开心死了。"

崴崴道："解解厌气混日子。"

乔乔道："姆妈叫姨娘,听起来老怪嘞。"

有人摸了个杠头开花："中奖啦,东风独钓。"

崴崴看着乔乔,乔乔也看着他,两个人忽然冷了场。崴崴终于不再绕弯子："这么巧,在浴室碰到她了？"

他说话还是半死不活的腔调,乔乔胳膊垫在脑后道："其实我老早应该猜到了,要是没狐狸精吸引,你又不缺那些赤膊工资,早就辞职了。"

崴崴道："我在港机厂本就做不长,临时工没编制嘞。"

乔乔道："恭喜你,大眼睛大屁股大奶,你最欢喜了。"

崴崴吸了一口烟："总结得好,她就是这三样大。"

床头柜上有只烟缸,崴崴刚要掸烟灰,人朝后面一仰,乔乔已上了身,手掏住了他的裤裆："不要动,当心捏爆。"

他怔在那儿,女人将掌心收紧,一身武功的人吓得一动也不敢动,女人的另一只手解他皮带："侴她比侴我惬意？"

手在收拢,崴崴面露惧色。女人已把东西掏出来,灰头土脸地趴在乱草堆里:"哪能怕了? 软里吧唧,变成皮虫了。"

手却放开了,崴崴长吁口气,胳膊支撑起来,乔乔指尖从袖口探进去,拉出了胸罩,上身俯下来,盖住了崴崴的面孔。

崴崴闷着声音道:"刚刚想拿我捏爆,现在想拿我闷死。"

乔乔道:"闷死是便宜你,哪能,不欢喜我了? 喜新厌旧了?"

崴崴道:"欢喜欢喜,让我透口气,慢慢欢喜。"

说着,含了一口乳头,女人用手背擦掉唾液:"腻心死了,想想就腻心。"

崴崴把她裤子褪下,屁股一颠,把住她大腿,乔乔啪地一记耳光:"啥人叫你进来嘞?"

这是乔乔第一次请崴崴吃耳光,刮拉松脆像华夫饼干。崴崴没去捂,乔乔啪地又一记,落在另外半边脸上,比第一记轻很多。她鼻子一酸,眼眶好像湿了。

把他推开,开始穿衣服,黑色的丝绒踏脚裤一直穿进鞋子里,上身是蝙蝠袖棒针衫,手臂抬起来,腋下张开一块蝠翅状的多余。这一款满大街都是,以咸菜色和咖啡色最多,乔乔却是铁锈红的,直接套在胸罩外边,没加棉毛衫打底。

拢了拢头发道:"我去浦东文化馆了。"

崴崴道:"让我伸一记懒腰。"

浦东文化馆在浦东大道上,离东昌电影院不远。里面散落着几块草坪,几幢矮楼光影稀疏,分别是落弹室、录像室、音乐茶座,那一边,还有溜冰场和电动游戏机房。最热闹的是夜晚的舞厅,斑驳的灯影下,荡漾着缓慢的情歌。是懒洋洋的二四拍,就是人们常说的贴面舞。男女相抱,男男相抱,女女相抱,估摸有十来对,在潮湿的霉空气里,孤魂野鬼般飘摇。更多的人则躲进漆黑的围圈式沙发,等待下一首曲子,或一直旁观下去。

两个新到的人兜了一圈,接近舞池的地方已没了座位,就在靠墙的火车式包厢坐下来。服务员如同影子,从帷幔的罅隙间闪出来。没等服务员开口,已经叼上烟的崴崴道:"两杯奶咖,不放糖。"

乔乔道:"等一歇有人请我跳舞,你面孔不要不活络。"

崴崴道:"你想跟啥人去跳,就去跳。"

乔乔道:"你现在有厂花了,当然无所谓了。"

崴崴道:"讲闲话酸溜溜嚫,今朝不谈这个事体。"

乔乔道:"你这个人怪哦,谈女朋友是你自由,跟我有啥关系?"

崴崴道:"听你口气,看得蛮开嚫。"

乔乔道:"我有啥看不开,不管哪能讲你还是小伙子,我是结过婚的旧揩布。"

崴崴道:"这样一讲,好像是我被你吃豆腐了。"

服务员把咖啡端来了,先前的慢板变成了强劲的迪斯科,乔乔道:"放荷东了,一道去蓬嚓嚓?"

崴崴道:"你先去,我呼掉这根香烟。"

舞厅音乐是连放的,慢舞和迪斯科估摸半小时轮换一次,"荷东"轰隆隆卷过来,方块形的舞池一下子变小了。崴崴把一团烟拢在嘴里,视线追随着穿蝙蝠袖的女人。她腋下的多余张开了,像一只真正的蝙蝠,浸没在昏沉里,两只翻挪的手掌好像脱离了上肢。

这盒"荷东"磁带,大街小巷放得正欢,四喇叭吊在风口,晃来晃去——也不知道是风在搞鬼,还是喇叭共振的作用——一堆小孩架着腿在斗鸡。隔了不远的街角,是另一堆小孩,围观一只变化的魔方。闹哄哄的迪斯科音乐如同旋涡,斗鸡少年高昂起头,抱紧膝盖勇往直前。扳魔方的手越来越不耐烦,忙了半天还是乱七八糟。

痉挛的光影里,人像变戏法一样被复制出来。不到五分钟,舞池变成了一锅沸水,乔乔如同站在一块烫铁板上,脚不沾地,那些舞者也站立不稳,脚踝和关节被扳手拧松了似的。乔乔看不清四周,蓬开的发丝遮住了目光。

头颈里粘了一片,背脊将棒针衫吸住,胸脯下褶湿答答的是奶子的重量,傍晚的那把澡算是还给了港机厂浴室。

厂里的女工洗澡喜欢结伴而来,少有单吊的。下午五点不到,抱着塑料面盆守在车间的铁皮门后面。下班铃一响,急急忙忙往浴室跑。很快,开放式更衣室的挂钩上悬满了裤头和胸罩。白花花的女人们,像直起腰来的脱毛猪猡,莲蓬头就不够用了。乔乔知道这个规律,赶在高峰前占了个浴位。

此刻,她正往头上抹美加净洗发水。其实刚才已洗过一遍,洗第二遍用上了梳子,一边捋一边冲,让板结的发块慢慢梳通。

乔乔去港机厂浴室次数不多,情愿去稍远些的针织五厂浴室。涓子和马为东的事传到她耳朵里后,就不再去针织五厂洗了。

乔乔是从梅亚苹那儿知道此事的。梅亚苹有乔乔住所的钥匙,自己开了门,一边看电视一边等她。乔乔回家,远远看见窗户有亮光,吓了一跳,以为又有贼光临。想起报纸上户主惊动小偷被杀的案例,蹑手蹑脚靠近窗户。见里面坐着梅亚苹,才把悬着的心放下来,却又狐疑,老娘对自己一肚子怨气,怎么跑来了。

梅亚苹开门见山:"今朝寻你,晓得啥事体哦?"

乔乔怔在那儿,梅亚苹道:"晓得你忘得清清爽爽了。"

乔乔忽然反应过来:"我没忘记,下个月,是阿爸三周年忌日。"

梅亚苹道:"我不来寻你,你就忘记了。"

乔乔道:"我没忘记,你不来,我也记着。"

梅亚苹道:"骨灰盒寄放快三年了,你有啥打算?"

乔乔道:"还能有啥打算,当然是落土为安。"

梅亚苹道:"想当初就是你出花样,急吼吼搞啥冲喜,结果办完喜事办丧事,否则当初就落葬了。"

乔乔道:"当初根本来不及买墓地嘞。"

梅亚苹道:"一拖就是三年。"

乔乔道:"还不是你自己迷信,火葬场的人讲当年不葬,三年再葬,还要等清明冬至。他们每天跟鬼打交道,满口鬼话,你也相信?"

梅亚苹道:"你不迷信,搞啥冲喜?"

乔乔道:"要不是冲喜,我哪能说服自己嫁给马为东,我又不欢喜他。我不嫁掉,阿爸会安心闭眼哦?"

梅亚苹道:"川沙有个龙尖公墓,今年重新弄过了,改叫永安公墓,就在川杨河边上。下个月就是清明,入葬最好,你去选一块风水好一点的,不要不舍得花铜钿,你阿爸活着的辰光最欢喜你。"

乔乔道:"我会去办嘞。"

梅亚苹话锋一转:"还有桩事体告诉你,涓子跟马为东谈朋友了。"

乔乔又是一怔:"不可能哦?"

梅亚苹就把所见所闻详细说了,乔乔想起戴小多婚礼上,涓子夸马为东"大块头有男人腔调"的话来,心底一沉,暗忖,原来这句夸不是空穴来风,是涓子看上了马为东。

乔乔纠结了一下,不知该当面盘问涓子,还是等涓子自己交代。思绪再三,心想还是等涓子自己坦白,瞒得了初一,瞒不过十五,她倒要看看,涓子怎么向她开这个口。

涓子来的次数少了,用脚趾也能猜中,闲暇时间用来和马为东厮混了。偶然到熟食店来,乔乔跟没事人似的,该怎样还怎样。倒是涓子自己,眼光一躲一躲的,像没浇水的太阳花,避在荫头里。

周末的港机厂浴室对职工家属开放,拿着浴票就可进入。崴崴给了乔乔一整幅浴票,淡红色的纸,敲着"工会福利专用"章。用一次撕一小方格,有点像印工粗糙的邮票,撕开的地方压着齿痕。

浴室用两米多高的单墙隔开,每个单元有六个喷淋装置,其实就是用白铁管弯成的出水口。水是直着下来的,而不是莲蓬头式的仙女散花。到底是大厂,锅炉火旺,热水永远用不完。崴崴在大炉间上班,知道洗澡水是循环水,偏碱性,劝乔乔在龙头下时间别逗留太长。她当时记住了,等水柱惬意地浇到身上,早把提醒抛到九霄云外去了。

一个卷发女子在边上蹲下来,乔乔啐一口嘴里的美加净泡沫,乜斜一眼。卷发女子在面盆里捏来捏去,是换下来的内衣。乔乔把力士香皂涂在丝瓜筋上,听到背后叫道:"薛医生。"

卷发女子回过头:"是秦挡妹呀,今朝上日班?"

秦挡妹道:"这两天车间里行车坏了,临时改做长日班。"

薛医生道:"长日班没啥事体嘞,有空到医务室来白相。"

秦挡妹道:"好嘞,我正好想去找你拿点那个。"

薛医生道:"昨日刚好来一箱,还没开封。"

秦挡妹道:"本来屋里厢有存货,被儿子翻出来了,小赤佬当洋泡泡吹,还问我,姆妈,为啥洋泡泡上面有'勃罗头',你叫我哪能回答。"

薛医生道:"你哪能回答?"

秦挡妹道:"我回答他一记头挞。"

薛医生道:"你也真是嘞,莫名其妙请儿子吃一记头挞。"

人一多,浴室里的雾气大起来,乔乔嗅到一种熟悉的洗发水味道,她在崴崴头发里闻到过这个味道,是蜂花牌。她特地看了一下周围,果然用的都是这个牌子,长条形的红色瓶子,带点甜腻的水果味,她觉得不像美加净那么清新淡雅。

还有另一种味道糅合在蜂花洗发水里,是同样牌子的檀香皂,她很少用它。过去在家里,洗手的龙头边上常放着一块。梅亚苹说,蜂花檀香皂杀菌,洗完了也好闻,有木头香。她却不喜欢,因为吃过它的亏,柠黄色的表面有浮雕似的裱花,上托儿所的乔乔以为是饼干,就咬了一口。以后看到它,闻到的不是木头的香味,而是药水和香精的混合气味,嘴里隐隐有苦涩分泌出来。

乔乔宁愿用洗衣服的固本肥皂来洗手,洗完之后皮肤干干的,冬天还会绷,她就抹一些蛤蜊油,抹得很厚,然后把两只手掌摊开,让蛤蜊油慢慢吸干。后来有了中外合资的力士香皂,洗完皮肤特别滑,她一用就喜欢了,就是价格贵,偶尔买一块,也不舍得每天用。

眼下手头宽裕了,一买就是三五块,未下水的力士摸上去像一块温玉,比起来,蜂花檀香皂的手感粗糙多了。

港机厂女工的面盆里都有蜂花,虽然瓶身没敲上"工会福利专用"章,不用猜就知道是劳防用品。乔乔用的美加净洗发水和力士香皂,比蜂花档次要高,尤其是力士香皂,不是每个女工都用得起的。乔乔在身上抹的时候,细心的女工注意到了,朝乔乔多看了两眼,眼神里在说:这个女人好像没见到过,洗浴用品牌子也不一样,肯定不是阿拉厂里的。

乔乔用丝瓜筋搓着头颈,来回几下,形成泡沫,耳朵里忽听秦挡妹道:"我听人家在传,你跟大炉间的崴崴在谈朋友,快要结婚了,有这桩事体哦?"

乔乔停住手里的丝瓜筋,去看薛医生。她已直起腰来,把面盆踢到一旁道:"啥人传的你去问啥人。"

秦挡妹道:"听你这口气,看样子是真嘞。"

薛医生道:"不要听他们瞎话三千。"

秦挡妹道:"小道消息有辰光老准嘞。"

薛医生道:"你就欢喜跟着瞎起哄。"

秦挡妹道:"还是崴崴有噱头,拿厂花骗到手了。不过追得也蛮辛苦,我们都看在眼里。"

对面一个女工插嘴道:"就是呀,经常看到他往医务室钻,医务室里不是老梆瓜就是老菜皮,还不是冲着你薛医生去嘞。"

乔乔眼里的厂花薛医生,个子不高,年龄和自己差不多。狐狸脸上安着一对波斯猫似的眸子,瞳仁忽闪忽闪的,属于传说中那种会说话的眼睛。水从她头顶漫下来,在皮肤上一刻也挂不住。突兀收起的腰,衬出雪白的大奶子,正是崴崴喜欢的身段。

正瞅着,对方也瞟来一眼,不知为什么,她居然有点心虚,把脑袋压进水里,茂密的水帘将耳廓层层遮住,边上的对话模糊不清了。

丝瓜筋在身上胡乱地擦,撸一遍面门,水在张开的嘴边川流不息。崴崴那张猪头浮现出来,嘴也张开着,含住薛医生的乳头,就像含住自己的一样。

从水柱里探出身时,乔乔像一张被水泡皱的纸。薛医生和秦挡妹她们已经走了,身边换了一批女人,面盆里依然是蜂花牌洗发水和檀香皂。

25

舞厅出来,乔乔抱住胳膊,迪斯科蹦出的汗凝住毛孔,一个寒噤如水母从皮肤上掠过。崴崴走在边上,像是要搂她,迟疑了一下,手又缩回去。乔乔道:"耐心蛮好,追了好几年吧?"

崴崴不响,乔乔道:"良家妇女到底难弄吧,不像我,第一次就被你夤了。"

崴崴不响,乔乔道:"目的达到了,离开港机厂也快了?"

崴崴不响,乔乔道:"讨厂花做老婆,是你福气,结婚我就不来了。想得起来的话,寄两包喜糖过来。"

崴崴过来拢住她,她挣了一下。两个人朝车站走去,几辆载客摩托车围着他们笃笃转。崴崴朝他们摆一摆手,那些头盔骑士迂回了一圈,驶离了。

自从马为东干了这行,乔乔觉得每个载客的摩托车手都可能是马为东,戴着头盔,结账的时候把头盔取下来,才原形毕露。因此,她再没坐过载客摩托,出行自行车,或者公交车,要么干脆"11路电车",自己走路。

乔乔没跟崴崴回柳家,也没让他送自己回家。他们在港机新村站头分了手。乔乔钻进通往六北三队的蚯蚓小径,拐弯时她驻足回望。崴崴木桩般在车站上竖着,一点红色的烟头忽明忽暗。她看着那矮胖的身影,估摸五分钟,崴崴用脚尖踩碎了烟蒂,走了。

春暖花开时节,乔乔收到一张邮寄单。骑了自行车去邮局取件,是一只牛皮纸大信封。拆开一看,两包喜糖,每包八粒"大白兔"。她一路吃回来,到底是上海鼎鼎有名的奶糖,香甜糯软,酪香浓郁。

她知道崴崴半个月前结了婚,那些天她留了心,回家先瞄一眼信箱。一个星期以后,她确信喜糖不会来了。她想不至于是崴崴忘记,多半是邮路上丢了。今天邮寄单来了,她知道是崴崴的喜糖,因为没人会给她寄东西。

更早些的一个下午,弹皮弓来买熟食,对乔乔说起崴崴正在操办婚礼。乔乔惊讶的是,弹皮弓没被邀请。更惊讶的是,黑皮也被剔除在宾客名单之外了。

崴崴果然从港机厂辞了工,盘下了南码头的"良记",就是乔乔过本命年生日的那家饭店。饭店三个楼面,和市百五店浦东分店隔街相望,好市口配上了新招牌:美钏大酒家。

美钏是新娘子兼老板娘的芳名,薛美钏,有点像薛宝钗,又有点像王宝钏,取这个名字的人肯定是个越剧迷。

饭店装修期间,崴崴和黑皮翻脸了。崴崴要求赌场关门大吉,黑皮不同意。崴崴给黑皮留了饭店经理的位置,黑皮对此没兴趣:"你早晚会收道,我老早晓得了。"

崴崴道:"再老卵的流氓最后也要走白道,戆大才一辈子在黑道上瞎混。"

黑皮道:"兄弟对白道没兴趣,兄弟就是戆大,就欢喜在黑道上瞎混。"

崴崴道:"我看你是被章小月弄昏了头,为一个女人,至于哦?"

黑皮道:"你现在有厂花,讲起女人来当然轻飘。"

章小月是突然和黑皮分手的。这个"黑里俏"一直在办日本签证,直到拿到了飞大阪的机票,才向黑皮摊牌。还不是当面,仅仅是一条拷机留言。黑皮急忙往天上看,看了半天,低下头来看那留言,把拷机啪地摔了。

崴崴和黑皮说话的时候,手下的兄弟在旁边面面相觑,崴崴对黑皮道:"你不想做饭店我不勉强,场子还是要关掉。"

黑皮道:"场子是我一手一脚做出来的,不能讲关就关。"

崴崴道:"场子有你功劳我不否认,但你想想,要做这桩事体的人不要太多,有几个太太平平开到了今朝?"

黑皮道:"不错,是你垂帘听政。不过不要忘记,冲在前头当炮灰的是兄弟我,关进公安局的也是兄弟我,好不容易变成了摇米机,讲关就关?"

崴崴道:"那趟关你是因为临时跨所收网,事先啥人都不晓得,我不是隔天就拿你捞出来了?"

黑皮道:"捞是捞出来了,脑袋上的大鼻疮十天也没消下去。"

黑皮脑门上的"大鼻疮"是牙膏盖的杰作。那天来收网的是花木乡公安,抓完人连夜审讯,黑皮跟烈士似的,一句话都不说。警察经年和他这种地痞流氓斗智斗勇,对付的方法有如一副扑克牌,随便抽出一张,不是"大怪"就是"小怪"。黑皮被罚立壁角,这是训诫学生的小儿科把戏,当然不会这么便宜他。创新之处是用脑壳顶住牙膏盖,如果塑料小柱体从脑门与墙壁之间掉下来,警棍就会滋得你跳蚤般蹦起老高。很快,额头辣花花的,太阳穴炸开了。鼻子碰到冰凉的石灰粉,想把整张脸贴上去,顶住的不是一个牙膏盖,而是整堵墙。

三个多钟头后,警察轮岗,顶盖游戏结束,黑皮被押解回看守所。翌日下午,被转回辖区派出所。崴崴来接他,先看到的是额头上红肿的肉球,然后才是哭丧的脸。

崴崴见黑皮态度坚决,拍了拍他肩膀:"你实在要搞,我就不劝了。天下没不散的宴席,我退出。"

崴崴开始张罗婚事,从老皇历上选了黄道吉日,在自家饭店里办了宴席。鞭炮把半条街都染红了,硫磺的气味让过路人掩鼻而过。他是双喜临门,既是讨新娘子,又是饭店试营业后正式开张。三层楼面全部坐满,却少了赤膊兄弟黑皮。

另几个兄弟,因为是黑皮死党,名字也被一笔勾销。

对此,在株连之列的弹皮弓感到了委屈:"大家兄弟一场,没有深仇大恨,结婚这么大的事体不请,随便哪能是讲不过去嘞,阿姐你讲呢?"

弹皮弓一直叫乔乔阿嫂,今天改口成了阿姐,乔乔会心一笑:"请不请是人家自由,你心里不开心,无非是觉得没给你面子。他跟黑皮这么要好,不会平白无故不请嘞。他不请黑皮等于请黑皮吃耳光,不请你,最多是拍一记头挞,性质不一样。"

弹皮弓道:"阿姐讲得没错,崴崴结婚那天,黑皮请阿拉几个小兄弟吃酒,哭得一塌糊涂。"

乔乔道:"黑皮肯定有事体得罪崴崴了,否则崴崴做不出。"

弹皮弓道:"阿姐真聪明,黑皮所有的积蓄,还有崴崴一笔没结的账都给黑里俏卷跑了。崴崴盘饭店讨娘子需要铜钿,黑皮还不出,崴崴催过他几次,黑皮讲闲话有点发急,崴崴后来就不催了。"

乔乔道:"你看看,还不是黑皮欠铜钿不还。"

弹皮弓道:"他不是存心不还,是还不出,都被卷走了。"

乔乔道:"黑皮也蛮作孽嚯,怪不得不肯关场子,这么多年等于白做,肯定是想再捞一票。他要是拿情况讲清爽,崴崴不会不请他吃喜酒。"

弹皮弓道:"人财两空,哪能好意思讲。那天黑皮老酒吃多了,一边哭一边讲,我们才晓得了实情。"

乔乔道:"酒后才肯吐真言,这就是你们男人,死要面子活受罪。"

弹皮弓道:"他继续开场子,就是想翻本。"

乔乔道:"这个黑里俏,我小看她了。"

弹皮弓道:"崴崴结婚叫阿姐了哦?"

乔乔道:"你讲呢,看你平常蛮聪明,问出的问题这么戆。"

弹皮弓挠挠头:"我是随便问问,我也晓得,就算请你,阿姐也不会去嚯。"

乔乔道:"这个你就错了,他请我,我肯定去的。不过,他没这个胆子请我。"

弹皮弓道:"讲得也对,崴崴平常再老卵,这个胆子他没有。"

自从那次舞会分手后,乔乔再没见到崴崴,崴崴也没来找她。直到今天,拿到姗姗来迟的喜糖,乔乔才意识到,她和崴崴真的结束了。

嘴里嚼着大白兔,乔乔骑车拐进了浦三路。整条马路除了人还是人,两边都是临时帐篷,中间勉强可以驶过一辆手扶拖拉机。六七个平方一个摊位,用粗壮的竹子搭出长方形轮廓,包上防雨的油布,一格格连起来。有卖毛巾被单的,卖钢精锅子汤焐子的,卖南北货的,卖走私烟的,除了贩卖人口和坦克,卖什么的都有。乔乔准备称半斤马海毛,自己织一件毛衣,顺便弄点小吃骗骗嘴巴。

招商办筹备时发过函,召集个体工商户参与为期两周的浦三路集市。她本打算去设个白切羊羔摊,这种上海县七宝镇的特产,冬天最走俏。她准备让咏梅去七宝进货,配点别的熟菜,半个月下来,估摸也能赚个五六千。可临到签约,又不想去凑那份热闹,难得就近有个游手好闲的去处,不如在集市上东逛西逛。

这是开张第二天,昨天已来转过,半道遇到滑子。说话的时候,老是断句子,有逗号没句号,目光也不和她交流。没过五分钟,便推托有事走了。乔乔目送过去,看见马为东在一个摊位前讨价还价。她只当没看见,却没了逛的兴致,让一个流浪汉似的新疆小贩烤了几串羊肉串,吃完便打道回府。

此刻,单手扶车,又剥了颗大白兔扔进嘴里。羊肉串摊前排着三四个人,羊肉熬出的油汁滴在炭火上,火星吱吱直响。新疆小贩在羊肉上撒孜然,卷舌音像橄榄含在舌根里:"羊肉串日啰羊肉串,新疆羊肉串日啰。"

听到后面有人叫她:"乔乔。"

回头一瞅,是大光明:"我去熟食店寻过你两趟,你都不在。"

乔乔道:"寻我做啥?"

大光明道:"谢谢你出手这么大方,真给我面子。"

乔乔道:"是给戴小多面子,跟你没关系。"

大光明道:"你看,老是让我热面孔贴冷屁股。跟你姆妈一样嘴巴凶,你们家快变成杨门女将了。"

乔乔道:"她是佘太君,我是穆桂英,可以哦?"

大光明从内兜掏出一只信封:"戴小多讲只收一百块,九百块叫我还给你,我一直带在身上。"

乔乔道:"啥地方有送出红包收回来嚯?再讲,要还也是戴小多来还,吃喜酒不也是他来请嚯。"

大光明道:"铜钿那天是我收,我来还一样嚯。"

乔乔道:"真要还呀?"

大光明道:"送得太多了,没道理收这么多。"

乔乔迟疑了一下,把信封接过来:"那我就不客气了。"

新疆小贩将烤好的羊肉串递给乔乔,穿羊肉的钢丝要回收,乔乔站在边上吃,大光明道:"铜钿收好了,你慢慢吃,我去别的摊位兜兜。"

乔乔嘴上油腻腻的,声音也油腻腻的:"不送,不送。"

对新疆小贩比画一个V手势道:"再弄两串。"

人流中不时晃出面熟目生的脸,是周家弄的邻居。人家朝她打招呼,她哼一声。人家冲她点头,她也点点头。自行车的撑脚架放下来,屁股落在书包架上。是辆新买的女式"凤凰",擦得铮亮,负责保养的是小红。

吃完了,把钢丝还给新疆小贩,去找马海毛摊位。逛集市容易临时起意,一路上买了围巾、自行车座套,还让画匠将名字添油加醋地画了一遍。

彩笔落下之处,先是一个鸟头,画匠说是杜鹃。随后是一片左向的竹叶,竹子的躯干。再是右向的竹叶,然后是鸟的羽毛和扑闪的尾翼,梅字就算完成了。菊字复杂,也更绚烂,调动的花鸟鱼虫更多。乔乔想"乔"字笔画少,要容易些,结果画的却是繁体。画完了,把纸悬起来打量,说像不像。说不像也能说通。旁边围了不少人议论,这个说像,那个说不像。乔乔刚要掏钱,眼睛被两只手蒙住了。

"梅菊乔,猜猜我是啥人?"是个女声。

周家弄都是叫她乔乔的,六里电影院附近叫她老板娘,只有同学才熟悉她的学名,范围一下子缩小了,支吾道:"声音蛮熟噢,等一歇,名字就在嘴边上。算了,还是猜不出。"

那人道:"连我声音也听不出,再想想。"

须臾,两个人异口同声道:"任碧云。"

任碧云把手松开,乔乔道:"你兴致好,从上钢新村跑来凑闹猛呀。"

任碧云道:"没有,我现在就住许巷三队,买了间农民房等拆迁。"

乔乔道:"你也动这脑筋?这两年过来买私房的人特别多,上钢新村的新工房不住,偏要跑来住农民的私房。"

任碧云道:"做戏也要真一点,否则有人反撬边,讲你明明不住这里,倒想分房子。所以小囡交给爷娘,跟老公两个人住过来了。"

乔乔道:"你这一步走对了,等到动迁起码可以分一套全独。"

任碧云道:"你是近水楼台,没动这脑筋?"

乔乔道:"我一个人哪能分户口?想打擦边球也没办法想。你家那位唐朝大诗人没陪你来呀?"

任碧云道:"我让他学着摆摊头,在卖钩花枕头套呢。"

乔乔道:"走,去看看。"

任碧云道:"他这个人最死要面子,你去看他,面孔要红到脚底心。"

乔乔道:"我正好要买枕头套,帮他做掉一笔生意,走。"

任碧云道:"上趟在昌里路碰头,快两年了吧?"

乔乔道:"是呀,我眼角皱纹也出来了,老太婆了,你倒没啥变。"

任碧云道:"哪能没变,养小囡肚皮也松掉了,现在是衣裳遮住了看不出。"

乔乔道:"儿子还是女儿?"

任碧云道:"儿子,皮得要死。"

乔乔道:"阿拉班级你是第一个当姆妈吧?"

任碧云道:"是第二个,王迪比我早四个月,不过蛮作孽嗰,小囡白化病。"

乔乔道:"哎呀,这么倒霉。"

任碧云努努嘴道:"看到了哦?对过那个就是我老公。"

一个戴玳瑁眼镜的书生守着地摊,米黄色的钩花枕头套堆在破绒毯上,一个中年妇女正在挑三拣四。乔乔走过去,任碧云道:"这是阿拉班花梅菊乔,这个是我老公王维。"

乔乔道:"啥班花,不要瞎叫。上趟在上钢新村碰到过,中福会的干部呀。"

王维脚底心不知红没红,脸却成了猪肝色:"难为情难为情。"

任碧云道:"他就是这副样子,老同学你来现身说法,开导开导。"

乔乔道:"人家是读书人,肯来摆摊头已经不错了,肯定是你逼的。"

一些香气飘过来,左侧不远处是个小吃摊,做的是汤水买卖。偌大一张海报上,用歪扭的毛笔字写着:咖喱牛肉汤、鸡鸭血汤、双档、油豆腐粉丝汤、桂花赤豆汤。摊位正中,挂了幅招牌:汤司令。

乔乔馋虫爬了出来,想去吃一碗双档。

却听任碧云道:"我同学要买一条,你挑一挑,八折优惠,挑一条好看点的。"

"没关系,随便拿一条就可以。"乔乔接过王维递来的钩花枕头套,"就这条吧,多少铜钿?"

任碧云道:"开价十六块,给你十二块。"

乔乔揶揄道:"老同学难得碰到,就不能送我个人情?"

任碧云脸涨得通红:"你欢喜,就拿,拿去好了。"

王维附和道:"真嘞,欢喜就拿去。"

乔乔已摸出两张十块,塞进任碧云掌心:"开玩笑嘞,哪能真叫你们送。"手上还有几张十元票,估计三四十块钱,一并塞到任碧云手里:"帮小囡买点奶粉。"

王维道:"这哪能好意思。"

乔乔道:"我算是嬢嬢了,送点奶粉铜钿应该嘞。"

任碧云道:"你这么讲,就不好不收了,代小囡谢谢你。"

乔乔道:"我还想买点马海毛,到前头去兜兜,不影响你们做生意了。"

边说边往前走,在"汤司令"买了一碗双档,摊位前的简易餐桌椅早占满了,站在边上用调羹慢慢舀着吃。刚出锅的双档又烫又鲜,一边吹一边吃,享受的就是这个狼狈。

眼睛却不闲着,张望过去,看下一步去哪个摊头。目光中途被一张脸劫持了。正是崴崴的兄弟腊沙,也摆了个摊头。

腊沙五短身材,敞着黄色扯了衔的旧军装,里面是一件旧绒线衫。脑袋用一块布裹着,那布褪色严重,隐约辨出基色是靛蓝。他比崴崴瘦一些,黑一些,没肚腩,鼻孔下也没那颗痣。如果不是那股土气,倒比崴崴精神几分。不过一看就是少数民族,汉族男子没有在头上绕布的习俗。五官虽和崴崴一个模子刻出来,两相比较,崴崴却完全像个汉人。

腊沙卖的是野兽杂碎,一块土布上散落着动物趾骨和枝角。乔乔相信腊沙的货是真的,因为他是一个货真价实的猎人。但市面上卖假兽骨的很多。号称虎骨豹尾,其实来历不明,多半是赝品。羊骨冒充虎骨,驴尾替代豹尾,做的是一锤子买卖,也不指望回头客。上前洽购的,多半是年老体虚或大病初愈者,指望这些山货补气补血。

此类摊贩是新近出现的,平时在菜市场和车站码头蹲点。乔乔一直分不清他们是哪儿的人,这些脏兮兮的男人腰间挂一把匕首,露在外面的刀柄很精美,出鞘的刀刃想必也锋利无比。他们看上去笑眯眯的,眼光里却充满杀气。对这些摊位,乔乔一向敬而远之。

乔乔第一次看到腊沙,还是在夏天的那个傍晚,她听说崴崴被警察带走了,以为赌场出事了,结果是孪生兄弟来寻亲。乔乔在柳家见到风尘仆仆的腊沙,又脏又臭跟个乞丐似的。后来又见过他几次,他住三楼,没事就在晒台上练几趟拳。崴崴空下来带他到处转,把外滩城隍庙浦东公园西郊公园都逛了一圈。刀美香也参加了这些短途旅游,柳道海却没参加,不知是因为裁缝活多走不开,还是没兴趣。

腊沙除了吃喝就是玩。没多久就腻了,几次提出想回去:"我家里有老婆孩子,不能老待在这儿。"

崴崴道:"再住一段,我和你一起回版纳看看。"

腊沙道:"那我得发个电报回去,否则家里以为我走失了呢。"

崴崴道:"我明天就给你发,说你一切平安。"

腊沙从小当家,闲不住。生活很有规律,晚上八点上床,五点多就起来了,标准农民作息。先去老街上买大饼油条豆腐浆,顺手把家务也做了,好像他不是客人,倒是个田螺哥哥。

这样不知不觉就到了深秋,腊沙实在待不住了,和崴崴吵了一架:"你这是怎么回事,你猴年马月不回版纳,我就不回去啦?"

崴崴正和"良记"谈转让,谈得差不多了。

他打保票道:"等我饭店一开张,马上跟你走。"

腊沙老实,就不吭声了。没过多久,乔乔在港机厂浴室听说了崴崴和厂医薛美钏的事,她和崴崴分手了,从此再没踏进柳家半步。崴崴从她的生活里消失了,腊沙这个次要人物,更被忘在了脑后,直到眼下在马路集市上邂逅。

她不想被腊沙看见,趁他还没留意到自己,把头一低,混进了拥挤的人群,心里却想起那次小飞酒后说漏了嘴,被刀美香扇耳光的事来。

下 卷

第四章

26

那天小飞被发小王龙灌得"酒水糊涂",透露了崴崴的身世。他其实说得并不完整,因为他已不胜酒力,舌头渐渐不听使唤,趴在酒桌上,淌着口水睡着了。

但他说出了故事大致的脉络,这足以引起人们的好奇心。腊沙来派出所寻求帮助的时候,除了联防队员小飞,在场的还有警察刘四胖和宋晓屏。刘四胖负责询问,宋晓屏做笔录,小飞在边上插话。在一个多小时的陈述和倾听中,又进来了警察李浩,点了烟和小飞坐在同一条长板凳上,也插上几句嘴。所以后来市井里流传的版本就像一件毛衣,本来只有袖子,织啊织啊,把领子织出来了,把躯干部分也织出来了,变成了一件完整的毛衣。

小飞织了一截线头,后面的人把毛衣织出了轮廓。可被扇耳光的只有小飞一个,站在刀美香的立场看,小飞是始作俑者。其次,他只是联防队员,不是真正的警察,对那几个多嘴的大盖帽,刀美香还是有所忌讳。

乔乔对柳家的事所知并不比别人多,虽然她和崴崴是那层关系。但崴崴是三巴掌打不出闷屁的人,对家世讳莫如深。乔乔耳朵里东拼西凑起来的柳家故事,援引的也是市井传说。

刀美香有一段不为人知的秘史,十五岁时生下了一对双胞胎。双胞胎生父叫阿水,是个矮男人。云贵那边的男人通常身形矮小,阿水可能比普通人更矮一头,所以身高才被提出来说。

阿水家过去是保山的土司衙门,家里养着傣戏班。后来家道中落,搬到攸乐山脚,成了普通百姓。和别的傣家男孩一样,阿水八岁进寺庙当和尚,还俗后叫尚依水,有个哥哥叫尚岩叫。傣家没严格的姓氏,"尚"代表当过和尚,"岩"是排行老大,"依"是排行老二。"水"就是阿水,"叫"就是阿叫。其实就是有名无姓。

尚依水离开寺庙后,学开了一阵子小拖拉机,后来成了勐海县勐腊公社的小拖拉机手。当时整个版纳都没有特别像样的路,都是人走出来的泥路,晴天扬灰雨天泥泞。老百姓跑远路,不是步行,就是坐马车,总之交通基本处于冷兵器时代。县交通局有汽车队,都是下属单位计划调配,要打申请。公社大院里顶多有一两辆军用吉普车,供主要领导使用。一般办事员来勐海县城办事,就指望小拖拉机。所以尚依水有点像公社专用司机。晚上山路难走,通常在勐海留宿一晚,尚依水就这样和初二女生刀美香认识了。当年傣家姑娘读到高小毕业就不错了,能读初中的不多。刀美香读书不错,本来小学毕业家里准备让她休学,她又哭又闹,就让她继续学业。

刀家竹楼是祖上当土司时传下来的,前面六栋连成一排,后面四栋连成一排,中间还有院子和花园。清算土司那年,家族被发配到偏僻的山寨去了。父母这一户,住在后排靠右的一栋竹楼里。之所以保留这一户,说法很多,流传较广的是,刀家是有势力的土司,等于是个土王。土王也是王,有鬼神庇护。如果把刀家人都驱出祖宅,外姓人进驻肯定压不住,惹恼了鬼神,可能会带来杀身之祸。所以就留了这一户来糊弄鬼神,其他的竹楼,腾出来打扫干净,挂牌成了公家的旅馆。

刀美香父母作为土司的七子七媳,一点也没土王家的器宇轩昂。虽住在县城里,每天要跑老远去田里种地。背着锄头,见人点头哈腰,一看就是软壳蛋。选他们来充当鬼神的挡箭牌,真没选错。

尚依水有时偷偷开小拖拉机到县城来转悠,突突突的马达声在街上可招摇了。下榻在刀家竹楼的旅馆里,看到漂亮的傣家妹子刀美香,尚依水就喜欢上了。接触了几次,把她哄上了小拖拉机。小姑娘第一次坐这铁家伙,上了车笑逐颜开。在街上转了一圈,尚依水驱车到了山里,找个荒僻的山脚把小姑娘抱住,刀美香就这样稀里糊涂被破了身子。

等晚上送回来,家里知道生米煮成了熟饭。为了女儿名声,只好打落门牙往肚子里咽。找尚依水谈了一次,尚依水同意娶刀美香,但要等她满十六岁。这样表态,刀家也没什么话好讲,尚依水却从此不来刀家客栈住了,偶尔看见刀家的人也绕着跑。

刀家当时只觉吃了亏,没朝怀孕那方面去想。小姑娘年纪小,例假停了也不懂,傣家女子原本身板纤细,脸庞圆了,肚子鼓了,以为是婴儿肥。等接近临产的两个月,腹部一下子隆起来,才如梦方醒,急忙停了课,去找尚依水。

这才发现那家伙很久没出现了,开小拖拉机的也换了人。问下来才知道,尚依水完蛋了,被关进了勐龙镇的麻风寨。版纳地区把麻风病人叫作"琵琶鬼",麻风寨处于曼迈村的荒郊野岭,一条回勒河流经此处。为不污染水质,"琵琶鬼"住在回勒河最下游,一辈子禁止搬回原住地,等于被判了无期徒刑。

刀家试图让女儿堕胎,医生拒绝了,离预产期两个月不到,这时把孩子打掉,胎儿没了,产妇也可能丢了性命。

刀美香辍了学,住到勐宋公社去了,那会儿勐宋公社还叫东方红公社,刀美香三姐出嫁在这里。刀美香是老幺,上有三个姐姐。

三姐是残疾人,左手是直手,不能拐弯。她骨头好像一直有问题,身体僵硬,弯个腰也很吃力。可她又是个要强的人,一天到晚歇不下来,无论是农活还是家务干得并不比别人少。

三姐出阁前跟幺妹最好,她俩长得最像,三姐更瘦一些,跟芦柴棍似的。其实饭量一点不比别人少,就是吃死不胖,应该和她病灶有关。三姐夫张有顺是岭南人,原是国民党李弥残部的士兵。李弥率部从蒙自往缅甸撤退时,他当了逃兵,一路逃亡到勐宋,被一对老夫妇收留下来。老夫妇是猎户,膝下无子。看他面相憨厚,嘴唇厚厚的,腰膀也厚厚的,就给他搭了个铺,教他骑马,搭陷阱,用弓弩射杀野兽。

不料却捡了个宝贝,张有顺自幼习武,身手灵活,对打猎之事一点就通,没过多久就逮到了麂子和穿山甲,还捉到了活孔雀。老夫妇乐得合不拢嘴,想收他当儿子,却不好意思开口,让另一猎户去说。说客一提这事,张有顺就同意了。后来才知道,张有顺六岁那年随父母逃难,在广西走失了,一路乞讨吃百家饭,当了一年多小要饭花子。后流落到桂北,被一个划地卖狗皮膏药的武师收下当了徒弟。那武师自称是南拳宗师铁桥三晚年嫡传弟子,张有顺不知铁桥三是谁,却曾亲眼看到七八个壮汉围攻师傅不得近身。心想师傅这么厉害,师傅的师傅岂不天下无敌。师徒两人漫无目的,过着浪迹天涯的日子。张有顺十七岁那年,和师傅一起被李弥部抽了壮丁,师傅去了缅甸,他开了小差。

张有顺颠沛流离的身世,无非会形成两种个性。一是野惯了,喜欢浪迹天涯;一是野腻了,向往稳定生活。张有顺是后一种。虽然老猎户只有一间挂满臭烘烘兽皮的小破屋,外加两匹瘦马,但一提过继,张有顺立刻就答应了。老夫妇对张有顺唯一的要求是,他们百年之后,张有顺能够穿孝子服,体体面面为他们送终,张有顺满口应承下来。

刀美香三姐嫁给张有顺是村长做的媒,村长是刀家的姨表亲。放在过去,土司女儿是不可能和猎户联姻的,可现在刀家被打倒了。过去土司家的女儿是公主,眼下连乡下土妞都不如。土妞还有庄稼汉讨回去做老婆,落魄的公主没人敢娶,怕担上反动家属的罪名。

张有顺却不信邪,去相亲。三姑娘老实,把自己的身体情况先说了。张有顺哦了一声,道,你把手给我看看。三姑娘摊开手,张有顺握住,手指冰凉啊,走路给我看看。三姑娘就走了几步。张有顺道,你这是血脉不通,小时候能治好,现在有点晚了。三姑娘苦笑道,我不拖累你。张有顺道,我不是那意思,我倒觉得你没土司小姐的娇气,是个踏实过日子的人。

私下对媒人说,这姑娘本分,我同意这门亲。不久就把刀家三姑娘娶进了门。

张有顺打完猎,一有工夫就给三姑娘按摩,敷自制的膏药。三姑娘病情有了好转,肢体活络很多,走路也灵便了,虽比正常人差一些,却已算奇迹了。

过了几年,老猎户夫妇先后过世,张有顺穿了孝子服,叫了唢呐班,提着气死风灯在前面带路,把他们埋在后山腰的茶树林里。

因为精于狩猎,张有顺每次去集市都用皮毛兽骨换些钱回来,家里翻新了房子。张有顺疼老婆,按傣家传统造了一栋竹楼。两个人的小日子好了起来,唯一的缺憾是三姑娘肚子一直没动静。

有一段时间,对原先的土司头人政策有了松动,虽然没平反,但也不整天被盯着了。刀美香的二哥还被分配到勐海茶厂当了工人。原先大家不敢多走动,形势不那么严峻了,联系就多了。三姐听父母说起幺妹怀孕的事,就把她接来了。

刀美香躲在三姐家不出门,三姐在外套里塞了只枕头,对外说怀上了。乡亲觉得蹊跷,怎么几天不见肚子就浑圆了。张有顺依着老婆的意思,逢人便说自己要当爹了,但愿是个儿子。丈夫的话更有说服力,人们就以为是自己先前没注意:"先道个喜啊,肯定是带把的。"

分娩那天,从老远找了个产婆,接生完连夜就给送走了。刀美香诞下一对双胞胎男婴,先出来的唤作腊沙,后出来唤作勐崴,都留给三姐当了儿子。

刀美香还没好好看双胞胎一眼,就给三姐抱走了。刀美香连一次奶都没给儿子吃过。奶水很奇怪,越吮越多,不喂的话没几天就回掉了。三姐用羊奶喂两个男婴,刀美香在三姐家休养了几天,就回到了娘家,留了一级,继续读初二。然后到1968年初中毕业,得了一个去景洪卫生局护士班培训的机会,她拍拍屁股跑去了州府。这是她第一次出远门,勐海到景洪四十多公里,没正规的大道。很多山区的老人一辈子没去过州府,必须要去的,有骑马骑驴或者坐马车驴车的,也有徒步去的。刀美香运气好,搭上了一辆柴油车,颠簸着跑了五个多小时,中间还被一次小规模的泥石流堵了去路。万幸的是,那辆破车居然没有抛锚,把她送到了目的地。

自从那次离开三姐家后,她很久没再去东方红公社。她好像完全忘记了两个儿子,那次生育对她来说,大致和一次阑尾手术差不多,疼过也就过去了。

培训班结业前夕,适逢毛主席下达最高指示:"知识青年到农村去,接受贫下中农再教育。"景洪有不少知青下乡,刀美香也报了名,参加勐龙乡的围垦大军。位于勐龙乡的东风农场是"梯田开垦大会战"前沿,开垦梯田是为了种橡胶树,农场里到处在宣扬:"要胶不要命。"

知青从祖国各地涌来,实行军事化管理。此地驻扎的云南生产建设兵团一师,下面有十六个营,刀美香就在这儿当护士。

连队条件艰苦,住的是四面穿风的茅草房,版纳气候怪异,凌晨到正午雾气弥漫,穿件衬衫刚好。午后日头当空,一动就出汗,只能穿背心。到了傍晚,温度降下来,衬衫外面要加外套。所谓一日三季,所以晚上睡在茅草房的竹笆床上,必须盖好被子,不能把光脚丫伸出被角。知青来自各地,初来乍到,对这儿的鬼气候不适应,白天有中暑的,半夜有着凉的。刀美香所在的卫生站病号络绎不绝,当然也不是什么大病,无非是头疼脑热、水土不服,这些病号里就有来自上海浦东的知青柳道海。

刀美香虽生过小孩,因为保密工作做得好,没风声流出。她的外形也跟别的傣家妹子没什么两样,还是个小"卜哨"。因为生养时年轻,皮肤弹性好,肚子上没留下妊娠纹,没给孩子哺乳,胸型也没走样。懂行的接生婆可能从大屁股上看出破绽,但屁股大说明不了什么,有人天生大,有人天生小,算不上严格的证据。

柳道海被分配在机施班,就是机械施工班。连队有"斯大林100"推土机,也有"东方红75"推土机。"梯田大会战"开始,柳道海驾驶着推土机,往一棵千年老树推过去,在一片轰鸣声中,直上云霄的大树折断了躯干,倒在扬起的尘埃里。

晚上是烧坝的好时辰,被点燃的山火沿着山脊吞噬着热带雨林。火焰里是连绵不绝的类似爆竹的炸响,一座座山头被夷平了。然后是挥锄犁田,种上橡胶树苗。平展环绕的梯田从十五度坡到六十度,都在两千级以上。站在山头看另一块山头,光秃秃的植株尚未枝繁叶茂。但假以时日,此处将成为中国最大的天然橡胶基地,这是后话了。

27

开山种树的艰辛是持续的,就像盘亘的群山看不到头。攻占一个山头,连队会小小庆祝一下,组织知青和当地老乡联谊,围着篝火跳舞。少数民族聚集地区，姑娘小伙能歌善舞。汉族知青没什么优势，都是被傣家妹子哈尼妹子硬拽着跳起来。碰到泼水节这样的大日子，连队也会放假狂欢一天。

没有人知道刀美香是怎么和柳道海好上的。柳道海是高中毕业来云南插队的，比刀美香大三四岁。个头高高的，上眼皮很厚，看上去有点睡不醒的样子，却也显得老实本分。版纳地区日照长，当地人都黑不溜秋的，柳道海干的虽也是粗活，倒是怎么也晒不黑。所以人们说，刀美香看上的就是柳道海的白，也有人反驳，认为刀美香看上的是柳道海的针线活，柳道海是个裁缝。

工余难得的闲暇，柳道海不像队友喝酒或倒头大睡，他永远在缝补裁剪。连队没有缝纫机，他一针一针就把衣服缝起来了，针脚又密又匀，验证了传说中上海男人的心灵手巧。

柳道海做衣服不是自己穿，按他的话说，从小跟祖父学这个，怕生疏了，空下来练练手。队友嘲笑他大男人做女红婆婆妈妈，但衣服被钩坏了，还是来找他缝补，他偶尔也给相熟的队友做件衬衫什么的。名气传到了卫生站，刀美香拿着一只泼水糍粑，把芭蕉叶撕开，一边吃一边来到他宿舍，扔给他一块素雅的棉布，让他做一件筒裙。

筒裙显腰和胳膊，裹得紧，穿起来还要舒展自如，对缝制要求很高。柳道海见缝插针做了半个多月，才交到刀美香手里。细心的柳道海额外给筒裙加了一根银蓝色的细腰带，穷乡僻壤的，也不知道他从哪儿弄来的高档尼龙丝。后来才知道，他把上海带来的一双新丝袜编成了腰带。因为他到了连队，发现丝袜根本是多余的，连队里都是赤脚大仙。

刀美香穿上筒裙，衫身紧窄，纤腰毕现，像回到了少女时代。连队的人认为，就是那件筒裙让柳道海赢得了刀美香的芳心，他们同时相信是刀美香勾引了这个上海后生。因为大伙印象中的柳道海笨嘴笨舌,口才根本不能跟他的针线活相提并论。让木讷的柳道海主动追求一个傣家妹子,简直是天方夜谭。

他们的恋爱持续了一年多,后来分手了。个中缘由只有当事人知道,其实农场里这样的爱情并不在少数,大多没结果。原因是知青都幻想着返城,如果和当地姑娘结婚,意味着永远在云南边陲落户了。所以像柳道海和刀美香这样的情况,有始无终并不鲜见,修成正果才比较稀罕。

恋爱不谈,两个人就不来往了。看见也不说话,看对方不是用眼白,就是用黑仁。恋人之间多半就是这样,好的时候甜如蜜,崩了就跟有仇似的,老死不相往来。

又过了一年多,刀美香突然失踪了。农场把周遭翻了个底朝天,活不见人,死不见尸。没人想到她的失踪和柳道海有关,因为刀美香是在柳道海病退返沪半年后,才人间消失的。

对刀美香的失踪,猜测最多的是以为她死于非命。有说被老虎吃掉了,有说掉进澜沧江淹死了,还有说在野象谷迷了路,被见血封喉的箭毒木毒死,成了缅甸巨蟒的晚餐。

这些结局听上去惨烈,明显有编造的痕迹,却是农场里的谈资。很快就传到傣寨里,大家也在茶余饭后唠上一唠。不单傣家人爱唠,混居的哈尼人和彝人也爱唠。一出戏的雏形就是这样,像聚拢的一小片晨雾。到了黄昏,就化成狐形黑烟,从这个人嘴巴里,钻进那个人耳朵里去了。

总之,在寻找没有任何收获后,人们相信刀美香已不在这个世界上了,压根没把她和那个遥远的上海后生联系起来。

就像一块石头荡起的涟漪,湖面平静下来的时候,意味着那块石头从来未曾有过。刀美香失踪两年之后,户口被核准注销,腊沙和勐崴兄弟在三姨妈兼养母家一天天长大。

却在这时,那块石头从湖底飞出来了。刀美香还活着,在上海,和柳道海生活在一起。

　　无意中闯入刀美香生活的是退休医生姜初文,他当初是作为专家从昆明借调到总场的,是一位混了好几代血的"汉傣"。从血统上来说,版纳的"纯傣"一直在减少。与之相邻的缅甸掸族和老挝佬族,在历史上与傣家曾是一脉,同是湮灭的妙香国子民,皈依的也同是南传上座部佛教。这两个小国因是土著建国,通婚多在族间进行,面貌比较纯正。而汉人和傣族联姻较早,随汉姓的也多,外形上很难区分是汉是傣,就有了个"汉傣"的说法。

　　姜初文是随"朱梅华失踪案"专案组一起来沪的,他其实不是专案组成员,他老婆李英才是。朱梅华是上海女知青,对东风农场来说,这件案子和刀美香失踪其实差不多,就是一个活蹦乱跳的女孩一下子消失了。当时整个云南生产建设兵团有五万多知青,说是知识青年,实际上还是大孩子。很多人在离家之前,都没独立生活过,一下子离开父母,去万里之遥的不毛之地,心理上和发配也差不多。所以新鲜劲儿一过,思乡的念头压不住。云南生产建设兵团由省农垦总局转型而来,隶属昆明军区和地方政府双重辖管,是个典型的四不像:像部队,像农场,像生产大队,也像一座开放式劳改营。管理混乱,恶性事件频发,有斗殴死亡的,有溺水死亡的,还有为赖账把队友刺死的。最臭名昭著的是,干部强奸诱奸女知青,几乎每个团都被牵连,师党委专门开了刑事会议,据说有营长直接被拉出去枪毙的。

　　然而这些案件的影响都赶不上"朱梅华失踪案",因为它刚好撞在了上海知青慰问团来访的节骨眼上。时值中共十大召开,全国掀起"批林批孔"高潮,贯彻毛主席关于知识青年上山下乡的革命指示。这个背景下,上海派出了知青慰问团,其实是打着慰问旗号了解沪籍知青在各地插队的情况。慰问团有北上的,也有南下的。西双版纳是上海知青重镇,当然在探视之列。慰问团一到东风农场，就听说了朱梅华的事，立刻向上海革委会汇报，革委会又上报中央军委，一下子通了天，再也压不住了。

朱梅华是晚上临睡前，去上厕所时失踪的。那天暴雨，朱梅华想约室友一起去解手，室友回答她说刚去过，她就穿着衬衣，趿着黑布鞋自己去了，再也没回来。

专案组的配置级别很高，搜查得也很仔细，可以用掘地三尺来形容，活要见人，死要见尸。可那场雨太大了，当地老人说，起码是三十年一遇，雨水把一切痕迹冲走，最好的军犬也嗅不出蛛丝马迹。

类似刀美香失踪时的传说又出现了，基于朱梅华是个修长的漂亮姑娘，情杀奸杀的说法占了上风。比较离奇的演绎是，被边境民族军头领掳去当了压寨夫人。

朱梅华专案组派员去了上海，走访朱梅华的父母和亲友，借此暗访朱梅华是否私自跑回了家乡。朱梅华家在普陀区，靠近苏州河。父亲在华生电扇厂上班，母亲是国棉二厂工人，这对老实巴交的中年夫妇一口咬定女儿没回来，然后就号啕大哭起来。

数日后，专案组结束上海之行返滇，李英请了假，留下来陪老公。

姜初文这次来沪是故地重游，他抗战时在昆明白龙潭"国立上海医学院"读书。当时很多学校都迁往大后方办学。刚读了一年半，学校又挪窝至重庆，刚巧母亲病重，他只好放弃学业回家侍母。抗战胜利后，医学院搬回上海，他抵沪继续深造。两年后拿到了学位，回昆明从医，之后再没回过母校。

这次老婆作为专案组成员来沪，他借这个机会来怀旧。事先联系上几位保持联络的老同学，先去枫林路看了校园，拜访尚健在的几位老师。等李英那边的工作结束，带老婆去了人民广场和城隍庙。李英是第一次来上海，牵着丈夫的手，走在午后的南京东路上，觉得中华第一街真是名不虚传。这么多店连在一起，逛也逛不完，昆明的金马碧鸡那片虽也热闹，还是差一大截。

不知不觉走到外滩，李英高兴起来，举起手里的黑色皮包比照实景，包上印着"上海"两个字，配套的图案正是外滩建筑的剪影。这个包风行全国，很多人家都有。其实很多人一辈子都未必有机会来上海，对上海的印象就是这个剪影。李英是幸运的，看到了真实的"万国建筑博览会"。

姜初文和李英站在黄浦江边上，从浦西望过去，浦东灰蒙蒙的，如一大块沉默的画布。姜初文决定去一次浦东，他从来没去过浦东，他所知道的上海是浦江西岸的上海，对东岸的上海他一无所知。他知道这次来沪，或许是此生最后一次，就像打量一枚硬币，想把上海的正反两面都瞧上一眼。

姜初文夫妇从延安东路轮渡站过了江。在轮渡上，他想到了柳道海，这个上海知青病退返沪后给他写过信，告诉他已经顶替父亲在浦东一家大厂上了班，他记得叫港口机械厂。柳道海在信里告诉他，他用第一个月的工资买了一支英雄牌钢笔寄给了他。不久姜初文收到了包裹得很仔细的英雄钢笔，附带着还有一枚崭新的毛主席像章。

姜初文之所以对柳道海印象深刻，是因为这个看似木讷的小伙子显示了上海人的活络，他是农场第一批办成病退的知青。直到今天，姜初文都不知道柳道海从什么途径获悉了可办理病退。因为柳道海心脏病发作被队友送到急救室来的那天，姜初文也刚刚从内部了解到这个政策。

允许因病丧失劳动能力的知青病退回原籍，这个消息一旦发布，农场的稳定必然一夕尽毁。所以该消息没有下达正式文件，口头通知，内部掌握。而柳道海却第一时间解密，想办法搞来了麻黄素，把大腿根扎紧，让心脏不听指挥。

当时,姜初文正在吃饭,听到了这个急诊病历。心脏病是要死人的,他撂了饭碗就奔过来了。

柳道海脸色由潮红而土灰,心脏快从喉咙里跳出来了。经过抢救,症状略有缓解,躺在观察室静观其变。过了几个钟头,姜初文来查房,药性过去了,柳道海恢复如常,姜初文也没觉得奇怪,心脏病就是疾风骤雨,过去了也就没事了。姜初文嘱咐柳道海好好休息,就出了门。柳道海下床跟在他后面,见他一个人进了屋,就尾随进来。脸涨得通红,扭扭捏捏有难言之隐。

姜初文问他何事。柳道海小心翼翼问道:"姜医生,心脏病可以办病退么?"

姜初文立刻警觉地反问:"你怎么知道可以病退?"

柳道海说是猜的,姜初文讥讽道:"猜的?诸葛亮转世了。"

姜初文明白出了内奸,也明白柳道海不会透露是谁走漏了风声。作为医生,他对柳道海的速成"心脏病"更有兴趣。

柳道海知道被识破了,只好承认吃了三片麻黄素,喝了一碗吊钟花熬的汤,扎紧大腿让血供不上导致心律失常。姜初文很好奇,问柳道海怎么懂这些。柳道海又不肯说了,姜初文叹了口气:"教你的人怎么不考虑后果,这样乱吃,吃死都有可能。"

姜初文出于同情,给作假的柳道海开了绿灯。病退需要一次复查,有别的医生一起参加。姜初文让柳道海按减半的剂量服上次的药,只要有点心动过速就可以了。

复查那天果然有两个医生在场,一搭脉搏,心律不正常。柳道海就这样拿到了医生证明,病历上写了心源性心脏病。他就用这份病历去团部办理了户口及粮油关系迁移手续,神奇地回上海了。

这是一个口子,很快"病退"成了农场里最时髦的一个词。柳道海这样的伎俩每个人都想得到,装病的知青越来越多,手段千奇百怪。军心一涣散,兵团给基层施压,让医院严格把关。姜初文这样的医生心肠也只好硬起来,不再睁一只眼闭一只眼。

绝望的人不能让他看见黑暗里漏出天光,普通的装病不能达到目的,有人就走了极端,开始自残,或者擅自离开农场不告而别,哪怕成了黑户口。

相比较而言,柳道海作为第一个吃螃蟹的人,应验了一句老话——凡事宜早不宜迟,他成了幸运的人。从上海寄来的英雄钢笔和毛主席像章告诉姜初文,柳道海把他当作了贵人。

姜初文在轮渡上询问港口机械厂驻地。柳道海没有夸张,这确实是一个名声在外的大厂,姜初文问了一个人就知道了答案。不算太远,厂址在南码头和白莲泾之间,坐公交车大概七八站路。

夫妇俩去港口机械厂找柳道海,门卫不知道这个人。听说姜初文夫妇从云南远道而来,又是戴眼镜的知识分子,热心地把电话转到工会。工会很快查到了柳道海,拨到他所在的车间,说是刚翻出夜班,在家休息。姜初文不免有点失望,门卫已帮他问到了柳道海的住址。步行半小时,沿着桥堍去六里老街,拿着门牌应该能找到。

李英提醒丈夫,别空手做客。姜初文这次来上海,事先准备了烤烟、田七、普洱茶等云南特产,送了师友一些,旅馆里还有一些,来浦东是临时起意,所以都没带。李英一提醒,在水果店称了几斤苹果和橘子,自我安慰道:"水果也算是云南特产,就它吧。"

柳道海住的是一间破屋子,没什么自然光,有一扇很小的窗户,想亮堂一点,需要把房间中央的灯泡一直开着。门没关,边上是个巴掌大的灶披间,炒菜的女人转过身来,姜初文觉得面熟,对方也一下子认出了他,嘴张得合不拢:"姜老师呀,你怎么来啦?"

姜初文看着昔日的下属,怕眼睛老花,把眼镜往鼻梁上推推:"你是小刀吧,没想到没想到。"

李英在农场见过几次刀美香,也吓得不轻:"你怎么不吱声就跑到上海来了,找你的寻人启事把兵团都贴满了。"

刀美香不知道紧张还是兴奋,将两位远客让进屋:"快进来快进来,你们怎么找来的?还带水果干什么,太客气了。"

还没等姜初文夫妇落座,朝屋里喊:"道海快起来,来了稀客了。"

柳道海已经醒了,从床上下来,慌忙在短裤外面套了长裤,拖着一双夹脚拖鞋过来,紧张和兴奋兼而有之:"哎呀,怎么是姜老师,贵客贵客。"

手都不知道怎么放了。

姜初文把此次来沪的来龙去脉大致说了一遍,李英阴沉着脸,一直没插嘴。姜初文知道她缘何不快,他心里其实也有疙瘩,但想到是私人做客,不是代表组织来审查,朝老婆使了好几次脸色。李英脸就是绷着,肌肉坏死了似的。

柳道海和刀美香不是傻子,对李英为什么恼火,当然心知肚明。

赔着笑脸,虽然笑得尴尬。姜初文瞪了一眼老婆,但李英就是认死理儿的主,抽调到专案组之前,她是某团纪检组的干部,背后被人叫作"马列主义老太太",口头禅是"我李英眼里从来不揉沙子"。

毫无疑问,在李英看来,刀美香的行为严重违反了组织纪律,与自己一贯的准则完全相悖。她脸上挂的不是糨糊,而是日积月累的世界观。

刀美香小坐片刻,李英的态度使她坐立不安,借着做饭的由头,去了灶披间。姜初文和柳道海攀谈起来,避开刀美香来沪的话题,用调侃的口气揭穿一个真相:"我没猜错的话,病退的内部消息是小刀透露给你的吧。"

柳道海没否认,憨笑了一下。姜初文拍了下他的肩膀:"我说你这么灵通呢,原来奸细就潜伏在我身边,好一个灯下黑。"

柳道海又是憨笑,不好意思地舔舔嘴唇。眼角的余光里,发现李英乜斜着自己,他很心虚。姜初文爽朗地笑起来:"看样子这次我是没白跑,解了一个谜。不用说,麻黄素肯定也是小刀的主意,她是护士嘛,有这个常识。"

柳道海问起姜初文近况,姜初文说在做退休前的交接,这次回去就正式退档回昆明了。柳道海如同小学生对老师那样卑恭,谢了姜初文三四次。无非是没有姜老师的通融,自己还在农场回不来,姜老师就是再造父母。姜初文听了,只好谦逊地打断,柳道海隔一会儿又提起来,一方面他的确心存感激,另一方面,他笨嘴笨舌,也没有额外的话题。

刀美香在灶披间拼凑了几只热炒:"不知道你们来,家里没准备,只好委屈你们随便吃一点了。"

姜初文看看李英:"饭我们就不吃了,主要是没来过浦东,顺道转一下。"

柳道海道:"这怎么可以,到了上海,不吃个便饭,瞧不起人。"

李英站起来:"心意我们领了,小刀,我代表农场党委正式通知你,跟我们一起回云南接受组织调查。"

刀美香愣在那儿,姜初文没想到老婆来这一手,打圆场道:"你李阿姨刀子嘴豆腐心,其实在帮你,你出走后户口注销了,跟我们回去,趁我们还说得上话,抓紧给你补回来。"

刀美香道:"我在上海挺好的,要那个破户口做什么?"

李英声音变大:"你们现在肯定是非法同居,你没户口,没单位介绍信,怎么办结婚证?"

柳道海道:"先吃饭吧,先吃饭,坐下来说。"

姜初文看着李英,圆场道:"要不我们就吃一点吧,做都做好了。"

李英看了老伴一眼,可能也觉得失礼,气鼓鼓坐下来。姜初文抬头才注意到,餐桌上面搭了个很小的阁楼,人站起来,感觉就碰到天花板了。

姜初文道:"早听说上海住房紧张,确实是挺逼仄的。"

柳道海道:"我爸妈住在东头,这儿原来是我家放杂物的地方,我和美香觉得和大人住不自在,就搬过来了。"

说着给姜初文夫妇斟啤酒,只倒了小半杯就被劝阻了。柳道海给自己斟满,给刀美香斟了半杯,大家举杯碰了一下,各自搛菜,冷了场。

姜初文暗生悔意,鬼使神差找柳道海做什么。总算挨到饭局收尾,姜初文夫妇告辞,柳道海送他们去车站,刀美香借口收拾碗筷,送到门口就折回了。其实是怕李英再提带她返滇,不过她知道李英不会善罢甘休,这事肯定没完。

一边在洗碗,一边觉得蹊跷,姜初文两口子怎么就突然冒出来了。小时候听老人们唠嗑:不怕半夜鬼敲门,就怕白天撞活鬼。没搞明白什么意思,这下恍然大悟。

等柳道海回来,知道自己没猜错,李英把柳道海给说服了。柳道海认同李英的建议,让刀美香回云南,向农场做个书面检查,把户口补上,农场也勾掉一桩悬案。如果不明不白留在上海,一个黑户口什么保障也没有,说得难听点,社会身份是零。将来有了小孩,户口随母亲走,等于生下来就是黑小孩,读书就业都是问题。

刀美香赌气道,我要是偏不回去呢。柳道海告诉她,他向李英提了这个假设。李英的答复是,她会向农场报案,至于是农场派警察来沪,还是委托上海公安,她不知道,但结果是殊途同归,刀美香将被押解回滇。

刀美香叹了口气:"天数躲不过,他们什么时候走?"

柳道海道:"明天晚上八点,如果决定和他们一起走,就去新闸路上的丰收旅馆找他们。"

刀美香痛哭一场,柳道海也伤心啜泣。这一别,两人不知何时相聚。等擦干眼泪,两人约好,坚持鸿雁传书,直到重逢。刀美香开始收拾行李,第二天柳道海请了事假,送她去丰收旅馆。李英胸有成竹,竟然一早去北站补买了张火车票,去昆明的坐票已售罄,买了站票。待柳道海找到旅馆,她已通过长途电话向农场汇报,刀美香在上海找到了。

就这样,刀美香在消失两年之后,被李英带回了东风农场。专案组抵沪是调查朱梅华是否潜回了家乡,结果有心栽花花不开,反而无心插柳,找回了另一个失踪人员,世事就是如此诡异。

李英因此被授予三等功,刀美香被记大过一次,全场通报批评。在走完必要的流程后,她"死而复生",补办了被核销的户口。

刀美香夹紧尾巴做人,等周遭对她的非议渐渐平息了,她从竹楼摔下来,是真摔,脑袋先着地。这时姜初文医生已不在农场医院了,给她做检查的是一个军医出身的中年男人,一看刀美香头晕加呕吐,马上诊断为脑震荡。卧床数日后,刀美香可以下床了,手不停哆嗦。抖了三个月,手臂肌肉好像都开始萎缩了。那个军医开了证明:中枢神经损伤。

刀美香拿着这个证明办了病退。大家去送她,帮她搬行李,她手一点也不哆嗦了,自己提着两只大包就上了路。

回到勐海县城后,刀美香在勐海茶厂上班,随后耍伎俩办出了长病假,登上了赴上海的列车。这次,她没有单身来沪,把小儿子勐崴带去了上海。

那个找到六里派出所的异乡人,自称就是双胞胎里的哥哥腊沙。他拿出了证据,一张泛黄的黑白照片。画面里有六个人,一对傣家老夫妻,两个傣族妇女和一对双胞胎少年。那个年轻一点的女人,小飞一眼认出是刀美香。

腊沙介绍说,这是弟弟被带走前在勐海县城照相馆照的全家福。转眼十二年过去了,四个月前,一辈子被病痛困扰的养母拖不过,咽了气。

腊沙此番千辛万苦来上海,不是为了投靠生母,只想见双胞胎弟弟勐崴一面,等遂了兄弟团圆的心愿,仍要回到版纳的山寨里去。

为了这次远足,腊沙准备了很久。上海对他来说,和天涯海角没有差别。他不知这一趟远行要花多久。临行前,他安顿好家小,带了少量现金,背了两袋上好的虎骨豹尾,踏上了寻亲的征程。

腊沙虽然知道刀美香住在浦东,也知道大致方位,却不知具体哪个门牌。因为他在列车上把唯一的信封丢了,信封上写着柳家地址。这信封是刀美香给她三姐寄信时留下的。

腊沙在北站下了火车,过江到了浦东。一路打听,好心人教他,这样问是大海捞针,猴年马月也问不出名堂。你既然知道要找的人名,去派出所查询才对。他方才开窍,一家家派出所跑,总算在六里派出所问到了。

于是小开带着警察李浩去了柳家,把崴崴叫到了派出所。崴崴见到腊沙似乎并不意外,他好像知道总有一天哥哥会来。兄弟俩看着对方,腊沙上来拥抱弟弟,崴崴拍拍腊沙的肩膀,把他带到户外的角落里。一个多小时后,兄弟俩返回办公室,崴崴朝警察掸掸手,一口流利的"上海闲话":"我带我兄弟回屋里厢了,今朝的事体到此结束,啥人都不许出去乱讲。"

明显还有后半句——"啥人口风不紧,当心我不客气。"

小飞当然听出了画外音,可他还是把崴崴的家世给出卖了。

28

一连数天,乔乔泡在集市上。从熟食店那边来,跨过六里桥,顶多十分钟就看见了赶集的人流。她笃悠悠逛过来,看见任碧云在摆摊头,就停下来说些闲话。任碧云刚在《新民晚报》"夜光杯副刊"发表了一篇散文,悼念一位大学同班同学。该男生是江苏昆山人,姓丁,也喜欢文学,参加过邵枫的诗社,毕业后回家乡当中学老师,在黑板前写着字就倒下去了。

乔乔读到了这篇文章,她喜欢里面这一段:

> 我们残喘一生,到了弥留之际,才发现过往只是梦境,而那个垂死者,只是收集梦境的采风人。不要以为你置身于现实,那些记录在时间胶片上的光与影,只是用来在最后一刻重温旧梦。然后永恒寂灭,仿如从没来过一样。

乔乔道:"你文章越写越好了,写得那么悲观,却那么美。"

任碧云唏嘘道:"没想到阿拉班里厢都开始死人了,毕业才几年呀。"

乔乔道:"自己死了也就死了,苦的是身边人,一直要惦记。"

任碧云是课余捞外快,老公要下班后才来帮忙,有时也会提前滑脚过来。中福会这种事业单位,考勤不像企业那么死,王维大小还是个干部,经常外出开会,编个理由就滑脚了。任碧云从城隍庙福佑路小商品街进的货,架不住集市里人满为患,每天能卖掉三四十条钩花枕头套。隔一段,会来个小高潮,先是一两个人,慢慢就起了蓬头。挑选的多是婆婆妈妈,乔乔就逛到别处去了。

她再没见到腊沙,或许已卖完了虎骨豹尾,不来摆摊了。也可能还在集市里,因为是无证设摊,为躲避管理员的巡逻,成了流动哨。

转了一圈,乔乔拦下一个过路人问时间。涓子约她晚上一起吃饭。说起来,认识这么多年,她们还没好好上过馆子,平时逛街,多半在路边摊和小吃店打发。偶尔也找个小饭店,一荤一素一点心,总是乔乔请客。涓子对钱一直看得紧。她们比过指缝,涓子手指并起来,对着阳光,一点光线也看不见。乔乔就很漏财,指缝间光芒四射,说明这个民间小测验有一定道理。

乔乔心里明镜似的,涓子约吃饭是假,摊牌是真。必是婚事已近,迫不得已来挑明。若不然按涓子的性格,还得一路天黑瞒下去。涓子也不会真以为自己是聋子,对她和马为东的事浑然不晓,不过是不揭底罢了。

离开碰头还有一些时间,乔乔在市百五店浦东分店门口站了片刻,美钏大酒店矗立在斜对面的街角,霓虹灯光影上下移动,仿佛能听到电流穿梭的声音。

闪进了店堂,转到卖皮鞋的区域,觉得脚酸,坐在试鞋的矮凳上。营业员过来:"你买鞋子哦?不买不许坐。"

抬头看,是个麻脸女人。乔乔道:"不买,偏要坐。"

麻脸女人道:"不可以。"

乔乔站起来,去货架拎了一双短帮女靴。左脚从鞋子里伸出来,动了动脚趾,塞进新鞋子里,跷了个二郎腿:"我开始试鞋子了,可以坐了哦。"

麻脸女人脸上麻子更多了,扭头走开。

乔乔将新鞋放在边上,笃定泰山。估摸时间差不多了,将鞋子放回原处,朝麻脸女人斜白了一眼,往门口那边去。

涓子正东张西望,乔乔站到她跟前:"准备去哪里一爿饭店?"

涓子避开她的眼睛:"随便,我今朝拿工资,你想斩尽管斩好了。"

乔乔努努嘴:"就去对过的美钏。"

涓子道:"这爿呀,亏你想得出来。"

乔乔道:"为啥不能去这爿?饭店开了就是吃饭嘛。"

涓子道:"真去吃呀?"

乔乔道:"当然是真㗢,号称南码头最挺括的饭店,我还没尝过味道呢。"

美钏大酒店门口站着一个姑娘,旗袍外披了件织锦缎短袄,颜色是配套的,旗袍是绛红,短袄是洋红。鞠一鞠躬:"欢迎光临。"

乔乔道:"你看饭店门口有迎宾小姐㗢,南码头独此一家。"

涓子道:"排场大不实惠,迎宾小姐工资还不是算在菜钿里。"

迎上来一个女的,穿着一身藏青色的西服,有一颗印度女人般的眉心痣,痣是黑的,不是用朱砂点的红色。乔乔认识,是小麻雀的女朋友琴琴:"喔唷,阿嫂今朝哪能有空来啦?"

"阿嫂"两字刚脱口而出,琴琴吐了下舌头,乔乔也不在意:"到饭店总归是吃饭,你在这里当领班?"

琴琴道:"混口饭吃吃,你们包房还是堂吃?"

乔乔道:"就阿拉两个人,堂吃吧。"

琴琴道:"上头两层是包房,一楼是堂吃。来,我给你们找个靠窗位置。"

两人坐下,透过玻璃往外看,是落市在即的菜市场。农民守着地摊,吆喝住最后一单买卖。斜对面,从电烤鸡店飘出的香气隔着窗户也能嗅到。天空黏糊糊的,一捞就是一片潮湿。

乔乔道:"菜谱就不看了,琴琴,帮我点几只招牌菜。"

上菜速度不慢,第一道油爆虾,冷菜热做。

琴琴道:"尝尝看味道哪能?"

乔乔撩了一筷:"柳老板呢?"

琴琴道:"啥人?"

乔乔道:"崴崴呀。"

琴琴道:"我当啥人是柳老板呢。他白天老少来的,夜饭的辰光才来。"

乔乔道:"开赌场垂帘听政,开饭店还是这样,平常啥人照看呀?"

琴琴道:"主要做夜饭生意,中饭生意一般,我看着就可以了。崴崴吃夜饭会来,刀阿姨有空也会来。反正自己人总比外头人信得过,黑皮跟他这么好,还不是为了几个铜钿掰掉了。"

乔乔道:"老柳不来呀?"

琴琴道:"从来不来嘞,你寻崴崴呀?"

乔乔道:"我不寻他,我是来捧场嘞。"

琴琴道:"崴崴差不多也快到了。"

说着,刀美香从楼梯下来,原本瘦削的体形有点发福了,枣红色中式对襟衫是斜纹粗纺毛料做的,估计是老西门全泰公司的款式。华达呢直筒裤是黑色的,膝盖那儿稍许有点反光,却没配皮鞋,自制的元宝式棉鞋,鞋面用料和裤子一致,无非是多余了裤料没舍得扔。

刀美香这身打扮有点老气,其实她四十还不到,麻花辫盘成了一个髻。乔乔有一段时间没见她,原来的瓜子脸有点圆了,倒显出一点富贵气。

刀美香和乔乔对视一眼,笑得很吃惊,道:"小梅,来吃饭呀?"

乔乔道:"来尝尝鲜。"

刀美香道:"第一趟来吧?"

乔乔道:"第一趟。"

刀美香道:"琴琴你招待一下,我去南码头等客人。你关照一下三楼包房,冷菜先上桌,茅台酒和牡丹烟也摆好。"

琴琴道:"都准备好了,客人一来就上菜,放心好了。"

刀美香道:"小梅你慢吃,这顿饭我请客。"

乔乔把油爆虾放进嘴里:"阿姨你去忙,不要客气。"

刀美香道:"你第一次来,是客人。琴琴你拿账记好,回来我签字。"

乔乔道:"不用客气了,还是我自己付。"

客套期间，又上来了一道响油鳝糊，乔乔把鳝糊当中的白胡椒粉拌匀，对涓子道："快点趁热吃。"

涓子其实一直在埋头吃，油爆虾左嘴巴进去右嘴巴出来，肉没了，轮廓还是完整的。从小外婆没少说她："吃油爆虾啥人吐壳嚎？"她照吐不误，盐水花生、清炒蚕豆，只要外面裹皮的，左嘴巴进去，右嘴巴出来。久而久之，唇齿练成了独门功夫，吮螺蛳啃蟛蜞的速度比别人快很多。

琴琴凑到乔乔耳边："我给你叫一条松鼠黄鱼，反正一样是个人情。"

转身去厨房关照了，等她回来，乔乔提醒道："你拿这么贵的菜请客，当心老板找你算账。"

琴琴道："关我啥事体，推在你身上，就讲是你点的。"

乔乔道："我想起来了，你不是在针织五厂上班么，哪能来这里了？"

琴琴道："竞聘上岗被筛下来了。"

涓子抬起头来："你是针织五厂？怪不得面熟目生。"

琴琴道："我也觉得在啥地方看到过你。"

涓子道："你在针织车间？"

琴琴道："我在成衣车间当质检员，你呢？"

涓子道："我做挡车工，质检员多好呀。"

琴琴道："所以竞争激烈被筛下来了呀，你们慢点吃，我去三楼布置一下，今朝他们要请重要客人，也不晓得是哪路神仙。"

涓子抬头朝琴琴笑笑，笑容收回来的时候，和乔乔相交，慌忙把头低下去了。

油爆虾吃剩两只了，松鼠黄鱼是最后上的，这是一道以刀工和勾芡见长的名肴。大黄鱼和小黄鱼不同，正如大熊猫和小熊猫是两码事。一条小黄鱼八钱一两，只能面拖油煎，而松鼠黄鱼要剖菱形花,一定要七八两以上才行。普通小饭店不会备这道菜,大黄鱼产量逐年递减,老百姓消费不起。除了美钏大酒店,南码头能端出这道菜的,大概只有国营金雅饭店了。

涓子知道,乔乔明白今天约她的用意,假如自己不开口,她绝不会先提。如果想挑明,乔乔何必等到今天。

涓子鼓足勇气道:"乔乔,我要结婚了。"

乔乔故作吃惊:"啊呀,这么大的事体,哪能一直没听你提?"

涓子声音轻得像蚊子叫:"是马为东。"

乔乔作出更吃惊的样子:"你跟马为东结婚?"

涓子不响,头压得更低了,乔乔作恍然大悟状:"怪不得你一直没跟我提,要是我,也开不了口。"

涓子道:"我也觉得蛮戆嗰,是蛮戆嗰。"

乔乔道:"我又没怪你,我跟他没关系了呀。"

涓子怯生生道:"阿拉下趟还是小姐妹哦?"

乔乔反问道:"你讲呢?"

涓子道:"我当然想一直好下去。"

乔乔道:"那就好下去呀,快吃大黄鱼吧,冷了就不好吃了。"

涓子道:"今朝讲好我请客,你不要让他们免单。"

乔乔道:"有人抢着付钞票,为啥不要呀,就让他们请。"

涓子道:"他们免单是看你面子,等于是你请客,今朝讲好我来嗰。"

乔乔道:"早晓得你来付,就不点大黄鱼了。"

涓子道:"我也从来没像样请过你,今朝破费点是应该的。"

乔乔道:"不要吞吞吐吐,今朝等于先请我吃喜酒了,对哦。"

涓子眼圈都快红了:"不好意思。"

乔乔道:"我跟黑皮差不多,崴崴结婚不叫他,你结婚我也不能去。"

涓子忙换了频道:"外头在传周家弄马上就要拆了。"

乔乔道:"是呀,我经过银河电影院,对过老多新工房开始打桩了。"

涓子道:"我听你姆妈讲,要在外头过渡一年,房子已经借好了。"

乔乔道:"跟动迁组合同签掉了?"

涓子道:"具体我不晓得,阿姨这么能干,相信不会吃亏。住了新工房,不用倒马桶了。"

乔乔道:"新工房也就抽水马桶好,别的也没啥好。"

涓子道:"有人最好今朝就搬,有人寻死寻活不想搬。有个孤老,上吊过两趟了,男人留下来的老房子,非要死在里厢头。不跟你谈任何条件,就是不搬,弄得动迁组的人也想上吊了。"

乔乔道:"动迁组的人才不会上吊呢,一肚皮坏水,就想骗你签合同。"

涓子道:"阿姨私下告诉我,等新工房拿到手,要留一间最大的房间给你。"

乔乔道:"哦。"

看一眼涓子,暗忖,老娘明知道涓子跟马为东谈朋友,照样跟她来往,涵养功夫真好。不过自己也不逊色,此刻还不是坐在一起吃饭——虽然嘴里说以后要好下去,实际上就是最后的晚餐,以后见面最多点个头,屁都不会放一个了。

两个人专心吃那条大黄鱼。吃了一会儿,崴崴来了,和新娘子从浦三路马路集市里钻出来,正准备穿过浦东南路。涓子眼尖先看见,用鞋尖抵了下乔乔。乔乔转过头,她的位置既看得到82路车站,又看得到浦南医院后花园。她注意到薛美钏的腹部微微腆了起来。掐指一算,和婚期好像碰不拢。肚皮里的账,是各式各样的糊涂账。她把头转过来,用台布擦了擦嘴角。

崴崴的脸又大了一圈,肉往两边长,乔乔早给过答案:"你的结局就是一块麻将牌。"

这副长相真和柳道海没什么关系,柳道海是蚕眉关公脸。当然小孩有取父母优点也有取缺点的,但前提是亲生。刀美香眼下腰粗腚垂,却能看出年轻时的俊俏。崴崴是从她肚子里爬出来的,也看不出有哪儿像她,或许真正像的是那个尚依水。尚依水在麻风寨大概都死了八百年了,要是没死也满目疮痍成了妖怪,金箍棒都打不出原形来。

浦东话里专门有一句:癞痢头儿子自家好。寻亲风波则是一本陈年坏账。不明不白冒出来一只六耳猕猴,却被孙悟空认了兄弟。这事等于是个闷屁,臭味不会那么轻易淡去。

崴崴和新娘子过了马路,走到医院后花园的铁栅栏旁,崴崴被一个大盖帽截住了,两人停下来说话。薛美钏手里提着一只小竹篮,进了饭店。小竹篮里放着绒线和织针,一件毛衣织到一半,一看尺寸就是为婴儿准备的。

乔乔闻到了蜂花牌洗发水和檀香皂的味道,还有孕妇特有的奶腥味。薛美钏没朝两边看,直接上了楼。

玻璃外边,半深半浅的天色袅绕着雾霭,摇曳的树影在地上蹭来蹭去。崴崴左脚搭在铁栅栏横档上,乔乔和他之间,除了透明的窗户,隔着三十米不到的距离,他眼梢偏过来一点,目光就接上了。他却转过了身,留下完整的背脊,那个警察跟着转身,显出了正面。

乔乔道:"这个警察面孔老熟嘞,我想起来了,是王庚林的徒弟。上趟我铜钿被偷去报案,就是他接手,问东问西,像真的一样,其实一点思路也没有。"

涓子道:"指望这种小警察破案?除非瞎猫碰到死老鼠。"

乔乔看到琴琴下楼来,唤道:"辰光差不多了,阿拉走。"

涓子叫道:"结账。"

乔乔道:"真的要请客呀?"

琴琴走过来:"结啥账?讲好免单。"
涓子道:"我今朝是专门请乔乔,铜钿肯定要付。"
琴琴看着乔乔,乔乔道:"就让她付吧。"
琴琴道:"那不好意思了,我还推销了一条大黄鱼,我去收银台拿单子。"
涓子看着窗户外面:"看他们讲闲话的样子蛮热络嘞,称兄道弟的样子。"
乔乔道:"人家老早是开赌场的,当然黑白通吃。"
涓子道:"还好他跟警察在讲闲话,要是直接走进来,看到阿拉,蛮尴尬嘞。"
乔乔道:"有啥尴尬,抬头不见低头见,诚心想躲还躲不过。"
琴琴走过来:"你这记破费了,六十六元八角,要免单还来得及。"
涓子道:"不要免单,这顿就是我要请嘞。"
她今天果然是发工资,饭钱是从牛皮纸的工资袋里倒出来的,点了七张大团结给琴琴:"六六八好口彩,禄禄发呀,拿去。"
琴琴去收银台拿了找头过来,涓子塞进牛皮纸袋里,和乔乔起身离开。刚走到门口,差点和崴崴撞了个满怀,崴崴没想到乔乔从店里出来,惊讶地看着她,乔乔道:"柳老板,菜式不错。"
崴崴嘴张在那儿,不知怎么回答。他愣神的时刻,乔乔拽了拽涓子的袖子,走了。

29

刀美香坐在轮渡站的长条板凳上等人。说是板凳,其实就是两只电焊好的铁框,用螺帽固定了五六根细长的木板。冬天还好,夏天穿得少,屁股陷在细木板之间。坐久了,肉上会有横杠杠,起身太快,会夹一下,疼得一咧嘴,还不好意思出声。酷暑时节,穿薄裙子的姑娘不会去坐,会粘在大腿上,扯也来不及。

眼下是初冬,坐得很满,上一班船刚开走,下一班需十分钟后才靠岸。刀美香已等了两班,还没有接到人。她猜这一班应该差不多了,求人的事,干等也只好干等。总不能掐着时间,若是人家先到了,显得很不诚心似的。

直到今天,刀美香真正成了上海人,才意识到李英当初的良苦用心,户口还真不是可有可无。若非李英胁迫她回云南,恢复户籍,她今天和柳道海还不是法律上的夫妻关系,拆房动迁也轮不到她。

一晃又是十多年过去了,姜初文和李英快奔七十了吧,后来也没了他们夫妇的消息,不知近况如何。人老了,不是青光眼就是白内障,眼里一辈子不揉沙子的李英,还那么爱憎分明么?

想当年,被迫归队的刀美香对李英恼怒透顶:农场又不是你私人庄园,逃跑的也不是你的奴隶,何必那么顶真?

也难怪她愤愤不平,在上海过着安生日子,却被带回农场做检查挨批评,怎么会不一肚子戾气。

当年她拿着棉布来找柳道海的时候,已经喜欢上了对方。做衣服是幌子,其实是暗示。柳道海老实,用软尺在她身上量尺寸,脖子僵硬地拧着,避免有更近的接触,她心里笑他傻,更喜欢这个白面书生了。

拿到筒裙那天,他们去河边走了走。当然是她的提议,柳道海跟在她后面,她停下来,用手指勾他的手指。这是她的初恋,虽然她已失去童贞,可这才是初恋。

虽然农场明确规定,知青头三年不允许恋爱,更不准许结婚。但偷吃禁果的现象很普遍,法不责众,农场也只好睁一只眼闭一只眼。在农场里,有很多天南地北的爱情。农耕之余,爱情可以抚慰思乡之苦,很多知青都有了自己的姑娘。在月光下的凤尾竹林,在脏兮兮的角落里,情侣们窃窃私语。情到浓时,互相吃上一口,再吃上一口,一口一口,没完没了。

温柔乡易醉也易碎,虽然不知道今后还能不能返城,可每个来自城市的知青都不死心。时间流逝,也有和当地姑娘领证结婚的,这是少数,百不足一。更多的则将恋爱和婚姻分开,恋爱的时候是真心的,抛弃的时候是绝情的。抱着恋人海誓山盟是一回事,死心塌地扎根在云南是另一回事。

刀美香是个得过且过的姑娘,她和柳道海在一起,没想那么多那么远。不过她有个愿望,去见识一下大上海,去大名鼎鼎的外滩和南京路留个影。她问柳道海:"你会带我去你家乡看看么?"

柳道海回答:"好,我带你去。"

刀美香道:"要是我喜欢上那边,不想回版纳了呢?"

柳道海道:"那就留下来。"

刀美香朝柳道海看一眼,这么嘴笨的人也会喂糖了。她把头靠在柳道海肩上,递一颗野酸角给他。柳道海剥开弯钩形的荚果,丢一粒果仁在嘴里,酸得眉毛蹙起来。

是先酸后甜,柳道海道:"我们上海的奶油话梅比这个罗望子好吃多了。"

刀美香道:"咦,你怎么知道它叫罗望子?"

柳道海道:"上回发烧,有个战友用野酸角熬汤,说叫罗望子茶。我喝了一口就放一边了,太难喝了,后来还是去你们卫生站开了药。"

刀美香道:"是有这个偏方,我小时候也喝过。"

他们相恋期间,刀美香两次请假离开农场,去东方红公社三姐家堕胎。

刀美香不怪柳道海,她喜欢他抱着自己,像一只土狗一样直喘。第一次他没经验,她也没经验。被尚依水强行掠去的就是她唯一的一次,仅仅一次,就一炮双响。她或许是版纳最年轻的妈妈,幸好隐瞒工作做得缜密,没让这个头衔在市井加冕。

刀美香平日里扎一根麻花大辫,穿白大褂。她在卫生站给人打针,农场里都叫她刀医生,也有叫刀护士或小刀的,只有柳道海叫她美香。

美香不是随便给人叫的,家里人才这样叫她。她允许他这样叫,他还别扭了一下,改口道:"美,美香。"

她有点气恼:"叫得疙疙瘩瘩。"

转眼又欢喜起来:"那我叫你道海?你爸妈叫你什么呢?"

柳道海道:"我妈叫我道海,我爸不怎么叫我。"

刀美香道:"不怎么叫你?那他怎么叫你呀?"

柳道海道:"他要是有事。就对我说,喂。"

刀美香道:"那我也叫你喂,嘻嘻。"

柳道海道:"你叫我喂,我就叫你喂喂。"

刀美香道:"你敢!"

他们来到后山腰的巨幅阴影里,拨开一些灌木,坐在草地上说话。山里雾气大,脚底和屁股一会儿就湿了。空气特别清澈,像水刚从河里泼洒出来。刀美香折叠的小腿从下摆露出来,柳道海把头低着,不敢看她,或者只是用余光在看,刀美香气鼓鼓道:"你抬头看,树上挂着一条蛇呢。"

柳道海一激灵,赶紧抱住她:"哪里?"

刀美香道:"我手里呢。"

刀美香知道柳道海是童男子,她也不觉得自己不是处女。用手掌去摸柳道海的脸,纤细的手指像蛇一样冰凉,柳道海张开嘴,刀美香忍不住想笑。等柳道海毛手毛脚脱她筒裙时,她抓住了裙摆。她一直在撩拨对方,她成功了,反倒退缩起来。不是害怕,而是不习惯一个书生变成了喘息的土狗。

把柳道海推开:"我自己来。"

躲到树后面,飞快地脱了个干净,把眼睛闭起来:"你过来呀。"

柳道海抱住她,她眼睛眯一条缝,发现对方闭得比自己还紧。摸一下他的脸,冰凉的手指大概让柳道海想起了蛇,他突然睁开眼,看到刀美香正盯着自己,他脖子都红了:"你看我干什么?"

两人好一阵忙乱,第一次就是这样,类似开胃果,吃了头一次想着下一次。

刀美香喜欢柳道海的屁股,结实得抓不住。一股热流从体内升起,她整个人吊在腰上,指尖像锄扒,钩住柳道海的背脊。人往后仰,柳道海把她托住,怕她脊梁骨断了似的。她往后仰啊仰,控制不住大叫起来。柳道海赶紧用嘴堵住她的嘴,她叫不出声来,把背脊抓得更紧。等她缓过来,他后背上有抓破的红印子,他顾不上疼,后怕道:"你别把狼招来。"

刀美香知道他言不由衷,嘴上说怕招狼,其实是怕招人。

约会的地方大致是安全的,他们总能找到人迹罕至的僻静之处。刀美香直言不讳道:"我喜欢你屁股,你喜欢我哪儿?"

柳道海想了想:"你的眼睛,笑起来一弯。"

刀美香道:"你吹牛。"

她握着柳道海的手,放在一侧乳房上:"你喜欢我这儿。"

握着柳道海的另一只手,放在胯间:"还有这儿。"

柳道海不知道怎么回答,刀美香喜欢看他狼狈的模样,看着他被问得呆呆的模样。柳道海乘势把她压下:"我是喜欢,喜欢你奶子,还有你的……"

他不好意思把那个字说出口,却足够让刀美香吃惊。她感受到一只野狼呼哧呼哧狂奔而来,不是土狗,是野狼,是领军的头狼。一路披靡,以从未有过的勇猛将她撕碎。席卷的烟尘经过她狭窄的躯体,乱足杂沓,猝不及防的刀美香张嘴咬住了头狼的肩胛,深深地咬住,咬出完整的齿痕。头狼任由她咬,奔得比方才更快,前后蹄化作了四翼,带着刀美香飞向半空。

这次交欢让刀美香看到脱胎换骨的柳道海,可这只是幻影,激情消逝,他很快恢复了白面书生的腼腆。

让刀美香惆怅的是,在以后的日子里,柳道海再也没有那么狂妄的表现。她对那次头狼的进攻念念不忘,可头狼走了就不再来了,重现的激情保存在记忆里。柳道海体力依然充沛,却再不是君临天下的头狼,重新变成了喘息的土狗。

刀美香相信,就是这次疯狂,播下了一枚种子。她不是十五岁的小姑娘了,对身体的异常有了戒心,观察了几天,发现不对劲,就想到了三姐。

请了十天探亲假去东方红公社,找后门让一位连里的拖拉机手帮忙送她。医护人员在农场还是有点面子的,毕竟打针吃药都在他们手里。刀美香临行前和柳道海道别,想让他送自己一程。犹豫是否要提怀孕的事,队友跑过来催促柳道海出工,她到嘴边的话就咽下去了。柳道海急匆匆走了,回头朝她挥手:"早点回来。"

她也朝他挥挥手,忽然觉得有点委屈,把头转过来,爬上了拖拉机。

三姐好久没见刀美香了,看见她来,高兴得什么似的。等知道了来意,又犯起愁来。问妹妹是跟谁怀上的,刀美香如实说了,但不让三姐去找柳道海。三姐急着找张有顺商量。商量下来,先在家里用土方,优点是足不出户就能完成。缺点是万一不成功,苦头就白吃了,只能去勐海县人民医院。报名用三姐的名义,手术妹妹去做,姐妹俩外貌酷肖,容易蒙混过关。

三姐夫张有顺既是猎户,又是练家,懂一些江湖偏方。提供了两个方剂:一个是麝香,像狗皮膏药一样贴在脐部;一个是鸡爪草和车轮菜熬汤,早晚内服一次。刀美香听了就说:"那就双保险,一起用吧。"

张有顺前年深秋打到过林麝,足有三十斤重,算是林麝里膘肥体壮的。是用箭射的,跑过去已经死了,不过没死透,浑身抽搐,四根芦柴脚还没蹬直。张有顺一看是雄麝,把生殖器捞开,用匕首围着腺体囊切了一圈,回家将杂毛修掉,晾干成一只毛香。

这样的上等麝香,猎户家总会藏一两只备用,家人有个急热惊风,大痛骟肿,好有个应急,倒没想到今天派这个用处。

拿出来,就是个长毛的柿子,挖了一点香仁敷在肚脐上,果然是奇异之香。那两样熬汤用的野草倒不难找,井边和树下转转,一顿饭工夫就有了。帮忙去找的是双胞胎兄弟,这哥俩快六岁了,再过一年多,准备送去寨子外的乡村小学念书了。

兄弟俩长得像,神态也像,不仔细还真难辨别。仔细看,弟弟鼻孔里有个黑点,像粒鼻屎,刀美香真以为是鼻屎,去抠,没抠掉,才明白是天生的。

双胞胎也不怕生,和刀美香不熟,只知道是来做客的小姨,直接和她闹起来。刀美香也没觉得是身上掉下的两块肉,和他们一块儿玩,像个姐姐似的。倒是三姐看在眼里,笑意里有一丝走神。

两个男孩都不是高挑的坯子,上身比下身长,不过挺壮实,从小跟着张有顺习武打猎,野兽昆虫大树小草认识不少。一听要鸡爪草和车轮菜,噢噢着就跑出去了。

张有顺的偏方起了作用,第二天中午,刀美香肚子就咕咕直嚷,但光打雷不下雨,跑了好几次茅坑,只拉了一泡屎。肚子一阵痛过一阵,到了第三天,流了少量的血。三姐又把当年那接生婆请来,留她住了几日。接生婆让刀美香把血尿在毛纸上,凑近了用小木签慢慢刮。刀美香的肚子越来越疼,出血量开始变大。又过了两天,接生婆从毛纸上刮出一只带绒毛的虫状血块,长吁了一口气:"可惜了,是个儿子呢。"

说完,领了赏钱,喝了一碗普洱茶走了。都说接生婆是半个巫婆,刀美香的疼痛确实减轻了,然后就不疼了,血也不流了,就是疲乏想睡。睡了一天,身体轻快了很多,想到探亲假快满了,准备赶回农场去。

刀美香离开三姐家是上午,张有顺套了马车去送她,双胞胎也屁颠颠上了平板车。三姐叮嘱道:"你以后千万当心了,身体是自己的,要爱惜自己,让他用避孕套。"

刀美香点头道:"我知道了,我们卫生站有的。"贴耳问:"接生婆怎么知道那个血块是儿子呢。"

三姐道:"我也问了,她说有毛毛的血块是男孩,没毛毛的是女孩。"

刀美香哦了一声,有点将信将疑。不过坐在平板车上,她就不想这个事了。和双胞胎闹了一会儿,兄弟俩无聊了,开始比画手脚。车轮滚动,扬起一路的灰。刀美香开始想那个让她吃足苦头的白面书生了。

虽然让她吃了苦,可她不恨他,相反更想他了。

等见到柳道海,说了探亲背后的真相,柳道海脸都吓白了:"怎么不早说?"

刀美香看着他:"早跟你说了,你准备当爹呀。"

柳道海语塞,刀美香道:"我们以后用避孕套吧。"

柳道海忙点头:"要不我们别做了吧。"

刀美香一噘嘴:"不做就不做,谁稀罕。"

四个月后,刀美香再次中招。她察觉身体出错之后,坐在床沿生闷气。她一直在用避孕套,当然偶尔也犯规一下,一般是用完了。

避孕套是农场的一项福利,免费派发给有家室的工作人员。

毕竟是隐私,不用领取者签字。刀美香近水楼台先得月,去药房顺手牵羊。也不是每次都得手,而且不敢多拿,怕保管的人发现,所以才会断档。

犯规的次数虽然不多,不过一次纰漏就足够酿成事故。刀美香第一时间通知了柳道海,柳道海傻了眼。刀美香能猜到他这个反应,反过来安慰他别紧张,他只需做一件事,去勐海县城,以她家人的口吻给农场发个电报,就说家里有人病危。不这样的话,肯定请不到假,因为离上次请假半年都不到。

具体写哪位家人,让刀美香黯然神伤,无论写谁都是诅咒。心里实在过不去,决定杜撰一个人物,就对柳道海说,你就在电报上写,四奶奶病危吧。

她有不少奶奶,其实就是爷爷的妻妾,恐怕还不止四个。不过她搞不清老祖们错综复杂的关系,搞不清哪个是四奶奶,哪个是五奶奶。对她而言,那就是杜撰的一个老妇人,可能都不在世上了。

柳道海的电报换来了十二天探亲假,其实光奔丧不必花那么久,主要是傣家的丧礼有一套规矩,时间不容易掐准,所以给了余量。

这次三姐没给她好脸,把三姐夫和双胞胎支走,劈头盖脸一通臭骂。一边骂一边抹眼泪,还是舍不得妹妹受罪。刀美香看见三姐哭,也陪着哭,心里忽然有了不安。

人的预感就是征兆。刀美香没了上次的运气,虽如法炮制,腹中却不疼也不流血。咕噜噜放了几只响屁,麝香和药汤完全失效了。

刀美香假期有限,不能在三姐家多逗留,央求三姐带她去县城看医生。张有顺把双胞胎托付给邻居,套了马车,带姐妹俩去勐海。东方红公社离开县城三十多里,山道崎岖,把姐妹俩颠得半死,从下午一直走到傍晚,才远远看见了一座城池。

怕父母生疑,也不敢去投宿。在医院门口,把马拴在树上,姐妹俩躺在平板车上,张有顺躺在树下,凑合了一宿。等门诊开张,以三姐的名义去妇产科挂了号,张有顺冒充刀美香的丈夫做担保,安排刀美香上了手术台。这当中肯定是有破绽的,张有顺夫妇私下打点了医生,蒙混过关了。

手术很顺利,留院观察一两天就可出院。就在当天晚上,刀美香差点大出血死了。看着血从床单流到地上,三姐绝望地号啕大哭,她知道妹妹活不成了。张有顺急忙在家属栏里签字,恳请医生输血救命。

不知道用了多少血浆,才把刀美香的命给捡回来了。医生说,这种大剂量的血崩死亡率非常高,人是缓过来了,以后估计不能再要小孩了。当然活过来本身就是奇迹,你们回家去曼春满寺烧香吧。

刀美香后来真的去曼春满寺烧香,求了逢凶化吉的银线圈。对那次死里逃生,她记得最深的是三姐夫说的一句话:"如果你死了,就是你三姐死了。你做手术是用三姐的名,以后三姐就只能用你的名义活在世上了。"

她回到农场的时候,已超过假期整整六天。三姐想得周到,刀美香还躺在病床上,她用一片腊过的獐肉,贿赂到一张盲肠炎手术的证明,去农场续了假。

续完假,三姐没立刻往回赶,守在柳道海的宿舍对面。等看到这个白净的上海后生,她才明白妹妹为什么喜欢他了。她把柳道海唤出来,拖到一边,亮了身份,把刀美香堕胎的过程说了一遍。说到刀美香不能再生育了,柳道海眼圈突然红了。

三姐叹了口气:"我妹妹成了不会生蛋的母鸡了,你自己看着办吧。"

等刀美香回到农场,见到的是心事重重的柳道海。他本就话不多,现在说得更少了。刀美香这次真被伤着了,身体复原得很慢。原本走路像灵巧的小鹿,现在脚步变得拖泥带水。脸色也有点青黄不接,像被霜打蔫的野果。

刀美香见柳道海躲着自己,也不去找他。过了十来天,柳道海来了,整个人瘦了一壳,嘴唇焦焦的,看得出这段日子也过得煎熬。

柳道海对她说,他决定和她结婚。刀美香鼻子一酸:"不要你可怜我,不许可怜我。"

柳道海又不知说什么好了,闷坐了一会儿,起身要走。刀美香把他拽回来:"好吧,你用什么娶我呀,我可是土司家的公主。"

他们又和好如初了,实际上他们没有不好过。就像一记重拳,他们只不过被击晕了,两个年轻人没想到男欢女爱会闯这么大的祸。

柳道海不是信口开河,好几次提出去领结婚证。对不能生育这件事,他说他并不是特别看重。为打消刀美香疑虑,他解释了原因,柳道海父亲是祖父在九江逃难路上捡来的弃婴,所以他和祖父其实没血缘关系。柳是祖父的姓,他除了知道自己可能是江西人,包括姓氏在内的其他一概是谜。从这个角度说,传宗接代对他来说,不像别人家那么看重。虽然浦东老话讲有假子无假孙,可这句话说不通,连儿子都是假的,孙子怎么会是真的呢。

刀美香和柳道海说好,抽空去县城先把结婚照拍了,随后带他去见父母。没等他们去县城,三姐来了。

三姐还是为幺妹的肚子而来。上次刀美香堕胎,三姐不忍心跟父母提,当唾沫一口咽了。这次后果实在严重,她想再咽一口唾沫,辗转了好一阵,还是咽不下去。让张有顺当车夫,去了县城娘家住了几天,看着晾干的草叶般枯萎的父母,实在不忍心说,决定还是自己再找一次柳道海。

三姐是铆足了劲来的,上次给幺妹请假,和柳道海匆匆见了一面,因为要赶回去照看妹妹,也没深聊。这次她来,既想兴师问罪,也想看看柳道海准备怎么收场。

来了才知道,柳道海已向刀美香求婚了。这正是三姐此行目的,她当然很高兴,对柳道海的态度也一百八十度转弯。晚饭间闲聊,三姐把自己的疑惑说了出来:"听说你是独子,结婚后没孩子,怎么向父母交代?"

柳道海便将家事托出,三姐听了,没作什么评价。三姐在刀美香那儿留宿一晚,第二天柳道海和刀美香去送她,她忽然改口叫"小柳"为"弟弟",视柳道海为家里人了。

三姐没直接回家,又去了勐海县城父母那边,预告幺妹的喜讯。基于幺妹夫接受了不能生育的事实,它其实成了柳家的私事。三姐想父母年纪大了,能报喜就别报忧了,能瞒一时就瞒一时吧。以后的事,等他们正式成亲后再说。

柳道海给家里去了信,说准备娶一名傣家妹子为妻,当然他也隐瞒了刀美香不能生育的事。柳父很快回了信,错别字很多,他个人没表态,只是说他母亲坚决不同意。同时提醒他,与傣妹结婚就没有返沪机会了,让他三思而后行。

柳道海回信,再度表明了自己的决心,希望能得到父母的谅解。

柳父再次回函,比上一封短很多,充满了无奈之情,意思是儿大不中留,谈不上谅解,既然拿定了主意,该怎样还是会怎样。他用一条篡改的歇后语叹息道:天要落雨儿要娶妻,随你去了。最后他加了一句,你母亲哭得很伤心。

虽然父母的不快溢于言表,但亲事也算定下来了。小两口决定先去县城把结婚照拍了。

找了个休息天,天还未亮,两人坐了一辆老乡的马车去县城。柳道海穿了一身干净的军装,刀美香穿的正是那件筒裙。照相馆要他们出示结婚证,两个人面面相觑。刀美香反应快,说是一早从连队赶出来,心急火燎忘带了。

照相馆的人朝他们看一眼:"你是说让你们回去取呢还是……"

刀美香道:"我们真是忘记带了,谁也不会把拍结婚照当儿戏呀。"

照相馆的人丢来两朵绢制的大红花:"不难为你们了,一人一朵,别在胸口上,拍完了半个月取。"

从照相馆出来,去刀家竹楼看刀美香的父母。刀家那气势铺排的竹楼群占了半条街。刀家住的是靠外一栋,柳道海抬头望,房顶上有三个老虎窗,只是和上海的方形不同,是三角形的。瓦是平板,不像上海那种带弯度的。屋檐下方挂着犁具,比较有特色的是挡雨的檐帽,是一种蒜状造型,金边蓝底,将整个屋顶都勾勒出来,很有少数民族的风情。从门洞走进去,下面是个牛棚,拴着一头老牛,上了楼,既敞亮又通风,坐着一个傣族老妇人。柳道海听刀美香说起过,她母亲明年过六十大寿,现在一看,比实际年龄老很多,背都弯了,牙齿也缺了。

刀母见幺妹带了个后生回家,知道是三姑娘说的那个上海知青。上下打量着,看得柳道海手脚局促。

刀美香给柳道海舀了一碗小米粥,自己也舀一碗,就着腌野菜和酱制的小猫鱼喝。刀母埋怨幺女事先不打招呼,家里来不及做点像样的饭菜,怠慢了客人。刀美香道,怎么打招呼,难道拍个电报回来。

柳道海随着刀美香在板凳上坐下。过了一会儿,上街溜达的刀父回来了。和刀母很般配,也是缺牙的驼背老人,一点也看不出是土司的儿子,往那儿一坐,跟河沟垂钓的农夫没什么不同。

柳道海知道刀父抽水烟,第一次上门,买了两包石林产水烟丝当见面礼。刀父把水烟筒拿来,捻一些水烟丝,用火点上,吸一口,水烟筒咕噜咕噜传出冒泡的声响。刀父吐出一圈烟,冲柳道海笑了笑,表示认可水烟丝的品质。换了个坐姿,又捻一点烟丝,抽起来。

柳道海给刀母带的是一只宣威火腿,外加一只坐垫,是他用氆氇亲手缝的。刀母听说过柳道海是裁缝,拿了氆氇坐垫看针脚,又拿起柳道海的手:"你看看,比女孩还灵巧呢。"

她说的是土话,柳道海基本听不懂,刀美香在边上做翻译。刀母是个话痨,柳道海听得吃力,刀美香翻得也吃力。刀母说到兴头上,从角落里拿出一只镜框,嵌在里面的照片泛黄了。画面里很多人,坐着站着,老的小的,还有襁褓里的,是个大家族,背景正是刀家的竹楼群。

柳道海猜出这是土司家风光时留下的全家福。刀母给柳道海指点画面上的人物,坐在中间的是末代土司和正房,两边依次是偏房及子嗣。刀母把年轻时的自己指出来,柳道海仔细分辨也没对上号。刀父被水烟呛了一口,冲着老婆喝一句,语气里饱含不满。柳道海听不懂,刀美香低声告诉他,她爹不想把照片拿出来显摆。

刀母不理刀父,继续给柳道海介绍,说得嘴角都是沫子。刀父直起腰,用水烟筒的枪杆子捅了下她的腰,刀母才不甘心地把镜框收起来了。

刀父抽完一袋烟,把水烟筒在鞋底磕一磕,问起农场对新婚夫妇的政策。刀美香道,农场不倡议恋爱,三令五申提醒过。结婚办证要单位开介绍信盖红章,现在是围垦关键时期,农场怕乱了军心,所以多半批不下来。

刀父听完,踱到一边舀了碗小米粥,喝起来。

刀美香和柳道海要赶回去。赶马车的老乡是来买农具的,说好下午四点过来接他们,这会儿人到了。

柳道海就和刀美香父母告别,平板车上因为堆了东西,不像来的时候宽敞了。两个人刚把屁股放好,那老乡一声驾,马就跑了起来。

这一程轮胎滚得奄奄一息。勐海的下午本就跟蒸笼差不多,汗出多了,人软塌塌的,说着说着,都打起了盹。忽然远处有个小伙子唱起歌来:

> 勐腊的山来景洪的水,
> 大沙河流水清悠悠。
> 我坐着拖拉机回连队,
> 小妹在家里等阿哥。
> 长长的辫儿红红的脸,
> 小妹的秋波望过来,
> 可惜阿哥是近视眼,
> 小妹的秋波没看见。

那老乡回过头道:"小柳,你是近视眼么?"
柳道海道:"不是呀。"
那老乡转过头道:"不是近视眼,那就看得见秋波了。"
柳道海朝刀美香看看,憨厚地笑了。
刀美香冲着老乡的背影道:"你还真能说俏皮话。"
马蹄声敲在泥地上,节奏明显比刚才慢了。马车颠得人又晕乎乎地睡去。夜色昏沉,整个山区也在雾气中睡去,远处零星的橘色灯盏像一个个谜题,不知道那些人家今天发生了什么,昨天发生了什么,明天又将发生什么。

而这乡村的舞台,正是人间的戏台,沉默的山峦、树、河流,拉磨盘的盲驴,拄拐杖的老妪……不知怎样的来龙去脉,历经了怎样的枯荣,一切均是未知数。

30

从县城照相馆回来后的第四天晚上,天特别黑。恋人们都有自己的约会地,拿着手电筒上山,朝蛇形的羊肠小道摸上坡崖,找一处属于自己的清静。山下流淌的河水稀里哗啦,转弯抹角地汇向远方的澜沧江。热带雨林特有的板状根刚好把热恋的男女挡住,粗藤从天上挂下来,可以系成一个结当秋千。

危险隐藏在荒草堆里,有领地里的野猪和碧如鲜叶的毒蛇。情侣们心里有点发怵,先去枝叶疏落的河畔,或竹林旁的岩石坐下来。等绵绵情话变成了行动,害怕便抛到九霄云外,直往茂密的暗处钻。说来也怪,那些畜生颇识趣,少来干扰。知青多半是初中或高中生,年龄从十六七八,到二十出头。情窦初开,自制力很差,爱上了就是死去活来,情到浓时,恨不得把对方含在嘴里当糖给咽了,做爱时动静也小不了,野猪毒蛇看见就绕道走了。当然也偶有遭到袭击的,毕竟是少数。概率低的原因,主要是谈情说爱在树林边缘。版纳山林很密,知青再猴急,也不敢入林很深,否则可能就出不来了。而野生动物的活动范围主要在纵深处,外围来得少。

刀美香喜欢去竹林那边。竹林临着南阿河,大片竹子东倒西歪,有蟒蛇那么粗。连队里有过一次竹排运动会,来竹林里砍竹子。带队的老乡指点愣头青们,别着急乱砍,要先仰头,看竹子的叶梢是否纠缠。若盘结得厉害,虽然砍断了,也要用拉蛮牛的力气才能让竹子倒下,犯不着。

等砍倒了十来根,拖到河滩上,劈掉多余的枝叶,让它成为一根光棍。油嘴滑舌的人就嚷起来:"瞧这光棍,是谁啊?"

人家就损他:"还有谁,你自己呗。"

他正在等这一句:"可不是我自己嘛,哪个小卜哨肯嫁给我呀?"

四周哄笑:"没人嫁你,当你的光棍去吧。"

等开始扎竹排,就没人说笑了。这是花点工夫的活,先在竹竿两头钻眼,一根竹子锯一半,把它锤扁。上下两头夹住,将竹篾当作绳子系好。如法炮制去捆绑另一头,竹筏就可以推下水当船了。

赛竹筏和赛龙舟规则一样,以速度取胜。相比龙舟,竹筏难度在于更不容易协调队友间的节奏。充当舟楫的是细一点的光棍,河水不深,突兀的礁石让人猝不及防。一不小心,竹筏就撞上去了,人也栽下去了。逢到身手灵活的,用细光棍一撑,借着劲跳上了礁石,却站立不稳,向后仰倒,还是落汤鸡一只。身手更灵活的,一把抓着岸上伸过来的老树枝,像猢狲一样挂着,挂到两臂脱臼,扑通也掉河里了。

柳道海去刀美香宿舍前的篮球场,等了一会儿,不见刀美香出来,就去敲门,里面传出女声:"谁?"

他问道:"刀美香在么?"

女声道:"刚出去了。"

柳道海看看表,迟到了三分钟。这块瑞士英纳格是他最值钱的财产,是离开上海前夜,爷爷从手腕上脱下来的。爷爷虽与他没血缘关系,可和别人家的爷爷没什么两样。他靠手艺吃饭,做了一辈子裁缝,做的衣服针脚细密,合身服帖。除此之外,织补也是内行。柳家裁缝店虽没挂牌,在浦东周家弄那一片却名气很大。他从小跟着学,也算有一门手艺了。

英纳格虽是好表,可因为长时间没加油,走得不那么准了。有一段时间,柳道海把它藏在樟木箱底,准备回沪探亲的时候做一次保养,却差点被偷了。

在集体宿舍的竹笆床边,每个知青有半张八仙桌的私人空间。上海知青喜欢樟木箱,箱体的每只角用铜皮包住,结实又美观,跋山涉水专程从上海运来。

樟木平时驱虫,黄梅天防霉,木料属江西的最好,暗香浓郁。上海人家都会让木匠打上几只,放在床底或者柜子上。有一把经不起撬的君子锁。

柳道海的樟木箱搁在床边的土坯上,土坯是专门为樟木箱垒的。箱子平时不用,柳道海在上面铺了塑料布,放毛泽东半身白瓷像,几本"毛选"和一本卷边的《反杜林论》,既当床头柜,也当书桌。看书写字脚摆在侧面,坐姿不怎么舒服。

英纳格表就藏在樟木箱底部。连队好几个宿舍遭窃,他也遭了殃,樟木箱被撬开了,偷走了一套新军装和两罐麦乳精,一罐吃到一半,一罐还没开封。幸好英纳格表裹在一件绒线衫里,免遭洗劫。柳道海从此表不离腕,除了洗澡放在裤袋里,平时都带着。也学习它误差的规律。误差不是恒定的,隔一段又慢一些,柳道海得重新掌握它的规律。就是说,要了解指针和实际时间究竟差多少,比如慢十分钟,那么六点钟显示的就是五点五十,以此类推。

这样难免看走眼,带着这只表,反倒容易误点。所以约会时他尽量早出门,免得让刀美香等。今天迟到倒赖不上表,睡在对铺的战友晚饭后拉他走军棋,他输了两局,不服又来。扳回一局,才想起约了刀美香见面,一看时间快到了,赶紧拿了手电筒跑出去。

刀美香不在宿舍,就是去竹林了。她就是急性子,柳道海小跑着去追。现在,知道他们关系的人不在少数,不过在人前,他们同时出现的情况并不多。虽然处对象的知青很多,但大家都保持低调,不愿成为别人的谈资。

当然也有谈恋爱张扬的,以北京知青为多。他们喜欢结伙"拍婆子",就是一起配合着追求女孩。人多胆大效率高,霸占了不少漂亮姑娘。五六个北京小伙子穿着军装,胳膊里搂着女孩,去鱼塘摸鱼,或者去篮球场打篮球。有时也不知为了什么事,袖口一撩,就和另一帮知青掐上了。

上海知青性格没那么火爆,也有小团体。集体场合说普通话,几个人凑在一起就说"上海闲话"。小伙子爱打牌,姑娘喜欢织绒线衫,说话像牙齿间打算盘,别地方的人根本听不懂。上海人不太爱生事,喜欢干净,衣服洗晾得最勤快。姑娘漂亮又开放,辨别她们的宿舍很容易。门口飘荡着花短裤,和像用淘米水刚浆过的白得刺眼的胸罩,别地方的姑娘可不敢这么挂。男人们走过,情不自禁多看一眼,走远了,又转过头看一眼,猜想白胸罩的主人,鼻子撞在树干上。

上海人还有一样,怕虫咬。版纳蚊虫多,他们细皮嫩肉的,特别招惹蚊虫。说来也怪,别地方的人被咬,长个红块过几天就消了,上海人要严重得多,红块胀成了水泡,水泡破成了溃疡,搞不好就留下小瘢痕。

柳道海就怕蚊子,随身带一把折扇,此刻就插在皮带里。等坐下来,就把它张开。嗡嗡声袭来,挥起扇子驱赶,忽东忽西忽上忽下,很是狼狈。纸质的扇面已有点破旧,红底黑字:为人民服务。

竹林那边没见刀美香踪影,柳道海心想肯定又躲起来了。刀美香跟小孩似的,早到了就喜欢玩一下捉迷藏。柳道海晃晃手电筒,竹林黑漆漆如同张大的嘴巴。他等着刀美香从背后跳出来,吓自己一跳。

隐约听到女人的呼喊,从南阿河那边传来。循声跑过去,听清楚了,正是刀美香的声音。就在百米开外的河滩上,已看到她身影,还有另一个身影,是个矮男人,刀美香喊道:"你别过来。"

她手里拿着一根拧亮的手电筒,乱舞一气,试图让矮男人不能近身。可手电筒的光束不是棍子,抽打在矮男人身上,折断了,接起来,又折断了。

河水泛着波光,柳道海的手电筒照在矮男人脸上。趁他捂眼避光,挥起手电筒,朝面门就是一砸。这只手电筒跟刀美香那只家用的不同,是农场的工程用手电筒,土灰色,有个把手,又粗又沉,像一截旧木桩。柳道海也有从上海带来的家用手电筒,银铅色的,做工很精细,却喜欢用这只笨重的,提在手里,很有派头。也不是他一个人喜欢,男知青都喜欢,不过一个连队没几把。柳道海之所以有,是因为他属于机施班,是"斯大林100"推土机的司机。

此刻,手电筒被赋予了新功能,成了强悍凶器。矮男人遭此一击,仰头倒下。柳道海才看清他面目,嘴角上有一块大瘢,左手的手指弯曲,像抽搐的鸡爪。忙又上去踹他一脚,正待补第二脚,却听刀美香惊呼:"别碰他。"

柳道海回头,刀美香道:"你别过来,也别碰我。"

矮男人鼻孔里冒出血来,两片厚嘴唇闭不拢,喉咙如同加了一把锁,有出气没进气。柳道海心想这人太不经打,别一下子就给砸死了。脑海浮起一句上海老话:拳头不长眼睛。

刀美香也看出矮男人不对劲,问愣神的柳道海:"手电筒沾血没有。"

柳道海看一眼手里:"有的。"

刀美香一把夺过来,抡起来往南阿河扔,柳道海来不及阻止,手电筒扑通一声掉河里了。

柳道海推了刀美香一把:"你发什么神经,这是公家的。"

刀美香喝道:"让你别碰我,聋子呀。"

柳道海朝那矮男人看一眼:"你说他是……是不是死了?"

刀美香道:"哪那么容易死。"

可矮男人的确慢慢在死,如同冰在融化,看得见摸得着,正在形成一汪浊水。

刀美香再次警告:"你别过来,这人有麻风病,你千万别过来。"

柳道海一听麻风病,动弹不得。刀美香把矮男人两脚提起来,往河边拖。矮男人正在慢慢死,被她一动,蹬了几下。她抓紧不松,把他拖到河边。柳道海这才注意到,河滩上停着一只竹排,一半在水里,一半在岸上。他跑了几步,在刀美香跟前站定:"我来帮你吧。"

刀美香头没抬:"不用,离这儿远点,越远越好。"

柳道海道:"我帮你。"

刀美香道:"你是聋子呀,他有麻风病。"

柳道海裹足不前,刀美香使蛮劲,把矮男人拖到竹排上。矮男人七仰八叉,胸口剧烈起伏,刀美香实在没力气了,对柳道海道:"帮忙推一把。"

柳道海回过神,刀美香道:"只许碰竹排,别碰我。"

合力把竹排推下河,竹排迟疑一下,由南向北顺流而下。这一段水面,大致是慢性子,等进了主河道,宽广的河面马上变得气势汹汹。

两个人看着河中央的竹排,矮男人是否还在喘气,他们已不知道。

刀美香道:"快去把手洗洗。"

柳道海刚蹲下来,刀美香就蹚进河里去了。柳道海要去抓她,她一个小翻,扎下去了。柳道海急得直喊,那边头冒了出来:"别叫了,我在水里泡一会儿,不是寻死。"

刀美香在水里待了足有半小时,竹排已不知漂到哪儿去了。柳道海寻思,矮男人即便没被手电筒砸死,肯定也溺水而亡了。南阿河朝东一折,就是中缅交界的澜沧江,湍急的河水里旋涡密布,矮男人必被掀入河里。南阿河与回勒河相连,早听人说,回勒河的最下游,就是麻风寨。寨子被荒山野岭捆绑着,麻风病人像牲口一样自生自灭。病症轻的病人起早摸黑去乞讨,伪装成正常人混进集市,用山货换生活用品。他们很少走水路,只有盖茅草房,才通过河流运些木料回来。矮男人能够一个人撑竹排逆流而上,说明症状较轻,不然没力气走这段水路。走水路是很辛苦的,柳道海虽不谙游泳,却参加过竹排比赛,划到后来,胳膊就不是自己的了。

刀美香在浅水区,只露个脑袋在水面,不时含一口吐掉。柳道海知道,她迟迟不上岸是想让流水带走身上的麻风病毒。

他也蹚进河,在一块岩石上坐下,两条腿浸在水里,他发现插在皮带里的折扇不见了,一定是刚才推竹排的时候落进了南阿河:"怎么办?我们杀人了。"

刀美香没吱声,河水静谧,野地显得特别空旷,昏沉中的鸟飞得像蝙蝠一样迟疑。柳道海重复一句:"我们杀人了。"

刀美香道:"怎么不问我得没得麻风病?"

柳道海道:"你泡了这么久,皮肤都皱了,再强的病毒都洗掉了。"

刀美香道:"我在景洪读书时,老师专门讲过一堂麻风病课,呼吸都可以传染。"

一边说,一边走上岸来,柳道海搂住浑身透湿的刀美香。刀美香想推开,他腕臂上使了劲,刀美香挣不开:"你干什么,传上要死的。"

柳道海道:"我们杀了人,发现了也是死。"

刀美香道:"我们不说谁知道,这河里不知淹死过多少人呢。你勒疼我了。"

柳道海把手松开,刀美香揉着胳膊道:"今天的事你就当没发生过,等他浮起来,已漂到回勒河尾巴了,麻风寨的人看到他,会捞起来埋掉的。"

柳道海道:"他是谁,你怎么知道他有麻风病?"

刀美香道:"别问了,以后别来找我了,我要是得了麻风病,就去麻风寨,慢慢死掉。"

柳道海道:"你要得了,我也一样得了。我要是得了,不去麻风寨,带着你到山林里,吃野果,逮兔子,活一天是一天。"

刀美香跑起来,跌跌撞撞却跑得飞快。柳道海追都追不上,她好像有一股烟托着,脚下扬起尘土。

这天之后,刀美香避而不见柳道海,柳道海去卫生室找,说刀美香请了病假。去宿舍找,室友捎出口信,说刀美香不想见他,让他以后别来了。

柳道海担心刀美香染上了麻风病,就闯进宿舍里。刀美香坐在竹笆床边,正和室友唠嗑,看见他进来,脸色一灰。柳道海看她不像染病的模样,放下心来,扭头就退出去了。

此后很长一段时间,两个人不再见面。身边都是明眼人,看在眼里,知道这一对吹了。

31

直到有一天,刀美香跑过来,轻声对柳道海道:"内部有政策,可以病退回城。"

柳道海诧异地看着对方:"你是说让我病退回上海?"

刀美香道:"你莫不是真要一辈子待在这鬼地方?"

柳道海看着她,刀美香坐下来,教他一个伪装心脏病的配方,麻黄素加吊钟花汤,大腿扎根绳让血供不上:"这样会心律不齐,记住,要被识破了,别说是我教的。"

她把麻黄素片带来了,药汤也熬好了。把它们放下准备走,柳道海叫住她:"你身体没事吧?"

刀美香道:"你是说麻风病?传上了我怎么还能当护士?"

柳道海道:"我回了上海,你怎么办?"

刀美香道:"你要是能走,我就去上海找你。"

柳道海道:"冲你这句话,我明天就去办,办成了带你走。"

刀美香道:"我不跟你走,我哪天想你了,自己去上海找你。"

刀美香走后,柳道海一宿没睡好,不明白刀美香葫芦里卖的什么药,却又是揣着明白装糊涂。他和刀美香装在一只葫芦里,被那矮男人按在水里,只要一松手,就会浮起来。

柳道海心里想,本意只是想教训矮男人一下,不料笨重的手电筒一下就把他砸死了。为了那只被扔进河里的凶器,他被队长骂了个狗血喷头,写了书面检讨。

也有另一种可能,矮男人当时不过被砸晕了,刀美香把他拖上了竹排,推入南阿河中,导致被溺死。不过在这个过程中,柳道海同样起了作用。

他想知道矮男人是谁,刀美香不愿说。不愿说,意味着有难言之隐。而难言之隐,当然难以启齿。

柳道海决心病退回上海,回到万里之遥的家乡,或许就祛除了心病。

柳道海真就办妥了病退,虽然他的"心脏病"被识破了,可那个叫姜初文的老医生放了他一码。这个好心肠的医生后来途经上海,带着老伴李英特地来看他,进门却撞见了刀美香。

刀美香是柳道海回沪半年后,从农场不辞而别的。她出现在柳道海面前的时候,柳道海作为返沪知青,刚办妥入职手续,进上海港口机械厂当了司炉工。

突然出现的刀美香让柳道海大吃一惊。她虽曾说过要来上海找他,没料到不予通报,就千里迢迢跑来了。其实他也正在纳闷,他很久没收到刀美香的信了,她本来几乎隔天就写一封,信封信纸都是农场专用的。她在农场人头熟,经常跑工宣队,他们那儿邮票多,有时能蹭一版回来。柳道海回信频率没那么高,一方面是笔头没刀美香勤快,另一方面邮票都要自己买。

刀美香按信封上的地址,找到了柳家,风尘仆仆站在柳道海跟前,身上满是长途火车的呛人味道。

从这一刻起,柳家的安生日子算是到头了,陷入了没完没了的吵骂。父母的看法是,柳道海是国营大厂工人,而刀美香是云南边陲的乡下丫头,长得既不像汉人又不像外国人,没工作没收入,就像一只来历不明的野猫,媳妇不像媳妇,姘头不像姘头,算什么?

反对得最激烈的是柳母,柳母儿时发高烧,脑子慢,说话有点短舌头,不代表脑子不清楚。儿子的终身大事,她可放在心上了。当初柳道海在云南,写信回来说要娶当地女人,她手短够不着风筝没办法,只好由着柳道海胡闹。现在儿子回来了,有了体面工作,人又仪表堂堂,什么样的本地姑娘找不到。忽然天上掉下个土妞,说一口土里土气的云南普通话,又黑又瘦,长得也不好看,看着气就不打一处来。

柳母冲着刀美香,把什么难听的话都说了。刀美香也不回嘴,只冷冷看她。柳父倒没有恶语相向,却是另外一招,见到刀美香就跟空气一样,直接就走过去了,让人心里更堵。

只有祖父是好脾气,愿意跟刀美香说说话。这个老裁缝一辈子没结过婚,把养子拉扯大,娶了儿媳,有了孙子,自己也老了,针线活越做越慢了。

眼看着两代人没法在一个屋檐下相处,祖父对孙子说,这整天鸡犬不宁的,让邻居也看笑话。你们非要待一起,我不反对,怎么活都是一辈子,你爷爷光棍也活过来了。把西头那小间腾出来,你们自己收拾收拾,搬过去住吧。

柳道海请了几个同学帮忙,把原来堆放杂物的小房子清空,用石灰水扑了墙,搬了几件家具进去,添了锅碗瓢盆,开始自己开伙仓过日子。

柳道海白天去上班,刀美香也没闲着,附近几个村子一家家跑,不敢说自己是云南勐海县人,怕人家去调查。谎称是思茅县的,自我推销道:"我在老家当过医生,打针一点也不疼,不信可以来试试,打疼了一分钱不收。"

还就真有人来找她打针了,她一边和人说话,一边涂酒精,等酒精涂完了,针头也拔出来了。不但大人不疼,小孩也不觉得疼。当然,那种一见针筒就哭得撕心裂肺的小孩另当别论,家长也不好怪她。

打一次针收三分钱,虽不稳定,毕竟也是自食其力。两个人过日子,多少也是补贴。等打针的名气慢慢大了,人家把她当作半个大夫,小毛小病也来找她,她开些简单的处方,对付头疼脑热感冒咳嗽,大致算个赤脚医生了。

也有来查她底细的,周家弄突然多了个女人,村委会来盘问过几回。柳道海每次都很紧张,也不知道怎么回答。倒是刀美香镇定,说自己是柳道海老婆。村委会的人就问,那你们结婚证呢。刀美香回答,在来上海的火车上让人给偷了。村委会的人又去问柳道海,真是你老婆?柳道海当然只有点头的份。

计划经济,口粮按户口分配。刀美香是"黑人",没有粮油指标,柳道海的粮油票证等于要分成两个人用,他饭量大,一口分半口给刀美香,长远的话身体肯定吃不消。祖父就匀一些给他们,说自己年龄大了胃口小,有时还花钱换一些粮票救济他们。刀美香放养了几只母鸡,几个月后开始下蛋。她一有空就拿着镰刀去野地里挑马兰头和药水芹,野菜虽没家菜好吃,但也别有风味。就这样,磕磕绊绊把日子算过下来了。

这样转眼过了一年,刀美香忽然又怀上了。

因为上次人流导致血崩,刀美香差点死在病床上,虽侥幸保住了性命,却被告知不再有生育能力了,所以她和柳道海不再采取措施。这意外的妊娠让这对得过且过的年轻人意识到,该去领一张结婚证了。

其实他们不是没想过领证,只是觉得不会再有小孩,结婚可有可无。另外,刀美香是挂在农场的集体户口,她擅离农场,户口怎么处置也不清楚。还有一点,刀美香要把户口迁到上海是不可能的,所以有没有结婚证,也就那么回事。

可眼下刀美香怀孕了,他们需要为即将出生的孩子落实身份,这样户口就不再是可有可无的一个本子。

柳道海想在孩子出生前,把结婚证领了,好让小孩有个名正言顺的名分。他准备陪刀美香回农场一次,开结婚证要单位开证明盖公章,否则民政局不受理。按常规流程,手续也算不上复杂,可像刀美香这样的逃兵,免不了费一番周折。农场是准军事化管理,擅自溜号,性质特别严重,绝不可能挨顿批就草草了事。关禁闭,记大过,真要上纲上线,甚至可以安个开小差的罪名,移送师部军事法庭。

刀美香同意回云南办手续,但不想让柳道海陪。她自己回去,可以编个故事,就说走失了,或被人拐了。哭哭鼻子,领导一同情,事情可能就过去了。要是柳道海跟去了,就全露馅了。

柳道海觉得有道理,转念一想:"你一提结婚对象,人家不照样明白了。你当初来上海,要是和农场打个招呼,也不会今天这么被动。"

刀美香道:"我跟农场打招呼,农场就会批准我来上海么?真是猪脑子。"

柳道海道:"那你现在回去也是自投罗网,就算他们相信你被拐了,既然归了队,没理由再离队,就回不来了。"

刀美香道:"所以我不想回去。"

柳道海道:"我也没逼你回去,可小孩生下来没户口总不是办法。"

刀美香道:"孩子有户口也是云南户口,又不能随你,这户口在上海等于没有一样。"

柳道海道:"那就别回去了,免得回不来了。"

刀美香道:"容我再想想吧,这肚子,大得真不是时候。"

两个人今天这主意,明天那主意,稀里糊涂又过了两个多月,还在纠结回不回云南。肚子却不等他们,有点鼓起来了。一个礼拜天的下午,刀美香去六里桥办事,半途内急,去马路斜对面的公厕解手,裤子还没脱,就觉得异样,擦完下体看手纸,心凉了半截,见红了。

柳道海陪她去六里卫生院,医生得知她有流产史,建议放弃妊娠。见过红的胎儿从优生来说不算最好,但如果一定要,也可以吃药保胎。刀美香朝柳道海看看:"还是要吧。"眼里写一句,过了这村可能没这店了。

柳道海明白刀美香的意思,问医生:"生下来一定不好?"

医生道:"那不一定,也有好的,你这个见红不算特别严重。我只是建议,不打保票,要还是不要你们决定。"

柳道海道:"那就还是要吧。"

医生就开了黄体酮给刀美香,叮嘱她卧床休养。过了没几天,柳母突然来看刀美香,她不知从哪儿听说了刀美香怀孕,或者哪天看见了她隆起的肚子——柳家和刀美香住的小房子隔得不远,三天两头能见到对方,平日遇见,她们就把头一扭,权当对方是个屁。

柳道海还常去父母那儿坐一坐,在婚事上他逆了父母心愿,其他方面还是孝子。大概柳母觉得生米做成了熟饭,就跑来看刀美香了。

刀美香一个人在家,柳母坐下来,叹了口气:"都快生了,婚事还没办,抓紧办了吧。"

刀美香第一次见柳母对自己和颜悦色,知道她态度一百八十度拐弯不为别的,是因为她肚子里的柳家骨肉。其实关于她的来历和底细,柳家知道得并不多,柳母也未必知道自己是办不了结婚证的农场失踪人员。刀美香不咸不淡道:"医生说要保胎,不能很操劳,我现在没事就躺着。"

柳母用上海普通话道:"婚事来不及办,可以补办。小囡户口随妈,先拿结婚证办了吧,否则小囡成了黑户口。"

刀美香心想,我自己都成了黑户口,胎儿肯定跟着黑了。我当娘的不担心,皇帝不急急太监。其实在版纳乡下,很多农民和猎户没户口,也活了一辈子,那破本子要它干吗? 嘴上应道:"我现在大着肚子,没法出远门,生下来再回云南吧,把结婚证和小孩户口一起办了。"

柳母道:"不听老人言,吃苦在眼前。"

挂着一脸糨糊走了。之后偶尔还来,看一眼刀美香的肚子,坐不了五分钟,又走了。

比预产期早了五十天,刀美香在家里破了羊水。像她这样的未婚生育,卫生院很难安排住院,所以事先联系好了接生婆。当天夜里,刀美香诞下一女,婴儿全身黄疸,体重明显不足,一小时后夭折。

柳道海之前让祖父给孩子取了名字,男孩叫柳家强,女孩叫柳家芳。噩耗传到祖父耳朵里,老头正在炉子旁烫一条毛料女裤,就往后退了一步,被脚下的小板凳绊倒,头颈磕在盛满了井水的铅皮水桶上。老头手上的熨斗烧得通红,柳父柳母都在边上,眼睁睁看着熨斗砸在他小腿上。老头也不叫唤,牙关紧咬着,等醒过来,有时清醒,有时就认不得人了。

柳道海祖父半死不活坐在藤椅上,却活得比儿子要长。柳父在他养父呆傻八个月后查出胰腺癌,从发现到归天只有二十多天。这个癌来势凶险,最后几天,已疼得不能躺不能坐,白天还好一点,一到晚上,柳母和柳道海轮番成了他的靠垫。

女儿的死将刀美香伤着了,是心理和身体的双重打击。这边女儿夭亡还没缓过神来,那边又传来柳道海祖父摔倒的消息。所谓祸不单行,她觉得自己跟个丧门星似的。

那天当接生婆宣布了婴儿的死讯,刀美香看见柳道海背过身去,等他转过来,眼圈是红的。这让刀美香知道,柳道海还是想要一个孩子的。那几天,刀美香都不敢看柳道海了。

等能下床了,她去看祖父。柳母在旁边恶语相向,她脑子慢,骂起人来倒利索,唇齿一碰,就吐出一串来。刀美香忍不住回骂几句,柳母就扑上来,准备撕她的嘴,刀美香推了柳母一把,脚底抹油,跑出去了。

等柳父生了癌,才又踏进柳家。柳母眼泡永远是肿的,不知是哭的还是熬夜熬的。看见刀美香也不骂了,像一只犯困的猫,走路步子也是虚的。这样一直挨到柳父去世,办了个潦草的丧事。从火葬场出来,柳母把刀美香拖到一边,"你们搬回来住吧。"

刀美香道:"我们住那边很好,要搬,你问道海。"

柳母沉下脸:"问他?他还不是听你的。"

刀美香道:"那我问问他。"

柳母声音突然提高八度:"自从你来,晦气没停过,你哪能不去死啊?"

说着,捶胸顿足地号啕。刀美香想回骂,一想人家刚死了丈夫,只好跺脚跑了。

还是各住各的,刀美香抽空还是会去看看祖父。老人一辈子最疼孙子,手把手教孙子裁缝手艺,把最值钱的英纳格表给孙子戴上。孙子喜欢的姑娘也爱屋及乌,偷偷塞给她零用钱和粮票。虽然他的浦东普通话不太好懂,但他的善意让她铭记,他真把她当孙媳妇看,没嫌弃她是一个云南的乡下姑娘。刀美香知道他对自己好其实是假的,本质上还是对孙子好,可哪怕是假的,她也心领了。

等身体好了一些,重新捡起打针的营生。孩子没了,去云南的事自然不提了。日子像细沙从指缝间漏下,抓得松漏得快,抓得紧漏得更快。直到这一天,姜初文和李英找上门来。

32

崴崴没料到乔乔会光顾"美钏"。自从那次舞厅出来道了别,他们再没谋面。其实从结识第一天起,崴崴就知道分手是迟早的事。真分了手,却常念起她来。不过想想也就罢了,没再去找她。他对现在的生活很满意,从港机厂抱得美人归,生意从黑道转向了白道。再过几个月,膝下还要添丁。他现在算是正儿八经的上海人了,就要住带抽水马桶的新工房了。今天做东,是为了招待南市区动迁办的柯副主任,他们那一片动迁分房,面积和货币补偿,全靠他一支笔调度。平时和动迁组打交道的是刀美香,崴崴让她请过几次柯副主任,那家伙也不是戆大,明白这顿饭不好吃,一直在推诿。

见刀美香实在请不动,崴崴让六里派出所汪副所长给柯副主任挂了电话。动迁难免碰到钉子户,闹起事来,需要当地派出所协助处理。所谓强龙不压地头蛇,柯副主任虽是浦西南市区的官,还是要给浦东川沙县的派出所面子,就答应赴这个鸿门宴。

崴崴走进店堂,收银台上方的挂钟响了一下。刚好是七点,琴琴从厨房间出来,崴崴问:"楼上包房准备好了哦?"

琴琴道:"老早准备好了。"

崴崴道:"讲好七点钟嚼,哪能还没来?"

琴琴道:"刀阿姨去码头接人了,应该快到了。"

正说着,远远看见刀美香从菜市场走来,边上的瘦高个男人,夹了一只黑色的公文包,正是柯副主任。崴崴和他见面不多,对他印象较深的是衬衫最上面的纽扣永远扣着,一副考究的金丝边眼镜沾着灰尘。

柯副主任见崴崴迎上来,伸出手:"柳老板不好意思,约了我老多趟,不是我搭架子,是真的忙。汪副所长来了哦?"

崴崴道:"老汪临时被县局陈副局长叫去了,派了个手下来陪你喝酒。"

压低了声音道:"老汪的外甥,他娘家人。"

柯副主任道:"你看,老汪才是搭架子,自己打电话约我,反倒放我鸽子。你讲的是王小立吧?"

崴崴道:"你们认得呀?"

柯副主任道:"当然认得,等一歇罚他吃酒,外甥代舅舅吃,天经地义。"

崴崴呵呵道:"没问题,今朝一醉方休。这赤佬人呢?刚才还跟我讲闲话呢。"

晚风凉飕飕的,王小立站在不远处。双手拢住火苗,香烟沾在嘴皮子上,烟点燃了,他走过来,崴崴道:"哪能一转屁股,人就没了?"

王小立道:"去买了包香烟。"

凑到柯副主任身边,嬉皮笑脸道:"柯领导好。"

柯副主任将金丝边眼镜朝鼻梁上推推:"陈副局长就是领导,我就不是?县公安局副局长跟我级别一样嘛。"

王小立赶紧送出高帽子:"你含金量比陈局高,你是市区干部,他是乡下干部,水平不一样嚹。"

柯副主任道:"这闲话给陈局听到了,肯定拿你开除出人民警察队伍。"

刀美香赔笑道:"上楼边吃边聊。"

王小立道:"多少人想请柯主任吃这顿饭,还是刀阿姨面子大。"

刀美香道:"我有啥面子,是柯主任放低身段,给小老百姓面子。"

四个人从楼梯走上去,琴琴尾随在后面。楼梯很窄,是木头的,踩上去咚咚咚空响。没走几步,便折一道,反向而上。

"美钏"虽说是南码头的高档饭店,但先天不足,占地面积小。崴崴当初盘下它,看中的主要是市口。既要螺蛳壳里做道场,又要麻雀虽小五脏俱全,颇让他动了番心思。

薛美钏在包房里结毛衣,见客人来了,把手里的活搁下,站起来打招呼。柯副主任问刀美香:"你儿媳?"

刀美香道:"是呀。"

柯副主任回头看崴崴:"柳老板金屋藏娇啊。"

崴崴也不谦让:"人家是厂花,害我追了好几年。"

柯副主任道:"追得值追得值,我看不只是厂花,放在整个南码头街道也算得上是一枝花。"

薛美钏被夸得不好意思:"你们快坐下来,琴琴给客人倒酒。"

刀美香朝薛美钏看一眼,她的大肚子掩饰不住了。前几天她问起小孩取名的事,崴崴告诉她,不管生男生女,都叫云沪生。她一愣,也没劝崴崴改主意,知道劝了也是白劝。

事实上,崴崴和柳道海关系还过得去,之所以不用柳姓,未必是故意要让柳道海不悦。自从把他从云南带出来,刀美香对这个儿子一直琢磨不透,看他沉默寡言,不知道在想些什么。平时上下班两点一线,野在外面的时间并不多,路道却很粗,不知怎么打开的局面,讨了漂亮老婆,开了高档饭店。从六里桥到南码头,好像没他摆不平的事。

说起来,刀美香当初带回这个儿子,也是迫不得已。被李英带回农场后,她被记大过一次。这是姜初文夫妇帮她圆场的结果。她的行为已称得上犯罪。为防止知青逃跑,当时版纳的交通管制特别严,没有介绍信和"边防通行证"不可能出关。即便搭上车,一路颠到昆明,火车肯定蒙混不上去。刀美香之所以能"突围",是因为偷了卫生站桂站长的探亲证明。

桂站长也是上海人,家在西郊青浦,是一个不怎么爱说话的姑娘。她开介绍信是为了回家参加哥哥的婚礼。开介绍信和"边防通行证"要报团部走流程,桂站长提前一个月就打了报告。那天下班,刀美香看到桂站长把探亲证明放进白大褂,晚上放进了更衣箱。

刀美香一直在等这个机会,她一点也不迟疑,因为她明白这样的机会并不多,错过了不知什么时候再来。刀美香作案很绝,把更衣箱洗劫一空,除了介绍信和通行证,别的东西都绑了石头,连夜沉到河里去了。第二天一早,桂站长遭窃的事就传开了,可这种无头案经常发生,怀疑对象一般是附近寨子里的二流子。桂站长虽去报了案,也没指望能破,幸好更衣箱里没特别值钱的东西,向团部报了个挂失,重新申请。

刀美香躲到暗处,看那敲了军用章的介绍信,章上刻:中国人民解放军云南生产建设兵团第二团。中间的五角星里有"八一"两字。介绍信内容是:

兹有本部(桂小妹)同志(共壹)人因(探亲),由(勐龙)经(昆明)至(上海),希沿途准予通行。一九七(四)年(七)月(九)日限一九七(四)年(八)月(九)日缴销。

刀美香把介绍信背得滚瓜烂熟,从这时起,她知道在旅程中自己叫桂小妹,不能因为紧张出了差池。

就这样她成了农场的逃兵,因为心虚,她不敢走大路,先搭上一辆去景洪的柴油车,那车真破,上面装着甘蔗。到景洪她给了司机五角钱,然后去赴昆明的汽车站。景洪号称版纳首府,却是只有一个十字路的小镇。到车站打听,景洪到昆明当天没有直达车,只能到下一个城镇买车票再转,通常是晚上住旅社白天坐车,衔接得好,大概五天抵达春城,最快也要四天。

上了车,才知道"边防通行证"派了大用场。经过澜沧江大桥,守卫的解放军战士对每一辆车例行检查。刀美香心怦怦跳,低头看澜沧江,江水清澈,五彩斑斓的鹅卵石在流水中,像慢慢爬动的龟群。

虽然手续俱全,毕竟是冒充者,她心里嘀咕,我是桂小妹我是桂小妹,把"边防通行证"交出去。证上除了几条注意事项,盖的也是介绍信上的那枚军用章,多出两条"最高指示"。一条是:要斗私,批修。另一条是:加强纪律性,革命无不胜。

解放军战士瞄了眼通行证,一句话没说,就还给她了。

在途中住了五家国营旅社,倒了四辆车,到昆明已是第六天。刀美香纳闷同样是国营旅社,为什么有的收四角,有的收七角。后来想明白了,贵的有洗澡,便宜的没有。她把住宿费收据收在钱包里,放在大包最里面的夹层,钱包里是她全部积蓄一百七十多块钱。

在昆明火车站,刀美香终于买到了火车票,四十多块的票让她一阵心疼。这时她才意识到,真的要去上海了。这是她此生第一次坐火车,她拿着那张淡红色的"乘车证",躲在角落里眼泪默默地流,用袖口狠狠把眼睛一擦,借着橘黄的街灯,把"乘车证"看了又看。

最上方印着最高指示:知识青年到农村去,接受贫下中农的再教育,很有必要。然后是车厢和座位号。她拿起行李,去找座位。

列车里臭烘烘的,她抽了抽鼻子,靠着窗口等火车开。很快,她熟悉了车厢里的气味,不觉其臭了。

昆明到上海两千多公里,除了在柳州有人卧轨自杀,滞留了一段时间,火车一直在开。她当时觉得把中国都跑遍了,永远也跑不到头了。可当一个人下定决心做一件事时,所有艰辛都变得微不足道。当她按信封上的地址找到柳家时,身上的异味把柳道海都熏着了。

李英把她带回云南后,一开始,她隐瞒了偷介绍信的事实,说自己是爬上一辆货运列车跑到上海的。农场领导根本不信,躲在货运列车里去上海,简直是天方夜谭。她只好承认偷了探亲证明,提着水果去向桂站长当面道歉,事情过去了那么久,桂站长也没追究,大度地笑一笑,算是宽宥了。

组织上的处理意见一个半月后才下来,这期间刀美香被关了一段时间禁闭。结果下来了,行政记大过。这个污点要进档案,跟刀美香一辈子。这是农场能给的最低惩戒了。刀美香后来听说,姜初文夫妇帮她说了不少好话,要不然,可能要判刑。

刀美香还是在卫生站工作,夹着尾巴做人。她和柳道海保持通信联系,柳道海回信的频率略低,大概是她写三封,他回两封。这期间,对她日后影响最大的一件事是,被注销的户口补回来了。补户口手续非常麻烦,一个失踪后在法律上被注销的人,突然又复活了,需要很多证明材料,证实原驻地,证实和父母的关系,原籍派出所开当时的转出证明,单位出证明,前后辗转了快半年,才让她"活"了过来。

户口依然挂在集体,直至她从树上摔下来,开出了病退证明,户籍才被转回勐海县娘家。她可以正大光明去上海了,她给柳道海写信,告诉他大概什么时候动身。柳道海回信让她先别急,他准备让单位开介绍信,他要来勐海办结婚证。

她回信道:"我打听过了,结婚证两头都能开,我可以去上海开。"

她提醒柳道海,她直接去上海成本最低,因为两人最终还是返回上海。如果柳道海来云南,来回要多出两张火车票。她目前无业,说走就走了;柳道海还要请事假,所以怎么算,都应该是刀美香去上海。她不太理解,柳道海为什么要选择这种劳民伤财的办法。

柳道海回信道:"离开云南久了,想回来看看。"

刀美香嘴角露出笑容,又回了一封:"你说人贱吧,当初吵着要返城,现在吵着要回来。"

柳道海没正面回答,很执拗地一天给刀美香来了两封信,意思是一个:你先别来,我开好介绍信就去勐海。在两人漫长的通信史里,柳道海一日双函显得很不寻常,刀美香只好同意:"那你来吧,我等你。"

过了半个多月,柳道海来了,住在刀家的竹楼里。等安顿下来,刀美香问他:"你为什么非要来云南,多两张火车票,我们本就不宽裕。"

柳道海道:"我就是想来看看,没别的。"

他眼光避开了刀美香,说话支支吾吾。在外面做饭的刀母耳朵基本聋了,叫人的声音很大:"吃饭啦。"

等吃完饭,两人出门,转悠到田埂上。柳道海突然问:"马上要领结婚证了,告诉我那人是谁吧。"

刀美香当然知道所指:"你来勐海就是为了问这个?"

为了那个人,他们没少拌过嘴,从农场拌嘴一直拌到上海,又从上海拌回到眼下的勐海。刀美香一直守口如瓶,她不是故意想瞒,就是没法张嘴,怎么说这事呢。

柳道海问多了,她产生逆反心理,更不愿说。柳道海问急了,眼睛瞪得滚圆:"你到底说不说,我不能不明不白杀了人。"

刀美香有一点和柳道海很像,生气了就不说话,柳道海见她不吭声,道:"你就把我气死吧。"

两个人一连几天嗫声,用上海话说就是,麻将对死。

柳道海后来问得少了,刀美香清楚,这个结不解开,就是个定时炸弹。但今天柳道海亲自跑到云南来发难,她有点愕然。柳道海执意要来勐海登记结婚,她就觉得有文章。现在明白过来了:"我要不说,结婚证就不开了对吧。"

柳道海被她一噎,生气道:"谁说不开,不开我大老远跑来干啥?"

隔了一天,去县民政局办完手续,两人往回走,不像人家新婚夫妇喜洋洋的,都阴着脸。刀美香按捺不住:"别以为我不明白,你就是嫌弃我是个下不了崽的乡下女人,上海人了不起呀。"

柳道海嗓门也大起来:"我嫌弃你?那么远跑来我神经病呀。"

刀美香冷笑道:"那是你没办法,你迫不得已。"

柳道海瞪着她,脸色像猪肝。这句话把所有的爱恨情仇撕成了纸屑。两个人分外吃惊地看着对方,刀美香用手捂住了嘴,她知道说过头了,到这个份上,她没退路了:"既然你那么想知道,我说给你听。"

于是柳道海知道了矮男人叫尚依水,这是很多年来,刀美香第一次提起这个名字。她从十五岁那年的失身,说到双胞胎出生,说到兄弟俩过继给三姐,说到把那个阴魂不散的麻风病人杀死的那个晚上。

柳道海嘴唇直哆嗦:"为什么不早点告诉我?"

刀美香道:"你后悔了,那还来得及,我不稀罕这破本子。"

从兜里摸出结婚证,扔在地上,走了。

柳道海从地上捡起结婚证,一屁股坐在原地不动弹了。一直到下半夜,刀美香打着手电筒来找他,他还跟木头人似的一动不动,刀美香叫他,他也不理。刀美香就在他边上坐下来,天渐渐亮了,他们的剪影从黑暗中呈现出来。版纳的早晨,空气潮湿得像是在哭。

33

柳道海屁都没放一个,就跑回上海了。这期间他们没有再通信,刀美香一滴泪也没流,也许是在心里流。她开始打听怎样才能在勐海找到一份工作,她希望去县人民医院做护士,可那不是想去就能去成的。

这期间,三姐家传来噩耗,三姐夫狩猎失误,被野兽咬去了半边脸。出事的时候,双胞胎兄弟在七里之外的乡村小学读书,村里的猎户骑了马一路飞奔,想带双胞胎回来见张有顺最后一面,等把兄弟俩接回来,张有顺已经凉了。

刀美香跟着父母赶去三姐家,很多亲戚都来了。这么多年,家里没这么齐全过。刚进门,就见双胞胎靠着张有顺棺材,守灵守得睡着了。刀美香看了眼躺在棺材里的张有顺,忙把头掉了过去。记得她曾劝过三姐夫,狩猎危险,山脚下有地,回家垦荒务农吧。张有顺摆摆手:"我不怕被野兽吃了,真给吃了也是猎户的荣耀。"

被三姐在手臂上一锤,"乌鸦嘴,给吃了,还荣耀个屁。"

张有顺大笑:"这你就不明白了,猎户被猎物吃了,和英雄战死沙场是一回事,都是死得其所。"

一语成谶,张有顺躺在棺材里,面目狰狞残缺,死前充满了恐惧。刀美香满脑子都是三姐夫那次的爽朗大笑,当初的快意和今日的横死反差太大,眼泪像断线的珠子般落下来。

等张有顺入土,刀父刀母暂时留在东方红公社照顾三闺女,刀美香则两边跑,三姐家住几天,回县城住几天,跑工作的事。

三姐身体越来越虚了。去年春天,她得了一种怪病,和她关节僵硬不知有没有关联。气温一低手脚就青紫,太阳出来,皮肤又变成一种奇怪的红。不疼也不痒,慢慢皮肤按下去就没弹性了,像鱼鳞一样发亮,手指绷紧了,伸不直,指头上没肉了,跟鸡爪似的。忽然有一天,腊沙嚷起来:"妈,你的脸怎么像绷住了一样。"

张有顺去摸三姐的腮帮子,好像一张晒干的鲫鱼皮,让她笑,却做不出笑的表情了。

套了马车去县医院,说是系统性硬皮病,没什么药吃,就是增加营养,延缓病情,别累及内脏。张有顺趁医生出去解手,跟进小便池,一边掏裤裆,一边问:"我媳妇这病,没生命危险吧。"

那医生道:"怎么说呢,不是常见病,料理得好的话,或许能活个三年五载。"

从医院回来,张有顺没跟三姐说真相;病在自己身上,三姐心里明镜似的。倒是刀美香私下问三姐夫,张有顺道出了实情:"你别跟你三姐说啊。"

刀美香道:"当我傻子呀。"

张有顺一死,三姐精神支柱垮了。光知道哭,她很难做哭的表情,就是流泪,泪流光了,就坐在那儿。等一段时间,又开始抹眼泪,刀美香过几天就回来陪她,怕她不想活了。

姐妹俩单独在一起的时候,主要是刀美香说,三姐听。有时候,三姐也插嘴,她嘴唇好像变薄了,说话像蚕宝宝脱茧,慢慢往外拱。这天唠着唠着,三姐突然说出了自己的打算:"要不你把双胞胎领回去吧,你看我人不人鬼不鬼,自己都活不成了,搁我手里也是饿死啊。"

刀美香一听,脸即刻僵在那儿。

三姐道:"你先别答应,仔细想想。"

刀美香道:"你都这样说了,我还想什么呀,我就是捡破烂也把他们拉扯大。"

三姐道:"我对不起你,让你一个单身女人带两个孩子。可我没办法了,过去靠他们爹养活,爹死了,我也没工作,连自己都养不活,别把孩子给饿死了。"

刀美香道:"三姐把双胞胎带那么大,现在我白捡两儿子,我让他俩伺候你一辈子。"

三姐眼泪又下来了:"你和柳道海到底怎么样了,你们可是开过结婚证的。"

刀美香道:"三姐你都问过一百遍了,这结婚证没白开,我算是已婚妇女,可以领养小孩。"

三姐道:"你是生母,说什么领养。"

刀美香道:"不说领养,怎么说呀。"

三姐道:"说的也是,领养就领养吧。这事要先让柳道海知道,你们是领过证的,他不同意,可能办不了。"

刀美香道:"办办看吧,我这有张结婚证,那天吵架扔了,他给捡起来了,走的时候放在了桌上,我拿它去办。"

三姐道:"我犯愁怎么给兄弟俩说啊,是给他们说实情,还是就这样瞒着?"

刀美香道:"我领过来就是了,还是瞒着吧。"

三姐道:"你看我这一身病,说没就没了,趁这个机会交底吧,现在不说,难道瞒一辈子?"

刀美香道:"叫了那么多年小姨,改口叫妈,不说兄弟俩不习惯,我也不习惯。"

三姐道:"我想过,他们叫我妈,就叫你娘吧。"

刀美香哦了一声,三姐道:"等礼拜天他们不上课,带他们出去转转,培养培养感情,也可以先漏点口风。"

刀美香道:"那我带他们去转转吧,也不知道跟他们怎么说。"

三姐道:"腊沙老实,勐崴贼精的,一点就通,别看他们一个模子刻出来的,脾气可不一样。"

到了礼拜天,等勐海特有的晨雾散去,刀美香带双胞胎兄弟去爬午后的南糯山。她跟在后面,留意起两个儿子。正如三姐说的,老大腊沙生性木讷,两手反到背后,像一个缩小的中年庄稼汉。弟弟勐崴喜欢动,眼珠子到处瞎转。到了山脚下,一吱溜就爬到很高的树尖,擒着枝条,像猴子一样晃荡到另外一棵树上,看得刀美香心提到嗓子眼。

刀美香试探他们:"小姨要去上海玩了,你们谁想去?"

勐崴举手:"我要去。"

腊沙却道:"要去我和弟弟一起去,一个人,我不去。"

勐崴把手放下来:"小姨带我们两个一起去吧。"

刀美香道:"只多出一张火车票,你们不去,我带别家小孩去。"

勐崴把手又举起来:"那我要去。"

刀美香把他的脏手握住,带着兄弟俩上了山。山上有散养的牛,抬头吃树叶,够不着,踮起腿仰脖,蹄子一滑,笨重的身体滑进沟里去了。兄弟俩去拉那牛,刀美香拖也拖不住,急得直叫:"你们哪能赶出一头牛,别被它顶了。"

正叫着,兄弟俩用着巧劲,半拽半赶,把牛弄出来了。

来到一个长野果子的半坡,刚巧一只白孔雀栖在矮树上。腊沙捡一个土块扔过去,砸中了惊飞起来的白孔雀,它腹部被击中,掉在灌木丛里,拍着翅膀。等兄弟俩跑过去,它总算扑腾起来,冲在前面的勐崴差点抓住尾羽,还是让它飞了。

刀美香看那只白孔雀,艰难地朝更深的树林中滑过去。刚把目光抽回来,看见兄弟俩扭打起来。腊沙嘴里在骂:"你这叛徒,怎么举手了?"

勐崴跳出圈外,摆了个架势,反攻回来,腊沙接招也不迟疑。

两人棋逢对手,每一个动作都是实的,却又打不到对方要害,勐崴一边打一边嚷:"我没举手。"

腊沙道:"你举了。"

勐崴道:"我又放下了。"

腊沙道:"放下你又举了。"

勐崴道:"没有。"

腊沙道:"有,你这叛徒。"

勐崴急红眼,朝腊沙飞起一脚,被躲开了。腊沙的脚也飞起来,勐崴旁开一步,用反钩一抄,把腊沙的鞋板扳掉了。腊沙仰倒,背脊刚着地,一个鲤鱼打挺,朝勐崴下盘一扫。勐崴跳离,被一旁直跺脚的刀美香一把抱紧。他一挣,刀美香就一屁股坐土坡上了。

刀美香觉得腰闪了一下,不是很严重,却故意捂住腰眼,夸张地叫唤。双胞胎只好鸣锣收兵,把她扶起来,一人架一只胳膊,往山下走。

刀美香发现兄弟俩力气很大,她几乎被抬了起来,如果不是他们个子矮,就两脚离地了。

刀美香知道兄弟俩自幼跟着张有顺练武,没想到这么能打。她虽不懂武,可看得出那不是花架子,打在身上,不是淤青,就是大包。胳膊给兄弟俩架得难受,让他们把自己放下来,板着脸道:"以后不许再打架。"

晚饭后,三姐把刀美香叫出来。在傣家竹楼后面,燃起一堆篝火,烧的是一种驱蚊的茅草。三姐开门见山道:"你跟兄弟俩说了?"

刀美香道:"没说,没想好怎么说。"

三姐道:"那还是我来说吧,我说比你说好,要不他们以为小姨在开玩笑。"

刀美香道:"我都随你。"

双胞胎读三年级,每天来回走十几里山路。这一片就那一个乡村小学,也没正经名字,两间土坯屋子。三名民办老教师,又教语文数学,又教历史地理,都是全才。双胞胎还不算住得最远的,更远的单程跑十几里的都有。

兄弟俩平时到家天都半黑,这天放得早,四点多就回来了,说是老师肚子疼,最后两节课不上了。三姐就把双胞胎叫到身边,把他们身世说了。说的时候,当然是掐头去尾,没说刀美香被强奸的事。为了增加说服力,她叫上了父母,刀父刀母在边上不吭声。兄弟俩很严肃地去看外公外婆,从他们神情里知道一切是真的。

腊沙不吭声,勐崴问了一句:"那我们爹是谁?"

三姐早准备好答案:"是个解放军,打仗死了。"

说完,叮嘱双胞胎:"你们知道就行了,别对外面人说,说起来你们就是过继给小姨的,别忘了。"

刀美香再碰到双胞胎的时候,兄弟俩躲着她,像见了鬼一样。

刀美香试图叫住他们:"你们两个过来,见到我为什么跑?"

兄弟俩跑得反而更快了。

刀美香的工作有了反馈,还是在勐海茶厂的二哥给想的办法。二哥已是茶厂普洱茶车间副主任,这个级别的干部当然不能拍板招人,但二哥是厂里的业务骨干,是渥堆发酵的一把好手。当初带他的师傅是车间主任,如今当上了分管生产的副厂长,所以二哥能帮她说上话。

这家勐海茶厂来头不小,1939年国民政府成立云南中国茶叶贸易公司,看中了南糯山成片的古茶林,派了留学法国巴黎大学的范和钧和清华大学高才生张石城到勐海来办茶厂。当时勐海叫佛海,厂就叫佛海实验茶厂。这样勐海就诞生了年产规模五千箱的机制茶厂,也是县里第一家现代企业。

到了刀美香进厂,勐海茶厂已具相当规模,光车间就有近十个、电影院、托儿所、溜冰场、卫生所一应俱全,除了没火葬场,几乎是自成体系的小社会了。

茶厂离开刀家不远,步行二十多分钟。刀美香想去卫生所当厂医。二哥帮她问了,卫生所称,厂医要有处方权,刀美香资格还差点,但当医护人员还可以。所谓医护人员就是打针的护士,可这个岗位暂时没空缺。有个老护士过两年退休,届时可以考虑。二哥把卫生所的答复转达给妹妹,让她先去普洱茶车间当制茶工人,等有机会了再换岗。刀美香虽不满意,只好先应允下来。

国营单位招工手续复杂,要去县劳动局报备走流程。这期间,三姐带着双胞胎搬到娘家来住,一方面,让兄弟俩和刀美香加深感情,另一方面,三姐时常要配药打点滴,在县城父母家看医生更方便。

只是双胞胎上学的路程更长了,那个乡村小学在县城和东方红公社中间,但离县城更远,单程步行要走一个多钟头。双胞胎从小跑惯了,倒不嫌苦,就是早上起得更早了,每次都要喊八遍才起床。

刀美香跑了派出所,咨询领养政策。派出所说,这事不归他们管,得找民政局。刀美香就去了县民政局,民政局说,她这个不是领养社会孤儿,属于家属之间的过继,只要双方同意,当事人都到场,手续完备就可以办理。

刀美香问道:"我丈夫在上海,一定要到场么?"

民政局的人道:"这么大的事,最好夫妻俩都来。"

刀美香把情况告诉三姐。三姐说,我早说吧,这事绕不过柳道海。

刀美香道:"这么麻烦,那干脆不办了,这是我家私事,和公家搭不着。"

三姐道:"你和柳道海到底怎么样了?"

姐妹俩聊天,三姐动辄就爱问这句,刀美香不爱听,让三姐不要再问,三姐就噤了声。过几天又会提,刀美香每次都板脸,三姐就是不长记性。

刀美香其实对柳道海也牵肠挂肚,开了结婚证,法律上她就是柳道海老婆了。一个在上海,一个在云南,彼此不通信,也不知道对方在干什么,算怎么一出。

她猜柳道海苦不堪言,觉得她是个累赘,可又没办法。为什么没办法,因为就是没办法。她吃准了他没办法,所以当初才敢千里迢迢奔赴上海,一点也不犹疑。

过了一段时间,双胞胎和她之间有了变化,腊沙不跑了,站在原地,也不说话,刀美香走近了,他就退。退得很有策略,刀美香动他也跟着动,反之他就站在那里。勐崴还是喜欢跑,跑得远远的。有一次,刀美香看见勐崴冲她傻笑,这个笑逗留了足有一分钟,让刀美香非常心酸。那一刻,她突然意识到自己是母亲了。

终于有一天,腊沙鼓着勇气走上来:"你不是我妈,你是小姨。"

刀美香道:"你可以不叫我妈,叫我娘。"

勐崴站在一口倒置的大水缸上:"你是小姨。"

刀美香道:"你下来。"

勐崴道:"我不下来。"

刀美香道:"你不下来我告诉你妈去。"

勐崴朝门口一望,三姐正坐在竹楼前,她嘴张不大,不能大声说话,朝勐崴抬一抬手。勐崴就跳下大水缸,走到刀美香跟前道:"我跟你商量个事,我觉得叫你娘别扭,叫你姨娘怎么样?"

刀美香一愣:"不行,我就是你娘。"

勐崴道:"怎么不行,我听老人说包公戏,说包公是他嫂子带大的,后来就叫她嫂娘,你又是小姨又是娘,叫姨娘正合适。"

刀美香道:"我不是小姨,我就是你娘。"

勐崴道："我们小姨叫惯了,你要答应,我和哥就认你,不答应就拉倒。"

腊沙也走了过来："你要答应,我们也答应。"

刀美香道："答应什么呀?"

勐崴道："你答应了,我们就答应认你。"

刀美香想,兄弟俩穿一连裆裤,硬来不行,先答应下来,以后再想办法改口,便允道："那你们先这样叫着,心里可记着我是你们娘。"

过了几天,茶厂录用通知到了。刀美香去普洱茶车间上班,二哥亲自当师傅,教她渥堆熟茶。这是一门新工艺,在此之前,普洱茶只生产生茶。新生茶味苦,出厂后自然发酵,十年八载方能喝到口感上乘的老生茶。按寨子里的说法,就是老子存给儿子喝,渥堆发酵说白了就是用催熟的方式,模仿老生茶的口感。

这种工艺刚从广东引进不久,根据勐海的气候做了改良,将数吨晒青毛茶直接堆在地上,堆成长条梯形,保持一定水分,使植物蛋白自然产生热量。不要小觑茶叶本身的热量,一个鸡蛋放进茶叶堆,一刻钟就能剥壳吃了。难度也在这里,时间长了,茶叶堆内部就焦心了。需要不断翻动,外面的翻进去,里面的翻出来。受热均匀,才可以渥出优质熟茶。

这个过程,关键全在于分寸,渥重了,茶叶枯败报废。渥轻了,不生不熟,夹生饭。还是体力活,数吨晒青毛茶来回翻动,很锻炼臂力。一批茶渥下来,手臂的劲道大了很多。

转眼刀美香在茶厂上了四个月班,这天放工回家,正吃晚饭,门口有人喊："刀美香。"

出门看是个邮差,刀美香把手在屁股上擦擦,接过信封,一看,落款地址是上海。心里咯噔一下,其实也不吃惊,打开,没有称谓,也没有落款和日期,只有七个字:你还是来上海吧。

柳道海的字她是熟悉的,刀美香一夜没睡,爬起来回了信,也是没头没尾一句话:是你让我去的,可别后悔。

她决定放弃茶厂的工作,跑去跟二哥说。二哥进茶厂后,一直和老婆孩子住在单位宿舍里,去年才在山脚下造起一栋竹楼。刀家祖上的竹楼群政府一直没归还,子孙们分散在版纳各处,务农居多。二哥能在国营大厂当上干部,还造起了竹楼,算是其中的佼佼者。

刀美香话还没说完,二哥脸就耷拉下来,劈头盖脸就是一通数落。也难怪他生气,县里多少年轻人削尖脑袋想进茶厂都未能如愿,二哥花了很大心血,才帮刀美香谋到这份差事。因为刀美香在农场的那次大过,调档案时好事还差点黄了——这种污点在体制内很吃亏,上纲上线的话,前途一片渺茫。

所以,一份多少人眼红的工作说不要就不要了,二哥当然气不打一处来。刀美香知道理亏,只轻轻嘟囔了一句:"要是不去上海,就永远是牛郎织女。"

二哥叹了口气:"全家就数你最麻烦,这事容我想想,别脑袋发热就辞职了,多少人等着填这个空缺。"

二哥果然想了个两全其美的办法,先不辞职,请长病假,把农场病退时的原始证明找出来,就说旧病复发。反正"中枢神经损伤"是个看不见摸不着的病,脑震荡后遗症也说得过去。病假期间你去上海,只要我还当着这车间副主任,就尽量帮你续着,这样既可以保留编制和粮油指标,也留了退路,万一柳道海对你不好,还有个大后方垫底。

刀美香又开始装病,还是老样子,手不停哆嗦,翻茶的铲子也握不住。抖了半个多月,卫生所给开了三个月病假。

刀美香收拾行李准备去上海。这次和上次不同,不是只身前往,要带上双胞胎。三姐在边上看她打包裹,嘴一咧,哭出声来,越哭越伤心,几乎喘不过气来:"啊啊啊。"

口水从她嘴角淌出来,刀美香用袖口帮她去拭。

哭完三姐反悔了,不同意把双胞胎带走。理由是,你本来在勐海,虽然把双胞胎过继给你,可我还能看到他们。可你一走,我就再也见不到他们了,我还有什么活头,还不如跳井死了。

刀美香心里说,我和柳道海领过结婚证,去上海算不上变数。你当初把双胞胎还给我,就没想到这一层?嘴上却不能这么说,若这样说了,反倒显得自己没肚量。

三姐控制住情绪:"你去上海是去找老公,我得替你高兴才对,双胞胎的事我们再合计合计。"

刀美香道:"我也犯难,兄弟俩跑那么远,你肯定伤心死了。可我要是不去上海,只有和柳道海掰了。"

三姐道:"谁让你不去?要去,赶紧去,夫妻团圆,才像一家子。可双胞胎去上海,柳道海能同意么?"

刀美香道:"是他自己写信让我去的,我先带去再说,他再不愿意,也不能把我杀了,大不了我再回来。"

三姐道:"这样不好,这么大的事也不和人家商量。"

刀美香道:"柳道海知道兄弟俩是我儿子,我告诉过他。"

三姐抛出一个折中方案,刀美香带走一个,留一个给自己送终。刀美香表示同意。她和双胞胎的感情远远比不上三姐,少带一个更好。至于柳道海那边,她决定先斩后奏,因为这事没预防针可打,柳道海肯定不同意。

接下去是说服双胞胎,兄弟俩立刻嚷嚷着说不干。当然这在刀氏姐妹预料之中,双胞胎从小穿一条开裆裤长大,怎么可能说分就分呢。

三姐不管他们,先激老大:"腊沙,你是做哥哥的,你先表态,你就不管妈了?"

腊沙道:"我要妈,也要勐崴。"

三姐道:"那不可能,妈养不活两个,只能留一个。你看是你留下还是勐崴留下?"

腊沙道:"养不活我们就都饿死。"

三姐道:"混账话,你不想活,妈还想活呢。那勐崴我问你,你是愿意陪妈还是去上海?"

三姐的策略是对的,她先设定了双胞胎必须要分开的前提,兄弟俩被她带沟里去了。你看看我,我看看你,腊沙道:"我是老大,我留下照顾妈。"

勐崴的江湖义气也上来了:"双胞胎不分大小,你就是趁我一愣神先出来的,真以为自己是老大啊。"

三姐趁热打铁:"别以为分开了就不是兄弟了,隔两年你去上海看弟弟,或者你回云南看哥哥,等我死了,你们娘仨一起过。"

兄弟俩一直憋着没哭,这会儿撕开嘴哭起来。三姐朝刀美香看了一眼,松了口气,他们一哭,就代表接受了分开的事实。

最后的结果是腊沙留在云南,勐崴随刀美香去上海。理由仍是腊沙为长子,承担长兄如父的责任,其实他才十一岁,眉毛眼睛还没完全长开呢。

刀美香行李收拾得差不多了,这天三姐忽然对她说:"领养手续有眉目了。你还记得四姑娘么,打小和我一起玩的那个疯丫头。"

刀美香摇摇头,表示一点印象也没有。

三姐道:"你那时还小,她可记得你。今天她从门口经过,我没认出她,她却认出我了。其实她也没认出我,她是认识我们家这竹楼,看我在竹楼前坐着,就顺带着把我想起来了。"

刀美香问道:"她能办领养手续?"

三姐道:"她很早去当兵,前年刚复员,分配在民政局当办事员。她问我脸怎么僵住了,我就告诉她得了治不好的病,顺便就问起兄弟俩过继的事。她说她不具体管这个,回去问一下,能帮忙的话尽量帮忙。"

刀美香道:"她的意思是柳道海不在也能办?"

三姐道:"她没把话说死,让我们明天去民政局。"

刀美香道:"她为什么愿意帮这个忙?"

三姐道:"四姑娘是个热心肠,可能同情我活不长了吧。"

三姐继续说,她和四姑娘二十多年没见了,不过四姑娘记性真好,还记得和三姐争吃一块鸡屎的糗事,两个傻丫头把晒干的鸡屎当成炸小饼了。

第二天,姐妹俩去县民政局,四姑娘在办公室里剥花生吃。见她们来了,拍拍手上的花生衣:"帮你们打听过了,直系亲属领养比社会领养方便,本来就是血亲。三姐你是送养人,妹妹是收养人,我问下来,最大的问题是收养人年龄不够,要满三十岁。"

三姐看看刀美香,脸呈失望之色,四姑娘看看刀美香:"你小时候我还抱过你,用手一掐就知道你今年多大,你爱人满三十岁么?"

刀美香道:"也没满。"

三姐道:"除了年龄,还有什么政策?"

四姑娘道:"有不少,一对夫妇只能领养一个,像你们这种双胞胎我还要问一下。送养人和收养人还要互相写保证书,还要有健康证明、结婚证、户口本,一套手续呢。"

刀美香道:"一定要我丈夫到场么?他在上海呢。"

四姑娘道:"那倒不一定,只要你有结婚证,能证明婚姻关系就可以。"

刀美香道:"我上次来问,管事的说非要夫妻都到场。"

四姑娘道:"你不认识熟人,人家当然照章办事。"

三姐道:"年龄上卡得这么死了,还能办成么?"

四姑娘道:"你先别急,政策是死的,人是活的。"

刀美香道:"就是,我还听说人家去派出所改年龄呢。"

四姑娘道:"那事我们不能做,血亲之间政策上还是有弹性的,我看还是在这上面做文章,争取特批。"

三姐道:"公家办事慢,我妹急着去上海呢。"

四姑娘道:"我知道我知道,你放心,我当成自己家的事,特事特办,待会儿我就去找领导,跟他磨磨。"

刀美香道:"不会很复杂吧?"

四姑娘道:"这事要往复杂里搞,一年半载都可以,最后可能还搞不成了,我给你走捷径。"

刀美香道:"可帮了大忙了,真不知道怎么谢你。"

四姑娘道:"乡里乡亲的说什么谢字,我和你三姐可是一起吃鸡屎长大的。"

说完,哈哈大笑。

就这样,踏破铁鞋无觅处,得来全不费工夫。四姑娘跑前跑后,民政局一路绿灯,才花了九天时间,本来没影的事竟给办成了。最后一步是去派出所变更户口本,四姑娘陪着刀美香一起去,路上四姑娘道:"可惜只过继了勐崴一个,腊沙没想法吧。"

刀美香道:"我这次去上海,说好只带走勐崴,腊沙留下来照顾三姐。他们哥俩其实都不想过继,是三姐逼的,这结果腊沙巴不得呢。"

四姑娘道:"你什么时候动身?"

刀美香道:"本来早该走了,就等你这边办完手续。"

四姑娘道:"听你三姐说,单位准了你三个月病假,到时候你再回来?"

刀美香道:"多半不回来了,病假能续就续着,不能续就除名吧。"

隔了一天,刀美香去拿户口本,勐崴的关系已转到了她名下,拿着改好的户口本,刀美香不免一丝惆怅,明明是亲生儿子,却写成了继子。到了晚上,二哥来了,对刀美香说,厂里正好有昆明的客户来提货,我打个招呼,顺便把你给捎上。还有,病假工资和票证我会代领,每个月想办法给你换点全国粮票,要不你和勐崴在上海得饿死,你赶紧收拾行李,客户提了货就走,不等人的。

刀美香道:"我都收拾好了,说走就能走。"

二哥道:"可有一样,货车坐起来不舒服,就是直接开昆明,不用你换车了。"

刀美香道:"我不怕苦,我能吃苦。"

三姐在边上道:"二哥替你想得这么周到,别忘了二哥的好。"

刀美香朝二哥看一眼:"怎么会呢。"

等二哥走了,双胞胎不在屋里,三姐对刀美香:"你把双胞胎都带走吧,我不忍心把他们拆开呀。"

刀美香道:"哥俩本来就不情不愿的,你再一变卦,可能一个都带不走。再说,腊沙没过继成,他哪会认我这个娘?"

三姐道:"没过继成你还是他生母,你把哥俩找来,我跟他们说。"

刀美香只好去门外找双胞胎,兄弟俩进屋,三姐不拐弯抹角,她说话很有权威,双胞胎直立不动,听训诫似的。三姐这个决定和腊沙关系更大,他朝三姐看了一会儿:"我不去,留下服侍你。"

三姐道:"有外公外婆照顾,我死不了。"

腊沙道:"他们都老了,怎么照顾你啊?"

三姐道:"你以为妈还能活几年,肯定走在你外公外婆前面。"

腊沙道:"那我就更不能撇下你走了。"

三姐停了一下,手本来垂在两侧,这会儿放在了膝盖上:"说什么都没用,双胞胎不能分开,你和勐崴一起走。"

说着咳嗽起来,因为人不容易弯,只能稍微向前倾,用不出力,眼珠往外瞪得吓人。

腊沙上前给三姐拍背,三姐缓过气:"你们哥俩从没分开过,你们在一起,比守着妈好,妈是废人了,就那样了。"

三姐在家里一直是做主的。张有顺活着的时候,虽是经济上的顶梁柱,但对三姐特别谦让,三姐说什么,只要能办,肯定办。三姐对两个儿子一直比较严苛。哥俩有什么请求,三姐若是答应了,便立刻答应了。若不答应,再哀求也不会改口,这样就树立起了权威。腊沙当然明白三姐的脾性,知道她决定的事不会改,又急又无奈,都快哭了。

刀美香带着双胞胎去办了退学,然后去照相馆,三姐和父母等着他们拍全家福留念呢。

二哥跑来告诉刀美香,昆明的车子明天就出发,让刀美香凌晨五点半在厂门口等着,千万别迟到。

二哥塞给刀美香一百块钱,说是盘缠。刀美香推让了一下,收下了。到了晚上,三姐拿了五十块钱给她,刀美香死活不肯收,最后父母出来说话,刀美香才收了二十块,另外三十块说什么也不肯收。刀母拿了个金镯子出来,是她当年的嫁妆,给刀美香套在手腕上,刀美香没拒绝。戴了一会儿,摘下来,用布仔细包好,放在行李的隐秘处。

一家人通宵都没睡好,双胞胎打地铺,刀美香打另一处地铺,两个老的和三姐分别睡在两张竹笆床上。有人辗转叹息,有人低声啜泣。只有双胞胎睡着了,毕竟还是小孩,撑不住,睡得死死的。凌晨被叫起来,脸上满是干了的泪痕。

拿着包裹拎袋往茶厂赶。从刀家走到茶厂,白天正常走,要二十分钟,可现在老少六人,走不快,四点半他们就出门了。

天还是完全黑的,街上也没有路灯,三姐走得慢,提不了什么东西,走在最后面,但也帮点小忙,拿着手电筒,一直照到百米开外,让前面的人好走。

勐海的晨雾铺天盖地,能见度很差,更影响了行进的速度。双胞胎嘴里啃着玉米棒,这是他们的早点。几个大人都吃不下。兄弟俩吃完了,把光棒子一丢,开始哭,哇哇的哭声传出去很远。

那辆车已停在茶厂门口,是一辆威风凛凛的解放牌大卡车,罩着可防雨的帆布帐篷。司机和押车的共三人,因为知道要捎带刀美香母子去昆明,所以装货时特地留了块空地,车厢里是成件成件的普洱茶,用竹篾子编成的筐装着,混合着茶叶和新鲜竹篾的香气。这趟车负责人姓唐,四十岁上下,宽额坛子脸,说一口广东腔的普通话。

那边急匆匆赶来一人,正是二哥。见刀美香和唐师傅碰上了,便道:"唐师傅,我妹就托付给你了,一路上麻烦多照顾。"

说着,示意刀美香上车,却见双胞胎在三姐跟前跪了下来,一边磕头一边咧大了嘴直哭:"妈,我们走了妈。"

也给外公外婆磕头:"我们走了。"

三个长辈什么话都说不出来,抽噎得都快没气了。

那边,唐师傅他们三个,帮忙把行李搬上了车,堆在竹箩筐上。唐师傅在车上把手伸下来:"上车了,要赶路呢。"

刀美香先上了车,双胞胎跑过来,抓住唐师傅的手,脚在挂板上一蹬,就被拽上去了。

车轮滚动,这一趟旅程,路径大致按流沙河朝向行驶。流沙河贯穿勐海到景洪,汇入澜沧江。不是笔直的直线,沿途经过勐宋,再到景洪,然后是勐养,一路往昆明而去。

腊沙是在哈尼族姑娘寨附近不辞而别的。这时候,卡车已开了一天一夜。腊沙借口去撒尿一去不返。刀美香急得不行,唐师傅拿着手电筒,唤上两个伙伴要去找,勐崴却纹丝不动:"莫找了,找到了他还是会跑。"

刀美香才明白过来,兄弟俩是串通好的,腊沙肯定是回去找三姐了。

34

刀美香以为假以时日,崴崴能叫自己娘,可她的心愿成了泡影。崴崴一直没改口,无论私下,还是公开场合,一律叫她"姨娘"。

弄得柯副主任一脸狐疑:"你们到底是啥关系?"

刀美香道:"我生他早,他一直以为我是姨,就这么叫下来了。"

柯副主任推一推金丝边眼镜:"世上哪有拿娘叫成姨娘的,第一趟碰到。"

王小立道:"阿拉都听习惯了,觉得也蛮热络嚹。"

刀美香扯开话题:"快快,刚出锅的老母鸡,趁热吃。"

崴崴站起来:"来,我再敬柯主任一杯。"

柯副主任道:"不好再吃了,再吃就醉了,明朝还要上班呢。"

王小立也站起来:"那就最后一杯,领导,我兄弟的事体就包在你身上了啊。"

柯副主任道:"政策允许范围,尽量帮忙。"

王小立道:"领导有分寸,不会让自己犯错误。"

柯副主任道:"不犯错误情况下,尽量帮忙。"

崴崴仰脖喝酒:"有柯主任这句闲话,你这个朋友我交定了。"

一直喝到九点半才散,薛美钏提前离场,八点多就走了。怀孕的女人不能久坐,腰酸。她今天本可以不来,来了就是个姿态,说明崴崴对柯副主任很重视,就是夫人外交。孕妇不能喝酒,薛美钏以茶代酒敬柯副主任,吃了几筷菜就回家了。

崴崴和王小立送柯副主任去南码头轮渡站,柯副主任的拎包明显鼓起来了,里面塞着两条红双喜和一只信封。柯副主任不肯收,刀美香趁他喝酒,把拎包拿过来,塞里面了。柯副主任不会没看见这个小动作,吃完饭,打着饱嗝,心照不宣拎起包走了。

刀美香在店门口和柯副主任道别,折回店里,一屁股坐下来,吁了口气。听柯副主任的语气,事情基本算办成了。之前她和动迁组谈,双方差距太大。在政策上,刀美香属于吃亏的类型,面积大,人少。如果与之相反,人多住房小就合算,一个户口本可以拆出好几户人家。

见琴琴在大堂里张罗,把她叫过来道:"刚才小梅的单子呢,我来签字。"

琴琴道:"她拿钞票付了,没让你请,我还推销了一条大黄鱼。"

刀美香哦了一声道:"我晓得了,去给我泡一杯茶吧,吃了酒嘴巴干。"

崴崴第一次把乔乔带回家的时候,刀美香就觉得这姑娘和崴崴过往的女朋友不同。虽说是自己身上掉下的一块肉,俗话讲癞痢头儿子自己好,可刀美香不能否认一个事实,崴崴真是没什么值得夸耀的。一个其貌不扬的矮胖子,鼻孔里有一粒鼻屎痣。没读过几天书,还是少年犯。唯一比别人的强的就是会打架,可打架总算不上优点吧。

当初刀美香接到那封没头没尾的信,带着勋崴去上海。到了周家弄才知道,柳家有了变故。柳父死后,柳母走失了。

柳母是在刀美香被李英带回版纳半年后,也就是柳父去世一年零三个月后走失的。母亲的失踪让柳道海很伤心,须知柳母脑筋不太好,属于四分之一的傻子。但她不是白痴类型,只是反应慢而已,去小菜场买个菜,怎么就莫名其妙失踪了呢?

除了去派出所报案,柳道海在很多电线杆子上贴了寻人告示,贴了第一遍,被雨水冲走了,又去贴了一遍。派出所那边警察来了几次,每次都是笔录口述,川沙县公安局也来过一次,雷声大雨点小,根本没下文。

柳道海开始一个人照顾祖父,他要翻三班,照顾不过来。自从摔了那一跤,老头就一直半死不活坐在藤椅上,清醒的时候越来越少,认不得人的时候越来越多,渐渐不能自理。本来柳母在的时候,柳道海是辅助照顾祖父,现在完全落在他一个人肩上了。

托人找保姆,都嫌老人脏,没几天就跑了。直到来了个安徽无为的王婶,才算有了长工。

这天刀美香带着崴崴下了火车,从北站赶回浦东,已是黄昏。先去小房子,见关着,就跑到大屋来,开门的正是王婶。

刀美香擅自把崴崴带到上海来,做好了柳道海和自己大闹一场的准备。出乎意料,柳道海脸上的吃惊稍纵即逝。柳道海虽没见过双胞胎兄弟,但猜出小男孩是谁。他对崴崴说的第一句话是:"你是哥哥还是弟弟?"

这个山区出来的小野豹把脖子一扭:"关你屁事。"

刀美香啪地一记耳光打在崴崴左颊上。

柳道海朝她白一眼:"你打他做啥?"

崴崴挨了打,朝刀美香剜一眼,反手给自己右颊一记耳光:"要打两边都打。"

刀美香一出手就后悔了,她虽是生母,可和崴崴的感情也就同普通亲戚差不多。她觉得这一巴掌,打得真是毛糙。她愣在那儿了。

崴崴却把行李提了起来,对柳道海说:"我睡哪里?"

柳家两间房三张床,左边那间小,放一张五尺半双人床,原是柳父柳母的,现在柳道海在用。右边那间要大很多,放着缝纫机、拷边机,和一张裁剪用的大桌子。其实是祖父的裁缝间兼卧室,里面放着两张四尺半的床,一张祖父在用,另一张是柳道海从小睡到大的。王婶来后,为了照顾祖父方便,就给她用了。

柳道海用上海普通话道:"要么今朝我们还住东头小房子去,我的床先让你儿子睡。"

刀美香道:"先带我们去你厂里洗把澡吧,都臭了。"

柳道海道:"今朝浴室不对家属开放,我带你们去塘桥浴室吧。"

等从塘桥浴室回来,已是晚上九点多,安排了崴崴睡觉。一路劳顿,小男孩脑袋沾上枕头就打起了呼噜。柳道海和刀美香回到小房子,柳道海把门抵上,用浦东话吼道:"啥人叫你拿小孩带来嚫?你跟我商量过哦?"

刀美香用夹生浦东话道:"跟你商量?你会同意?"

柳道海道:"姓刀嚫,你不要太过分了,大不了鱼死网破。"

刀美香道:"是啥人死乞白赖让我来?"

柳道海道:"你晓得刚才洗澡的辰光,他叫我啥,他叫我喂,这么没教养。"

刀美香道:"乡下小孩有啥教养,上海人了不起呀?你不欢喜他,明朝阿拉就回云南。"

柳道海道:"你真要欢喜小囡,可以领养一个小毛头。这个都十岁出头了,养不家嚫。"

刀美香吓了一声:"我有亲生儿子,为啥要领养?"

柳道海道:"那是你儿子,跟我没关系。我要养,就领养小毛头,从小自己带,我不要这种半道来的,永远隔一层。"

柳道海这句话被时间所验证,刀美香觉得这个儿子琢磨不透,也不那么亲。虽然表面上一家三口还算和睦,但崴崴始终像一个客人,他渐渐学会礼貌了,大概是为了和姨娘配套,他叫柳道海姨父。随着时间的推移,他话越来越少了,鼻屎痣倒越来越大,江湖上开始有了名声。

刀美香母子来了没几天,王婶就提出辞工,说要回老家给亡父放焰口,其实一听就是借口。这说明,王婶是很拎得清的人,女主人来了,知道要让贤了。

柳道海调整了家里的布局,他和刀美香住小间,原来的大间一隔二,朝里的给崴崴住,朝外的给祖父住。这样照顾祖父起来容易,老人晒太阳也方便。

等安顿下来,刀美香冲着柳道海冷笑:"晓得你为啥让我来上海了,原来是找个保姆。"

柳道海道:"你讲话哪能这么难听。"

刀美香道:"我问你,崴崴借读的事哪能了?"

柳道海道:"我去六北小学问了,说是借读也要等开学,现在没头没尾的没法弄。"

刀美香这次来沪,无论是对她还是对柳道海而言,双方的关系已经不一样了。那次在勐海领完结婚证后的拌嘴,把两人心里的隐秘完全撕开。她虽然重返上海,和柳道海也仅仅是搭伙过日子,两人都心灰意懒。

虽在一张床上,却各自裹一条被子。刚来的那天,他们是睡一条被子的,刀美香从背后搂住柳道海,却被挣开了:"不要碰我。"

刀美香更紧地去搂他,柳道海坐了起来:"别碰我,听到没有?"

刀美香默默起了床,去拿另一床被子,两个人背靠背睡下了。从此以后,再无夫妻之实。

那年暑假一过,崴崴插班进六北小学读二年级,他这个年龄,本该读四年级,无奈版纳的基础教育比浦东差一大截,老师给崴崴做了测试,读二年级其实也勉强。但从一年级开始,又太伤小孩自尊心。新生入学那天,刀美香陪崴崴去开家长会。老师在上面点名,学生在下面喊到。勐崴是最后一个点到名的,因为他是班级里唯一的借读生,不是在编学生。

家长会结束,刀美香跟老师要来学生登记册,在最后一栏看到勐崴两字。她借了支笔,在前面加了个柳字,从此,崴崴的学名就成了柳勐崴。

刀美香虽然这么写了,但柳勐崴这个名字暂时还不合法,因为法律上没承认。直到1979年崴崴十五岁那年,刀美香才在办理上海户口的同时,把柳勐崴这个名字在户口本里确定下来。

要把云南偏远县城的户口迁到上海,稍有点理智的人想都不敢想,刀美香这个得过且过的人,怎么会动这个疯狂的念头。事情的起因是,她听一个前来打针的患者说,许巷三队有个男的通过交换户口,把老婆从黑龙江办到了上海。

那户人家情况和她相仿,男的是上海知青,在黑龙江农场和当地姑娘好上了,没结婚。知青大返城后,男的回到上海,分配在上海海运局工会工作,心里还想着那姑娘。不顾亲友反对,去黑龙江和那姑娘领了结婚证,那姑娘在当地有工作,没跟来上海。巧的是,那男的单位里有个女出纳,也是刚从黑龙江返城分配进来的知青,家住在杨浦区平凉路。有一天聊起来,女出纳在黑龙江有个恋人,是当地一个警察,据说有俄罗斯血统,帅得不得了。女出纳和"俄罗斯"都谈婚论嫁了,"俄罗斯"却打了退堂鼓,说自己是农村出来没文化,配不上她。女出纳一赌气,就跟着返城大军打道回府了。可两人真一分开,思念就像黑龙江发大水,再也没法收拾。"俄罗斯"在信里错字连篇地表达着自己的思念,女出纳也是铁了心要回去。许巷三队那男的就听进去了,把自己的情况大致说了,试探女出纳双方能否交换户口,当然他也知道上海户口比黑龙江户口值钱,愿意给女出纳一点经济补偿。女出纳觉得是两全其美的事,就同意了。前后折腾了半年多,居然给办成了。

刀美香被这个故事吸引住了,她关心了一下价格,据说是八百元,她吐了下舌头,这相当于柳道海两年工资不吃不喝。但上海户口确实具有非凡的诱惑,她把这事说给柳道海听,柳道海马上表态,我不反对,你有本事找到这样的下家。

柳道海现在就是这样,什么都可以,什么都无所谓,像变了一个人,彻底向刀美香投降,其实是彻底向生活投降了。

刀美香朝柳道海看一眼,心想你答应得这么爽快,是知道可遇不可求,所以落得做顺水人情。

她却付诸了行动,去六里派出所找警察王庚林询问政策。撇开第一次来沪不说,她到六里桥快四年了,对此地的人情世故也了如指掌。这儿的几条老街有几个著名人物,警察王庚林算是一个,他比较热心,口碑不错。王庚林告诉她,他没经手过这样的案子。凭他对相关法规的理解,直接交换户口从技术上不可行,通过对调工作来完成户口对调的可能性更大。当然对刀美香来说,那是一回事。可问题是,你哪里去找这样的下家。

刀美香道:"我就是随便问问,万一有机会也好抓住。"

王庚林道:"最近知青政策出台比较多,你关心一下也对。"

刀美香开始行动了,她分析了一下,码头和车站人流量最多。她垫了复写纸写了很多告示,骑着自行车,在浦东周家渡、南码头、塘桥、杨家渡、陆家嘴、其昌栈沿线一路张贴,然后去浦西对应的江边码头、外马路、董家渡、十六铺、延安东路码头、公平路码头继续张贴。

在张贴过程中,刀美香发现,和她同样诉求的招贴有很多,特别是十六铺码头周围,几乎铺天盖地都是"新疆寻求对调上海""江西换上海""上海诚意调换安徽"这样的标题,靠近码头的几根电线杆子一层覆一层,像一件褴褛的衣裳。刀美香一张张看过去,"上海换云南"这样的招贴也不少,她就偷偷撕下来,塞进口袋里。

除了码头,另一个重要的张贴地是北站,从云南坐火车到上海,这里是终点。火车站永远是混乱的,人多得让人窒息,风一吹,空气中扬起灰尘,鸽子从周遭低矮的破房子上掠过,一小坨湿漉漉的鸽屎掉在旅客的肩膀上。

她上午写,下午贴,晚上累得像跛脚狗一样回来。柳道海冷眼旁观,有时候嘀咕一声:"神经病。"

以为刀美香没听见,刀美香却把头扭过来,用夹生浦东话回击:"阿缺西。"

"阿缺西"大意是十三点或二百五。刀美香会说一些浦东话,没崴崴说得好。崴崴的浦东话可以和土著媲美,学语言可以看出一个人的悟性,崴崴虽然其貌不扬,却是个聪明孩子。

刀美香把收集到的招贴整理一遍,一大半只留地址,一小半留地址也留电话号码。她给只留地址的写信,留电话号码的则跑到六里桥桥堍去打公用电话,对方一般也是公用电话,也有少量用单位电话的,大多需要去喊人。刀美香一边等一边没闲着,趴在台子上继续写招贴。用刀美香后来的话说,我打电话买邮票,先把三姐给的二十元用完了,又把二哥给的一百元用光了,那段时间睡觉耳朵都嗡嗡作响,贴邮票贴得心疼,贴的都是钱啊。

等来回信回电的同时,她的招贴也有了反馈,还有人亲自找上门来,每一次都谈得情真意切,前后联系上的有一百十六个对象,见面深谈的不下五十个。条件完全匹配的基本没有。刀美香要找的大致是这样一个人:最好是女性,上海川沙县城镇户口,在西双版纳当过知青,返城后在川沙境内国有企事业单位工作,因为某种原因想去西双版纳定居。找到这样的对象用柳道海的话说,概率和吃饭噎死差不多,完全是天方夜谭式的幻想。

可刀美香从茫茫人海中真把这个人给找了出来——祝希青,版纳返沪女知青,回城后在上钢三厂开行车,家住花木乡。她的出现不在刀美香的计划之内,就是说,她既不是被刀美香的招贴吸引来的,也不是刀美香主动出击的产物,甚至第一次祝希青本人都没有出现,她母亲先来投石问路。祝母对刀美香说,她是从朋友那儿知道对调信息的,她没说具体是谁,当然对刀美香而言,也不重要。

祝母开始讲女儿的情况,讲着讲着就变成了哭诉,刀美香还没听完就感觉到,自己工夫没白费,这次可能真的有戏了。

祝希青的经历其实不复杂,可以说在农场司空见惯。她和当地一个后生谈恋爱,然后她回城了。区别在于,一般人慢慢就把对方忘了,开始了新生活。祝希青却相思成灾,越来越不能自拔,萌生了重返版纳的念头。上海姑娘跑去云南乡下当媳妇,当然遭到家人激烈反对,被认为是"脑子被开水烫坏了"。祝希青却道,哪里的黄土不埋人,去不成我就死。

家里人以为她是说说,她真从行车轨道上跳下来了。行车轨道离开地面七米多,下面就是水门汀,她算行大运,只是摔折了左腿,绑石膏静养了两个多月,等骨头接上了,还算好,走路有点微跛,不仔细看不出来。主意却未改,还是念着那个版纳后生,这下家人非但不敢阻拦,还帮着四处打听对调的对象,女儿远走高飞,总比自杀要好。这样,七拐八弯得悉了刀美香在找下家,就摸过来探个虚实。

又约了个时间,刀美香和祝希青见面,祝希青走路有点高低,脸色苍白没有光泽,长得蛮清秀的,嘴角发了个火气,更显得憔悴,说话气血不足的样子。刀美香纳闷,这么虚弱的姑娘脾气怎么那么倔,行车轨道上就敢往下跳。

因为是各取所需,刀美香和祝希青很快达成了意向。刀美香耍了个心眼,说和另一个下家也谈得差不多了,只不过觉得祝希青心情更迫切,所以决定和祝希青交换,给祝家一种奇货可居的错觉。

刀美香之这么说,是想埋一个伏笔,在谈到钱的时候,可以把价格压低。可祝希青自始至终就没提补偿的事,她沉浸在可以和男友团聚的喜悦中,完全没想到沪滇户口之间的价值差,而祝家人心思也不在这上面,祝希青这一走,也不知猴年马月才见面,全家都心灰意懒,也没心思过问其他。

商调函分别从勐海茶厂和上钢三厂发出。至此,刀美香病假已将近四年,她能保留编制那么长时间,一方面仰仗了二哥的庇荫,二哥已是勐海茶厂工会副主席,是厂级干部了;另一方面,国营企业这种铁饭碗,对长病假职工比较宽容,开除一个病人好像说不过去。

其间的程序很烦冗,要政审调档案,刀美香的土司后裔身份在当时来说,已不在禁区,大规模的平反已经开始。但档案中的那次大过仍然给刀美香添加了麻烦,幸好勐海茶厂人事科发了个函。这个函的幕后推手当然也是二哥。函里只字未提刀美香长期病假,只说该同志组织纪律性强,业务能力强,工作任劳任怨,同事和睦相处,反正就是花好稻好。尤其关键的是,在人事科公章前面还加盖了"中共勐海茶厂委员会"公章,党委的公章是最具权威和说服力的,等于给一个人盖棺定论。

八个月内,刀美香回勐海两次,一次是办理工作和自己的户口调动,一次是专程办理勐崴的户口调动。两次她都是单独回云南,其实后面一次,她想带上勐崴回一次家乡,但来回火车票要将近一百块钱,勐崴和腊沙见面也不知会生出什么事端来,想想还是算了。

第一次,腊沙没见勐崴一起回来,老大不高兴,对刀美香爱理不理的。第二次,见勐崴还是没回来,再也不朝刀美香看一眼。刀美香叫他也像跟空气说话,三姐打圆场道:"勐崴要上课的,怎么回来呀?"

腊沙道:"我早知道了,走了就不会再回来。"

私下三姐也埋怨刀美香:"上次没带回来,这次怎么也不带回来,看样子我死之前真见不到勐崴了。"

刀美香无话可说,觉得挺对不起三姐,眼眶红起来。三姐却道:"不带回来也好,免得走的时候更伤心,反正双胞胎长得一样,腊沙守着我,就算看到勐崴了。"

多年以后,当刀美香坐在崴崴的饭店里,让琴琴给自己端上一杯茶,用嘴吹去浮在表面的沫子,抿一口,朝窗外望去的时候,浦东的夜晚就像一只安静的石狮,好像沉睡了一千年。刀美香突然觉得自己的人生是一场场虚惊,每次马失前蹄,都从悬崖边被拉了回来。如果不是李英把她带回农场补上户口,如果不是二哥阻止她辞职保留了编制,她根本没资格和祝希青调换工作,也不可能把户口迁到上海,今天更不可能和动迁分房有什么关系。她有惊无险地走过来了,成了正儿八经的浦东人,这让她常有置身梦幻的错觉。

35

刀美香一边喝茶一边等崴崴,这是他们母子关系最好的时期。虽然指望崴崴改口不现实,但她也习惯了姨娘这个称谓。改不改无所谓了,重要的是感情上,她感受到了母子之情。动迁对每个家庭都是大事,哪怕过去关系不睦,现在也为了共同利益而站在了一个战壕。柳道海和刀美香的关系也好了很多,虽然总体上他仍是个消极的人,但他和刀美香的交流明显多了起来,话题当然也是动迁。

说起来,这些年来,刀美香和柳道海也是纠结。同在屋檐下,除了搭伙过日子,没有多余的沟通。在人前,大致和颜悦色,关起门来,不说冷若冰霜,至少是爱理不理。

如果说一开始刀美香是寄人篱下的外来妹,等她成功对调了工作,有了上海户口和职业,腰杆直了起来。在对调这件事上,柳道海没出力,还冷嘲热讽,但刀美香硬是凭一己之力,没花一分钱就办成了,整个周家弄都轰动了。

后来才知道,当年的知青异地对调虽然热火朝天,满世界贴着招贴,其实成功案例非常少。用警察王庚林的话说,估计偌大个上海滩最多搞成一百对,刀美香真是"额骨头碰到天花板"。

但也不是说柳道海对刀美香完全不关心,至少他当初表态过,如果有对象,可以帮忙筹措对调资金。另外崴崴进六北小学也是他张罗的,后来崴崴进了少管所,他和刀美香去松江探视,也一次没落下。

更重要的是,在落户上海之前,刀美香和崴崴没购粮证不能买米,柳道海和祖父各有三十六斤定量,祖父吃得少,省下几口,柳道海块头大饭量大,硬是从嘴里抠出口粮,给在发育的崴崴吃。刀美香虽然在勐海茶厂有粮油指标,无奈远水不解近渴。二哥将云南地方粮票换成全国粮票要向厂里申请,理由一般是去外省出差,可他哪有经常出差的机会,只有去财务部走后门。如果私下跟人换,打七折都未必换得到。虽然光有粮票没购粮证还是买不到米,但可以买淡馒头和别的面食。谁都知道怀揣全国粮票走遍中国都饿不死,所以愿意换的人很少,而且民间有全国粮票存量的人也不多。

刀美香虽然饭量不大,可也经常吃不饱,长时期处于半饥饿状态。直到对调成功,刀美香去上钢三厂当了厂区小火车司机,母子俩的粮油关系转到上海,才算解决了吃饭问题。

所以在刀美香心里,柳道海是个好人,虽然两个人感觉坏掉了,但她从来没想过离婚,也没动过什么"外出花"的念头。

崴崴出手伤人是在户口调到上海第二年发生的事,当时他在浦东中学读初二。两伙开赌场的流氓火并,一方头领捅死了另一方头领。而少年崴崴打翻了七八个小青年,把其中一个眼睛打得视网膜脱落,致人重伤,被送进了松江泗泾的上海市少年管教所,成了一名少年犯。

崴崴被少管所收容的前夜,刀美香把银线圈套在他手腕上:"这是从曼春满寺求来的,逢凶化吉。"

崴崴刑期一年,被勒令退学。刀美香不知道崴崴怎么和赌博团伙搭上的线,闯下了这么大的祸。作为监护人,她被法院判赔受害人一千七百元民事赔偿。这笔钱她当然拿不出,柳道海借遍了邻居和同事才凑齐,交给法院,换来一张代收据。

刀美香被这笔借款压得喘不过气来,她算了一下,加上银行利息,节衣缩食至少五年才能还清。可是到第三年,也就是崴崴出狱的第二年,崴崴把这笔债一下还清了。

刀美香清楚地记得,那天吃完晚饭,崴崴拉开一只大号绿皮军布包,把二十刀捆好的大团结搬出来:"连本带息去拿钞票还了吧。"

刀美香用夹生浦东话紧张地问:"啥地方来这么多钞票?抢银行不比打瞎眼睛,要枪毙嘞。"

柳道海也问:"不要做啥违法乱纪的事体啊。"

崴崴有点不耐烦:"不要就算了,我自己留着。"

刀美香忙把钱一刀刀码起来,分两批抱进里屋去了。

刀美香影影绰绰听到过崴崴的一些传闻,说他从少管所出来后,在外面开了个赌博的"场子"。刀美香不相信崴崴有这个能量。崴崴出狱后没再上学,有一段时间,喜欢趴在祖父那张裁缝用的大桌子上刻纸。这是他在少管所里跟一个工艺美校的少年犯学的手艺。先用铅笔在红纸上描好图案,然后慢慢刻,他已经刻得很好了,那些牡丹那些鲤鱼那些桃子头的大阿福在纸上栩栩如生。他非常有耐心,刻五六个小时不动屁股,刻完用白纸衬好,放在五斗橱上。

开赌场的都是黑白通吃的大流氓,嘴上还是软胡须的崴崴怎么看也不像那样的角色。有个叫黑皮的经常来,见到刀美香叫阿姨,躲进崴崴房间里,一待就是半天,也不知道两个人说些什么。崴崴现在一人住一间,祖父完全不认得人了,平时要用尿片,家里总是一股屎味——后来就把祖父搬到小房子去了。虽然祖父单独躺在那儿,但不代表把他遗弃了,夫妇俩有时间就往小房子跑,喂饭擦身,老人一直没生褥疮——刀美香能善待祖父,不嫌他脏,念的是当初老人对自己的好。

刀美香不知黑皮来历,问过一次崴崴,崴崴说也是许巷大队的,没说几队。刀美香看黑皮笑起来牙齿特别白,不笑的时候却是个杀胚。崴崴和他有秘密是肯定的,两人在房间里说话鬼鬼祟祟,怕人听了去似的。

关于崴崴开赌场的传闻,刀美香始终抱怀疑态度,但崴崴的两千大洋让刀美香开始相信,那或许不是流言。她就来了个盯梢,一直跟到许巷二队,看到那栋湖水边的房子,崴崴在田间慢吞吞走。这是油菜花盛开的季节,蝴蝶多得造反。崴崴在楼下站定,手指放进嘴里,吹了个呼哨。有人把门打开,崴崴走进去。刀美香靠近那房子,听到狂妄的狗吠从里面传出来,迟疑了一下,退回来。

不过也没白跑,从屋外停放的十几辆摩托车看出了端倪。能开摩托车的都是发财的个体户,就是平时说的万元户,这么多万元户聚在一起,肯定不是来开会,赌博的嫌疑最大。

刀美香到家没多久,崴崴回来了,朝她瞪一眼:"姨娘,不要再跟踪我了,瞎操心,我有分寸。"

刀美香道:"不是怕你又进去么。"

崴崴把手腕举起来:"进去过一趟了,再有第二趟就是戆大。现在就是有人指着我鼻头骂,我也不动他一指头。再讲,我戴着曼春满寺的银线圈呢,有菩萨庇护。"

刀美香道:"我听你姨父讲,港机厂招临时工,职工家属优先,要么给你报个名,总比你整天瞎混好。"

崴崴道:"没问题,去上班也好,反正待在屋里厢也老没劲的。"

刀美香道:"听讲有可能转正,港机厂是大厂,比你刻纸要好。"

崴崴道:"我已经不刻了,新鲜劲过去了。"

刀美香让柳道海去厂里给崴崴推荐,没过几天,柳道海回来说厂里答应了,也当司炉工。和崴崴一说,崴崴问什么是司炉工。刀美香告诉他,就是烧大炉的。

崴崴倒也不挑肥拣瘦,就去港机厂上班了——司炉工也是一门手艺活,先要培训,两个月后崴崴拿到了上岗证,就去大炉间报到了——骑一辆永久牌"老坦克",慢条斯理地踩着脚踏板。上身是厂里发的卡其布工装,下面套一条蓝色警裤。日头很毒的话,头颈里搭一条汗味很重的毛巾,脚趾夹着塑料拖鞋,往返于浦三路和浦东南路上,和一个安分守己的小青工没什么两样。

也是从这一年开始,崴崴开始带姑娘回家了。刀美香发现,崴崴虽其貌不扬,却是个采花大盗。隔一段时间,身边的姑娘就换了。别的不说,单从这一点上,刀美香就意识到崴崴是名副其实的流氓了。不过她管不了他,事实上她一直管不了他。撇去已成废人的祖父,这个三口之家就像三根独立转动的时针,看上去在同一只钟的表面,其实是各走各的。

有一天刀美香加班回家晚了,推开门,看见崴崴和柳道海在喝酒。这种景象她第一次撞见,她往后退了一步,吸了口冷气。她发现转过头来看自己的是尚依水,崴崴活脱脱就是尚依水。她定下神来,心怦怦直跳。再看柳道海,正夹着一块猪头肉往嘴里送,显然没从崴崴的五官联想到什么。刀美香寻思,那天南阿河畔黑咕隆咚,柳道海根本没看清尚依水的脸。

桌上是一大堆熟食,没装进碗里,把包装用的黄土纸撕开,直接就吃了。两人一人一瓶啤酒,也没倒进杯子,对着嘴喝。刀美香问道:"今朝是啥好日脚?"

崴崴道:"老街上新开一家熟食店,我请姨父撮一顿。"

刀美香道:"又开一家呀,老街上都有三家了。"

六里老街上的熟食店是近年冒出来的,一夜间市面上做生意的人多起来了。大家都想着赚钱,仓促上阵,开熟食店、面馆、馄饨店和小卖部的最多,本钱小,上手快。但领行情的人说,最赚钱的其实是卖水产。穿摸鱼用的高帮套鞋,半夜去王家码头等渔船靠岸。水产批发市场里除了水产品就是冰块,寒气逼人,披军用大棉袄也照样鼻涕冻在嘴上。拿货时像抢一样,鱼虾装上三轮车,直接往菜市场赶。五点前后,菜市场就开始摆摊了,上午卖不完,下午还有一个市口。等卖得差不多了,赶紧找地方补觉,一身泥腥睡到晚上十点,又要去水产批发市场了。

很多人吃不起这个苦,能吃这个苦的多半是山上下来的刑满释放分子,等手脚熬出冻疮,新的万元户就诞生了。

刀美香这么多年来,既没见过崴崴喝酒,也没见过柳道海喝酒。事实上过去家里的经济条件也不允许喝酒。今天这一幕让刀美香愕然,崴崴和柳道海的关系很难描述,不是很亲密的父子关系,但也算过得去,硬要打个比方,就类似崴崴和隔壁人家的一个叔叔相处得不错。

刀美香注意到,崴崴去港机厂上班后,说话的口音在改,他现在的浦东土话几可乱真,但他想改掉土气的浦东话,改说"上海闲话"。港机厂是全民大企业,职工绝大多数是市区户口,说的全是"上海闲话"。崴崴虽是临时工,也上班快两年了,他们这批进去的临时工其实都没转正,估计厂里当初就是那么一说,并没有正式录用的意思。其实也是,进港机厂这样的单位哪那么容易,崴崴不是他们厂附属技校的毕业生,又曾是个少年犯,基本没什么指望。

但好消息还是来了,柳家所在这一片已被划归征地范围。只要一征地,就可以进厂当工人。港机厂作为附近几家著名企业之一,肯定会吸纳大量征地工,哪怕是先来后到,崴崴进编制的机会也比别人多。

柳道海对政策了解得透彻些,告诉她是在想当然。征地对柳家来说,只能分房子,不能给工作。柳道海是城镇户口,刀美香在勐海是城镇户口,转到川沙县也是城镇户口。和拥有自留地的农民不一样,农民征地后进工厂,是政府对他们失去土地的补偿。柳家属于住在村里的城里人,动迁只能在新工房上动动脑筋,安排工作则不在政策之内。

柳家这种情况在浦东乡村不在少数,村民归许巷大队管,他家却归居委会管。造成城里人和村民混居的原因很复杂。一种是婚姻,一方是城镇户口,结婚后落户在村里。虽说一个户口本里可以有两种成分,但城镇身份若放进农村户口里,待遇参照后者,所以绝大多数人都把关系放在娘家,或者迁到单位的集体户口里。

还有一种情况是历史遗留,1949年前后流落到此地的难民,找些零散荒地,用竹子和烂木头搭个坯,过几年再造个小房子。1949年后摸底调查,按既成事实原则,很多人家就把户口办在了这里。柳家就属于这种情况。生产队驱逐这些"老土地"不现实,只好收点费,也不是土地税,象征性意思意思而已。也有五六十年代从市区来买房子的现象,比如周家弄的老南京家,就是向一个叫王驼背的孤老买了一间小房子,加上王驼背的宅基地,重新造了带天井的房子,除了给王驼背一些碎银子,划一间单间给他住,契约上写好给王驼背送终,等王驼背死了,房子就完全归老南京家了。

刀美香一听征地不能解决崴崴的单位编制,有点扫兴。难道城镇户口还比不上农村户口?她跑到六里居委会去打听,说法和柳道海差不多,刀美香只好自讨没趣走了。

征地并不是眼前的事,一直是个山雨欲来的传说。隔一段会传得很逼真,然后销声匿迹。再隔一段又沉渣泛起,撩拨着每个当事家庭。

在崴崴所有的姑娘里,刀美香印象最深的是乔乔。第一次见到她,刀美香就觉得这姑娘气质与众不同,仔细看觉得面熟目生,却一时想不起来是谁家的女儿。当时崴崴刚把大房子翻建完。拆旧盖新的建议当然是崴崴提的,柳道海和刀美香可没这个经济能力。其实但凡有点积蓄的人家都在把平房改建成二三层的小楼。大家情知新房住不了多久,都在博日后的分房。政策在空中晃荡,谁都没见过,浦东过去也没动迁的先例。关于动迁分房,版本不少,有说按人头,有说按面积,还有说按拆户,谁家拆户多,套数就拿得多,面积相应也大。

崴崴也基于这个目的,把大房子扒了,建起了四层楼。用一种蜂窝煤般中间有孔的煤屑砖。这种砖比红砖便宜,骨质松,隔音不好。因为是临时房子,没必要都用水泥砖和红砖。楼层间的预制板是自己用钢筋加水泥浇制的,水泥黄沙也从白莲泾码头那边运过来了。其间,柳道海和刀美香临时搬到小房子去住,和祖父共处一室,家里弥漫着挥之不去的臭烘烘的霉味,而崴崴临时住到黑皮那儿去了。

这期间,崴崴曾想先把小房子翻新,找村里的泥水匠来商量,都说占地面积太小,没有楼梯的位置。刀美香在边上劝崴崴,家里人少,你又没结婚拆户。我看还是把大房子造大点,小房子既然不能起楼,造起来还是那些面积,就别翻建了。你抓紧讨个老婆倒是真的。去找王庚林帮忙,他老婆是管户籍的,先把户口簿拆了。

崴崴觉得有理,决定把大房子改建成四层楼。刀美香有点担心:"这样是不是太招摇?"

崴崴道:"我本想小房子改两层,大房子改三层,加起来五层,不是更招摇?"

刀美香道:"浦东乡下造私房,从没见过造四层楼的,还是三层吧。"

崴崴道:"万一是按面积分房,不是吃亏了?"

柳道海道:"私房地基浅,三层楼已经老高了,四层楼要是遇到大风,怕是被风给吹走了。"

崴崴道:"那就不找农村的造房队,找专业施工队,拿地基打深点。"

柳道海朝刀美香看一眼,两人就没再多劝。

柳家造房子动静很大,居然弄来一架小型打桩机。打桩的时候,隔壁几户人家都在抖,都跑来吵架。有一家的东墙还裂了几条细缝,更准备找崴崴拼命。崴崴笑嘻嘻地递烟打招呼,答应修缮,很快派了工人去加固。邻居们知道崴崴是道上混的,本来就憷几分,见他放低了姿态,及时落实了维修,只好作罢。

等楼造好,刷上墙的石灰水刚干透,一家人就搬了进去。四楼是没隔断的通间,平时空着,明摆着就是为了面积。三楼除了房间,还加个大晒台,用来晾衣被和夏天纳凉。崴崴住二楼,柳道海和刀美香住一楼左间,祖父住右间。进门是客厅,外加一个灶披间。

这次拆旧盖新,崴崴预算八千元。这是行情一倍的价格。贵就贵在地基。从打桩到上梁共花了八十二天,一栋弹眼落睛的四层楼盖起来了。最后结账,加上泥水匠们的工钱,超支七百元。整个六里老街没四层楼的民居,柳家的新房子比左邻右舍高出一大截。风凉话像弄堂风一样聚起来,说崴崴在外面开赌场,别看他深居简出,赌场出事都是他摆平。赌场要么不出事,出事都不是小事,有输红眼的亡命徒拿刀砍赢家的,也有迁怒赌场砸场子的。崴崴是南拳高手,出手就是绝杀,剁碎了做人肉馅馄饨给赌徒们当夜宵吃。

传到刀美香耳朵里,刀美香笑道:"人肉馅馄饨?老虎灶里水浒听多了吧?"

说笑归说笑,心里却隐藏着不安,觉得崴崴的钱不是正路子。那传说中的赌场她是亲眼目睹的,虽没走进去,看那架势就是赌场,要不为何戒备森严,养了恶狠狠的大狗。外界的传言说得那么有鼻子有眼,也不会是空穴来风。

只是从没见警察来找过崴崴,这让刀美香略微安心,闲言碎语听多了,耳朵里起了茧,也懒得去想赌场的事了。

四层楼竣工后,崴崴搬到二楼去住了。他喜欢闭目养神,有时也跑到三楼晒台上去练拳。吃饭时间一到,就下楼来吃,他喜欢猪头肉,经常去熟食店买上一包,偶尔也带姑娘一起来吃饭,吃完也不逗留,带姑娘上楼去了。

这天他就把乔乔带来了,她穿淡蓝色的衬衫,下摆束进方格子大下摆的裙子里,露出一截小腿。刀美香第一眼就喜欢上她了,和崴崴之前那些流里流气的"垃山"女朋友比起来,这姑娘有股子书卷气。当时刀美香就想,要是这姑娘当我儿媳妇就好了,觉得她面熟目生,却一下子想不起来是谁。

后来才知道是周家弄那个考上了上海师院,后来又堕胎退学的乔乔,顿时泄了气。刀美香落户这些年,对周遭的人事大体知悉。怪不得觉得似曾相识,原来是梅亚苹的女儿。刀美香打针那会儿,经常要上门,去过梅亚苹家,见过乔乔几次,每次都趴在缝纫机上做作业。刀美香边打针边对梅亚苹说,你女儿真用功。梅亚苹很自豪地介绍,她是浦东中学尖子生,以后要考大学的。后来乔乔果然考上了大学,这是很"扎台型"的事情。每年高考,许巷大队金榜题名的学生没几个,女大学生更少,所以都成了公社里的名人。

相比刀美香印象中的少女乔乔,现在的乔乔已是个女人了,眉眼不似当年局促,变得疏朗。虽能分辨出当年模样,在街上,却也容易擦肩而不识。

乔乔看她也是面熟目生,然后就认出来了。坐下来吃饭有点拘谨,吃完饭就跟着崴崴上楼了。

刀美香去打听乔乔近况,知道她结婚了,在六里桥开熟食店。问崴崴是否知道,崴崴说知道。刀美香说那你不怕人家老公找上门。崴崴说老公要是兜得住老婆,老婆哪能会在外头轧姘头。阿拉白相相,你不要当真。

"白相相"是上海话玩玩的意思,崴崴已改掉了浦东土话,上海话说得字正腔圆,像一个土生土长的浦西人。刀美香说的则仍是掺杂着勐海口音的夹生浦东话,乡音难改了。

在和崴崴交往的两年多时间里,乔乔在柳家吃晚饭的次数不多。每次她来,都穿着不同的衣裳。这是个会打扮的姑娘,刀美香看她,既有点看轻,又有点替她惋惜。这个不会生育的女人,虽然一副俏丽的模样,奶子也鼓鼓的,不过是个空架子。却联想到自己而顾影自怜起来,如果当初能和柳道海有一儿半女,今天也不至于是一对死夫妻。"死夫妻"是刀美香对自己婚姻状态的归纳,她没跟任何人说过这个词,只刻在心里。

吃饭的时候,刀美香偷眼看乔乔,再看看崴崴,搞不懂乔乔这样的美女看上崴崴什么。她有时觉得崴崴有鬼神相助似的。一个云南山区里土里吧唧的小孩,脱胎换骨,成了浦东小镇上的风云人物。刀美香转念一想,也不是没来由,自己本是土司家的公主,龙生龙凤生凤,崴崴肯定是得了祖上的庇荫,接了土司家的运势,才在他乡混得风生水起。

乔乔没跟着崴崴叫她姨娘,而是叫阿姨。刀美香喜欢这个亲切自然的称呼。她给乔乔攥菜,走的时候道一声,有空来白相。其实她知道乔乔和崴崴处不长,哪天就被新的姑娘取代了。

但事实上,在所有崴崴交往的女人中,乔乔是最稳固的对象。刀美香印象中,崴崴和其他女人鲜有超过三个月的。当然,乔乔最后还是被取代了,可取代她的不是别人,而是崴崴明媒正娶的薛美钏。也就是说,乔乔是崴崴结婚前最后一个女伴,这说明崴崴虽是个喜新厌旧的花花公子,对乔乔是真心喜欢的。刀美香甚至想,如果乔乔能生育,说不定崴崴娶的就是她了。又一想,那样的话,乔乔会看上崴崴么?

茶杯里的茶叶泡开,沉到了杯底。崴崴送好柯副主任,从摆渡口回来了。外面在下雨,崴崴的头发和衣服上有点湿,刀美香问,王小立呢?崴崴道,落雨他就先走了。刀美香问,柯副主任没说啥吧?崴崴道,他有点喝多了,蛮开心嘞。刀美香道,夜饭哪能没拿腊沙叫来?

崴崴道:"叫了,不肯来。"

刀美香哦了一声:"可能是不愿见生人。"

朝崴崴看了一眼,想告诉他,今天乔乔来店里吃饭了。还是忍住,咽进肚子里去了。

第五章

36

涓子一晃大半年没在乔乔这儿露面。她下岗了,和马为东领了证。去北京旅游了一次,回来小规模补办了酒席,周边发了一圈喜糖,就搬进马家当起了媳妇。

梅家也是收到喜糖的,梅亚苹一早起来,看见两包喜糖放在自家露天水龙头边,好像天上掉下来似的。她瞥了眼,忙自己的事去了。晚上回来,喜糖仍原封不动躺在那儿,积了一层灰。

梅亚苹剥了一粒糖放进嘴里,刚含出一丝甜味,便啐到地上。拿把扫帚,扫进畚箕里去了。

这个插曲乔乔没在场,可因为与梅亚苹和好了,跟发生在眼皮底下没什么两样。

这天,母女俩约好了去永安公墓,沿着陵园一路看过去,最终选定了墓地。此墓在川杨河拐弯处,风水上说龙摆尾,是上好的位置。安置好车建国墓,上完一炷香,母女俩出了公墓。在车站找了个露天面摊,梅亚苹叫一碗咸菜肉丝面,乔乔的浇头是素鸡加荷包蛋。两个人闷头吃,吃到一半,梅亚苹哭起来,刚才上坟时她没哭,这会儿眼泪鼻涕和面条一塌糊涂,把碗一推,不吃了。

乔乔咬着半块素鸡,梅亚苹擤了擤鼻涕道:"有啥奔头,活着有啥意思?"

乔乔努力把素鸡咽下去。

梅亚苹恶狠狠看她:"你讲你下趟到底哪能办?"

乔乔道:"我现在不是蛮好。"

梅亚苹呸道:"蛮好个屁,好在啥地方?连个家都没有,下趟也没小囡送终。"

乔乔道:"那我去领养个小囡。"

梅亚苹愣了一下,显然她被这个说法吸引住了:"真想领养一个?"

乔乔看梅亚苹眼神,知道她当真了:"随口一讲嘞,我去啥地方领养小囡呀?"

梅亚苹道:"总归有办法嘞,去领一个,我来帮你带。"

乔乔听了这话,眼底一热,忽然觉得对不起姆妈。吃完面,两人上了郊区车。车随着泥路颠起来,母女俩并排坐着。刚才问摊主讨了白开水,各自吞服了两片晕车药。梅亚苹抹了一些龙虎牌清凉油在太阳穴上。乔乔也用指肚取了一些,抹在太阳穴和额头上。尽管如此,颠簸还是使人晕乎乎的,有点反胃。这一趟要停不少车站,路又不好走,乔乔耷着头慢慢睡着了。

被一个急刹车震醒,左肩上的脑袋振荡开去。梅亚苹也醒了过来,发现头歪在乔乔肩上。因为睡得死,嘴角的口水淌在乔乔衣服上,她慌忙用袖口去擦。

到了六里,下车,梅亚苹在浦三路水沟旁干呕起来。乔乔扶着一棵树,她没梅亚苹那么严重,也脸色煞白,好一会儿才缓过来。

这儿离乔乔住处不远,等梅亚苹吐完,乔乔扶着她,走了十来分钟,到了河边的住所。乔乔住的这一片,还没开始动迁,风声是有了,就是没动静。不过整个许巷大队会被拆平,这是迟早的事。

乔乔取来热水瓶,给梅亚苹倒了半碗,水温已不算热了,碗底还有灰白色的水垢。乔乔摇一摇热水瓶:"我去烧点开水。"

刚转过身,外面传来了唢呐的哭丧声,乔乔出去看,梅亚苹问:"啥人家出殡啊?"

乔乔道:"对过李家的那个'毛选'女人,前天夜里死了。"

梅亚苹道:"噢,死了也好,活着受罪,你还记得那桩事体呀?"

乔乔道:"哪能不记得,我还记得赤脚医生让她看'毛选'呢。"

乔乔说的'毛选'女人,梅亚苹忘记叫什么了。1979年上映香港恐怖片《画皮》,六里电影院都挤塌了。看完了,男人脚软,女人吓得不敢走夜路。人的心理很奇怪,越怕越想看,越看越怕。那女人就是极端例子,据说看了七八遍,结果就疯了,真疯了。还是个武疯子,见东西又摔又砸。家人没办法,用铁镣把她锁上,去请了赤脚医生来。那人笃悠悠道:"看香港电影?资本主义害死人呀,我开个方子,让她读'毛选',毛泽东思想战无不胜。"

家人以为是开玩笑,赤脚医生却一脸认真。旁边有看热闹的邻居,掉转屁股就把这句话传出去了,整个许巷大队妇孺皆知。

梅亚苹道:"先不要烧水,我肚皮饿了,下一只水潽蛋来吃,我看一歇电视。"

说着把电视机拧亮,拖了把竹椅子凑近看。

乔乔应了一声,去灶披间。所谓水潽蛋就是把清水煮开,打个蛋进去,待蛋清蛋黄凝结,放一点白糖出锅,是很简便的一个点心。还有一种比较考究的做法,在酒酿圆子里下水潽蛋,滴上麻油,一般给产妇吃,据说能催乳。

刚把鸡蛋打下锅,梅亚苹就在屋里嚷起来了:"乔乔快点过来,出大事体了。"

乔乔忙奔过来,梅亚苹正盯着电视机发愣:"新闻里讲亚娣阿姨被人打死了。"

那条新闻已播过,梅亚苹复述了一遍,有人持枪抢银行,把出纳员打死了。死者不是别人,正是乔乔的远房表姨朱亚娣。

乔乔张大嘴巴,将信将疑。去灶披间把水潽蛋端过来,守在电视机前等新闻重播。上海电视台就两个频道:8频道和20频道。新闻之后一般是电视剧或戏剧节目。因为等着看新闻,母女俩也没心思看别的。等整点新闻一到,每个字都听仔细,播音员再次确认了死者的名字和身份。

乔乔叹了口气:"上海滩这么大,哪能偏偏是亚娣阿姨中奖。"

梅亚苹道:"真是前世作孽,男人生毛病死掉没多少日脚,自己又触这么大霉头,最苦的还是小囡,两岁就没爹没娘了。虽然讲起来,跟他们也不算老亲的亲眷,转了两三道弯了。不过追悼会我还是要去嚎,我最怕火葬场了,每趟回来都做噩梦。"

乔乔道:"怕就不要去了。"

梅亚苹道:"关系虽然不近,但你晓得哦,我跟你阿爸是亚娣爷娘介绍认得嚎。"

乔乔道:"原来还有这一出,没听你讲过。"

过了几天,晚上八点多钟,乔乔正在看电视,听见敲门,把熄了的灯重新拉亮。未见其人,却听到梅亚苹的叹息声:"前世欠债现世还,作孽作孽。"

梅亚苹穿了件黑灰色毛涤上装,一屁股在椅子上坐下。原来是刚吃完朱亚娣的豆腐饭回来。乔乔觉得这一身有点面熟目生,想起在爸爸出殡那天见过。深色显瘦,令老娘面色发暗。

白天烧掉的那个女人,是一桩银行抢劫案的牺牲品。案件的主角是报章上赫赫有名的于双戈。眼下,深秋的上海都在流传这个杀人犯的细枝末节。

案发那天,上午十时许,位于虹口的工行西体育会路储蓄所,一个小伙子走了进来,此人看上去精干灵敏。不存钱也不取款,仰头看墙上的"存款利率表",好像在研究利息。直到午休时分,别的工作人员都跑出去觅食,留下朱亚娣一人接了外线和朋友打电话。

过了一段时间,有人敲储蓄所后门,朱亚娣的电话粥还没煲完。她以为同事吃完回来了,搁下话筒去开门。正是那个看"存款利率表"的小伙子,一支手枪黑压压地顶住她。

朱亚娣反应很快,倒退回来,启动了报警系统,嘴里喊了一声:"抢银行啦。"

话音未落,便应声倒地,鲜血和脑浆流淌在水门汀上。

夺命的是一支五四式手枪,一弹击中头部。于双戈起初未必要杀人,这个住在虹口棚户区里的赌徒要的只是保险柜里的钱。但出纳员朱亚娣的呼喊令他慌了神,仓促之下扣动了扳机。

警车呼啸而来,于双戈跑了。桌上的电话仍未挂断,储蓄所里的箱柜尚未来得及靠近,柜面的现金也不差一厘。

当强盗的三日前,于双戈背负了另一桩重案。他上了茂新号轮船,成功地当了一回小偷。茂新号是上海海运局旗下客轮,按理外人很难进入乘警室,于双戈曾是一名乘警,熟悉客轮的地形和作息规律。保险箱被撬开了,两支五四式一支六四式,一百九十九发子弹,加上一副铜手铐被席卷一空。

银行枪杀案惊动了公安部,上海警方委派了一名复姓端木的老刑警限时破案。端木刑警通过现场留下的弹头比对,立刻将枪杀案与茂新号盗枪案进行了并案处理。但储蓄所没监控设施,破案一时没有线索。

次日一早有人来报案,是上海外国语学院的一个职工,家住案发现场附近,昨晚看到一辆新自行车停在路边,今天一早仍在原地。下了一通宵雨,车身和坐垫湿漉漉的。自行车是大件,一辆新车居然抛在户外一晚。这人就起了疑心,也很有想象力,把它和银行枪杀案联系起来了。

专案组没放弃这个线索，根据自行车钢印，很快找到车主，一位姓单的退休工人。单师傅说自行车是儿子的，案发当天被儿子一同学借走。通过小单顺藤摸瓜，确认了借车人是于双戈。

于双戈今年二十四岁，自幼被伯父领养，高中毕业后在长更轮当乘警，后来又调到长立号长绣号等客轮。这个帅气的年轻人喜欢在社会上瞎混，属于人们所说的"白相人"。业余喜欢去舞厅"蓬嚓嚓"，呼朋唤友吃排档，钱不够花，贩卖外烟捞外快，还是欠了一屁股赌债。案发前两个月，被海运局调离，去公交公司当75路车售票员。

专案组将茂新号乘警室与银行门锁的指纹和于双戈档案中的指纹进行比对，确系同一人。遂在上海各车站码头空港进行布控，发出全国通缉令。

六个通宵后，于双戈在宁波落网，毫无悬念地被判处死刑。

市井议论得最多的倒不是于双戈，却是两个被牵涉进来的人物：徐根宝和蒋佩玲。

徐根宝是于双戈开裆裤兄弟，从茂新号偷了枪，于双戈第一时间找的就是他。一进门，给徐根宝递烟，自己也点上，搓着手欲言又止。徐根宝是老实头，了解于双戈，问道："是不是又赌输了？真没铜钿借给你了，我就那些赤膊工资，你又不是不晓得。"

于双戈道："今朝不是来跟你借铜钿，我做了桩大事体，你要保密。"

说着把手枪从帆布包里拿出来，徐根宝目瞪口呆："啥地方来嚹？"

于双戈道："上了一趟船，乘警室拿嚹。"

徐根宝道："你这记生活做大了。"

于双戈道："拿都拿了，总不能送回去吧。"

徐根宝道："送回去等于自投罗网，要么趁夜里掼进黄浦江吧。"突然反应过来:"你要枪做啥?"

于双戈拍一拍他肩膀:"你就不要多问了,晓得越少对你越好。枪先放你屋里厢,我会尽快拿走。阿拉兄弟一场,你不要掉转屁股就拿我卖了。"

徐根宝道:"你拿我当啥人了。"

于双戈道:"对了,羊角榔头和旋凿帮忙扔了吧。"

徐根宝面露难色,答应下来。

蒋佩玲是于双戈未婚妻,在东海船厂上班,是个载歌载舞的文艺积极分子,有一副邓丽君般的好嗓子。她和于双戈谈婚论嫁有一段时间了。出事那天于双戈跑去单位找她,领她去歌舞厅潇洒到半夜,然后去天宝路蒋家留宿。第二天一早,于双戈向蒋佩玲借钱,数目让蒋佩玲吃惊:"你要这么多钱做啥,我啥地方凑得出?"

于双戈摊牌:"我去抢银行了,钱没抢到,拿人打死了。"

蒋佩玲见男友不像开玩笑,顿时呆成泥塑。这姑娘身世多舛,十五岁没了爸,二十出头没了妈。和姐姐相依为命,眼看要出嫁了,未婚夫却突然犯了死罪,禁不住流下泪来:"我就剩几百块积蓄,你不要一个人走。我生是你的人,死是你的鬼,阿拉一道走。"

两人正商议逃亡,急促的拍门声起,于双戈如惊弓之鸟,以为警察循迹而来。刚要躲藏,觉得外边的叫声耳熟,蒋佩玲已把门打开,于双戈父母冲了进来。于父劈头盖脸质问:"抽屉里的手枪啥地方来嚫?屋里厢哪能有枪?"

于双戈知道败露,承认自己杀了人,扑通跪下,哀求父母放条生路。蒋佩玲也跟着跪下求情,于父气得青筋爆裂:"跟我去自首。"

于母在边上哭,劝老伴:"自首肯定枪毙,放儿子一条生路吧。"

于父道:"杀人偿命,去自首。"

于双戈叹了口气:"既然这样,命是你给嚫,我跟你去自首。佩玲,陪我去拿几件更换衣裳。"

拉着蒋佩玲进了卧室,不一会儿,提了个小包出来,趁于父不备,撒腿就跑。于父在后面追:"抓牢他。"

于双戈却像泥鳅一样在弄堂里穿梭,没影了。蒋佩玲被绊了一下,被闻讯赶来的邻居围住。

专案组分析了于双戈的社会关系,兵分三路,奔赴山东、广州和浙江宁波抓捕,宁波这一路本是最没把握的,因为那是蒋佩玲奶奶家,于蒋两人还没正式结婚,严格来说两家还不算亲戚。

于双戈偏偏就来到了宁波,找到了蒋佩玲奶奶家,却不敢靠近。在外混迹了几天,想拨个电话探探上海那边的风声,电话还没拨通,就被尾随而至的便衣警察扑倒在地。

被押解回沪的于双戈交代了作案动机,主要是赌债甚巨,还有就是想顺便捞点结婚的钱。那天从黄浦公园乘交通艇上了茂新号,因为熟门熟路,直接进了乘警室,用旋凿和榔头把锁砸开,如同探囊取物,枪支得手后循原路返回。

于双戈伏法后,蒋佩玲和徐根宝两案在同年十二月上旬开庭,是大陆第一次通过电视进行直播庭审。那天上海城万人空巷,都守着这场审判。两人最后分别以包庇罪和窝藏罪被判刑。这事一时成了上海滩茶余饭后的话题,连咏梅和小红也要为此聊上几句,两个丫头现在都能说点夹生上海话。小红道:"讲蒋佩玲好噢,其实都是男人,她拿男朋友藏起来,帮他逃掉都可以理解,毕竟是谈朋友,但到了法院嘴巴还犟,就太戆了。"

咏梅道:"要讲戆,那个徐根宝才叫戆,人家蒋佩玲是女朋友,他也硬出头,真是脑子搭错了。"

小红道:"设身处地为他们想想,人家求上门了,总不能去报案吧,所以还是于双戈拎不清,银行都敢抢,这辰光倒晓得怕了,连累人家吃官司。"

两个丫头说话的时候,乔乔在用火柴梗剔牙。她没加入讨论,她没提那个和自己同龄的枪毙鬼,更没提那个和自己有那么点亲戚关系的死于非命的银行女出纳。她盯着收银抽屉,营业额一直在跌,连过去的一半都不到了。主顾多是回头客,吃来吃去老三篇,日久肯定生厌。更重要的是,斜对面也开了一家熟食店,新店新面孔,抢去了不少客源。

不过她不是非常担心,上个月在偏南一点的位置,她盘下另一处店面,只等上家腾出来改成饭店。开饭店这个念头她萌生多时,苦于没找到合适的地方,原想开到南码头去,转了转还是打了退堂鼓。巴掌大的街区,大大小小连同"美钏"在内,已不下十家饭店。俗话说店多成市,也要视具体情况,馆子毕竟不是普通人家经常能上的;南码头已经饱和,好几家都在硬撑,晚上高峰都没见什么人光顾,再开也只是轧闹猛。

相反,六里电影院周边却没个像样的摆酒席的地方。这就是城乡区别。盘下的这个店面,原是兼卖种子的农具站,如今种田人越来越少,耕地都被占去造居民新村了。农具站贴了打烊的告示,乔乔就寻上门去。

有了即将诞生的饭店,熟食店对乔乔来说就是鸡肋了,但她还是想把它保留下来,毕竟这是她发轫的买卖。她想出变通的办法,在饭店门脸隔出一个临街区域,保留熟食销售,既可堂吃,又可外卖。饭店计划盖三层,名称想好了,叫"菊乔迎宾楼",做个显眼的霓虹灯,把"乔记熟食店"招牌保留在底楼,老店就可以完成历史使命了。

乔乔剔完牙,把火柴梗一扔:"讲起小道消息来就扎劲,人家包庇不包庇跟你们有啥关系?"

两个丫头扮个鬼脸,小红道:"差点忘记了,今朝有个哑子来寻过你,我讲你不在,他就别转屁股走了,估计还会来。"

乔乔道:"啥样子嘞?"

咏梅道:"年龄碰顶不到三十岁,板刷头,面孔蛮白嘞。"

乔乔道:"我想不出认得这样一个哑子,随他去。"

咏梅道:"他拿了一本小簿子,写了一句我寻梅菊乔,阿拉都没反应过来,不大有人称呼你全名嘞。"

乔乔道:"晓得了,看样子今朝卖不光了,早点收摊吧。"

说完穿过浦三路,浦东中学就在前面不远,隔十天半月,她会在黄昏时分来这儿走走。江南特有的弹格路坑坑洼洼,街边的老铺生意还在,最显眼的莫过于那家供应开水的书场,泡开水的人络绎不绝,老虎灶旁搁着一块告示牌:

今晚 7:00 继续上演
弹词开篇:《珍珠塔》
绍兴县评弹团:姜月龄　小丹芸

隔一条弄堂是文具店和杂货店,再过去是食品店,均是农村供销社的小产业。团结饮食店打烊了。门虚掩着,邱娘挨着墙根而坐,好像一张立体的遗像。

浦东中学门卫形同虚设,乔乔来到校园内,树影稀疏,走到那些树跟前,毕业多年,好像也没觉得它们长粗了。只要有一丝天光,癞痢头的操场上永远有踢球的学生,踢进了,守门的框却没有网兜着,足球骨碌到围墙边去了。

辅导晚自修的老师抱着讲义走进教学大楼,乔乔径自朝围墙那边踱过去,一个没安门的门洞,出去是中泾泖,杂草有半人高,迈不开步。旁边有个水闸,闸门开着,潺进了一段白莲泾河水。天光像米袋破了个洞,快漏完了。

潮气很浓的河畔,一层一层的黑纱状波光漂浮于水面,颜色更深的是水苔藓,如同女鬼荡漾的裙裾。乔乔会待上很长时间,等眉毛沾了露水,才转身离开。

一个男人趴在操场旁的栏杆上，乔乔其实已走过去了，却倒退了半步。那人也别过头来，几乎变了貌，五官有点乱套，其实是虚胖的缘故。

乔乔识出他来："小开？"

对方用手指指嘴，掏出本子，本子上夹着圆珠笔，拔掉笔盖写道："我成哑巴了。"

乔乔道："哪能成哑子了，我讲闲话能听到哦？"

小开写道："可以。"

乔乔哦了一声："都讲十哑九聋，出来多长辰光了？"

小开写道："快一个月了。"

乔乔道："哪能吃官司吃成哑子了，不过侯德贵总归给你一口饭吃。"

小开掀过去一页纸，蹲着在膝盖上写道："听讲川沙县要并掉，县老爷都坐不稳了，何况小小的副乡长。"

乔乔道："政策的事体，讲是一桩，做又是一桩。没这么快嚯，拖个十年八年也没定规。对了，我这几天刚好是无头苍蝇，你倒撞到枪口上来了。"

小开写道："什么事？"

乔乔道："准备开饭店，最后一只图章敲不出来，叫你娘舅帮个忙？"

小开写道："具体一点。"

乔乔道："当初跟农具站谈嚯，在乡供销社卡牢了，农具站准备拆了，土地局也同意变更用途了，供销社讲要班子碰头讨论，半个多月了，土地证就是不肯拿出来。"

小开写道："供销社那帮人是泥鳅。"

乔乔道："啥意思？"

小开又掀过一页纸，写了两个字："滑头。"

乔乔道："他们是泥鳅，你娘舅就是大闸蟹。泥鳅再滑，总归被大闸蟹钳牢。"

  小开写道："我试一试,不打保票。"

  隔了两天,小开带来了喜讯,乡供销合作社那边通过了。

  乔乔道："到底是大闸蟹,一钳就钳牢了。"

  小开写道："准备怎么谢我?"

  乔乔道："等我饭店开张,请你吃饭。"

  小开写道："看电影?银河电影院。"

  乔乔道："好嘞,不驳你这记面子。"

  到了约定时间,小开提着一马甲袋金橘,花一毛钱换了串棉花糖,也不吃,用两根手指捻着。乔乔走了过来,凑近他身边："手指乱动做啥?"

  小开将棉花糖塞进口中,跟着女人往撕票口走,嘴唇和鼻头上粘得丝丝拉拉的,与吹破的洋泡泡仿佛。

  场内熄灯,周边暗下来了。乔乔坐下。小开却偏在扶手上,磕了个趔趄,在女人肩胛上搭了一把才坐稳。

  银幕上放的是《小小得月楼》,乔乔读高中时看过一遍。刚上映那会儿,六里电影院天天爆棚,看完出来的人都是喜洋洋的。

  剧中人说着苏州话,表情十三点兮兮的,其实就是电影版的滑稽戏。趁着笑场,小开鼻息凑了过来,手把女人的脖子勾了去。

  乔乔轻声道："变成哑子了,还不太平。"

  小开鼻息更浓,掌心隔着外衣按在女人右胸上,乔乔道："挪开,要板面孔了。"

  手指挑开领口,触到了皮肉,女人准备站起来,被一把拽住。

  小开从马甲袋内掏出一颗金橘递给女人。

  乔乔接过金橘放进嘴里："不许再像小囡一样多动症。"

  手却旋即被擒拿过去,乔乔挣了一下,小开盯着银幕,剪影般静止,留个侧面给她。

37

凡签过动迁合同的房子,外墙上涂了鲜红的"拆"字。钉子户则各有各的手段,不知哪个始作俑者发明了这一招:在房梁插上鲜红的国旗。

国旗的确是个禁忌,过往有推土机强行把民房推倒的事件。面对五星红旗,动迁组难免有所顾忌。但他们也不会没有对策,断水断电是常用的步骤。虽然给生活带来不便,可动迁户知道这是博弈的最后阶段,所以少有就范。有人放出话来:"阿拉打过越战,喝过马尿,睏过猫耳洞,断水断电就想吓瘫我?太小儿科。"

消失得最快的是河浜,填河浜不需要动迁户赞同,砖瓦泥土倒进去,压土机夯几遍,流了很多年的水声就销声匿迹了。新填土的地方渗出潮湿,色泽比周遭深一些,像墨迹未干的神符,令溺水而亡的人永无出头之日。

伴随着河浜消失,庄稼地也大幅度减少了。大光明的长毛兔养殖遇到了难题,河边和田埂是长毛兔的口粮基地,虽说可以更落乡的地方去挑草,可养长毛兔的专业户并非只他一人,养殖户都在寻找新的草源,足迹远到了御桥和孙桥。这并非长久之计,一则长毛兔吃的是鲜草,勤于往返,太费劳力;二则资源有限,难免遭到当地养殖户的驱逐。

兔子的断炊之虞,令很多养兔专业户的阵脚大乱。大光明在路灯杆上张贴告示:收购良种长毛兔。前来商谈的人不少,大光明把价钱压得比肉兔还低,短短十来天,买入了六百多只。

棘手的兔子口粮未难倒大光明。每天凌晨,一些菜农骑车过来,后架旁挂着两只箩筐,一只装蔬菜,一只满上鲜草。大光明盼咐小崇明将草过磅,用一两毛钱打发掉那些农民。刈草是收割庄稼时的随手之劳,庄稼汉赶集时多拴个箩筐,顺路换一顿早餐钱,何乐而不为。

大光明用少量的报酬化解了养兔场的后顾之忧,别的农民不会这么做,在他们眼里,青草根本一文不值,哪有用钱去买来的道理。在这种地方,大光明毕竟是做过采购的人,思路比农夫村姑开阔得多。

加上原有的一千五百多只,大光明的养兔场规模过了两千,廿四间兔舍用去了大半。与此同时,小工也成了双数,原来的那个小马带了个同乡出来。都是小崇明,后来的那个叫小庄。哥俩磅完菜农送来的露水草,赶紧去喂眼睛惺忪的长毛兔。晌午推着平板车再去挑些草,傍晚回来一个忙着收拾兔粪,一个把鲜草渥在水泥地上。

天光尚未收拢,大光明开始咪乙级大曲,下酒的是熟食店买来的糖醋小排、熏鱼、糟门腔加猪头肉。心情好的时候,开锅炒一盆菠菜一盆辣螺蛳,基本上就是神仙日子。两个小崇明忙得差不多了,拿两张小板凳在对面坐着,陪他喝酒听他吹牛皮,大光明两句话里面,一句是光辉履历,一句是采花心得。

两个小崇明唾沫直咽,不知是馋碗里的鱼肉,还是垂涎雇主的艳遇。先是两腮红,眼睛慢慢也红起来,一些恍惚在瞳孔内流来流去。大光明笑道:"摸摸下头,硬了吧?"

收拾了碗筷,两个小工去后屋的阁楼躺下,忙碌了一天,耳朵里塞满了下流话,怀揣着春梦,翻来覆去八遍也睡不着。

大光明还要去视察一遍兔舍。猪猡和长毛兔用的是完全不同的饲养方法。改建这个养猪场他花了不少心思。猪猡待的地方是水门汀加干草,用那种浇粪用的大勺舀泔脚或者"浆水"(位于南码头的上海溶剂厂出售这种很养膘的玉米下脚料,玉米是生产酒精的原料)在食槽里,清洗场地也很马虎,用橡皮水枪直接冲即可。而兔舍是腾空的方格竹笼,对空气流通要求很高,喂食和清理都不能大刀阔斧。兔粪一粒粒像盐津枣,需要用小扒子扒出来。

大光明蹲在篱笆旁呼香烟,轰隆隆好像有雷声滚过来。一架飞机慢腾腾地在暮色里爬行,它很久没出现了,飞得很低,是专门洒药水的农用机。大光明叼了根烟,远眺着黑灯瞎火的田野。手里是一只红灯牌半导体,他胡乱拨着开关。先是阿富根谈家常,然后是沪剧《杨乃武与小白菜》。

面前的这间屋子,是他承包兔舍的时候一并租下的。两次婚姻失败,现在属于他名下的不动产只有一间小平房,在郭家沙西头。他掉光了牙的老娘住在那儿,隔一两天他会买点藕粉腐竹回去。老娘还能哆哆嗦嗦地自己弄着吃,吃完了就把自己放进霉被窝里。他在床边坐一小会儿,老太太耳背,他冲着她喊,她也冲着他喊。喊完他就帮老娘掖好被角走了。

腿蹲麻了,大光明起来跺跺脚。今天比往常多喝了几口,酒有点上头,他晃晃脑袋,寻思着柏秀珍怎么还没来。日历又翻到了七号,柏秀珍要来取双胞胎女儿的生活费。这是他们离婚时说好的。周边的国营单位很多在七号发工资,毛巾厂也把发薪日定在这一天,踩缝纫机的工人未必能准时拿到钱,戴科长这样的业务骨干是不会拖的。

扳扳手指离了快八年了,五年前柏秀珍重新嫁了人,对象也是离过婚的,是浦东公交公司调度。有个儿子,判给了前妻,家在陆家嘴烂泥渡路的老新村,详细的柏秀珍不想说,还是琳琅姐妹告诉大光明的,是一套半独的一室半,灶头是自家的,卫生间公用。

调度将柏秀珍安排在公交公司食堂发饭,还是长日班,这说明调度在单位里蛮吃得开。柏秀珍不常回娘家,来了会留下来吃晚饭。她娘家离大光明这边不远,大光明在街上溜达的时候,经常能看见昔日的丈人丈母娘,走上去打招呼:"阿爸姆妈,叫姊妹俩来看我呀。"

琳琅姐妹现在跟外公外婆一起过,说是为了方便读书,其实是调度嫌弃她们。虽说农村户口决定了姐妹俩只能在六里读书,但稍微通点路子,还是可以在陆家嘴的学校借读的。柏秀珍如今住的那片虽然也是棚户区,但好歹也是黄浦区辖地,教育质量总比郊县要好。

背后有人清一清喉咙,柏秀珍出场了,是个瘦高个,她比大光明小九岁,今年虚岁四十七,身材一点没走样。夜晚的背影还能蒙混成黄花闺女,有些人就是不见老,民间叫光开花不结果。

大光明一把搂住前妻:"快点快点,给我弄一枪。"

柏秀珍像蚰蜒一样扭开,大光明胡乱抓到了一块衣襟,借势将女人拽过来:"老夫老妻,这么忸怩。"

柏秀珍道:"不要像狗一样动不动就想弄。我老了,对这种事体没兴趣了。"

大光明道:"更年期到啦?"

柏秀珍道:"你才更年期呢,十三点。"

大光明道:"我'老更'是快到了,前列腺快发炎了,下头不灵光了。"

柏秀珍道:"小囡的抚养铜钿呢?我姆妈还等我搓麻将呢。"

大光明道:"一个月碰次头,多待一歇,麻将急啥,怕你老娘寻不到搭子啊。"

柏秀珍道:"是我自己想搓。"

大光明把女人抱住,手隔着裤子插进裤裆。柏秀珍腹下光溜溜的,大光明结婚前已经知道她是白虎,却不信邪:我倒要看看你怎么克夫。结果没多久胳膊被疾驶的汽车刮了,绑了石膏,虽没留下残疾,但下雨天会有一颗膨胀螺丝在骨头里锈他一下。

柏秀珍裤子搭襻松了,两只脚也离了地,大光明抱着她往屋子里走,女人道:"放我下来,有人来了。"

大光明道:"现在啥人会跑到我这里来?"

柏秀珍下半截凉在膝盖上,大光明道:"屁股就是白,便宜了那个瘪三。"

柏秀珍道:"你才瘪三呢,今朝就是不可以,我一点也不想。"

双腿夹得密不透风,大光明道:"弄一枪少块肉啊?"

柏秀珍道:"你去弄梅亚苹呀。"

大光明道:"又听啥人在瞎话三千了?"

柏秀珍道:"梅亚苹这种老得烧不酥的女人你也弄,有本事去弄小姑娘。"

大光明道:"你不要听风就是雨。"

柏秀珍把裤子提起来:"想到你弄过梅亚苹,隔夜饭也要呕出来。"

大光明把鸟巢掖好,裤兜里拎出几张十元纸币,事先已一折二,用橡皮筋箍好,柏秀珍将掌心摊开,钱便到了她手上。

柏秀珍却提了椅子坐下来:"每趟来拿铜钿都要弄一枪,当我是鸡啊。"

大光明道:"电话里跟你讲的事体啥辰光办?"

柏秀珍道:"你讲办就要办,当自己是秦始皇啊。"

大光明道:"你今朝吃过炮仗啦,讲闲话这么冲。"

柏秀珍道:"当初离婚的辰光不要小囡,现在要动迁了,想拿她们户口转回去分房子,亏你做得出。"

大光明道:"这样讲就不是事实了,我当初想留一个,你讲双胞胎在肚皮里就是一对,出娘胎了分开不作兴,现在倒打一耙。"

柏秀珍道:"你几根肚肠我最拎得清。"

大光明道:"趁户口还没冻结,穷人翻身靠动迁。我老娘住的比狗窟大不了多少,我一直在外头借房子住,你又不是不晓得。"

柏秀珍道:"不要在我面前哭穷,你戴科长藏私房钱的本事我领教过,要是没一点花头,哪能办得起养兔场。屁闲话少讲,要转户口,摸一千块铜钿出来。"

大光明用目光堵住柏秀珍:"我看你想铜钿想疯了。"

柏秀珍一转身,头也不回地闯进暮色中去了。

晚上七点前后的浦东,块状的庄稼地被氤氲雾霭席卷。村落永远在远处,是天际线的一部分。其实天际线与土地也是混淆的,像泼满了墨的湿宣纸,漫漶四周。相对周家弄而言,大光明租赁的养兔场是较偏远的一个自然村,暂时不在动迁范畴。旁边那条七弯八绕的河浜半枯半流,很多支流被截断了,再也没有水源补充进来。死水难养活物,有时可以看见鱼虾尸体混迹在腐烂的水草堆里,一些干涸的河床产生在拐弯处,芦苇从岸上疯长下来,在月光里摇晃。

沿着河堤往东走,折几道弯,就是浦三路的岔口,大光明脚步慢下来。

梅家门敞着,大光明走到天井里,一大摞纸箱和旧床单扎成的包裹靠墙墩着,梅亚苹正在室内打包。大光明道:"啥辰光搬?"

梅亚苹直起腰:"后天搬,先去艾镇过渡几个月。"

大光明道:"到辰光通知一声,我来帮忙。"

梅亚苹道:"哪能好意思叫你戴科长当搬场工,我兄弟会来帮忙嘞。"

大光明道:"我来搭把手。"

便撩了袖口跨进门槛,把梅亚苹锁在胳膊里,女人挣扎道:"死远一点。"

大光明凑到她耳边,嘀咕了一句,女人骂道:"我看你老酒吃饱了。"

大光明道:"又不少你一块肉。"

梅亚苹道:"发啥花痴,看你老酒还没醒。"

她正说着,上衣被撩开了缺口,掏进一只手来。说话间,已被揉了几遍,梅亚苹却不挣扎,奚落道:"搞不懂你,干瘪枣子,有啥好摸嚫。"

大光明打了个饱嗝,被梅亚苹说得好生无趣,表情有点发呆。梅亚苹推开他:"死开点,一股酒臭。"无奈奶子像把柄一样被攥牢,只听哧啦一声,假领头从绒线衫里跳了出来。

梅亚苹骂道:"要死了,当心人家看到。"

大光明拢着梅亚苹跌进户内,门旋即从里面关上了。

过了十来分钟,大光明出来,临出门,屁股被踢了一脚。他一躲,人跌出户外,一只鞋子掉在了室内,门立刻被砰上了。他凑到窗户去看,那只鞋正好抛了出来,砸在他脑袋上。大光明哎哟一声,捂着痛处,坐在井沿旁把鞋穿上。他摊开左手,老茧很多。梅亚苹的身子熟过头了,掌心里什么都没留下。

大光明又凑近窗户:"你差点砸瞎我眼睛。"梅亚苹正将一条旧床单系成包裹,头一抬不抬。大光明道:"我走了。"

起身往外走,那架洒农药飞机绕回来了,噪声凶猛,在昏暗的光线中像一把巨大的剃头刀,从头皮上铲过。

大光明摸一摸脑袋:"还好,骷郎头还在。"

甬道内钻出金六六,一把攀住他肩胛:"戴科长,到阿拉屋里厢去白相。"

大光明道:"天黑了,你去啥地方?"

金六六扬扬手上的草纸:"去马路对过蹲坑。"

隔一堵围墙就是马家,大光明晃荡过去:"香芹在哦?"

马为青撩开门上的串珠帘子,露出脸来。

大光明道:"爷叔嘴巴干死了,快倒杯白开水吃吃。"

仇香芹从二楼下来:"自称爷叔,夜壶还差不多。"

大光明在八仙桌旁坐下:"夜壶就夜壶。"

涓子也下楼来,手指放在嘴上,嘘道:"轻一点,芳芳刚睏着。"

倒了一杯白开水过来,大光明一饮而尽:"马为东呢?"

涓子道:"骑摩托车兜生意去了。"

大光明道:"你屋里厢啥辰光搬?"

金六六蹲完坑回来了,从楼梯下推出自行车:"过几天先搬到我屋里厢,反正郭家沙暂时不拆,先轧一轧,省一笔过渡费。"

大光明道:"这么晚了,还出去?"

金六六道:"我师傅甲肝,GPT 一千二加黄疸,几个同事轮流加班,我已经顶了好几天了。"

大光明道:"我正好想去南码头转转,跟你一道走。"

和金六六一起出了门,大光明朝梅家望过去,灯还亮着。风把地上的一只麻雀吹得飞了起来。

两人沿着浦三路往西走了几步,金六六在路灯下看表,大光明道:"你有事体先走,我一个人荡马路。"

金六六道:"黑咕隆咚去南码头,有相好等你呀?"

大光明道:"相好没有,有个本家兄弟,去吹吹牛屄。"

金六六道:"我要接班,辰光来不及,先走了。"

大光明道:"我自己荡荡,你走吧。"

大光明把手插进裤兜,逮住了歪过来的那根软东西。牙缝里硌着熏鱼骨,用舌头绞了好一会儿,总算啐了出来。再去看金六六,早没了踪迹。他没想到,这是他们最后一次见面。

38

三天后的早晨,金六六死于那场著名的大雾。这个溜冰高手被抬起来的时候,警察清晰地听到他塌陷的身体里骨头的断裂声。一个更大的噩耗迅速在全城蔓延,连同金六六在内,总共有十六个人在汹涌的人群中"像纸头一样被踏扁掉了"。把人比喻成纸头的是目击者弹皮弓:"排队排得实在太长了,一直排到浦东公园门口,成千上万人在迷雾天里等摆渡,哪能会不出事体?"

乔乔冲这个喜欢到处瞎转的无业游民笑笑。她有一段时间没见他了。自从重阳节那天黑皮被捕之后,作为黑皮的死党,他也随之从人间蒸发了。再度出现时,他找到了新的生财之道,在外滩的中国银行门口做兑外币的打桩模子。

弹皮弓之所以是漏网之鱼,源于捣毁赌场的那个下午,他正在川杨河边看一个老头钓鱼。更重要的是,黑皮和其他兄弟没把他供出来——黑皮被判刑后,被押赴白茅岭农场改造。白茅岭是上海在安徽的一块飞地,和虹口提篮桥一样,是上海人对监狱的代名词。沪籍重刑犯大多去白茅岭吃官司,黑皮被判了十一年——这是他们没有落字成文的契约,要是他弹皮弓被抓,照样会恪守承诺。

兑换外币要了解滚动的外汇行情,加上又是刚入行,弹皮弓每天都去外滩"打桩"。从浦三路跳上82路,到终点站陆家嘴码头下车。对岸是延安东路轮渡,靠上码头,海关大楼楼顶的大自鸣钟有时碰巧会响起来,再走几步,中国银行大楼就到了。

出门时雾气浓得一塌糊涂,弹皮弓并未打道回府。按照老经验,迷雾天在上海挨不多久,太阳一出,马上会烟消云散。事实证明,弹皮弓的判断并不错,九点刚过,雾果然开始淡了。陆家嘴摆渡通宵往返浦江两岸——黄浦江每隔数公里就有一个轮渡码头,凌晨以后,由于客流稀少,相邻的码头间要停掉一个,就是夹花着停。而通宵摆渡也改成半小时开一班,五点后再恢复正常。但今天,二十米不到的能见度迫使陆家嘴码头在四点三十分就开始停航,也就是说,最早的人已等了足足四个半小时。在苍茫的大雾中,这足以让人绝望。

弹皮弓排在队伍里,终于可以看见一些远处的景象了。这时,他才吃惊起来,他没想到有那么多人要往浦西赶。他混迹江湖,认识的人不少,可扳着指头数也没几个在浦西上班。方才坐着那辆蜗牛爬似的82路,车厢里人也不多,他还在塘桥占了个座位。到了杨家渡站,倒是上来不少人,其中有一个他认识,是新力机器厂技校同学戴小多。

他主动招呼人家,对方愣了一下:"是赵步军啊。"

戴小多刚从丈母娘家出来,怀里搂着一只大号暖杯,准备去即墨路上的浦东中心医院看老婆。他老婆染上甲肝,已住院三天。"真倒霉,不晓得哪能传上,肚皮里的小囡也保不牢了,医生建议拿掉。"

弹皮弓听了,问道:"怀孕多少辰光了?"

戴小多道:"两个多月,现在每天吃药打针,只好拿掉了。"

弹皮弓道:"你手里拿物什,我座位让给你吧。"

戴小多道:"算了,只有一站路,转个弯就到了。"

弹皮弓还是给戴小多让了座,他知道这站路没十分钟拿不下来,迷雾中,车前亮着大光灯,司机带着刹车在开,一路都是刹过来的。

两个人忽然没了话,一直到戴小多下车。

82路已开不进陆家嘴终点站,在前一站烂泥渡路放乘客下车,弹皮弓见缝插针往前挤,直到完全被人墙阻隔。

人群终于出现了松动,有人传话过来,轮渡重新开航了。弹皮弓又开始往前挤,他平时买东西也喜欢插档。一边挤一边朝码头张望,事故发生在转瞬之间,第三班轮渡刚准备放客,队伍突然像松开的拔河,很多人一下子摔倒了,哭声骂声诅咒声把大雾哗地扯碎了。

"我吓死了,第一反应就是要踏死人了,亏得我当时逃得快,否则就跟阿姐你拜拜了。"

弹皮弓靠在树上点了一支烟,天上飘着又细又疏的太阳雨,马路对面是一幢裹在脚手架内的三层建筑。乔乔双臂拢在身前,看着诞生中的饭店:"你命是大,上次冲赌场滑脚了,这次踏死人又滑脚了,快去玉佛寺烧香。"

弹皮弓吐出了一只烟圈:"我是命贱,阎王爷看不上我。现在六里桥最有噱头的就数阿姐你了,比崴崴的饭店还要派头,啥辰光开张?"

乔乔道:"装修没两个月拿不下来。"

弹皮弓道:"听讲这趟陆家嘴踏死人,周家弄有人中了头彩。"

乔乔道:"不是周家弄,是周家弄的女婿,讲起来还是我老早的姐夫呢。"

弹皮弓道:"不会吧?"

乔乔道:"人家命不贱,被阎王爷看中了。"

弹皮弓道:"阿姐不要嘲我了。"

乔乔道:"你不要阿姐阿姐,被你叫老了。"

弹皮弓道:"我打听一桩事体,听人家讲,阿姐跟一个哑子在一道?"

乔乔道:"跟啥人在一道跟你有啥关系?"

弹皮弓道:"我随便问问嘛,那死鬼真是你姐夫呀?"

一阵风吹过来,扬起了灰尘,乔乔捂住鼻子:"是过期姐夫。"冲着建筑内部喊:"简东开,一点半了,陪我买墙纸去。"

小开抖着身上的灰,佝头缩颈从临时门洞里钻了出来。

乔乔其实是周家弄最早知道金六六死讯的人之一,那会儿她正在娘家整理东西。梅亚苹定下十二月十号搬家,让她把鸡零狗碎收拾一下:"不拿走,就掼到马路过的茅坑去。"

迎着大雾很早就赶到娘家,乔乔在娘家的存货不多,几件不会再穿的衣裳,小学毕业证书,一些不重要的奖状,都是梅亚苹从箱底翻出来的。表舅说好七点来,直到八点还没听见冒着柴油味的手扶拖拉机的马达声,梅亚苹生气地骂着弟弟。

乔乔坐在一只纸箱上:"这么大的雾,我估计拖拉机还没开出来呢。"

最近搬家的很多,生产队的手扶拖拉机变得很紧俏。表舅是大队会计,预约了礼拜四。因为后面有不少人家等着,刮风下雨都不能顺延,别说迷雾天,哪怕是下洋钉今天也要搬完。

乔乔将那些杂碎扎进马甲袋,挂在自行车闹铃上。过了八点半,表舅坐着拖拉机来了,随车捎上了两个帮手,加上拖拉机手,共四个男劳力。老娘预备好一条牡丹烟,两包搬运的空隙抽,剩下八包刚好一人两包。家里养的两只鸭子,用稻草扎紧了脚,扔在井边,准备让表弟带回去。

梅亚苹在艾镇借好了房子。艾镇离周家弄约三公里。那户人家在一座水泥桥下坡的拐角,是民国年间造的老房子。梅亚苹租赁的那间靠北,原是放农具的,因为不通风,梅亚苹看房时在墙根找到了一撮蘑菇,这撮蘑菇让她从月租里硬是克扣了房东五块钱,以二十五元成交。

乔乔曾劝梅亚苹别再花这冤枉钱,搬到她那边去住。

梅亚苹道:"不怕铜钿被人偷了?"

乔乔道:"无头案,我老早就忘了。"

梅亚苹道:"算了,我还是借房子住,搬到你那里肯定天天吵,还没住进新工房,已经气死了。"

乔乔道:"那么房租我来付吧。"

梅亚苹道:"你是大户,你付就你付。"

手扶拖拉机载货量有限,来回运了四次,才搬完。梅家的兔棚里早就空了。梅亚苹养长毛兔本就是心血来潮,养了半年多,剪过两次毛,都稀稀拉拉的,没卖出几个钱,就没了心思。一只只当肉兔宰了,和着萝卜红烧烧给吃了。

梅亚苹要跟去嘱咐怎么摆放东西,乔乔留下来看门。金六六出事的消息是在装完第三车驶离后送达的。下午四点多,白天的那场大雾早已散尽,新的雾气开始积聚,一切被包裹在轻纱里。乔乔倚在院子门口,马为东骑着摩托车从甬道里驶出来,被突然出现的前妻懵了一下,一踩油门蹿出去了。前后脚工夫,穿着轮渡公司制服的一行三人,在一个发福的警察陪同下来到了马家。乔乔认得穿警服的是金六六的大哥。心里想,眼泡这么肿,出啥事体了。

很快,邻居们在马家门前聚起来,乔乔好奇地凑过去看。轮渡公司的三人,分别是工会正副主席和一名干事,为首的李主席代表组织宣布,金六六在交接班路上,遭遇陆家嘴码头人潮,摔倒后被践踏死亡。曾副主席向家属表示了哀悼。那个干事把意外经过讲述了一遍。仇香芹哭得头颈梗直,老马一边呜咽一边喘。老夫妻光顾着哭,连让座都忘了,还是涓子招呼他们坐下来。

乔乔脑海里晃过若干年前那个溜冰场上的小混混,心里忽然有一点难过。

马为东回来了,背着书包的芳芳坐在摩托车后座上,手箍住舅舅的肚子。甬道里塞满了人,仇香芹的鬼哭狼嚎把整个周家弄都惊动了。摩托车熄了火,人群自动闪开:"舅姥爷回来了,让一让。"

"小囡最作孽,刚刚读一年级,阿爸就没了。"

"金六六户口迁到丈母娘屋里厢来了,人没了,面积会不会少算?"

"应该不会吧,合同已经签掉了,马家分了三套呢,两套二室一厅,一套一室一厅,会搞的人家就是合算。"

"听讲房子拿到后,一家三口还要拿户口迁回金家,等郭家沙动迁再分房子,反正金家大哥是户籍警。"

"人算不如天算,门槛精过头了,没福气享受。"

马为东将外甥女抱起来,芳芳问道:"阿舅,哪能这么多人?"

马为东甩开腿跨进家里,涓子红着眼睛告诉他:"阿姐昏过去了。"

马为青比他兄弟早到了半拍,她单位在浦西大木桥,下班骑车回家,哪怕不耽搁也要一个多钟头,何况南码头轮渡脱班是家常便饭,到家往往天黑了。发现巷口四处是人,她摁着车铃开玩笑:"又有新娘子嫁到周家弄来了?"

看见不远处站着乔乔,笑容立刻勾芡了,旁边有人道:"快回屋里厢去。"

根本不需要踏进门槛,身边的议论很快让她知道了真相,甬道才过了一半,她脚一软,歪下来的自行车砸中了小腿,瘫倒在水门汀上。

邻居把她抬进家,金大哥掐住她人中,许久才吐出一口浊气:"六六呀。"

哭晕过去了。

等手扶拖拉机第四次,也就是最后一次回来取东西时,浦三路上独龙眼般的路灯已经睁开。看热闹的人散了,轮渡公司的工会干部走了,几个亲密的邻居留在马家劝慰。梅亚苹打量着空无一物的房子,大件全搬走了,剩下脚桶浴盆之类。听说金六六死了,她一时没反应过来。要告别周家弄了,最后听到这一个消息,她朝隔壁马家看了一眼,傍晚的昏沉里,一切都在飘浮,犹如海市蜃楼。

表弟把牡丹烟塞给拖拉机手和两个帮手:"今朝辛苦了,明朝来我屋里厢吃老鸭汤。"

梅亚苹用钥匙锁上天井的大门,提溜着两只鸭子过来,爬上拖拉机:"住了三十多年,真有点舍不得。"

表弟坐在樟木箱上："马上就要住新工房了,开心事体呀。"

拖拉机手喊了一句："坐好了,当心吃弹簧屁股。"

梅亚苹眼泪淌了下来,忙用手背拭去："多此一举,还锁啥门。"

表弟转移话题道："金六六好端端就被踏死了,人这一辈子真是讲不清爽。"

把脑袋掉向乔乔："昨天经过你饭店,真派头,啥辰光开张?"

乔乔道："甲肝开始流行了,恐怕眼前开不了张。"

表舅道："外甥女市面做得这么大,娘家人也光彩,舅舅做了一辈子会计,要是讨口饭吃,不驳我面子吧?"

乔乔瞥了眼表舅："你不是分配进上运八场了?"

表舅道："我讲的是退休以后。"

梅亚苹道："退休的事体今朝讲,天气预报也太早了。"

表舅道："先挂个号,乔乔你讲呢?"

乔乔道："舅舅来做财务当然欢迎,自家人信得过。"

表舅道："龙总归是龙,蛐蟮总归是蛐蟮,大学不让读,照样有出息。"

乔乔笑了笑,骑着自行车跟在后面。手扶拖拉机的轮胎扑突扑突,好像橡皮胎漏气了,靠铁轮在摩擦地面。浦三路早变回了坑坑洼洼,仿佛从未被整修过。

跨过六里桥,手扶拖拉机速度快了一些,那是下坡的惯性。又开了一段路,乔乔喊道："饭店到了,我去看看进度。"

手扶拖拉机继续往艾镇方向行驶。乔乔将自行车在饭店门口停好,建筑内部还亮着灯,传出木板被摇柄手钻穿透的吱扭声,她叫道："简东开,饭吃过了哦?我肚皮饿死了。"

于是充当监工的小开手插着裤兜,抖着身上的灰,就像这个下着太阳雨的午后,佝头缩颈地钻出了临时门洞,乔乔把脸转向弹皮弓："阿拉买墙纸去了,咕德拜。"

39

乔乔是下半夜被吵醒的。她睡眠本就不好,曾托崴崴和涓子去医务室拿过一些安眠药,怕吃多了上瘾,她尽量不去碰那些小药丸,躺下去什么都不想。可念头不是想出来的,而是不邀自来,像蚊蝇围着她转,往这儿翻往那儿翻都躲不开,安眠药就成了驱虫剂。

眼下那两人指望不上了,崴崴自不必说,涓子结婚连喜糖都没亲自送来。姐妹俩好了一场,结局却是一碗清汤挂水面,连浇头也没有。

瓶子里的安眠药剩下没几粒了,她决定把它戒掉。听说牛奶有助于睡眠,虽然不喜欢那种甜腥味,还是托人到乳品八厂订了一份,上床前当药汤一样喝一瓶。可能有了心理暗示,"蚊蝇"骚扰的次数少了。

这天离开装修中的饭店,拿了小开给的六里乡政府浴票去洗澡。洗好出来,小开已在大院门口等她。两人找了个扁担馄饨摊坐下,吃到一半,一记闪电把整个六里照得惨白,咕隆隆的雷声从天边外滚过来。加紧结了账,骑车往回赶。到了乔乔的房子,雨已经淋在了身上。

咏梅和小红搂在一起,跟着调频792千赫里面的保尔莫利亚乐队学跳交谊舞,一边跳一边傻乐,连钥匙拧门锁也没听见。

乔乔推开门,笑道:"喔唷,欢喜'蓬嚓嚓'了,下趟带你们去舞厅跳。"

两个乡下丫头吐吐舌头,把收音机关掉,脸原本有点皴,这会儿更红得像烂掉的国光苹果。

乔乔和崴崴好的时候,从未把崴崴带回家过夜,都是她去柳家。倒不是刻意,而是最初几次是跟着崴崴回去的,慢慢就约定俗成。小开恰是相反的情况,喜欢做她的跟屁虫。一而再再而三,也沿袭下来。

两个丫头去隔壁睡了,小开把乔乔搂住,用牙齿咬女人的耳垂。兴许是监狱里憋得太久,他的马达老关不掉。乔乔心里拿他和崴崴比,想起"不怕不识货,就怕货比货"这句话来。小开在她乳房上流连,她将手指插进他头发:"要是你能开口讲闲话就好了,过去花我的辰光,嘴巴老甜。"

小开把下巴歪在她肋排上,舌尖在乳晕旁滑来滑去,奶子犹如摊薄的饼。乔乔把他头发抓紧:"你现在一声不吭,做爱也弄得跟假的一样。"

话虽这样说,当她下半夜被唱戏的小开吵醒时,受惊吓的程度绝不亚于父亲亡灵的造访。雨越下越大,风随雨生,窗棂产生小幅磕碰,乔乔迷迷糊糊听到:"我合不拢笑口把喜讯接,数遍了指头把佳期待……"

将手朝枕边一搭,半边床是空的,她一掀被子,循声过去。

小开面对门外的小河浜,摇身变成了《红楼梦》里的贾宝玉。乔乔耳听得里间咏梅掐细声音在唤她,便踮脚走过去。两个丫头都醒了,缩在被窝里,小红道:"小开哪能突然开口唱戏了?"

乔乔道:"我哪能晓得。"

小红道:"是鬼附身,阿拉乡下经常有。"

咏梅道:"声音轻点,他魂灵不在身上,要是叫醒了,就拿自己吓死了。"

乔乔道:"我也听到过这个讲法,哪能办?"

咏梅道:"过一歇他会回去睏觉嚯,就像啥事体也没发生。"

乔乔道:"你这样一讲,就是梦游。一个哑子,哪能唱起越剧来了?"

小红道:"他不会骗人吧,其实会讲闲话嘛。"

乔乔道:"他又没毛病,好端端去做个哑子。"

咏梅道:"他哪能变哑子嘛?"

乔乔道:"官司快吃完了,一觉睏醒就哑了。"

小红用被头把自己一埋:"不要讲了,吓死人了。"

小开唱得一板一眼,无奈先天不足,原本刮拉松脆的唱腔,在他嘴里却找不到徐玉兰的神韵。估摸七八分钟,诚如咏梅所言,他吐完最后一个音,回去睡觉了。

乔乔拖两个丫头起来,敞亮了客堂间和卧室的灯,有点像天师捉妖,向小开靠拢。小开受了光线的骚扰,掉个身面壁而卧。

乔乔问咏梅:"现在叫醒,不要紧了哦?"

咏梅道:"睏得那么香,魂灵应该回来了。"

乔乔便将他推醒,小开支起胳膊,看见三张惊魂未定的面孔,倒被吓了一跳。张着嘴,喉咙咕噜咕噜,像是饺子在水壶里煮开了,却倒不出来。

小红手里多出一柄长竿竹扫帚:"你不要骗人了,连戏都可以唱,还装哑子?"

小开的饺子堵在壶嘴里,他没学过正规的哑语,和别人交流,简单的意思借助于手势,摆手表示不,竖大拇指表示好,主要依靠那个本子。

乔乔问道:"你会唱越剧?"

小开把绒线衫套上身,下了床:"啥越剧?我一句都不会唱呀。"

小红妈呀一声,扔了长竿竹扫帚,扭头往里屋跑。咏梅闪在乔乔身后,只听乔乔道:"你唱了,学的是贾宝玉,我合不拢笑口把喜讯接……"

小开眉宇一黑,想起了什么:"碰到赤佬了,娘娘腔最欢喜唱这段。"

乔乔听着耳熟,问道:"哪个娘娘腔?"

小开道:"平板玻璃厂同事。"

但凡提及坐牢,他总爱用平板玻璃厂代替,听上去不是吃官司,而是正儿八经在上班。

乔乔道:"不会是那个跳楼掼死的戏痴?"

小开错愕地望着乔乔:"你哪能晓得这个人?"

乔乔道:"他自杀的辰光我在周浦打工,街上啥人不晓得这桩事体。"

小开道:"你讲的没错,就是这人。哎呀,我哪能会讲闲话了?"

咏梅一把拖住乔乔,转身往里屋跑:"那个跳楼鬼附到他身上啦。"

乔乔攀住卧室的门框:"不管你是人是鬼,快穿好衣裳滚蛋,神经病也被你吓出来了。"

小开坐在床沿不动,下漏了的连夜雨,不到天亮不会停歇,他不想变成一只落汤鸡。

乔乔在隔壁骂骂咧咧,估计真把他当作了鬼,又不敢去赶他,要不按她的性格,早把他推搡出去了。骂着骂着,又睡过去了。最近这一段她缺了很多觉,饭店正值收尾,这儿差一盏灯,那儿少个把手,她都自己去配,尤其是厨房里啰里啰唆的小玩意。她选了很多花色盛器,光盆子就有十来种,说是什么样的盆子配什么样的菜。和毛坯期间相比,她现在事必躬亲,对每个细节倾注莫大的热情。要求返工的地方也越来越多,和工人吵了很多次,几乎把工头气跑了。

其实她知道,饭店近期开不了张,整个上海城弥漫着甲肝病毒,南码头的饭店,包括"美钏"在内全歇业了。谁也不知道气焰嚣张的瘟疫何时结束。尽管如此,乔乔还是每天把自己弄得又疲又乏,额外的收获是失眠症痊愈了,一沾枕头就打起了呼噜。

那天看完《小小得月楼》出来，小开就算是乔乔男朋友了。隔了那么多年，他重新吃到了她的"大馒头"。他擒住乔乔的手，盯着银幕，留个剪纸般的侧面给女人。过了一会儿，他掀开她的衣角，她睪了一下。黑暗中他嗅到了久违的乳房的气息，他老是想起当初那蜻蜓点水的一吻。只要靠在角落里发呆，狱友就知道他做起了春梦。

裤裆板结的一摊是春梦的后遗症，长着一粒雀斑的乳房在阁上的眼帘里浮现，还有他未曾见识过，却在小螺蛳信里看到的乔乔的裸体。小螺蛳清楚寄往监狱的信件会被预检，他选择了措辞，他自诩梅菊乔已带他上过门，她父母对他这个毛脚相当满意。他字里行间掩饰不住得意之情。而小开从"我们要好了"几个字里，看到了乔乔光裸的下体，他甚至从炫耀的信纸上嗅到了阴阜特有的霉味。

他把信纸搓搓搓揉，擦了屁眼。梅菊乔怎么会轻易带小螺蛳上门，她还是个在读大学生呢。他压根不信梅菊乔会爱上小螺蛳，但小螺蛳是个肯下血本的家伙，不能排除他已得了手。

他心里酸溜溜的，如果不吃这场官司，他早晚会把梅菊乔哄上床。在对付女人方面，他有足够的自信。在他谵妄的春梦里，那个长着"会闯祸的"奶子的女高中生入戏最多，不是因为她最漂亮，比她更漂亮的女孩他也没失过手，她是一尾滑走的漏网之鱼。源于此，他才念念不忘。

耽于幻想的表情招来了狱友耻笑，在这个群体里，他是最卑微的一个。吃官司是分等级的，杀人犯没人敢惹，贪污犯说明有"立升"。流氓犯分得比较细，拉场子打架，算是"模子"。像他这样为女人进来的，谓之"摸屄手"，最让人瞧不起。关进监房的第一天，就被狱友扇了耳光，"摸屄的垃圾瘪三，滚到蹲坑旁边去睏。"

蹲坑在隔开的小间里，没窗户。虽说有冲洗的水箱，残余的气味却逗留着,晚上睡觉吸进肚子里,肠子都被熏烂了。他一连拉了好几天稀,不敢向管教汇报,怕更重的耳光扇过来。

娘娘腔是个说话爱翘兰花指的半老头,猥亵幼女判了三年。他已在蹲坑旁睡了快一年,一开始也拉肚子,后来适应了阿摩尼亚的味道。他是从另一个监房转来的,他老是在那儿唱越剧,被狱友揍得鼻青眼肿,管教就将他转了个监房。

娘娘腔死的那天早上,盛开了冬日难得一见的阳光,犯人被准许到房顶上去晒被子。下午四点,管教让大家去把被子收回来。这个时刻的被子最香,等太阳下山了,夜露会使蓬松的被子蔫下来。

娘娘腔把被子折了两道,抱在怀里,好不容易能登高远眺,他就来了一段:"我合不拢笑口把喜讯接,数遍了指头把佳期待。总算是,东园桃树西园柳,今日移向一处栽……"

小开知道管教要训斥娘娘腔了,果然骂声响了起来:"十三点,真拿自己当贾宝玉了。"

这时,没有先兆的大雨倾盆而来,金光普照的天空,一下就乌漆墨黑了。房顶上的人根本来不及躲避,许多被子都白晒了,小开跟着狱友们往楼梯口跑,听到娘娘腔还在那儿唱:"此生得娶你林妹妹,心如灯花并蕊开。往日病愁一笔勾,今后乐事无限美。从今后,与你春日早起摘花戴,寒夜挑灯把谜猜。从此后,俏语娇音满室闻,如刀断水分不开。这真是,银河虽阔总有渡,牛郎织女七夕会。"

啪嗒一声,身形陨落在飞溅的雨水里,一滴血也没有渗出体外。浮着泥泞的水门汀上,污水正在慢慢积起来。

当天晚上,小开离开蹲坑,睡到娘娘腔空出的位置上。其实再过十来天娘娘腔便可以出狱了。守规矩的普通案犯,一般都能减刑,娘娘腔被减掉了四个月,扣除案件审结前在看守所关押的两个多月,他在周浦监狱实足待了两年。大头熬下来了,却放弃了末梢。小开真为他可惜。一个三进宫的老官司告诉他,娘娘腔的情况并不稀奇,这叫"下山综合征"。获释前夕,任何古怪事都可能发生,自寻短见只是极端的例子罢了。

小开觉得老官司在摆噱头。老官司总是神神道道,很"懂经"的样子。

但后来发生在小开身上的事,证实了老官司并没有摆噱头。

小开服刑期间表现一直不错,他小时候练过毛笔,监狱发挥了他一技之长,将出黑板报的任务交给他。他完成得又快又好,标题还会搞花体的空心字。不知道这算不算在减刑范畴,反正他是同监房中减得最多的一个,累计被豁免一年半。随着释放日子逼近,他反而心事重重起来,期盼重见天日的愿望突然飞走了。不吃不喝,猫在蹲坑的旁边,别人大小便也不避开,不知道中了什么邪。

恢复进食的那天中午,他已快虚脱了。咽下三天来的第一口米饭,他听到喉结咕嘟一下,好像一块铁沉入了井底。他冲狱友笑了笑,张开嘴想说:"我真的是没胃口,不是绝食。"但空气里连气泡也没一个,声音被那块铁带入了井底。他惊恐地重说了一遍,声音依然没浮出水面。他用筷子去戳喉咙,边上的人忙上来夺,只有那个老官司一点也不意外:"老花头,下山综合征。"

狱友们替小开问:"这毛病会好哦?"

老官司道:"不晓得,反正医生是看不好的,要好也就莫名其妙好了。"

小开一出狱就去市五官科医院检查。医生给他拍了片子,结论是"非器质性失语",象征性开了些消炎片,手上龙飞凤舞,嘴里道:"你这个毛病比较高级,中国没地方看,要么去美国,美国有的看。"

还未走出五官科医院,小开眼泪就涌出来了,用袖口去擦,怎么都擦不干。他怎么也想不通,他那张花起女人来"一只鼎"的嘴,怎么就哑了。

没再去别的医院,五官科医院全称"上海市眼耳鼻喉科医院",看喉疾,已是全市最权威的了。他现在只能寄希望于老官司那句"要好也就莫名其妙好了"。

此刻,诚如老官司所言,果然不治而愈。一咬舌头,是疼的。风雨正骤,一个煞白的紧闪之后,雷声劈开了更多的雨云。他把被子掀在腰上,娘娘腔的脸像水母一样在眼前飘过。

一只避雨的苍蝇飞了几圈,停在不远的墙面上。他纳闷元旦都过了,怎么还有苍蝇出没。就在上星期,他替乔乔取下旧年挂历,换上一本1988年明星挂历。一月份是演《庐山恋》的张瑜,烫着个小卷发,用一对杏眼把注视者勾住。小开觉得她的鼻子和乔乔比较相像,整张脸要比乔乔漂亮,可具体说不出妙处,或许气质好一些吧。把五官拆开看,乔乔丝毫不比她逊色,而且照片只是拍到齐肩,要是再往下拍,乔乔的优势就出来了。

小开喜欢环着乔乔睡觉,枕头和女人颈间的空隙刚好穿过他的胳膊,这样可以覆盖住她的胸部。他分辨不出当年的乳房是否更结实一些,还是原本就是今天这样,弹性很好却微微下垂。老街上的女人常告诫满脸青春痘的小伙子:"谈女朋友的辰光眼睛睁睁开,掼头掼脑的奶肯定喂过小囝,走路如果腿并不拢,说明开过苞了。"

他从后面观察过乔乔,她走路腿并得可紧了。要是不戴胸罩,奶子确实有点下垂,但不至于到掼头掼脑的地步,反倒衬出了上翘的奶头。要是她没摘掉子宫,会不会就一点也不下垂呢?

他们好上后,他提过一次小螺蛳,圆珠笔在纸上划了几道,笔迹才流出来。

她瞄了一眼,什么话都不说,就把本子扔回来。他像接住一棵慌张的白菜,从女人的神情中,他确信了关于她和小螺蛳之间的传言。

他在狱中时,探监的老娘带来了小螺蛳的死讯。他设想了那个扒车的场面,头破手折已是霉头触到天花板了,竟把小命丢了,他觉得怎么都说不过去。出狱后他去找联防队的小飞打听,从这个差点成为他舅老爷的二流子这里,得到了另一个答案。

小飞告诉他,小螺蛳的死虽已了结,在公安内部却是一桩悬案。当时有过一个尸检,发现小螺蛳耳朵被铅弹击穿,所以法医拒绝为"扒车意外致死"这个结论签字。气枪是用来打麻雀的,打麻雀的猎手都是三脚猫,哪有这么好的准星能一枪射进耳孔里。这种无头案即便破了,性质也是误伤,所以就被挂了起来。

小开觉得小飞的版本比原先那个有说服力。他过去也喜欢扒车偷蔬菜,其实作为蔬菜市场推销员,他根本没必要费那个劲。他要是想贪小,运菜工屁话也不会有。他之所以愿意混在偷菜的人堆里纯属好玩,小螺蛳也喜欢凑这个热闹,蹿上蹿下,运菜车在脚下如履平地。

扛着气枪打鸟的人穿行在庄稼地和村落之间。他们多半来自市区,就像夏天去高桥海滨看日出,秋天去三林塘捉蟋蟀一样。浦东对他们来说,历来是享受野趣的地方。这样一个城市猎人,在打道回府之前,看见了一只黄昏里的家鸽,它蹲在浦三路的矮墙上,在他看来是一碗鲜美的鸽汤,他扣动扳机,运菜车上的小螺蛳就一头栽了下来。

当然,对小飞的话,也不能全信,他是个夸大其词的家伙。小开和他是不打不相识,因为小开把他妹妹给睡了。

小飞妹妹是农业银行六里分理处的出纳,小开看上了这个眉清目秀的害羞姑娘,到她的柜台开了个户头,每天存十块,顺便搭讪几句。当他存折里有一百七十块的时候,她赴了他的饭局。他用一瓶霞飞牌面霜就让她稀里糊涂地献出了童贞,这个二十一岁的中专生被自己的轻率吓哭了。她肿着眼睛走回家,被家人逼出了真相。小飞父母都是老实巴交的农民,扇了女儿一记耳光,怕家丑外扬,他们本能地选择了隐瞒。小飞却气势汹汹地出了门,半个多钟头后,他用一把刀子挑开了小开的下巴。当第一滴血顺着寒光滑落时,小开选择了逃亡。刀子的寒光一路追到庄稼地里,小开抄到瓜棚背后,握了一根扁担闪出来,冲着喘着粗气的小飞道:"我跟你妹妹是谈朋友,不相信你回屋里厢去问。"

小飞道:"谈朋友?那你跟她结婚。"

小开道:"现在谈结婚早了点,啥人晓得明朝的事体。"

小飞道:"不晓得明朝的事体,为啥跟她睡觉?"

刀锋一凛,小开忙接招,扁担磕中了刀柄,刀子像银叶子飘在半空中。小飞借势抱住小开,肉搏战把一大片庄稼糟蹋了。两个人粘成橡皮糖,瘫在垄边。小飞喘着粗气,捡起身边的皮夹子,小开扑上来:"还给我。"

小飞揣进裤袋里,爬起来就跑:"快跟我阿妹结婚,铜钿算礼金。"

不知是否为了取回钞票,小开和小飞妹妹真的谈起了恋爱。这期间小飞让小开用侯德贵的关系混上了联防队员这个美差。小开催促过几次皮夹子,小飞每次都嬉皮笑脸地装聋,小开知道拿不回来了。

半年后妹妹和小开分手了,小飞没再去找小开兴师问罪,甚至连他们怎么掰的都没多问。隔了一年,他妹妹和花木农村信用社的一个副主任结了婚。那个副主任是上海财经学院毕业的本科生,结过一次婚,老婆难产死了。他们是在川沙县金融系统的团拜会上认识的。

小开勾搭乔乔是和小飞妹妹分手后的事,他每次只和一个女人交往,从来不脚踏两条船。所以对自己的牢狱之灾,他觉得很冤枉,女朋友谈得多就要吃官司么。

可他承认自己是个采花大盗。盗亦有道,他从不像小螺蛳那样蛮干,强扭的瓜不甜,那天吃了梅菊乔的"大馒头",她板了面孔,他就收手了。心急吃不到热豆腐,他故意把乔乔晾了一段时间。当然他也没闲着,很快找人填了空档。他的恋爱史通常不超过三个月,高明之处不在于擒获,而在于每次都能全身而退。当他再次结束了一轮恋爱,准备向乔乔发起总攻的时候,一张性病化验单把他送进了监狱。

性病化验单是小开就诊的六里卫生院交给警方的,性病患者可能涉及淫乱,一经发现必须报案,这是公安与卫生部门的默契。当然侯德贵完全可以让卫生院压下那张化验单,但他没能及时得到这个信息。照卫生院院长的话说,当班医生没向他汇报,就自作主张拨通了公安局的电话。

院长是为自己开脱,还是另有隐情,无法考据。反正等到侯德贵出面,卷宗已转移到县公安局,超出了一个副乡长的势力范围,鞭长莫及了。

为找出传染源,小开在审讯室里供出了一份详尽的名单,整整二十四个女人,亏他能写全她们的名字。一个警察拍拍他肩膀:"兄弟,你老卵嚯,等枪毙吧。"

流氓淫乱被枪毙不是开玩笑,就在两年前,上海司法系统就在一次严打中逮捕了一个流氓淫乱团伙,共六人。其中的胡晓阳和陈小蒙陈冰郎兄弟分别是前上海市委第二书记胡立教和市委宣传部长陈其五之子。这帮衙内以谈恋爱和调动工作的名义睡了几十个妇女,惊动了中央首长。首长大怒,没给两位高干一点面子,下令从严从快惩处。上海市中级人民法院在静安体育馆召开了公审大会,胡晓阳、陈小蒙和另一名案犯葛志文被执行枪决,剩下三人银铛入狱。民间有个说法是,陈冰郎本也罪该处死,念在哥哥已判极刑,为给陈其五留个血脉,改判二十年有期徒刑。

小开想,女人们要挨个去体检了,她们一定恨死他了,可他泥菩萨过河自身难保啊。他一边受审一边接受治疗,心里在排查是谁害自己染上了尖锐湿疣。伊黎、裴雅和宋芳菲是危险分子,她们是道上混的"垃山",余下都是良家妇女。只是和她们仨交往已过去好久了,难道潜伏期这么长?那样的话,可能交叉感染给了别人,就是一笔糊涂账了。

他这案子,导致两个女人被劳动改造,伊黎和裴雅被排除在外,宋芳菲是意料之中,另一个被检出阳性的是六里蔬菜市场的同事林月,是他被捕前的末代女友,填补乔乔空档的那个。小开知道她是无辜的。她是个特别内向的孤儿,刚分配进来实习,要不是他去招惹她,她差不多可以转正了。她不算很好看,吸引他的是她的羞愧。他特别喜欢腼腆的女孩。林月和人说话,说着说着脸就红了,他很想品尝一下那个红。

这样就水落石出了,宿主是宋芳菲,传给了小开,小开病灶埋伏了很久才发作,随后接力给了林月。这里有个纰漏,宋和林之间的若干女友如何成了漏网之鱼。难道是潜伏期不传染,或她们也处在潜伏期没被检测出来?

小开被判了五年有期徒刑。听到判决,他松了口气。他本来以为自己真的要被枪毙了。后来,他琢磨出自己没被判死刑的原因。第一,他的官司不在严打期间。第二,他是单干不是团伙。第三,也是最重要的,没惊动高级首长,从而未被列为杀鸡儆猴的典型。

小开被关进周浦监狱的时候,性病已痊愈。每次狱友们教训他,他总要为自己争辩:"我不是摸屁手,我是谈朋友,我睡的女人都是情愿。"

可有一次老娘来探监后,他不说这句话了。他得到一个消息,林月被妇教所送进了张家浜边上的精神病医院。

性病这个底细比坐牢更让他难堪,六里屁眼大,没影的东西都能流言满天飞,更别说铁板钉钉的事了。以后谁还愿意和他上床。别说女人会嫌他龌龊,自己也觉得脏。但乔乔从未提及此事,她是懒得说还是装戆,只有天知道。

那只苍蝇又飞回来了,旋着他的脑袋嗡嗡叫,停在台灯的灯罩上。这场雨下得比娘娘腔自杀那天还要大,也许娘娘腔就在去投胎的路上,借他的嘴最后唱一段贾宝玉。唱完这一段,孟婆汤往口中一灌,前世学过的戏就全忘了。

雨烈风急,冷不丁听到哑巴唱戏,无怪乎乔乔她们吓破胆。他倒是没怎么害怕,在牢里关了几年,胆量今非昔比。别的不说,娘娘腔一死他就躺在了空出的铺位上。要放在早先,无论如何他都不敢。阿摩尼亚气味比忌讳更讨厌,他受够那个味了。

他把被子拉严实,脑袋重新放在枕头上。早上六点半,闹钟准时提醒两个乡下丫头起床,他的还魂觉被吵醒了。窗帘没完全拉上,户外还是黑的,雨声却稀疏了一些。客堂间的灯根本就没关,卧室的门也半掩半开,形成一块浅灰色的光线。光线慢慢扩大,一幅人影贴在里面。

隔壁传来咏梅的声音:"小红,你来摸摸看。"

人影遽然缩了回去:"摸啥?"

须臾,小红嚷道:"哎呀,哪能这么烫,会不会有四十度?"

咏梅吓了一声:"四十度要把人烧死嘞。"

小红道:"昨天夜里还好好的,哪能一下子寒热这么高?"

咏梅道:"快送医院吧。"

乔乔头涨得根本抬不起来,她觉得自己快死了,正如那次流产手术感染后的发烧,人迷迷糊糊被扶起,眼睛被眼屎糊住了,晕晕乎乎中,咏梅给她穿好了衣服。

乔乔问道:"他走了?"

小红在边上道:"没有,还在睏觉。"

小开跤着皮鞋跑过来:"面孔这么黄,不会是甲肝吧?"

两个丫头呀了一声,弹开三丈远。

小开道:"你们跑啥,快送医院。"

小开披着雨衣,把住自行车龙头,咏梅扶着书包架上的乔乔,小红撑着油布伞,试图遮住四个人,却一个都遮不全。

小红道:"不要真的是甲肝吧,我们不也传上了?"

咏梅道:"昨天夜里三个人睏在一道,要传上也没办法。"

小开道:"每个人抵抗力不一样嘛,不要自己吓自己。"

咏梅道:"你是人变的鬼,还是鬼变的人啊? 突然开口讲闲话,吓死人了。"

小开道:"我又不是天生是哑子,你们咒我永远不讲闲话呀?"

浦南医院急诊大楼都是人,附楼也一条队伍排远了。房檐下的雨篷滴滴答答,指示牌告诉大家,凡发烧病人,第一个程序是在此验血。小红排在末尾,乔乔由咏梅陪着在急诊大楼里避雨,小开跑到挂号处窗口,蒙混着想插档。

护士把体温计埋在乔乔舌头下,忙别的去了。采集完血样已是两个多钟头之后,天空压得很低,雨水一改细密,疏了,却像尿不干净的老太婆,将水坑砸出点点水花。

医生是个马脸男人,瞥一眼体温计,连脉也没搭:"甲肝,百分之百,啥单位嘛?"

乔乔有气无力道:"没单位。"

马脸医生眼皮都没抬:"照理是要住院嘛,你也看到了,医院连立的地方也没了,有单位的住到单位去,没单位的配药先回屋里厢。"

乔乔道:"一只床位也没有?"

马脸医生道:"床位老早就满了,过道的钢丝床是病人自己搬来嘞,老多工厂腾出仓库车棚当临时住院部了。照这个速度,人民广场也快派上用场了。"

乔乔道:"这甲肝哪能这么厉害,昨天还一点症状没有,今朝人一下子就软下来了。"

马脸医生道:"就是来势凶猛,没啥征兆嘞。"

乔乔道:"有啥办法快点看好?我手里一大摊事体呢。"

马脸医生道:"别的事体搁一搁,这个毛病弄不好是要死人的。"

小开道:"早晓得没床位,不如直接去六里卫生院,白排了老半天。"

马脸医生道:"你以为六里卫生院就有床位啊。"

小开道:"只要我去,没也能变出来。"

马脸医生道:"路道这么粗,何必来凑闹猛。"

小开道:"卫生院条件总赶不上正规医院。"

小开只是说出了部分实情,事实上,出门时他先想到六里卫生院,但马上打消了念头。对他来说,把他送进监狱的并非尖锐湿疣,也不是宋芳菲,他一口毒气一直哈在六里卫生院身上。

小开跑到浦南医院门卫处,给戎文书拨电话。他平时有事,一般也是先找小戎,直接找舅舅虽然也给办,先要讨一顿骂,回头落实的还是小戎。戎文书的电话没人接,他只好打舅舅的直线,也是拨通了没人接。

小开返回急诊大楼,见咏梅排在配药窗口前。他告诉乔乔暂时联系不上六里卫生院。

乔乔歪在长凳上:"我住到饭店里去,别的地方我都不去。"

咏梅道:"要吊盐水嘞,你住到饭店去,啥人帮你吊?"

乔乔道:"没人吊就让我死掉算了。"

小开道:"吊盐水倒是小事体,可以叫卫生院的护士来帮忙。"

三个人冒雨把乔乔弄回了饭店,工人在二楼打出一间包房,卸了一扇门充当床铺。小开突然开口说话,弄得工人们面面相觑:"你喉咙哪能回事体呀?"

小开道:"被一口痰噎牢了,现在痰吐掉了。"

一个苏北口音的工人道:"你当自己是蒋菜花啊。"

小开不知道蒋菜花是淮剧《十把穿金扇》里的人物,被鸡蛋噎死了。下葬后,来了盗棺贼,被贼踩了一脚,鸡蛋咳了出来,死而复生了。

刚把乔乔安顿好,楼下有人喊:"快点来看,癞蛤蟆斗蛇。"

小开先跑过去,两个乡下丫头跟在后头。就在大堂犄角,一只癞蛤蟆与一条豇豆长短的菜蛇虎视眈眈,酝酿着下一个回合。癞蛤蟆胀得滚圆,菜蛇扭成了脆麻花。坐山观虎斗的人屏住呼吸,眼珠在两件活物身上滚来滚去。刚想眨眼,战斗已经结束。那蛇拼出命去,直窜进癞蛤蟆口中,癞蛤蟆瞬间被掀白肚皮,蛇竭尽全力往腹腔内部深入,只留出尾巴的末梢。

这个结局让人看得心堵,什么深仇大恨令菜蛇孤注一掷,要和癞蛤蟆同归于尽。小开回到楼上把蛇蛙之战告诉乔乔,乔乔却连听的力气也没有,眼皮抬了抬,歪过头睡过去了。

40

侯德贵的老婆秦芳在乡政府大闹天宫,把侯德贵的糗事抖搂出来。侯德贵的姘头住艾镇,叫老虫绢头,没出阁时是村里一枝花。还是小囡的时候,喜欢将手帕叠成老鼠玩,得了这么个绰号。老虫绢头老公在南京军区某部当通信兵,常年驻守在安徽山区,一年探亲一两次。结婚有几年了,还没怀上孩子。

小开不知道舅舅是怎么勾搭上老虫绢头的,其实在六里这样的小镇,有点花头的男人都会采采野花。这样的事通常瞒不久,老虫绢头和舅舅轧姘头的传闻,就像酷暑里的死鱼,早就臭烘烘随风飘散开去。这样的传闻往往又是没有确凿证据的,肯定也不会是空穴来风。它介于两者之间,是人们茶余饭后的谈资,跟一支无聊的烟、一杯打发空虚的酒,或一把消磨寂寞时光的香瓜子没有区别。

一向老实的秦芳撕破脸皮,把事态扩大了。也难怪她,因为挺着大肚子的老虫绢头竟找上门来,欲取而代之,把开一只眼闭一只眼的秦芳逼急了。

侯德贵没想到老婆会闹到单位来。他自己正在为闯下的祸犯愁。当老虫绢头告诉他例假没来时,他脑袋嗡地大了。他们刚好上那会儿,他曾问过老虫绢头,是你还是你老公有问题啊?

老虫绢头斜白了他一眼,没理他。

侯德贵逗趣道:"那估计是你有问题。"

老虫绢头道:"他每年就春节回来探亲,还是在一道的辰光太短的关系。"

侯德贵道:"那也不能每趟都种不上,你那块地也太荒了。"

老虫绢头脸挂了下来:"你这个老不死嘞,讲闲话真促狭。"

侯德贵笑道:"生气了?我的意思是,你们真想要的闲话,应该去查查。"

老虫绢头道:"阿拉想去查嘞,都不好意思开口,你想一年才见一两趟,春节里又要走亲访友,都生分了。刚培养起感情,又走了。都不觉得自己有问题,讲出来怕对方尴尬,所以都没提。"

侯德贵道:"就准备一直拖下去?"

老虫绢头道:"顺其自然,阿拉也不用措施,有了最好,没有也没办法。"

侯德贵道："既然想要,还是去查一下。等你当了姆妈,我当小囡的干爹。"

老虫绢头道："我虽然跟你好了,肚皮还是要留给老公嚯,我可不想你成为小囡的亲爹。问你呀,你第一趟看到我,为啥就帮我,是不是那个辰光就动我脑筋了?"

侯德贵反问："你讲呢?"

侯德贵第一次见到老虫绢头,是陪同俞副县长去绒毛玩具厂调研。六里乡辖区内有几家市属企业,像化工系统的制冷剂厂、航天系统的新艺机器厂。乡属企业不多,也就是毛巾厂、石膏模型厂和绒毛玩具厂这么几家,有大集体,有小集体,各个大队还有一些合作社性质的作坊,规模都不大。

绒毛玩具厂算是其中比较像样的一家,承接市外贸公司出口订单,产品以各种洋娃娃为主,头发是粗毛线,从屁股那儿的缺口塞进棉花,缝起来就完成了。洋娃娃都是外国妞,脸谱上印着雀斑,乡下人欣赏不来,都讲难看死了,送给我都不要。

俞副县长要来厂里视察,厂门口贴了很大的欢迎条幅,分管经济的侯德贵带着戎文书和广播站唐站长跟在后面,绒毛玩具厂孟厂长提前站在门口迎接,视察队伍鱼贯而入。

俞副县长来到车间里,像高级领导似的,装模作样地和大家握手寒暄,装模作样地问了一些生产经营的情况,装模作样地表扬和鼓励了一番。

绒毛玩具采用流水线生产,每个人都是流程中的一个部件。俞副县长每到新的环节,都会有人站起来讲上几句,说的当然是花好稻好。看似随机,却是事先安排好的群众演员。当然,俞副县长也不会不明白其中奥妙,这种视察本就是走过场而已。

老虫绢头就是群众演员之一,她三十岁的样子,目测身高不低于一米六五。二十世纪八十年代的上海女性普遍在一米五五到一米六之间,男人在一米六五到一米七之间。女性显高,老虫绢头站在那儿不比男人矮。个子高挑的女人容易是芦柴棒,老虫绢头却是藏肉,反倒把衣服撑起来。额头上有点粉刺,眼梢很长,像在不经意看你,却不是真实的注视。鼻翼上一粒很小的黑点,面色有点苍白,漂亮得不像一个村姑。

老虫绢头没有人云亦云,用气愤的口吻揭露道:"在这里当工人讲起来好听,但跟农民没区别,加班到半夜,要么不算工分,要么算了工分,又拿不到铜钿。阿拉是农民工,不是农奴工,我还是军属呢。"

车间里气氛瞬间凝固,侯德贵和孟厂长脸色大变,从来没有群众演员倒戈的先例。俞副县长却笑了:"孟厂长,有没有这桩事体?"

孟厂长语塞,工友们平时敢怒不敢言,被"叛徒"老虫绢头一鼓动,七嘴八舌诉起苦来,一时群情激愤,侯德贵皱了一下眉头:"大家有闲话慢点讲。"

孟厂长擦一下额头冒出的汗,争辩道:"拖欠工资是有,也是没办法,外贸公司的账款本来就拖,阿拉还要垫付原料款,头寸经常调不过来。"

老虫绢头不依不饶道:"那你们厂领导每天在饭店吃老酒,哪能就有铜钿了?"

孟厂长道:"你不要血口喷人,啥地方有每天吃老酒?"

老虫绢头道:"我有个小姐妹在南码头金雅饭店上班,讲你们专门有个包厢,每天都去。"

孟厂长道:"阿拉去也是招待客户,外贸公司领导那么容易搞定啊。没订单,这爿厂明朝就要打烊。"

老虫绢头道:"外贸公司领导那么空,每天都特地跑到浦东吃老酒啊?"

俞副县长挥一挥手道:"你们先不要争,老侯你关心一下这桩事体。"

侯德贵道:"孟厂长,下半天来我办公室一趟。"

转身朝老虫绢头看了一眼:"你叫啥?"

老虫绢头未及回答,边上人抢白道:"阿拉都叫她老虫绢头。"

老虫绢头"去"了一声,道:"我叫龚琳琳。"

侯德贵道:"你也来一下。"

侯德贵知道老虫绢头的指责不是空穴来风,其实只要有空,接待市外贸公司领导的酒局他也会参加。绒毛玩具工艺门槛低,很多乡镇都想接手,市外贸公司朝南坐,拖延货款是家常便饭。原料垫资造成厂里现金流紧张,靠农村信用社贷款才能渡难关,所以孟厂长汇报工作时常诉苦,说又揭不开锅了。

绒毛玩具厂在金雅饭店有个包房,乡领导是知道的。六里乡财政不宽裕,各方招待又不少。金雅饭店是南码头上档次的饭店,乡政府和下属几家企业都去那儿招待客人,那个包房其实是乡政府用得多,账单则几家企业分摊了。

侯德贵在俞副县长跟前出了丑,见戎文书领着孟厂长和老虫绢头进来,板着脸道:"你们今朝出风头了,拿俞副县长都气跑了。"

孟厂长委屈道:"我对厂里尽心尽力,结果两头不讨好,侯乡长还是另请高明吧。"

孟厂长已不是第一次撂挑子,他连襟是市外贸公司副经理,能接到出口加工单子,靠的也是这层关系。他要是不干,厂子就真的关门大吉了。

侯德贵道:"不要每趟一讲你,就给我将军,拖欠工钱肯定不对,下趟头寸再紧,还是要先保证工钱。"

孟厂长道:"真不是故意拖,是真没铜钿。"

侯德贵道:"让你连襟通融一下,打点货款过来嘛。"

孟厂长道："我连襟是副职,不管财务,而且他们手头也紧巴巴,外国人也欠他们货款。"

侯德贵道："三角债,你欠我我欠你,最后都给拖死。"

孟厂长扭头冲老虫绢头发火："你今朝中啥邪了,当着领导的面让我下不来台。"

老虫绢头道："你克扣工分,拖欠工钱习惯了,寻你多少次了,有啥用?"

侯德贵制止道："不要在我这里吵,老孟你先回去,我和小龚聊几句。"

孟厂长起身出门,侯德贵朝老虫绢头看了一眼："我蛮好奇嗰,你哪能敢当着这么多人的面得罪厂长?"

老虫绢头道："我不做了,累死累活拿不到铜钿,还不如回屋里厢种田,省得起早贪黑白忙。"

侯德贵道："我也猜到你不想做了,讲闲话才这么不留情面。"

老虫绢头道："反正我已经得罪老孟了,无所谓了。"

侯德贵道："你是哪个大队嗰?"

老虫绢头道："艾镇四队。"

侯德贵哦了一声："巧了。"

老虫绢头道："啥巧了?"

侯德贵道："没啥,有个好差事,我看倒蛮适合你嗰。"

老虫绢头道："啥好差事轮得到我?"

侯德贵道："艾镇四队缺个蔬菜市场推销员,你伶牙俐齿,可以做这个。"

老虫绢头恍然大悟道："我忘记你是小开的娘舅了。"

侯德贵道："你认得小开?"

老虫绢头道："侯乡长的外甥啥人不认得呀。"

侯德贵叹了口气："小瘪三不争气呀。"

老虫绢头道:"真让我去填这个空缺?这差事老多人看着呢。"

两人都没明说上个礼拜小开被逮捕的事,但这在六里早已不是秘密。

侯德贵道:"你先回去吧,回头我让戎文书问问你们队长,如果已经安排人了,就没办法了。"

老虫绢头道:"你让戎文书去问队长,他就是安排了,也不会讲安排了。我先谢谢侯乡长了。"

侯德贵道:"接口令倒蛮快嘞,你讲闲话哪能一直板着面孔?"

老虫绢头站起身,朝侯德贵走过来:"我笑起来不好看,四环素牙。"

她伸出手来,侯德贵握住:"你要是去了蔬菜市场,不要又跟采购员吵起来。"

老虫绢头道:"我脾气老好,啥人没事体欢喜跟人吵相骂呀。"

侯德贵觉得掌心里的手,不像农妇那样毛糙,皮肤腻滑,像涂了一层油,但又不黏。后来和老虫绢头好上时,他才知道,她习惯在手上涂蛤蜊油,用小指甲挑少许,均匀地抹,让蛤蜊油完全渗入皮肤。

老虫绢头转身离去,侯德贵看着她的背影,琢磨着有点不对劲。这个素昧平生的女人,让自己在俞副县长面前丢了脸,自己非但没朝她发飙,还"鲜嘎嘎"给她安排了一个肥缺,要知道自己可是一个暴脾气。

他掌心里的腻滑还在,女人在门口转过身来,朝他抿嘴一笑:"谢谢侯乡长。"然后屁股一转,从走廊往楼梯口那边走过去了。

侯德贵才留意到她盘了个发髻,脖子显得特别纤长。走廊上的脚步声远去,侯德贵有点怅然若失。不言而喻,他对老虫绢头有了好感,或者说,对她产生了非分之想。

老虫绢头去蔬菜市场上班了。侯德贵知道,她会来找他,送一条好烟或者两瓶好酒,或者什么也不送,专程来道谢。这是人之常情。但半个月过去了,连个人影都没有。侯德贵暗自恼火,这女人也太不懂人情世故了。白天还在想,下班就看见老虫绢头拎着一只布包,站在了乡政府门口。

早春三月,上海最惬意的季节,她穿一件碎花白底的长袖衬衫,下面是黑色长裤。因为怕露出四环素牙,所以还是抿嘴而笑:"领导难见,我老早来了,门房间不让进。"

侯德贵道:"可以拨分机进来啊。"

老虫绢头道:"我又没啥急事体。"

侯德贵道:"推销员当得哪能?"

老虫绢头道:"每天都卖光。"

侯德贵道:"你看,我没看走眼吧。"

老虫绢头道:"做不好,岂不是坍你侯乡长的台。"

侯德贵道:"这句闲话我欢喜听。"

老虫绢头道:"侯乡长挑我这么个好差事,我想请你吃顿晚饭,不要驳我面子。"

侯德贵道:"吃饭可以啊,今朝蔬菜都推销出去了?"

老虫绢头道:"今朝特地早点出门,已经卖光了。"

侯德贵道:"那好,准备去哪个饭店?"

老虫绢头道:"请领导当然要有档次嘞,去金雅。"

侯德贵心里咯噔一下,金雅饭店几乎每天都有同事去吃饭,带个女人进去,没尝到鱼反倒沾了一身腥,便道:"金雅我都吃厌了,换一家。"

老虫绢头道:"你们当官的吃厌了,我一次还没吃过呢。"

侯德贵道:"那就去金雅。"

两个人去坐南杨线,终点站就是南码头。这条从南码头到杨思的郊区线路开出不久,半小时才一班,站头上已攒了不少人,老虫绢头道:"我想起来了,我有个小姐妹在金雅上班,还是换一家吧。"

侯德贵正中下怀,却反问道:"你小姐妹碍阿拉吃饭啥事体了?"

老虫绢头道:"为你侯乡长避嫌嘛,免得人家背后讲闲话。"

侯德贵道:"是给你自己避嫌吧,那就换一家,一个小饭店,不过菜式很好。"

侯德贵带老虫绢头去东三饭店,戴经理看见侯德贵进来,赶紧招呼道:"喔唷,侯乡长,今朝哪能有空来了,老多辰光没看到你,大光明倒是三天两头来咪老酒。"

看到尾随而入的老虫绢头,戴经理会心一笑,将他们带到里侧的座位。两人落座,老虫绢头从布包里拿出一罐龙井,递给侯德贵:"这罐龙井你尝尝味道,大光明是啥人呀?"

侯德贵也不推辞,接过茶叶道:"一个发小,六里桥大名鼎鼎嗰,你不晓得?"

老虫绢头道:"我嫁到艾镇四年多,平常娘家住得多,六里这边认得的人不多。"

侯德贵道:"你娘家在哪里?"

老虫绢头道:"严桥公社嗰。"

侯德贵哦了一声:"那就在六里隔壁,兄弟乡,下趟不要叫公社了,改叫乡已经好几年了。"

老虫绢头道:"公社叫顺口了呀。"

侯德贵道:"今朝客算你请,账我来付吧。"

老虫绢头道:"哪能可以?"

侯德贵道:"我可以报销嗰,你有啥忌口?"

老虫绢头道:"你可以报销我就不客气了,除了羊肉,都吃。"

侯德贵开始点菜:"青椒炒猪肝,韭菜蟮丝,两只皮蛋一切四,再炒一盆香菇菜心。"问老虫绢头:"吃点黄酒?"

老虫绢头连忙摇头:"我吃橘子水。"

侯德贵对戴经理道:"我来一瓶特加饭,她来一瓶橘子水。"

上了第一道菜,两人碰了下杯,侯德贵抿了口酒:"为啥娘家住得比婆家多?出嫁了还在娘家住,屋里厢人不讲你啊?"

老虫绢头道:"我娘家就我阿爸一个人,我回去住他还有个伴呢。"

侯德贵道:"你姆妈呢?"

老虫绢头道:"我爷娘在我老小的辰光就分开了,姆妈后来又嫁人了,不大来往囉。我老公当兵,春节才回来一趟。他是独养儿子,我一直没小囡,公婆对我有看法,住在一道也没味道,娘家也不算远。"

侯德贵心里一凉,怪不得上次她说自己是军属呢,破坏军婚可是重罪。忽然看到老虫绢头捂嘴偷笑,好像看穿了他的心思。侯德贵把眼帘一垂,揀了一筷猪肝,嚼起来:"你笑啥?"

老虫绢头道:"问你呀,为啥帮我?"

侯德贵装没听见,掉头对戴经理道:"给我一碟油氽花生吃老酒。"

吃完晚饭,南杨线早没末班车了。郊区车停驶很早,七点前就没了。侯德贵和老虫绢头循原路返回。走到六里桥大概半个钟头,从桥堍走到艾镇大概一刻钟。侯德贵送到艾镇十字路口,老虫绢头道:"今朝我回婆家住,前头拐个弯就到了,你请回吧。"

侯德贵道:"好,下趟有啥困难来寻我。"

老虫绢头道:"我能有啥困难,你这么大的领导,不是讲见就能见囉,门房间看得老牢囉。"

侯德贵道:"没困难也可以来寻我,门房间会拿分机接进来囉。"

老虫绢头道:"那多麻烦,再讲老去寻你,人家要说闲话囉。"

侯德贵道:"那这样吧,公社隔壁弄堂笔直走到底,有个小房间,下半天我经常在。"

老虫绢头道:"你不在办公室,在那里做啥?"

侯德贵道:"每天寻我的人老多,没有重要的事体,吃过中饭我就掭在那里,打打瞌睡,听听评弹。"

老虫绢头道:"倒蛮乐惠嚯。"

侯德贵道:"你不要跟别人讲,晓得的人不多。"

老虫绢头道:"我跟啥人去讲,我又不是爱嚼舌头的女人。"

说完好像有点生气的样子,走了。

侯德贵的小房间在一条弄堂末梢,这个区域,有七排三层楼房。住在此处的都是城镇户口的居民。六里小镇上这样的居民区有好几处,除了二三层的楼房,还有五六层的工房;住户一般都在市属国营企业上班,两户人家合用一套煤卫,也有没申请到煤气罐用煤球炉的。

小房间在底楼,门前有棵古槐,长得仙风道骨,古槐两旁是茂盛的灌木。往东,是广阔的田野,麻雀多得像夏天的苍蝇一样。

屋里,十七八个平方,放着一张床,两只单人沙发,一只矮柜上放着一只九寸的黑白电视机。一张小办公桌,上面堆着报刊和闲书,旁边有一只半导体收音机,可能是接触不好,用细绳子绑了两道。侯德贵这两天有点心神不宁,老是想起那个身材高挑的女人,还动过去蔬菜市场找她的荒唐念头,但想到军婚,便打了退堂鼓。

他猜老虫绢头还会来找自己,当然,也可能是自作多情。女人有时候会给你一种错觉,让你误认为她喜欢上了你,其实不过是馋馋你而已。

这天下午三点多,侯德贵听到笃笃两记敲门声,以为是戎文书。他这个地方,除了亲信,没几个人知道。戎文书也很少来,一旦来,肯定是事不宜迟的急事。可小小的六里乡,急到这个地步的事一年也没几桩。侯德贵去开门,他朝思暮想的女人站在跟前,身上还是那件碎花白底的长袖衬衫,冲他抿嘴而笑。

她推着一辆自行车,问道:"脚踏车停在啥地方?"

侯德贵道:"搬进来哦,你今朝哪能有空过来?"

老虫绢头道:"等一歇去蔬菜公司上班,顺便来看一看,没想到你真的在,在听评弹?"

侯德贵道:"随便瞎听听。"

老虫绢头进屋,在沙发上坐下:"你这儿真的蛮乐惠嘞,这是你的房子?"

侯德贵道:"没有,是租的,租了好几年了。"

老虫绢头道:"好像在听蒋月泉?"

侯德贵咦了一声:"你也欢喜蒋调?"

老虫绢头道:"欢喜嘞。"

侯德贵道:"碰到知音了,唱一段?"

老虫绢头道:"我五音不全,唱不好嘞。"

侯德贵道:"随便唱两句,又不是让你上台表演。"

老虫绢头道:"那我唱几句《杜十娘》,你不要笑。"

老虫绢头清清嗓子,唱道:"窈窕风流杜十娘,自怜身落在平康。她是落花无主随风舞,飞絮飘零泪数行。青楼寄迹非她愿,有志从良配一双……"

侯德贵鼓掌:"像嘞像嘞,活脱似像蒋调,下趟带你去大华书场听评弹。"

老虫绢头道:"好的呀,评弹我欢喜嘞。"

有了共同话题,两个人聊得很开心。四点半,老虫绢头去蔬菜市场上班,两人约好了六点在东三饭店吃饭。到了下班时间,侯德贵去乡政府车棚,把自己的自行车推出来,骑到南码头摆渡口。刚在东三饭店坐下,大光明前后脚走了进来,他是这里的"老土地",就是常客的意思。看见店堂里坐着侯德贵,对面还有一个漂亮的村姑,贼忒嬉嬉地打趣道:"喔唷,天上落下来一个小阿嫂。"

侯德贵给老虫绢头介绍:"这就是上次提到的大光明。"

老虫绢头站起来跟大光明握手:"侯乡长讲你们是发小。"

大光明道:"发小不假,他是领导,阿拉是小八辣子。"

侯德贵道:"屁话不要多讲,快坐下来陪我吃两杯。"

大光明朝戴经理打了个响指:"本家兄弟,来两瓶乙级大曲,今朝一醉方休。"

侯德贵道:"来一瓶意思意思,明朝一早我主持会议,醉不醒像啥样子。"

大光明道:"那就一人半瓶。"

侯德贵说话慢条斯理的,哪怕是这种生活中的聚会,也带着隐约的官腔。大光明几杯白酒下肚,话多起来,高亢响亮,像爆豆子一样,小饭馆里都是他的唾沫,是真正的"饭泡粥"。

侯德贵了解老同学习性,只咪酒吃菜。老虫绢头不时低头蹙眉,抬起来时却挂着笑,用橘子水敬大光明:"阿哥好酒量,阿妹敬你。"

大光明纠正道:"你是我小阿嫂,不是我小阿妹。"

侯德贵朝发小看一眼,再去看老虫绢头。老虫绢头眼梢留意到了,装作没看见。大光明吃老虫绢头豆腐,对侯德贵来说,倒是一种试探。他吃不准老虫绢头的心思,大光明叫她小阿嫂,她没答应也没嗔怪,看上去有点意思了。

喝到兴起,大光明又要了一瓶乙级大曲,不知不觉又喝完了。大光明打了个饱嗝,趴在饭桌上打起了呼噜。老虫绢头道:"他醉成这样,哪能办呀?"

戴经理已是见怪不怪:"没事体,半夜醒了自己会从后门回屋里厢。"

说着,拿出一把折叠躺椅,撑开,让大光明躺在上面。扭头道:

"不要管他了,你们先回家吧。"

老虫绢头道:"侯乡长也喝得不少,脚踏车肯定不能骑了。"

戴经理道:"脚踏车我给你们搬进来,明朝再来拿。"

老虫绢头道:"那好吧。"扶着侯德贵出了饭店。星星满天的夜晚,侯德贵脚步凌乱,走在南码头路上,却不糊涂,心想醉是肯定有点醉了,却故意装得更醉的模样,歪在老虫绢头身上。

走出去一段路,被风一吹,真的难受起来。本来是直着腰走路,脑袋不争气地耷拉下来,想吐,被一阵晕眩感堵住。老虫绢头明明就在耳边说话,听起来却像隔着一层似的:"你住啥地方?我送你回去。"

侯德贵道:"我先不回去,我去小房间睏一歇醒醒酒。"

老虫绢头道:"你不回去,老婆不讲闲话呀?"

侯德贵道:"每趟吃多,或者加班晚了,我就不回去了。"

老虫绢头道:"你老婆对你老放心的嘛。"

侯德贵:"老夫老妻,有啥不放心嘞。"

说着蹲下来,缓了一会儿,起身继续走。走出去一段路,又蹲下来,终于吐了。吐完了在马路台阶上坐下来。老虫绢头掏出手帕帮他擦擦嘴角,他好像清醒了一些。这样一路折腾,一个多小时才到了小房间,进了门,直接就把自己撂在床上了。

一把抓住老虫绢头的手,不松开,脑袋很重,知道这是一个好机会。她趔了一下,差点栽在他身上。他一拖,她就盖住了他。

他闻到她头颈里的味道,是年轻女人淡淡的体香,和老婆的隔宿气完全不同的气息。他腾出左手,搂住老虫绢头。女人道:"你醉了,我不是你老婆。"

侯德贵不响,解她的衬衫纽扣,老虫绢头道:"你做啥,门都没关。"

侯德贵解开她第一粒纽扣,老虫绢头道:"难道你租这房间就为了搞女人便当？"

侯德贵的手往下游走,被老虫绢头拍掉："问你呀,你在这个房间搞了多少女人？"

侯德贵想爬起来把女人压倒,却全身瘫软,到嘴的美味吃不上,心里暗自叫苦,脸颊被轻轻拍了两下："不要捣蛋了,吃饱老酒还不太平,我要回去了,你明朝不是要主持会议么,快点休息。"

侯德贵的手伸进了衬衫里,老虫绢头乳房不大,刚好一握,却被用力拍开："你要死了,神知巫知。"

户外的电线杆上,公社广播站的一只高音喇叭在转播中央人民广播电台的报时："刚才最后一响,是北京时间二十二点整。"

老虫绢头道："要死,十点钟了,我真的要回去了。"

侯德贵不响,老虫绢头道："不要动歪脑筋了,我走了。"

侯德贵酒劲又上来了,太阳穴生疼,有气无力道："你帮忙拿闹钟调到七点钟。"

闹钟在电视机旁边,老虫绢头把时间调好,道："调好了,我走了。"

侯德贵道："路上当心点,啥辰光再来？"

老虫绢头道："不来了。"

侯德贵知道这是气话,也是撒娇的话。虽然今天没有得逞,但下一次见面,或许就能得偿夙愿了。

转天,侯德贵开了一上午会议,吃过午饭到小房间休息,刚在钢丝床上躺下,就有人敲门。他估摸是老虫绢头,把门打开,真猜对了。侯德贵去拉她,她清楚他的动机,站在门口说明了来意："昨天夜里你喝多了,脚踏车放在饭店里,阿拉去骑回来吧。"

侯德贵哦了一声："要么阿拉去吃晚饭,顺便骑回来。"

老虫绢头道："还吃啊？昨天都醉死了。"

侯德贵道："昨天是大光明不停劝,今朝我滴酒不碰,陪你吃橘子水。"

老虫绢头道:"那我先回去了,晚一歇在饭店碰头。"

侯德贵抓住她的手:"做啥离开我八只脚远,会拿你吃掉啊?"

老虫绢头道:"会嘞,看到你怕。"

人已被拉进了屋内,侯德贵用脚把门抵上,将女人按在单人沙发上:"你哪能老是穿这件白衬衫?"

老虫绢头道:"这件和昨天那件花式不一样嘞,我就喜欢白底碎花。"

侯德贵道:"看上去差不多嘞,不过你穿衬衫蛮好看嘞。"

说着在女人跟前半蹲下来,脑袋顶在她胸前。老虫绢头没动,侯德贵反倒狐疑起来,偷眼看,老虫绢头眼睛闭着。侯德贵在她嘴上啄了一口,把她抱起来,放在床上。

老虫绢头挣了一下,试图坐起,却被侯德贵压着,她咽了下喉咙:"你想好,我是军婚。"

侯德贵道:"管不了那么多了。"

说着去拽她的裤子,老虫绢头护着裤襻:"那个呢?"

侯德贵道:"啥?"

老虫绢头道:"你不会没措施吧?"

侯德贵才知道老虫绢头所指,面露难色道:"我哪能会有那个物什?"

老虫绢头道:"那不能做,绝对不可以。"

把裤襻攥得更紧了。侯德贵无奈道:"要么我去公社卫生室拿?"

老虫绢头道:"你一个男人去卫生室拿这个,也不怕人家笑话。"

侯德贵道:"本来就是单位福利,结过婚的啥人没有拿过。"

老虫绢头道:"阿拉生产队也有发放,都是女的去领,男人反倒面皮薄。"

侯德贵道:"你身上带了没有?"

老虫绢头道:"你神经病呀,我随身带这个做啥,我从来不去领嘞,我老公不在屋里厢,要这个做啥？再讲,阿拉巴不得要个小孩呢。你真没有呀？"

侯德贵迟疑了一下:"要么我去包里寻寻看？"

在包里装腔作势掏了一会儿,真的从夹层里摸出一枚避孕套来。老虫绢头道:"我就讲你肯定有嘞。你讲,这张床上睡过几个女人？"

侯德贵道:"真的没有。"

老虫绢头道:"骗鬼啊,没有还随身带这个。"

侯德贵道:"这个是交公粮用嘞,不骗你。"

老虫绢头道:"你现在还交公粮呀,你们老夫老妻还蛮恩爱的嘛。"

侯德贵道:"难得一次。"

老虫绢头道:"啥人相信你呀,老流氓。"

老虫绢头骂老流氓用的是一种慵懒的、带着挖苦的口气。侯德贵听得骨头都酥了,凑上去把女人紧攥的手掰开了。

第六章

41

在六里蔬菜市场当了四个多月推销员后,这一天,老虫绢头垂头丧气地跑到侯德贵的小房间来:"蔬菜市场要关门了?"

侯德贵道:"你消息倒蛮灵通嘞,关门没那么快,但是个趋势,国营菜场的垄断打破了,蔬菜市场作用不大了。"

六里蔬菜市场的萧条几乎是一夜间发生的,本来蔬菜堆得像一座座小丘,突然生产队就不送货了。造成这个局面的背景是实施不久的分田到户政策。分田到户之前,农民虽有少许自留地,庄稼产量和品种都不多。大宗蔬菜是生产队组织生产,集中供应国营菜场。农家种些当令菜,邻里间品种不同,交换着吃。偶有多余,胆子大的半夜三四点钟骑车去市区卖,六里农民去得最多的是各个摆渡口,以及浦西国营菜场附近的小马路。顶真的纠察看见设摊农民就追,跑得快的就溜了,跑得慢的被扣留,让生产队来领,罪名是投机倒把。后来设摊的农民多了,纠察也睁一只眼闭一只眼,或者借机打打秋风,勒索一点蔬菜回去。

分田到户就是生产队把土地转给农户,种什么怎么种由农民自行决定。更深的含义是市场放开,农民设摊不再违法,可以正大光明去集市卖自家蔬菜。这样蔬菜市场就没有了存在的意义。

老虫绢头道:"好不容易寻到个清闲活,做了几天就没了,真没劲。"

侯德贵道:"这几天乡政府一直在讨论分田到户的事体,为了这次调整,准备成立企业发展办公室,乡里前年有个化工厂项目,过段时间就准备挂牌了,要么你先去筹备小组吧。"

老虫绢头惊呼:"真嘞?"在侯德贵脸颊上亲了一口:"可以进编制?"

侯德贵道:"进编制有点难,先借调吧。等工厂正式开工了,看看有啥合适的岗位。"

说着,搂着老虫绢头的腰,把嘴凑上去。

他们干那事,老虫绢头坚持用避孕套,有时候侯德贵想要赖,她就把双腿夹紧,脸板下来道:"跟你讲过多少趟了,我肚皮要留给老公嘞。"

这个礼拜天,侯德贵又带老虫绢头去大华书场听评弹。位于老南市马当路上的大华书场前身是维纳斯舞厅,白天演评弹,晚上开舞会。《解放日报》曾登过一条新闻,说它自从半年前开了"周日评弹讲座"后,每周日上午,书场里座无虚席,评弹爱好者从各个区县赶来,还有从苏州特地赶来的,没有坐票就站在边上听,获得了经济效益和精神文明双丰收。

侯德贵和老虫绢头已来过两次,一次买到了坐票,一次站着。今天他们赶了个大早,天刚蒙蒙亮,骑车从南码头过了摆渡。到了浦西,沿着国货路,穿过大兴街,一刻钟就能骑到马当路,比等公交车还要快。

在码头口买了两副大饼油条,一边吃一边上了轮渡,两人站在船头,老虫绢头呆瞪瞪看着对岸,明显在走神。侯德贵道:"看你一路不讲闲话,有心思啊?"

老虫绢头道:"大荣写信回来,讲可能要复员回来了。"

侯德贵哦了一声,道:"你是讲你老公?"

老虫绢头点点头。

侯德贵道:"不会跟这次百万大裁军有关吧。"

老虫绢头道:"今朝陪你看完评弹,下趟阿拉就少碰头吧。"

侯德贵不响。老虫绢头道:"阿拉本来就是白相相嚜,总归有这一天。"

侯德贵道:"他确定复员回来了?"

老虫绢头点点头:"还没最后确定,讲可能性老大嚜,他们那支部队可能番号都保不牢。"

侯德贵道:"好嚜,下趟少碰头。对了,企业发展办公室下个月挂牌,你去当办事员吧。"

老虫绢头道:"我老公要回来了,我在你手下上班,不好吧?"

侯德贵道:"有啥关系,又不在一道办公,你们在另一栋楼。"

因为来得早,大华书场的售票窗口还没有打开。稍等了片刻,买了坐票,还是第一排的。今天的演员没什么名气,一男一女,男的穿长衫,女的穿旗袍。先表演一折《一定要把淮河修好》。这对野鸳鸯各怀心思,虽然离开舞台那么近,能听到演员换气的声音,却都心不在焉。侯德贵对老虫绢头耳语道:"要么我跟老太婆离婚,讨你做老婆吧。"

老虫绢头道:"神经病,脑子搭错了,我好不容易盼到夫妻团圆了。"

侯德贵道:"原来你对我没啥感情嚜,我自作多情了。"

老虫绢头道:"跟猫狗辰光长了也会有感情,下趟碰头少了,我心里也蛮难过嚜。不过,我跟老公感情基础还是蛮好嚜,就是分开太长了,等他回来,感情就慢慢回来了。"

评弹讲座结束,两人从大华书场出来。侯德贵道:"这次裁军规模老大,六里乡也要安置一些转业军人。"

老虫绢头道:"我老公是连长,听讲到地方上算科级对哦?"

侯德贵道:"营长才是科级,军人转到地方都要降级嘞,我这个副乡长不过是科级,连长到地方上只能当办事员,最多是部门小头头。"

老虫绢头道:"这个我不大懂嘞,到辰光帮忙安排个好点的工作。"

侯德贵道:"要么我这个副乡长让给他吧?"

老虫绢头道:"不跟你开玩笑。"

侯德贵道:"要是他转业回六里,我会帮忙。"

老虫绢头道:"他本来就是六里嘞,难道转业不回六里?"

侯德贵道:"一般是回原籍嘞。"

1985年的大裁军,是新中国成立后最大的一次部队"消肿"。这年的六月四号邓小平宣布解放军减额一百万,十一大军区被合并成七大军区,四分之一陆军部队被撤并。

这样,百万大裁军全面展开,老虫绢头老公大荣服役的南京军区某通信团也在撤销之列。这个团在历史上曾战功显赫,这次被整建制撤销番号,很多官兵都哭了,大荣在给妻子的信中也表达了惋惜之情。不过对转业回家,他也表示了期待。在山沟里吃苦多年,终于能和老婆团聚,等安顿下来,生个一儿半女,享受天伦之乐。

老虫绢头去化工厂筹备小组报到了,筹备小组十来个人,都是乡里的皇亲国戚。除了行政事务这一摊,还有几个外聘的老化工。老虫绢头的加入让大家心照不宣,朝中无人的话,是不可能进筹备小组的。有知道底细的透露,是侯德贵打的招呼,大家就心知肚明了。

她果然不再去小房间找侯德贵。因为工作关系,侯德贵时常会召集筹备小组开会,他问工作进度的时候,她一般不发言。侯德贵有时候会点她名,她就说两句,眼神刻意不和他接触。她真准备和他拗断了,大荣要回来了,她守活寡的日子要结束了。

大荣那边突然有了变化。中越边境冲突爆发,他所在的通信干扰营接到命令,立刻奔赴老山前线。部队开拔前夕,大荣给家里写了信,写得伤感而无奈,其实就是遗书。上战场的官兵都会留下告别性质的家书,大荣给父母以及老婆各写了一封。信的内容除了一些掏心窝的告别之语,也说明了如果牺牲在战场,身后事如何安排,把父母和老虫绢头看得泪水涟涟。

边境冲突虽然在当年已告一段落,广义来说,却一直在继续。战事尚未完全结束,昆明军区就被成都军区合并。战时撤去番号,是兵家大忌,但大裁军本身也是军令如山,拖延不得。

在最初传闻中,一直是取消成都军区。一来昆明军区正值战争状态,是边境战事的前指。此外,该军区下辖云贵两省,接壤国众多,所以"昆明吃成都"的说法始终是主流。最终昆明军区被撤,理由大概是军区指挥部若放在春城,战略纵深不够,不利于部队机动。相比较,成都是历代军事重镇,离西藏更近,一直承担着西南屏障和保卫西藏的重任。成昆之选,最终以"成都吃昆明"尘埃落定。

老山战役是战争的余脉,也是昆明军区被撤销前的最后一仗。老山位于云南省麻栗坡县,是越南通向中国的咽喉,历来是兵家必争之地。由于双方志在必得,拉锯战持续不下,惨烈程度可与朝鲜战场的上甘岭战役相提并论。

不是每个走向战场的军人都会死亡,但军人死在战场上也正常不过。尤其是老山战役这种波澜壮阔的对决,人头就像韭菜一样被随处收割,光上海战死的烈士就超过五十人,其中就有通信兵大荣。

大荣的死非常窝囊,到达老山的第二天就被友军误杀。据战友事后回忆,当时越军的抵抗非常顽强,因为常年在山林与美军周旋,对丛林战、山地战和夜间作战很有经验。而中国军队因为"文革"浩劫,缺少训练有素的中下级军官,步兵与炮兵之间的协同作战能力也不强。由于军阶制被废除,导致在战场上不能识别军衔,而无法有效领导。越军的很多战术和装备来自中国,有时会觉得是在跟自己的影子作战。地雷战当年让美军吃足了苦头,如今也使中国军队伤亡惨重。老山边界布下的地雷阵,被称为第二条长城,是一条黑暗的地下长城。

前线通讯能力不强也是中国军队一个弱项,这也是大荣那个通信干扰营火速增援前线的原因。和大荣同时牺牲的还有两位战友,他们均被友军的炮兵炸飞,不远处的战友眼睁睁看着朝夕相处的兄弟瞬间阴阳两隔,急得跺脚嘶喊,耳朵里却什么也听不见,因为炮声而临时失聪了。

大荣殉国的噩耗是南京军区政治部专程派人来传达的,老虫绢头当场就被击懵了。大荣的父母晚年失去独子,更是伤心得无法用言语来形容,一夜间老了十年,目光空洞,日子没盼头了。

大荣的遗体在云南当地火化,部队带来了他的骨灰盒。大门贴上了"烈士之家",老虫绢头没要一分钱抚恤金,都留给了大荣父母。丧偶无子的她和婆家唯一的纽带断了,她收拾好自己的东西,彻底搬回了娘家。她的婚姻因为大荣的死去而死去,她晕乎乎的,大概半个月后才缓过神来,不明白怎么就一下子成了寡妇。

经过两年多的筹备,从厂房奠基到竣工,从引进技术人员到调试设备,乡办化工厂终于要试生产了。这对六里乡是一件大事,之前的毛巾厂绒毛玩具厂严格说来只是手工业,化工厂的诞生意味着六里乡有了真正意义上的工业。乡政府选了良辰吉日搞了挂牌仪式,晚上在金雅饭店摆了七桌,主持庆典的当然是主管工业的副乡长侯德贵。

老虫绢头作为筹备组成员也列席了晚宴。化工厂是侯德贵任内的一个大手笔,从立项到揭牌,花了不少心血。今天瓜熟蒂落,人逢喜事精神爽,他像新郎官一样一桌桌敬酒,手里虽是小酒盅,却是白酒。敬到老虫绢头这一桌,脚已有点飘了。他有一段日子没单独和老虫绢头在一起,他知道她办公桌上的分机,本想拨个电话嘘寒问暖,几次拿起话筒又搁下了,心想这个时候去慰问,显得像是乘人之危去纠缠似的。

每次召集筹备组开会的时候,侯德贵想在会后找个机会和她谈谈,但一宣布休会,她就走了。

侯德贵虽然感到郁闷,设身处地想想,也能谅解,毕竟人家丈夫尸骨未寒,有个疗伤的过程。也就不去骚扰她,心里想,等过了这一段,她心情平复了,再择机约她听个评弹吃个晚饭,她应该不会拒绝。

侯德贵端着小酒盅走到老虫绢头这一桌,口齿都不利索了:"我敬大,大家一杯。"仰脖一饮而尽。再斟满一盅,直瞪瞪看着老虫绢头道:"小龚,你这趟也有,有功劳,我敬你,你一杯。"

老虫绢头一愣,没想到侯德贵当着那么多人的面单独敬自己,只好端起杯子:"我吃不来酒,橘子水意思意思。"

席间马上起哄:"哪能可以,不是不给侯乡长面子嘛?白酒白酒。"

老虫绢头道:"我真不会吃酒,一吃面孔就红。"

起哄的人不依不饶:"啥人吃酒面孔不红,白酒白酒。"

老虫绢头无奈,只好满了一盅,和侯德贵碰了一下,喝了。

她好像真不能喝酒,马上咳嗽起来,脸真的有点红了。

侯德贵特地向老虫绢头敬酒,在别人看来,当然意味深长。宴会之后,这个情节很快演绎成飞短流长。其实他和老虫绢头的关系早就有闲话在传,从蔬菜市场推销员到化工厂筹备组成员,虽然侯德贵都是暗箱操作,可世上哪有不透风的墙,只是侯德贵借着醉意当众向老虫绢头敬酒,让这层窗户纸更透明了。好事者绘声绘色道:"老侯看老虫绢头的眼光绝对不正常,内容不要太多噢。"

附议者道:"有人还看到老虫绢头去老侯的那个小房子呢。"

旁边有人道:"你也晓得那个小房子,老侯以为大家是瞎子,阿拉是装作没看到,每天吃完中饭人就不见了,也不晓得搞啥花样经。"

有人插嘴道:"除了搞屄搞卵,还能做啥?"

附议者道:"不过老虫绢头是蛮灵噢,就是不晓得床上功夫哪能。"

旁边的人道:"看她的眼梢就老勾人,肯定老骚噢。"

庆功晚宴结束后的第三天下午,老虫绢头来小房间找侯德贵。她是来问化工厂岗位安排的。试生产后,原筹备组成员将转成工厂管理人员。老虫绢头听到了风声,她被分在厂办。她知道她的安排肯定要征询侯德贵意见。她不想去厂办,都是婆婆妈妈的琐事,而且也没什么花头。她想去供销科,供销科可以见世面,也有油水。

侯德贵开门,见是老虫绢头,穿着淡蓝色的短袖衬衫,下摆束进黑色的直筒裙里。他愣了一下,赶紧伸出手来,把她抱住。老虫绢头挣开,道:"我不来寻你,你就不寻我了?"

侯德贵道:"是你讲私下不见面,哪能倒打一耙?"

老虫绢头道:"我变成寡妇了,你就嫌贬我了,怕我身上有晦气吧?"

侯德贵道:"我想给你打电话噢,怕你还在伤心,这种事体也没法劝,就没打。"

老虫绢头道:"寡妇门前是非多,你给我敬了杯酒,外头屁话瞎多。"

侯德贵道:"让他们讲去,你又不好用橡皮膏药贴他们的嘴巴。"

上来又把女人抱住,老虫绢头道:"筹备组马上要撤销了,问你呀,准备让我去哪个部门?"

侯德贵道:"哦,原来你来寻我是为了这桩事体。"

老虫绢头道:"我不来问你,你就不关心我了?还好意思讲。"

侯德贵道:"又变成我的不对了,你想去哪个部门?"

老虫绢头道:"我讲又不算数嘞,我听讲是厂办。"

侯德贵道:"厂办不是蛮好,看看报纸吃吃茶。"

老虫绢头道:"我想去供销科。"

侯德贵道:"供销科不适合你,经常出差,还要吃酒,你酒量又不行。"

老虫绢头道:"出差我不怕,长这么大,除了小辰光去过一趟苏州,啥地方都没去过,不会吃酒又有啥关系,对客户嘴巴甜一点好了。"

侯德贵道:"我觉得不合适。"

老虫绢头道:"不要以为我不晓得你心思,你就是想拿我捆在身边,不希望我乱跑。你不要打错算盘,不要以为我守了寡就要死心塌地跟牢你。"

侯德贵道:"你讲闲话怪形怪状嘞,我跟你好,又不是你守寡之后,我对你是有感情嘞。"

老虫绢头道:"你对我有啥感情,是对我身体有感情吧?"

侯德贵把女人松开,气鼓鼓地在单人沙发上坐下来:"讲闲话这么难听做啥?"

老虫绢头去把门关上,走过来,坐在他膝盖上:"生气了?就是要气气你。"

侯德贵不响,她去揪他的耳朵。侯德贵抱住她,开始脱她的衬衫,她轻微地喘息起来,凑到侯德贵耳边,呢喃道:"我其实也蛮想你嘞。"

侯德贵叹了口气,道:"你一定要去供销科也可以,不合适就回厂办。"

老虫绢头把侯德贵的脑袋扳正:"你保证一直对我好,但不许捆牢我。"

侯德贵的脑袋埋在老虫绢头的胸口,支支吾吾地答应着,手向大腿游过去。

这个鸳梦重温的下午,两个人汗流浃背,床疼得直叫唤,会转头的华生牌电扇盯着他们吹,也驱不走燠热。户外,那棵古槐上的蝉鸣正浓。这个白云万里的夏天,白天的尺寸比夜晚长出许多,缩短的黑夜像卷尺收拢,懒洋洋的风转一圈就躲进树荫里避暑去了。

虽然两人对偷情刻意保持着低调,关于他们轧姘头的传闻,还是飘进了秦芳的耳朵里。

秦芳像过去一样,把那些流言蜚语当成了耳边风。关于丈夫的绯闻,这些年来她不是第一次听说。她是个半条命的女人,有严重哮喘,平时吃斋念佛,两耳不闻窗外事。她早就知道丈夫在外面租了个小房子,有时整宿不归,说说加班或酒喝多了,怕惊扰到她,就在办公室长沙发上睡了。她听了,也不去揭穿。私下和小姐妹聊天的时候,她对夫妻之道的看法是:"人靠管是管不好嗰,你收了他的人,收不牢他的心。只要每个月拿工钱拿回来,我就睁一只眼闭一只眼。"

小姐妹附议道:"对嗰,不许有私房铜钿,花心也不会花到啥地方去。"

秦芳道:"工资单上的铜钿都是拿回来嗰,有没有私房铜钿我就不去管他了,也没法管。"

小姐妹道:"你们家老侯是大领导,肯定有活络钞票,你要看看紧。"

秦芳叹了口气道:"太吃力,算了。"

照理像秦芳这样息事宁人的女人,每天在观音像前念经,对婚姻比较消极,算是不怎么容易发火的脾气。可俗话说,兔子急了也会咬人,她终于还是被惹急了。

这天上午,秦芳在天井里剥毛豆,来了一名不速之客,这个眼梢顾盼流离的女人开门见山道:"阿姐,我叫老虫绢头,你应该听讲过我吧。"

秦芳当然听说过丈夫的这个绯闻女友,她停下手里的动作:"寻我有事体哦?"

老虫绢头道:"我怀孕了,是老侯嘞。"

秦芳愣在那儿,老虫绢头继续道:"我想生下来。"

秦芳明白了此话背后的含义,老虫绢头之所以找上门来,是准备反客为主取而代之。她站了起来,咣一声,剥好的半碗毛豆被碰翻了。她不去管那只碗,直奔乡政府找侯德贵兴师问罪去了。

42

花开两朵,各表一枝。饭店里没躺下多久,乔乔完全变成了人形泥胎。小红哭了:"哪能这么黄?嘴唇皮都焦了。"

咏梅道:"拖下去要出人性命嘞,哪能办呀?"

小开让咏梅守着乔乔,小红去给梅亚苹通风报信,自己跑去乡政府找戎文书。戎文书盯着他嘴巴:"哎呀,哑子开口了?真是西天出日。"

小开道:"我也不晓得,突然就好了。"

戎文书道:"算我路道粗,认得你这怪胎。"

小开道:"我准备去玉佛寺烧香拜菩萨。"

戎文书道:"是要好好拜一拜。"说着,拨通六里卫生院的电话:"蔡院长,又来讨铺位了。"

对方道:"实在轧不出了,人多得楼板也要坍了。"

戎文书道:"想想办法,轧一个人,又不是轧一只象鼻头。"

对方叹了口气:"你戎文书这样一讲,象鼻头来了也要想办法轧。"

小戎挂了电话:"啥人得了甲肝?你这么起劲。"

小开拍拍戎文书肩胛:"还是你面子大,一只电话搞定。"

小戎道:"这段日脚识相点,不要去寻你娘舅,有事体直接寻我。"

小开道:"出啥事体了?"

戎文书道:"你舅妈吵到单位来了,老虫绢头想当你舅妈,你舅妈就急了。"

小开道:"我没意见,换个年轻的新舅妈,说明娘舅噱头好。"

戎文书道:"你没意见有啥卵用,瞎起劲。"

小开道:"娘舅训起我来像真的一样,'小赤佬,只会好吃懒做睏女人'。现在他晓得了,我是三代不出舅家门。"

戎文书道:"还讲这种闲话,弄不好你娘舅要翻船。"

小开道:"你是讲乌纱帽不保?这么严重?"

戎文书道:"这种事体要是上纲上线,党票保不保得牢都难讲。"

小开道:"阿弥陀佛,菩萨保佑。"

戎文书道:"你去玉佛寺烧香,顺便帮你娘舅求求菩萨。"

小开却没去成玉佛寺,公共场所最近关门的很多,寺庙也不开放。等到把迷糊中的乔乔送进六里卫生院,他去南码头瓷器商店请回了一尊泥菩萨。供了一只小香炉,蓄满米,插上香,拜了三拜,算是临时抱过了佛脚。

不久,市政府正式宣布上海为甲肝疫区,在市民记忆里,街头从来没有那样空旷过,人们戴着口罩赶往目的地,不敢在路上逗留。每天病倒万人,患者 GPT 多数在一千以上,高烧加黄疸,伴随着死亡病例。

无人知道瘟疫从何而来,报纸充斥着消极新闻:据市卫生局统计,病毒感染者是患者四倍之多;市经委称企业生产一线减员一成,而市商委的反馈是,畅销外地的上海食品正遭遇历史上从未有过的退货潮。

转眼戊辰年春节将至,过年前夕,一只贝壳被缉拿归案。官方发布公告,市民大快朵颐的毛蚶是瘟疫元凶,病毒出自江苏省启东县滩涂。

启东在崇明岛对岸,启东话和崇明话其实是一种话,两地之间是长江末梢,启东的毛蚶有毒,崇明岛的水产也乏人问津了。

一本不起眼的科普杂志载文,板蓝根冲剂对甲肝有效。文章被迅速转载,药房一夜间卖得脱销。过了一段日子,报纸以正视听,板蓝根对甲肝无效。辟谣之后,板蓝根依然紧俏,大家将它当麦乳精一样冲上一杯,喝总比不喝要好。

除夕夜,老虫绢头来到侯德贵的小房间。自从秦芳大闹乡政府之后,侯德贵就很少回家了。

老虫绢头在供销科两年多,干得蛮得心应手,最北去了青岛,最南去了温州。发展了几个客户,业务能力在科室里居中。如果不是因为怀孕,还能混个片区小组长当当。科室为了便于业务管理,把客户分为几个片区,每个小组长下面有一两个兵。就在这时候,她发现自己有了身孕。

老虫绢头虽已单身,每次和侯德贵亲热依然很小心,没有措施坚决不做,为此侯德贵还常朝她抱怨:"阿拉都好了三年多了,从来没肉碰过肉,是套子跟你做,还是我跟你做啊?"

老虫绢头扑哧笑出声:"你讲闲话哪能下里下作嘞。"

好说歹说,就是不通融,侯德贵只好作罢。有时两人正在快活,他看女人闭着眼睛,想做个小动作把套子拿掉,女人立刻把眼睛睁开,道:"做啥?不要不负责任。你惬意了拍拍屁股没事体了,出了事体还不是我吃苦头。"

有时也威胁侯德贵:"我警告你,真要是有了,我不会去打胎嚱,我就生下来。"

避孕套并非万无一失,老虫绢头终于还是中招了。起初以为是例假延迟,等确认了妊娠,两个人都慌了神。侯德贵道:"每趟都有措施嚱,哪能一回事体?"

老虫绢头道:"啥人晓得你呀,我警告过你,我不打胎。"

侯德贵道:"阿拉从来不肉碰肉嚱,不会是你出差的辰光'外出花',你前段不是刚去过九江?"

老虫绢头道:"放你娘的狗臭屁,你当我是垃山呀。"

侯德贵不响,点上一支凤凰烟。老虫绢头眼眶红了:"你讲闲话动动脑筋,退一万步讲,跟你这么多年都用措施,出差跟陌生人反倒不用措施了,我这么贱呀。你不想认没关系,我生下来就晓得是啥人的种了。"

侯德贵吸了口烟,吐掉,凌乱的烟雾里混合着香精的气息:"真准备生下来?"

老虫绢头道:"不要你管。"

说着,把门一摔,走了。

这之后,为了堕胎的事,两个人见面就吵,侯德贵都快跪下来了,老虫绢头死活不肯流掉。侯德贵叹气道:"你图啥呢?我真的没办法跟你结婚。"

老虫绢头道:"你刚刚跟我好的辰光,讲想讨我做老婆不是讲了一趟。"

侯德贵道:"那个辰光你不是有老公嘛,开玩笑嚱。"

老虫绢头道:"这种玩笑好瞎开的啊?"

侯德贵道:"你当时不是也没答应嘛,口口声声讲要拿肚子留给老公。再讲,阿拉现在这样不是很好?"

老虫绢头道:"你是很好,屋里厢红旗不倒,外头彩旗飘飘。我已经跟厂长请了长病假,你不用管了,我会自己照顾好小囡嚱。"

侯德贵道:"你这是逼死我啊。"

老虫绢头道:"你这个死老头子,我肯嫁给你是你前世修来的福气,你当我真没人要呀。"

侯德贵道:"真要离婚,也要给我一点辰光。"

老虫绢头道:"我肚皮拖不起嘞,给你一个礼拜,你不解决,我自己去寻你老婆摊牌。"

侯德贵道:"你不要乱来。"

老虫绢头道:"一个礼拜。"

说着,又把门一摔,走了。

侯德贵想和老婆谈一次,却实在开不了口。秦芳是原配,早年身体很好,哮喘是生女儿侯丹时得的。那年冬天特别冷,秦芳奶少,半夜小毛头哭,起来冲奶粉给她吃。从热烘烘的被窝钻出来,一边哄孩子,一边调奶粉,因为小毛头哭得急,经常外衣也来不及穿,身上只有一套棉毛衫裤,忽然有一天就喘起来了。

侯德贵那时是大队书记,结婚以来,就没正经干过什么家务,夸张地说,连碗都没洗过几只。给侯丹洗尿布喂奶这样的事更是敬而远之。用他的话说,他负责的是生产队的大事,后来升了官,当上了公社革委会副主任,管委会副主任,直到今天的副乡长,就愈发与家务无缘了。秦芳一把屎一把尿把侯丹带大,他这个父亲基本是甩手掌柜。当然他和侯丹感情也很好,有什么好吃的好用的,第一个想到女儿。但如果真的和秦芳离婚,侯丹肯定站在母亲一边,和自己翻脸。平心而论,秦芳当了一辈子家庭主妇,虽然只是买汏烧的琐事,但为这个家可谓付出了全部,称得上是贤妻良母。侯德贵若因为狐狸精把她给休了,必然落下当代陈世美的骂名。

只是老虫绢头那边,说要把小孩生下来,也不像开玩笑的样子。如果真生下来,后面的一大串麻烦足以将侯德贵烤成焦山芋。

可他却拿不出办法,他又不能对老虫绢头硬来,她铁了心要生,胎儿在她肚子里,谁也偷不走。

侯德贵一筹莫展,消极地度过了一个星期,老虫绢头说到做到,真的去找了秦芳。秦芳跑到乡政府哭闹后,这件一直在市井流传的桃色新闻算是大白于天下了。

老虫绢头那天从侯家离开后,就从侯德贵视线里消失了。侯德贵让戎文书去打听她的下落,戎文书先去了化工厂,厂长说老虫绢头请长病假了。戎文书要来了老虫绢头住址,去她娘家私访。回来向侯德贵汇报说,老虫绢头家里只有一个饲养猫狗的老头,估计是她父亲。问他老虫绢头在哦,老头正在给猫狗喂食,只回了一句:不在。再问去啥地方了,就不响了。

老虫绢头就这样和侯德贵捉起了迷藏,直到这个兔年的最后一个晚上,她提着一大袋熟食,推开小房间,抖了抖身上的霜气,道:"到你这里来吃年夜饭。"

这是四个多月来他们第一次见面,她的肚子已经完全鼓起来了。

侯德贵吃惊地看着老虫绢头,半晌说不出话来。

外面鞭炮已放了第一轮,侯德贵正在看中央台春节晚会,赵忠祥的开场白已念完了。老虫绢头把熟食摊在小桌子上面,问道:"有酒哦?"

侯德贵从床底下提出一瓶乙级大曲,拿出平时喝茶用的搪瓷杯,倒了半杯:"你也喝点?"

老虫绢头道:"你不晓得我不会吃酒呀,你吃,我吃点菜。"

农历龙年的守岁,一对野鸳鸯的电视春节晚会,侯德贵咪一口酒,听到那句"领导,冒号"却笑不出来,是牛群、李立山的相声《巧立名目》。很多年以后,两人成了名家,比这句更出彩的噱头却没出现过。

老虫绢头在侯德贵身边坐下,抓了一块硬素鸡细细嚼着。

侯德贵把一块糖醋小排放进嘴里。起身从枕头下拿出一个信封,抽出一张纸,是乡党委的违纪单。班子表决时,给了他面子,回避了老虫绢头的怀孕,只说了生活作风问题。孩子还在肚子里,就没到不可收拾的地步。一旦破了红线,仕途就到头了。

侯德贵朝盖了红戳的纸上,吐出糖醋小排的骨头:"你总算冒出来了,我以为你穿越去唐朝了呢。"

老虫绢头道:"我肚子里这块肉不解决,你哪能会放心?"

侯德贵道:"现在肚皮滴溜滚圆,再叫你去打胎,我变杀人犯了。"

老虫绢头道:"只怪我当时太冲动,害你受了处分。"

侯德贵道:"讲这些有啥用,小囡生下来我会认,婚肯定没办法结。"

老虫绢头道:"我不是硬要嫁给你,问题是小囡没爸爸,落户口哪能办?"

侯德贵突然膝盖落地:"千怪万怪,怪我卵蛋没捏牢。"

老虫绢头赶紧扶他:"想叫我折寿呀,有闲话起来讲。"

侯德贵道:"我想破了头,总算想到一个办法,就怕你不肯。"

老虫绢头道:"堂堂一个乡长,讲闲话哪能吞吞吐吐。"

侯德贵坐起来:"我寻了个人,帮你去开结婚证书。"

老虫绢头站起来:"你当我是杜十娘呀,我没百宝箱,黄浦江还是敢跳的。"

侯德贵把违纪单拎了拎,骨头掉在桌子上:"晓得你要发急,是假结婚,只有一张纸头,等小囡户口报上了,再离掉。"

老虫绢头道:"人家为啥要帮这种忙?"

侯德贵道:"是大光明,我帮他忙的辰光,从来不还价嘞。我一开口,他屁不放一个就同意了。"

老虫绢头道:"你也不问我会不会同意?"

侯德贵不响。悠扬的旋律中,长裙曳地的毛阿敏从舞台深处走来:"你从哪里来,我的朋友,好像一只蝴蝶飞进我的窗口……"

老虫绢头知道这个歌星的来历,婆家隔壁有个烧得一手好菜的毛阿姨,退休前在上海助剂厂上班,毛阿敏曾是上海染料化工七厂工人,助剂厂和染化七厂同属市染料公司,毛阿姨没见过毛阿敏,却说毛阿敏是半个同事,有点死往上贴的味道。

侯德贵道:"要是你不情愿,就当我放了个屁。"

老虫绢头叹了口气:"我一个寡妇嫁给啥人不一样,你去跟他讲,我没问题。"

侯德贵道:"那就讲好了。"

老虫绢头道:"听讲你老婆真不让你进门了。"

侯德贵道:"连我女儿也不睬我了,过完年你们就去领结婚证吧。"

春节的国定假到初七结束,民间过年要到正月十五吃过了元宵才算完。侯德贵说的过完年,不知道是百姓还是官方的算法。

初六那天,戎文书找到老虫绢头家,告诉她侯德贵生病住院了。

老虫绢头道:"不会也中奖得了甲肝?"

戎文书道:"具体我也不清爽,领导叫我交一封信给你。"

老虫绢头道:"别的没讲啥?"

戎文书道:"没讲啥。"

她把信拆开,抽出一张纸,上面写着:

戴宽宏(大光明)BP机:126——873279

老虫绢头和大光明碰头次数不多,每次撞上都在东三饭店,大光明好像把那儿当作了食堂,虽然他是侯德贵发小,但侯德贵很少提到他。偶尔说起,带着厌烦,肯定又是大光明来托他办事了。大光明喜欢到处吹牛,说他和侯副乡长怎么怎么铁,人家就托他办事,他就来找侯德贵。虽然大多是举手之劳的小事,但受托多了,侯德贵难免要抱怨:"你讲这个大光明,自己的事体也就算了,还老是寻点事体出来,嫌我太空。"

老虫绢头道:"那你关照他,下趟少在外面夸海口,否则不给办。"

侯德贵道:"讲过,没用,认得那么多年,他那张臭嘴巴改不了。"

老虫绢头第一次和大光明见面就领教过他的嘴,她不喜欢"掼榔头"的男人,显得很虚,有点娘娘腔。当然大光明看上去挺人模狗样的,卖相比侯德贵要挺括。老虫绢头后来打听过大光明,知道他离过两次婚,是个颇有女人缘的花花公子。这个说法和自己的判断吻合,大光明不但嘴巴会翻,眼睛也会说话,看她的时候,隐约有挑逗的成分。老虫绢头想,要是这个男人话少一点,稳重一点,会讨女人喜欢的。

侯德贵当然也看出了大光明眼神里的"花",但他明白,大光明再花,也不会对自己的女人下手。他的花是习惯成自然,是长期勾搭妇女的惯性而已。

老虫绢头拿到大光明的拷机号码,才知道他原名叫戴宽宏。她去公用电话给他打了一个拷机,坐在长板凳上等回复。

这边,大光明腰间嘟嘟嘟叫了三声,他摘下拷机,冲坐在下家的梅亚苹挤挤眼:"去回只电话。"

梅亚苹道:"养几只兔子就冒充大户,配啥拷机摆噱头。"

坐在上家的老南京道:"哪能是几只兔子,是几千只。人家硬碰硬是浦东长毛兔大王。"

梅亚苹道:"不要讲几千只,就是几万只也不过是养长毛兔的屁骚精。"

对门的戚医生笑道:"亚苹这张嘴巴就是促狭。"

梅亚苹道:"刚搓了两圈,就去打电话,哪能不去买只大哥大。"

大光明回头道:"不瞒你讲,已经登记了,下一趟搓麻将我保证带来。"

老南京道:"还是大光明有噱头,两万多块的大哥大也买得起。"

大光明道:"贵是蛮贵嘞,光入网就要六千多,打一分钟一块铜钿,不过钞票又不带进棺材里去,先潇洒起来再讲。"

梅亚苹道:"生怕人家不晓得你是脱底棺材。"

大光明道:"你不就欢喜我这只脱底棺材。"

梅亚苹道:"再瞎话三千,屁骚精。"

这个春节,亲友间例行的拜年取消了。电影院和舞厅前积起了树叶,老鼠从饭店溜达到了街上。幸好很多人家有了电视,给了时间一个去处,可惜白天没节目,想出去透气,擅自串门又很不识相。如此背景下,要凑成一副麻将并非易事。亏得是戚医生起头,大家不驳她面子。她是赤脚医生出身,现在是六里卫生院护士,但大家还是叫她戚医生。她打针落手快而轻,酒精棉花刚拭过,针头已拔了出来,连婴儿都很少哭。昨天中午她当班,先约的梅亚苹和老南京,傍晚时分逮住了大光明。

前段日子她忙得脚都骑起来,就像饿过头一样,太累了反而睡不着。在卫生院二楼的骑廊上,晌午的阳光照得木地板斑斑驳驳,她端着一盒注射器,打了个哈欠,看见梅亚苹提着一袋苹果走上来。

"戚医生,新烫头发了呀。"

"六里剃头店最近没生意,店经理讲现在流行爆炸式,要剃头师傅都要学,我老公就拿我做试验品,结果没爆炸起来,变得洋不洋腔不腔。"

"还可以还可以,蛮显年轻。"

"你是来看乔乔?"

"是来看春妮。"梅亚苹摸出口罩戴上。

老南京从后面跟上来:"劝她不要来,非要来。"

春妮是老南京的老婆,和梅亚苹是六北小学同学,毛巾厂的搭档。梅亚苹出阁时还是她做的伴娘。上个礼拜确诊了甲肝,刚住进来。

最近这段时间,梅亚苹只做两件事,一件是照顾乔乔,另一件就是去动迁组闹。那天和小开他们把乔乔送进六里卫生院后,梅亚苹每天都来看乔乔,带一小锅小米粥或银耳羹过来。因为怕交叉传染,医院要求探访者戴口罩,逗留时间也不允许很长。梅亚苹来的时候,经常会碰到小开,知道他是侯德贵的外甥,也知道他底细。对他和乔乔在一起,她冷眼旁观,私下问女儿:"他对你好像还蛮上心嘛,你啥想法?"

乔乔道:"我没啥想法。"

梅亚苹道:"他要是肯收心,你们就好好过日脚吧。"

乔乔道:"未必有结果嘞,你就不要费这个心了。"

梅亚苹道:"没有结果还在一道做啥?"

乔乔道:"一个人太孤独,有个伴解解厌气。"

梅亚苹道:"你听我一句劝,等毛病好了,好好过日脚,想办法领个小囡,我帮你们带。"

乔乔道:"等我毛病好了再讲,你先走吧,等一歇医生又要来催了。"

梅亚苹道:"那我走了,今朝还没来得及去动迁组呢。"

梅亚苹之所以要去动迁组闹,是因为听说后来签约的又放宽了条件。

梅亚苹算是会搞的,签的合同据说破了动迁组底线。户口簿上原是三个人,核销一个过世的,迁出一个嫁人的。剩下她一个,结合现有的面积,只能分一套两室一厅,实际拿到的却是三室一厅。

比她更会搞的人当然还有,邻村一个条件相仿的人,签的是二室一厅,外加一室户。粗看相似,实则多出卫生间、厨房间、阳台各一,加起来至少十平方米。楼层也比梅亚苹的四楼好,是三楼。六层工房最好的就是三楼,一楼太湿,黄梅天衣物容易起白毛,二楼有容易漫溢的抽水马桶管道弯口,六楼夏天热死冬天冷死,五楼爬上爬下费腿。中段的三四楼最好,三楼尤其好,除了少爬一层外,吃的是管道水,而四楼是靠压力泵打上去的楼顶水箱水,水箱易生虫,据说夏天的时候,民工会半夜爬上屋顶,用水箱洗澡,想想就腻心死了。

梅亚苹也要求二室一厅外加一室户,动迁组签下的白纸黑字,岂会推倒重来。任梅亚苹说破嘴,再无回旋余地。梅亚苹也不和别人纠缠,只盯住和她签约的冯科长。老冯走到哪家,她跟屁虫到哪家。对动迁户现身说法,动迁户和动迁组本来就是博弈关系,被她一搅和,怎么可能再签字画押。

冯科长工作没办法展开,他警告梅亚苹:"签好的合同是备案,阿拉是市政动迁,你影响公务,拖了南浦大桥工程后腿,要吃官司嘞。"梅亚苹回敬他:"备不备案跟我没关系,要吃官司的不是我,是骗我签合同的人。"

两个人的战争在这天戛然而止,梅亚苹从六里卫生院离开,赶到动迁组,冯科长办公桌前却是一张陌生面孔,那人朝她笑笑:"你是梅阿姨哦,冯科长调到别的动迁组去了,你结棍嘞,拿他吓跑了。"

梅亚苹闹的这一场,怄气大于房子。冯科长滑脚,没了纠缠的对象。闹了那么久,斗志也消磨得差不多了。出了动迁组,朝毛巾厂走去,春节里财务一直在忙,大年初三刚完成审计,昨天开始发结余的工分和遣散费。被征地的农民被分配到各个企业去了,毛巾厂也将曲终人散。

　　一堆人都围在厂部吵，因为除了少量现金，很多工分只能以毛巾充抵。每个人少则数百条，多则上千条，八辈子也用不完。厂领导给大家作揖道歉："实在没办法，毛巾卖不出去，都积压在仓库里，你们去菜场摆个摊头，多少能换点铜钿，总比空手要好对哦？"

　　大家齐声骂，厂领导双手一摊："你们拿我骂死也没用，现在厂里的情况就是这样。这样做也不是阿拉厂的发明，市区老多工厂发不出铜钿，也是用产品抵薪嘞。"

　　梅亚苹在人群里，不响。在过去，按她的个性早就跳出来发飙了。今天她感到特别累特别厌倦，去财务部结算了工钱和毛巾提货券，代老婆来领薪的老南京刚巧也在。两人随便聊了两句，梅亚苹听说春妮也得了甲肝，对老南京说想去看看。老南京道，卫生院细菌飘来飘去，算了。

　　梅亚苹道，乔乔也住院了，我每天都去，戴个口罩没事体。

　　去水果店买了一袋苹果，和老南京一起进了六里卫生院。从大门笔直向前，绕进一个阳光照不进来的过道，穿出去，是几棵杂树，从一个不大的后院进入一排矮房子。走进春妮的病房，戚医生正巧在场。春妮看见老公领着梅亚苹进来，有点意外："亚苹你哪能来了？"

　　梅亚苹道："来坐一歇，马上就走。"

　　扭头问戚医生："春妮情况哪能？"

　　戚医生道："指标基本正常了。"

　　梅亚苹道："那很快可以出院了。"

　　戚医生道："再观察几天，卫生院现在床位特别紧张，能够出院马上就会安排，后头已经排到郭家沙了。"

　　梅亚苹道："排到郭家沙也太夸张了吧。"

　　戚医生道："有一段没看到你了。"

　　梅亚苹道："我借房子过渡，搬到艾镇去了。"

戚医生道:"怪不得,明朝我休息,到我屋里厢来搓麻将。"

梅亚苹道:"你戚医生约麻将,我没问题。"

老南京道:"老多辰光没搓麻将了,我手也有点痒。"

戚医生道:"那讲好了,明朝上半天十点钟。"

老南京道:"三缺一哪能搓,跷脚麻将最没劲了。"

戚医生道:"哪能会搓跷脚麻将,搭子还不是随便捉捉,你们两个先讲好了。"

果然,临下班前,戚医生逮住了大光明。他手插在裤袋里,在卫生院瞎转。看见戚医生,赶紧走过来:"侯德贵住哪一间?"

"侯德贵住院了?我没听讲。再讲乡长生毛病肯定送浦东人民医院了,哪能会到卫生院来?"

"戎文书电话里跟我讲,住到卫生院来了,难道小鬼骗我?"

"明朝上半天有一场麻将,你来哦?"

"搓麻将好的呀,几点钟,还有啥人?"

"十点钟,我,梅亚苹,还有老南京。"

"老南京牌品不好嚯。"

"你牌品好死了。"

"当然,我大光明牌品一直老好嚯。"说着,腰间嘟嘟嘟响了,大光明摘下拷机,"我寻地方去回个电话。"

戚医生道:"阿拉院长还没拷机,你大光明真有噱头。"

类似的揶揄,大光明只会当补药吃,就像他的欢喜冤家梅亚苹,见到他就要"开坏"他,骂他是屁骚精,他贼忒嘻嘻也不生气。把拷机插回腰间,离开麻将桌,去公用电话间回电话。等拨通了电话,一个女声在话筒里喂了一声,大光明猜到是谁:"小龚对哦,我是大光明,领结婚证的事体?"

他们中间站着透明的侯德贵,知道下一步该怎么走。大光明直奔主题,约好碰头时间,把话筒搁在叉簧上,匆匆赶回了麻将桌,一边洗牌一边气喘吁吁地宣布:"告诉你们,我大光明准备讨新娘子了。"

梅亚苹脸色一暗:"喔唷,看不出来嘛大光明。"

大光明朝梅亚苹瞥了一眼:"实际上不是我讨新娘子,是代人家保管新娘子。"

戚医生道:"啥乱七八糟嘞,大光明又口吐莲花。"

老南京道:"就是讲嘛,真有这种好事体,也帮我弄一个来保管保管。"

梅亚苹道:"喔唷老南京,当心我去向春妮打小报告。"

老南京道:"看我这张嘴巴,一鳖叨枣。要出人命嘞,算我没讲。"

大光明道:"保管的物什只好看,自己不好用嘞。"

戚医生道:"你大光明一向噱头好,东风。"

梅亚苹道:"慢点,东风碰。他是老酒没吃就瞎话三千,你们吃饱了太空,真会搭他的腔。"

戚医生一语双关道:"瞎吃瞎碰呀。"

梅亚苹道:"我正好有桩事体托你,你们医生接触人多,帮我留心有人要送掉小囡的闲话,我想领养一个。"

戚医生道:"你一把年纪,领养小囡做啥?"

梅亚苹道:"乔乔跟侯德贵外甥在谈朋友,要是结婚了,总归要个小囡嘞。"

戚医生道:"这倒是嘞,可怜天下父母心。"

梅亚苹道:"大光明,你也是外头跑跑的人,也帮忙留心点。"

大光明正在捉对子,忙抬起头来:"啥?再讲一遍。"

梅亚苹道:"你聋子呀,帮我留心有人要送掉小囡哦,我想帮乔乔领养一个。"

大光明道:"这个可遇不可求嘞,你想抱外孙还是外孙女?"

梅亚苹道:"外孙当然最好,没有的话,外孙女也蛮好。"

大光明道:"不敢打保票,帮你留心着,这么想当外婆啊?"

梅亚苹道:"有假子无假孙,乔乔老了也好有个人照顾。"

戚医生道:"等一下,三筒我吃进。"

大光明道:"慢,我清一色,和了。"

第二天一早,大光明在天井里掏咸鸭蛋吃泡饭,老虫绢头扶着肚子,站在篱笆墙外边。

大光明道:"来来来小龚,坐下来,早饭吃过哦?"

老虫绢头站着没动:"矮凳太低,蹲下来吃力。"

小马小庄从篱笆墙后面探出头来。大光明把筷子举起来,像驱除两只苍蝇:"死开死开,绳子扁担准备好了哦,马上要出发了。"

两个小崇明把头缩回去了。

大光明对着光线看咸鸭蛋,用筷子挑出一片蛋白丢进嘴里:"小龚,结婚名义上是假的,法律上是真嗰,细枝末节要讲清爽。"

老虫绢头道:"你有啥要求尽管讲,帮我这么大的忙,我不是拎不清的人。"

大光明道:"实际上是我自己的小算盘,郭家沙要动迁了,户口簿里只有我跟老娘两个人,要么趁这趟办结婚证,你拿户口迁进来,帮我凑点面积。"

老虫绢头道:"这小算盘可不小,侯德贵没跟我提起过。"

大光明道:"我还没来得及跟老侯提,听讲他住院了,昨天去卫生院,没寻到他。"

老虫绢头道:"听上去反倒有点像我在帮你的忙。"

大光明道:"应该算双赢,我大光明不会让女人吃亏嗰。"

老虫绢头道:"小算盘打得蛮好,风险你也要想清爽。"

大光明道:"风险我拎得清,阿拉不过是假夫妻,财产先做公证,房子分好塞你一只红包。"

老虫绢头道:"户口是大事体,我屋里厢早晚也要动迁,要是迁出来迁不回去,我哭给啥人看。"

大光明道:"有侯德贵当你靠山,迁户口还不是小菜一碟。"

老虫绢头道:"我是严桥乡的户口,老侯管不着嘞。"

大光明道:"六里严桥就在隔壁,你们乡政府领导老侯都熟嘞。"

老虫绢头道:"你的意思是户口不迁,结婚证就不帮忙开了。"

大光明道:"假结婚我是答应老侯嘞,户口是我请你帮忙,一码归一码。"

老虫绢头道:"户口迁不迁得回去,最好先问问老侯。"

大光明道:"问问也好,我大光明不欢喜打闷包,不过这两天拷机打过老多遍,他一直不回,不晓得掖到啥地方去了。"

老虫绢头道:"你再寻寻看,我明朝下半天再来。"

大光明道:"我再去戎文书那儿打听打听。"

老虫绢头道:"这个老侯,他掖啥呢?"

大光明搛一筷猫鱼煮咸菜,看着走开的女人。她的背影看不出怀孕的痕迹。这样的体型多半生儿子。当初怀上戴小多,彭小妹也是腰杆细肚皮尖,接生婆拍着胸脯打保票:"快准备红蛋,记牢要送双数。"

双数代表生儿子,因为男孩胯下有两颗卵。

老虫绢头转过篱笆,顺着石径往柏油路那边走过去。大光明打着饱嗝,把小马小庄叫过来,他们准备好了绳子和扁担,准备去逮那只逃跑的大兔。

43

大兔不时在庄稼地出没,撞见的人说它还在继续疯长。要还是被关着的话,饲养它的竹格子肯定住不下了。一个格子能养三

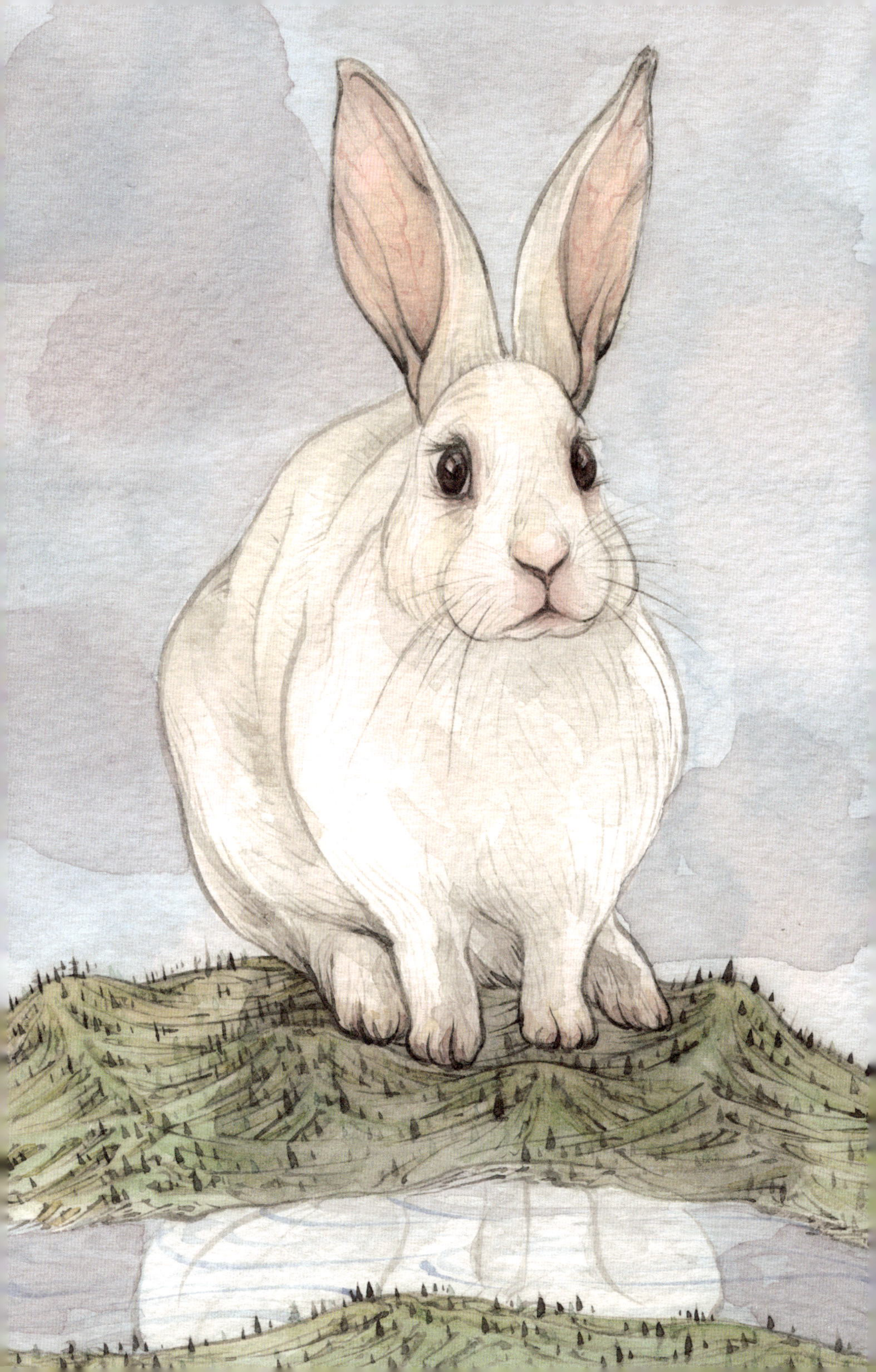

大兔不时在庄稼地出没,撞见的人说它还在继续疯长。

四只兔子,可它早就住单间了。没人看到过这么大的兔子,简直和满月的猪猡差不多大。起初它只是一窝兔胎里普通的一只,和同胞没有两样,眼帘未张,光溜溜的身体是粉嫩的淡红色,跟剥了皮的老鼠差不多。等身上起了白毛,像吃了发酵粉一样膨胀,大概只花了一个礼拜,就独占了一个格子。

这家伙不像别的兔子,瞳孔里无一丝怯场,光顾着长肉,一起出生的兔子已经被收割了两回,它却只留了个板寸,倒像个肉兔。

小马说它食量是其他兔子的好多倍,却没有收益,还不如宰了和萝卜红烧。大光明没采纳小马的建议,他好奇为什么一母所生,它却是个杂种。他得空去看它一眼,期待它有朝一日把竹格子撑破了。周遭闻听这个大兔的人也跑来看稀奇,还留下一个绰号:穆铁柱。大光明认为低估了大兔。那个两米三的篮球中锋,比常人也就高出四分之一,大兔按这比例换算,至少得是五六米高的巨人。

没等到大兔把竹格子挤垮,它就不辞而别了。这是大光明疏漏的地方,没有预先把松垮的竹门加固一下,至少把简易的小竹襻换成一把锁,将铅丝加粗一些。他没想到大兔会背叛,待在饱食无虞的竹格子里,为什么要逃跑呢。

大兔回来过一两次,站在远处露一小脸,又蹦开了。有人在郭家沙那片斜陡的荒地里看到过它,也不躲避,和邂逅的人对视着,据说有狼狗那么大了。

那片斜坡荒芜了不知多少年,野草肆无忌惮地往上长,也往横里长,互不相让,像兵器的格斗,叶子折了,疾风一吹凋敝下来。从晚清开始,或许更早,这儿就开始埋人了,一直延续到"文化大革命"后期,还有棺材在此偷偷下葬。此处有一条河拐弯,是上乘的安息地——为争几分几厘自留地,老死不相往来的农户每个村子都有,土地是命根子,但没人动这片荒地的念头——到了冬至清明,坟地前总有人一边哀号一边烧锡箔。其实很多坟早已平了,祭奠时找不着具体的对象,只能大致站个方位,烧钱的时候给孤魂野鬼也撒上一些碎银,免得眼红抢了先人的大头。

平时却是被遗忘的孤寂之地。庄稼汉很少往那儿去,养长毛兔的人家也不去那儿割草,农妇会绕道走,小孩更是被再三叮咛,怕不小心被勾了魂。

最近情况生变,斜坡上都是死者家属,比清明冬至还要喧闹。齐人高的茅草被烧掉不少,腾出好几块空地。每天都有人家放焰口超度亡灵。浦东几座土庙里的和尚都集中过来,这边一堆念《心经》,那边一堆念《七宝如来》,南汇口音的居多,黄袈裟随着叩经之声浮动,也有披红袈裟的,就是主持的大和尚了。

家属哭得气接不上来,这是最后一次在斜坡上哭了,推土机候在不远处,政府迁坟公告的限期已是倒计时。说是可以迁坟,其实迁往何处去呢。哭完这一场,只能作为无主墓地深埋了。

大兔从茅草里探出头,这个天然牧场比逼仄的竹格子强出不知多少,幼嫩的草尖供应充沛,竹格子里的饲料太单调了,除了麸皮就是掰碎的豆饼,供应的鲜草还不够它塞牙缝的,而此处满地都是流着奶汁的肥尖草,和爽口的萝卜缨子,它倒地就睡,揭身就吃,当然是乐不思蜀。

它站在岸边看着陡坡上的人们,冬日和煦的阳光铺满了干涸的河床,一顿充裕的午餐填圆了它的肚子,它还在长,没有停止下来的迹象。它注意到有人发现了自己,朝它指指点点,它却笃定泰山,像看一场好戏。

那边,又来了一支队伍,靠前的男孩提着气死风灯,另一只手里拽着子孙棒,后面有几个吹唢呐的年轻人,中间是一排秃脑袋汉子,最后是哭哭啼啼的女人。

它看得专注,不知道主人正带着哼哈二将在找它。追捕者经过两个多钟头的寻觅,终于发现了它的行踪,正手执绳圈,从背后包抄过来。

在数丈之外,小马屏息接近目标,大光明和小庄躲在树后。风中的茅草遮挡了异动,小马果断地抛出绳子做成的活套,姿势跟街头的套偶游戏如出一辙。

小马大叫:"套牢了,快点拿麻袋来。"

人却被受惊的大兔拖着跑,小马想勒住它,人往后仰,手里一空,一屁股坐在草堆上。收紧的活套弹回来,系着一只血淋淋的兔耳。

埋伏的人一跃而起,大光明起跑最快,不过马上被两个手下撵上。大兔化做一股烟隐遁。枝叶和泥地上的鲜血留下破绽;那片肥大的兔耳,俨如肉做的树叶,被撕裂的耳根血管丰富,血迹一路蜿蜒。失血那么多,它必然跑不远。

循着斑斑红点,巡查了十多分钟,大兔像幽灵一样从乱草堆里逸出,往斜坡那边跑过去。它倾着半边身体,重心不稳,速度开始拖泥带水。后面的追兵做好收网的准备,要将逃犯捉拿归案。

大兔却掉头,突然恢复了迅捷,朝着河岸方向狂奔。大家只好折回去继续追。大光明双手压着膝盖,气喘吁吁地张着嘴,快岔气了。

等缓过来,两个小崇明早撵出半里远了。他望见斜坡上好多人,便退出围剿,气喘吁吁跑过来。

除了做法事的和尚,祭奠现场多半戴着口罩——甲肝流行时期,口罩的紧俏程度不亚于板蓝根——不过他还是能认出不少熟人。

女人摘下口罩当手绢抹眼泪,小辈在坟头跪着烧纸钱,男人凑在背风处抽烟。大光明环视了一下,共三户人家,是许巷二队的汤家和李家,周家弄老街的王庚林夫妇。林家婉领着儿子王大建,疯丫头王月颖缺席。

王庚林丢了根烟过来:"刚才就看到你跑来跑去,在做啥?"

大光明接住烟:"捉贼骨头。"

王庚林道:"算了吧,捉贼骨头哪能轮得到你,捉那只大兔子吧。"

大光明把烟点上:"这倒也是,捉贼骨头有你王警察,哪能轮得到我大光明。"

坟堆前的和尚声调高亢,临时搭成的佛台上,蜡烛被吹灭了。王庚林眼尖,快步过去点燃。大光明环视了一下远景,追兵尚未凯旋。他把目光收回来,溜一眼哭泣的女人们,吐出两口白圆圈,不由想起死去的父亲来。

戴父又高又瘦,是种田好手,还喜欢养鸭子。家里的鸭蛋总是吃不完,咸蛋过泡饭,皮蛋扳老酒,还有黄瓜炒蛋,葱花炖蛋,撒些虾皮煎蛋饼,村里管他叫鸭大,小囡叫他鸭大大。

有一年他忽然对生姜情有独钟,自留地里除了几样时令蔬菜,全种下了生姜。生产队里种生姜的农户很少,对它独特的叶子比较陌生,大面积的生姜植株蔚为壮观,也增加了这种陌生感。别人问他种的什么,他说人参。有人就趁着黑夜挖走了很多,老头挨家挨户找那个贼,结果在菜市场看到了摆摊卖生姜的独子。

这是父子交恶的渊薮,在以后的日子里,他和父亲的别扭没中止过,他觉得再怎么样,他毕竟是儿子,揍一顿他可以接受,但他不能宽宥父亲把自己吊在树上,要不是那根枝丫承受不住他的乱踹,可能就被吊死了。

戴宽宏和折断的树枝一起摔下来,他睁开眼时,看见妈妈在床边哭。她是家里不做主的人,一个喜欢啃鸭爪和舔棉花糖的村妇。漫长的吃糖史导致她四十多岁就满口假牙。丈夫死后,传女不传男的风湿性关节炎,在她身上越来越严重了,仿佛被木偶线牵引,手脚抬起放下,总要慢半拍,像借了人家的肢体,用不顺手似的。

那一年,苏振华接替张春桥当上海市长不久,浦东开挖横穿川沙全境的川杨河。大河从杨思到蔡路,贯通了曹家沟、随塘河和马家浜,工程三十公里,动员了沿线的农民和知识青年。戴父也报了名,虽说他身子骨硬朗,但六十出头了。老娘跑到儿子家来哭。戴宽宏对老头的事历来不搭理。当时刚娶了柏秀珍,窗户上的喜字还没揭去。见老娘哭哭啼啼的,就有点脸黑。老娘本想让他出面规劝,知道也指望不上,哭了一会儿就回去了。

运河竣工前夕,戴父被水给冲走了。派了很多人去找,一直没找着。

和父亲拧了一辈子的戴宽宏,偶尔会想到那高个子老头,想到那年的生姜,和别的往事。不会特地去想,有个由头才会想起,就跟现在这样,站在斜坡上,回忆就来了。念起了特别早的时候父亲对他的好,一股冷风往脸上过,鼻涕就抽了一下。左边的河正在拐弯,这是一个制高点,可以俯瞰西南,兵营式或宝钢式的工房开始拆脚手架了,那是临沂新村,许巷人的新家。

以后,他也要搬到那边去,不是行将竣工的一村,或许是二村,抑或三村四村,整个临沂新村规划造八期,也有说十二期的。反正早晚得轮他一套,郭家沙西头的那间小平房,面积十四平方不到,户口簿里只有他和老娘的名字。无论按人头算还是面积算,参照政策,只能分二室一厅。要是老娘在分配前翘了辫子,连二室一厅也危险。他懊恼没把琳琅姐妹户口留下来。当初和柏秀珍结婚时,两人都怕麻烦,户口没迁出娘家,后来就把这事给抛到脑后去了。等到离婚,要求小孩随母籍,像他们这种情况,一人留一个也可以。柏家两个老的不主张把双胞胎分开,说娘胎里就是一对,由他们带过去抚养。他格楞不打就同意了,心里的小算盘是:打断骨头连着筋,圈养也好,放养也好,总归是自己女儿,掼掉两只拖油瓶,也落得自己潇洒。

眼下是掉了门牙往肚里咽,柏家这次也在动迁范围里,绝无可能把双胞胎名额拱手相让。

捻灭手头这支烟,王家的焰口差不多放完了。王庚林夫妇跪下来给先人的灵牌磕头,林家婉让流鼻涕的儿子王大建也磕头,小男孩就跪下来,学着大人样把头点了三点。和尚把袈裟脱下来,开始收罗法器。大光明踱过去,对领衔的和尚道:"不要忙着收摊,帮我老头子也做一场。"

对方连忙答应。大光明道:"老头子是落水鬼,没棺材,可不可以放焰口?"

和尚道:"没问题,世界上河水是相通的,到河边去放就可以了。"

额外来了一单生意,和尚们喜滋滋的,从随军水壶里倒出白开水,掰了几瓣云片糕咽下。把佛器往岸边搬过去。大光明也没闲着,觍着脸去问人家讨黄纸和锡箔,还真匀到一些。汤家奶奶是常年吃斋的居士,耳郭垂腮,长得跟菩萨似的,特地给了一小纸箱叠好的元宝。和尚们各就各位,开始新一轮法事。

首颂甫毕,和尚拿来一张偈。小楷沾了墨汁,要填死者生辰八字。大光明傻了眼,他记得父亲叫戴丈扇,生于1915年,排行老三,前面两个姐姐,后面一个早夭的弟弟。读过几年私塾。娶的是童养媳,就是他老娘戴邵氏。老头当了一辈子农民,1977年的十二月七日在川杨河溺水,而诸如子时卯时金命土命,就所知阙如了。

和尚们面面相觑,没有生辰细节,等于信使拿着一封没地址的邮件,找不到投递对象。和尚问道:"家里有别人晓得哦?"

大光明心想老娘应该知道,不过他不打算专门回一趟郭家沙小屋:"名字有了,生年死日也有了,又是亲生儿子烧给他,老头子不会收不到的。"

和尚掐着手指:"农历乙卯,属兔子的。从名字看,重名可能性很小,应该问题不大。"

斜坡上的人往这边张望,看大光明心血来潮的这一出。大光明面对河浜,把黄纸点燃,火苗蹿得很快,他马上接了一张,投入更多黄纸和元宝。火堆很快形成了,把旁边的吉龙草和苦皮草烧着了,把鸡蕉叶和莒菜花也烧着了。

和尚们念完经,齐声高歌南无阿弥陀佛南无观世音菩萨南无大势至菩萨,大光明一边烧纸一边叨咕:"不要老是待在河浜里,去买块地,造几间房,买只电视机,空下来搓搓小麻将。上辈子只讨了一个老婆,现在有金条元宝了,可以多讨几个,卖相一定要好。投胎就不要投到这里来了,投到美国去,做美国人,也算我有了美国亲眷。"

交代完这些,膝盖着地,朝河水磕了三个头,起身,双手合十作了三个揖。刚要走开,只见一件白色浮物顺流漂来。待更近些,看清是那只大兔,后半边身体沉在水里,前爪死命在水里扒拉。大光明知道猫狗能游上一段,没想到兔子也会水性。不过显然它快没顶了,脑袋上的破洞漾开一波鲜红的涟漪。几种纠缠的水草伸过来,将它围住。

斜坡上有人喝彩:"大光明磕头有水平,屁股要比后脑高。"

大光明没接茬,他听出是李家老三,他那公鸭嗓和小白脸的长相,不像是出自一个人。若放在平常,他可不会浪费斗嘴的机会,乐呵呵地对骂一阵。不过眼下他的注意力在大兔身上。

大兔搁浅在水长生果草上了,它试图攀住鼓泡的茎管,草体却托不住它,扑通,空心的水长生果草籴了一下,即刻恢复了原样,仿佛什么也没发生。

小马小庄沿着河堤赶过来,大光明道:"哪能搞嚹,一只兔子也捉不牢。"

小马气喘吁吁道:"快捉牢了,它自己跳进河浜了,要么我下去捞上来?"

大光明道:"算了算了,这么冷的天,想冻出肺炎啊。"
小马道:"在崇明我经常下水摸鱼的,就是要去借一套橡皮衣。"
大光明道:"算了,你们先回去吧。"
两个小崇明奔跑了半天,落得个铩羽而归,脚步拖沓着往回走。
大光明把剩下的黄纸和元宝烧完,去跟和尚结账:"我有事体先走一步,焰口要放光,不能拆烂污,出家人要讲信用。"
和尚道:"你尽管放心,这种事体拆烂污,会响雷打头嘞。"
大光明朝斜坡望过去,王庚林家已收摊走了。他突然明白过来,跑到河边,冲着河面又磕了三个响头。

44

大光明去找戎文书打听侯德贵的下落,对方满嘴跑火车,翻车跑轨了也没透露具体行踪。从乡政府出来,大光明有点恼火,站在浦三路上,想起那只大兔,有点缓不过神来。

他和戎文书没什么深交。这个中专生的姑父是乡武装部头头,文书当了很多年了,党员转正也一年多了,传他要去卫生防疫站当支部书记,一直没下文。

大光明曾私下请戎文书吃过一顿饭,用旧报纸包了两条牡丹烟,戎文书不肯收。大光明道,不是给你嘞,是让你到下头办事体用嘞。这么一说,戎文书就把烟塞进印有外滩图案的人造革包里了。

没过几天,大光明拿到了租赁合同。他看中的那三排猪棚,外加用竹篱笆围起来的小仓库,废弃好几年了,可生产队扔在那儿是一回事,你要拿去用是另一回事。找生产队谈,对方狮子大开口。他不想在那破猪棚上花什么钱,就去找侯德贵。

侯副乡长批了个条子,让戎文书亲自去一次生产队。大光明等了几天没动静,心想戎文书拖着不办,条子不会自动生效,就把他约到馆子里。

两条烟没白拿出手,三排长屋,加上那栋小仓库,前五年免租,第六年酌情收费。可那是废话,许巷大队哪还有什么第六年。大光明正是贪图征地的真空期,待动迁时,再迁往别处。

斜对面不远,是乔乔新落成的饭店。大光明走过去,大门紧闭,他凑近窗户张望,看见小开端着痰盂从楼梯上下来。他隔着玻璃招呼道:"啥辰光开张呀?"

声音却被一辆轰鸣的手扶拖拉机压住,小开把痰盂放下,打开窗户:"你只老棺材,老是贼头贼脑。"

大光明道:"真开口讲闲话了?还以为人家在七传八传。"

小开呸了一声:"咒我一辈子不会讲闲话啊。"

大光明道:"阿侄,晓得你娘舅在啥地方?"

小开道:"贪我便宜,啥人是你阿侄?"

大光明道:"从小看你穿开裆裤长大,哪能贪你便宜?"

小开道:"做阿侄也可以,正好过年,压岁钿拿来。"

大光明道:"没问题,回去我就包红包。"

楼梯上出现两条藏青色绒线裤的腿,一双棉鞋趿作了拖鞋,乔乔怀揣热水袋,人没下来,讥讽先到:"大光明不要光认阿侄,侄女想认哦?"

大光明道:"你甲肝在卫生院住院,哪能出来了?"

乔乔道:"刚出院,不可以呀?"

大光明道:"碰到你,我只好吃瘪,开张的辰光通知一声,我来捧场。"

乔乔已走到窗前,黑眼袋使她看上去老了十岁:"这句闲话还算中听,不要空手来,红包准备好。"

大光明道:"多吃你几顿算不算捧场?"

乔乔道:"多吃几顿不过是消费,你这点噱头也没有,还好意思号称长毛兔大王,不过是只屁骚精。"

明知是激将法,大光明却道:"我做长辈,哪能会没噱头,太小看我大光明了。"

乔乔道:"相信你这点噱头还是有嗰,先讲清爽,红包我落袋为安,不会还给你嗰。"

大光明马上反应过来:"送出去的红包泼出去的水,哪能作兴再讨回来。瞎问一句,你们啥辰光结婚?"

乔乔道:"是不是还想送红包?"

小开附和道:"大光明发大财了,有点烧包。"

乔乔道:"他本来就烧包,又不是今天开始骚。"

故意加重了那个"骚"字,大光明虽然皮厚,也有点挂不住,瞄见一辆南杨线驶过来,匆忙道:"吃不消你们,我还是趁早滑脚。"

奔到车站,南杨线正好靠边停下来,车厢里没什么人,大光明看见涓子靠窗坐着,她怀孕了,肚子微微鼓起来。这是大光明今天看见的第二个孕妇,忽然想到了媳妇马朵,她甲肝住院有一段时间了,听说胎儿保不住,戴小多也没来通报情况。

戴小多和他唱了很多年反调,不过结婚后爷俩关系融洽了一些,戴小多偶然也来看他了。当然,刺头不会无缘无故变成顺毛,大光明清楚,起作用的是那只牛皮文件袋。婚礼前夕,戴小多来过一次。他本不想来,彭小妹劝他道,他毕竟是你阿爸,爷娘一定要到场祝福,否则小两口会不幸福,你们要去请他嗰。

戴小多就带着马朵来见大光明。媳妇叫了声阿爸,大光明高兴死了,拿出事先准备好的文件袋,拖出一沓,大团结捏着像一副扑克牌,马朵都不敢接。

他故意没把钱交到戴小多手里,讨好媳妇就是讨好儿子,媳妇的枕头风比什么都管用。刚结婚的小夫妻就成了万元户,整个六里乡才几个万元户啊。

在毛巾厂他被举报过,说他大权独揽,原料和销售都自己经手,肯定有猫腻。否则单凭赤膊工资,凭什么每天好烟好酒,还换漂亮老婆。逻辑是对的,可却拿不出实证,大光明照样当他的供销科长,醉醺醺花擦擦的做派。

儿子结婚大光明出手如此阔绰,并不代表他老本很多,他是个脱底棺材,口头禅是千金散去还复来。钱是用来花的,藏在裤兜里是废纸头,用的时候才是真金白银。

咬咬牙拿出那么多钱巴结儿子,是因为这次不出手,以后没更好的机会了。慢慢开始老了,一辈子"扎台型",以后儿子不肯捧骨灰盒,岂不彻底坍台。另外一方面,媳妇新进门,也要让她知道公公不是浪得虚名。

他成功倒卖过两次批文,大家都觉得他在吹牛皮。多少人做批文的发财梦,都是竹篮打水一场空。做成一次就是额骨头碰到天花板,你大光明不是皇亲国戚,居然能做成两次,未免夸张。大光明却道:"讲我在毛巾厂搞钞票,毛巾才多少铜钿一条,能揩多少油。弄批文才有赚头,就是过程特别烦。我也是没办法,离了两趟婚家产都分光了,要是不捞点外快,吃西北风啊?"

别人道:"烦不要紧,下趟有烦的机会带阿拉一起烦。"

大光明道:"要烦可以,先拿老婆休掉。"

众人就啐他。其实对他的话,大家历来是这只耳洞进那只耳洞出,他神侃一通,派一圈香烟,走了。多少年来,他出没在许巷的各个角落,成了市井的一道开胃菜,他也把人家当成了竹笋烤肉。

车厢里,涓子正低着头结绒线裤,一看就是在为肚子里的小囡准备。大光明在她左上侧的空位坐下,中间隔着细窄的站位。

听到有人叫,涓子停下手里的活,抬头看见大光明,匆忙回了一个笑脸。

窗外退缩着一些旧房子和另一些旧房子。车子颠得厉害,在上六里桥的坡。涓子是在杨思终点站上的车,马家半个月前刚搬,临时落户到杨思恒大桥马为东的三姨家,就是仇香芹最小的妹妹家。

马家搬走的时候,整个周家弄已经出空,外墙都用红笔圈着大大的"拆"字。末尾三天,马家点蜡烛度过,因为电和自来水都被掐了,幸好天井里有口井,尚能煮饭烧水。

之所以置动迁组的最后通牒于不顾,是因为要处理金六六的后事。金六六虽说是被大雾害死的,可这个账不能找老天爷算。他是轮渡公司职工,上班途中出事,轮渡公司有责任。两亲家达成共识,金六六躺在停尸房里,不达目的不同意火化。

每天都有邻居把一家一当装上车,马家没心思也没时间搬家。交涉并不顺利,轮渡公司其实一直在让步,但距马家的要求太大,马家决定请一个律师,遗体不能一直在停尸房放下去。

马为东的摩托车接客生意停下来了,成了马为青专职司机,载着她上访。后来田律师出场了,他是涓子转弯抹角找到的小学同学,家住复旦大学旁的国定路。田律师几乎忘记了涓子,他们在五角场小学一起读过四年书,对涓子时隔那么多年找到自己,他非常惊讶。

他对这个案子表示出很大的兴趣,陆家嘴码头的踩踏事件,导致十六人死亡三十多人重伤,算得上新中国成立后申城最大的恶性事故。作为年轻律师,接到这样的案子是非常难得的机遇。官司胜算很大,一旦打赢,媒体必然连篇累牍报道,自己就一夜扬名了。

律师的脑袋果然好用,他认为孤军作战收效不大,准备把所有遇难者家属召集起来,共同上诉,他愿意免费帮大家打这个官司,

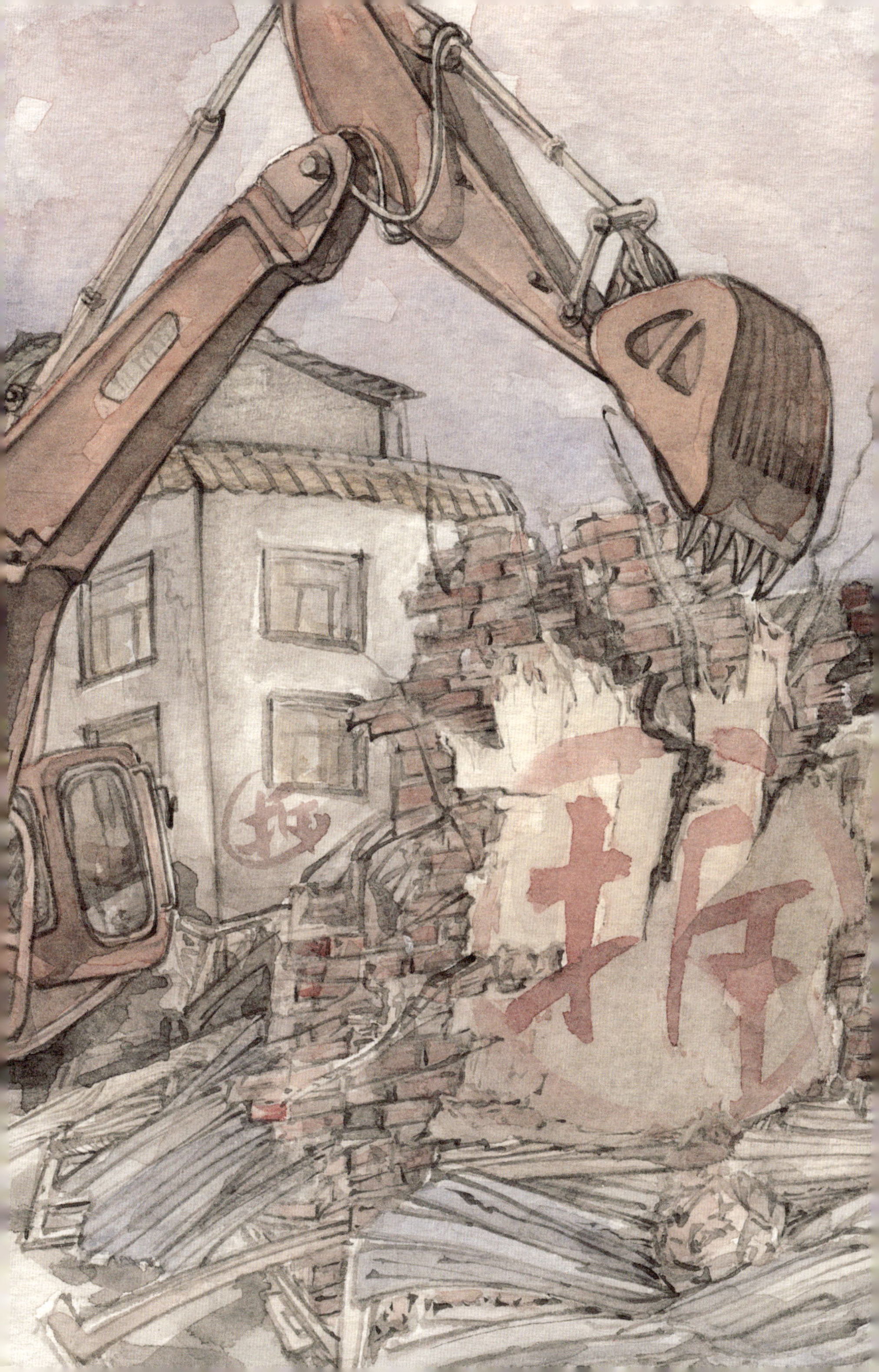
拆
拆

马家搬走的时候，整个周家弄已经出空，外墙都用红笔圈着大大的"拆"字。

他坦率道:"接这个案子不为别的,就为了名气。"

但历史剥夺了田律师暴得大名的机会,律师函发出后的第三天,轮渡公司派人来到马家,接受他们的一揽子索赔要求。对这样一个结果,田律师哭笑不得,他当然认为是自己的律师函起到了恫吓作用,马为青在送上一个红包的同时暗示道:"这桩事体搞大了,每家都在闹,市里领导有批示下来了。"

隔墙听音,田律师明白潜台词就是把他的功劳抹杀了,涓子安慰道:"你的律师信也很重要,否则不早不晚,哪能刚寄出去他们就同意了。"

田律师只好苦笑笑,拿着红包走了。

出殡那天,婆婆看见涓子要上车,把她拖到一边耳语,金六六是死于非命的冤魂,煞气很重。你刚怀上小囡,火葬场这种地方就别去了。涓子朝马为青瞥一眼,马为青点了点头。

涓子就待在家结绒线衣裤。其实离开预产期还早着呢,小孩出生时,冬天早就过去了。可闲着也是闲着,今年赶不及,来年也可以穿。

金六六火化后一个星期,马家搬走了,他们是从周家弄迁徙的最后一户人家。几天后,马为东载客经过老屋原址,已是残垣断壁,据说当晚推土机就撞翻了他家的院墙,而周遭早已被履成了平地,周家弄这个自然村从此消失了。

涓子今天出门,是去浦东中心医院例行检查。她对大光明说,她本来是在六里卫生院做预检,医生说胎位不太好。浦东中心医院更权威,想去彻底做一个检查。说着,南杨线停了下来,涓子把棒针和绒线塞进包里,下车去换82路。

大光明跳上车时,没想好去哪儿,上了车才决定去东三饭店坐坐,他有一段日子没光顾那家小酒馆了。涓子说要去浦东中心医院,他临时决定改道。媳妇马朵住院有一段时间了,他还没去看过。

上了82路,大光明道:"哪能马为东没开摩托车送你?"

涓子道:"大肚子坐摩托车不方便,再讲现在靠他摩托车过日脚呢。"

在东昌路下了车,对面有一排商店。大光明让涓子等他,穿过马路,过了一会儿,提着两只马甲袋回来了。

左手是水果,右手是麦乳精。往前走了一小段,大光明在栖霞路拐弯,涓子在后面叫走错了,大光明道:"你跟我走,没错。"

等在即墨路看到浦东中心医院的入口,涓子才发现抄了近道,平时走浦东大道,多一倍路都不止。大光明道:"我是活地图,我开始跑业务,你还穿开裆裤呢。"

涓子瞥他一眼道:"你这人真是死爱扎台型,连认得一条近路也要吹一吹。"

进了医院,大光明去住院部,涓子去妇产科。大光明朝绿廊走过去,这是去住院部的必经之路。冬天的绿廊了无生气,爬山虎徒剩枯黄老茎,泥地上是一碾即碎的烂叶子。再过两个月,春天会使它们死而复生,碧绿的叶芽肆意开放,很快把水泥柱裹紧,那时候才称得上是绿廊,而眼下,不过是门形框架的甬道罢了。

钻进鼻子的水杉味苦甜参半,大光明提着水果麦乳精去看媳妇马朵。他记得戴小多跟他提过在住院部二楼。推开好几个病房,终于找到了马朵的那间。

戴小多不在,马朵的姆妈陪着女儿,马朵看见公公进来,支撑起来,叫道:"阿爸,你哪能来了?"病床前只有一把椅子,亲家母赶紧起来让座。大光明把水果麦乳精放在茶几上:"我不坐了,立一歇就走。"

问起马朵的病情,亲家母道,甲肝是控制住了,但因为治疗期间吃了很多药,医生建议放弃肚子里的小囡,否则很可能有先天残疾。马朵和戴小多商量后,同意了。不过小囡比较大了,不能流产,只能引产。现在病刚好,身体太虚,要恢复一段时间再做手术,这甲肝太害人了。

大光明道:"引产不比流产,这次苦头吃大了。"

亲家母眼睛红了:"就是呀,你讲倒霉不倒霉。"

大光明道:"戴小多呢?这么大的事体也不来跟我讲一声。"

亲家母道:"他刚回去睏觉,你不要怪小多,他又要上班,又要陪夜,睏觉都抽不出辰光。"

大光明道:"小赤佬也吃苦头了。"

亲家母又让大光明坐,大光明推辞道:"我真有事体,下趟再来看朵朵,你们有啥困难尽管寻我。"

说着,就跟亲家母和马朵告别,离开了住院部。

刚到医院门口,被一辆摩托车蹭了下裤腿,刚要骂,马为东在头盔里说话:"是大光明啊,哪能攒头攒脑的样子。"

大光明抬头道:"你哪能来了?不放心你老婆了。"

马为东道:"碰到她了?"

大光明道:"我跟她一辆车乘过来的。你来了正好,送我到南码头,回来你老婆正好检查好。"

马为东道:"来回要半个钟头,我去跟她打个招呼。"

大光明道:"又不是刚当新郎官,不要这么粘,走走。"

戴上客用头盔,跨上后座,马为东道:"这么急,去会哪个姘头啊?"

大光明道:"揩你一次油,闲话这么多。"

马为东掌心一转,脚下一踩,油门就滋起来了。大光明一个趔趄:"喔唷,你肉板这么厚,老婆是排骨精,没被你压死?"

马为东道:"又不是豆腐做嘅,压扁了会弹起来。"

大光明道:"讲得不错,压扁了会弹起来,你老婆啥辰光生啊?"

马为东囔道:"还有一段辰光,最好是男小囡,涓子欢喜女小囡,讲女小囡好打扮,梳个辫子,穿条裙子,好看。"

大光明道:"凭你的卖相,养个漂亮女小囡难度蛮大。"

马为东呸了一声:"你这只赤佬,讲不出啥好闲话,你当我猪八戒啊。"

大光明道:"你比不上猪八戒,人家猪八戒的高老庄老婆不要太好看哦。"

马为东道:"好看老婆阿拉也不是没讨过,好看又不当饭吃。"

猛踩油门,像踩死一只耗子,大光明又一个趔趄,脸鼻砸在头盔上,眼泪酸出来了。

现在硬撑着开张的饭馆不多,东三饭店却一直坚持营业。

大光明道:"到了到了。"

摘下头盔,拍拍马为东肩胛:"陪我进去咪两口?"

马为东道:"开摩托车咪啥老酒,再讲现在甲肝流行,啥人敢在外头吃。"

戴经理从店堂内走出来,听到大光明纠正道:"你这就洋盘了,大家都不在外头吃,还有啥交叉感染。"

戴经理道:"戴科长到底领过世面,看问题角度就是高明。"

大光明拍拍戴经理肩胛:"兄弟,这叫灯下黑,看上去危险。阿拉老早做销售,专门做人家不敢做的生意。财务吓死了,跑到厂长那儿打小报告,讲我醉醺醺就拿货发掉了。前脚告好状,后脚应收款就进来了,只好吃瘪。"

老板道:"你戴科长头脑活络,哪能会坏账呢。"

马为东靠近大光明,掀了他一个头挞。这个动作揭开了一个秘密,大光明的天顶盖被掀飞了。噗的一声,像一只乌鸦横尸街头,居然是假发套。

待了一秒钟,马为东大笑道:"搞了半天,大光明是荷包蛋。"

大光明忙把假发套捡起,在裤腿上掸掸。马为东还在那儿乐,大光明自嘲道:"上头秃不要紧,关键是下头不能秃。"

马为东道:"你下头保证不秃,枪磨得贼亮。"

说着,开摩托车走了。戴经理也在边上笑,大光明有点尴尬:"戴了两年多,西洋镜拆穿也好,冬天没啥,夏天捂痱子,干脆剃光头算了。"

把假发套揣在口袋里:"走,炒几只看家菜,好好咪两口。"

他前额搭着几缕头发,头顶有一块椭圆的留白,不算厉害,比五分硬币略大。假发套戴上去,发际混淆起来,别人很难察觉。相比老同学侯德贵,他看上去后生很多。侯德贵头上已没几根毛,最前沿的左侧,牵了一条长发,往右侧环过来,兜住宽脑门,上海人谓之"横搭袢"。大光明的"荷包蛋"烙在后脑勺,正面看不出。他用力挠着头皮,很痒的样子,显然拿掉假发套,还不适应。

东三饭店没关张,全仗摆渡口过往的人多。南码头早晚高峰时,轮渡一开闸,白花花的口罩大军就出现了,无论骑自行车的,还是乘82路的,肯定经过东三饭店。大家担心碗筷传染,几乎没堂吃客。戴经理没坐以待毙。在店门外支了一口油锅,炸油墩子和粢饭糕。这两样是海派土点,外脆里鲜,米面糅合着沸油的香气,炸透了余在表面,用长竹筷滚滚烫烫地攫起来,放在铁网格上滴油。那边一手交了钱,一手拿废报纸裹住,口罩挂在耳朵上,趁热吃,边吃边烫得咂舌头,各吃各的,似乎没有了传染的理由。

大光明经过那油锅,顺手拿了块粢饭糕,咬一口,下了石梯,两步就进了店堂。堂吃生意萧条,厨房里没什么原料,戴经理要去菜市场买,大光明劝阻道:"我是馋酒不馋菜,随便瞎炒两只就可以,实在不够,油墩子粢饭糕也蛮好。"

戴经理道:"拼拼凑凑,大概两三只热炒还是有嘞。"

大光明道:"够了够了。"

戴经理道:"不过只好瞎七搭八了。"

大光明道:"这么啰唆,端上来就是。"

饭店原有厨师小工各两名,现在各留下一个,另外两个回家去过年了,吃完元宵回不回来,要看疫情发展,等戴经理通知。

端上来一盆烂糊肉丝,一盆塌棵菜炒方腿丝,一只乱炖的砂锅:山芋菠菜狮子头。半汤半咸,加了少许辣椒酱,典型苏北菜的做法。

大光明坐在靠窗位置,东三饭店是半地下室,屋顶高出马路没多少。仰起头来,只能看到滚动的车轮和其他运动物的下半截。

戴经理在对面坐下,有空他都陪大光明咪两口。冬天喝黄酒暖和,拿了瓶嘉善女儿红,温了一下,丢两颗话梅在里面。这是大光明喜欢的喝法,甜中带酸,入喉更滑,酒气从鼻后冒出来,像是鼻子打了个嗝。

要的就是这个嗝。嗝上来了,就是过瘾了。

戴经理问怎么没把梅亚苹带来,大光明道:"毕竟是老太婆了,没啥大意思,有机会还是寻个年轻嚫。"

戴经理道:"还是阿哥你有噱头,有方向了?"

大光明道:"有方向我还一个人过来吃闷酒啊。"

戴经理道:"阿哥噱头好,铜钿又多,女人还不是随便白相相。来,咪一口。"

酒杯一磕,两人满饮一口,大光明道:"今朝老虫绢头来寻我,她跟老侯的事体难收场了,老侯求我跟老虫绢头假结婚,等小囡生下来好报户口。老虫绢头卖相这么好的女人情愿为老侯养小囡,这才叫噱头好。"

戴经理道:"人家侯德贵毕竟是乡长。"

大光明道:"我又不坍板,我养长毛兔浦东也算一只鼎了。"

戴经理道:"阿哥当然不坍板,比侯德贵还要有噱头。"

大光明道:"我不是要跟他比,你问我为啥不带梅亚苹来,下趟要么不带,要带就带年轻漂亮嘞。"

戴经理道:"我懂你意思,快趁热吃肉圆,里厢加了糯米饭,又松又香。"

大光明夹住狮子头:"听讲最近老邓在上海?"

戴经理道:"我耳朵里也飘到过一句,上海现在被甲肝搞得一塌糊涂,人家来露个面,也算是稳定军心。"

大光明道:"这你就洋盘了,他这几年都在上海过年,烧龙华寺的头香。"

戴经理道:"一听就是野狐禅,中国这么大,要烧头香,九华山五台山普陀山不烧,偏要跑到上海龙华寺,龙华寺算老几?"

45

病来如山倒,病去如抽丝,乔乔慢慢好起来了。

早春三月,头一个旬日正值惊蛰,刚好是小开三十岁生日。他是1959年生人,实足二十九岁,江南一带做寿都做虚岁,谓之三十不做四十不发。所以操办一场像样的寿筵是必须的,问题是这个时候谁来赴宴。虽然报上说甲肝高峰已过,但每天仍有新病例出现,只是数目开始递减。

对小开来说,生日规模可以小一些,办还是要办的,借此祛晦交运。

他把菩萨请回来那天,正在南杨线车站上等车,脚底被一条蜷成簇的金项链硌了一下。大冬天的,项链应该贴身带,罩衫裹着绒线衫,绒线衫裹着棉毛衫,再怎么挤也不该掉地上。他没去多想,拾起来揣进兜里,找个没人的犄角,摊在手里凑一眼,项链上有个镶宝的坠子。送给乔乔,照实说是捡来的。乔乔捏过衣角,把那坠子擦了擦:"捡到金子说明运道好,赤佬你要转运了。"

小开跟乔乔商量,将三十岁那天的酒席放在菊乔迎宾楼。乔乔朝小开瞥一眼:"铜钿照付。"小开也朝她瞥一眼:"我小开啥辰光贪过女人的便宜?"

乔乔道:"你不贪女人便宜公安局哪能会把你捉起来。"

在小开头上敲了一记毛栗子:"不赚你铜钿,成本价。"

小开把她搂住,手滑进棉毛衫里。

饭店装修好有一段日子了,因为甲肝,迟迟开不了张。小开办寿筵,不算营业,也是练兵。行业萧条唯一的好处是,有充分的时间挖角,乔乔面试了几拨厨师,每人烧一桌看家菜。结果端出来的菜式,都是淮扬风格的本帮菜,像出自一个师傅门下。乔乔心里也有中意的,趁这个寿筵,可以大考一下。

小开没几个朋友,要请的都是亲戚和邻居。他盘算了一下,毛估估三十多人,八仙桌坐八个,四桌挂零。圆台面坐十二个,也就是三桌。

乔乔倾向于八仙桌,这样她可以测试四个厨师,八只冷盆十只热炒,同样的配菜,厨师们各烧一桌,根据色香味形,可以立判高下。

农历正月十八,礼拜六。上午十点刚过,就有客人来了。之所以把宴席放在中午,是因为还没出九,眼下虽开始回暖,可柳树还没发芽。乔乔的饭店装修得虽然有模有样,毕竟不像浦西的大饭店那样安了空调,白天还好,天一黑,气温下降得很快,热菜端上来就冷了。

乔乔提醒小开,警惕寿筵变成蛋糕铺:"让他们送红包,这样你非但不蚀本,还好捞一票。"

小开就去和亲友打招呼:"不要送蛋糕,我不欢喜吹蜡烛,过生日还是长寿面实惠。"

不过还是有一个亲戚拎了蛋糕来,进门红着脸说:"不买蛋糕就不晓得送啥了,绕来绕去,还是去买了一只。"

大光明也被邀请了,将红包递给小开:"哪能,当我阿侄不吃亏吧?你娘舅人呢?"

小开道:"讲好来嚫,我去对过打个电话。"

说着便出门穿过马路,到了斜对面的乡政府门房间。今天看门的是严老六,小开拨着转盘:"看到我娘舅哦?"

严老六道:"就在里厢。"

小开一听,搁下话筒就要往里闯,严老六道:"县里来人了,在开党委扩大会议,刚才来过一个上访的农妇,为了宅基地的事体在门口喊冤。电话摇进去,办公室秦主任下了死命令,一只苍蝇也不许飞进去。好不容易拿那个女人劝走,你就不要给我添乱了。"

小开道:"帮我打个电话进去,我今朝生日,娘舅不来,一屋子人等着。"

严老六把分机接到会议室,把话筒交给小开:"就讲是自己抢过去打嚫。"

接电话的还是秦主任,一听是小开,压低声音道:"等一歇。"

很快回来,依然捏着喉咙:"你娘舅下来了。"

小开把头探出门房间的窗户,见舅舅出了大门,往这边走过来。小开把头颈一缩,靠着门框,脚底在门槛上蹭了蹭。

他从小就怕舅舅,侯德贵从小喜欢他这个外甥,方式却很毛糙。他是邋遢胡子,早上刮青,等到下班,钻出皮肤的胡茬像小钢刷一样硬。他用下巴去蹭外甥的脸蛋,来回两下,小囡就哭了。侯德贵赶紧上老街,找那个做棉花糖的老汉,有了甜东西骗嘴巴,小囡就不哭了,一边吃糖,一边畏惧地看着他。

这副眼神一直到成人也未改变,小开就怕侯德贵一个——那时他爸爸在梅山钢铁厂上班,这个厂隶属上海,基地却在南京郊区,说白了就是上海在江苏造了一个厂。沪宁线列车要开六七个钟头,小开爸爸数月回来一次,见面次数少,儿子对他不怎么亲。所以每次回来,不是带儿子去西郊公园看老虎猴子,就是去大世界照哈哈镜,以弥补亲情,根本谈不上管教儿子——他要是在外面闯祸,或者老师跑来告状,收拾他的就是侯德贵。

侯德贵揍外甥可不含糊,是真打,专门准备了一块长竹板,别的地方不打,把裤子扒下了,对着两块小肥肉一顿抽,看得他三姐都心疼,却不劝阻:"打,就应该实实足足打。"

事后却拧他兄弟的胳膊:"你下手不能轻点呀?"

侯德贵道:"要么不打,要打就是真打,否则等于白打。你跟姐夫宠惯了,小囡要是一个人都不怕,就废掉了。"

三年级上半学期,侯德贵把他带到塘桥一户人家,主人是个跷脚老头,穿土布对襟中式短褂,胡子留得老长,也不笑,像个北洋时期的人。舅舅让他向老先生磕头:"这个是大书法家李老师,轻易不收徒嘞,你好好跟着学。"

从此,小开除了回家作业,多了一份临帖的活。李老师教书法很刻板,就是一个字——练,把小开的手腕都快写脱臼了。到了周末,侯德贵陪着外甥去李老师家。李老师把字拎起来看一眼,要是不响,说明临得不错,回家路上侯德贵赏一客锅贴加鸡鸭血汤。要是李老师鼻子里哼了个拐弯,香喷喷的锅贴就变成一顿"竹板烤肉"。

侯德贵对外甥说:"现在练得苦,下趟你会晓得,一笔好字跑到啥地方都不吃亏。"

这句话说得没错,小开开始写情书了,漂亮的钢笔字让女孩增加了好感。后来进了监狱,这个特长被用来出黑板报,少干了不少粗活。

可侯德贵当年让他学书法,不是用来在牢里出黑板报的。他是有头有脸的副乡长,外甥吃了官司,面子夹里都没了。他老婆秦芳陪三姐去周浦探过几次监,他气得一次也没去。

一直到释放前不久,才陪着三姐去了一次。公务吉普车停在公路上,沿着一排民房进了巷子,七绕八拐被一堵围墙挡住了,旁开几步,出现一个窄门,钻过去,是开阔的庄稼地。沿着围墙往南走,地上泥泞不平,抬头看见高高的哨卡,一个哨兵端枪而伫。再走几步就是监狱后门,也就是探监的入口。

稍歇,被准许进入探视室,隔着一张菱状的铁丝网,看到了光头小开。彼此面对面坐下来。菱状网把五官搬来挪去,令人眼晕。

只有十五分钟,舅甥俩没有什么话好说,小开连看侯德贵的勇气也没有,叫了一声娘舅,就一直低着头。

侯德贵一句话都没跟小开说,就看着他,小开低着头,他知道舅舅正逼视着自己,恨不得化作一道烟飘走。

此刻,侯德贵快步走来,经过门房间,却没有停下来的意思。小开出了门房间,跟在后面道:"娘舅,大家等你吃饭呢。"

侯德贵头也不回:"今朝我不参加了,你们自己吃吧。"

小开知道,舅舅说话一言九鼎,不会有改变,只好哦了一声,失望地往饭店走去。

一排出列的炮兵部队士兵从侯德贵身边经过。侯德贵穿过浦三路,朝六里电影院边上的小道走。他脚步慢下来。刚才开会的时候,他就想走,可那样就成了临阵脱逃,显得很没风度。小开的电话来得及时,使他可以借故离开。

侯德贵在家里是奶末头,上面三个姐姐,小开姆妈是他三姐,只比他大一岁,从小姐弟俩最要好,长大成家后,两家也走得最近。侯德贵结婚七八年没开花,医院诊断秦芳是卵巢粘连,不知道吃了多少个疗程中药,总算结了果。女儿侯丹因为生得晚,年龄比同辈的小孩小了一截。初中毕业考上了行知师范学校,三年制中专,还读剩最后半年,毕业后当幼小老师。

侯德贵心里想的是儿子,再继续播种,秦芳那块地却荒了。

对三姐的独子从小就喜欢,两家离得近,他没事便把襁褓里的外甥抱回去玩,玩哭了再还给三姐。小开稍微大一点,侯德贵把外甥架在后颈上,拽着两只胸前的小脚到处转悠,转着转着,一泡热汤顺着脖子淌了下来。

正因为如此,这对舅甥反倒更像是父子。侯德贵从大队书记做起,最后在副乡长的位置上沉淀下来。手里有了权,给别的小辈也办过事,加起来都抵不上小开一个人。小开吃官司,上下活动的也是他。当然处理这种棘手事,也指望不上别人。像侯德贵这样当上副乡长的农家子弟,等于蛐蟮肚里出龙胎,靠他庇荫的家族成员不在少数,而他享有的威信也是对等的。他知道,他不到场,一屋子人不会下箸,只有小开宣布他不来了,才会动筷子。

那天秦芳去乡政府大吵,哮喘发作,嘴张得蛤蟆似的,光出气没进气。等侯德贵上前去扶她,连哮鸣音都快没了。戎文书反应快,已经叫了救护车。侯德贵把老婆领口松开,掐人中掐虎口,最后还是一针强的松把人给救了回来。

秦芳醒过来,已躺在家里的床上,睁开眼看见侯德贵,扔出的第一句话是:"你还在屋里厢做啥,快寻你姘头去。"

说着又开始喘。他三姐和侯丹也在旁边,女儿朝他狠狠瞪了一眼。三姐也不能偏袒弟弟,朝侯德贵使个脸色,他只好走出卧室。侯丹配合着三姑劝妈妈,劝了一会儿,三姐出来,发现弟弟不见了。

一连几个晚上,侯德贵没回家。侯丹打电话给戎文书,戎文书道:"你阿爸蛮好,你不要担心,抽空他会回去。"第二天侯德贵回家,秦芳一见他,脸色转绿,胸口一起一伏。他怕又把救护车招来,手臂夹在后背走了。

除夕夜,侯丹给他打了若干拷机,他回电道:"今年我不回来吃年夜饭了,你照顾好姆妈。"

整个六里乡却在流传,侯副乡长被关起来了。春节期间的值班名单没他就是明证。还有一个说法,他患了甲肝,正躲在六里卫生院某个特护病房呢。有人对这个说法嗤之以鼻:"又不是瑞金医院华山医院,小小卫生院哪来特护病房。"

附议者道:"再讲,乡长生毛病哪能会去卫生院,浦中心还差不多。"

却被纠正:"他才不会去浦中心,要去也去浦东人民医院。"

那人不解:"浦中心在陆家嘴,人民医院在川沙县城,为啥舍近求远?"

答道:"这个你就洋盘了,浦中心虽然近,属于黄浦区卫生局。浦东人民医院才是川沙县卫生局嘞,他是县管干部,当然去自家医院。"

其实侯德贵哪儿都没去,就一直在乡政府招待所待着。没参加春节值班倒是真的,可别人只看到贴在门房间的值班名单,没看到他的请假条。

节后,也没去坐班。他谁都不想见,有绕不过去的事,戎文书自会去找他。房间光线不怎么好,侯德贵拉开窗帘坐在沙发上,膝头摊一本《反杜林论》,茶几上阖着《基督山恩仇记》。

今天上午九点三刻,他被通知开会。来的不是戎文书,而是办公室秦主任。他一听是县纪委召集的会议,也不多问,把门一带就跟出来了。

十点半敲过,班子成员悉数到齐,都是临时接到通知,匆忙赶来的。主持会议的县纪委曾副书记,从公文包里拿出一份文件,用普通话宣读:鉴于侯德贵同志的严重生活作风问题,给予其留党察看,免去其六里乡党委委员、副乡长职务,保留公职的处理决定。

读完,把文件搁在会议桌上,他的普通话里有明显的胶东口音,他是三年前百万大裁军时的转业军人,原系济南军区某团政委。按规定,退役军官转到地方都要降一级,也有降半级的。上海的市辖县是正处建制,川沙县长是处长,副县长是副处。县纪委正职是党委常委,也是副处,所以曾副书记是正科,坐在他两侧的六里乡书记和乡长虽说也是正科,曾副书记却是钦差大臣,是带着尚方宝剑来的。

其实文件上的内容,大家早就猜到了。对这样一份无须表决的县委决定,鼓掌不恰当,发言也不恰当,肃静是唯一选择。

见大家不作声,曾副书记补充道:"侯德贵同志是县人大代表,我们将把这个处理决定通报同级人大备案。下个月,市里就要召开九届人大了,这次会议非常重要,要选出新一任上海市市长。这个节骨眼上,作为一名党培养多年的基层干部,一名县人大代表,出了这样的事,影响恶劣,教训深刻,值得反思。"

侯德贵朝曾副书记看了一眼。刚才从招待所出来,他在前面走,秦主任跟在后面,他觉得像被押的囚犯,心里明镜似的。

他一直在等这个判决,虽然乡党委在年前作出了处分,但谁都能看出那是挠痒痒,一张违纪单就想蒙混过关,他自己都觉得那是小孩玩家家。等他落马的人多着呢,背后去县里告御状的不会是一个两个。把他撂倒了,副乡长的马鞍就腾出来了,觊觎者就有机会了。别看此刻会场噤若寒蝉,隐在其中的奸细正在窃喜呢。

会议室的电话置于角落,这一刻响起恰逢其时。秦主任跑过去,刚说了一句,便把话筒搁在案上,回来跟侯德贵耳语。侯德贵起身,对大家说:"对不起,我外甥今朝生日,一屋子人都在等我呢。"

回过头补充一句:"各位,先走一步。"

说完，他拧开会议室的门把手，出了门。他的身后，依然是一片静默。没有人知道，他说的"先走一步"，指的是人生。

46

侯德贵被打捞上来了。

他跳井的这个晚上，有人看见他在六里老街上散步。表情如常，熟人跟他打招呼，他像往常那样倨傲一笑。他在一家烟杂店停下来，买一包凤凰烟。副乡长抽屉里当然有抽不完的好烟，这是烟瘾犯了，身上刚好没有。店主哪里肯收副乡长的钱，侯德贵也不坚持，拿了烟，店主还搭上一盒火柴。侯德贵把烟点上，浓烈的香气呛了他一口。

凤凰烟的香精抵消了烟草本身的香气，很多人抽不惯。但它算高档烟，面子还是有的，婚丧酒席和牡丹烟配套，放在桌上。平时生活里，抽的人不多。侯德贵却独喜欢这种烟，喜欢它虚假的香气。

这个冬天已脏得一塌糊涂。

那口井在一条巷子里，巷口进去，是个宽敞的大天井，环绕着十多户人家。这是六里老街上的"上只角"，住户多是城镇户口，侯德贵家就在其中。侯家是一栋独立的石库门房子，本来门口是泥地，去年铺了水门汀，不知从哪里弄来了两只小石狮子，一左一右辟邪护院，平时黑漆门关着，跟衙门似的。

大天井居中有一口井，是公用的，近处是各家的后窗或侧窗。跳井压出的水声很大——扑通。

事后，很多人都说听到了那巨大的水声，但因是半夜，睡梦之中，惊醒后翻个身，拥着暖和的被子又睡去了。

这井用来淘米煮饭洗衣服,虽然院子里有两只公用自来水龙头,但井水冬暖夏凉,没漂白粉味道,带着天然的甜味,又是免费的,大家更乐于用它,自来水只是井水用完时的备用。院子里户数多,一个早上井水就会见底,最下面部分是浑的,不能用。重新蓄满一井清水,大概需要一个晚上。

为防止灰尘,平时井盖用一块圆铁皮盖住,但没加锁。

一个早起的主妇,第一个来到井边,她惊恐的叫声把整个六里老街都吓了个哆嗦。

十分钟不到,井边已聚满了人。胆大的男人朝井里张望,只看到一颗肿胀的头颅,和稀稀拉拉的头顶。

转过身道:"是个男嘞。"

有人骂道:"太缺德了,啥地方不好死,这井水下趟还哪能喝?"

有人附议:"就是,下趟啥人还敢在这儿走夜路?"

有人劝道:"先拿人捞上来,拿井填了,重新打一口。"

有人附议:"先捞上来,填井,做个法事去去晦气。"

那个烟杂店的店主也在人群中,他从井边那只凤凰烟的空盒和凌乱的烟头看出了端倪。他挤过去朝井里张望,那颗肿胀的、头发稀稀拉拉的头颅确认了他的猜测:"好像是侯德贵侯乡长。"

大家都把头转向那扇黑漆门。门关着,有人上前拍门,两只小石狮子面面相觑,不知道发生了什么事。

门吱扭一声,侯丹探出头来,看见那么多人,嘴巴一下子张大了。

烟杂店店主冲着侯丹叫嚷:"你戆立着做啥,你阿爸跳井啦。"

这话不啻在井里丢了颗炸弹,一股巨浪从井底喷薄而出,形成的冲击波使人群瞬间震荡。太阳还没完全升到天顶,哗,整个六里乡已被这股巨浪冲垮了。

侯德贵死后,被定性为因公意外死亡,按党员干部的政治身份开了追悼会,组织上给予他一生高度评价,悼词当然也没提那桩男女烂事。

大光明作为侯德贵发小,在操办丧事的过程中鞍前马后,比侯丹的作用都要大。治丧期间,秦芳哮喘再次发作,是他用刚到手的大哥大叫的救护车——大光明属于六里乡乃至上海滩最早用大哥大的一批用户。大哥大去年刚进入市场,两万大洋加入网费六千,每分钟通话费一元。对老百姓来说,是天文数字。而且,光有钱没关系还未必卖给你。从这个角度看,大光明确实有些法道。其实作为长毛兔养殖户,大哥大对他并非必需之物,但大光明私下一直在倒卖批文。虽然兔场已小有规模,还是不如当捐客来钱快。倒卖批文这种空麻袋背米的生意,成功概率很低,靠的是人脉和嘴上功夫,也要有点实力。大哥大如同国王的权杖,象征着财富和身价,是谈判场上的好道具——医生说,幸亏有这部手机,否则跑去公用电话间拨"120",性命可能就耽搁了。

大光明向梅亚苹显摆:"你看我这只大哥大,硬碰硬救人一命。"

梅亚苹嗤之以鼻:"有这个铜钿不去造房子,手里拿一块黑不溜丢的砖头死撑面子,就是一只屁骚精。"

大光明道:"不是不造房子,早两年长毛兔量没起来,戴小多结婚,红包又送掉一万块,没多余铜钿。最主要是生产队不肯批地。侯德贵打过招呼,生产队讲许巷有的自然村户口冻结了,难度太大。"

梅亚苹道:"现在侯德贵死了,你没靠山了,更没希望批地了。"

大光明道:"所以干脆买只大哥大白相相算了。其实就算房子造起来,按户口分,我跟老娘两个人,也分不到大房子,不过也不是没其他办法。"

梅亚苹道:"还有啥办法?"

大光明道:"你想,现在评估的房子,推土机一来,都要拆光嘞。

就是讲,下趟死无对证,如果你跟动迁组关系好,多写点面积又有啥关系。"

梅亚苹道:"讲得也是,当初只晓得跟他们吵,哪能没想到跟他们搞好关系。"

大光明道:"啥人叫你不来请教我。"

梅亚苹啐道:"事后诸葛亮,我合同都签了。"

侯德贵被打捞上来的时候,乔乔和小开都在现场。乔乔很久没来这个院子,有时经过巷口,会下意识把头歪一下,想起那个裙子吃了"鼻涕"的晚上——穿堂风在老街那一头生成,有点歪斜的木杆上,挂着绿皮喇叭,电波里面,"阿必大"正在回娘家。她快步到井边,用小铅桶打了桶水,洗起了裙摆。崴崴斜靠在光线照不到的墙壁上,摸出一根烟,点燃,乜斜着月光下的自己——她朝人群中张望,看见了刀美香,也看见了柳道海,两个人站得很远,就和陌生的路人一样。柳道海头颈里还是挂着那根软尺,戴着副眼镜,跟知识分子似的。

乔乔不由朝柳道海多看一眼,都在传他疯癫,跑到六里派出所,哭着喊着说自己曾在云南杀了人,要求把自己抓起来。乔乔没觉得他神情有什么异常。疯子眼睛和常人不一样,是空的,好像瞳孔里装满了天空,又好像天空从瞳孔里泻尽了一样。

柳道海也看见了乔乔,他有一阵没看见她了,甚至觉得她面熟目生。她瘦了很多,有点憔悴,像大病初愈,在晨曦中,显得清秀了很多,好像变了一个人。

柳道海去派出所自首不是临时起意,这些年来,他试图忘记那个南阿河边的矮男人,一度真的把他忘记了。不是彻底的遗忘,而是被收纳在心脏、脾脏或是盲肠的某个角落。虽然年事已久,加了锁,锈了烂了,却一直寄放在那里。

直到那个盛夏的傍晚,崴崴从派出所领回脏兮兮的腊沙。那一瞬间，矮男人复活了，令他浑身一激灵。

他后来比较过双胞胎兄弟，除了崴崴那颗鼻屎痣，他俩就像一个模子刻出来的。但和崴崴生活那么多年，他并未在他身上看到过那个矮男人。事实上，他当时根本没看清那人的面貌，即便有，也是稍纵即逝。但时间的神奇在于，某个节点会突然变得清晰，就像记忆的回光返照。

柳道海想明白了，之所以矮男人在腊沙身上附体，是由于傍晚的光线，和腊沙风尘仆仆的邂逅样。

尘封的记忆突然被唤醒，柳道海手脚慌乱，以至于崴崴向他介绍"这是我兄弟"时，他舌头打了个结，半响没说出话来。

腊沙到来的当晚，柳道海失眠了，矮男人一直在眼前晃，闭上眼睛仍在晃。他以为一觉醒来，梦魇会逐步消散。要命的是，越想摆脱，越被缠住。从那一天起，矮男人的面目越来越清晰，不但在腊沙身上显现，也在崴崴身上显现。柳道海本来就沉默，越来越不想说话了。

腊沙九月抵沪，次年一月中旬离开上海。这期间，他背着他的虎骨豹尾去摆摊，但经常一块也卖不出去。崴崴劝他在上海以玩为主，别摆摊了。腊沙却想把这批货卖掉。崴崴私下给腊沙塞过钱，腊沙不收，崴崴坚持要给，腊沙差点翻脸："你哥在老家也是响当当的猎户，谁打的野兽也没我多，能养活自己。"

崴崴道："那我陪你去卖。"

腊沙道："不用，我还是一个人去卖。"

腊沙摆摊的地方有两处，一是南码头农贸市场，二是塘桥农贸市场。出货很慢，常无功而返。待天气转凉，浦三路上开始了马路集市，腊沙也去摆摊，集市上人声鼎沸，出货却依然很慢。崴崴认为这是价格定高的缘故。腊沙不肯跌价，抱怨道："上海人不识货，这是我亲手从山里打来的猎物，卖不掉我带回云南去。"

崴崴道:"那你慢慢卖吧。"

腊沙道:"我真该回去了,我老婆孩子都该想我了。"

崴崴道:"你大老远跑来上海,找到兄弟了又老想着要回去。"

腊沙纠正道:"我不是来找兄弟,是来报丧,要不是妈死前千叮咛万嘱咐,一定让我把你带回去给她磕头,我才不那么远跑来呢。"

崴崴道:"你要不是来找兄弟,不能拍个电报来啊?等我手里的事忙完,马上回去给妈上坟。"

腊沙道:"我们山里人哪会发什么电报,你说回去,都说了十遍不止,也不知道什么时候。"

双胞胎对话的时候,柳道海在裁一块布料,业余时间他一直揽活干,收费不高,主要是爱好。他做工仔细,利用的又是工余,所以出活慢。但口碑好,不但周边邻居找他做衣服,邻村的老主顾也不少。他又没徒弟和小工,连熨烫也自己来,所以欠债很多,下班了哪儿都不去,就在家裁剪缝纫,把做好的成品挂在一根晾衣竿上,等主顾来取走。

他的冷淡让腊沙很不适应,一开始还赔着笑脸,跟着崴崴叫姨父。老是热脸贴冷屁股,慢慢就不叫了。毕竟是寄人篱下,也不好发作。

这天下午,腊沙收摊很早,乐呵呵地回来了。

崴崴看他空着手回来,两只装虎骨豹尾的包裹都不见了,问道:"你的那些破骨头被打劫了?"

腊沙道:"打劫?你哥可是练把式的。今天来了个识货的,一分钱没还,一下子都买走了。我说吧,不怕不识货,只怕货比货。"

崴崴道:"什么人这么大方,别是傻子吧?"

腊沙呸了一声:"你才傻子呢,人家是中医世家,开诊所的,看到这些好东西眼睛都亮了。"

崴崴道:"你的破骨头都卖完了,明天礼拜天,我们去大世界照哈哈镜。"

崴崴经常带腊沙去浦西走马观花,有时候刀美香也一起陪着。他们母子三人成行,享受天伦之乐。柳道海依然置身度外。他现在连崴崴也不搭理。唯一说话的是新进门的薛美钏,毕竟他们是港机厂同事,他也没把她当媳妇看,依然把她当厂医,叫她"薛医生"。

崴崴的饭店开张后,家里不再开伙,都去饭店吃,柳道海却一次也没去过,连开张典礼也没参加。事实上,他现在是独成一家,刀美香和双胞胎以及薛美钏是另一家,他用这种拒绝,和刀美香一家决裂了。

整天阴鸷着脸,终于有一天,搬到对面破败的小房子去住了。

小房子久不住人了。前年冬至前夕,糊涂了多年的祖父终于到了弥留时刻。刀美香跟柳道海商议:"冬至清明老天爷收人,估计是熬不过去了。这四层楼是新盖的,以后崴崴要结婚,老人死在里面做灵堂总归不太好,要不……"

没等刀美香讲完,柳道海就明白了她的意思,他一边给裤脚撬边,一边道:"要么就拿老房子打扫一下,让老人搬过去吧。"

祖父死后,一家人在小房子里守灵,牌位前放着祖父的遗像。小房子里外摆满了花圈,除了邻居们送的,还有邻村的乡亲送的,他们都是老人生前的主顾。

等老人入土,小房子又废弃不用了。直到眼下,柳道海带上衣物被褥、日常用品和炊具,拎了一只煤气炉,搬过来住。床和几件旧家具是现成的,擦拭干净就可以了。

刀美香留意到,正是腊沙的来到让柳道海性情大变,她很纳闷,腊沙的存在柳道海是一直知道的。腊沙来沪不过是探亲,不会永久逗留。柳道海能和崴崴多年相安无事,怎么就不能和腊沙短暂共处?

刀美香跑去小房子找柳道海，柳道海两片嘴唇胶住了一样，任凭怎么问，就是不搭腔，刀美香一跺脚走了。过两天再来，他还是哑巴一个，如此三四次，刀美香就不来了。

搬到小房子的第四天，是个很冷的早晨，柳道海洗漱完毕，把胡子刮得泛青，带着换洗衣物，去六里派出所自首了。

辖区出了个自称杀人的案犯，派出所很震惊。因为年代久远，且案发地点在万里之遥的云南边陲。派出所没遇到过这样的案件，一边做笔录，一边向川沙县公安局汇报。

柳道海本以为当天就被拘留了，结果做完笔录，派出所通知港机厂保卫科把他接走了。

派出所警察对港机厂两名保卫干事传达了县公安局的指导意见，基于目前只是柳道海一方陈述自己杀人，既没有检方指控，也没有案发地发出的通缉令，没有证据证明其是罪犯，暂时不能逮捕，也不能拘留。县公安局会与西双版纳州公安部门联系，由云南当地警方展开调查，一旦柳道海犯罪事实确凿，才能正式立案。在调查期间，柳道海可以正常上班，但港机厂要保证其不能离开上海，柳道海本人随时要接受警方传讯。

柳道海本已做好坐牢乃至枪毙的打算，赖着不走，嘴里喊："你们为啥不拿我捉起来，不拿刀美香捉起来？我真的杀了人，那个人叫尚依水，阿拉一道杀嘞。"

两名港机厂保卫干事支着他胳膊，准备把他带离派出所。他两脚乱蹦，最后一屁股坐在地上，哭道："你们为啥不相信我？我又不是神经病，编造自己是杀人犯，我真的杀人了。"

警察劝道："你今朝先回去，等云南有消息了马上通知你，你要真是杀人犯，够你拿牢底坐穿嘞，弄不好，还要吃一粒花生米。"

柳道海前脚踏出六里派出所，关于他自首的消息后脚就跟了出来。当天晚上，六里人家的饭桌上都多了一道菜。崴崴按捺不住,跑到小房子来找柳道海。

柳道海在吃晚饭,一碗泡饭,掏着一只咸鸭蛋。崴崴踢门而入,骂道:"姓柳的,你想寻死啊?"

柳道海把咸鸭蛋放下,见刀美香急匆匆赶过来,拉住崴崴的手腕:"你哪能跟你姨父讲闲话呢?他没讲错,阿拉就是杀了人了,这么多年了,他去自首也好,一了百了。"

崴崴迟疑了一下,被刀美香拉出去了。

柳道海听到崴崴压低了声音问道:"你们真的杀了他?"

刀美香道:"他是个琵琶鬼,也没故意杀他,是误杀。"

崴崴道:"你哪能下得了手?"

刀美香道:"我恨死他了,强奸犯。"

崴崴道:"那你也不能杀他,他还是我跟腊沙的阿爸呢。"

听到这里,柳道海叹了口气,把咸鸭蛋拿起来,对着灯泡,蛋已经被掏空了。

柳道海一有空就跑去六里派出所打听:"云南有消息了哦?我没骗你们,我真的杀了尚依水,你们快拿我捉起来吧。"

派出所告诉他,川沙县公安局已向云南当地警方通报了案情,调查需要时间,如果云南方面反馈过来杀人案属实,马上就可以逮捕。

柳道海悻悻然出了派出所大门,正好遇见在门口抽烟的王庚林。王庚林道:"老柳,不在屋里厢做衣裳,又跑来自首啦?"

柳道海道:"你们派出所真奇怪,自首也不捉嘞。"

王庚林道:"要都像你一样,都来自首,外头那么多要饭花子也来自首,看守所就变成食堂了。"

柳道海道:"你意思是,我是为了骗几顿饭来自首嘞?"

王庚林道:"捉人要有证据,尸体呢?"

柳道海道:"我做笔录的辰光都交代了,尸体肯定被河水卷走了。"

王庚林道:"要是没尸体,就是失踪,也要到失踪者家里去调查,不是你讲啥就是啥。"

柳道海道:"啥人没事体会讲自己杀了人,你以为我脑子有毛病啊?"

王庚林吸完最后一口烟,把烟头扔地上,用皮鞋尖踩碎道:"我看你脑子是有点问题,屋里厢造了大房子,开了大饭店,惬意日子不过,没事体寻官司吃。"

王庚林这句话,不是他一个人说的,是替整个六里人说的,大家都觉得柳道海疯了。

投案自首第十七天,厂保卫科把柳道海叫去了。云南那边传来了消息。柳道海说的那个"琵琶鬼"尚依水确有其人,目前还活着,仍住在回勒河下游的麻风寨里。因为麻风寨与世隔绝,警方先找到了尚依水的哥哥尚岩叫。尚岩叫家在勐龙镇,是个茶农。据尚岩叫介绍,他弟弟的麻风病不算重,有时还偷偷跑回来找他,要一些粮油米面和生活用品。警察来询问他弟弟的死因,尚岩叫很吃惊,以为尚依水真死了。等把话听全,原来是询问尚依水若干年前的死讯。他笑了,因为就在一个月前尚依水还来找过他。

柳道海从保卫科出来,正好赶上一阵冬雨,躲在屋檐下避雨。他特别想怒吼一声,却没力气喊出来。他靠着水泥厂房的外墙,雨瀑顺着落水管往下淌,流向污水沟。雨大风急,一只流浪狗往厂区深处跑过去,湿透的毛发使它体型变小。再跑过去一点,就是黄浦江畔。港机厂的成品吊车矗立在码头上,准备运往世界各地。狗失前蹄,在泥地上滑倒,立刻又爬起来。在柳道海眼里,它是一粒奔跑的黑点,是一只萧瑟季节里的丧家犬。

回到大炉间,同事正在往大炉里送煤。炉膛里的热浪把大炉间变成了蒸笼。柳道海拿起专用的特大号平板锹从煤窑里铲煤,投进炉膛里,然后拾起一根长长的铁钩子,把煤块摊薄铺匀。很快,豆大的汗珠从他额头滴下来。他看着循环泵上的温度表,拿个小板凳坐下来看着炉膛,熊熊的火焰像炼狱一样通红。谁都没有看见过炼狱,柳道海也没有。他觉得今天的火焰特别奇怪,好像里面在焚烧一个穿筒裙的女子,他揉揉眼睛,确认是错觉。盯着炉火又看了一会儿,火焰再次升腾起来,穿筒裙的女子又出现了,那根大麻花辫让他恍惚了一下。这次他没揉眼睛,在酷热难耐的大炉间里,一个寒噤像电鳗一样从他身上游过。

甲肝开始流行之初,腊沙踏上了归程。崴崴去浦南医院托熟人,假托胎位不正,给薛美钏开了长病假,小两口一起跟去了云南。为避开春运高峰,他们在一月底离沪,此时离开春节还有半个多月。崴崴让厨师和小工回家待工,饭店暂时打烊。因为上海市政府的疫情通告发布以后,市民基本已不再上馆子了。

崴崴把薛美钏带上,一来是防止老婆传染上甲肝,保不住胎儿,二来是带她去故乡看看,给养母上炷香磕个头。刀美香之所以没一同前往,一是因为请不出长假,二是家里总要有个看守。饭店虽暂时歇业,抽空还是要去开窗通风。老话说,房子久不住人,桌椅摆设都会瘟掉。

这天柳道海正准备上班,刀美香堵在门口。虽住在斜对门不远,但他们有一段没见了。尚依水还活着,派出所当然立不了案,这事就像个荒唐的笑话。刀美香提着的心也放下来,本来,她以为自己要吃花生米了。她可不想死,折腾了半辈子,好日子刚有点盼头。她不明白柳道海哪根筋搭错了,生活开始顺风顺水却跑去自首。虽然她清楚,他们之间早就完了,无非就是搭伙过日子。现在却连日子也过不下去了。

她清了下喉咙:"阿拉离婚吧。"

柳道海终于出声了,仅一个字:"噢。"

刀美香道:"马上要过年了,过完年,就去办吧。"

柳道海把门锁上:"是该离了。"

春节后,两个人坐下来谈过一次,离婚这事本身是铁板钉钉,主要是财产分割。家里存款不多,家具大件也数得过来,最难的是房子。老房子是柳家传下来的,地契也是柳家的。但新盖的四层楼却是崴崴出的钱。柳道海认为,造房子不能空中楼阁,地契最要紧,况且老房子也不是不能住人,所以四层楼他得占三层。刀美香当然不允,新楼毕竟是崴崴盖的,柳道海没出一分钱。他只能拿一层,因为老房子本来就是平房。

柳道海拍案而起:"我肏你娘的屄。"震翻了桌上的杯子。

刀美香看谈不拢,提议等崴崴回沪后再商议,毕竟崴崴是新楼出资人。柳道海没反对。刀美香道:"马上就动迁了,你一个人分那么大房子,有啥用?"

柳道海道:"你不就是嘲笑我没有小囡么,那也不能留给你们刀家,更不能留给那个琵琶鬼的野种。房子大,我不能租掉吃租金呀?"

刀美香道:"你就是嫌我没给你生个一男半女,都怨我么?我肚皮本来老肥嘞,撒一粒芝麻可以结出西瓜,还不是因为你,一趟趟打胎,拿地弄瘦了,结不成秧了。"

柳道海道:"鬼晓得是我造成嘞,还是那个琵琶鬼造成嘞。"

刀美香道:"你这句闲话太伤人,我是被强奸嘞。"

柳道海道:"强奸嘞又哪能,琵琶鬼还不是双胞胎的阿爸,打断骨头连着筋,崴崴还不是叫他阿爸,崴崴啥辰光回来?"

刀美香道:"我不晓得,走的辰光讲,如果上海甲肝停不下来,就在云南拿小孩生了。"

过了几天,刀美香跑来找柳道海,说不用等崴崴回来定夺。她想了几天,关于四层新楼的分配,还是认为柳道海只能拿一层,哪怕崴崴同意让步,她也不会同意。理由还是原来那个,柳家本就是一层。

柳道海正在熨一条裤子,听了刀美香的话,不响,直盯着刀美香,等一股焦煳味弥漫,裤子上已留下一块焦疤,报废了。

柳道海平素是不好闲事的人,他住六里老街西头,和侯德贵家有段距离,每天买早点却要经过那个巷口。这天他照例在摊头上买了副大饼油条,裹着吃,看见大家都在往那个巷口赶,七嘴八舌说侯乡长跳井死了。人总有好奇心,便跟着走过去,院子里已有不少人,更多的人还在聚拢过来。

柳道海没看见也在现场的刀美香——他们站在一排,注意力都在对面的那口老井——却看见了久未谋面的乔乔。

乔乔身边站着的那个年轻人,柳道海觉得面熟目生。他的脸在响午的阳光下显得憔悴,勉强算个白面书生。柳道海想不起来在哪里见过他,多半是擦肩而过的乡里。其实,他连乔乔也没一下子认出来。他最近好像有点健忘,倒是那个矮男人在意识中越来越清晰。这个琵琶鬼还三天两头敲开他的梦境,和他促膝长谈。奇怪的是,他们的话题包罗万象,却从不提及刀美香,也从不提及双胞胎兄弟。他们谈得最多的是云南的少数民族风俗,偶尔也谈麻风寨的凄苦岁月。谈到麻风寨的时候,柳道海自己也变成了麻风病人,四肢蜷缩,手指仿如鸡爪。说到苦处,两人抱头痛哭起来,这让柳道海醒来后一阵反胃。

到了下午,侯德贵的尸体被打捞上来,陈放在侯家客堂中央。花圈从客堂一直蔓延到侯家院子,再蔓延到户外的大院子,连那口老井周围也堆满了。

侯德贵火化前一天,一大早,来了一支规模庞大的和尚队伍。他们先给老井念经,以消除它的煞气。完后正式进驻侯家,搭建做法事用的棚子花了两个多小时。那是用华丽的彩布及细竹搭成的一个框构,中间是宝塔、菩萨、梵符,和一些叫不出名字的佛器。

一个阴阳先生蹲在井边念念有词,大约半个钟头后站起身来,从口袋里拿出一根红布,扔进井里。搬来一只花圈,把纸花拔下,一朵朵往井里丢。随后进了侯家,来到侯德贵遗体旁,又是一段念白。念完,复从口袋里拿出一根红布,盖在侯德贵额上。从灵堂上拿了赏钱,走了。

走到井边,看见更多的花圈被人拔下了纸花,都在往老井里扔。纸花拔完了,就把圆形花架折一下,也扔进井里。在老井十米之遥,一口新井昨天开始挖凿。挖出的泥土堆成了小丘,等老井的法事做完,就用新土把它埋了。

阴阳先生平时和常人无异,有老婆有孩子。只有办丧事时才化作半人半鬼,是把死人托付给阴曹地府的使者。所以大家都离他远远的,没人和他说话,他也对周遭置若罔闻,完事之后识趣地离开。

焰口一直放到半夜零点。忙前忙后的是大光明和侯丹,和一些亲近的亲属。秦芳伤心得有出气没进气,半瘫在椅子上。

成串成串的经文从和尚口中飘出,成捆成捆的冥钱和锡箔元宝在倒扣的铁锅下化为灰烬,黑蝴蝶在旋起的风中到处乱飞。

夜晚来临,闲人渐次离开。和尚们累了,经开始念得潦草。零点一过,焰口结束,和尚们打着哈欠,开始把框构拆除。拆比搭快很多,拆完了,绕死者一圈,做最后的祷告,然后向主人家道别。

大光明和侯家重要的亲友,留下来给侯德贵守灵,侯丹一直跪在父亲跟前,眼泪已流干了。

门外风大起来,好像风是黑暗的罪魁祸首。大光明去院子里关门。听到老井那边一记巨大的水声,他吓了一跳。壮着胆子去看,那井已完全被纸花覆盖,已经高出井体,像一茔花坟。

大光明环顾四周,一个人也没有。他折回来,把侯家的大门关上。

47

老虫绢头跑来找大光明。时值正午,小马小庄早已喂毕长毛兔,晾好了鲜草。大光明却还没起床,胃顶在喉咙里,嗝出发酵的酒气,一看就是昨晚吃豆腐饭时喝多了。

大光明趿着拖鞋把门打开,老虫绢头开门见山:"今朝我来,是想告诉你,领结婚证的事体算了。"

大光明又爬到床上去,靠着床架道:"你自己坐,我昨天吃混酒,脑子快裂开来,你讲啥?"

老虫绢头道:"我是讲结婚证不领了。"

大光明道:"小囡户口不报了?"

老虫绢头道:"小囡我也不想要了,生下来你就帮我送掉吧。"

大光明道:"我送给啥人去呀?"

老虫绢头道:"我没别的人托,你就看在老侯面子上帮个忙吧,送得越远越好。"

大光明道:"你想好了?"

老虫绢头道:"老侯死了,我还要小囡做啥。老侯就是我害死的,要不是我去跟她老婆摊牌,他老婆就不会去乡政府吵,老侯就不会丢官受处分,就不会死。"

大光明道:"事体都这样了,就不要埋怨自己了。昨天的追悼会,县里来了一个组织部长,一个副县长,规格蛮高嚟,老侯一辈子要面子,走得还算体面。"

老虫绢头嘴巴一咧:"我老公死了,老侯又死了,我就是个扫寻星。"

大光明道："不要哭，两个小赤佬听到以为啥事体呢，刚才进来他们看到你了哦？"

老虫绢头止住哭泣："没看到，可能在养兔场里忙。"

大光明哦了一声："想起来了，今朝要剪一批兔毛。你帮忙给我拿拿香烟，就在你边上的水缸上，还有自来火。"

老虫绢头拿着烟和火柴走到床头，递给大光明。

大光明一边点烟一边拍拍床沿，示意道："你坐呀，不要光立着。"

老虫绢头略迟疑，在床尾坐下："我预产期快到了，送小囡的事体拜托你想想办法。"

大光明道："下一步有啥打算？"

老虫绢头道："化工厂拿我除名了，未婚先孕轧姘头，严桥六里我是没面孔再待下去了，可能去青浦投奔我姆妈，走一步看一步吧。"

大光明道："生小囡的医院联系好了哦？"

老虫绢头道："我这种非婚生孕妇，正规医院手续老麻烦，当初老侯安排了六里卫生院，我一直在那里检查，不过最近我自己联系了一个接生婆。"

大光明道："送小囡的事体你再好好想想，送出去就没了，毕竟是老侯的血肉，也是你身上一块肉。"

老虫绢头道："不要想了，我考虑清爽了，送得越远越好。"

大光明叹了口气："那就送掉吧，你也好轻装上阵。我也快滚蛋了，这块地方划进征地范围，生产队要收回去了。"

老虫绢头道："养兔场哪能办？"

大光明道："只好再往落乡的地方搬，为了造南浦大桥，许巷这次全部征光，不过我还是养我的兔子，不会去做征地工，让指标浪费掉好了。"

老虫绢头道："你有本事,所以有魄性,可惜严桥还没征地,否则我当个征地工,住上新工房,也就满足了。"

大光明道："我准备拿养兔场搬到三林塘去,那里估计十年都不会征地。"

老虫绢头道："你屋里厢动迁的事体哪能了?"

大光明道："还没正式开始,不过也快了,本来指望跟你开好结婚证,拿户口迁过来,房子可以分得大一点,现在泡汤了。"

老虫绢头道："不好意思噢。"

大光明道："你坐我那么远做啥,坐过来一点。"

老虫绢头朝大光明看了一眼："坐过来做啥,你脑袋不疼了?"

大光明道："吃了根香烟,稍微好一点了。"

老虫绢头把屁股移过来一点,大光明道："要么阿拉假戏真做吧?"

老虫绢头道："啥意思?"

大光明道："结婚证照开,你就做我老婆算了。"

老虫绢头道："我看你老酒真是吃多了,亏你想得出来,朋友妻不可欺,老侯还当你兄弟呢。"

大光明道："我不是吃你豆腐,你坐过来一点。"

老虫绢头赶紧站起来,却被抓住了手腕,她把手拍开："不要神知巫知,我叫人了。"

大光明的手从衣襟处钻进去,是件对襟的毛衣,里面没戴胸罩,预备哺乳的乳房跳到掌心,另一只手贴着隆起的腹部探进裤头："开好结婚证,阿拉就是合法夫妻了。"

老虫绢头把腿夹紧："我肚皮里有小囡,要出人命嘞。"

裤子的金属搭襻被弄开了。老虫绢头呀了一声,被捂住了嘴巴,她的叫声在指缝间支离破碎："要出,人性,命,嘞,会流,产嘞。"

大光明如同拱食的猪,头埋在双乳间。女人拳头擂在他皮糙肉厚的背上。碎花图案的肥裤衩兜不住屁股,光裸的大腿忽然一凉,腿弯处折入了一条手臂。大光明瞅一眼圆滚的肚子,肚脐突出恰似瓜蒂。女人脑袋撇过去,床头柜上是一尊户户皆有的白瓷像。女人虚汗涔涔直蹬脚:"要出人性命嘞,不要神知巫知,我真叫了。"

大光明哼哧哼哧宛如一把钝刀,女人被自己的肚子压着,不得动弹,露出来的下体凉飕飕的,婴儿的头仿佛正钻出来。白晃晃的奶子照亮了大光明的眼睛,他裤裆里的疙瘩紧了,像小孩用绳子抽打的"贱骨头",滴溜溜放大。

老虫绢头想把他推开,仰姿使不上力,她骂一声:"枪毙鬼,我要去告你。"手碰到了白瓷像,光滑没有抓手,她抠住了凹陷,却砸偏了,床脚下一记清脆的爆炸。大光明探头看一眼:"可惜可惜。"

类似鱼腥的气息,弥漫在女人身下,把被褥和床单都洇湿了。老虫绢头直瞪瞪地不眨一眼。大光明从她身上撤离:"哎呀,你羊水破了。"

老虫绢头惊骇道:"哪能办呀?"

大光明酒彻底醒了:"你先睏下来,接生婆住在啥地方?"

老虫绢头道:"严桥乡新民二队。"

大光明道:"地址给我,我派人骑黄鱼车去接。"

老虫绢头道:"具体门牌我不晓得,反正到了新民二队,一问会接生的黑婆婆都晓得。"

大光明走出屋子,顺手把门带上,把小马小庄嚷出来,让小庄到严桥接黑婆婆,又嘱咐小马:"来了个朋友,突然要生小囡了,你不要自说自话跑过来,吓着了孕妇。"

两人说知道了。大光明便返回屋里,坐在床边。老虫绢头双腿叉开着,浓密的阴毛遮住私处,胯下全是羊水,尿床般一大摊。她是第一次生产,明知道下体裸露,却吓得一动不敢动,嘴唇哆嗦着在哭。

大光明大致知道分娩过程,当年彭小妹生戴小多,就是在家里接的生,他在边上烧水消毒器具当下手。那时虽然六里卫生院已有产科,但民间接生还是很普遍。一来老一辈人都是接生婆接的生,有些老太太一辈子接生无数,经验比卫生院的年轻医生更丰富,手法也更娴熟。二来价格也比卫生院便宜一些。

老虫绢头的头发乱在面门上,大光明去帮她撩开,她把头偏过去:"不要碰我。"

大光明把被子给她盖上,拿扫帚把碎白瓷扫进畚箕:"放松点,黑婆婆马上来了。"

老虫绢头低声骂道:"下作胚,不要面孔。"

大光明道:"生小囡没这么快嚱,说不定要几天。"

老虫绢头道:"我想回屋里厢生。"

大光明道:"等黑婆婆来了问她,她讲可以你就回去。"

老虫绢头道:"老侯算是瞎了眼睛,认得你这样一个朋友。"

大光明道:"老侯跟我一票货色,都喜欢女人,我要不是看在兄弟情分上,也不会同意开结婚证。"

老虫绢头道:"你还不是为了动我户口的脑筋,动迁分大房子。"

大光明道:"户口是次要的,我拿动迁办搞定了,一样分大房子,就是麻烦点。"

老虫绢头道:"我觉得自己在变冷,是不是要死掉了呀?"

大光明道:"我给你加条毯子,不要紧张,黑婆婆马上就来了。"

从樟木箱里取出一条毛毯:"睏过去一点,不要睏在湿地方,否则越睏越冷。"

老虫绢头挪到床的另一边:"你答应我一桩事体,小囡送掉以后,不要透露亲生爷娘是啥人,也不要告诉我小囡的下落,拿秘密带进棺材里。"

大光明道:"你还是再考虑考虑。"

老虫绢头道:"我考虑清爽了,你发个毒誓,永远不向任何人提起。"

大光明叹了口气:"我发誓,要是讲漏嘴巴,走路被车子撞死,吃饭被饭团噎死。"

老虫绢头道:"你答应了这桩事体,我心里的石头算落下来了。"

小庄一直到下午四点多才把黑婆婆接来。诚如老虫绢头所说,新民二队都知道黑婆婆,很快就找到了住址。家门却关着,小庄只好在门外干等。等了一个多钟头,黑婆婆才回来,原来是去自留地挑菜了。这是个慈眉善目的胖老太,白白净净的,不知为什么得了黑婆婆这个绰号。听说老虫绢头要生了,去里屋取出一只小木箱,坐上了黄鱼车。

黑婆婆进门,把小木箱放在门边的板凳上。走到床边,把被子掀开,先看孕妇产门,又去看羊水,耳朵贴在肚脐上听胎音,像弹西瓜般在肚皮上轻轻一弹:"没啥问题。"

大光明道:"是男小囡还是女小囡?"

黑婆婆道:"男小囡的多数。你是她啥人?"

大光明道:"一个朋友,她来白相,忽然就羊水破了。"

黑婆婆埋怨老虫绢头道:"预产期到了还乱跑,不要命了。"

老虫绢头道:"我想回屋里厢去生,在这里生老怪嚹。"

黑婆婆道:"肚子疼哦?"

老虫绢头道:"刚才有一点点疼,一歇又不疼了。"

黑婆婆道:"羊水颜色蛮清爽嚹,产门刚开,要是肚皮疼就叫出来。"

老虫绢头道:"我可以回屋里厢去生哦?"

黑婆婆道:"都快生了,还挪啥地方。"

黑婆婆让大光明把家里的热水瓶全部烧满,备一只大木桶,洗净用沸水消毒,将她小木箱里的刀剪器具烫过后备用。大光明出去把这些事交代给小马,跑回来问黑婆婆:"还有啥事体要交代嘞?"

黑婆婆道:"你这里没女眷,啥人给我当下手。"

大光明道:"我离婚了,过去老婆生儿子,我当过下手。"

黑婆婆道:"她又不是你老婆,最好找个女的来搭手。"

大光明道:"那我去寻个女嘞。"

黑婆婆道:"顺便买点干净毛巾回来,还有,多买几刀草纸。"

大光明问老虫绢头道:"你有啥顺便要带嘞?"

老虫绢头道:"没啥要带嘞。哦,帮我带一只蛤蜊油吧。"

大光明道:"涂手用嘞?"

老虫绢头道:"嗯,装在贝壳里的那种。"

大光明转身问黑婆婆:"我走开一歇不要紧吧,不会马上就生哦?"

黑婆婆道:"宫缩还没开始,又是头胎,估计最快也要到半夜。"

大光明骑自行车从田间穿过去,拐了几道泥径,来到浦三路上。周家弄老街本来有一家百货店,随着周家弄的出空而关门大吉了。大光明朝六里桥电影院骑过去,那里有好几家百货店,他买好所需物品,塞进塑料袋里,店家正好打烊。一只高音喇叭在转播中央人民广播电台的报时:"刚才最后一响,是北京时间十七点整。"

黄昏的浦东,像套了件灰色雨披。大光明把塑料袋挂在车龙头上,踌躇着是否去艾镇找梅亚苹。黑婆婆让他找个女的当下手,他第一个想到的就是梅亚苹。老虫绢头托付她送掉小囡,他第一个想到的也是梅亚苹。

他刚才骑过来的路上,一直在想,梅亚苹在麻将桌上的嘱托到底是乔乔的想法,还是梅亚苹的一厢情愿。如果乔乔和小开结婚,乔乔不能生育,婚后肯定要领个小孩,与其领养别的小囡,还不如老虫绢头肚子里的这个。对小开来讲,这是一个适合的领养对象。转念一想,又觉不妥,这个即将诞生的婴儿是侯德贵的血脉,由小开夫妇来领养,岂不乱了辈分,以后怎么称呼。又一想,包公当年还有嫂娘呢,只要自己不说,小开和乔乔未必知道真相,不管怎么说,也算给侯家保住了一根血脉。

还有一种情况,乔乔跟小开拗断了,辈分的问题倒是迎刃而解了。但不结婚乔乔也没资格领养小囡。当然一定要领养,可以用梅亚苹的名义,可这样辈分又乱了,小囡成了乔乔的弟弟或妹妹。那样的话,今天把梅亚苹叫去当帮手,也太荒唐,自己刚答应老虫绢头隐瞒小囡的来历,结果却将潜在的领养对象领到了她的床前。

不过有时候世事如窗纸,一戳就破。要把婴儿的来历兜圆也不是那么容易的事。这个时间点,梅亚苹领养了一个小囡,坊间很容易联想到侯德贵的遗腹子。不过,乔乔家马上要搬进临沂新村,届时居民成分混杂——南浦大桥浦西段的动迁户,很多也分配在临沂新村——住工房的不比乡下住私房的走动那么热络,一栋楼甚至一个楼面的人家都可能老死不相往来,一些老秘密也就慢慢消散了。

他想得头疼,寻思黑婆婆还等着自己呢,心想还是先等小囡生下来再说。经过团结饮食店,米面的香气让他咽了咽口水,他把自行车停在店门口,提着塑料袋,进门就嚷:"邱娘,来一碗开洋馄饨。"

邱娘从厨房探出头来,一看是他,便骂道:"吃碗馄饨叫得屁响,要是吃碗红烧肉,还不要放大炮,你大光明就是一只屁骚精。"

店堂里的食客都笑起来。大光明坐下来:"快点下快点下,来两碗,一天没吃饭,前肚皮贴后肚皮了。"

邱娘道:"马上给你下,哪能跟饿死鬼一样?"

大光明道:"昨天吃侯德贵的豆腐饭,老酒吃多了,睏了一天。"

邱娘道:"侯德贵烧掉了？唉,作孽。"

大光明道:"人到最后都是一把灰,早点晚点。"

两碗馄饨下肚,身上热火起来。大光明点一根烟,丢了根给邱娘。抽完这根烟,提着塑料袋,重新挂在车龙头上。晚冬的天依然黑得很早,刚才还是透着天光,此刻却浮起了暮色。星星多得数不过来,预报了明天的晴朗。拐出六里老街,来到浦三路上,马路对面是条枯死的河浜,一座断桥掩隐在水杉和柳树之间。休憩中的民居影影绰绰,远处,一排炮兵部队的士兵小跑过来,此刻出列不知为了哪般。

蝙蝠不时从头顶上掠过,却没有扑棱棱的翅响。

大光明回到住地,自行车还没停稳,就听见老虫绢头的惨叫声,小马小庄推开一条门缝偷看。看见大光明提着塑料袋走过来,马上跑了。大光明推开门,随手把门带上,对黑婆婆道:"毛巾我买来了,不过女的没寻着,我当你下手吧。"

黑婆婆朝他看了一眼:"一个男人接生,也不怕晦气,随便你吧。"

老虫绢头产门已开,伴随着越来越快的宫缩,叫得越来越凄厉。黑婆婆道:"你产门刚一指宽,不能这么叫,拿力气叫没了,哪能生。"

老虫绢头道:"我又疼又冷,想撒溺。"

黑婆婆对大光明道:"你把痰盂拿过来。"

大光明道:"我一个大男人,不用痰盂嘞。"

黑婆婆道:"那马桶在啥地方？"

大光明道:"这里都是农田,平常都是去田里撒污。"

黑婆婆道:"那你过来帮忙,扶她出去寻个角落。"

大光明听到门外又有动静,去把门打开,果然又是小马小庄。

他骂道:"阿缺西,有啥好看嘞,还不快去挺尸。"

和黑婆婆将老虫绢头扶出到墙后,大光明点了一根烟望风,黑婆婆对老虫绢头道:"要是能撒污最好,先排空。"

老虫绢头道:"我试试看。"

撒完尿,却不能久蹲,挣扎着站起来:"腿酸,让我睏回去。"

大光明扔了烟,把老虫绢头扶回到床上,问黑婆婆:"今朝肯定会生哦?"

黑婆婆道:"反正没得睏觉了,生小囡半夜多。"

老虫绢头又开始呻吟,越叫越响,黑婆婆道:"力气叫光了,小囡真的没办法生。"

老虫绢头道:"屏不牢呀,哪能这么疼呀?"

黑婆婆拿了条毛巾,让老虫绢头咬住一角:"忍一忍。"

回头对大光明道:"你去寻个地方打瞌睡,要生了我叫你。"

大光明道:"我睏了一天了。"

黑婆婆道:"那我少许眯一歇。"

在老虫绢头身边和衣而卧,又爬起来:"算了,床单是湿嘞,不睏了。"

大光明道:"为啥叫你黑婆婆,你不黑啊?"

黑婆婆道:"就因为我白呀,反叫嘞。"

大光明哦了一声。

黑婆婆道:"她情况你晓得哦?"

大光明道:"当然晓得,我是侯乡长发小。"

黑婆婆也哦了一声:"你拿新买的毛巾用热水烫一烫。"

老虫绢头把毛巾吐掉,问道:"大光明,你帮我买蛤蜊油了哦?"

大光明道:"买来了。"

老虫绢头道:"给我,我手绷。"

大光明从塑料袋里把蛤蜊油拿出来,打开贝壳,递给她。

老虫绢头用指甲挑了一些,慢慢在掌心里搓揉,两只手反复搓揉,慢慢地,表情好像放松下来。

老虫绢头的宫缩时断时续,凌晨三点前后,产门达到了三指宽,老虫绢头再次叫起来,这声惨叫在空寂的黉夜里像鞭子抽了一下月亮,让周遭的黑暗亮了零点一秒。

黑婆婆急促地下达命令:"快生了,往下用力。"

老虫绢头哭丧道:"哪能用力呀?"

黑婆婆把毛巾塞进她嘴里:"力气用在撒湿的地方,往下,咬紧毛巾。"

老虫绢头的脸憋成绛紫,黑婆婆道:"你力气用在面孔上做啥,要往下,用在撒湿的地方。"

老虫绢头吐掉毛巾:"我真的不会,哪能用力呀?"

黑婆婆道:"你先放松,想象自己小便憋得老急,寻到茅坑总算可以撒湿了。"

老虫绢头吸了口气,揣摩着黑婆婆的提示:"我哪能不是想撒湿,是想撒污呀。"

黑婆婆道:"那你就撒污吧,往下,用力。"

老虫绢头脸上混合了泪水和汗水,头发如同乱草,嘴巴张大,却发不出声来。黑婆婆道:"我看见小囡的头了,再用一把力,我来帮你。"

却听到扑啦一声,一阵恶臭弥漫开来,黑婆婆赶紧扭头道:"快拿草纸来,不要拿小囡弄龌龊了。"

大光明忙递了一叠草纸过来,黑婆婆把大便裹起来,床单上留下了一摊粪迹:"拿块消毒毛巾给我。"

大光明递来烫过的毛巾,黑婆婆把手擦干净,去接胎儿的头:"你先换一口气,我叫你用力就用力,不要用死力,当心拿产门撕裂了。"

托住胎儿头部,慢慢牵引:"放松,换气,用力。"

对大光明道:"拿我的刀剪拿来,多给我几条消毒毛巾。"

大光明一一递过来,老虫绢头有气无力道:"对不起哦,拿床弄龌龊了。"

大光明道:"不要紧,有一段辰光没汰了,正好汰汰晒晒。"

黑婆婆一边接生一边叮嘱:"等生好小囡,你拿床换个朝向。"

大光明道:"为啥?"

黑婆婆道:"你听我没错嘞,拿床换个朝向,拿产妇坐过的椅子凳子倒下来再扶正,你听我嘞。"

话音刚落,一声啼哭,一个小男孩降生了。

黑婆婆轻轻擦去小囡身上的血迹,抖开一块干布,娴熟地包成一个蜡烛包,用毛毯裹住,交给大光明:"抱一抱。"

大光明接住,他已多年不抱婴儿,手势尚还像样。低头去看怀中咧嘴大哭的婴儿,他稀疏的软发贴在头皮上,看上去皱巴巴的,像一只粉红的大号长毛兔崽。想到这是个一出生就要被送人的孩子,大光明心里叹了口气。朝床上的老虫绢头看去,她的脸因为用力过度,细小的血管爆开了,猪肝一样的血色很不均匀。

黑婆婆动作麻利地为她收拾脏污,处理创口。这是一个经验丰富的接生婆,也是一个勤快的农妇。她把产妇扶下床,飞快地把床单卷起,丢在地上:"有更换的床垫哦?"

大光明摇摇头:"没有。"

黑婆婆就把被濡湿的床垫翻过来:"备用床单总有吧。"

大光明道:"这个有嘞。"说着单手从樟木箱里取出床单,黑婆婆接过来一抖,将它服帖地铺平在床垫上,把枕头放好,扶着老虫绢头躺下,被子也翻了个面,给老虫绢头盖上:"先这样睏吧,至少不湿了。"

将小囡抱过来,放在老虫绢头枕边。说也神奇,小囡哭声变细了,黑婆婆轻轻拍他,他竟安详地睡着了。

黑婆婆对老虫绢头道:"过一歇,我教你哪能喂奶。"

抬起头问大光明:"水龙头在啥地方?我拿床单汏了。"

大光明道:"扔在门口吧,天亮了我让两个小工汏。"

黑婆婆道:"等我教完她哪能喂奶,天亮我就回去了。唉,接生婆这种生活每趟都吃力得脱层皮,我年纪大了,不准备再做了。"

大光明道:"你一个夜里没睏,天亮快回去睏觉吧。"

黑婆婆道:"今朝这个还是顺利的,最长一趟在产妇屋里厢等了三天四夜,一步也不敢离开,人整整瘦了一壳。"

天蒙蒙亮,婴儿饿醒了,哇哇大哭。黑婆婆教会了老虫绢头第一次给儿子喂奶,当然黑婆婆不知道,这也是老虫绢头最后一次给儿子喂奶。

老虫绢头喂奶的时候,大光明站在门外抽烟。公鸡唱白了遥远的晨曦,浦东像往日一样醒来了。

黑婆婆走了,老虫绢头喝了碗糖水,看了眼枕边的儿子,小囡微嘟着嘴,皱巴巴地睡得很香。她眼泪吧嗒吧嗒地掉下来,央求大光明道:"黑婆婆讲我奶水不够,帮我去买奶瓶奶粉吧。"

大光明就骑上自行车去买奶瓶奶粉,等他买完回来,老虫绢头已经走了。床上,婴儿睡得香甜。大光明明白,既然老虫绢头下定了决心,那么把她追回来也是没有意义的。

48

1988年4月,朱镕基当选上海市市长,汪道涵以浦东开发联合咨询小组总顾问身份,正式提出要把浦东建设成"东方曼哈顿"。而这个甲肝肆虐的城市,像一只蜷缩在茧里的蚕蛹,终于破茧而出,警报解除了。

崴崴回来了,他当爸爸了。

从上海到昆明,再到景洪,最后抵达勐龙。腊沙住的还是当年张有顺留下的房子。一放下行李,就带着弟弟弟媳去了后山腰。养父养母葬在一处,是两墩无碑土坟,半球形的坟包恍若倒扣的沱茶,上面长满了荒草。

崴崴膝盖跪下去,对着养父母的坟茔连磕三个响头。一磕到底,额上沾了泥和草叶。薛美钏挺个大肚子,不能行大礼,就双手合拢,作了三个揖。

腊沙媳妇也挺着大肚子,她已是两个女孩的妈了。她问了薛美钏的预产期:"你是第一胎吧?"

薛美钏道:"我就生这一胎,怀孕太遭罪了,偏又碰上甲肝流行,只好躲到这深山老林里来。"

腊沙媳妇道:"那你要是生了女儿,也不生了?"

薛美钏道:"我巴不得生女儿,小姑娘爱干净好打扮,我不喜欢男孩,又皮又邋遢。"

腊沙媳妇道:"你要真的生了女儿,崴崴肯定还想要个儿子。"

薛美钏道:"他要生,外面找女人生去,我生完这一胎,就完成任务了。"

腊沙媳妇道:"我喜欢儿子,我就指望生个儿子给我养老。"

薛美钏道:"你想得太远了,刚才问你年龄,还比我小一岁呢,离开老还远着呢。"

腊沙媳妇道:"比你小你也得叫我嫂子,我们乡下人可讲规矩了。"

薛美钏道:"你当然是嫂子,没人和你抢。"

腊沙媳妇满意地直起腰来,看见两个女儿好奇地看着远道而来的薛美钏。腊沙媳妇像老母鸡一样把两只小鸡雏叫过来:"这是你们二婶,上海来的,快叫。"

腊沙媳妇一有工夫就拖着薛美钏说话,她口音很重,说慢了还好,说快了,薛美钏只能边听边猜。腊沙媳妇说累了,就会看着薛美钏,呆呆地端详:"你怎么那么俊呢,你是仙女下凡吧。"

提前预产期一个月,薛美钏离开腊沙家,跟着崴崴去勐海县城看望外公外婆。两位老人的皮肤像秋叶一样枯黄,身躯瘦小,精神还过得去,还能在农田里种点时令蔬菜,家里养了一头牛和几只家禽。这期间,闻讯赶来了几拨亲戚。薛美钏也没搞清他们是谁,妊娠反应加上水土不服,她的状态一直不怎么好,皮肤也因为高原的紫外线辐射变差了。

在勐海县城逗留了四天,薛美钏坚持要回上海。崴崴不同意,因为云南当地报纸对上海甲肝也有报道,疫情并没有缓解,回沪分娩染上甲肝的可能性依然存在。崴崴决定让薛美钏在云南把小孩生下来。但勐海和景洪的医疗条件都不好,崴崴带着薛美钏去了省会昆明,借住在盘龙区一户亲戚家。不久在昆明人民医院诞下一女,七斤二两,农历戊辰年的小龙女,取小名叫莎莎。

薛美钏出院后,在那亲戚家休养了小半个月。腊沙也从勐龙赶过来陪兄弟。等薛美钏能下床了,腊沙送崴崴一家三口到昆明火车站,兄弟俩挥泪道别。

驶向上海的火车缓缓启动,崴崴把头探出窗外,向月台上的腊沙挥手,两人情知不知何日才能重逢,都不忍多看,腊沙掉头就走,按计划,他将连夜返回勐龙。

在离开上海三个多月后,崴崴一家在刚竣工、运营不久的上海新客站下了车。一过黄浦江,先去了美钏大酒店。崴崴一手抱着女儿,一手用钥匙打开了店门。一股霉味扑面而来,薛美钏打了一个喷嚏,崴崴皱了下眉:"哪能也不打扫打扫。"

薛美钏道:"还是抓紧开业,再关下去,装修都瘟掉了。"

崴崴道:"开业再等等,先拿厨师小工叫回来吧。"

关了店门,往六里桥方向走,到了六里老街,有熟人打招呼:"老长辰光没看到,听讲去云南了?"

崴崴道:"是呀,回老家看看,顺便躲甲肝。"

那人又道:"抱的是你小囡吧,新娘子生了?"

薛美钏在后面道:"下趟不要再叫新娘子了,做姆妈的人了。"

那人问道:"公子还是千金呀?"

崴崴已经走过去了,薛美钏回头道:"千金。"

崴崴开了门,唤道:"姨娘,阿拉回来了。"

无人应答,屋里摆设如常,却积满灰尘,显然是久不住人。崴崴顿觉诧异,店里无人照应也就算了,家里怎么也一片死寂。

把窗户打开,新鲜空气猛地灌入。薛美钏又打了个喷嚏。长途旅程让她深感疲倦,好像有点伤风了。

崴崴把行囊从后背卸下,将莎莎放在床上,跑到斜对面去找柳道海。

门虚掩着,崴崴推门进去,柳道海正斜在床上听半导体,崴崴道:"姨父,我回来了,我姨娘呢?"

崴崴的闯入让柳道海兀自一惊:"我跟你姨娘分开住,又不来往,我也快两个月没看到她了。"

崴崴道:"两个月?那不是失踪了,你没去报案?"

柳道海道:"为啥要报案?我又不晓得她失踪。"

崴崴道:"两个月不回屋里厢,肯定出事体了。"

柳道海道:"我又不去新房子住,我哪能晓得她在不在屋里厢?"

崴崴扭头就走,直接去了六里派出所。报完案回来,越想越不对劲,又跑来找柳道海:"你讲你们两个月不见,斜对面这么近,抬头不见低头见,哪能可能?"

柳道海道:"你的意思是我非要见到过她,我就是没见到过她,哪能办?"

崴崴盯着柳道海看,像在审视一只器皿上是否产生了裂缝:"只问你一句,我姨娘还活着哦?"

柳道海道:"你这句闲话问得奇怪,我哪能晓得她是死是活?"

崴崴道:"今朝天黑了,明朝我就开始调查。"

柳道海道:"你尽管去调查,我还等她回来办离婚手续呢,阿拉年前就讲好这桩事体了。"

崴崴脚已抬起来,闻听此言停下脚步,反问道:"既然你们年前已讲好了离婚,为啥你两个月没看到她,也不去催她,这违反人之常情吧?"

柳道海道:"离婚是她先提嚟,我没必要去催,她想起来总会来寻我,我急啥?"

崴崴道:"你们一天没离婚,她就还是你老婆。一个大活人,突然没了,你啥也不晓得,难道她是麻雀飞走了?"

事实上,由于刀美香的失踪,上钢三厂工会来找过柳道海,询问刀美香为什么无故旷工。工会干部先按刀美香档案上的家庭地址,去敲四层新楼的门。半天没动静,便去邻居家问。邻居让他们去斜对面找柳道海。他们又折过来,柳道海正给人量衣服尺寸。得知对方来意,也不让座:"我不晓得她为啥旷工,我搬出来老长辰光了,阿拉马上就要离婚了。"

工会干部道:"你要是看到她,转告她马上来单位,长期旷工是要开除嚟。"

柳道海道:"我要是看见她,会转告她,你们来过了。"

当然,刀美香神秘的消失,街坊邻居也察觉到了。六里老街上有风言风语在流传,和那口被填的老井挂起钩来。那井被填之后,常在半夜发出晃荡的水声,像一只水桶来回撞击。

大光明本就喜欢添油加醋,早就把给侯德贵守灵的那个深夜,老井响起巨大水声的事抖搂出来:"我猜又有人跳井了,是不是刀美香我不敢讲,老早听老人讲,自杀会传染。"

说得那个大院子里的住户晚上都不敢出门了。

王庚林也来找过柳道海,他没说刀美香失踪,而是这样问:"老柳,你讲你老婆为啥就离家出走了呢?"

柳道海依然是一问三不知的神情:"我哪能晓得?我也老奇怪的呀。"

王庚林道:"派出所准备拿那老井重新挖开,大家都在传那天夜里又有人跳井。"

柳道海道:"挖不挖跟我有啥关系,你们不是怀疑我吧?"

王庚林道:"没有证据阿拉啥人都不怀疑。"

开挖老井的行动遭到了邻近住户的一致抗议,那个阴阳先生最先站出来:"这井是死过人嚫,那天我拿辟邪用的红布掼到里厢了,和尚也念过经了,等于压了神符。拿它挖开,脏物什就会跑出来,六里就阴魂不散了。"

阴阳先生的话很具煽动性,六里老街一片惊慌,挖井如同开棺,比甲肝流行还令人畏惧。

六里派出所派人去现场勘查,老井已被完全填平,齐腰高的圆形井身也被砸碎,唯一能看出痕迹的是夯实的新土,像一块潮湿的窨井盖。

见警察在打量老井遗址,大院子里的住户聚集过来,有撂下狠话的:"啥人敢挖,我就斩断他的手。"

也有诅咒的:"啥人挖啥人死一家门,子孙没屁眼。"

派出所很快发现,由于阴阳先生的蛊惑,根本找不到挖井的劳力。乡下人迷信,畏惧鬼神。加上大院子里的住户竭力反对,派出所只得将这事束之高阁。

崴崴在听到老井的传说之后,去找大光明核实。

大光明道:"我还没到耳朵背的年纪,虽然没亲眼看见有人跳井,不过那记水声听得一清二楚,特别响。"

崴崴准备去揭开老井里的秘密,他找到负责打井的张跷脚,问他填井那天的情形。张跷脚本职是瓦匠,那条坏腿是盖瓦时从房顶栽下来摔断的。浦东属于江南水网地带——不像西部枯水地带,先要找水源,不挖到十米以下根本不会渗水,所以需要专业性很强的打井队——水源充沛,用锹往下挖,两米便会有水慢慢渗出。如果离开河近,出水更快。所以浦东人挖井一般由瓦匠或泥水匠兼任,自家用的私井三四米深足矣,公用的也不会超过七米深。

会挖井的人,肯定也会造烟囱,两者其实是一回事。无非是一个冲上,一个朝下。井其实就是一支地下的烟囱,井口小,井底大。泥井挖成了是半成品,需要用砖头砌起来,不然会垮塌。

砌砖的时候,水开始渗出来,但速度不快,在最深处挖一小塘。水往低处流,等小塘蓄满,上面吊一只容器下来,把水拎上去。井内的人麻利地砌砖,一天就能把井壁砌完。最后在井底覆上厚厚的沙层,过滤和沉淀水质,一口新井就完工了。

张跷脚回忆道:"阿拉提早一天开始挖新井,第二天等新井挖好了,再去填老井,先拿井身敲碎,再用挖出来的烂污泥去填。本来还想拿老井盖用在新井上,院子里的人都反对,就砸了,掼进老井一道埋掉了。"

崴崴问道:"你们填的辰光,有没有看看井里的情况?"

张跷脚道:"当时现场老乱,老井被花圈盖住了,纸花堆在上头,堆得老高。"

崴崴问道:"为啥用纸花拿它堆起来?"

张跷脚道:"是阴阳先生先拿花圈拆了,拿纸花掼进井里,大家都学样,那天花圈特别多,井就填满了。"

崴崴道:"意思是如果那天半夜有人跳井,也会被纸花挡牢了。"

张跷脚道:"如果真有人跳井,人比花重,肯定先沉到井底,然后再慢慢浮上来。"

崴崴道:"井是你填嘛,我想挖开来看一看。"

张跷脚道:"阴阳先生讲过,啥人挖谁晦气,脏物什跑出来,整个六里都跟着倒霉。"

崴崴道:"你还相信阴阳先生的鬼话,老话讲有铜钿能叫鬼推磨,我给你一千,你跟铜钿没仇吧。"

显然,这个数字对张跷脚而言是巨大的诱惑。一千大洋是什么概念,一瓶啤酒八分钱,就是一万两千五百瓶啤酒。一个普通工人月工资七八十块钱,就是一年工资。

虽然迷信让人胆寒,但这笔钱足以让瓦匠张跷脚铤而走险。他当场就答应了,唯一的顾虑是,挖井必然会遭到住户们阻拦,闹起来怎么办。

崴崴道:"这个我会安排,你只管挖就是。"

次日早上,崴崴纠集旧部十余人,来到了大院子,为张跷脚保驾护航。

张跷脚带了两个帮手,看年龄应该是他徒弟,其中一个还唤他三舅,大概是外甥。

诚如张跷脚预见的那样,他们刚下锹,周遭的住户就赶过来了。崴崴早有防备,抱拳道:"乡里乡亲嘛,不要搞得不开心。我姨娘失踪了,活不见人死不见尸,侯乡长出殡前一天,有人听到老井里有过声音。既然有这个线索,我总得查一下吧。"

人群里有人喊:"你不要听风就是雨,这口井阴阳先生跟和尚做过法事,不能打开,脏物什跑出来大家都遭殃。"

大家齐声附和,崴崴道:"我问过老人了,可以寻和尚重新做法事,做海陆道场,我出钞票,请大和尚。"

人群缄默了片刻，又喧闹起来——

"不行，不能挖，哪能可能跳了侯德贵又跳了你姨娘。"

"不能挖，要闹鬼嘞。"

有人上前去抢张跷脚的锹，崴崴胳膊一拦，那人就一屁股跌地上了。

崴崴道："不要逼我动手，这口井是肯定要挖嘞，不能不明不白人就没了。"

崴崴的旧部把张跷脚师徒三人围起来，崴崴站在最外沿，掩护着张跷脚干活。有人拿了锄头铁搭过来，要和崴崴拼命。也有人去六里派出所通风报信，把警察招来了。领队的是李浩，他刚被提拔为副所长，后面跟着的是刘四胖和联防队员小飞。小飞特别喜欢看人打架，尤其喜欢流氓"拉场子"。看到战场上东倒西歪的伤病员，爱上前用脚踢踢他们，笑嘻嘻地骂道："你们这帮戆卵。"

崴崴已经撂倒好几个人，锄头铁搭加蛮力对他来说，根本不是威胁。他赤手空拳卸了对方的农具，抬起一脚就把人踢飞。若干年来，街坊们第一次见识了崴崴的身手。本来，他只是一个传说中的武林高手，今天终于证实所言不虚。

李浩高声断喝，让双方停止斗殴。等人群安静下来，他代表派出所发表了讲话，对崴崴不顾及街坊感受，强行开挖老井的莽撞行为，表示了批评。话锋一转，又说挖井断案本就是派出所的计划，既然挖了，趁大家都在，正好做个见证。

李浩用安抚的语气道："我晓得大家担心有脏物什跑出来，我是共产党员，不信鬼神，不过我也尊重大家的感受，我刚才听讲崴崴要重新做水陆道场，我就当一回担保人，人家是开大饭店嘞，这点信用还是有嘞。"

人群里有人喊："你们非要挖，必须请玉佛寺的大和尚来做道场，不能用浦东土庙里的和尚充数。"

李浩见住户松了口,马上顺水推舟道:"没问题,保证请玉佛寺大和尚。"

那个阴阳先生不知什么时候也来到人群中,此刻现身道:"看样子你们是非挖不可了,那就抓紧辰光赶在太阳下山前拿土重新填回去。"

阴阳先生这么一说,没人再跳出来抬杠。张跷脚带着两个徒弟麻利地挖起来。

人群逐渐散开,留下一些看热闹的。崴崴找了一只小板凳坐下来。小飞凑过来,递了根良友烟,崴崴接住,叼在嘴皮上。小飞拿出打火机,崴崴朝他瞥了一眼:"我先不点。"

把烟拿下来,夹在耳朵上。小飞道:"听讲你前段日脚回云南老家了?"

崴崴鼻子哼了一下,他的注意力在张跷脚那边。他和小飞交往不多,在他印象里,这是个来事的家伙,每次见到自己都谄媚地套近乎。去年夏天,他因为乱放野火,被刀美香扇了一记耳光。其实崴崴知道,放野火的不止小飞一人,那天询问腊沙的几个警察都逃不脱干系。

不过,也怨不得他们,人都喜欢在背后嚼舌头。要怪也是怪腊沙太老实,被他们一糊弄就竹筒倒豆子什么都说了。像腊沙这样的寻亲,又不是报案,根本无须像做口供一样仔细盘问,小飞他们就是故意打破砂锅问到底。这么多年来,自己和姨娘的身世在六里老街始终是个谜,虽然有一些线索,但神龙见首不见尾,构不成完整叙事。

而自投罗网的腊沙,不啻是一把天上掉下的钥匙,把人的好奇心撩拨起来。

腊沙泄露了家世,崴崴心里别扭,他知道刀美香对此也暗怀芥蒂。却都没责怪腊沙,因为这于事无补,况且也不是腊沙故意为之。于是刀美香把气出在了小飞身上,她那记耳光使足了蛮力,几乎将小飞的脸打脱臼了。

因为是新填的土,土质蓬松,挖掘速度很快,到了中午,已挖到五米深,夹杂在泥土里的纸花和花圈轴,以及细竹竿、砸坏的铁盖子被刨了出来。两个学徒在井下,一把窄长的竹梯子已低于地面。

张跷脚身后堆了一座小土丘,崴崴突然想起来什么,问道:"这口井大概几米?"

张跷脚道:"这口井有年头了,讲不好,那天挖新井我记得是六米,挖出来的烂污泥加上那么多花圈都填进去,也没填饱,还去东头的庄稼地挖了不少烂污泥。"

崴崴道:"照你这么讲,肯定超过六米。"

张跷脚道:"我觉得至少有八米。"

崴崴道:"吃点物什吧,你让他们先上来。"

张跷脚朝着井下喊:"你们两个先上来,吃完接着挖。"

两个学徒一边应着,一边满身泥泞爬上来。

崴崴准备了熟食和啤酒,是让手下去丁记熟食店买的。熏鱼叉烧门腔红肠猪耳素鸡,用牛皮纸包着,摊在公用自来水龙头旁的一块水泥板上。一整格啤酒码在塑料筐里,没有杯子,对着嘴喝。

水泥板搁在两墩水泥桩上,平日里住户用来搁置面盆、淘米盆和刷牙杯子。眼下成了一张露天餐桌。张跷脚和两个学徒涮了下手,用牙齿咬开啤酒,也没筷子,抓着熟食便吃。崴崴和手下也各自拿了啤酒"吹喇叭"。

张跷脚胡乱咽了几口:"我先回屋里厢一趟,一把梯子不够,再加一把。"

崴崴道:"天黑前能挖到底哦?"

张跷脚道:"应该快到底了,回填比挖快,应该来得及。"

崴崴道:"人手不够,我的兄弟尽管用。"

张跷脚道：“井里就那么大，人多没用。"

过了二十分钟，张跷脚返回，肩上扛了一把竹梯子，手里抓着一把草绳，走到井边，把原来那把梯子提上来，两把扎在一起。

两个学徒再次下井，崴崴跑到井口，朝下面张望。越接近井底，越接近真相。两个井中人害怕起来，仰首嚷道："不会真有死人吧。"

小飞又凑过来，递了支烟给崴崴。崴崴将先前那支从耳朵上拿下来，摸出朗声打火机点上，抽了一口："李浩呢？"

小飞道："他们回所里吃饭了，让我先维持一下秩序。"

崴崴道："让你维持秩序？你不添乱就不错了。"

井里人又喊道："已经挖这么深了，不要再挖了吧。"

崴崴把烟头一扔，对张跷脚道："井里鬼哭狼嚎，阿拉下去吧。"

张跷脚把头朝井里张望："你们先上来吧。"

两个学徒赶紧爬了上来，崴崴猛吸了几口烟，见张跷脚已下了井，把烟头扔了，也往下爬。窄长的竹梯子不吃重，被踩得吱嘎直叫。崴崴虽胖，身手却矫健，很快到了井底。井底比井口大很多，够两个人转身。背后有一支木叉，挂着一盏煤油灯，昏黄的光影照亮井壁上的苔迹。

井内有两只系着绳子的铅桶，挖出的泥吊上去，清空后再放下来。

越往下挖越泥泞，崴崴和张跷脚的裤腿都湿了。纸花已不多见，泥浆中出现一些光溜的鹅卵石，张跷脚道："快到底了。"

崴崴道："你哪能晓得？"

张跷脚道："这井有年头了，小青砖上的青苔都泛黄了，井底铺了石卵子，做得这么考究，肯定是过去的大户人家。"

崴崴道："再挖挖看。"

张跷脚道："没必要了，真要像你讲的有人跳井，老早就挖出来了,死一个人又不是死一只老鼠,那么显眼。"

崴崴道:"不是还没到底?"

张跷脚道:"石卵子都出来了,算到底了。"

崴崴叹了口气,这是很难描述的一声叹息,夹杂一丝宽慰,却又充满茫然。刀美香不在井里意味着可能还活着,她去哪儿了呢?剔除了跳井的可能性,线索就彻底断了。

崴崴将锹往鹅卵石里一插:"那算了,上去吧。"

话音刚落,觉得掌心一荡,突觉异样。顺势一挑,露出一块锈斑,是一个铁质容器。把鹅卵石拨开一些,看清楚是一只铁盒子,张跷脚惊叹一声:"肯定是金银财宝,阿拉发财了。"

崴崴朝他看一眼:"先挖出来。"

把更多的鹅卵石扒开,铁盒子显露出完整的形态,有一把雨伞那么长,但宽度和高度却只比筷子略长。张跷脚低声道:"这物什是阿拉两个人发现嘞,现在上头都是人,要么等夜里再来拿。"

崴崴道:"你是讲阿拉一人一半?"

张跷脚道:"见者有份,你七我三。"

崴崴道:"想啥?先拿上去再讲。"

张跷脚不响,两人将铁盒子搬出来,崴崴仰头道:"铅桶拎上去,空绳子放下来。"

铅桶被提了上去,很快,两根空绳子放下来了,铁盒子两侧各有一只铁耳朵,崴崴将它们分别扎住,唤一声:"起。"

张跷脚道:"万一落下来,阿拉被砸个半死,人先上去。"

崴崴觉得有理,叫道:"慢点,阿拉先上去。"

两人拿着锹和煤油灯先行上了梯子。到了地面,把煤油灯吹灭,先把梯子抽上来,接过两根绳子,开始拽铁盒。边上有人问:"寻到死人了哦?"

张跷脚道:"啥地方有死人?"

边上的人问:"那你们挖了啥物什上来?"

一边问一边探头去看井里,只见一只长条铁盒被拖曳上来。

那人尖叫:"挖到文物了。"

李浩等人已回到了现场,闻听此言,立刻走过来。铁盒子躺在地面上,像一只袖珍棺材,暗青色的铁锈和泥污将它裹住。整个人群安静了一秒钟,炸了。

都往这边挤过来。

李浩被挤得差点摔倒,崴崴却纹丝不动守着那铁箱,喝道:"都往后退,当场开箱,都有的看。"

李浩道:"这是国家文物,你们不要瞎来。"

人群里有人说话:"拉倒吧,啥都是国家嘞,分明是崴崴挖出来,跟国家有啥关系。"

张跷脚道:"还有我呢。"

李浩扭头对小飞道:"你打电话去县文物局,让他们快派人来。"

崴崴把铁盒子拿到公用自来水水槽里,拧开龙头,水压不足,冲洗的效果不明显。崴崴拿起龙头边上的一把旧刷子,借着水流刷洗,泥污易祛,锈迹难除,隐约有纹饰显现出来,除了图案,好像还浮雕着几个文字。李浩凑过来看,字迹腐蚀得厉害,依稀辨出:

川沙□民□顾氏

中间缺的两个字实在模糊难辨,顾氏两字却提醒了大家。

"莫非这就是邱娘婆家的那只铁盒子?"

"这一片啥地方还有第二个顾氏?"

"邱娘拿那把铜钥匙给我看过,跟这铁盒子上的铜锁就是一套。"

"还不快点去拿邱娘叫来。"

李浩没听说过铁盒子的来历,看见王庚林不知何时站在了身后,便问道:"这物什真是邱娘屋里厢嗰?"

王庚林道:"这闲话讲起来长了,六里桥上点年纪的都听讲过这只铁盒子,没想到今朝真出土了。"

边上的人道:"既然是邱娘家的老底子,可不能算国家文物,应该物归原主。"

附议者道:"讲得对,崴崴你不能据为己有,不作兴。"

李浩道:"国家对文物有专门讲法,到底哪能处理,等县文物局来拍板。"

边上的人道:"铁盒子上明明就写着顾氏,凭啥让县文物局来拍板,又不是无主文物?"

有人插嘴:"要我看,铁盒子虽然是顾氏的,要不是崴崴非要挖井,肯定就永远埋掉了,应该崴崴跟邱娘对半分。"

张跷脚急得差点跺脚:"还有我呢。"

边上的人道:"你是崴崴叫来出劳力嗰,给你两条香烟就算看得起你了。"

张跷脚道:"两条香烟就想打发我,你以为打发要饭花子。"

李浩道:"你们瞎叫点啥,这是文物,你们讲分就分了?"

崴崴始终没吭声,铁盒子上的脏污洗得差不多了,锈蚀却依然顽固。崴崴关了水龙头:"有干布头哦?"

有人扔了件旧棉毛衫过来。崴崴把铁盒子擦干,用手掂了掂那把长满绿锈的铜锁。李浩道:"这是文物,你不要乱来。"

崴崴道:"你不想打开来看看?"

李浩道:"等县文物局来人吧。"

崴崴道:"你还真当它是公家物什了。"

李浩被抢白,有点气恼,正要反驳,边上的人道:"邱娘来了。"

却见邱娘从巷口跑进来,她步履匆忙,因为兴奋而显得慌张,所有人的目光都聚焦到她右手攥紧的那把铜钥匙上。

崴崴见邱娘走到跟前,旁开一步:"都讲这是你们家的物什,你自己打开。"

邱娘看着那传说中的铁盒子,嘴一歪,哭起来了。

边上的人道:"你先不要哭,大家都等着看是啥宝贝呢。"

邱娘更大声地哭起来:"这物什现在挖出来有啥用,小螺蛳死了,顾家绝后了,要这物什有啥用?"

边上的人劝道:"啥人跟铜钿有仇啊,发了财可以吃香的喝辣的嘛。"

邱娘哆哆嗦嗦用铜钥匙开锁,锁眼却被泥污堵住了。她把铜钥匙交给李浩,李浩朝崴崴看了一眼:"还是等文物局来了再开吧。"

崴崴道:"等他们做啥。"

李浩拿着铜钥匙,想了想,给了崴崴:"我开不合适。"

崴崴接过铜钥匙,去看那锁眼,回头对张跷脚道:"煤油灯拿来。"

张跷脚走到井边,提着煤油灯过来。崴崴把墨水瓶似的油盏取出来,拿掉灯芯,将油盏里的残油倒进锁眼。须臾,一些泥渣流了出来,铜钥匙探进锁眼,很容易将锁打开了。

崴崴将铁盒子掀开,所有人都瞪着眼睛跷着脚。是很厚一叠丝织缎子,好像包着东西。有人嘀咕:"包装这么考究,包着的物什肯定价值连城。"

崴崴将缎子放在地上,慢慢展开,他的指间有一种易于破碎的流逝感,比绸缎本身要滑顺得多。他手势变轻,缎子不断被摊开。周遭一片静谧,终于缎子见了底,不是什么宝物的外包装,它就是铁盒子里唯一的珍藏。这是一幅刺绣地图,和现代地图不同,上面虽署有长人、高昌等地名,却绣着河道、城镇、市集、树林和人物。整个画面的基色是秋黄,河是淡灰,镇是深靛,市集米色,树林暗蓝,人物则红男绿女,与其说是地图,不如说是标注着地名的山水画。

右上角竖着这样一行题签:

川沙抚民厅舆地图

崴崴知道了铁盒子上缺的是哪两个字,抬头问道:"川沙抚民厅是啥意思?"

大家都摇头不知,有人望文生义:"听上去像个衙门的名字,浦东老城就是川沙,应该是老浦东的地图。"

邱娘止住了哭:"搞了半天,顾家老祖宗就藏了这么个破物什,连一只元宝也没有留下来。"

围观的人也有点失望,正欲散去,却见那鲜艳的刺绣倏忽变成了灰白,所有的色彩褪尽。人群一阵惊呼,不相信自己的眼睛。和煦的阳光下,丝绸缎子正慢慢皱起,然后是细微的坍塌。

崴崴伸出手去,想把它重新叠好放进铁盒子里。

他指头触及之处,皆是破碎。慌忙把手抽回,一阵春风从屋顶吹过,将几只在瓦片上栖脚的鸽子吹了起来。一只野猫大摇大摆地从墙角钻出来,那里有一处清澈的水洼。它像照镜子一样,让脑袋倒映在布满眼屎的大眼珠里,右爪弄破了水做的镜面。有人恰巧转过头来,稀奇道:"哎呀,猫也会汏面孔啊。"

那只猫旁若无人地用右爪沾水,抹在面孔上。一个老头朝那看稀奇地瞥了一眼:"这有啥大惊小怪,猫爱清爽,会汏面孔,还会给自己捉老白虱呢。"

那些鸽子扑棱棱从人们头顶上掠过,在它们凌乱的翅膀之上,那架洒农药的飞机出现了。据说,它马上要退役了,飞得颤颤巍巍的,如同一只笨重的大鸟,被时代的子弹击中了胸膛,快要掉下来似的。

飞机旋起来的风把每个人的头发吹得像乱草,那幅舆地图跟着旋起,纷纷扬扬,是二十世纪八十年代末的最后一树落叶,飞向历史的纵深处。

49

1988年,南浦大桥奠基。
1989年,延安东路隧道建成。
1990年,正式宣布浦东开发。

2015年10月27日凌晨修订于寓中

[作者按:本书虽然地理和重大历史事件属实,但故事与人物完全虚构。因情节需要,某些人物借用了政府或企事业单位头衔,不代表确有其人,请勿对号入座,特此声明。]

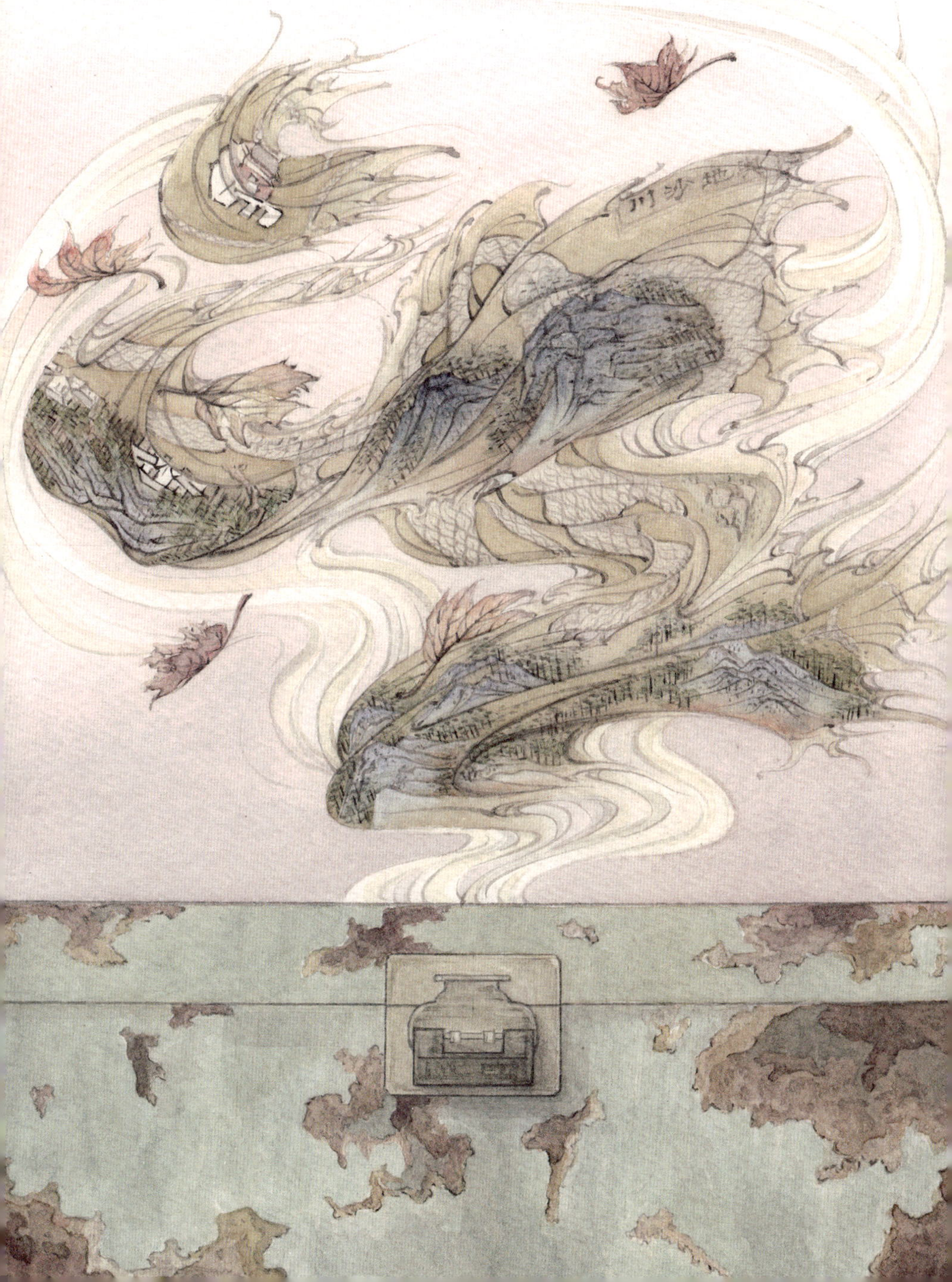
川沙地

飞机旋起来的风把每个人的头发吹得像乱草，那幅舆地图跟着旋起，纷纷扬扬，是二十世纪八十年代末的最后一树落叶，飞向历史的纵深处。

后　记

　　写小说有很多方式,有幻想型,有体验型,也有资源型,各有各的挑战。《东岸纪事》属于末一种,它需要罗织我人生积累中最核心的部分——被珍藏的陈酿般的记忆——并加以铺陈。从写作技法而言,这部小说颠覆了学艺阶段的形式美学,更靠拢现实主义传统。当虚构用紧贴生活的状态来还原世情,写作难度陡增;甚少尝试的谋篇方式,无疑充满了巨大风险,与之伴生的不确定性令写作变得痛苦,由此滋生的不自信日复一日地增长。

　　时至今天,犹记得圈完《东岸纪事》最后一个句号,长吁一声,恍如虚脱。照理说,完成一部长篇小说的幸福感怎么形容都不过分,而实际上,当终于抵达叙事的彼岸,却如弃舟之旅,更多的是倦怠和乏力。

　　小说首发于《收获》长篇专号2012年春夏卷,次年由上海文艺出版社出版,后转至华东师范大学出版社,分别发行了修订版和文集版。此次,浙江文艺出版社旗下文学品牌"KEY-可以文化"推出第四个版本,也是继前三个上下卷后,第一个单卷版。

　　小说有小说的命运:首要一点,不在市场上失踪,长销是作为商品的小说最可贵的美德——从面世那一刻起,与我保持若即若离的共生关系。

转眼十三载,我从在苏州河旁健步如飞的上海爷叔,成了一个需要口服氨糖来保护膝盖的纽约客。诚然,《东岸纪事》谈不上大红大紫,但其草蛇灰线的口碑,早已抵消了杀青时的惶恐。那些文学同行的不吝谬赞,那些陌生读者的正向反馈,那些试图将其影视化的朋友的接棒努力,逐渐呈现出一个事实:这部"夏商牌"小说正在成为我人格的一部分,换言之,成了我的代表作。

关于此书,最常见的评价是:改写了上海文学版图。最夸张的评价是:当代上海小说分两种,一种是上海小说,一种是《东岸纪事》。意思虽相近,后一句无疑更能满足作者的虚荣心。

这种润物细无声的口口相传,是文学的古典传播方式,借助个体阅读来确认作品的价值,暗合了一个事实:文学乃作者与读者共同创造,没有后者参与,文本将深锁在暗屉之中。

无疑,美好的读后感渲染了我对写作的信心,或者说,诱发了一个小说家的野心:有胆量开启更具挑战性的书写。

新版《东岸纪事》配有九幅精美插图。画家谢雯女士在通读小说后,遴选出九个场景,用画笔完成了一场视觉盛宴。这组彩绘提取了小说的秘密,只有用典雅的"绣像本"三字,才配得上画作的高级感。在此向谢雯女士表示谢忱。同时,也向出版人曹元勇先生、责任编辑胡远行先生和文字编辑张嘉露女士拱以揖礼,感谢他们将这部小说再次带回文学市场。

2025 年 4 月 23 日于纽约长岛

一本书打开一个世界

欢迎订购、合作

订购电话：0571-85153371

服务热线：0571-85152727

| KEY-可以文化 | 浙江文艺出版社 | 京东自营店 |

关注 KEY-可以文化、浙江文艺出版社公众号，
及浙江文艺出版社京东自营店，随时获取最新图书资讯，
享受最优购书福利以及意想不到的作家惊喜